元好问词赏析

王兴治 赏析

山西出版传媒集团
三晋出版社

王兴治，山西省忻州市忻府区人，1947年生，退休于忻府区教育局。现为山西诗词学会、山西作协、中华诗词学会、中国元好问学会会员。出版有《忻州民间故事》等六部地方文化书籍，《元好问诗注析》一套。

序 言

狄宝心

王兴治先生又成《元好问词赏析》，嘱我作序，非常欣慰！先生对这位乡贤情有独钟，年逾古稀仍笔耕不辍，前年出版《元好问诗注析》十六开本五大册，今又推出此力作，将乡贤的心灵世界、个性情怀昭示于世，堪称元氏功臣！我感谢先生的知重，遂当仁不让，谈谈多年致力于此的一些心得，或许对喜赏遗山词者能起到抛砖引玉的作用。

遗山对文体的分工是明确的："有所记述之谓文，吟咏情性之为诗。"（《杨叔能小亨集引》）其文多写人叙事，如《闲闲公墓铭》《希颜墓铭》等，有以文存史的功用；《寄中书耶律公书》《令旨重修真定庙学记》等应用文，表达了金元之际一代伟人救世济民、延续传统文化的责任感，也属于内心世界中的理性层面。其诗介于理性与感性之间，既关注国运民瘼，也注重自我情怀，被后世誉为"诗史""杜林嫡派"之丧乱诗，将大我、小我融为一体，自视为人民的代言人。其词则侧重于关注自我生存体验纠结，反映了内心的深层世界。遗山虽以诗人自许，且后世亦特重其诗，但就我的兴趣而言，更爱其词，究其成因，约有三端。

首先，受宋人诗体理念的影响，遗山的爱情诗极少。其词虽继承苏、辛以诗为词理念偏重抒发士大夫情怀，但表现人世间感情最真挚、最炽烈、最美好的爱情词却可谓琳琅满目，量多质高。在这一方面，他是一个早熟的天才，思想也很开放，与谦谦君子温文尔雅的儒士风范判然有别，对封建礼教颇多叛逆，批判深切。《摸鱼儿》"问世间情为何物"（姚本作"恨人间"，朱彝尊《词综》等作"问世间"），高高举起"生命诚可贵，爱情价更高"之人生价值取向的旗帜。同调"问莲根有丝多少"，对青年男女相爱却因家长阻挠投水而死的遭遇表示同情，愤怒谴责迫使这种悲剧发生的封建势力。这种爱憎鲜明的理念，突破了父母之命、媒妁之言的礼教，也超越了《孔雀东南飞》之婚后婆媳矛盾及《西厢》之为报恩而嫁的主旨，在文学史上将肯定自由恋爱提到前所未有的高度。《江城子·观别》写青年男女的别离悲苦，不同于柳永《雨霖铃》“执手相看泪眼，竟无语凝咽”“明朝酒醒何处，杨柳岸、晓风残月”之始终着眼于当事人的情结，词末“为问世间离别泪，何日是、滴休时”，将个人情事扩展到世界的、永恒的高度，近似杜甫“安得广厦千万间，大庇天下寒士俱欢颜，风雨不动安如山”之大我情怀。从这一层面看，元好问把爱情词推上新的台阶。

遗山的思妻悼亡词特缠绵悱恻。如在汴京任史馆职时所作《西江月》“相思夜夜郁金堂，两点春山枕上”“天涯春色断人肠，更是高城晚望”，《浪淘沙·为烟中树作二首》“东风归兴雁翩翩。试问西窗前夜月，几度先圆”“翡翠合欢笼，相望西东。锁窗幽梦几回同”，对时居嵩山的妻子表达了温馨的回忆与急切的思念。中年丧妻后所作感伤阴阳永隔的悼亡词更真切感人。《三奠子·离南阳后作》：“怅韶华流转，无计留连。行乐地，一凄然。笙歌寒食后，桃李恶风前。连环玉，回文锦，两缠绵。芳尘未远，幽意谁传？千古恨，再生缘。闲衾香易冷，孤枕梦难圆。西窗雨，南楼月，夜如年。”妻子英年早逝，葬之南阳，自己又不得已离任入京，词将告别孤魂的悲恸倾述得如泣如诉。窦滔妻苏氏思夫，织锦为回文旋图诗以赠，凡八百四十字，宛转循环以读之，词甚凄惋（《晋书·窦滔妻苏氏传》）。“回文锦”用此典，记述了妻子的深情，亦反映了亡妻的学养才情。“西窗雨”用李商隐《夜雨寄北》“何当共剪西窗烛，却话巴山夜雨时”，表达了夫妻恩爱情深。“孤枕”句近似于晏几道《阮郎归》“梦魂纵有也成虚，那堪和梦无”，沉痛至极。“连环玉”有“环取无穷玉取坚”（本集卷十三《以玉连环为吕仲贤寿》）意，象喻铭心刻骨、无穷无尽的思念。“南楼月，夜如年”写彻夜无眠倍觉夜长，暗用元稹悼亡诗“惟将终夜常开眼，报答平生未展眉”，反思出身高门的妻子跟随自己颠簸流离含辛茹苦无怨无悔的情形及自我谴责惭愧不已的心灵世界。《满江红》“枕上吴山，隐隐见，宫眉修碧。人好在，断肠浑似，画图相识。罗袜尘香来有信，玉箫声远寻无迹”“婵娟月，韶华日。梦已尽，愁仍积。江花共江草，几时终极”，同调“绣被留欢香未减，锦书封泪红犹湿。问寸肠，能著几多愁，朝还夕”“入梦终疑神女赋，写情除有文星笔。恨伯劳东去燕西飞，空相忆”，回想亡妻的旖旎身态、温馨柔情，感伤美好的往事从此一去不返，空余无穷无尽的追怀，低徊往复，缠绵凄恻，深情无限。

还有一类特别为后世推重的爱情词需提及。汴京沦陷两宫北迁后，遗山多从宫妃角度描述她们巢倾卵覆的情爱经历。《玉楼春》:“惊沙猎猎风成阵,白雁一声霜有信。琵琶肠断塞门秋,却望紫台知远近。深宫桃李无人问,旧爱玉颜今自恨。明妃留在两眉愁,万古春山颦不尽。”《江城子》:“河堤烟树渺云沙。七香车,更天涯。万古千秋,幽恨入琵琶。想到都门南下望,金缕暗,玉钗斜。”二词皆以昭君出塞事,述说她们被掳掠漠北的悲惨遭际、憔悴状态、悔恨心情。同调“行云冉冉度关山。别时难,见时难。怅望南风,早晚送云还。心事情缘千万劫,无计解,玉连环……寂寞梨花枝上雨,人不见,与谁弹”,用李商隐《无题》“相见时难别亦难,东风无力百花残”、白居易《长恨歌》“玉容寂寞泪阑干,梨花一枝春带雨”等典描述情态,进而深入其内心,揭示其爱恨交加、纠结不已、无法解脱的情感纠葛。《鹧鸪天·薄命妾辞》“颜色如花画不成,命如叶薄可怜生。浮萍自合无根蒂,杨柳谁教管送迎? 云聚散,月亏盈,海枯石烂古今情。鸳鸯只影江南岸,肠断枯荷夜雨声”“一日春光一日深,眼看芳树绿成荫。娉婷卢女娇无奈,流落秋娘瘦不禁。霜塞阔,海烟沉,燕鸿何地更相寻? 早教会得琴心了,辞尽长门买赋金”,以宫女的内心独白,展示其凄凉孤苦,痛彻心扉。况周颐《蕙风词话》谓“元遗山以丝竹中年,遭遇国变……神州陆沉之痛,铜驼荆棘之伤,往往寄托于词。《鹧鸪天》三十七阕,泰半晚年所作。……《薄命妾辞》诸作,蕃艳其外,醇至其内,极往复低徊、掩抑零乱之致。而其苦衷之万不得已,大都流露于不自知。此等词宋名家如辛稼轩固尝有之,而犹不能若是其多也。”此说有曲解拔高之嫌。遗山描述宫女的凄凉悲剧时,确实蕴含着自身的巢倾卵覆之悲,但若说借男女情份喻其君臣大义,类似屈原《离骚》之博喻象征,则似嫌穿凿。

遗山词对内心深层世界的反映,除真挚幽微的爱情词外,对长期纠结仕隐矛盾复杂激烈亦有多角度全方位的揭示。《水调歌头·史馆夜直》:“形神自相语,咄诺汝来前。天公生汝何意,宁独有畸偏?万事粗疏潦倒,半世栖迟零落,甘受众人怜。许汜卧床下,赵壹倚门边。 五车书,都不博,一囊钱。长安自古歧路,难似上青天。鸡黍年年乡社,桃李家家春酒,平地有神仙。归去不归去,鼻孔有谁穿。”全词承陶渊明《形影神》“极陈形影之苦,言神辨自然以释之”之理路,其主旨即陶渊明《归去来兮辞》之“既自以心为形役”“曷不委心任去留”。词人以神代表向往隐逸的心灵,对为追求利禄虚名而苟延于升斗微官之形作长篇训斥，回顾其坎坷的人生，追思其不精于世务，以及我行我素、不愿屈从世俗、投机钻营的个性；进而放眼官场，痛斥了非正当途径升迁的肮脏行径，抒发了有才志士对不分贤愚黑白颠倒之社会现状的愤懑，概括总结了古往今来的官场黑暗，预料将来仕途黯淡势难逆转，对比隐居前嵩山时乡社鸡黍、桃李春酒的快乐生涯，取舍之答案自在其中。《永遇乐》："绝壁孤云，冷泉高竹，茅舍相望。留滞三年，相思千里，归梦风烟上。天公老大，依然儿戏，困我世间羁鞅。此身似、扁舟一叶，浩浩拍天风浪。中台黄散，官仓红腐，换得尘容俗状。枕上哦诗，梦中得句，笑了还惆怅。可怜满镜，星星白发，中有利名千丈。问何时，有酒如川，自歌自放？"词序云："梦中有以王正之乐府相示者，予但记其末云：'莫嫌满镜，星星白发，中有利名千丈。待明朝，有酒如川，自歌自放。'然正之未尝有此作也。……"常言说日有所思夜有所梦。词人任职史馆梦归嵩山，得高人指点，获神来之句，醒来扩展成篇，一气呵成，如天风海雨，酣畅淋漓表明了对贪恋官职与顺遂性情的抉择。然而当他踏上辞官归途时，对仕途利禄并没有彻底放弃而是牢骚满腹的："万顷风烟入酒壶，西山归去一狂夫，皇家结网未曾疏。情性本宜闲处著，文章自忖用时无，醉来聊为鼓咙胡。"（《浣溪沙·史院得告归西山》）"皇家"句，典出唐陈陶《闲居杂兴》："中原莫道无麟凤，自是皇家结网疏。"谓朝廷不重视搜罗人才，致使野有遗贤。"情性"句出唐司空图《休休亭》："伎两虽多性灵恶，赖是长教闲处著。""醉来"句本《后汉书·五行志》："桓帝之初，天下童谣曰：'小麦青青大麦枯，谁当获者妇与姑。丈人何在西击胡，吏买马，君具车，请为诸君鼓咙胡。'……'请为诸君鼓咙胡'者，不敢公言，私咽语。"由此看来，词人把辞官归隐之举视为不求上进、粗疏自放、任性而为的"狂夫"，怨气十足，且剑指皇帝："陶谷久在翰林，意希大用……太祖笑曰：'翰林草制，皆检前人旧本，改换词语，所谓依样画葫芦耳，何宣力之有？'谷闻之，作诗曰：'官职须由生处有，文章不管用时无。堪笑翰林陶学士，年年依旧画葫芦。'"（宋胡仔《苕溪渔隐丛话前集》）"文章"句本此，合观"皇家"句，便知词人对金廷火力全开的抱怨愤怒之气了。直至金哀宗天兴元年蒙古大军围攻汴京，金国将亡，自己面临巢倾卵覆之祸时，词人才后悔莫及，对出处得失思来想去痛彻心扉："浙江归路杳，西南仰羡，投林高鸟。升斗微官，世累苦相萦绕。不入麒麟画里，又不与、巢由同调。时自笑，虚名负我，平生吟啸。扰扰马足车尘，被岁月无情，暗销年少。钟鼎山林，一事几时曾了？四壁秋虫夜语，更一点、残灯斜照。青镜晓，白发又添多少？”（《玉露迟·壬辰围城中有怀淅江别业》）“壬辰困重围，金粟论升勺”，城中即将断粮，朝不保夕，城破被屠的厄运又如悬在头上的利剑，在此危机重重、生死难料之际，词人“西南遥望肠堪断，自古虚名总误人”（《怀秋林别业》），奢望插翅像投林高鸟一样飞回内乡的淅江别业，后悔因升斗俸禄贪恋卑微官职，痛心自己既不能建功立业封侯拜相，又不能像巢由一样隐居山林全身远祸，自责为求身外虚名辜负了自身的情性。下片“扰扰”三句与上片“升斗微官，世累苦相萦绕”意近，“钟鼎”“山林”与上片“麒麟”“巢由”意近。这种重复倾吐，是当时沉痛追悔心态的反应。后四年所作《学东坡移居八首》其五也表述了这种心情：“旧隐嵩山阳，笋蕨丰馈饷。新斋淅江曲，山水穷放浪。乾坤两茅舍，气压华屋上。一从陵谷变，归顾无复望。……静言寻祸本，正坐一出妄。青山不能隐，俯首入羁鞅。巢倾卵随覆，身在颜亦强。空悲龙髯绝，永负鱼腹葬。置锥良有馀，终身志惩创。”这种用五古表达的心情流程平和平静，潜气内转如平湖下的激流，与用长短句表述当时心潮起伏、激荡澎湃势如波涛汹涌的长河有明显区别。两者虽各有千秋，见仁见智，各有所爱，但我更激赏前者。

特别使我欣慰的是，遗山词比其诗更加活灵活现地彰显出自己的个性风采。词人本属鲜卑族后裔，又生活于女真、蒙古政权下，与传统的汉族文人相较，其个性中的北族遗风比较突出，词中对此有淋漓尽致的展示：“楼上歌呼倒接䍦，楼前分手却相携。”（《鹧鸪天·与钦叔、京甫市饮》）在大庭广众之下，歪戴帽子，衣冠不整，大声歌呼，旁若无人；楼前分手，勾肩搭背，醉态十足，率真放纵。这些都彰显了北人豪放任性、不拘小节的个性。《水调歌头·与钦叔饮，时予以同州录事判官入馆，故有“判司”之语》对这一风采有更为深入的描述：“长安夏秋雨，泥潦满街衢。先生闭户轰饮，邻屋厌歌呼。惭愧君家兄弟，半世相亲相爱，知我是狂夫。礼法略苛细，言语任乖疏。……酒贱可频置，时为过吾庐。”词人饮酒与宋人有节制的浅饮小酌不同，不仅好痛饮，而且喜爱聚友欢闹叫阵的“轰饮”，高歌狂呼之际对邻居的厌烦置若罔闻。对待知己朋友，更是不拘礼节，率性而为，甚至不免言语唐突冒犯之处。在杜甫“欲填沟壑唯疏放，自笑狂夫老更狂”

(《狂夫》)之重在强调"疏放"的基础上,其"狂夫"又增入豪爽不羁的新内蕴。尤其是末二句,叮咛友人继续发扬"相亲相爱"风格,常常携酒前来与自己同饮,把"不厌求索"之"好意思"性格描述得活灵活现,突显出随心所欲、真率无忌的天性。其诗《西斋夜宴》"飘零无物慰天涯,酒伴相逢饮倍加。误谬君当略彭泽,回旋我亦笑长沙",与词中对友畅饮的场景类似,"误谬"句也用陶渊明"但恨多谬误,君当恕醉人"(《饮酒》),谓酒后失言多有冒犯之处,但仅点到为止,不及词中从性格层面检讨剖析深刻。遗山词中所显示的北族个性,还体现在自信张扬及壮志难酬之后阮籍式的纵酒浇愁。前者如上及"五车书,都不博,一囊钱",用《庄子·天下》:"惠施多方,其书五车。"赵壹《刺世疾邪赋》:"文籍虽满腹,不如一囊钱。""皇家结网未曾疏",按其用典,亦暗以"麟凤"自喻。"不入麒麟画里,又不与、巢由同调",用汉宣帝命画功臣像于未央宫麒麟阁中及上古隐士巢父、许由事,自视甚高,期待值之高可以想见。此外,如《水调歌头·赋三门津》:"人间此险何用?万古祕神奸。不用然犀下照,未必佽飞强射,有力障狂澜。唤取骑鲸客,挝鼓过银山。"《蝶恋花·甲申岁南都作》:"天上姮娥应有恨,骑鲸人去无人问。"屡用李白自署"海上骑鲸客"典,自信豪横之气概跃然纸上。《江城子》"醉来长袖舞鸡鸣,短歌行,壮心惊。……古来豪侠数幽并。鬓星星,竟何成?他日封侯,编简为谁青",以祖逖、曹操事自励,展示其雄心壮志。"众人皆醉屈原醒。笑刘伶,酒为名。不道刘伶,久矣笑螟蛉。死葬糟丘殊不恶,缘底事,赴清泠?醉乡千古一升平,物忘情,我忘形,相去羲皇、不到一牛鸣。若见三闾凭寄语,尊有酒,可同倾"(《江城子·嵩山中作》),与"举世皆浊我独清,众人皆醉我独醒"的屈原对比,肯定了刘伶酗酒沉沦醉乡忘怀得失的人生取向,则属壮志难酬后矫枉过正的反映。这种巨大反差,也是北人任性随情放纵不羁性格使然。

最能震撼我心的遗山词还是那些激情澎湃的好问、善问者。元好问不仅好问,而且善问,佳句迭出。其诗在这方面屡见不鲜,如《石岭关书所见》:"已化虫沙休自叹,厌逢狼虎欲安逃?"《秋怀》:"何时石岭关头路,一望家山眼暂明?"《论诗三十首》:"谁是诗中疏凿手,暂教泾渭各清浑?""只知诗到苏黄尽,沧海横流却是谁?"《俳体雪香亭杂咏十五首》:"为向杏园双燕道,营巢何处过明年?""罗绮宫中二十年,更持桃李向谁妍?"《岐阳三首》:"从谁细向苍苍问,争遣蚩尤作五兵?"《癸巳五月三日北渡三首》:

“红粉哭随回纥马,为谁一步一回头?”《续小娘歌十首》:“雁到秋来还南去,南人北渡几时回?”《镇州与文举百一饮》:“日月尽随天北转,古今谁见海西流?”其词在这一方面更加突出。如最负盛名的被《神雕侠侣》选作主题歌词广为传播的《摸鱼儿·雁丘辞》:“问世间情为何物,直教生死相许?天南地北双飞客,老翅几回寒暑?……渺万里层云,千山暮景,只影为谁去?”同调《双蕖怨》“问莲根有丝多少?莲心知为谁苦?”这类词往往词前有长序以传奇笔法叙事,情思充溢其中,故开篇如火山喷发,情怀激烈,放声高唱,响彻云霄。再加连问,将词人的心潮起伏、激情澎湃表现得势如长江大河、波涛汹涌。当无词序或词序简短时,往往上片叙事抒怀,下片发问,如《最高楼·商於鲁县北山》:“商於路,山远客来稀,鸡犬静柴扉。东家劝饮姜芽脆,西家留宿芋魁肥。觉重来,猿与鹤,总忘机。问华屋、高赀谁不恋?问美食、大官谁不羡?风浪里,竟安归?云山既不求吾是,林泉又不责吾非。任年年,藜藿饭,芰荷衣。”词上片叙事寓感,下片换头发问,喷涌而出,接二连三,排比铺张,气势汪洋,有天风海雨之势。《江城子》:“醉来长袖舞鸡鸣,短歌行,壮心惊。西北神州,依旧一新亭。三十六峰长剑在,星斗气,郁峥嵘。古来豪侠数幽并。鬓星星,竟何成?他日封侯,编简为谁青?一掬钓鱼坛上泪,风浩浩,雨冥冥。”亦可作如是观。亦有将问句散落于上下片之中形成潮起潮落之势者,如《满江红·嵩山中作》:“天上飞乌,问谁遣、东生西没?明镜里,朝为青鬓,暮为华发。弱水蓬莱三万里,梦魂不到金银阙。更几人、能有谢家山,飞仙骨?山鸟哢,林花发。玉杯冷,秋云滑。彭殇共一醉,不争毫末。鞭石何年沧海过?三山只是尊中物。暂放教、老子据胡床,邀明月。”《摸鱼儿·楼桑呼汉昭烈庙》:“问楼桑、故居无处。青林留在祠宇。荒坛社散乌声喧,寂寞汉家箫鼓。春已暮。君不见、锦城花重惊风雨。刘郎良苦。尽玉垒青云,锦江秀色,办作一丘土。西山好,满意龙盘虎踞。登临感怆千古。当时诸葛成何事?伯仲果谁伊吕?还自语,缘底事,十年来往燕南路?征鞍且驻,就老瓦盆边,田翁共饮,携手醉乡去。”将问句置于词末者更多,此属词人集中笔力、精彩四射之处,如《江城子·观别》:“旗亭谁唱渭城诗?酒盈卮,两相思。万古垂杨,都是折残枝。旧见青山青似染,缘底事,淡无姿?情缘不到木肠儿。鬓成丝,更须辞。只恨芙蓉,秋露洗胭脂。为问世间离别泪,何日是、滴休时?”词先从路边长亭中一对青年男女置酒饯别着笔,而后描述他们的情态、心境,娓娓道来,犹如风水先生看墓地,顺延绵起伏的山势下寻至龙气结穴处，也如古之名将使用拖刀计、回马枪，全神贯注，蓄势待发，在重要节点返马回头，振臂高呼，奋力一击，追魂夺命，扬长而去。这种由个例到普遍、由短暂到永恒之灵魂境界升华的艺术效应，正如遗山评友人诗所期望的那样："(李)光弼代(郭)子仪军，旧营垒也，旧旗帜也，光弼一号令而精彩皆变。"(《麻杜张诸人诗评》)同调《绣香奁曲》末尾"枉绣合欢花样子，何日是、合欢时"亦可作如是观。他如《江城子·寄德新丈》："春风花柳日相催，淅江梅，腊前开。开遍山桃，恰到野酴醾。商岭东来三百里，红作阵，绿成堆。半山亭下钓鱼台，拂层崖，坐苍苔。林影湖光，佳处两三杯。恨杀玉溪王老子，忙个甚？不同来？"此词可视为特招故友到内乡来访的邀请函。上片写淅江两岸山岭的植被美景，先从历时的角度描述自冬梅以来依次绽放的情形，又从共时的角度展示商岭三百里锦绣成堆的盛况，赞美之情充溢于字里行间。下片写自己淅江垂钓、畅游山林和赏心悦目、开怀畅饮的情形。末三句用口语以示嗔怪，回扣词题，点明主旨，始知前之美景、乐事皆为盛情相邀作铺垫。再如前引《永遇乐》词末"问何时，有酒如川，自歌自放"，亦旨在总合全词，突出重心，情调高昂，笔锋劲疾，有余音绕梁之效。明人祝灏《野史遗亭》所言"妙绝中州新乐府，兴来高唱有谁听"，多着眼遗山词之好问、善问，也应包含那些感慨万端、深沉郁勃之词。如《人月圆》："玄都观里桃千树，花落水空流。凭君莫问，清泾浊渭，去马来牛。谢公扶病，羊昙挥涕，一醉都休。古今几度，生存华屋，零落山丘。"此词写亡国之悲，如长江大浪的一段横截面，浩渺无端，其纯以深沉的感慨郁勃而出的笔调，类似于被推为金词巅峰作的吴激《人月圆·宴北人张侍御家有感》："南朝千古伤心事，犹唱《后庭花》。旧时王、谢，堂前燕子，飞向谁家？恍然一梦，仙肌胜雪，宫髻堆鸦。江州司马，青衫泪湿，同是天涯。"遗山《南乡子》"幽意曲中传，总是才情得处偏。唱到断肠声欲断，还连，一串骊珠个个圆。画扇绮罗筵，韩、马风流在眼前。坐上有人持酒听，凄然，梦里梁园又一年"，与吴词所及流落于燕京的亡宋宫女为新主唱歌佐欢一样，写流落于济南的亡金歌女在新贵宴会上演唱的情形，侧重于描述情态场景，词末感慨亦与吴词之凄惋缠绵近似。二者相较，我更爱前之大起大落、感慨万千、郁勃顿挫、魄力沉雄者。

前人对遗山词的评价很高，元人徐世隆谓其"乐府则清雄顿挫，闲婉浏亮，体制最备，又能用俗为雅，变故作新，得前辈不传之妙，东坡、稼轩而下不论也"(《遗山先生文集序》)，清人刘熙载谓其词"疏快之中，自饶深婉，亦可谓集两宋之大成者矣"(《艺概·

词曲概》)。以上仅就其中尤为脍炙人口之作做挂一漏万的推介,以期引发爱好者的兴趣。兴治先生对遗山诗词了然于心,此书按词作时序编排,便于了解词人的创作历程及阶段性特点;先生的艺术触角亦十分敏锐,其赏析探幽发微,精准把握,对遗山词酣畅淋漓、语浅情深的特色与"熔婉约、豪放于一炉"的成就,能作深入浅出的阐述和简明扼要的概括。当然书中也有可以商榷之处,"奇文共欣赏,疑义相与析",凡此皆有待于读者光临惠顾。

2023年元月于忻州师院

(狄宝心,中国元好问研究会第二届会长)

前 言

元好问(1190—1257),字裕之,号遗山,太原秀容(今山西省忻州市忻府区)人,生活于金末元初。他是北魏拓跋氏的后裔。北魏孝文帝迁都洛阳后,推行汉化,改皇族拓跋氏为元姓。北魏消亡后,元氏的部分后裔留在河南汝州。五代后,元好问的先祖由汝州迁居山西平定。北宋宣和间,其高祖元谊官忻州神武军使。到其曾祖元春,从平定移家忻州,自此,这支元氏即成忻州人了。

元好问的父辈有三,长为元德明,次为元格(《陵川县志》作"元泰"),三为元升。元德明子三,名好古、好谦、好问。元格无子,元好问于始生七月后过继给元格。

元格官为县令,元好问五岁时随之在山东掖县,十四岁时,元格调任,选择了名响于世的教育家郝天挺之乡陵川(今山西陵川县)。元好问在名师门下就学六年,打下了坚实的学业基础。十九岁学业期满后,随元格赴陇城(今甘肃省秦安县东北)任所。二十一岁时,元格病逝陇城,元好问扶柩归乡。

金宣宗贞祐二年(1214),蒙古军陷忻屠城,元好问兄长元好古罹难。贞祐四年,忻州再次被兵,元好问与其叔父元升南迁河南。元好问南迁后,初始落脚河南福昌三乡(今宜阳县三乡镇),两年后移居登封。三十二岁时,终于进士及第,但因遭宰相师仲安的诬谤而不就选,拂袖离开京城。三十五岁时中宏词科,谤言不攻自破。尔后任国史馆编修。因觉该职难得施展抱负,便于次年辞馆归嵩山。之后,相继任内乡、镇平、南阳县令。四十二岁时内迁尚书省掾,移家汴京。次年任左司都事。

元好问仕途顺达之际,也即人生劫难之时。四十三岁(1232年,壬辰)时的三月,蒙古军围攻汴京,金遣使求和后围解。七月,因蒙古使唐庆等对哀宗傲慢无礼,被飞虎军愤杀,和议绝,复围城。城中粮绝,哀宗于十二月出汴,名曰"东狩"。此年的变故史称"壬辰之变"。次年(癸巳)正月,汴京西面元帅崔立兵变,杀二留守献城,四月,押后宫、王族至青城,梁、荆王族被屠,两宫及妃嫔北迁。五月,元好问及被掳官员被押管于山东聊城。“癸巳之变”成为元好问人生的重大转折点。

元好问被管山东的次年，受到山东东平万户严实和冠氏世侯赵天锡的庇护和礼遇，景况向好（聊城二年后，移于冠氏）。四十八岁时，羁管期将满，他便先期回乡，准备携家归里事宜。元家祖居在距城很近的平川地带之韩岩村，当他回到祖宅时，看到的是“先人之敝庐，可怜焦土”（《外家别业上梁文》，下同），于是在其东南方向的系舟山北麓，“占松声之一丘”，营建了“外家别业”，该村也因元好问而名之为“元家山”（如今，该村村民多为元氏后人）。

外家别业营建毕，元好问于当年腊月返回冠氏。次年秋，告别东平、冠氏诸友，踏上返乡之路，辗转流滞一年之久，才回到家乡，其时年已五十。他在《人月圆·卜居外家东园》中云：“重冈已隔红尘断，村落更年丰。移居要就、窗中远岫，舍后长松。”这就是他高卧山村时舒畅心情的写照。

携家归乡的第二年十月，他又为保护中原文化、抢救金史等等事宜，踏上了足不停歇的晚年奔波之路，直到六十八岁（1257 年九月），辞世于河北获鹿寓所。

元好问是爱民如父子的一代廉吏。

“青云玉立三千丈，元只东山意气豪”（《石岭关书所见》）。元好问是素怀凌云之志的，特别是在国家多难之秋，矢志欲像系舟山一般“玉立三千丈”，为国为民做个烈烈大丈夫。三十五岁时步入仕途，然而觉得窝于史馆，徒耗人生，便毅然辞归。三十七岁时在方城军中待过数月，亦觉难以遂志而告辞。三十八岁时，被任命为内乡县令而治理一方。元好问终于找准了方位，怀着“升平责望富民侯”（《诉衷情》）的心志走马上任。在内乡时，他施行惠政，招抚流亡，劝农耕桑，并常常深入乡下。“老眼不随花柳转，一犁春事最关情”（《偶记内乡》），终使内乡独成一方乐土。之后，他又先后任镇平、南阳令而善政卓著。《河南通志》和《内乡通考》都说他“劳抚流亡，边境宁谧”“善政尤著，吏民怀之”“循吏也，不当徒以诗人目之”。《新修镇平县志》谓其“律己守法，政平讼理。暇时则赴劝农，形迹脱略，如家人父子。每岁开征，不事科扰，民竞劝乐输无愆期”“以德化民，政声翕然”。《新修南阳县志》亦载：“为中州南阳令，南阳大县，兵民十余万，帅府令廉，镇抚甚有威惠。”如上所载，均在说明元好问不仅有治世之才，而且爱民如亲人，是位极为可敬的廉吏。

说到“吏民怀之”，还有两则极为感人的事例。在内乡任上时，元好问之母张太夫人病故，由于战争原因，南北不通，只好寄葬于内乡。十五年后欲返内乡迁葬时，只道墓丘已经荒草萋迷，岂知见到时却更为规整，香灰满炉，原来是内乡故吏在年年扫祭。其二是这次迁葬时，内乡父老闻知元县令回来了，欢欣异常，东邀西约叙旧话新，元好问亦是留恋难舍，竟从秋到春，留滞了半年之久。“再见州人本不期，相留相挽忍相违”“事去恍疑春梦过，眼明还似故乡归”（《为邓人做诗》）。为官做到这种份儿上，还有何样赞语可及之？

元好问是史学界的一面旗帜。

元好问入仕时，任国史院的编修，时间虽仅一年，却留下了难能可贵的一笔。金卫绍王至宁元年（1213），胡沙虎弑卫绍王，立宣宗，宣宗朝臣均看宣宗颜色，不仅不追究其败军与弑君大罪，反道其拥戴有功。时之史官亦篡改卫绍王实录，后又彻底销毁，以致史实残缺。哀宗朝修《宣宗实录》时，史院派元好问向已退归郑州的老臣贾益谦询问时事。贾益谦对篡改史事和阿谀之势极为不满，直述其时事。元好问亦依据真相，不忌朝讳而还原了历史的本来面目，其不计后果的董狐精神受到了时人的极口称颂。

“国史经丧乱，天幸有所归，但恨后十年，时事无人知”（《学东坡移居八首》之六）。金之历代实录，均有留存，汴京城破时，被蒙古河北东西路都元帅张柔悉数取走，这即是“天幸有所归”，没有被乱兵焚毁。然而，哀宗朝之十年、特别是国家丧亡之际的实录却无点滴，这就是所说的“时事无人知”。为此，元好问以遗臣之志，欲担负修纂金史的大任。他的申请刚要被蒙元准批，却被乐夔从中阻梗而未果。为了抢救金史，留史实以本真，他便迂回侧出而修“野史”，并在家乡亲手建起野史亭，同时奔走于晋冀鲁豫间，广泛地搜集史料。郝经《大德碑本遗山先生墓铭》云：“（遗山先生）往来四方，采摭遗逸。有所得，辄以寸纸细字亲为记录，虽甚醉不忘。于是杂录近世事至百余万言。捆束委积，塞屋数楹，名之曰‘野史亭’。”元好问自己亦在《与枢判白兄书》中说：“谁有《实录》一件，只消亲去顺天府一遭，破三数月功，披节每朝终始及大政事、大善恶系废兴存亡者为一书，大安及正大事则略补之。此书成，虽溘死道边无恨矣。”从上述信息中，可以看出其所收积之史料已经大成，其执着奉献的精神真堪为史家之表率。

元好问存史，除编写的《金源君臣言行录》《壬辰杂编》《南冠录》等书稿外，还将许多的人物传记、史事杂录，融贯于《中州集》和碑、文、书、记之中，形成处处留史迹的格局，可谓一大创举。后来，元廷修的宋、辽、金三史，独以《金史》得评最高。《金史·传记十·元好问》云:元好问晚年“筑亭于家,著述其中,名为‘野史亭’。记录金代君臣言行,凡百余万言,元修《金史》,多所参稽。”《四库全书·总目》云:《金史》“与宋、辽二史取办仓促者不同,故其首尾完密,条例整齐,约而不疏,赡而不芜,三史之中,独为最善。”《金史》之所以有如此评价,缘于有了元好问底本之故。元好问的史学贡献可谓大矣!

元好问是中原文化的忠诚卫士。

蒙古是游牧民族,农耕文化的观念十分淡薄,对儒家文化更有排斥心态,在“一蒙古、二色目、三中原汉人、四南方汉人(含少数民族)”的等级划分外,甚至还有“一官二吏……七匠八娼、九儒十丐”之说,即把儒者列为社会群体的末端。另外,蒙古军在攻城掠地中,动辄便有屠城的野蛮行径。汴京被陷、金亡在即之际,中原文化也面临着一场浩劫。保护中原文化的最切近措施是保护中原文士,文士保全了,文化就不会断脉。鉴此,元好问不顾“境外之交”之忌,急切地向蒙古权要中具有远见和实力影响的中书令耶律楚材送出《癸巳岁寄中书耶律公书》。《书》中云:“夫天下大器,非一人之力可举。而国家所以成就人材者,亦非一日之事也。”陈述人才之宝贵、得之乃不易后,列出其时亟须保护的五十四位文化精英,诚望耶律中书“使脱指使之辱,息奔走之役,聚养之,分处之……他日阁下求百执事之人,随左右而取之……假而不为世用,此诸人者可以立言,可以立节,不能泯泯默默,以与草木同朽……”《书》中之言,千百年后读来,依旧激荡人心。

金亡之后,元好问继续为恢复儒学文化而奔走呼号,甚至同张德辉一起北上,觐见忽必烈于潜邸,请其为儒教大宗师而免除了儒户的兵赋之苦,使中原文化呈现出复苏的局面。与大方针同步,元好问还长期坚持着鼓励后学、宣传庙学恢复盛事、亲自执教学子等等,凡此种种,屡见其诗文之中,其学子也遍布四方,先生之心,可谓良苦而博大矣!然而,偏有许多目光浅短之人向他发起一波又一波的诽谤和攻击,这些人被南宋大学士家铉翁称为“小智自私者”。他说:“盛矣哉,元子之为此名也;广矣哉,元子之用心也。夫生于中原,而视九州四海之人物,犹吾同国之人;生于数十百年后,而视数十百年前人物,犹吾生并世之人……余于是知元子胸怀卓荦,过人远甚。彼小智自私者,同室藩篱,一家尔汝,视元子之宏度伟识,溟涬下风矣。呜乎!若元子者,可谓天下士矣,数百载之下,必有谓予言为然者。”(《题中州诗集后》)

元好问是金元时期当之无愧的文坛领袖。

元好问卓绝的文学成就，源于家学，基奠于陵川郝天挺，发展于丰富的社会经历。他还在十六岁时，便因一首《雁丘词》而名传天下，二十八岁在三乡时的《论诗三十首》，又以其诗歌创作之理念而影响久远。在三乡的两年与嵩山的十年中，他与文坛精英群体广泛交往，诗歌创作进入了鼎盛，同时也隐隐之中成为诗文领域的中心人物，乃至于任内乡县令时，竟有张仲经、杜仁杰、麻信之、高信卿、康仲宁、刘光甫等名士亦移家内乡，与他诗酒为伴，成为千古文坛的一段佳话。

金亡前后，代掌文柄的杨云翼、赵秉文先后离世，而元好问的丧乱诗则以震撼之势相继爆出。这些诗作记录了历史的巨变，成就了诗史的巅峰，使他成为杜甫之后的又一位杰出现实主义诗人。“先生卓荦有异识，振笔便入苏黄室。开辟文源翦荆棘，大声复完金玉击……尘埃野马为鬼蜮，遗山岩岩依天壁”（郝经《大德碑本遗山先生墓铭》），此际的元好问，无疑已成了金元文坛的巨人。

元好问为金元时期文坛领袖的称号，是后人依据其卓绝的成就而敬赠的，说不来准确的时间段。倒是其山东羁管期满后，全力地为中华文化的复兴而奔走于上下与四方，各处的庙学恢复和碑、记、文、序等纷纷求其命笔，使他更具有文坛领袖形象的特征。元徐世隆《遗山先生文集序》中说：“自中州斫丧，文气奄奄几绝。起衰救坏，时望在遗山。遗山虽无位柄，亦自知天之所以畀付者为不轻，故力以斯文为己任。周流乎齐鲁燕赵晋魏之间，几三十年。其迹益穷，其文益富，其声名益大以肆。且性乐易，好奖进后学，春风和气，隐然眉睫间，未尝以行辈自尊。故所在士子从之如市。”这段文字，无疑是对遗山先生作为金元文坛领袖的极为精辟的评价。

据统计，元好问今存之诗 1381 首，词 340 余首，赋 4 篇，文 26 卷，短篇小说《续夷坚志》4 卷 207 篇，金代诗歌总集《中州集》10 卷（另附《中州乐府》1 卷），《诗文自警》15 则以及《唐诗鼓吹集》。另有《锦机》《杜诗学》《东坡诗雅》《东坡乐府集选》《壬辰杂编》5 种佚失。

中国诗歌史上，有诗、词、曲三大高峰，诗与词的始创者是一个模糊问题，而以词例曲第一人，却正是元好问。他的散曲作品今存虽只 9 首，但是均具清润疏俊的风格而引领了元代及后世的散曲创作。他的弟子白朴，更是一位忠实的散曲践行者，终至成为元代“白马关郑”四大家之一。

2014年，忻府区政协欲编写《金元泰斗》一书，组织了一次“寻踪元好问”之旅，我作为钟情元诗的一员而有幸参与。该次寻踪中，到三乡故地，访内乡县境，寻登封足迹，又走邓州、镇平、南阳，以及汴京故址处，觅聊城至觉寺、冠县两居地等，对元好问行迹处的山川地理、人文风情等有了较系统的了解。每到一处，当地政协又组织专家学者座谈会，征询了解到许多珍贵的信息资料。在寻踪之程中，大家都有一种感觉：仿佛遗山先生始终在身旁领挈着我们。

返忻后，我在山西中华文化促进会会长姜新文、忻府区政协副主席郭晓燕的鼓励下，着手编写了5卷本199万字的《元好问诗注析》，并于2020年由三晋出版社出版。2021年，我又在中国元好问研究会原会长狄宝心先生的悉心关切与指点下，着手编写《元好问词赏析》。书稿完成之际，一种莫名的惶恐又袭上心头，这大概就是自己妄以浅薄之识而唐突圣贤的心理吧。

凡 例

一、本书以姚奠中先生主编的《元好问全集》(2004 年 山西古籍出版社出版)为底本,参校杨镰先生主编的《全元词》和赵永源先生的《遗山乐府校注》,择善而从。

二、本书中,除赵永源先生《遗山乐府校注》和赵兴勤先生《元遗山研究》对《全集》中 43 首的作者有异议者外,其他词篇均作了赏析,即共赏析 347 首。

三、编排词篇顺序时,可寻脉络者均列入“编年部分”,难以界定创作时间的,则列入“非编年部分”。

四、每篇的内容均按照原作、注释、赏析的顺序编写。

五、原词中的脱字处,均以“□”代替,赏析时力求追寻原意,作进一步解读。

六、原作中所涉及的交往人物及典故,首出时详作介绍注释,后出时略作说明并提示参看篇目。

七、姚本《元好问全集》中,收入了遗山先生的散曲作品五宫调 9 首,本书作为附录收入。其中,有两首散套只存正曲,脱失了过曲与尾声,故而只赏析了三宫调 7 首。

八、为了便于查找篇目,了解遗山先生的生平与作品创作脉络,书末附录元好问诗词系年简编和《元好问词赏析》篇目音序索引。

目 录

编年部分

非编年部分

附:散曲部分

附录

编年部分

摸鱼儿

乙丑岁[1]赴试并州[2]。道逢捕雁者云："今日获一雁，杀之矣。其脱网者悲鸣不能去，竟自投于地而死。"予因买得之，葬之汾水之上[3]，累石为识，号曰"雁丘"。同行者多为赋诗，予亦有《雁丘词》。旧所作无宫商[4]，今改定之。

恨人间[5]、情是何物？直教生死相许！天南地北双飞客，老翅几回寒暑。欢乐趣，离别苦，是中[6]更有痴儿女。君应有语，渺万里层云，千山暮景，只影为谁去？　横汾路，寂寞当年箫鼓。荒烟依旧平楚[7]。招魂楚些何嗟及，山鬼自啼风雨[8]。天也妒，未信与、莺儿燕子俱黄土。千秋万古。为留待骚人，狂歌痛饮，来访雁丘处。

【注释】

①"乙丑岁"：金章宗太和五年（1205），是年，词人十六岁。②"赴试并州"：是时，词人从陵川郝天挺就学处赴太原参加乡试。③"汾水之上"：汾河太原段的岸边。④"无宫商"：不合词牌声律的要求。宫商：我国古代五声音阶"宫、商、角、徵、羽"中之二阶，代指音乐和宫调之规定。⑤"恨人间"：原本作"问人间"，据《全元词》校改，因为"恨"字与全词的基调更吻合一些。⑥"是中"：内中，这里面。⑦"横汾路"三句：汉武帝当年巡游过的地方。其时盛况无比，而今萧瑟冷寂。横汾路：泛指汾河之畔。平楚：平林，此处意为平林漠漠。汉武帝率文武百官汾水边祭后土时，曾作《秋风辞》，辞中有"泛楼船兮济汾河，横中流兮扬素波，箫鼓鸣兮发棹歌"句。⑧楚些（suò）：《楚辞·招魂》的句尾多用"些"字，故称。山鬼：山神，《楚辞·九歌》中有《山鬼》篇。

【赏析】

“恨人间、情是何物？直教生死相许！”词之入笔便以破空之势发问，问天、问地、问人，亦在问自己，将目睹贞雁殉情后的翻腾心事喷泄而出。“直教”二字置于“生死相许”之前，把一个“情”字渲染得力量奇伟，为下文蓄足了笔势。

“天南地北双飞客，老翅几回寒暑”二句，是以人拟雁的驰骋回顾之笔：在寒来暑往中，双雁南徙北归，结成情感深厚的伴侣。饥也好，劳也罢，相扶相慰，形影不离。此二句十分精炼地描绘了雁侣之笃情，为下文的叙写夯实了基础。

“欢乐趣，离别苦，是中更有痴儿女。”正当雁侣不畏寒暑地欢乐双飞之际，却突生灾祸，伴侣丧于非命，造成撕心裂肺的“离别苦”。“痴儿女”三字将“是中”之情刻画得入骨见髓，并引出词人的哀叹。

“君应有语，渺万里层云，千山暮景，只影为谁去？”此四句是词人对殉情之雁的叹息。“君应有语”为词人之语：你虽然殉情而去了，但是，投地而死前必定有悲痛欲绝的话来。其后三句便是殉雁的哀言：伴侣遭厄而死了，此后的“万里层云”“千山暮景”，我“只影”为谁而飞？此三句悲悲切切，直撼心灵。虽为猜测之语，却必是殉雁真真切切的绝命之言，从而将其“痴儿女”之情和词人之“恨”掘写得恸彻天地。

大雁是殉情于汾河岸边的，词的下阕便从汾路而转头：

“横汾路，寂寞当年箫鼓。荒烟依旧平楚。招魂楚些何嗟及，山鬼自啼风雨。”此数句看似游离主题了，细想来却正是妙意之处：汾河之畔，盛极大汉的人物汉武帝曾经巡游过，而今，这里却早已“寂寞”而“荒烟”，谁还记得他曾来过？即使是设坛招魂也无济于事的，只有山鬼空自悲啼。此例同殉情大雁构成对比，重重地为结尾伏了一笔。

“天也妒，未信与、莺儿燕子俱黄土”二句又举出一例：“莺儿燕子”是历来文人笔下的宠物，然而，它们死去以后，都与黄土泥尘一样，从来不会被人们在意过，而贞雁则非同一般。此例再为结尾伏上一笔。“天也妒”“未信与”则郑而重之地留与下文作比衬。天也妒，这里的妒是嫉、嫉忌的意思，不是嫉妒，指天也会忌讳将雁与莺儿燕子一样作常态处理。

“千秋万古。为留待骚人，狂歌痛饮，来访雁丘处。”在举过帝王与禽鸟俱不足道的事例后，结尾处十分郑重地说：千秋万古的骚人墨客，必定会“狂歌痛饮”地来祭奠此个雁冢的，这种对比的手法产生了巨大的冲击力！

这首词中，词序与正文相辅相成，咏物与寓意完美结合，叙事与抒情高度统一，沉雄之气与柔婉之情融如水乳，终致成为千古绝唱而传诵于海内外。

江城子　观别[1]

旗亭[2]谁唱渭城诗[3]？酒盈卮[4]，两相思。万古垂杨[5]，都是折残枝[6]。旧见青山青似染，缘底事[7]，淡无姿？　情缘不到木肠儿[8]。鬓成丝，更须辞。只恨芙蓉[9]，秋露冷胭脂。为问世间离别泪，何日是、滴休时？

【注释】

①“观别”：观见人之离别场面。②“旗亭”：市楼。张衡《西京赋》：“旗亭五重。”薛综注：“旗亭，市楼也。立旗于上，故取名焉。”③“渭城诗”：指王维的《送元二使安西》，诗曰：“渭城朝雨浥轻尘，客舍青青柳色新。劝君更进一杯酒，西出阳关无故人。”④“卮”：古代的一种器皿，常用来盛酒。⑤“垂杨”：此处指柳树。⑥“折残枝”：即“折柳”或“折杨柳”。古代送别时，有折柳赠别的风俗。“柳”与“留”谐音，故寓惜别之意。⑦“底事”：何事。⑧“木肠儿”：不为情缘或威势所动的人。⑨“芙蓉”：有木芙蓉和水芙蓉两种，此处指后者，即荷花。

【赏析】

词人二十一岁时，自泰州扶嗣父灵柩归忻。途经绛阳，遇有观察之孙振之离绛，因有琴姬阿莲与之泣别，遂作词以记。

“旗亭谁唱渭城诗？酒盈卮，两相思。”词之入笔，即用“旗亭谁唱渭城诗”点出地点，巧蕴主旨。“谁唱”设问引人关注，“渭城诗”用典天成无痕，同时叩开词境，领起下文。“酒盈卮，两相思”二句，虽未直接回答首句之问，却已照应“旗亭”，言明两人，道出情缘。一个“盈”字，酒满而情溢，意浓而凄凉之感尽出其中。

“万古垂杨，都是折残枝”二句，于旧俗中接新意，“残枝”二字表象中掘出内蕴，将惜别的老话题翻深一层。

“旧见青山青似染，缘底事，淡无姿？”接下来转笔于景物描写：谓往日山景，犹似重彩染过，今日之山，淡而无娇，冷而无情，境由心造，景随情异。“缘底事”之发问，问而不答，将别前之欢乐与别时之凄清反衬得细腻入微。

“情缘不到木肠儿。鬓成丝，更须辞”三句，暗引苏轼《沈香石》“欲随楚客纫兰佩，谁信吴儿是木肠”句，从阿莲的角度，谓振之如木石肠儿，情感麻木，竟忍辞缘而去。正义反出，似嗔怪而实缠绵，极尽婉曲之妙。

“只恨芙蓉，秋露冷胭脂。”此女名阿莲，词人便以莲之别名作喻，将阿莲泪落不止、洗去胭脂的凄颜状写得惟妙惟肖，更从表象深掘其内心情感，收到震人心弦的效果。

“为问世间离别泪，何日是、滴休时”则是从词人的角度发出感慨，既回应了“观别”，又将词境延宕开去，收到言有尽而意难休的效果。

这首词缠绵婉曲，情深意切，虽为旁观，却词中有己。连续用三个问句，前后贯之，把离情别境、抒情议论次第翻折，层层叠高，使词韵弥永而不绝。

鹧鸪天

酒兴浓于琥珀①浓，争教相望水西东②。人家寒食清明③后，天气轻烟④细雨中。　花不尽，柳无穷，赏心难是此时同。阿连⑤近日歌喉稳⑥，唱得春宵烛影红⑦。

【注释】

①“琥珀”：琥珀酒。色如琥珀，蜡黄或赤褐。②“水西东”：两人相隔在水之西和东，指两岸。③“寒食清明”：指“寒食节”与“清明节”，二节前后两日相接。④“轻烟”：淡淡的烟雾。⑤“阿连”：琴姬“阿莲”，《太常引》[渚莲寂寞倚秋烟]序中有记。⑥“稳”：形容歌声圆润。⑦“烛影红”：本为词牌名《烛影摇红》的省称，此处喻其歌声使得烛影越发显得红艳。

【赏析】

词人在《太常引》[渚莲寂寞倚秋烟]的序中说："予年廿许，时自秦州侍下还太原，路出绛阳。适郡人为观察判官祖道道傍。少年有与红袖泣别者……所别即琴姬阿莲。予尝以诗(《渚莲怨》)道其事，今二十五年。"由之而知这首《鹧鸪天》作于乐府诗《渚莲怨》和《江城子·观别》之后。

"酒兴浓于琥珀浓，争教相望水西东。"词之入笔即以酒起兴，谓酒兴之浓胜于琥珀之浓，以熟知喻抽象，兴象即奇。次句则再谓在此情况下，怎么能让我俩相隔而不相见呢？二句一正入，一反诘，述事变化，语势逐强，把一个"浓"字渲染得十分深厚。然而，在"水西东"三字的背后，隐隐有着词人的怨尤，而且怨尤之浓，亦是浓于琥珀。

"人家寒食清明后，天气轻烟细雨中"二句轻轻一转，言家家户户度两节，寒食清明连举，给人以凄清的感觉；言春天气息澹澹，轻烟细雨共入，又给人以清新的感受。此二句由浓转淡，却从隐隐的忧情中澹入细细的逸致。

"花不尽，柳无穷，赏心难是此时同"三句，言花开不断，言杨柳绿盛，又将环境、心境由淡转浓。"赏心难是此时同"一句由赏花观柳而自然生出，凸显出全文的主旨。

"阿连近日歌喉稳，唱得春宵烛影红"二句出得很微妙：从阿连看，前日是"两相思""淡无姿""秋露冷胭脂"(见《江城子》[旗亭谁唱渭城诗])，今日是"歌喉稳"，唱得"烛影红"。"稳"字中既含情绪稳定下来，又将词牌名嵌入，称道了阿连歌喉圆润。从词人的心境上看，可体味到他由淡淡的尤怨，转升为"春宵烛影红"，将人生的希望燃了起来。从抒情的经营上看，将由"浓"转淡后的心绪再次转入浓烈，形成起伏跌宕之势，于高扬之态中收结全篇。

这首作品由浓起兴定下了基调。而后转入淡写，自然色彩与情感色彩都显出差异，却又搭配得十分和谐。次后便由"稳"字拉转，"红"字提升，强化了春意之暖、酒兴之浓和作品的表现力。抒情中，起始处隐含了一层怨尤，这与他应试失意、蹉跎岁月有着很大的关系。然而，他毕竟年轻气豪，对自己的胸中所学极自信，因而便于尾处借"烛影摇红"而释放出来，收到了振荡不竭的情感效果。

点绛唇　长安中作

醉里春归，绿窗[1]犹唱留春住。问春何处，花落莺无语。　渺渺[2]予怀，漠漠[3]烟中树。西楼暮，一帘疏雨，梦里寻春去。

【注释】

①“绿窗”：此处指歌女所居之处。②“渺渺”：悠远的样子。③“漠漠”：烟尘弥漫的样子。

【赏析】

遗山先生《送秦中诸人引》中云：“予年二十许，侍先人（嗣父元格）官略阳（陇城，属古略阳地）。以秋试，留长安中八九月。”根据“梦里寻春去”等语，知这首《点绛唇》作于是年暮春。

“醉里春归，绿窗犹唱留春住。”词人滞留长安，亟盼的是参加秋试，高榜得中，然而又十分担心再次失意而蹉跎时光。“春归”即春将逝去，也双关年华空逝之担忧，因之，“绿窗”之声入耳，都幻化成了留春之音。

“问春何处，花落莺无语。”词人虽有挽春之情，但是春光无情，该逝则逝，于是他便追逐而“问春何处？”问花时，“花落”无声，问莺时，莺亦“无语”，从而把词人的惜春与万物的伤春融于一处，发散出来。

“渺渺予怀，漠漠烟中树。”“渺渺”二字意接上阕而言自己对前景之迷茫，“漠漠”句放目远处，亦是云脚沉沉，烟树茫茫。心境与环境俱迷蒙，欲望远路又被烟树阻断，此情此景正是词人的忐忑之处。

“西楼暮，一帘疏雨，梦里寻春去。”“西楼暮”将目光收回、时间推移，含寓了沉重的心事；“一帘疏雨”又见浓浓的烟云变为疏雨临帘，更将心事烘托得郁郁不安。物事极限处，便是转折时：“梦里寻春去”是词人极度沉郁后，突然爆发出来的豪气，他要冲破烟雨迷雾，寻将春天去。精神大振，词境也便大振，使全篇于高扬的气势中收结，产生出无比振荡的艺术效果。

这首词通过托物寄情和象征的手法，先抑而后扬地把词人不屈不挠、勇于进取的性格表现得十分形象、强烈，令人起敬。

蝶恋花　戊辰岁长安中作

一片花飞春意减。雨雨风风，常恨寻芳晚。若个[①]花枝偏入眼，樽前细问春风拣。　　酒里看花云锦[②]烂。只记莺声，不记红牙板[③]。留著佳人鹦鹉盏[④]，明朝剩[⑤]把长条[⑥]挽。

【注释】

①“若个”：哪个。②“云锦”：我国传统工艺美术的丝织品。锦纹瑰丽，犹如云彩，故名。常用以形容景物等色彩斑斓。③“红牙板”：调节乐曲板眼的拍板。以檀木制成，色红，故名。一般为女性所执。④“鹦鹉盏”：酒器名，因形似鹦鹉而名。⑤“剩”：更。⑥“长条”：一般指柳枝。

【赏析】

这首《蝶恋花》作于金章宗泰和八年（1208）春末，其时，词人在长安等待秋试。

“一片花飞春意减。”“花飞”已自显着晚春季节了，又冠以“一片”，更描绘出飞红乱眼，万花纷谢之状，将春之暮景渲染得十分形象。然而，词人落笔非是要写景，其意尽在一个“减”字上，花意减了，春光老尽，时光即又逝去大好的一段。从而把词人青年时期急欲进取的心情表露得十分形象、可感。

“雨雨风风，常恨寻芳晚。若个花枝偏入眼，樽前细问春风拣。”“雨雨风风”，既谓季节特点，更喻历经纷繁而前景渺茫，一个“恨”字把时光空逝，功名未就时的怅惋尽诉于中。而在怅恨之际，那个芳花凋落、只剩残萼的“花枝偏入眼”，更扰心烦。于是，词人索性把酒“细问春风拣”，“拣”者，挑剔也，再加一个“细问”，便是要认真地掰个分明，把那份急迫之情又掘深一层。

“酒里看花云锦烂。只记莺声，不记红牙板。”“酒里看花”，将前文之“拣”具体化了,醉眼中看到的是“云锦烂”,这个“云锦烂”不是春花烂漫,而是酒醉状态下的幻觉。因之接着便道:“只记莺声,不记红牙板。”莺声,是春天最美、最自然的声音,也象征着词人高远的心声;红牙板,人为的拍奏声,是歌女的套路歌曲。为此,用“只记”与“不记”选择扬弃,并为下文的转折作出过渡。

“留着佳人鹦鹉盏,明朝剩把长条挽。”春英落尽了,只有柳条还在长,“剩把长条挽”回应“春意减”。今日手捧鹦鹉盏的佳人之祝福,把伤春沮丧之气留在明朝吧!

这首词在主题表达上,始终采用借象言意的手法,眼中之花,樽前之景,全数在为主题役用。词语的运用上,虽然轻笔妍词满篇,却与严肃的主旨配合得非常默契。还有一样妙处,在短短的六十字中,三度出现酒与酒器,推波助澜般把词境由平抑而逐次推向高潮,酒之妙用,尽在于斯。

渔家傲

午醉醒来春欲去,莺儿燕子都无语。好个一春行乐处。花无数,宝钗贳[1]酒花前舞。　十里驿亭杨柳树,多情折断青青缕。春到去时留不住。留不住,西城日日风和雨。

【注释】

①“贳”:买。

【赏析】

根据词意,知这首《渔家傲》作于金章宗泰和八年(1208)在长安时。

“午醉醒来春欲去,莺儿燕子都无语。”首句用一醉醒来“春欲去”的夸张手法,谓春之短暂。次句以拟人手法,说平日最喜一展歌喉的莺儿燕子也默然无声,营造出万物伤春去的氛围,为惜春的主题作出铺设。

“好个一春行乐处。花无数，宝钗贳酒花前舞。”此三句用春芳无际、慷慨换酒、花前醉舞，展现出一个惜春、挽春的场面，并用“好个”加重语势，迸发出一派及时赏乐的激情。

“十里驿亭杨柳树，多情折断青青缕。”十里驿亭本是人们送别的地方，此处借来换位言之，谓词人情意诚诚地折柳挽春。“青青缕”暗蕴情丝万缕，把珍惜光阴的情怀表露得十分深婉。

“春到去时留不住。留不住，西城日日风和雨。”即使词人极力地挽春，但是春日还是一丝丝地滑走，两个“留不住”叠用，把春去后怅然若失的心情流露得十分细切。春是留不住了，向西望去，天天看到的是无情的风和雨，这些风和雨，也将是词人人生路上无数的、意想不到的坎坷。象征手法的运用，也把读者带入了唏嘘不已的境地。

这首词表达的是词人珍惜时光之主题。为此以赏春、挽春、春逝为主线，抒发了对岁月无情、青春转瞬即逝的担忧。其积极进取，欲为国为民施展才华和抱负的激情可见一斑。

浣溪沙

芳草垂杨长乐坡①，两行红粉②一声歌。淋漓襟袖酒痕多。

梦里翠翘③惊堕枕，愁边罗袜见凌波④。春寒春瘦夜如何⑤？

【注释】

①“长乐坡”：在今陕西西安市东郊浐河畔，旧名浐坂，隋文帝厌“坂”字带“反”，改名为长乐坡。时人庆典多选吉利之名，故此处便为首选的地方。②“红粉”：歌女。③“翠翘”：古代女子的一种首饰，形状像翠鸟尾上的长羽。④“罗袜见凌波”：曹植《洛神赋》：“凌波微步，罗袜生尘。”形容步履轻盈。⑤“夜如何”：《诗经·小雅·庭燎》：“夜如何其，夜未央，庭燎之光。君子至止，鸾声将将。”唐孔颖达疏：“宣王以诸侯将朝，遂夜起问左右曰：‘夜如何其？’其语辞言夜今早晚如何乎，王问之时，夜犹未渠央矣……王勤政事诚可美矣。”

【赏析】

词人十九岁时，曾赴长安参加府试。其时作过《结杨柳怨》诗，诗有“长乐坡前一杯酒，郑重行人结杨柳”句，故将这首《浣溪沙》亦编于金章宗泰和八年(1208)。

“芳草垂杨长乐坡，两行红粉一声歌。”上阕写长乐坡之盛会。首句的“芳草垂杨”谓环境之美，次句的“两行红粉”言歌乐之盛。动与静，声与色，把场面渲染得喜气洋溢。

“淋漓襟袖酒痕多。”此句特写酒宴，“淋漓”谓畅饮，“酒痕多”又言会宴人之众及狂饮之状，由此而体现着宴饮的隆重。然而，这次聚宴的缘由却没有点出来。

下阕转写词人的状况。

“梦里翠翘惊堕枕，愁边罗袜见凌波”二句写词人梦中状况，后句写日间的红粉倩影轻盈的步履再现眼前，前句“惊堕枕”则言突然枕头掉地，惊而醒来。这个“枕”字巧将“一枕黄粱”之典隐寓其中。

“春寒春瘦夜如何。”结句所说的惊枕时间为午夜，将“春寒春瘦”与“堕枕”联系起来，可知所言的是“春梦”一场，“春瘦”即希望落空，而后只好带着怅恨离开长安。

回过头来再看，上阕中所写的欢宴场面，当是秋试放榜后，为得中之人举行庆贺之宴，这同下阕中词人的黄粱梦醒后，甚觉“春寒春瘦”构成强烈的对比，形象地抒发出词人失意、落寞的情怀。

点绛唇

痛负花期①，半春犹在长安道②。故园春早，红雨③深芳草。　　愁里花开，愁里花空老。西归④好，一尊倾倒，乞与花枝恼。

【注释】

①“花期”：花开的时间，又可指探花宴佳期。唐时，宴新科进士于杏花园，称探花宴。宴上，以少俊

二人为探花使，使赋诗。宋、金、元、明、清皆沿袭。②“长安道”：白居易《长安道》有“君不见，外州客，长安道，一回来，一回老”句。③“红雨”：比喻花落纷纷。李贺《将进酒》：“况是青春日将暮，桃花乱落如红雨。”④“西归”：指回到嗣父元格官居之地略阳（陇城），因位于长安之西，故言。

【赏析】

这一首作于金章宗泰和八年长安秋试后。词人此次秋试名落孙山，心情比较低沉，遂填此首。

“痛负花期，半春犹在长安道。”上阕用一个“痛”字领起，给人以强烈的传感。“痛负花期”，不是有负春光中赏花，而是与“探花宴”失之交臂，起首四字便觉新奇。“半春犹在长安道”又有二巧：一巧在“半春”，半春者，即花期未到，隐喻未能拿到参与探花宴的资格证，此憾也即其“痛”之一；二巧是暗引白居易诗中“外州客，长安道，一回来，一回老”句，担心自己这个“外州客”在“长安道”上屡行屡失意，一回回空老下去，此忧也即“痛”之二也。

“故园春早，红雨深芳草。”现实太伤怀了，便揳入两句与“外州”相对的故园美景，用彼之“春早”冲淡此处春杳，彼之春美淹去此道之无情。“深”字用得极妙：惟其“红雨”飘落，才知芳草之深，惟其芳草之绿，方显“雨”之红艳，可谓奇字妙得。

“愁里花开，愁里花空老”二句，接“红雨”而反思：自己初来之时，正值春花烂漫，是谓“愁里花开”。而今秋试已毕，“探花”之宴成空，岂不正是“愁里花空老”？两个“花”字和两个“愁”字各蕴深意，又回应了首句。

“西归好，一尊倾倒，乞与花枝恼。”既然“长安道”不如“故园春”，词意便自然折转。“西归好”，是在前文的铺垫下所产生的必然意向。末两句设想归去后的行状：捧酒于花前，一浇胸中块垒。“乞”字求其谅解，自含有负乡中花期之意，“花枝恼”更妙，变换角度，用已花凋之长枝的口吻说：“你早干甚去了，待我花残你才回来！”这个“恼”字，把花枝之似嗔似怪、又怜又爱的情感道出，既回应开篇之“痛”，起到首尾圆合之效，又入词家妙境，显现出极佳的艺术之美。

这首词从始至终都或明或暗地贯串着一个“花”字，又各赋以不同的意义。且因拈用之巧，读来流而畅之，并无累赘之感。

朝中措

醉来长铗为谁弹[①]，憔悴入函关[②]。一带秦川[③]如画，夕阳仙掌[④]空闲。

门边骯髒[⑤]，胸中块磊[⑥]，何苦人间？匹马明年西去，看君射虎南山[⑦]。

【注释】

①“醉来”句：用“冯谖弹铗”典。《战国策·齐策四》载：“齐人有冯谖者，贫乏不能自存。使人属孟尝君，愿寄食门下……左右以君贱之也，食以草具。居有顷，倚柱弹其剑，歌曰：‘长铗，归来乎！食无鱼。’……居有顷，复弹其铗，歌曰：‘长铗，归来乎！出无车。’……后有顷，复弹其铗，歌曰：‘长铗，归来乎！无以为家。’……孟尝君问：‘冯公有亲乎？’对曰：‘有老母。’孟尝君使人给其食用，无使乏。于是冯谖不复歌。”长铗：长剑。②“函关”：函谷关，在今河南灵宝市南，是秦之东关，历为兵家必争之地。③“秦川”：陕西渭河南北之千里大川，古称秦川，亦称关中。④“仙掌”：华山仙掌峰。⑤“骯髒”：音kǎng zǎng，刚直，不屈不挠。⑥“块磊”：土疙瘩，比喻心中郁结不平。⑦“看君”句：用李广射虎典：《史记·李将军列传》载：“广出猎，见草中石，以为虎而射之，中石没镞。视之石也……广所居郡闻有虎，尝自射之。”君：指李广。南山：蓝田南山，即终南山。

【赏析】

金章宗泰和八年（1208）秋，遗山赴长安秋试赋此词。元好问《送秦中诸人引》中说：“予年二十许时，侍先人官略阳，以秋试留长安中八九月……”但赴试是由陵川去的长安。所以说“入函关”。然而他回的是略阳，所以不能说“明年西去”是“再西”。只能是入长安时，说我明年西归略阳时，看你南山射虎。

“醉来长铗为谁弹，憔悴入函关。”词之入笔便用冯谖弹铗之著名典故，道出自己怀才不遇的低落情绪。这个典故用得好，其一是以冯谖自比，表达出才高不让弹铗客的自信；其二是冯谖弹铗，毕竟得到了孟尝君的赏识并发挥了才学和胆识作用，而自己却考场失意，胸中经纬无处施展，“为谁弹”三字尽将这一愤懑喷泄出来。“憔悴入函关”之“憔悴”非真憔悴，而是神情之颓唐。“入函关”为匹马而西的第一关隘，为结句先伏一笔。

“一带秦川如画，夕阳仙掌空闲。”穿函谷，过潼关后，入目便是开阔的八百里秦川和耸峭的西岳华山。此二句看似写景，实为吐怀，更为巧设的转笔。八百里秦川顿使心胸开阔，夕阳西照下的仙掌峰色彩绚烂，傲然独立。此种景象，宽阔者如画，开拓了自己的胸襟，耸峭者傲然，虽“空闲”而不减其气，两景一横一纵，映衬出词人豪宕之胸怀。

“门边骯髒，胸中块磊，何苦人间？”此三句语接上阕眼中之景，转抒胸臆：“门边骯髒”，用东汉赵壹《刺世嫉邪赋》“伊优北堂上，骯髒依门边”句意，表达出词人宁贫贱依门边而不谄媚显贵，图捷径以腾达的骨气。“胸中块垒，何苦人间”二句倒装，谓自己何必混迹于浑浊的世俗之中，徒积愤郁。三句一步一折，趋向主题。

“匹马明年西去，看君射虎南山”二句点出设想，照应“入函关”。渐行渐近，思潮愈来愈高亢。这一“西去”，不是赴长安试，不是沉醉功名，而是直往南山，像飞将军李广那样，雄姿勃发地去射虎，为危难中的国家而驱驰。君，指李广一类人士。全篇也于鼓荡的笔意中收结，言虽尽而意气飘飏，甚有久久不绝的韵意。

这是一首纯写胸臆的词作。词之入笔先言郁结不平之气，融入令人感慨的现实。而后借或开阔、或雄劲的景物折转，将胸中块垒击碎，把词境带入高亢。这一雄健浑朴之气充分体现了遗山先生青年时期的创作风格。而这一雄健之气，一是借助了表现劲切的地名选择：由函关而秦川，由秦川而仙掌峰，由仙掌峰而南山。这些名山大川连缀，逐次将词境推上高峰。二是巧妙用事：冯谖弹铗典，攒足了郁愤，赵壹“依门”句解开了心结，李广射虎典爆出鼓荡的豪气，三事连环，各司其用，共同表现了作者豪放的词风，收到了强劲有力的艺术效果。

洞仙歌

黄尘鬓发，六月长安道[①]。羞向清溪照枯槁[②]。似山中远志，漫出山来，成个甚？只是人间小草[③]。　升平十二策，丞相封侯[④]，说与高人应笑倒。对清风明月，展放眉头，长恁地[⑤]，大醉高歌也好。待都把、功名付时流[⑥]，只求个，天公放教[⑦]空老。

【注释】

①“长安道”：指词人金章宗泰和八年在长安应试之事，兼引白居易《长安道》诗（详见《点绛唇》[痛负花期]注②）。②“枯槁”：憔悴，瘦瘠。③“似山中”四句：用“远志小草”典。《世说新语·排调》：“谢公（谢安）始有东山之志，后严命屡臻，势不获已，始就桓公司马。于时，人有饷桓公药草，中有远志。公取以问谢：‘此药又名小草，何一物而有二称？’谢未即答。时郝隆在坐，应声答曰：‘此甚易解，处则为远志，出则为小草。’”漫：徒然，空自。④“升平十二策”：用“太平十二策”典。杜淹《文中子世家》载，王通“西游长安，见隋文帝……因奏太平策十有二策，尊王道，推伯略，稽古验今，恢恢乎运天下于指掌矣。”⑤“恁地”：如此。⑥“时流”：当时的名流。⑦“放教”：听任。

【赏析】

这首词作于词人金章宗泰和八年长安秋试不第后。

“黄尘鬓发，六月长安道。羞向清溪照枯槁。”落笔二句将黄尘满发、六月暑热中，为应试勤苦奔劳与临试备学的情状绘写得十分形象。“羞向清溪照枯槁”急转直下，谓名落孙山后的颓唐状态，“枯槁”映衬前句，“羞”字掘写心理，内外相辅，言简意足。

“似山中远志，漫出山来，成个甚？只是人间小草。”接下来用自嘲的口吻，谓自己虽有远志却终为下层之士而难展雄心，或者说，只是个小草般的人物，岂配有远大志向？“成个甚”，乡言俗语入词，增强了讽味，意趣奇出。

“升平十二策，丞相封侯，说与高人应笑倒。”“升平”二句，承上之“远志”，述词人抱负：“升平十二策”喻自己之胸中韬略，“丞相封侯”谓自己封侯拜相亦不为差。汉初有丞相必封侯，或丞相是从侯爵中选拔出来的之语。此二句道出了词人的自信。然而，下一句突转，谓上述之语“说与高人应笑倒”，把充分的自信变成狂人之妄言，自嘲风味更深一层。

“对清风明月，展放眉头，长恁地，大醉高歌也好。”这几句倏而由谐入庄，借“清风明月”之物象 而“展放眉头”，以“大醉”而放开喉歌，抑郁之气顿时高扬。

“待都把、功名付时流，只求个，天公放教空老。”结尾三句更为洒脱：把那些功名都交给“时流”们去做吧，我只求无思无虑地去潇洒度光阴！“只求个”三字用唯一选择式，将上阕中的“羞照枯槁”冲洗得无影无踪。

词人青年时期的词作，虽然写愁，但总是以豪壮之气占却主题，言愁时往往是个衬托，这首词就是个很好的例证。

点绛唇

国艳天香，一丛百朵开来半。燕忙莺乱，要结寻芳伴。　买断春风，醉倒应须拚[①]。清尊满，谢家池馆[②]，岁岁年年看。

【注释】

①“拚”：不顾惜。②“谢家池馆”：南朝谢灵运《登池上楼》：“初景革绪风，新阳改故阴。池塘生春草，园柳变鸣禽。”

【赏析】

“国艳天香，一丛百朵开来半。”国艳天香，一般指牡丹。词之落笔便渲染了春花烂漫的氛围，“百朵开来半”又寓花期初至不久，花事将愈来愈盛，从而暗寓了人之青春渐盛之意，为后文预伏了一笔。

“燕忙莺乱，要结寻芳伴”二句转写动物界欢然闹春的景象。“要”即“邀约”，拟人入格，将燕莺之忙渲染得甚是味浓。

下阕转写词人惜春的情怀。

“买断春风，醉倒应须拚”。“买断春风”是赏春、惜春最佳的意象，而把酒赏芳菲最是体现留春意象的方式，为此说，即使在“国艳天香”前烂醉如泥也在所不惜，把珍惜春天之情写到了极致。

“清尊满，谢家池馆，岁岁年年看。”“池塘生春草，园柳变鸣禽”是谢家赏春的代表诗句，然而词人清尊满斟之意并非停留于此处，而是想到了唐代诗人刘希夷“今年花落颜色改，明年花开复谁在”“年年岁岁花相似，岁岁年年人不同”(《代悲白头翁》)的诗句来，由此而想到自己的年华又将随着“一丛百朵”之花，于“燕忙莺乱”中逝去，其慨叹之声虽隐于画面之后，但是又如洪钟般撞击着人们的心灵。

词的上阕极写了春潮之涌动，下阕辅之以谢家春句的渲染，把又是一年春烂漫的景象描绘得十分华采。在层层铺陈之势后，尾处却突然出现了变音，使全词的意境顿升，收到了极强的心灵撞击作用，也给读者留下极佳的审美余韵。

梅花引

泰和中①，西州②士人家女阿金，姿色绝妙。其家欲得佳婿，使女自择。同郡某郎独华腴，且以文采风流自名，女欲得之。尝见郎墙头，数语而去。他日又约于城南，郎以事不果来。其后从兄官陕右③。女家不能待，乃许他姓。女郁郁不自聊，竟用是得疾，去大归④二三日而死。又数年，郎仕，驰驿过家。先通殷勤者持冥钱告女墓云：“郎今年归，女知之耶？”闻者悲之。此州有元魏离宫⑤，在河中潬⑥，士人月夜踏歌和云：“魏拔来，野花开。”故予作《金娘怨》，用杨白花故事⑦。词云：“含情出户娇无力，拾得杨花泪沾臆。春去秋来双燕子，愿衔杨花入窠里。”郎，中朝贵游，不欲斥其名，借古语道之。读者当以意晓云。“骨化形销，丹诚不泯；因风委露，犹托清尘⑧”，是崔娘⑨书词，事见元相国⑩《传奇》。

墙头红杏粉光匀，宋东邻⑪，见郎频。肠断城南⑫，消息未全真。拾得杨花双泪落，江水阔，年年燕语新。　见说金娘埋恨处⑬，蒺藜⑭沙草不知春。离魂一只鸳鸯去，寂寞谁亲？惟有因风委露托清尘⑮。月下哀歌⑯宫殿⑰古，暮云合，遥山入翠颦⑱。

【注释】

①“泰和”：金章宗的年号。②“西州”：指陈州，约指今河南洛阳、孟县一带。由于在京城开封之西而称西州。③“陕右”：地名，属今陕西省。④“大归”：最后的归宿，此处指完婚日。⑤“元魏离宫”：北朝

时，魏孝文帝迁都洛阳，改拓跋姓为元姓，故史称“元魏”。离宫：指皇帝正宫之外的临时宫室。⑥“中潬”：城名，东魏元象元年筑，是其时河阳三城之一，故址在今河南孟县西南。⑦“杨白花故事”：魏胡太后是魏宣武帝之妾，后其子即位，是为明帝。她以太后临朝，逼通杨华（本名白花）。《梁书·王神念传》载：“杨华，少有勇力，容貌雄伟。魏胡太后逼通之。华惧及祸，乃率其部曲降梁。胡太后思之，为作杨白花歌，使宫人连臂踏足歌之，声甚凄惋。其歌曰：‘阳春二三月，杨柳齐作花。春风一夜入闺闼，杨花飘荡落南家。含情出户脚无力，拾得杨花泪沾臆。春去秋来双燕子，愿衔杨花入窠里。”⑧“骨化形销”四句：元稹传奇《莺莺传》中崔莺莺答复张生信中的话，其意为：我即使死了，丹心也不会泯灭，它会因风随露，永远跟随着你。丹诚：赤诚之心。托：粘附。⑨“崔娘”：《莺莺传》中的莺莺。⑩“元相国”：元稹于唐穆宗时，与裴度一同拜相，故称。⑪“宋东邻”：宋玉《登徒子好色赋·序》：“（宋）玉曰：‘天下之佳人莫若楚国，楚国之丽者莫若臣里，臣里之美者莫若臣东家之子。东家之子增之一分则太长，减之一分则太短；著粉则太白，施朱则太赤；眉如翠羽，肌如白雪，腰如束素，齿如含贝；嫣然一笑，惑阳城，迷下蔡。然此女登墙窥臣三年，至今未许也。”⑫“肠断城南”：指《序》中所述“约于城南，郎以事不果来”之事。⑬“埋恨处”：指金娘墓。因阿金含恨而死，故称。⑭“蒺藜”：草名，匍匐茎，开小黄花，果皮有尖刺。⑮“惟有”句：用《莺莺传》中“骨化形销”数句之意。⑯“月下哀歌”：指序中所言之“士人月夜踏歌”之歌。⑰“宫殿”：指序中说的“元魏离宫”。⑱“翠颦”：女子皱眉的样子。

【赏析】

这首《梅花引》为词人早期的作品，是为阿金对爱情执着所作的挽词。

“墙头红杏粉光匀，宋东邻，见郎频。”启篇便用墙头红杏之粉光，喻姿色绝妙的阿金。东邻女墙头窥宋玉三年，此女的爱情亦从“墙头”见郎开始。典与实高度吻合，既扣人心扉地展开了对这场爱情悲剧的铺写，又极显出词人用事的精巧。

“肠断城南，消息未全真”二句，写阿金与郎的城南约会。这一次，“郎以事”爽约，与阿金苦等之“肠断”形成强烈的对比。“消息未全真”中涵盖了多层意思：一是阿金以为的心上郎背约“未全真”，因为对方有点事而未赴约；二是该郎对城南之约的重视不够，也即对阿金的爱情“未全真”，使得悲剧发展开来。“未全真”中，既赞美了阿金对爱情的贞守，又对该郎有了微词，只是碍于该郎为朝中显贵，便为其保留了点颜面。

“拾得杨花双泪落，江水阔，年年燕语新。”因为不欲指名道姓，词人便拾得“杨白花故事”中胡太后之情作喻，谓阿金因“江水阔”之阻，年年“双泪落”。该故事与阿金事毕竟有着很大的差异，词人的“拾得”二字既是《杨白花歌》中的原语，又用以作区分，特显出写作的严谨。

“见说金娘埋恨处，蒺藜沙草不知春。”上阕写生前，下阕叹逝后。不说是金娘坟墓，而谓之“埋恨处”，将阿金含悲含愤而逝、词人含怜含叹以记掘得异常深透，“见说”二字又于浅白之处揭示出人见人说之广泛的社会同情。“蒺藜沙草不知春”再将阿金之恨延展下去：写草棘坟头，渲染荒寒的氛围，谓“不知春”，即只知寒，使泉下的金娘之恨，恨到绵绵无绝期。

“离魂一只鸳鸯去，寂寞谁亲？惟有因风委露托清尘。”一只鸳鸯离魂而逝，在另一个世界中还能向谁去诉说？只有向作《莺莺传》的元稹倾诉情恨，让他再写一部《金娘传》了。此三句中，词人假托金娘之口、元稹之笔，拟出了一部歌颂金娘的贞爱与愤斥男子负心的作品，传于世人，传向千年。

“月下哀歌宫殿古，暮云合，遥山入翠颦。”尾声处借景寓情：“月下哀歌宫殿古”寓“士人踏歌”魏离宫，“暮云合”寓伤情黯淡，“遥山入翠颦”寓万山为阿金哀泣。情融暮景，把词人的哀悼烘托得深沉无比，幽远不绝。

这首词叙述的是一个真实的故事，赞美的是一位不仅容貌美，而且对爱情执着、大胆追求乃至失去性命的女性，隐隐中又对初时失信、为了仕途又弃爱的负心朝官作了贬斥。一褒一贬中，使作品具有了十分深广的社会意义。

蓦山溪　夏景，集曲名

梁州夏早①，南浦②荷花媚③。人月欲圆时④，贺圣朝⑤、生申名世。桂枝香满⑥，早夺锦标回⑦。春光好⑧，少年游⑨，烂醉蓬莱里⑩。　谒金门贵⑪，小镇西南地⑫。品令贯三台⑬，□雄望、江南江北⑭。归朝欢乐⑮，好事近佳辰⑯，风流子⑰，玉团儿⑱，为唱千秋岁⑲。

【注释】

①“梁州”：即《梁州令》，曲名。以下同。②《南浦》。③《荷花媚》。④《人月圆》。⑤《贺圣朝》。⑥

《桂枝香》。⑦《夺锦标》。⑧《春光好》。⑨《少年游》。⑩《醉蓬莱》。⑪《谒金门》。⑫《小镇西犯》。⑬《品令》《三台》(《急三台》《宫中三台》《上皇三台》《怨陵三台》《突款三台》)。⑭《望江南》(亦名《忆江南》《梦江南》)。⑮《归朝欢》。⑯《好事近》。⑰《风流子》。⑱《玉团儿》。⑲《千秋岁》。

【赏析】

“梁州夏早,南浦荷花媚。”词以梁州为基点、早夏为时令展开铺写。夏令之花莲荷最佳,故以之为典型物事而渲染早夏之美。

“人月欲圆时,贺圣朝、生申名世。”申伯和甫侯(或称“仲山甫”)是周朝的两位贤臣。《诗经·大雅·嵩高》谓“嵩高维岳,骏极于天。维岳降神,生甫及申。维申及甫,维周之翰。”意思是岳降下了神灵,生了甫侯和申伯,只有申伯与仲山甫才是周朝的台柱子。此处用“生申令日”之典,谓庆贺圣朝之幸事,人民之康乐,合词牌、合典事又合词境,大妙。

“桂枝香满,早夺锦标回。”“桂枝”喻“圣朝”招贤取士的重大措施,此际正值“香满”而时泰,词人便鼓励天下士子争相以赴,夺取功名而施展才华,以报效国家。此二句顺延前意,伸展自如。

“春光好,少年游,烂醉蓬莱里。”“春光好”兼喻圣朝景况和士子华年,“少年游”照应夺锦标而奋志争先,“烂醉蓬莱”寓摘桂夺标乃人生的快意之日,亦是国家的“蓬莱”之时,又将前意演深一层。

“谒金门贵,小镇西南地。品令贯三台,□雄望、江南江北。”此四句谓原本僻壤小镇的士子,因苦读而满腹经纶,“夺锦标”后跻身于金门,官品直达三台,职任江南江北,惠及天下黎庶。此生不枉苦读进取,更不负圣朝之厚望。士子之一路升晋,气贯如虹。

“归朝欢乐,好事近佳辰,风流子,玉团儿,为唱千秋岁。”由于江南江北政声卓著,天子诏之回京,嘉令升迁好事尽在良辰,青云逐上九霄。天下风流之士、歌乐之声,无不为之欢唱,并愿天下永庆升平!以此作结,将词境推上高潮。

这首词虽然是集曲名之作,但是构思、铺陈、用典及主题揭示都十分巧妙,了无文字牵强之感。

西江月

骨相匿犀秀发[①],精神耸鹤孤高[②]。少年事业富伊皋[③],便向中书书考[④]。 肘后不传丹诀[⑤],眉间新长修毛[⑥]。一壶春色宴蟠桃[⑦]。作介归荣忠孝。

【注释】

①“骨相”句:谓有富贵之相。骨相:指人的骨骼相貌。犀:犀角,额上发际隆起之骨。古人认为隆颅犀角为贵相。②“耸鹤孤高”:耸立之鹤,显得意态高闲孤傲。③“伊皋”:伊尹和皋陶之合称。伊尹:佐商汤伐夏桀的功臣。皋陶:传说为舜帝的狱官,能公正持平,百姓服之。④“中书书考”:《新唐书·郭子仪传》:“以身为天下安危者二十年,校中书令考二十四。”其主持官吏考绩秉正无私,位高任久。书考:记载官员的政绩,以作考核依据。⑤“肘后丹诀”:《晋书·葛洪传》:“葛洪自号抱朴子,因以名书。其余所著……《肘后要急方》四卷。”“肘后方”意为卷帙不多,可以悬于肘后,方便使用。世传他学道,有仙术,“兀然若睡而卒……举尸入棺,甚轻,如空衣,世以为尸解得仙云。”又,葛洪《抱朴子内篇·金丹》云:“又肘后丹法,以金华和丹乾瓦封之,蒸八十日,取如小豆,置盘中,向日和之,其光上与日连,服如小豆,长生矣。”⑥“眉间”句:古人认为老寿者多长眉。⑦“一壶”句:东汉班固《汉武帝内传》:“(王母)呼帝共坐,帝南面,向王母。母自设膳,膳精异常……清香之酒,非地上所有……以盘盛桃七枚……母曰:‘此桃三千年一生实,中夏地薄,种之不生。’”

【赏析】

这是一首自画像,作于词人青年时期。

“骨相匿犀秀发,精神耸鹤孤高。”隆颅犀角之相掩于浓发之中,如鹤之高昂卓立的形象有着器宇不凡的精神。启篇二句由骨相到精神、由外貌到内质,非常精炼地描绘出词人卓尔不群的形象,为下文的抒志作出坚实的铺垫。

“少年事业富伊皋,便向中书书考。”伊尹和皋陶是历史上人所共仰的两位贤臣,词人谓少年之时树有伊皋之志,不仅将一腔赤诚报国的忠贞和才能的自信申示出来,而且仿佛看到自己的功业逐次而建，中书屡作上上考的前景，那颗一展鸿志的跳动之心几欲迸出。

“肘后不传丹诀，眉间新长修毛。”此二句中，“不传丹诀”好理解，即以不传之秘喻旷世之才，“眉间新长修毛”却不易理解，因为他还是“少年事业”未建时。原来，此处仍是以伊尹自喻：伊尹以超绝的才能先后辅佐过商汤、太丁、外丙、中壬和太甲五位国君，很长寿，去世的时候已是太甲之子沃丁当政。以此来看，词人不是言自己能长寿，而是想用自己的才能使金之国政世世代代传承下去。此二句中，既有才学、经济的自信，更有赤心报国的宏愿，充分展示出词人的鸿鹄大志。

“一壶春色宴蟠桃。作介归荣忠孝。”经过层层铺张之后，尾处寄托了希望：一是捧美酒参加盛大的国宴，祝国家如蟠桃之寿，三千年而不衰，二是荣归故里，忠孝得两全，实现高远而美好的人生价值，同时回应“骨相”之异和“耸鹤”之志，收结全篇。

词从骨相起笔、志向铺张、荣归收结，脉络清晰地抒发了词人的鸿图大愿和爱国情怀，十分明了地作了人生告白，语言浅近却志气高华耸峻，令人崇仰。

西江月

物外[1]神仙风骨，人间富贵功名。眉长新有秀毫生[2]，荡座酒光花影[3]。　清暑玉壶昼永[4]，少年金印身轻。他年旌节[5]看归荣，笑傲五湖烟景[6]。

【注释】

①“物外”：世俗之外。②“眉长”句：古人认为眉长者高寿。③“荡座”句：放任于饮酒赏景之中。④“玉壶”：玉制之壶，常比喻高洁。“昼永”：是日长，因有暑。⑤“旌节”：旌与节。唐宋时皇帝赐给节度使的仪仗。《宋史·翔服志二》：“旌节，唐天宝中置。节度使受命日赐之，得以专制军事……宋凡命节度使，有司给门旗二，龙、虎各一，旌一，节一，麾枪二，豹尾二。”此处象征功勋卓著。⑥“五湖烟景”：泛指天下风景优美之处。

【赏析】

“物外神仙风骨，人间富贵功名。”词人素有两大心愿，一是隐居田园，徜徉于山水之间，一是出仕为官，为社稷施展抱负。首二句便是他明明白白的宣告。

“眉长新有秀毫生，荡座酒光花影。”三四句突然宕开，谓自己有长寿之相，可以放情于诗酒，遍览花影风光。此二句看似与“富贵功名”无涉，其实已安排好了人生之旅程，即青壮时博取功名，施展才华，到老岁“酒光花影”，以享逸趣。人之两途俱得，岂不快慰人生。

“清暑玉壶昼永，少年金印身轻。”唐王昌龄《芙蓉楼送辛渐》中的“洛阳亲友如相问，一片冰心在玉壶”，表达了他清白的情操和廉洁为官的心志。此处将其“玉壶”拿来，装上自己的心志，有一旦取得官爵后，誓要廉洁奉职，做个无负众望的清吏之意。“少年金印”特显才华之自负，“玉壶昼永”又作真情告白，形象地表露出词人高洁的志向。

“他年旌节看归荣，笑傲五湖烟景”二句，照应启篇，以十足的信心谓自己既完成了“富贵功名”的理想，又实现了老来放情山水的夙志。二美俱得，人生无憾矣！

这首词是青年时期之作，词中所言的两种人生之志，也正是词人未来轨迹的拟定。结构上也由此而设出两条线索，到尾处合而为一，自然收结。

小重山

酒冷灯青夜不眠，寸肠千万里，两相牵。鸳鸯秋雨半池莲，分飞苦，红泪①晓风前。　　天远雁翩翩，雁来人北去，远如天。安排心事待明年，无情月，看待②几时圆。

【注释】

①“红泪”：王嘉《拾遗记》卷七《魏》：“文帝所爱美人姓薛，名灵芸……闻别父母，歔欷累日，泪下沾衣。至升车就路之时，以玉唾壶承泪，壶则红色。既发常山，及至京师，壶中泪凝如血。”后称女子的

悲伤之泪为红泪。②“看待”:等待。

【赏析】

“酒冷灯青夜不眠,寸肠千万里,两相牵。”这首词是写一位思妇的,首句言其借酒浇思,愈浇心愈苦:灯光昏暗,寓孤寂,衬愁颜;夜不成寐,思绪万千,极言煎熬之深。次句点出所思之人,思情之长,“寸肠”与“千万里”对着写来,将思妇柔肠百结、情爱深挚诉说得十分揪人。“两相牵”由思妇而设想夫郎亦在思妻,言夫妻情笃之中,又将无奈之因隐伏其中。

“鸳鸯秋雨半池莲,分飞苦,红泪晓风前”三句,寓象于鸳鸯分飞、秋雨寒凉、莲池半枯,并借典于灵芸,把思妇彻夜浸泪的“分飞苦”刻画得异常凄惋。

“天远雁翩翩,雁来人北去,远如天。”这几句写丈夫所去的地方:“天远”句谓人在雁栖处之遥;“雁来”句谓雁归人未还,把夫妻远如天隔之苦借雁道来,寄愁形象深远而凄切。

“安排心事待明年,无情月,看待几时圆。”盼过一年又一年,事不遂愿,心又长牵,总将团圆待来年。这番相思遥如天远无边,真成泪滴成血,凄苦绵绵。

词中未说女子的丈夫因何而别,且一去不返。但从“千万里”“两相牵”及“雁来人北去”等语,可知其夫是被征去戍边的。金朝的兵制是入籍之兵到老方始得归,遗山先生的“瀚海风烟扫易空,玉关归路几时东?塞原可是秋寒早,一夜清霜满镜中”(《征人怨》)说的就是征人把大半生都撇在了北疆的悲惨命运。刘祁《归潜志》卷七载:“金朝兵制最弊,每有征伐或边衅,动下令签军,州县骚动。其民家有数丁男好身手,或时尽拣取无遗,号泣怨嗟,阖家以为苦。”这首词便是以此为题材,借思妇之语,抨击了这种兵制给百姓造成的痛苦和灾难。

点绛唇

十六芳年,锦儿娇小琼儿秀①。海棠红皱,恰到愁时候。　天上歌声,未省人间有。休回首、渭城烟柳，肠断离亭酒[2]。

【注释】

①"锦儿、琼儿"："锦儿"指凡间娇美的花，"琼儿"指仙间花卉。代指歌女。②"渭城"二句：化用王维《送元二使安西》之诗句。

【赏析】

"十六芳年，锦儿娇小琼儿秀。"首二句先言芳龄，再以凡间之花喻品貌，仙间之花喻灵秀，把个青春女子形容得美颜绝伦。让人深感此女子应该有个极美满的归宿才是。

"海棠红皱，恰到愁时候。"接下来依然是以花喻人，但是专拣花之"红皱"喻其愁容。红皱，指落花。辛弃疾《粉蝶儿》词："甚无情便下得雨僝风僽，向园林铺作地衣红皱。""恰到愁时候"一谓二八芳龄正已进入情愁花季，二谓离愁骤至，给人以无情的打击。两意并出，言简味深。

上阕除首句直叙外，其余三句均为以花喻人，由外而内，诸意尽得。唯留愁意何来没说，留待下阕揭示。

"天上歌声，未省人间有"转写女子所唱歌曲。"未省"二字语出平平，怅恨则极深。对衬写来，更强化了表达效果。

"休回首、渭城烟柳，肠断离亭酒。"结尾三句写送别。用"渭城烟柳"之典，生离断肠而泪如别酒；"休回首"明为叮咛语，回首会牵使愁更愁，实则描绘了三步一回头的画面。此处无言更有声，把个"愁时候"写得凄惋不绝，撼人心魄。

词的上阕写花季女子，落笔于愁，下阕写离别，落笔于断肠。让人嘘叹不已。

本词写离别，没有成人和妻子离别的证据。从用渭城典，可见是文人惯写的离别，酒宴有歌女唱曲之套路。

阮郎归 独木桥体[①]

别郎容易见郎难，千山复万山。杨花帘幕晚风闲，愁眉澹澹山。 光禄塞[②]，雁门关[③]，望夫[④]元有山。当时只合锁雕鞍，山头不放山。

【注释】

①“独木桥体”：词曲中俳体之一格，通篇叶同一韵字，属押韵方式中的协韵变例。如黄庭坚的《阮郎归》“效福唐独木桥体作茶词”一首，该词共八韵，其中四韵都用“山”字。这首《阮郎归》的协法与黄词同。②“光禄塞”：汉代的边塞城，汉武帝使光禄大夫徐自为于五原塞所筑，故名。故址在今内蒙古境内。③“雁门关”：在山西北部代县之勾注山，为外三关之首。④“望夫”：即望夫山。以“望夫山”为名者有许多，较有名的在辽宁兴城、安徽当涂、江西德安、山西黎城、湖北阳新。从光禄、雁门及词人活动的范围看，当指山西黎城之望夫山。郦道元《水经注·浊漳水》：“漳水又东北历望夫山之南，有石人伫于山上状，有怀于云表，因以名焉。”

【赏析】

这是一首思妇词，其夫当在北疆的关塞戍边。

“别郎容易见郎难，千山复万山。”李商隐《无题》诗中说“相见时难别亦难，东风无力百花残”，该句说的是相逢不容易，离别更愁肠。此处化用李句，谓原本夫妻，却因征戍而轻易地、生生地分开，“见郎难”更含着战事之凶险，这样的凶险妻子不敢去想，只言“千山复万山”，即便如此，也是相见渺茫了，因为金朝的兵制是青年从军，到老方回的。起首二句便含尽了望夫者的极度伤情。

“杨花帘幕晚风闲，愁眉澹澹山。”晚风拂杨花，杨花落帘幔，正是一派风细花闲的情致，然而杨花闲得，人却闲不得，团团飞花更引起思妇的孤寂之悲，两道愁眉恰似澹澹之山再度锁紧。

“光禄塞，雁门关，望夫元有山。”此三句是倒着来写的：思妇登望处，犹是在望夫山上；望到遥遥的雁门山，再望到更远的光禄塞，中隔“千山复万山”，不知夫君在哪关。关山连缀,使人真真切切地感受到了望妇的那颗心在凄泣,在滴血。

“当时只合锁雕鞍,山头不放山。”望穿双眸不见郎后,思妇的悔意日益浓重,并将之凝结在“雕鞍”与“望夫山”上,“锁雕鞍”三字,情化于物,把沉重的情感表达得异常形象,也使全篇收结得十分饱满。

这首词从“别郎容易见郎难”写起,到悔不“锁雕鞍”作结,从“千山复万山”之阻隔启笔,到“山头不放山”收笔,中间穿插“杨花”“关塞”等等物事,逐次把情感附于其上,排涌般把思夫情结推上高潮。以情感驱动物事、以物事发展情节的手法运用得甚是娴熟、精湛。

水龙吟

汉家金粟堆空①,玉花惊见天池种②。并州③画角④,回肠凄断,清霜晓弄。世事浮云⑤,白衣苍狗⑥,知谁抟控⑦?恨北平老守,南山夜猎⑧,风雨暗,貂裘重。　总道烟霄失路⑨,意平生⑩、依然飞动⑪。高城置酒,汾流澹澹,无言目送。宝剑千金,尽堪倾倒,玻璃春瓮⑫。问波神⑬剩⑭借,横江组练⑮,挽青丝梦⑯。

【注释】

①“金粟堆空”:形容耗了巨资。②“玉花”句:玉花:玉花骢良马。天池种:龙种,形容马之神骏。③“并州”:山西太原,古称并州。④“画角”:古管乐器,出自西羌。形如竹筒,本细末大。以竹木或皮革制成,因外加彩绘,故名。发声凄厉高亢,古时多用于军中,以警昏晓。⑤“浮云”:比喻事物变化莫测。⑥“白衣苍狗”:杜甫《可叹》诗:“天上浮云如白衣,斯须改变为苍狗。古往今来共一时,人生无事无不有……”后以之形容世态变化无常。⑦“抟控”:操控,操纵。此处指力挽狂澜。⑧“北平老守”二句:《史记·李将军列传》载:李广为北平太守,骁勇善战,匈奴号为“飞将军”,多年不敢犯边。他闲居蓝田时曾射猎南山。还至霸陵亭,被霸陵尉呵止,停宿于亭上。⑨“烟霄失路”:迷途于云雾茫茫的高空,比喻国运黯淡。⑩“意平生”:平生的意气。⑪“飞动”:意气飞扬。⑫“玻璃春瓮”:酒杯与酒缸。春:酒。⑬“波神”:

河神。⑭“剩”:更。⑮“组练”:“组甲被练”的简称。军士所穿的两种衣甲,引申以指精壮的军队。⑯“青丝梦”:少年壮志。

【赏析】

金宣宗贞祐元年(1213),蒙古军破山东、河北、山西九十余州郡,杀戮抢掠甚多。次年五月,金都从中都(今北京)迁往河南汴京(今开封)。贞祐二年三月,忻州破,屠城,遗山先生兄长元好古死于屠难。贞祐四年二月,蒙古兵再犯山西,兵围太原。兵退后,遗山先生于是年夏,携母张氏及妻子等人往河南避兵。

根据词意,这首《水龙吟》当作于避兵途经太原时。是年,词人二十七岁。

“汉家金粟堆空,玉花惊见天池种。”启篇即以形象的比喻,谓皇家倾尽了财、粮,加强军备军力。“空”字极显朝廷之决心,“惊见”足见军备大增,以此虚空之强大为下文的讽刺作了伏笔。

“并州画角,回肠凄断,清霜晓弄。”这几句回顾了前不久蒙古军入侵时的状况:北兵横冲直撞,画角呜呜骇人,百姓遭劫,犹如清晨突遇霜雪袭来一般,想起来直让人心惊而断肠。词人此行中过石岭关时,就已描绘过守关金兵之状:蒙古兵犯忻州时,金之守兵仓惶逃命,蒙古兵退了,又雄赳赳地回来,那种“连营突骑红尘暗”(《石岭关书所见》)的气势直可让朝廷“一百个放心”的描写,与此处的“回肠凄断”,形成了尖锐的对照和辛辣的讽刺。

“世事浮云,白衣苍狗,知谁抟控?”此三句由眼前之劫难,推广到国家危难;由石岭兵溃、太原惨象,想到谁可力挽狂澜。“白衣苍狗”虽言金之盛衰转替,但仍寄有希望,盼着“苍狗”再为“白衣”,转危为安。

“恨北平老守,南山夜猎,风雨暗,貂裘重”四句,接“知谁抟控”而想到了曾让匈奴胆寒的飞将军李广,然而,此处没用他射虎之豪举,反用其闲身被呵之例,把“知谁抟控”的希冀变为无人抟控之失望,这也是词人避兵逃难的重要原因。“风雨暗,貂裘重”两个比喻,把词人沉重而寒栗的心境外化出来,痛切感人。

“总道烟霄失路,意平生、依然飞动。”下阕中,词境突然振起,“总道”句谓人们的失望之情,“意平生”句言自己的豪情飞动,欲在国家危难之际作个中流砥柱。这种壮志在过石岭关时,就用“青云玉立三千丈,元只东山意气豪”之语表达过,此处再度将之"飞动"起来,一腔报国的心音铮然重响。

"高城置酒,汾流澮澮,无言目送。"置酒于高高的太原城头,目览着滔滔的汾河之水向南流去,一种年华流逝、壮志能否实现的忧虑袭上心头。此际的"无言",实乃心事如同汾水而排涌不止。

"宝剑千金,尽堪倾倒,玻璃春瓮。"宝剑千金本指名剑,此处则比喻词人欲仗剑搏击、力驱敌虏的豪志。然而又想到此种际遇怎会落在一个白身书生之肩?于是便将满腹心事倾于酒中,杯中饮干,再向酒瓮,把一腔澮澮的心怀尽付于不停的狂饮之中。

"问波神剩借,横江组练,挽青丝梦。"词人时年二十七岁,稍作迟滞便是中年,黑发之志恐成空梦,于是便运用浪漫的手法,向波神一借"横江组练",截住滔滔逝水,留住宝贵的年华,以竟胸中的宏愿,词之情境也便再度振荡而起。

词人途经太原时,还作了一首七言古体诗《过晋阳故城书事》。其结尾用"几时却到承平了,重看官家筑晋阳"句,把保境安民的希望寄之于朝廷。这首词中则抒发了自己在国运飘摇之际,一展千金宝剑的大志,词与诗互映,体现了他生死以为国的精神。

水调歌头　赋三门津①

黄河九天上,人鬼瞰重关②。长风怒卷高浪,飞洒日光寒。峻似吕梁千仞,壮似钱塘八月③,直下洗尘寰④。万象入横溃⑤,依旧一峰⑥闲。　仰危巢,双鹄⑦过,杳难攀。人间此险何用?万古秘神奸⑧。不用燃犀⑨下照,未必佽飞⑩强射,有力障狂澜⑪。唤取骑鲸客⑫,挝鼓⑬过银山⑭。

【注释】

①"三门津":即黄河之三门峡,因其有三门山而得名,在河南省三门峡市东北。《陕州志》载:"三门:中神门,南鬼门,北人门。惟人门修广可行舟。鬼门尤险,舟筏入者罕得脱。三门之广,约三十丈。"②"人鬼瞰重关":人和鬼神俯视三门重叠的悬崖陡壁下汹涌澎湃之黄河水(都觉得骇然)。③"钱塘八月":农历八月的钱塘潮。"吕梁":用《庄子》孔子观于吕梁典。④"尘寰":尘世间。⑤"横溃":横溢泛滥。

溃:洪水旁决。⑥"一峰":三门峡砥柱山。⑦"鹄":天鹅。⑧"秘神奸":难窥的鬼神为害作怪之事。神奸:鬼神兴灾作害。《论衡·儒增》:"故入山泽不逢恶物,用辟神奸。"⑨"燃犀":南朝·宋·刘敬叔《异苑》卷七载:晋温峤至牛渚矶,水底有音乐之声,水不可测。人云下多怪物。峤乃燃犀角而照之,须臾见水族覆灭,奇形异状。⑩"佽飞":人名,亦作"次飞"、"次非"。《吕氏春秋·知分》:"荆有次非者,得宝剑于干遂。还返涉江,至于中流,有两蛟夹绕其船。次非谓舟人曰:'子尝见两蛟绕船能两活者乎?'船人曰:'未之见也。'次非攘臂袪衣,拔宝剑曰:'此江之腐肉朽骨也,弃剑以全己,余奚爱焉。'于是赴江刺蛟,杀之而复上船,舟中之人皆得活。"⑪"障狂澜":镇压狂澜。韩愈《进学解》:"障百川而东之,回狂澜于既倒。"⑫"骑鲸客":唐李白自署"海上骑鲸客"。⑬"挝鼓":击鼓。⑭"银山":喻巨浪。

【赏析】

这首词作于避兵初渡时,豪情正盛的遗山先生遭逢家国之难,不得不携家南迁。路经三门峡时,汹涌的浪涛、耸峭的岩崖激起他的豪壮之气,遂以如椽巨笔,一抒久蕴心底的胸怀。

"黄河九天上,人鬼瞰重关。"词之落笔便以雄宏的气势描绘出黄河的壮阔和三门峡的壁垒气势。"人鬼"二字入目森严,令人惊悸。然而,此语绝非玄虚之言;三门之中,鬼门最险,"舟筏入者罕得脱",为此,鬼神见之也都发愁,何况人乎?"瞰"之一字,居高俯观,不仅可以总览三门之态势,更使词境骤然高昂,同时亦显现出词人雄阔的胸涵。

"长风怒卷高浪,飞洒日光寒"两句,转入对三门激浪的描写:"长风"由远袭来,"怒卷"言其气势,"高浪"映衬风劲。此句中,看是"浪"为客体,意会来却依然为主体。"飞洒日光寒"则为侧笔,谓浪激成雾,映日光而反射炽白,"寒"字为"瞰"者的感受。此二句主客体共写,主侧笔共用,内外象共举,把三门浪绘写得气势磅礴。

"峻似吕梁千仞,壮似钱塘八月,直下洗尘寰。"此三句继续描写三门狂澜。山之峻险以吕梁作喻,排浪之猛用钱塘潮拟写,山水南北,动静纵横,信手拈来,俱为妙笔。"直下洗尘寰"将"瞰"字澹远,目放东国之尘,皆被黄河大浪涤尽。此句从语气上看舒缓下来,而黄河之"胸涵"却显示得更为廓大。

"万象入横溃,依旧一峰闲"二句又将目光收回,落到"一峰"上。"一峰",即三门峡的砥柱山,被人们誉为"中流砥柱"。任凭长风激浪,还是狂波横溃,它始终屹立黄水之中,一个"闲"字,于反衬中赋予其傲视浊恶而坚不可摧的性格和意志,其象征意义也就不言而喻了。行文至此,令人恍然悟到前面所写种种,均是陪衬,此之“一峰”才是主角。

“仰危巢,双鹄过,杳难攀”三个短句,反用苏轼《后赤壁赋》中“攀栖鹘之危巢”,谓双鹄筑巢的危崖,人莫能攀得上去,更增添了砥柱的雄峻气势。

“人间此险何用?万古秘神奸”二句,是在前句基础上生发的议论,意即生出如此的天险来又有何用呢?它只是给人们提供了编造些神秘莫测的传说,让人难窥其奥秘。此三句欲放故收,为下文作了蓄势。

“不用燃犀下照,未必佽飞强射,有力障狂澜。”此三句笔锋一转,谓人们何须像温峤那样去燃犀探秘,也不必像佽飞那样仗剑斩蛟,应该做的是像砥柱山那样,扎根于岩底,挺身于中流,任凭浊浪冲击,我自岿然不动,从而把中流之峰在国家危难时的象征意义揭示出来。

“唤取骑鲸客,挝鼓过银山。”行文尾处,词人豪迈地说:我将唤来与我一样不畏风浪、敢于同鬼怪妖异一斗的人,乘着巨鲸,擂着大鼓,穿过浪峰,压平这汹汹浪涛!此二句以铿锵的豪语、撼人的力量,抒发了词人激昂的斗志和进取的精神。

这首词在谋篇布局上前呼后应,环环紧扣而起伏跌宕;修辞上比喻夸张、对比反衬,无不得体应手;用词上精准奇巧,自然天成;劲势上铿锵奇肆,不雕琢而自雄强。如此种种,正体现了遗山先生雄立千古的豪放词风和欲在政治上大有作为的豪迈气概。

阮郎归　为李长源[1]赋

帝城[2]西下望西山,城居岁又残。万家风雪一家寒,青灯语夜阑[3]。　人鲊瓮,鬼门关[4],无穷人往还。求官莫要近长安,长安行路难[5]。

【注释】

①“李长源”:李汾,字长源,太原人。为人旷达不羁,好以奇节自许,为遗山先生“三知己”之一。金

刘祁《归潜志》卷二载："（李汾）少游秦中，喜读史书，览古今成败治乱，慨然有功名心。工于诗，专学唐人，其妙处不减太白、崔颢。"②"帝城"：指长安。③"青灯语夜阑"：灯下长谈到夜深。青灯：油灯，其光青莹，故称。夜阑：夜将尽。④"人鲊瓮，鬼门关"：两处地名。人鲊瓮：长江险滩之一，在今湖北省秭归县西、瞿塘峡之下，号称峡下最险处。鬼门关：古关名，在今广西北流市西，因此处多瘴疠，进入的人难以生还，故称。古人诗中常以"人鲊瓮"和"鬼门关"属对。宋赵令畤《侯鲭录》卷三："瞿塘之下，地名人鲊瓮，少游尝谓未有以对。南迁，度鬼门关，乃用为绝句云：'身在鬼门关外天，命轻人鲊瓮头船。'"⑤"行路难"：古乐府杂曲歌名。《乐府解题》曰："《行路难》备言世路艰难及离别悲伤之意。"李白《行路难》中有"欲渡黄河冰塞川，将登太行雪满山……行路难，行路难，多歧路，今安在"句。

【赏析】

遗山先生携家南渡，在福昌之三乡刚居不久，蒙古兵又先后攻延安、坊州，下潼关。三乡距潼关甚近，他又避入女几山（今名花果山）之三潭，金兵收复潼关后，才又返回三乡。在女几山的日子里，遗山曾与李长源盘桓过一段时间。李长源欲赴关中求职时，遗山先生作《女几山避兵送李长源归关中》，诗中有"自古饥肠出奇策，汉廷诸公必动色，见君轩盖长安陌"句。

"帝城西下望西山，城居岁又残。"词人送别李长源西去长安，人未动身，先忧去处：前一个"西下"，言其所去的方向，后一个"西山"，谓山路重重，暗蕴了友人此路之艰难或险恶。一个"望"字含尽了对李汾的关切之情。此次送别，岁时已寒，遗山先生《故物谱》中载："（贞祐丙子）是岁寓居三乡。其十月，北兵破潼关，避于女几之三潭。"因而，第二句便谓李长源到达长安时，"城居岁又残"。这个"残"字明谓节令，暗含担忧，又为全词营造出凄冷的氛围。

"万家风雪一家寒，青灯语夜阑"二句，用对比手法，实写雪漫三潭，烘衬一室之别情，"寒"字将对友人离别之愁表达得形象至极。天明就要启程分别了，两友人珍惜当夜的一分一秒，对"青灯"而长谈到"夜阑"，友情之深，何用细数？

"人鲊瓮，鬼门关，无穷人往还"三句，巧用地名，构成令人惊悸之语，谓官路无比之凶险，万分之艰难，尖锐地揭示出官场实乃是非场，跻身其中，稍不清醒便是鬼门关。然而，即便如此，人们依然趋之若鹜，"无穷人往还"的功名权位之诱惑可谓大矣。

"求官莫要近长安，长安行路难。"既然说劝无果，长源执意欲往，接下来就用退让之笔叮嘱，也就是说友人执意要求官的话，就选个地方官当当，千万别接近高层。遗山先生这样说是针对李长源之性格而特别提醒的。刘祁《归潜志》卷二载：“（李长源）为人尚气，跌宕不羁。颇褊躁，触之辄怒，以是多为人所恶。尝以书谒行台胥相国鼎，胥未之礼也。长源后投以书，尽发胥过恶。胥大怒，然以其士人，容之。元光间游梁，举进士不中。能诗声一日动京师，诸公辟为史院书写。时赵闲闲为翰林，雷希颜、李钦叔皆在院，长源不少下之，诸公怒，将逐去，亦不屑，后以病目免归。”此处，作为识人知明的好友谓其莫近高层，以免贾祸的劝说，警策至极，也爱之至深，无愧为“三知己”之情谊了。

这首《阮郎归》叠词的反复运用、警策句的反复出现，及层层递升的结构安排，均堪为范例。而作为送别的诗词作品，其揳入的角度更使人耳目一新。

八声甘州

同张古人[1]观许由冢[2]，古人名潜，字仲升，燕[3]人。

许君祠[4]、层岩上峥嵘，幽林入清深。坐嵩丘少室[5]，风烟浓淡，百态变晴阴。山下一溪流水，不受是非侵。寂寞悬瓢地[6]，黄屋[7]无心。　木杪[8]巑岏石冢[9]，见人间几度，夕鼎朝锃[10]。问五兵[11]谁作，天地更生金[12]。百年来，神州万里，望浮云、西北泪沾襟。青山好、一尊未尽，且共登临。

【注释】

①“张古人”：武清（今天津西北）人，名潜，字仲升。幼有志节，年三十始折节读书，时人高其义，目曰张古人。哀宗天兴间携家避兵少室山，不食七日死。②“许由冢”：许由的坟墓。许由，字武仲，阳城槐里人。晋皇甫谧《高士传》：许由为人据义履方。尧让天下于许由，不受，遁耕于中岳颍水之上，箕山之下，终身无经天下色也。③“燕”：指北京一带。④“许君祠”：许由祠庙。⑤“坐嵩丘少室”：指许由隐居处在嵩山之少室山。⑥“悬瓢地”：许由挂瓢的地方。《逸士传》载：“许由隐箕山，以手拱水而饮。人遗（给予）一瓢，得以取饮。饮讫，挂于树上，风吹历历作声，尚以为烦，去之。”⑦“黄屋”：帝王的车盖，以黄缯为之，故名。这里代指帝王的权位。⑧“木杪”：树梢。⑨“巑岏石冢”：形容石冢像小山般耸立。

⑩“夕鼎朝鑕”：喻社会盛衰无常。鑕：古代腰斩时所用的垫板。⑪“五兵”：五种兵器，所指不一。一说兵车武器之戈、殳、戟、酋矛、夷矛，一说步卒兵器之矛、戟、钺、楯、弓矢。相传为东方九黎族部落首领蚩尤始造。⑫“金”：始造兵器的金属，指青铜。

【赏析】

这一首作于词人避兵河南之初。

“许君祠、层岩上峥嵘，幽林入清深。”“许君祠”是入山第一处，因与许由密切关联，不能遗掉，于是落笔即展现之，绳紧词之主旨。然而仅用三字带过，着墨极简。接着便循“层岩上峥嵘”，览“幽林入清深”。前者陡峭峻拔，后者静幽青翠，“上”与“入”既谓登行，又兼视觉，仰视平观之间，渲染了非能凡比的典型环境。

“坐嵩丘少室，风烟浓淡，百态变晴阴。”此三句描写山中的气象特征：少室山中，云来烟去，山色也随之或浓或淡，变化无穷，不时还有霖洒雨歇，“百态立变”正是这种景象的写照。

“山下一溪流水，不受是非侵。寂寞悬瓢地，黄屋无心。”前两句写立足山岩俯视所见，赋以山中涧流不染尘、不涉是非之性格，为下文再作铺垫。随即以领略“悬瓢地”之寂寞，揭示出许由毅然摒弃帝位、遁隐山中的高洁情操。此二句为全词的又一节点，萦带出之，十分自然。

“木杪巑岏石冢，见人间几度，夕鼎朝鑕”三句点出主景，并用“巑岏”修饰，极写许冢在世人心中的神圣形象。“见人间几度，夕鼎朝鑕”二句，又转角度，缘许由而观世事：人间朝更代易，尽含征战杀伐、夕鼎而朝鑕中，染遍了人类的鲜血，从而以惨酷的政权争夺，反衬了许由鄙视王权、隐居弃世的品节。

“问五兵谁作，天地更生金”二句，由述事转入议论，“问”字强而郁愤，“谁作”反诘有力，“更生金”怨天怨地，可谓一针见血，语势劲猛。

“百年来，神州万里，望浮云、西北泪沾襟。”此四句转入抒情：立足少室峰，纵溯有金之百年，横览国家之江山，叹从此将日渐陆沉，词人自己也因家乡之陷落而携家避兵于河南。此时此际，国如浮云，人如浮萍，哀伤难禁中，只能向西北遥望，泪洒衣襟。行文至此，词之主题已全部揭示开来。

“青山好、一尊未尽，且共登临。”回看眼前这许由冢处，尚属无兵无革的安和之境，词人便长叹说，这里的青山尚好，携未尽之酒，与友“且共登临”。“且”字不仅回题，更含蕴着无限的、复杂的情感，让人在反复的回味中生发情怀。

这首词将许由祠、悬瓢处、许由冢连缀为游踪线索，通过叙述、议论、抒情及环境描写，在称颂许由厌世隐居的同时，更在抒发对蒙古兵侵略而造成万里兵火以及忻州失陷、自己避难三乡的种种愤怀。全词情景交融，情感起伏，构成跌宕笔势，甚是耐人品读。

点绛唇　青梅[①]，永宁[②]时作

玉叶璁珑[③]，素妆不趁宫黄[④]媚。谢家风致[⑤]，最得春风意。

手把青枝，忆得斜横髻。西州泪[⑥]，玉觞[⑦]无味，强为清香醉。

【注释】

①“青梅”：即青果，因其果虽熟仍为青色，故名。又名橄榄，常绿乔木，果实长圆，可食，亦可入药。②“永宁”：金县名，位于福昌县（今河南省宜阳县）西。③“璁珑”：明洁的样子。④“宫黄”：古代妇女额上涂饰的黄色。宋周邦彦《瑞龙吟》：“因念个人痴小，乍窥门户。侵晨浅约宫黄，障风映袖，盈盈笑语。”⑤“谢家风致”：指谢道韫（谢安的侄女，为其赏识），人称神情散朗，有林下风气。⑥“西州泪”：用羊昙“西州门泪”之典。晋谢安病重，还都城建康时，从西州门入城。死后，其最为器重的外甥羊昙极为悲痛，誓不从西州门经过。一日醉酒，不觉至西州门，遂悲感不已，恸哭而去。⑦“玉觞”：玉制的酒杯，此处代指美酒。

【赏析】

这首《点绛唇》作于词人避兵河南福昌三乡时，因福昌与永宁接壤，故亦往之。

“玉叶璁珑，素妆不趁宫黄媚。”启篇二句以青果树叶之明洁、其果熟而不变色的特点，喻之为不事妆饰而貌美的女性，似隐还露，初见隐意之端倪。

“谢家风致，最得春风意”二句，再以谢道韫寓其天生淡雅而清丽、尽得春之灵气的特质，从而使一位朴素而绰约的女子风姿卓立于眼前。

“手把青枝，忆得斜横髻”接上阕首句而挽青枝，睹“玉叶璁珑”而忆其“斜横”之发髻，仅云发之斜横，已见玉女般的容貌。然而，时过境迁，玉人不见，唯剩怀伤。

“西州泪，玉觞无味，强为清香醉。”“西州”句，借羊昙之泪而代己之悲，言“玉觞无味”而谓惆怅之怀，内外来写，将一份伤情表达得惟妙惟肖。所忆之人，不知何处，眼前只有这青梅玉叶，且将此枝之“清香”当作故人之情缘吧。“强为清香醉”一句回归现实，人树合写，“强”字满含无奈，“醉”中尽是伤情，于婉曲缠绵中收结全篇。

这首词委婉含蓄，弦外有音。词中以青梅为触发点而展开追忆，借象言情，形象而感人，个中的寓意隐而微露，给人留下了丰富的联想空间。

梅花引　同张仲经、杨飞卿赋青梅①

绿华仙萼彩云间。雪消残，拥香□。随意轻匀浅注，尽高闲。向道是梅刚不信，更谁占，东风最上番②。　韵绝秀绝香又绝，恨□千山复千山。才情似记何郎句③，清泪斑斑。寂寞孤村，篱落小溪湾。修竹④萧萧霜月苦，好留与，青绫护晓寒。

【注释】

①“张仲经”：张澄，字子纯，别字仲经，洺水（今河北省永年县）人。曾客居永宁（今河南省洛宁县）。与赵元、辛愿、刘昂霄为师友，又与杜仁杰、麻革、高信卿、康国携家就元遗山居于内乡。“杨飞卿”：杨鹏，字飞卿，汝海（今河南省临汝县）人，工诗。“青梅”：即青果，因其果虽熟而仍青色，故名，又名橄榄，常绿乔木。②“向道是”三句：引唐代卢肇《竞渡》诗意，其诗云：“向道是龙刚不信，果然夺得锦标归。”③“何郎句”：指南朝时何逊的《咏早梅诗》。其诗云：“兔园标物序，惊时最是梅。衔霜当路发，映雪拟寒开。枝横却月观，花绕凌风台。朝洒长门泣，夕驻临邛杯。应知早飘落，故逐上春来。”④“修竹”：长竹。

【赏析】

根据《临江仙·赠答飞卿弟》中“壮岁论交今晚岁，只君知我平生”句，知此首作于河南避兵之初。

“绿华仙萼彩云间。雪消残，拥香□。”首句给人以花美萼奇，着根处极高的印象，“绿、仙、彩云”连缀修饰，极尽美词，深显出词人对青梅非比寻常的情感。“雪消残，拥香□”二句，先写花放之季节，再言香气之浓郁，“拥”字不言香之散发，而谓香气拥附，变换施动体，令人久咀不尽。

“随意轻匀浅注，尽高闲”二句，先言其色泽淡雅、均匀，“随意”二字，将“轻匀浅注”表现于无意施饰自清雅中。次写内在气质，“高闲”就其生长位置而巧蕴高洁闲逸之性，“尽”字形容其弥漫得满山都是，拈词极为精致。

“向道是梅刚不信，更谁占，东风最上番”三句，融含了一个非常自信的典故：唐代卢肇的《竞渡诗》，是他进士及第后，因江宁观端午龙舟赛而寄写给袁州刺史成应元的。诗中描写龙舟赛中后来居上者，实隐喻着万事都有改变的可能，开始风光的不一定能始终风光。其尾联“向道是龙刚不信，果然夺得锦标归”表露的就是这种自信。这首词中，将“龙”字易为“梅”，把青梅占得“东风最上番”之意表达得十分形象，移典之妙，巧而无痕。

“韵绝秀绝香又绝。恨□千山复千山。才情似记何郎句，清泪斑斑。”“韵绝”句接上句而从“韵、秀、香”三方面尽书其“最”，将青梅独占春魁之意烘染得极为丰满。此句顺接之后情感急转，“恨”字领起，恨其被“千山复千山”阻隔而不为人知，只有自己才像铭记何逊之诗一样永念青梅，情到极处，“清泪斑斑”染襟，默然无言。

“寂寞孤村，篱落小溪湾。”接下来，由驻脚之处下视：“寂寞孤村”，只有“小溪湾”相伴，进一步渲染出千山中的孤寂之意，甚有陆游“寂寞开无主”般的伤怀。

“修竹萧萧霜月苦，好留与，青绫护晓寒。”环视周围，唯见“霜月”之下的萧萧修竹与之相依，“苦”字融尽了青梅的寂寞，含尽了词人的幽怨。此情此境下，词人退而叮咛修竹道：我将孤寂的青梅托付与你，好生地用你那“青绫”般的丛林，保护着“绿华仙萼”，莫要让“晓寒”去侵害她。收结之句回应了开篇，凄惋之情也随之弥荡于“千山复千山”之中。

这一首与《点绛唇》[玉叶璁珑]为姊妹篇,词中的景与情乳融,爱与伤共呈,集中地体现了遗山先生婉约词中缠绵而婉曲的风格。

朝中措　永宁[1]时作

连延村落并阳崖,川路到山回。竹树攒[2]成风月,溪塘隔断尘埃。　小亭幽圃,酴醾[3]未过,芍药初开。驴上一壶春酒,主人莫厌频来。

【注释】

①"永宁":见《点绛唇》[玉叶璁珑]注。②"攒":聚集。③"酴醾":植物名,蔷薇科,观赏植物。

【赏析】

这首《朝中措》作于词人避兵福昌三乡时。他从兵尘满路、民无安生的山西,渡过黄河来到三乡。这一带山清水静,百姓安居,与家乡相比,仿佛如世外桃源一般,于是在游览之间,欣然命笔。

"连延村落并阳崖,川路到山回。"首句写随步览景:山之阳麓,村落绵延点缀,虽未言安静祥和,"阳崖"二字已暗蕴了百姓安和的生活状况。"川路到山回"交待自己行程:川路踱步,山前驻足,悠然之态已现其中。

"竹树攒成风月,溪塘隔断尘埃。"接写前行所见之村外景色,着重描写竹树与溪塘两种物事。"攒"字既言竹树成林,一派葱绿旺盛的气象,又显其风中摇曳、闪光的姿态。"隔断尘埃"明写山村宜耕宜隐的特有风貌,更反衬黄河北岸兵尘之灾,突出此处桃源般的境界,也只有历经兵劫的人才能有如此深细的感受。

"小亭幽圃,酴醾未过,芍药初开"三句,描绘入村所见。前一句虽只亭圃,但幽静闲适之感已弥荡纸面;虽未写人,但高雅闲逸之性已飘然而见。后两句侧重写词人来访时的季节。苏轼《杜沂游武昌以酴醾花菩萨泉见饷》有"酴醾不争春,寂寞开最晚"句,再融入一句"芍药初开",便知词人来此境时为春末夏初。同时,"酴醾、芍药"二花并至，更为山村点染出一派静美的色彩，笔间妙致，回味不尽。

“驴上一壶春酒，主人莫厌频来”二句，叙述与山村人的欢聚。然而，同饮共话的场景略过，只写别时的场面：“驴上春酒”活画出飘逸的形态，“莫厌重来”相约再聚，双方融洽而相逢恨晚的心境跃然纸上。

这首词以游踪顺序安排结构，而个中的人与物事均不以常规手法展现，给人以十分新奇的感觉。词中处处不离景物描写，又处处是景中出意，于盎然景趣中十分自然地烘托着主题，堪为典范之笔。

朝中措

春闺寂寂掩苍苔，风雨卷春回。拟写碧云[①]心事，笔头无句安排。　灯昏酒冷，愁牵梦引，直似秋怀。料得酴醾[②]知我，枕边时有香来。

【注释】

①“碧云”：南朝梁江淹《杂体诗·效惠休〈别怨〉》：“日暮碧云合，佳人殊未来。”后以“碧云”喻远方，多用以表达离情别绪。②“酴醾”：植物名，蔷薇科，花白色，有香气，观赏植物。

【赏析】

这是一首闺中女子思郎之作。

“春闺寂寂掩苍苔，风雨卷春回。”首句写的是苍苔满径，寓的是久无人来，以物象显“春闺寂寂”。“掩”字言的是室外之状，凄冷的是闺中之心。次句“风雨”二字以物候映衬心事。不说送春来，而谓“卷春回”，将岁月空度、闺心幽怨烘托得异常逼真、凄惋。

“拟写碧云心事，笔头无句安排”两句，谓欲写寄郎书信却“无句安排”，将该思该念还是该嗔该怨等复杂的情绪裹夹在一起，使纷乱如麻的心境尽显于矛盾之中。

“灯昏酒冷，愁牵梦引，直似秋怀”三句写借酒浇愁。“灯昏”衬心境沉闷，“酒冷”谓入肠凄凉，“愁引”二句言借酒浇愁愁愈深，把“碧云心事”形之于外，翻转得更为深切。

“料得酴醾知我,枕边时有香来。”接“梦引”而写更深欲眠:放枕之际,酴醾花夜夜送香与我,宵宵伴我而眠,以花之常伴常送香,反衬郎之无音无信久不归,使思郎怨郎的心事不言而深,缠绵不绝。

词以荒草苍苔起兴,枕上假花收结,中间翻折闺中心事,把思郎不归的主题拟写得甚为真切、凄楚、感人。

定风波

离合悲欢酒一壶,白头红颊醉相扶。见说德星[①]今又聚,何处?范家亭上会周吴。　造物有情留此老,人道,洛西清燕[②]百年无。六客不争前与后,好□,龙眠老笔[③]画新图。

永宁范使君园亭,会汝南周国器、汾阳任亨甫、北燕吴子英、赵郡苏君显、淄川李德之。用东坡体拟六客词[④]。

【注释】

①“德星”:有二义。一指岁星,旧谓主祥瑞之星,即木星。一喻贤士。此处以岁星喻相聚之诸人。②“清燕”:清新雅致的宴集。燕:通“宴”。③“龙眠老笔”:指李公麟的绘画绝艺。李公麟:字伯时,北宋著名画家,他创造了白描画法,其勾勒的人物、花鸟、山水皆精。晚年居龙眠山庄,号龙眠居士。曾画《西园雅集图》。④“永宁”七句:“周国器”:汝南(今河南省汝南县)人,余不详。“任亨甫”:任嘉言,字亨甫,汾州(今山西省汾阳市)人,正大庚寅进士,曾任金泌阳(今河南泌阳县)令。“吴子英”:辽东(今辽宁省辽阳市)人。在三乡时与遗山先生相识。遗山有《吴子英家灵照图二首》。余不详。“苏君显”:赵郡(今山西省洪洞县)人。余不详。“李德之”:名国维,号竹斋。淄川(今山东淄博市淄川区)人。兴定五年与遗山同时及第,历任符离、叶县县令。“东坡体”:《定风波》双调有六十二字、六十三字两体,平韵仄韵互用。《乐章集》演为慢,九十九字至一百零五字,全用仄韵。苏轼《定风波》[莫听穿林打叶声]为双调之六十二字,遗山此首亦同,故称“用东坡体。”

【赏析】

“离合悲欢酒一壶,白头红颊醉相扶。”首句即着六友聚宴,“离合悲欢”谓众友聚会,今次最全,宴后即会各赴东西,亦欢亦悲中极显友情之深。次句写六友醉酣之态:白头红颊反衬,谓酒深,尔倾我扶状醉态,形象可掬。短短十四个字,把宴饮六友的心态、形态绘写得十分精彩。

“见说德星今又聚,何处?范家亭上会周吴”三句,突然转入旁写:人众见他们跌跌撞撞“醉相扶”,便不识者打问,认识者答言,于假设之中,把聚宴人的特殊身份、聚宴的地点、聚宴人之名姓一一交待清楚。此番角度的更换,不仅使词境显得奇趣无比,更反衬了醉酒者未能答问的浑浑之状,如是之笔,愈体味愈妙。

下阕折向抒怀。

“造物有情留此老,人道,洛西清燕百年无。”此三句将词意转入玄奥之境,谓六人的聚宴是上天安排的“德星”会,这样的“清燕”在洛西一带百年难得一见。此一神秘色彩的渲染,不仅照应了上阕中的“见说德星”,又自然地引向下文。

“六客不争前与后,好□,龙眠老笔画新图”三句又将神秘翻进一层:“六客”将祥瑞照临,即使酣醉,也是你搀我扶。李龙眠所画《西园雅集图》已经有图在先了,今之“六客清燕”亦须留图传世,而且此图必龙眠居士之老笔作来才行,从而将上下阕之“德星又聚”“造物有情”勾挂起来,完成了主题。

这首词起笔写实,形象而华采,次第融入浪漫笔法,似在不经意间把六客狂饮豪醉后的峻迈意识发散出来。这一浪漫的虚笔也可当作实笔看:内中容涵的意向正是词人远大抱负的迸发。其“造物有情留此老”“洛西清燕百年无”,岂不正是李太白“天生我材必有用,会须一饮三百杯”的同工之声?

摸鱼儿

泰和中①,大名②民家小儿女,有以私情不如意赴水者。官为踪迹之,无见也。其后踏藕者得二尸水中，衣服仍可验，其事乃白。是岁，此陂[3]荷花开无不并蒂者。沁水梁国用时为录事判官，为李用章内翰[4]言如此。曲以乐府《双蕖怨》[5]命篇。“咀五色之灵芝，香生九窍；咽三清[6]之瑞露，春动七情”，韩偓《香奁集》[7]中自叙语。

问莲根、有丝多少，莲心知为谁苦？双花脉脉[8]娇相向，只是旧家儿女。天已许，甚不教、白头生死鸳鸯浦[9]？夕阳无语，算谢客烟中[10]，湘妃江上[11]，未是断肠处。　香奁梦[12]，好在灵芝瑞露[13]。人间俯仰今古[14]。海枯石烂情缘在，幽恨不埋黄土。相思树[15]，流年度，无端又被西风误。兰舟[16]少住。怕载酒重来，红衣[17]半落，狼藉卧秋雨。

【注释】

①“泰和中”：金章宗泰和年间(1201—1208)。②“大名”：地名。金正隆二年(1157)置大名府路，治所在今河北省大名县。③“陂”：积水的池塘。④“内翰”：翰林学士之别称。⑤“双蕖怨”：本词的原题篇名。这种词曲，内容多涉怨恨或不如意之事，其音哀怨。双蕖：并蒂莲。⑥“三清”：道教所尊的三天神，亦指三天神所居的玉清、上清、太清之最高仙境。⑦”《香奁集》”：《唐·艺文志》录有《香奁集》一卷，为晚唐诗人韩偓(自号玉山樵人)作。其诗格调柔靡、华丽精致，时称“香奁体”。⑧“脉脉”：含情相望的样子。⑨“鸳鸯浦”：鸳鸯栖息的地方。浦：水边。⑩“谢客烟中”：南朝宋诗人谢灵运，十五岁前寄养在钱塘杜家，故小名“客儿”，时称谢客。其《伤己赋》有“播芬烟而不熏，烛明镜而不明”之句。⑪“湘妃江上”：即湘江上。传说舜帝南巡，客死苍梧。娥皇、女英二妃寻而不得，投湘水而死。⑫“香奁梦”：借韩偓之诗意(即《香奁集》中的自叙语)，谓深闺中的好梦。⑬“灵芝瑞露”：比喻此对青年爱情的圣洁。⑭“俯仰今古”：今古只在俯仰之一瞬。⑮“相思树”：晋干宝《搜神记》载：宋康王舍人韩凭，娶妻何氏，美，康王夺之。凭怨，王囚之。凭自杀，何投台而死，遗书愿尸骨赐凭合葬。王怒，弗听，使里人埋之，两坟相望。不久，二坟之端各生大梓木，屈体相就，根交于下，枝错于上。又有鸳鸯雄雌各一，常栖树上，交颈悲鸣，音声感人。宋人哀之，遂号其木为“相思树”。⑯“兰舟”：船的美称。⑰“红衣”：喻荷花。宋吴文英《鹧鸪天》[化度寺作]：“池上红衣伴倚阑，栖鸦常带夕阳还。”

【赏析】

根据词序，可知此首作于词人避兵河南三乡时。

“问莲根、有丝多少，莲心知为谁苦？”词人闻说大名民家小儿女因爱情赴水而死，湖莲尽皆为之并蒂之事后感喟不已，以至于愤情难以按捺，将此二句冲口而出，抛出全词的感情线索。“莲根”即藕，断而丝连，极合此对青年儿女生不能结伉俪、死亦要开并蒂的忠贞爱情。“莲心”并蒂，喻人心共结，甚为恰合。

“双花脉脉娇相向，只是旧家儿女”两句，接“莲心”而直接将花作人，“脉脉相向”谓神情、谓姿态，炼词极精，“只是”断定此花即“旧家儿女”，斩钉截铁，毋庸置疑。

“天已许，甚不教、白头生死鸳鸯浦？”转为诘责：小儿女忠贞之爱，已得到“天”的同情，为什么偏偏不让白头到老？此句借“天”之力发问，将矛头直接刺向封建礼教。

“夕阳无语，算谢客烟中，湘妃江上，未是断肠处。”此四句将愤激而喷泄的情感平抑下来。面对扼杀儿女幸福的、根深蒂固的封建礼教，“天”也无法，我又何能？此处可想见词人在摇头，在叹息，无声之处更胜有声。接下来移入两典，谓即使是“谢客烟中，湘妃江上”，比起为誓死反抗封建礼教而殉情的“小儿女”来，真还不及，从而唤起人们更为痛心疾首的共鸣。

“香奁梦，好在灵芝瑞露。”此二句化用韩偓“咀五色之灵芝，香生九窍；咽三清之瑞露，春动七情”之句意，形容这对儿女爱情理想之圣洁。以古人之言，引自己之论。

“人间俯仰今古。海枯石烂情缘在，幽恨不埋黄土”三句急转，“人间”句既喻时间短暂，又领起下文。“海枯”句与前句逆向，谓情缘永存。“幽恨”句由俗语“生能同衾，死能同穴”翻出一“恨”：未埋黄土，却淹塘泥，是“小儿女”之恨，亦是词人之恨。此恨之无期又与“俯仰古今”造成逆势，强化了表达效果。

“相思树，流年度，无端又被西风误”三句中，谓古之“相思树”与今之并蒂莲何等相似，然而，“相思树”之悲剧并未消除恶势力，“流年度”到今日，这对小青年的爱情更被封建礼教扼杀，这正是“无端又被西风误”，此恨绵绵无绝期。“无端”二字力具千钧，“西风”代指封建势力，“误”字悲愤填膺，是受害青年、是词人，更是广大同情者心底的呐喊。

“兰舟少住。怕载酒重来，红衣半落，狼藉卧秋雨。”“兰舟少住”，谓小船儿，停下来，我要在这开满并蒂莲的地方多留连一会儿。为什么呢，我“怕载酒重来，红衣半落，狼藉卧秋雨”。一个“怕”字，强烈地烘托着心中的怜惜与敬仰之情。“红衣”之“狼藉”，明写塘莲，实喻此故事被人淡忘，更怕类似的悲剧重演，提醒人们多多关注，引以为鉴，于警策中收结，同时将悲慨的气氛延宕不绝。

这首《摸鱼儿》与雁丘词如同姊妹篇，把爱情之歌抒写得荡气回肠。词人善于捕捉现实事件，于中发掘出深重的内涵。在抒情节奏上，全词以藕丝为线索而营造全篇：上阕从“问莲根”入笔，引起一连串的振荡，到“夕阳无语”时转入低沉，随即又于“未是断肠处”再次荡起。下阕中，“香奁梦”至“恨不埋黄土”、“相思树”至“又被西风误”，又是几度跌宕，使读者的情感随之起伏。到结尾处，“载酒重来”，犹如曲之尾声，悠而远送，不绝于耳，收到了引人沉思的艺术效果。

青玉案

落红吹满沙头路，似总被、春将①去。花落花开春几度？多情惟有、画梁双燕，知道春归处。　镜中冉冉②韶华③暮，欲写幽怀恨无句。九十花期④能几许？一卮⑤芳酒，一襟清泪，寂寞西窗雨。

【注释】

①“将”：动词，取，拿。②“冉冉”：渐进的样子。③“韶华”：美好的春光，常比喻青春年华。④“九十花期”：花期一季三月，共九十天，故称。⑤“卮”：古代的一种盛酒器，常以之泛称酒杯。

【赏析】

金宣宗兴定元年（1217），词人汴京秋试不中。根据词意编于兴定二年春。是年词人二十九岁。

“落红吹满沙头路，似总被、春将去。”春红刚开不久，便被无情的风吹落，片片残花满是路头，词人便触景而感慨：它们年年带着美好来，却总是被无情之风夺去。自己每每满怀心愿和信心去应试，而一次次的理想都被无情地击碎，这同年年的落花有何两样？“落红”寓希望破灭，“沙头路”寓人生坎坷，“总被”二字自然地引出下文的议论。

“花落花开春几度？多情惟有、画梁双燕，知道春归处。”“春几度”说的是花季，寓的是人生。“多情”言的是画梁双燕，道的是词人之愁。以双燕尚知“春归处”比词人不知路何处，反比之间把迷茫、愤懑等复杂情怀尽皆诉出。

下阕转入直抒胸臆。

“镜中冉冉韶华暮，欲写幽怀恨无句”写词人对镜感慨。“韶华”本为美好的青春，更有着词人欲以满腹才华报效国家的夙愿，然而年复一年总是带着失望而过，“冉冉”二字把空耗生命的悲慨表达得怨忧不绝。“欲写幽怀恨无句”不是说无言以对，而是恨句太多，但都表达不到所恨的程度。无句胜有句，留出廓大的空间来让人去领味。

“九十花期能几许？一卮芳酒，一襟清泪，寂寞西窗雨。”“花期”句遥接“春几度”，将隐喻转为直叹，谓自己的韶华有几，哪能经得起岁月的消耗？悲慨之下，举酒浇愁，清泪湿衣，把一腔忧怨尽付与西窗雨声。从而使首尾相接，让“沙头路”更洒无情雨，将幽恨荡入茫茫的雨雾。

词的上阕谓落花，写沙路，言双燕，处处有着词人的影子，下阕叹年华，写幽恨，又处处托意于物，从而使人真真切切地触摸到词人那份欲积极用世，却为时世所阻的复杂的、遗恨绵绵的情怀。

浪淘沙

诗句入冥搜①，欲写还休。人间情是阿谁②留？千丈游丝③不落地，风外悠悠。　烟雨晚山稠，人倚西楼。衡阳归雁④满沙头。一种江城寒夜客，一种春愁。

【注释】

①“冥搜”：潜心搜访。②“阿谁”：何人。③“游丝”：蜘蛛等昆虫所吐的丝，因其飘荡于空中，故称。④“衡阳归雁”：湖南衡阳旧城之南有归雁峰，相传雁至此则不再南飞。唐陆玑《毛诗草木鸟兽虫鱼疏广要》卷下之上：“《山海经》云：雁门山，雁出其间，在高柳北。旧说，鸿雁南翔不过衡山（即衡阳县，三国时吴置）。今衡山之旁，有峰曰回雁，盖南地极燠（暖），人罕识雪者，故雁望衡山而止。”

【赏析】

“诗句入冥搜,欲写还休。”这是一首思归之作。首二句写词人背井离乡,欲归归不得,欲赋诗寄怀,又心头烦乱,不知从何写起,一种乱离的悲愤尽在“欲写还休”中。

“人间情是阿谁留?千丈游丝不落地,风外悠悠。”词人避兵河南后,家乡的音信隔绝,乡人的安危一直萦绕心头,“人间情是阿谁留”把自己思乡不禁的愁绪含蕴得凄切而酸苦,“千丈游丝”之喻,又将游子难归、游思极度之情夸张得十分得体,令人唏嘘不止。

“烟雨晚山稠,人倚西楼。”“烟雨晚山”寓情于景:阴云凄雨不绝,晚山暗淡失色,正是断肠游子倚楼北望时的黯然心境。文字平平,蕴愁却十分深厚。

“衡阳归雁满沙头。一种江城寒夜客,一种春愁。”沙头雁之喻令人自然地联想到雁欲归而时令不到,欲安歇却无栖处,这与词人欲归乡而兵尘遍地,欲安居却流徙不止的境况何等相似!故而尾处作仰天长叹:江城寒夜客,羁旅愁难休。前比后兴,羁愁不绝,此便是欲赋“诗句入冥搜,欲写还休”的深沉之处。

这首词从“冥搜”起兴,运用细腻的笔法、形象的比喻和暗淡的景物陪衬,把避兵南渡后的凄切心境刻画得十分深沉、细腻,也把反对战争,痛恨侵略的思想寓于篇内,余音不绝。

江月晃重山① 初到嵩山时作

塞上秋风鼓角②,城头落日旌旗③。少年鞍马适相宜④。从军乐,莫问所从谁⑤。 候骑⑥才通蓟北⑦,先声已动辽西⑧。归期犹及柳依依⑨。春闺⑩月,红袖⑪不须啼。

【注释】

①“江月晃重山”:此词牌的上下阕前三句均用《西江月》的头三句,后两句均用《小重山》的末两句,因是串合而成,故名。②“鼓角”:战鼓和号角,军中用以报时、传令。③“旌旗”:旗帜的统称。④“适

相宜”：正适合。⑤“从军乐”二句：王粲《从军诗五首》其一有“从军有苦乐，但问所从谁。所从神且武，焉得久劳师”句。⑥“候骑”：巡逻侦察的骑兵。⑦“蓟北”：古地名，在今北京西。⑧“辽西”：指辽河以西，今辽宁省中部。⑨“柳依依”：《诗经·小雅·采薇》：“昔我往矣，杨柳依依。今我来思，雨雪霏霏。”此处借指春归时便可随班师之军还乡。⑩“春闺”：春日的闺阁。⑪“红袖”：代指佳人，此处指闺中思妇。

【赏析】

金宣宗兴定二年（1218），遗山先生二十九岁。该年，蒙古兵南侵，他由三乡迁到登封。中岳嵩山在登封之北，他便在中岳峰上远眺塞上，抒发出欲为国家建功立业的壮怀。

“塞上秋风鼓角，城头落日旌旗。”词人登峰遥望，仿佛听到边塞的鼓角在秋风中阵阵鸣响，猎猎的大旗在落阳斜照的关城上飘扬，整个边关一派壮烈的景象，从而为理想中的报国少年设置出一个典型的背景。

“少年鞍马适相宜。从军乐，莫问所从谁。”一位英姿勃发的少年出现了，他那矫健的身手、豪迈的情怀，正是从军卫国的极佳时期。而且，他的志向是不管将军为谁，只要能从之塞上杀敌就行。这里化用了王粲《从军诗》之句，更赋予踊跃冲锋、义无反顾的决心，一位爱国少年的形象便跃然纸上。

“候骑才通蓟北，先声已动辽西。归期犹及柳依依，春闺月，红袖不须啼。”“候骑”二句极力渲染了这位少年英雄所在之师，军行刚到蓟北，声威已慑辽西。正是有这种出师必捷的信心和希望，故而这位少年先慰自己：“归期犹及柳依依”，再慰“春闺”人。“不须啼”三字一反怨妇诗的传统格调，赋以本词之鼓舞人心的力量。

这首词情调慷慨，语言明快，处处在为少年壮志，处处都有词人的影子，一腔爱国报国、力挽狂澜的豪气充溢着纸面。

最高楼　商於鲁县北山[①]

商於路，山远客来稀，鸡犬静柴扉。东家欢饮姜芽脆，西家留宿芋魁[②]

肥。觉重来，猿与鹤，总忘机[3]。　问华屋高赀[4]谁不恋？问美食大官谁不羡？风浪里，竟安归？云山既不求吾是，林泉又不责吾非。任年年，藜藿[5]饭，芰荷衣[6]。

【注释】

①“商於（wū）：地名，在今河南省淅川县西。“鲁县”：地名，即鲁山县，在河南省。②“芋魁”：即芋根、芋头。《汉书·翟方进传》：“饭我豆食羹芋魁。”按《广雅·释草》王念孙疏证：“芋之大根曰蕖，蕖者巨也，谓之芋魁，或谓之莒。”③“忘机”：用“鸥鸟忘机”典。《列子·黄帝篇》：“海上之人有好沤（通“鸥”）鸟者，每旦之海上，从鸟游，沤鸟之至者百数而不止。其父曰：‘吾闻鸟皆从汝游，汝取来，吾玩之。’明日之海上，沤鸟舞而不下也。”④“高赀”：资财雄厚。⑤“藜藿”：藜草和豆叶，泛指粗劣的食物。⑥“芰荷衣”：用芰叶和荷叶剪裁成的衣服，喻隐士的服饰，亦象征隐士生活。孔稚珪《北山移文》：“焚芰制而裂荷衣，抗尘容而走俗状。”

【赏析】

词人自三乡移居登封后，游访了商於、鲁山等地，有感于乡村之静僻、民风之淳朴，遂赋此词。题下特言之北山，含蕴其居隐之意。

“商於路，山远客来稀，鸡犬静柴扉。”词之首句即交待行脚之路。二三句谓其探访处，“远”字暗蕴尘嚣远隔，“客来稀”和“鸡犬静柴扉”，甚有世外桃源之感。“静”字用于“鸡犬”“柴扉”之间，映衬“客来稀”之外，更有体味不尽的妙处。

“东家欢饮姜芽脆，西家留宿芋魁肥”二句用互文句式，聚焦山民竭情待客的场面，“姜芽、芋魁”最具山村食蔬之特点，“脆、肥”二字体现着村民芹献之诚和来客之欣然。“欢饮、留宿”夹于句中，将双方纯朴、无间之情表达得极为灵动。

“觉重来，猿与鹤，总忘机。”“觉重来”三字甚有余味，词人本是初来，却有熟客的感受，体现着与乡民与生俱亲的天性。而后又借山中典型的动物，以其不畏生客之现象，把山中融和之乐、清逸之气表现得深细入微。虚笔之妙，体味无穷；用典述事，收到言简而意深的效果。

“问华屋高赀谁不恋？问美食大官谁不羡？风浪里，竟安归？”上阕中写尽山村淳朴之美后，下阕突然转入词人的反思：两个反问句、一个疑问句如浪排而来，把自己长期以来追求仕途却又有意隐居的矛盾理念同时推出，问自己在这二难选择中“竟安归？”即最终选择哪种归宿。思忖再三，这山乡的宁静、闲逸的境况清清晰晰地印入脑海，使他似乎理清了久思的问题。

“云山既不求吾是，林泉又不责吾非”又是两个互文句，意即“云山”和“林泉”对我毫无所求，只是非常有情地提供着优乐的环境，这么理想的境地为什么要弃之而去呢？

“任年年，藜藿饭，芰荷衣。”一番徘徊思索、反复比较之后，词人作出果断的抉择：深隐山中，乐度一生。

回过头来看题下注之“北山”，固然，此番写的是商於北山之游，但是，其中更含着一层深意：南北朝时的孔稚珪写过一篇脍炙古今的《北山移文》。文中记载了一位自视清高无比、甚至连巢父、许由等隐士俱不放在眼中的周颙隐于北山。岂知皇帝派人呼拥鸣锣，征周颙为官时，他竟然手舞足蹈，“焚芰制而裂荷衣，抗尘容而走俗状”，露出一副庸俗不堪的本来面目。周颙作海盐县令后，路过北山欲入，孔稚珪作《北山移文》，假以山神之意，掩云关，敛轻雾，藏鸣湍，截来辕于谷口”，拒绝这位逃客再来。《北山移文》固然是篇游戏文章，但词人用此典作，表达了自己从此找到归宿，愿“藜藿饭，芰荷衣”，以保持高洁情操的决心。

这首词的上阕，描绘了鲁县北山民家淳朴的民风和桃源般的生活，下阕则以之同豪华富贵作了鲜明的比较，自然地抒发出词人愿“年年藜藿饭，芰荷衣”之理想追求。全篇描写生动，对比鲜明，语言优美，抒情自然、得体，极耐引人玩味。

浣溪沙

借守陪京[①]尺五天[②]，碧油旆[③]里地行仙[④]。政成多暇且同欢。

梅雨□江销播润，薰风高阁水晶寒。长鲸[⑤]饮罢玉壶干。

【注释】

①“借守陪京”：指移剌瑗（又名粘合）设在少室山顶的御营。《金史》卷一百十一《撒合辇传》：“初，宣宗改河南府为金昌府，号中京，又拟少室山顶为御营，命移剌粘合筑之。”《登封县志·山川》：“少室者，由东北过三定思，入东天门，上绝顶，俗呼御砦，盖金宣宗尝屯兵其上也。”“陪京”：指洛阳。《金史·地理志》：“宋西京河南府洛阳郡，初置德昌军。兴定元年八月升为中京，府曰金昌。”②“尺五天”：原指距帝王居处极近。辛氏《三秦记》：“城南韦杜（韦曲、杜鄠，汉朝贵族聚居之地），去天尺五。”后兼有山势高峻之意。③“碧油旆”：青绿色的旗帜，此处代指军营。④“地行仙”：旧指仙人之一，谓行走于地上的神仙。常比喻逍遥而无所事事的人，此处为词人自指。刘祁《归潜志》卷六：移剌粘合“兄弟俱好文，幕府延致名士。初帅彭城，雷希颜在幕，杨叔能、元裕之皆游其门，一时士望甚重。”⑤“长鲸”：鲸鱼，古人认为它能呼吸百川之水。此处形容豪饮。

【赏析】

这一首作于金宣宗兴定二年（1218）。其年，词人从三乡迁家登封。

“借守陪京尺五天，碧油旆里地行仙。”首句言倚重移剌瑗而在少室，有幸近帝王屯兵之处而登嵩岭；次句谓人在重兵之地逍遥似神仙。从而把避兵河南之初仍怀的惴惴之心，到身在重兵扎营的嵩山之后始获的安全之感、闲逸之趣表达得十分形象、自如。

“政成多暇且同欢。”“政成”谓御营筑就而洛阳安稳，“多暇”写大工得竣后身心俱快，为此次赴宴欢庆铺设出典型的背景。

“梅雨□江销潘润，薰风高阁水晶寒。”因为时在初夏，位处山岭，故而下观梅雨烟江，上临积冰长风，把高阁中的宴饮环境描绘得目旷神怡。

“长鲸饮罢玉壶干”描写宴会中的豪饮状况：如鲸吸般饮尽一杯后，又把一壶喝了个干干净净，杯来壶去，气氛十分热烈。个中写的是东主移剌瑗及众将的狂欢，更抒写了词人的豪迈。

这首《浣溪沙》词清语快，景情交融，集中折映出词人初居嵩山时极为快慰的心情。

浣溪沙

琼压为浆①玉作卮②，使君③真是吏民师。碧桃仙酎④饮乡期。

五马旌□浮喜色⑤，南溪⑥风月要新诗。缓趋□□及瑶池。

【注释】

①“琼压为浆”：即制为琼浆。琼浆：醇浓之酒。②“卮”：古代的一种酒杯。③“使君”：汉代称刺史为使君，汉后尊称州郡长官为使君。此处指移剌瑗。④“碧桃仙酎”：东汉班固《汉武帝内传》：“呼帝共坐，帝南面，向王母。母自设膳，膳精异常……清香之酒，非地上所有，香气殊绝，帝不能名也。又命侍女索桃。须臾，以盘盛桃七枚，大如鸭子，形圆，色青，以呈王母。母以四枚与帝，自食三桃。桃之甘美，口有盈味。帝食辄收其核。王母问帝，帝曰：‘欲种之。’母曰：‘此桃三千年一生实，中夏地薄，种之不生。’帝乃止，于坐上酒觞数过。”酎：经过多次复酿的醇酒。⑤“五马”句：《晋书·元帝纪》：“太安（晋惠帝年号）之际，童谣云：‘五马浮渡江，一马化为龙。’五马：琅琊王司马睿、西阳王司马羕、汝南王司马祐、南顿王司马宗、彭城王司马纮。司马睿后为晋元帝。喜色：吉兆。⑥“南溪”：颍水的上游，发源于少室山南麓。

【赏析】

这一首与同调［借守陪京尺五天］同作于少室山移剌瑗军营饮宴时。

“琼压为浆玉作卮，使君真是吏民师。”首句以琼酒玉杯烘托军营宴会起兴，萦带次句对移剌瑗军队为护国护民之师的称道，起笔即有先声夺人之势。

“碧桃仙酎饮乡期。”此句用王母桃膳之典，含有深层次的含意：一是王母宴汉武为仙宴，以之喻少室之宴，使此宴之韵骤升。二是王母谓蟠桃三千年一生实，中夏种之不生。词人却以“乡期”而谓之，含有少室山之御营能够护得江山永固，让三千年一熟的桃子生出于本朝，从而将中兴之愿殷切地寄托在使君的“吏民师”上。

“五马旌□浮喜色，南溪风月要新诗”二句把上阕中的希冀挑得更明白：西晋之末，国逢覆亡之难，幸有五马南渡，竖起复晋旌旗。金国遭蒙古入侵，宣宗由燕京渡于汴，史事是多么的相似，“浮喜色”三字便因之而含尽了词人的期望。“南溪风月要新诗”句则直言把复兴的希望寄托在少室御营的统帅移剌瑗身上，希望他能写出护国之新诗篇来，全篇的主旨也便揭示无遗。

“缓趋□□及瑶池。”作为结句，脱去的两字虽然无考，但是照应王母盛待汉武，应是诗人缓趋及瑶池，参加宴会作诗。词人诚诚的爱国之情也便磊落而出。

这首作品尺幅虽短，但是上下阕间都融入了甚有分量的典故，使一个寻常的宴饮含蕴了深刻的主题。

南乡子

一雨浣年芳①，燕燕莺莺满洛阳。梨雪②渐空桃李过，风光，恰到风流睡海棠③。　何处最难忘，杨柳高楼近苑墙④。唤取分司狂御史⑤，何妨，暂醉佳人锦瑟傍⑥。

【注释】

①“年芳”：花芳草荣的春色。②“梨雪”：梨花。③“睡海棠”：宋释惠洪《冷斋夜话》：“东坡作《海棠》诗曰：‘只恐夜深花睡去，更烧银烛照红妆。’事见《太真外传》，曰：上皇登沈香亭，诏太真妃子，妃子时卯醉未醒，命力士从侍儿扶掖而至。妃子醉颜残妆，鬓乱钗横，不能再拜。上皇笑曰：‘岂是妃子醉，真海棠睡未足耳。’”④“苑墙”：宫苑的高墙。⑤“分司狂御史”：杜牧《兵部尚书席上作》：“华堂今日绮筵开，谁唤分司御史来？偶发狂言惊满坐，两行红粉一时回。”分司：唐宋之制，中央职官有分在陪都（洛阳）执行职务者，称为分司。但除御史之分司者有实职外，其他分司者多仅为优待退闲之官，并不任职。⑥“暂醉”句：杜甫《曲江对雨》：“何时诏此金钱会，暂醉佳人锦瑟傍。”锦瑟：装饰华美的瑟。

【赏析】

“一雨浣年芳，燕燕莺莺满洛阳。”首二句用一个“浣”字，把细雨润物、遍地是春色和燕飞莺语的荣发景象描绘得异常华采，渲染出洛阳之春独异他乡的效果。然而，“燕燕莺莺”又在比喻洛阳城中满是花枝招展的歌女之群，巧将讽意隐伏其中。

“梨雪渐空桃李过，风光，恰到风流睡海棠。”这几句又将讽意递深一层。作为陪都的洛阳，在金末风雨飘摇之际，有着十分重要的战略地位，但是此间的人只知日拥“燕燕莺莺”，醉生梦死地歌残梨花舞桃李，桃李欢过醉海棠。“空”字寓拥歌乐者全不把国难当回事，“睡海棠”又移用唐玄宗昏聩不知乱将至，一味风流宠杨妃的典故，将“风光”之人作了辛辣的讽刺。然而，上阕结处依然没有点明所讽者为何人。

“何处最难忘，杨柳高楼近苑墙。”此二句紧接上阕之“风光”而聚焦于“苑墙”，然而，不谓墙内，却写有幸欣赏苑内歌舞欢乐的杨柳与高楼，谓之为“最难忘”处，又将讽喻掘深一层。但是行文至此，依然没有揭示出笔指何者。

“唤取分司狂御史，何妨，暂醉佳人锦瑟傍。”尾声处，词人把包袱全数抖露出来：作为执管陪都分司的御史大人，本该勤劳国事，厉兵秣马以防蒙古兵南侵，然则他们却醉生梦死，苟欢一天算一天，日日沉溺于“佳人锦瑟傍”。“狂御史”三字不仅讽意十足，而且喷发的是词人的愤怒之情，一腔忧国忧民、恨极庸臣误国的情怀直撼山河。

这首词运用艳词丽句的烘衬手法、分层逐次揭示主题的结构特点，把讽喻国事的题旨表达得既入骨三分，又酣畅淋漓，令人畅意不尽。

南乡子

花谱得新名，一尺红云①赛洛京②。旧说采莲张静婉③，难凭，楚润④元来更有情。　　枕上艳歌声，亏煞司空自教成⑤。前日绿窗⑥今夜梦，分明，宿酒⑦残妆未五更。

【注释】

①“红云”：喻花。②“洛京”：洛阳，因自古为建都之地，故称。③“旧说”句：《采莲》，“乐府江南弄七曲”之一，梁武帝制。《古今乐录》：“《采莲曲》和云：‘采莲渚，窈窕舞佳人。’”此曲后人仿作者极多。梁羊侃有舞人张静婉，容色绝世，侃曾自造《采莲》《棹歌》两曲，甚有新致，乐府谓之《张静婉采莲曲》。④

“楚润”:唐名妓楚儿,因其字润娘,故称。后借指名妓。该词出自唐郑合《及第后宿平康里》:“春来无处不闲行,楚润相看别有情。好是五更残酒醒,时时闻唤状头声。”⑤“亏煞司空”句:唐孟棨《本事诗·情感》:“刘尚书禹锡罢和州,为主客郎中、集贤殿学士。李司空(李绅)罢镇在京,慕刘名,尝邀至第中,厚设饮馔。酒酣,命妙妓歌以送之。刘于席上赋诗曰:‘鬟鬌(发髻名)梳头宫样妆,春风一曲《杜韦娘》。司空见惯浑闲事,断尽江南刺史肠。’”诗的后二句说这种酒宴歌舞的奢靡场面,对司空来说极为平常,已为习惯,而对苏州刺史来说,却难得观赏,不能不为之断肠。后以“司空见惯”为屡见不鲜典。⑥“绿窗”:绿色的纱窗,代指女子的居室。⑦“宿酒”:夜寝前所饮之酒。

【赏析】

“花谱得新名,一尺红云赛洛京。”洛阳素以牡丹名世,能上得《花谱》的更是名品。首句言“花谱得新名”,即是说洛阳又出了一种如同魏紫姚黄般的名贵之花。次句言其一丛便值整个的洛阳城,从而渲染了此“红云”的稀世之美。此二句暗喻洛阳城中新出现了一位绝色歌妓。夸张之笔收到了先声夺人的奇效。

“旧说采莲张静婉,难凭,楚润元来更有情”三句将喻意挑明了。《梁书》中说:“舞人张静婉,容色绝世,腰围一尺六寸,时人咸推能掌上舞。”而此处却言古人之说“难凭”,从而烘衬出“一尺红云”之楚润来,谓其不仅貌美有胜张静婉,而且本来就有最善用情的特长。古代二美妓作比,使洛阳新妓美到难以言喻的程度。

“枕上艳歌声,亏煞司空自教成。”下阕紧承“更有情”而写司空与之日间醉饮欢歌、夜里枕上温情。“亏煞”二字讽意尽出。此“司空”者,指向非常明白,就是朝廷委于陪京洛阳的分司高官(详见前首《南乡子》[一雨浣年芳])。“司空”之典巧喻,恰合异常。

“前日绿窗今夜梦,分明,宿酒残妆未五更。”尾处转写洛阳美妓。“前日绿窗”言其此前为闺中女,“今夜梦”指来洛阳后傍上司空大人,美梦成真。“宿酒残妆未五更”言入夜之饮,绘云鬟凌乱,谓五更尚未息眠。“分明”二字既前承其梦,又后谓其真,把承受“司空”之恩道得确确实实。

为了加强京都的防御能力,金宣宗升洛阳为中京,即所谓的“陪京”,并派御使高官执守。然而这班御使大人却不以国事为重,日日醉生梦死,误国误民。对此,词人愤恨之极,便以“司空见惯”的典故为切入点,暴露出这个令人担忧的现象。同词牌同主题的“一雨浣年芳”中，词人谓这班人为“狂御史”，这一首中又称之为“司空”，直指其奢靡宿妓的丑恶行为，于异曲同工中更显得辛辣、愤激。

水调歌头

赋德新王丈玉溪，溪在嵩前费庄，两山绝胜处也。[①]

空蒙[②]玉华[③]晓，萧洒[④]石淙[⑤]秋。嵩高大有佳处，元[⑥]在玉溪头。翠壁丹崖千丈，古木寒藤两岸，村落带林丘。今日好风色，可以放吾舟。　百年来，算惟有，此翁游。山川邂逅[⑦]佳客，猿鸟亦相留。父老鸡豚乡社[⑧]，儿女篮舆[⑨]竹几[⑩]，来往亦风流。万事已华发，吾道付沧洲[⑪]。

【注释】

①“德新王丈”：王革，字德新，临潢（今辽宁凌源县附近）人。屡试不第，晚由恩得主宜君（今陕西宜君县）簿。交游满天下，其诗见赏于赵秉文。“丈”：对年长者的敬称。“玉溪”：玉华峰下的涧流。时德新卜居于此。“嵩前”即嵩山前。②“空蒙”：雨雾、烟岚迷茫缥缈的样子。③“玉华”：少室山三十六峰之一，因产玉膏得名。④“萧洒”：清丽，明爽。⑤“石淙”：水名，即颍水流经登封东南的一段。⑥“元”：本来。⑦“邂逅”：不期而遇。⑧“鸡豚乡社”：古时祭祀土地神后，乡人的聚餐交谊活动。⑨“篮舆”：竹轿。⑩“竹几”：竹制的夏日取凉用具，圆柱形。人们竹席卧身后，可用以拥抱或搁脚。又谓为竹夫人。⑪“沧洲”：滨水的地方。三国时阮籍《为郑冲劝晋王笺》：“临沧洲而谢支伯，登箕山以揖许由。”后以之称隐者所居。

【赏析】

金宣宗兴定二年（1218），遗山先生由三乡移迁登封。是年秋，与王革初识于嵩山。这首词便作于是时。其时还赋有一首七绝《和德新丈》，诗云：“二年老眼暗兵尘，今日逢君喜事新。结伴还乡有成约，不应先作北归人。”

“空蒙玉华晓，萧洒石淙秋。”启篇用对仗句入笔，十分精彩：首句谓数天细雨，此日放晴。“玉华”言识交地点，“晓”字清亮，既有初晴之爽神，又暗定全词之主调。次句之“萧洒”应“晓”而写天气特征，“秋”字言季节补实“萧洒”，“石淙”对“玉华”，源流相接，字眼浏亮。二句容含丰富，密不容针。

“嵩高大有佳处，元在玉溪头”二句，先将镜头放大，谓玉华之所属，再将镜头聚在“佳处”，巧点德新丈卜居之处，并映衬其清逸而酷爱山水的性格特征。“元”字巧蕴玉溪头因德新丈而美，德新丈借玉溪而馨，词精意满，极显炼字功夫。

“翠壁丹崖千丈，古木寒藤两岸，村落带林丘。”接下来的三句环视“两山绝胜处”：“翠、丹”绘色，色彩抢目，“千丈”谓崖壁耸峭雄立。“古木寒藤”以藤、树显示高古，“两岸”与“千丈”对应，一高一下，互为映衬。写罢溪岩写村落，顺笔萦带林丘，恬静幽深的小山村便凸显出来。

“今日好风色，可以放吾舟。”在前文多层面的渲染下，“放吾舟”之趣便自然生出，并归纳了上阕，向下文过渡。

“百年来，算惟有，此翁游”三句，承上阕之“放吾舟”写此次游玉溪。“百来年”夸张，“惟有”强化，将与德新丈之偕游时景之美、人之合表现得十分得体。

“山川邂逅佳客，猿鸟亦相留。父老鸡豚乡社，儿女篮舆竹几，来往亦风流。”山逢佳客、猿鸟相留，主客体易位，甚为妙致；费庄逢乡社之会，行者有乘篮舆，有揽竹夫人，无论何处，尽是怡然之乐，从而夯实了“此翁游”之百年一遇，再次激发山中隐居的夙念。

“万事已华发，吾道付沧洲。”“沧洲”也是一个典故：三国魏之阮籍在《为郑冲劝晋王笺》中有“临沧洲而谢支伯，登箕山以揖许由”句，说的是支伯以病为由，推谢了舜欲让位于他的请求，许由为避尧帝禅让而深隐箕山。词人拈来，说自己将世间万事看得有如“华发”一般，他将选择山水林泉一途而“付沧洲”，回应了“赋德新丈”中欲与之同隐玉溪之“绝胜处”，水到渠成地点出主旨，收结全篇。

这首词是游玉华谷时为初交王革而作，因而，处处或隐或显地露着他的影子，并以此为线索而写景状物，抒发情感，巧妙地表达了深隐山林的志趣。这类作品是词人居登封十年间的主流题材。

临江仙　寄德新丈[1]

自笑此身无定在，北州又复南州[2]。买田[3]何日遂归休？向来元落落[4]，此去亦悠悠。　赤日黄尘三百里，嵩丘几度登楼。故人多在玉溪头。清泉明月晓，高树晚蝉秋。

【注释】

①“德新丈”：王革，字德新，临潢人。详见《水调歌头》[空蒙玉华晓]注①。②“北州”句：指词人携家从三乡移居登封后，又在昆阳买田事。③“买田”：用“买田阳羡”意。苏轼《菩萨蛮》：“买田阳羡（地名，今江苏宜兴）吾将老，从来只为溪山好。来往一虚舟，聊随物外游。”④“落落”：开朗，坦率。

【赏析】

“自笑此身无定在，北州又复南州。”根据词中“买田何日遂归休”句，知作于词人兴定三年在昆阳买田之后。

词人带着一家辗转流离，已是十分不易，而食贫口众、衣食问题更为要紧，于是，在“宋公能诗雅好客，劝我移家来水旁”的邀约下，“今年得田昆水阳，积年劳苦似欲偿”（《雪后招邻舍王赞子襄饮》）。故而“自笑”或北或南，变化无常，于自嘲的口吻中，述说了自己为了一家生存而费尽脑汁之无奈。

“买田何日遂归休？向来元落落，此去亦悠悠。”“买田何日遂归休”，补述“北州复南州”之原由。“向来”二句的磊落心态，谓北州与南州、词人与德新诗酒往来、潇洒聚散的状况，承接着“遂归休”，引出下阕的抒写。

“赤日黄尘三百里，嵩丘几度登楼。故人多在玉溪头。”“赤日”句言词人不惜“赤日黄尘”之苦、不畏北州、南州间三百里之遥而往返相会，“嵩丘”句谓寻常时亦登高楼而望嵩山的情状，把友人间相距远却情更近的心境表达得十分得体。“故人多在玉溪头”一句，又补出嵩山中的其他诗友如冯璧、雷希颜、李钦叔及山寺僧等人。

“清泉明月晓，高树晚蝉秋”二句，接“玉溪头”而回忆玉华谷中诗友游赏的情景：或在明月映照的清泉边赏景赋诗，或在浓浓绿荫下听秋虫的鸣声。借景写友情，将思念友人的心语涵蕴于中，寄与德新丈，转与众旧游。

遗山先生早期的词作，虽也写愁，但往往是一抹而过，总是要被乐观的情怀掩去，这首词就是一例。启篇二句，谓其身无定居，反复迁徙，但是，一个“自笑”便将愁情冲淡了。随之就是“元落落”和“亦悠悠”，疏快的语言恰是这种心态的折映。遗山先生的词中，多有景物描写，但其山林之景往往不写完整，只是摄取其中一两处，将主观的意象注入其中，给人以玩味不尽的艺术享受。这首词的结尾二句便是典型的例子。

南歌子

人日过三日，元宵便五宵①。共言今日好生朝②。皓月光辉，香动玉梅梢。　谢女工飞絮③，周郎待小乔④。年年灯下醉金蕉⑤。鬓影苍球，金缕细鹅毛。

【注释】

①“人日”二句：夏历正月初七为“人日”，“过三日”即初十，“五宵”之后便是正月十五元宵节。②“生朝”：忻州俗语称婴儿始生或第一个生日庆为“生朝”，有“生朝满月两头费，小房子里干得利”之民谚。③“谢女”句：用“柳絮才”之典。《世说新语·言语》：“谢太傅寒雪日内集，与儿女讲论文义。俄而雪骤，公欣然曰：‘白雪纷纷何所似？’兄子胡儿曰：‘撒盐空中差可拟。’兄女曰：‘未若柳絮因风起。’公大笑乐。”④“周郎”句：指三国时吴之周瑜与小乔夫妻情笃。《三国志·吴书·周瑜》：“瑜时年二十四，吴中皆呼为周郎……时得乔公两女，皆国色也。(孙)策自纳大乔，瑜纳小乔。”⑤“金蕉”：酒杯。

【赏析】

这首《南歌子》当作于词人第三女阿秀始生时，即金宣宗兴定三年(1219)之春。其时有七绝《书贻第三女珍》：“珠围翠绕三花树，李白桃红一捻春。看取元家第三女，他年真作魏夫人。”

“人日过三日，元宵便五宵。共言今日好生朝。”首二句谓三女儿出生于正月十五元宵佳节。忻州俗语云“有福的生在初一十五，没福的死在初一十五”。为此第三句便说“共言今日好生朝”，其难以抑制的喜悦心情可触可感。词人为诗为文一向是惜墨如金，这首的开篇却不厌其烦地反复强调女儿的出生时间，细细地玩味便知其妙：“人日”是一岁之中唯一的人节；“过三日”即是初十，忻州人谓为“十子”节；十五元宵节为普天同欢之日自不消说，再加上民俗所谓的福日出生，此四美并呈，焉能不喜？

“皓月光辉，香动玉梅梢”二句转写环境之美，上有圆月光华，下有梅香飘来，合时日，合花季，更合心境。寓情于景，心泰而意舒。

“谢女工飞絮，周郎待小乔。”上阕言罢三女儿出生之吉，下阕便企盼其未来：谢道韫能吟“飞絮”句，我“元家第三女”必会胜之；小乔能待得周郎快婿，我家女“他年真作魏夫人”，将来更为卓异，望女成凤的自信溢于言表。

“年年灯下醉金蕉。鬓影苍球，金缕细鹅毛。”结尾三句写词人端详这个小女儿：鬓发卷曲深青之色，像柳絮一样细软。金缕，古人用以称柳条。那种舐犊的眼神更显得慈意无垠。“年年灯下醉金蕉”更将这种慈爱延宕不绝，直有延展到“真作魏夫人”时的感觉。

词的上阕写小女的出生，言吉祥，言节庆，言皓月映梅香，极尽了喜衬手法。下阕写希冀，写慈情，借典寄意，以喻达情，把词人的慈爱表露得神致俱佳，其炉锤之功又尽隐于平白而欢畅的语言之中，使通篇尽有流美之感。

朝中措

良宵一刻抵千金[①]，孤负[②]百年心。好个一江春水[③]，深来不似情深。

一天好事，还教容易[④]，著甚消任[⑤]。烦恼直须宁耐[⑥]，不成[⑦]长似如今。

【注释】

①“良宵”句：苏轼《春宵》诗：“春宵一刻直千金，花有清香月有阴。歌管楼台声细细，秋千院落夜深深。”②“孤负”：即“辜负”。③“一江春水”：指李煜《虞美人》“问君能有几多愁，恰似一江春水向东流”句。④“容易”：轻易。⑤“消任”：消受，受用。⑥“宁耐”：亦作“宁奈”。忍耐。⑦“不成”：难道。

【赏析】

“良宵一刻抵千金，孤负百年心。”启篇化用苏轼之句，谓青春时光寸阴千金。次句却说自己有负于前贤之心。将事与愿违、唯恐一生空度的忧怨尽含于中。

“好个一江春水，深来不似情深。”李后主曾言其愁有如“一江春水向东流”，词人却说春水之深远远不及自己的情深，虽是化句，一长一深各异，更冠以“好个”二字，将其幽愤发得铿然有声。

上阕直抒胸愤，下阕转为自我排解。

“一天好事，还教容易，著甚消任。”“一天”即“满天”。此三句的意思是天大的好事，还能轻易落在你的头上，让你去消受？反意则是天大的好事只会让无才而有腕的人轻而易举地得去。自嘲自谑，出意更深。

“烦恼直须宁耐，不成长似如今。”尾二句突然荡起，劝慰自己说：烦恼归烦恼，但是必须忍得挫折，再作奋发，难道能让这种状况继续下去？行文至此，精神大振，一种不屈不挠的豪气直冲斗牛，全篇的意境也便大开。

词人素怀大志，亦对自己的才学甚有自负，然而，金之取士弊端甚重，正如刘祁《归潜志》卷八中所言：“金朝取士，止以词赋为重，故士人往往不暇读书为他文……故学者止工于律、赋，问之他文，则懵然不知。”词人学富五车，却偏与时弊相逆，故而屡试落第。这首词愤抒的就是此种景状。然而他启篇中情绪低迷，承转中甚有怨愤，尾二句却振拔而起，体现了词人不懈抗争的精神。

清平乐　游少室清微宫雪溪

溪头来去，坐卧沿溪树。管甚人间无著处，已被白云留住。

生平不置肝肠①，只今物我都忘。说与山中鱼鸟，相亲相近何妨。

【注释】

①“不置肝肠”：不存心计，无所保留。

【赏析】

这首《清平乐》作于词人从三乡移居嵩山后。

“溪头来去，坐卧沿溪树。”词之入笔就题，未道清溪之美，却从“来去”和“坐卧”中，知其流水淙淙，树荫浓浓，让人留连而不忍离开；未言季节，却从“坐卧溪树”而知在盛夏。首二句以景物和行止的描写，折映出词人移居嵩山后极为快慰的心境。

“管甚人间无著处，已被白云留住”二句，明接前句的快慰心情，实将心底之愁隐隐地揭示出来。词人从家乡避兵南渡河南，三乡寓居二年后又来到嵩山，身如断梗之蓬“无著处”。然而，“管甚”二字却把这些烦忧果断地排去，因为他的心已被此处的“白云留住”，这个“白云”，是嵩山的明溪青山之壮景，更是诗友作伴之壮游，满怀的郁情尽被胜景胜友冲淡了去。

“生平不置肝肠，只今物我都忘”以自嘲之语，明写自己生性豁达，实谓眼中景状之美，美到使人“物我都忘”的境地。此二句语意上接“管甚”两句而拓深了意境，烘托出全篇之轴心“物我都忘”，也暗将雪溪之美作了进一步的伸展。

“说与山中鱼鸟，相亲相近何妨”两句中，以欲常隐此境作结，把酷爱嵩山雪溪的情感推到至高之处，表达出词人超脱尘世的思想境界。拟人和浪漫手法并用，使词境产生出奇气洋溢的效果。

词人饱受战乱之伤、失兄之恨和颠沛流离之苦，而今来到相对安宁而景观怡人的嵩山,那种热爱大自然、追求恬淡的情怀再度被激发出来。词篇于欢游中蕴忧怀,忧怀又反衬乐景,把避兵河南而寻得一处世外佳境时的特殊心境融会得十分深湛、自然。

水调歌头

少室玉华谷月夕[1],与希颜、钦叔饮,醉中赋此。玉华诗老,宋洛阳耆英刘几伯寿[2]也。刘有二侍妾,名萱草、芳草,吹铁笛骑牛山间。玉华亭榭遗址在焉。金堂、玉室,嵩山事。石城、琼壁,少室山三十六峰之名也。

山家酿初熟,取醉不论钱。清溪留饮三日,鱼鸟亦欣然。见说[3]玉华诗老,袖有忘忧萱草,牛背稳于船。铁笛久埋没,雅曲竟谁传? 坐苍苔,攲[4]乱石,耿无眠[5]。长松夜半悲啸,笙鹤下遥天[6]。天上金堂玉室,地下石城琼壁[7],别有一山川。把酒问明月,今夕是何年?

【注释】

①“月夕”:月末。②“耆英刘几伯寿”:“耆英”:年高有德者之称。“刘几伯寿”:刘几,字伯寿,北宋洛阳人。仁宗朝进士,神宗时以秘书监致仕,隐居嵩山玉华峰下,号玉华庵主。③“见说”:听说。④“攲”:通“倚”,斜靠。⑤“耿无眠”:因心事而彻夜难眠。⑥“笙鹤”句:用“子乔控鹤”典。汉刘向《列仙传·王子乔》:“王子乔者,周灵王太子晋也。好吹笙作凤凰鸣,游伊洛之间。道士浮丘公接以上嵩高山。三十余年后求之于山上,见恒梁曰:‘告我家,七月七日待我于缑氏山巅。’至时果乘白鹤驻山头,望之不得到,举手谢时人。数日而去。”⑦“石城琼壁”:少室山两峰名,见序言。

【赏析】

“山家酿初熟,取醉不论钱。”词之启篇即以酒揳入:“山家”扣玉华谷,寓山居惬怀、山民淳朴;“酿初熟”言酒新酒美,“酿”字动词作名物用,十分新颖。“取醉”即谋得一醉,过接严密自然。“不论钱”三字更把不计钱财而狂饮大醉的豪气表达得板眼俱佳。

“清溪留饮三日，鱼鸟亦欣然”二句，将“取醉”之事延宕得更深。不言豪饮畅怀，而谓鱼鸟欣然，从而把看甚甚美的鼓荡心情外化出来，给人以活脱脱的画面感和真淳而恬淡的分享。

“见说玉华诗老，袖有忘忧萱草，牛背稳于船”三句，由诗友共醉联想到此谷之往事，巧借刘几二草，谓三友之忘忧，更化用苏东坡“川平牛背稳，如驾百斛舟”(《书考牧图诗》)句，发散出自己怡然自得的心境。“袖”字用得传神，“稳”字极显悠然。

“铁笛久埋没，雅曲竟谁传”二句，作为上阕之尾而发问，从语言上看，没有答案，然而让人最能想到的，就是词人愿效先贤，在这绝佳而能使自己忘忧的地方长隐下去。从词的意境上看，则是将鼓荡的豪气平抑下来，向无限的心事作过渡。

“坐苍苔，敧乱石，耿无眠。长松夜半悲啸，笙鹤下遥天。”此数句接“竟谁传”而抒发情怀。“坐苍苔”暗隐心事苍茫，“敧乱石”寓心事如麻，以至于久久无眠。此间之“耿无眠”，正是词人仕与隐之间十分纠结的外化。由于此种心境，词人将入耳的松涛听作“悲啸”而扰人，又在此种心境下，盼望自己像王子乔“笙鹤下遥天”一样，挣脱尘世，自由自在地遨游于天地之间。

“天上金堂玉室，地下石城琼壁，别有一山川”三句是词人对“笙歌下遥天”的注脚：天上的金堂玉室，可望而不可达，让王子乔那样的仙人去享受吧。嵩山的石城、琼壁二峰却在我的眼前，是一处人间仙境，我岂能舍之而去呢？长隐之意也便渐占上风。

“把酒问明月，今夕是何年？”隐居之志战胜出仕之念后，便化用苏轼“明月几时有，把酒问青天。不知天上宫阙，今夕是何年”句，接启篇之山家酒，举杯告诉明月：请你帮我记下来，从今天起，我就决定在石城、琼壁这样的人间仙境中，像玉华庵主那样无忧无虑地长隐下去！从而由“耿无眠”中跳将出来，使理念在矛盾纠结中升华，使词境再度震荡而起，收结全篇。

遗山先生的词作中，往往要把酒融进来，写豪情、述悲怀，调节起伏韵致，显尽其奇妙的作用，这首词就是一个典型的例子。

浣溪沙

为爱刘翁[①]驻玉华[②],暗将心事许烟霞[③]。石田[④]茅屋老生涯。

铁笛不须从二草[⑤],头巾长拟挂三花[⑥]。他年人说漫郎家[⑦]。

【注释】

①“刘翁”:刘几,北宋洛阳人,号玉华庵主。详见《水调歌头》[山家酿初熟]“耆英刘几伯寿”注。②“玉华”:少室山玉华谷。③“烟霞”:代指山水。④“石田”:用石垒砌田埂的山田。⑤“铁笛”句:宋朱弁《风月堂诗话》:“刘伯寿,洛阳九老之一也……有妾名萱草、芳草,皆秀丽,善音律。伯寿出入,乘牛吹铁笛,二草以蕲笛和之,声满山谷。出门不言所之,牛行即行,牛止即止。其止也,必命壶觞,尽醉而归,嵩前以为地仙。”⑥“三花”:宋苏轼《三朵花》诗序:“吾州有异人,常戴三朵花,莫知其姓名,郡人因以‘三朵花’名之。能作诗,皆神仙意。”⑦“漫郎家”:即指元氏之家,唐颜真卿《容州都督兼御史中丞本管经略使元君墓表碑铭》序:“(元结)将家瀼滨,乃自称浪士,著《浪说》七篇。及为郎,时人以浪者亦漫为官乎,遂见呼为‘漫郎’。”因以“漫郎”指元结,元结又为遗山先生之远祖,故词人以之而自称。

【赏析】

根据词意,知这首《浣溪沙》与《水调歌头》[山家酿初熟]作于同一时间。

“为爱刘翁驻玉华,暗将心事许烟霞。”首句言因言果,次句心语延伸。落笔即将词人隐居嵩山的心志写得爽朗疏快,婉而有致。

“石田茅屋老生涯”句,言修堰耘田从农事,茅屋诗酒度生涯。除有杜陵草堂之趣外,又增添了力田的兴味,更较刘伯寿之乐多出许多质朴的天性。

上阕虽只寥寥二十一字,却融典事、写环境、言心语,使内涵显得特别浑厚。

“铁笛不须从二草,头巾长拟挂三花。”此二句语接上阕的“老生涯”,就刘几“从二草”之乐,言自己“挂三花”之超脱,两相比较中,更显得清气不俗。

“他年人说漫郎家。”正因为有潇洒不俗之气、草堂茅屋之致、诗酒玉华之缘,甚至有飘飘如地行仙之异,他年必会有人说元结之后,果然不凡!拟他人之语,言自家逸兴，顿出奇肆的表达效果。

遗山先生的词作，可谓无一余字，就这首《浣溪沙》来看，每一个字都嵌位极牢，表意极佳，有着不可易换的感觉，炼字之精，可见一斑。

水调歌头

庚辰[1]六月，游玉华谷[2]回，过少姨庙[3]。壁间得古仙词，同希颜[4]、钦叔[5]谱词中语为之赋。《仙人词》今载于此："梦入云山宫阙幽，鸞鷟[6]同侣鸳凤流，桂月竟夜光不收。世俗扰扰成嚣湫[7]，醉飞星驭鞭金虬[8]，八仙浪迹追真游。龟玉[9]筌蹄[10]四十秋，摩霄注壑[11]须人求，觅钩如或笑刻舟。阳燧非无鹿里俦，元鼎[12]以来虚昆丘，东井[13]徒劳冠带修。松餐竹饮度蜃楼，嵩顶坐笑垂直钩[14]，只应惭愧刘幽州[15]。"又题"知音者无惜留迹"。

兴定庚辰六月望[16]，予与河南元好问、赵郡李献能同游玉华谷。将历嵩前诸刹，因过少姨祠。元周行廊庑，得古仙人词于壁间。然其首章直屋漏雨，为所漫剥，殆不能辨。磴木石而上，拂拭淬涤，迫视者久之，始可完读。观其体则柏梁[17]，事则始终二汉[18]，字画在钟王之间[19]。东井又元鼎所都[20]，幽州必贤子虞也。夫眷眷不忘幽州者，非吾田畴[21]尚谁欤？田复所事之仇，却曹瞒[22]之赏，衰俗波荡中，挺挺有烈丈夫语气。其死而不亡盖无疑，其能道此语亦无疑。观者不当以文体古今之变而疑仙语也。噫！仙山灵岳，宜有闳衍[23]博大真人往来乎其间，而世人莫之识也。予三人者，乃今见之，夫岂偶然哉！再拜留迹，以附知音者之末云。浑源雷渊题。

云山有宫阙[24]，浩荡玉华秋。何年鸞鷟同侣，清梦入真游？细看诗中元鼎，似道区区[25]东井，冠带[26]事昆丘[27]。坏壁涴风雨，醉墨失蛟虬。　问诗仙，缘底事[28]，愧幽州？知音定[29]在何许，此语为谁留？世外青天明月，世上红尘白日，我亦厌嚣湫。一笑拂衣去，嵩顶坐垂钩。

【注释】

①“庚辰”：金宣宗兴定四年（1220）。②“玉华谷”：少室山玉华峰下之山谷。③“少姨庙”：嵩山之少室山建有少姨庙。相传禹之妻涂山氏化石后，其妹嫁禹，称为少姨。唐杨炯《少室山少姨庙碑》：少姨庙者，则《汉书·地理志》嵩高少室之庙也。其神为妇人像者，则故老相传云启母（夏启的母亲）涂山之妹也。”④“希颜”：雷渊，字希颜，应州浑源（今山西浑源县）人。至宁元年（1213）进士，官至应奉翰林文字、监察御史。⑤“钦叔”：李献能，字钦叔，进士，授应奉翰林文字，继迁翰林修撰。赵秉文、李纯甫称其为“天生今世翰苑材”。权左右司郎中时，值军变遇害。⑥“鸑鷟”：凤凰的别名。《国语·周语上》：“周之兴也，鸑鷟鸣于岐山。”⑦“嚣湫”：比喻喧闹的尘世。⑧“虬”：传说中龙类的动物。⑨“龟玉”：龟甲和宝玉，均为古代贵重之物。《论语·季氏》：“虎兕出于柙，龟玉毁于椟中。”⑩“筌蹄”：《庄子·外物》：“荃者所以在鱼，得鱼而忘荃；蹄者所以在兔，得兔而忘蹄。”荃：同“筌”，捕鱼的竹器。蹄：捕兔的器具。后以“筌蹄”比喻达到某种目的的工具或手段。⑪“摩霄注壑”：比喻难以达到的某种目的。⑫“元鼎”：汉武帝年号。⑬“东井”：星名，即井宿，朱雀七宿之一，为秦之分野。⑭“垂直钩”：相传姜子牙用直钩钓鱼，周文王见了，奇怪地问他，他回答说“愿者上钩”。⑮“刘幽州”：即雷渊题记中所言的刘虞。刘虞，字伯安，东汉时人。初举孝廉，后迁幽州刺史，民夷感其德化。以事去官，后复拜幽州牧。黄巾之难，归虞者百余万口。讨公孙瓒，兵败被杀（《三国志·魏书》八）。⑯“望”：望日，月亮圆的那天。⑰“柏梁”：七言诗体的一种。相传汉武帝在柏梁台上和群臣联句，共赋七言诗，每人一句，每句用韵，一句一意。世称柏梁体。后人多疑此诗为伪托。⑱“事则”句：指《仙人词》所述之事始于西汉，终至东汉。”⑲“字画”句：指题“仙人词”之字有钟繇、王羲之般的造诣。⑳“元鼎所都”：汉武帝所在之都城，即长安。㉑“田畴”：右北平人，曾代刘虞觐见汉献帝。完成使命返回时，刘虞已被害。㉒“曹瞒”：曹操，字孟德，小字阿瞒。㉓“闳衍”：形容文辞丰富。㉔“宫阙”：宫殿，因宫殿门外有两相对应的阙（高大建筑），故称。㉕“区区”：奔走。伍乔《林居喜崔三博远至》：“几日区区在远程。”㉖“冠带”：戴帽束带，常借指官吏贵族。㉗“昆丘”：即昆仑山。㉘“缘底事”：因何事。㉙“定”：确定。

【赏析】

根据遗山先生和雷渊的题记，知这首《水调歌头》作于金宣宗兴定四年。

“云山有宫阙，浩荡玉华秋。”首二句点出少姨庙的位置及环境，“云山”言其高，“浩荡”谓其环境非凡。笔势清雄，先声夺人。

“何年鸑鷟同侣，清梦入真游”二句，化用《仙人词》“梦入云山宫阙幽，鸑鷟同侣鸳风流”，变肯定句为疑问句，谓何年才能与梦中人遨游太虚。此为首次“谱词中语”。

“细看诗中元鼎，似道区区东井，冠带事昆丘。”前二句谓揣摩《仙人词》所记之事。“东井”即为井宿，在于“秦之分野，五星所在，其下当有圣人”（《汉书·高帝纪》“五星聚于东井”注）。而“元鼎”汉武帝曾见昆丘之西王母，此后即渺然（见《汉武帝内传》），后一句“冠带事昆丘”即谓该事。此三句为“谱词中语”之“元鼎以来虚昆丘，东井徒劳冠带修”。

“坏壁涴风雨，醉墨失蛟虬”二句，应照雷渊题记中所说《仙人词》“首章直（遇到）屋漏雨，为所漫剥，殆不能辨”，遗憾壁上书法虽有“钟王之间”的艺术价值，却因“淬涤”而失去“蛟虬”飞动之劲势，叹惋之声犹如在耳。

“问诗仙，缘底事，愧幽州？”谱《仙人词》中“只应惭愧刘幽州”而发问，引起下文。刘幽州即刘虞，他本是光武帝刘秀的嫡系后代，甚有才德。黄巾之乱中，百姓纷纷投奔幽州，他把该地治理得井井有条。他发现其下属公孙瓒意欲背汉独立，率兵击之时，兵败被杀，汉室的最后一点希望也为之破灭。雷渊谓“幽州必贤子虞”，赞其“死而不亡”，词人则更点出那“度蜃楼”者只应“惭愧刘幽州”的答案，于疑问句中激赏了“仙人”入骨见髓之语。

“知音定在何许，此语为谁留”二句，谱《仙人词》之又题“知音者无惜留迹”，即仙人期盼日后之知音阅其词后，不惜笔墨而留语。故而言之为“你所确定的知音，会在什么时候出现？你的这首柏梁诗是留给谁的？”此问的答案隐于句外，即仙人期盼的知音就是一千年后的希颜、钦叔和我，壁词之为“屋雨漫剥、殆不能辨”而隐去面目，其实就是留与我等“拂拭淬涤”而完读，并不惜笔墨而“留迹”的。词人之问，妙在与仙人对话、圆仙人之梦，道自己续篇之缘，于婉而有致之间为此首《水调歌头》蒙了一层神秘的色彩。

接下来抒发情感。

“世外青天明月，世上红尘白日，我亦厌嚣湫。”前二句借截然不同之象，阐发了词人于“世外”与“世上”之间人生之途的抉择。“我亦厌嚣湫”又暗谱《仙人词》中“世俗扰扰成嚣湫”句，表达出与仙人有志一同的意向。

“一笑拂衣去，嵩顶坐垂钩”二句又从《仙人词》结句中生出己意，表达出词人笑辞红尘，高隐嵩山的情怀。

回过头来看启篇二句之写景，一则为《仙人词》之高古设定出一个典型环境，二则为词尾之嵩高隐居预伏了一笔。这首词最大的特色是词人在题记中所言的“谱词中语为之赋”，词中从始至终均沿用原作者“仙人”之句，或明引，或暗借，或顺其义，或反意言之，从而构成了极具个性的结构特点，堪为乐府词界的另类佳品。

满江红　送希颜之官徐州①

元鼎诗仙，知音少、喜君留迹②。还有恨、故山飞去，石城琼壁③。万里征西天有意，四方问舍④今何日？便金虬、飞驭⑤解移文⑥，知无及。　淮海地，云雷夕⑦。自不负，须如戟⑧。望幕中⑨谈笑，隐如勍敌⑩。此老可堪丞掾⑪事，佳时但要江山笔⑫。向楚王、台上⑬酒酣时，须相忆。

【注释】

①“希颜”：雷渊，字希颜。详见《水调歌头》[云山有宫阙]注释④。“之官”赴官任。②“元鼎”三句：指词人与雷渊、李钦叔览少姨庙古仙词之事。详见《水调歌头》[云山有宫阙]。元鼎：汉武帝的年号。诗仙：指少姨庙壁间《仙人词》的作者。③“石城琼壁”：少室山三十六峰中的石城峰和琼壁峰。④“问舍”：“求田问舍”典。《三国志·魏书·陈登》载：刘备对许汜说：“君有国士之名，今天下大乱，帝主失所，望君忧国忘家，有救世之意；而君求田问舍，言无可采。是元龙所讳也。”⑤“金虬、飞驭”：少姨庙之《仙人词》中有“醉飞星驭鞭金虬”句。⑥“移文”：用北朝孔稚珪《北山移文》典。该文讽刺一个叫周颙的假隐士在朝廷征招时，喜不自胜的庸俗行状。详见《最高楼》[商於路]赏析。⑦“云雷夕”：《拾遗记》载：汉成帝好夕出游，造飞行殿方一丈，如今之辇。选羽林之士负之以趋，帝于辇上，觉其行快疾，闻其中若风雷之声，名曰云雷宫。“夕”：暮见，《左传·昭公十二年》：“右尹子革夕。”杜预注：“夕，暮见。”⑧“须如戟”：《中州集·雷渊》载：“（雷渊）为人躯干雄伟，髯张口哆，颜渥丹眼，如望羊，遇不平则疾恶之气见于颜间，或嚼齿大骂不休。虽痛自摧折，然猝亦不能变也。”⑨“幕中”：指移刺瑗幕府。⑩“勍敌”：劲敌。⑪“丞掾”：古时属官的通称。⑫“江山笔”：指为文作赋之健笔。⑬“楚王、台上”：楚庄王曾于渐台大宴群臣，楚灵王亦建章华台而作游宴之所。

【赏析】

这首作于词人送雷渊赴徐州移剌瑗幕府时。此前，词人同希颜、李钦叔在嵩山盘桓过一段时日，游胜景而和诗词，留下多首不朽的作品。特别是在少姨庙觅得壁上古仙词后，三人同考辨、共赋词，为古老的嵩山增添了不朽的色彩，故而，此首启篇即谓：

“元鼎诗仙，知音少、喜君留迹。”“元鼎”“知音”“留迹”都是古仙词中之词句，词人顺手拈来，略添几字，便将三友同研共赋时的情状道出，又于“知音少”中融入深挚的友情，“喜君留迹”中注入难舍之意，未送先留，妙意双关。

“还有恨、故山飞去，石城琼壁。”“还有”紧承上句，造成别意递升之势。“恨”字掘深情怀，领起下文。“石城琼壁”四字，巧蕴嵩山游中景美人谐，辅实别恨。“故山飞去”四字，不言人离，反谓山飞，语妙意曲中又暗借了《北山移文》之典，翻出新意。

“万里征西天有意，四方问舍今何日？”前句言希颜出山为天意安排，为送别壮色中，又含蕴着此别为赴军中幕府之事。希颜此去徐州为东行，为何要说“万里征西”呢？原来，此中借用了班超“投笔从戎”之典，合文人赴军营之事，寓万里封侯之祝，容涵丰富至极。后句谓自己“四方问舍”之事。此前，词人曾买田购地于登封和昆阳，故为此说。然而，此句的“今何日”是与前句之“天有意”对举而出的，谓自己怀才难遇，更在激励老友此赴徐州，壮别之情尽寓其中。

“便金虬、飞驭解移文，知无及”的意思是：即便我驾金龙飞往北山，求得移文解禁而留住雷希颜也来不及了。“金虬”“飞驭”援于《仙人词》之“醉飞星驭鞭金虬”，照应开篇，“解移文”又回应“故山飞去”，从而将“还有恨”绘写得十分深切、形象。

“淮海地，云雷夕。自不负，须如戟。”既然挽留不住了，下阕的这几句就转写雷渊要去的地方。前两句“云雷”言赴幕府之迅速，“夕”言移剌瑗求雷渊之急迫。后两句谓移剌瑗幕府是最为不负长髯公的地方。此四句言地点、谓志向、用典故，变别愁为祝贺，使词境大开。

“望幕中谈笑，隐如勍敌。”此处用一个“望”字领起，设想希颜“谈笑”之中豪气服人之情状，将鼓励之情又翻进一层。

“此老可堪丞掾事，佳时但要江山笔”二句，承“谈笑”“勍敌”之意而“望”得更实，一谓能力堪大任，二谓文笔出奇彩。二句虽为设想，却毫不觉得夸张，这正是对雷渊才能的熟知和高度概括。

“向楚王、台上酒酣时，须相忆。”作为收结之句，前者虚写，后者实笔。读来却又觉得虚笔不虚，以雷颜的才能与声望，在幕府中必会博得“台上”与“楚王”同酣，此处以“楚王台”作喻，不经意间使雷希颜的形象顿时高岸起来。后者之实笔也越玩味越实，虽只淡淡三字，却将二人深挚之情掘得极深，荡得很远，余韵不绝。

这首词紧紧围绕“送希颜之官徐州”的主题经营章法：上阕扣紧“留”字，忆相游，言别恨，借典达意，显尽了离愁别绪。下阕扣紧“送”字，望佳地，绘雄风，逐次高扬，将词境拓得异常开阔，从而把祝贺老友前程无量之意融合于典意之中，令人回味无穷。

鹧鸪天

零落栖迟①感兴多，酒杯直欲卷银河。人间青镜悲华发，世外仙棋烂斧柯②。　长袖舞，抗音歌③，月明人影两婆娑④。醉来知被旁人笑，无奈风情未减何。

【注释】

①“零落栖迟”：人事衰亡，飘泊失意。②“烂斧柯”：梁任昉《述异记》卷上载：“信安郡石室山，晋时王质伐木。至，见童子数人棋而歌。质因听之。童子以一物与质，如枣核，质含之不觉饥。俄顷，童子谓曰：‘何不去？’质起视，斧柯尽烂。既归，无复时人。”后以“烂柯”典喻人世沧桑，世态变迁，或时间倏忽与漫长的相对性。③“抗音歌”：潘岳《闲居赋》：“顿足起舞，抗音高歌。人生安乐，孰知其他。”④“婆娑”：舞蹈。

【赏析】

根据词意，知这首《鹧鸪天》作于词人未出仕之时。

“零落栖迟感兴多，酒杯直欲卷银河。”启笔直落主题，谓家乡遭兵，谓携家飘泊，也谓前途未卜。“感兴多”将桩桩心事凝注其中。因有重重心事，便以酒来排遣之。“酒杯直欲卷银河”真乃奇句，论消愁，愁绪更盛，卷之不去；论饮酒，狂饮鲸吸，卷尽天下之酒。夸张之笔，极显出词人中年之前的豪气。

“人间青镜悲华发，世外仙棋烂斧柯。”此二句叹华年之易逝，悲壮志之难酬。“人间”句不言人照青镜悲白发，而谓青镜专供人伤悲，换位言事，情境陡升。“世外”句用王质之“烂柯”，言自己之蹉跎，借典申怀，妙蕴无穷。

“长袖舞，抗音歌，月明人影两婆娑。”幽怀言过之后，下阕陡然心境大开：在皎洁的月光之下，词人像苏轼之“起舞弄清影”，似潘岳之“抗音高歌”。本为身形在盘旋，却见明月在“婆娑”，月与人互动，地面的投影更在融合，把自个儿描绘得意气风发，体现出词人此个年龄段特有的勃勃之性。

“醉来知被旁人笑，无奈风情未减何。”结尾用调侃的口气说：自己的“风情”未减，壮怀依然，一抛“零落栖迟”之忧，振起“直卷银河”之气，使全篇在豪宕之势中收结，留给人以鼓荡不绝的感觉。

这首《鹧鸪天》以“感兴多”为词眼，上阕侧重于写愁，抒发着人近中年依然壮志未酬的焦虑。下阕转写迸发的豪兴，体现着词人与命运、与浊世抗争不息的性格。全篇借象典型、生动，语言精妙、华采，甚有励人奋发的效果。

太常引

五云楼观日华东①，看天上、建章宫②。人海混鱼龙③，比自古、中原更雄！　紫垣星月④，禁阶⑤灯火，朝马闹晨钟。一梦转头空，恍犹在，邯郸道中⑥。

【注释】

①“五云楼观”句：形容楼观豪华富丽。五云：青白赤黑黄五种云色。“日华”：日之光华。②“建章宫”：汉宫名。《史记·封禅书》：“于是作建章宫，度为千门万户。”《三辅黄图·汉宫》：“（建章宫）周二十里……在未央宫西，长安城外。”亦泛指宫阙。③“人海”句：即鱼龙混杂。鱼龙：此处喻处事殊异的人。

④"紫垣星月":指北天中央的紫微垣和星月,紫微垣是天帝住的地方,是以古人以喻皇宫。⑤"禁阶":皇宫之阶除。⑥"邯郸道中":用"邯郸道"典。唐沈既济《枕中记》载:唐开元中,卢生在邯郸道旅舍中,遇道士吕翁。卢生为不能博取功名富贵而慨叹。吕翁以一枕授生,生遂熟睡入梦。历数十年荣华富贵,又遭逢坎坷。及至醒来,店主炊黄粱饭尚未熟。后以"邯郸道"喻求取功名的道路。

【赏析】

根据"邯郸道中"等语判断,这首《太常引》当作于词人三十二岁进士登第却愤不就选后。

"五云楼观日华东,看天上、建章宫。"首句即以突兀之势,描绘出京城楼观,更准确地说是帝宫中富丽堂皇的殿宇在日华东照下显得分外炫美的景状。"看天上,建章宫"再用汉宫作喻,突出宫阙之高巍、广袤,体现着词人进士及第时壮志得酬的心态。然而,"看天上"三字,也隐隐含有讽意,将卷入科试纠纷的愤怨之情寓于句中。

遗山先生之才甚为时人称颂,尤被礼部尚书赵秉文赏识。兴定五年(1221)举试,赵秉文主考,遗山先生以卓绝之才及第。然而,宰相师仲安则诬赵秉文、李献能等为"元氏党人",为此,及第诸人均有职除授,独遗山不愿就选,拂袖而去。金刘祁《归潜志·卷六》载:"师参政安石,字仲安……轻财尚气……为参知政事,其骤用如此。既居位,人望颇减。"词篇也便紧接"看天上"而生发如下议论:

"人海混鱼龙,比自古、中原更雄!"从字面上看,似写汴京纷繁之貌,骨子里却在讽朝官"鱼龙"的"比自古更雄"。反意正出,讽意更为有力。

"紫垣星月,禁阶灯火,朝马闹晨钟"三句,转写宫阙景况。第一句以紫微垣和众星月,喻皇宫气势;第二句写禁宫夜景,溢光流彩;第三句写皇宫上朝,"闹"字精绝。此三句实为词人回顾进士及第之初的桩桩快事。他在《探花词五首》之一中写道:"禁里苍龙启九关,殿前鹦鹉唤新班。沉沉绿树鞭声远,袅袅薰风扇影闲。"然而,《探花词》写的是词人彼时之愉悦心情,此处的景状回顾,却是用为心境的对比反衬,故而接着便道:

"一梦转头空,恍犹在,邯郸道中。""一梦"谓进士及第,圆了夙梦,"转头空"言谗言作祟,不仅自己希望成空,还连累了恩师赵秉文,"恍犹在、邯郸道中"形象地道出词人初经变故之时,似真似幻、似通达似阻梗的疑信参半之心理。特别是巧将卢生之梦比自己之梦,把胸中的闷气表达得惟妙惟肖,甚有余怀不尽之效果。

这首《太常引》欲写胸中之愤，先绘宫阙壮美、人事喧喧，而后用“转头空”突转，以“梦”周实，把词人及第后愤不就选的心境表露得细切入微。铺垫扎实，极尽艺术之美。

天仙子

水曲桥平双燕语，密密层阴围绣幕。梅姿不受暑光侵，携玉斧①，迎仙女，为问乘鸾②何处所。　杯酒流行无尽处，绕膝花花前后舞。笙歌移□下蓬壶③，天付与，凌云侣④，京兆近来眉更妩。

【注释】

①“玉斧”：唐代段成式《酉阳杂俎·天咫》：“太和中，郑仁本表弟，不记姓名，尝与一王秀才游嵩山……见一人布衣甚洁白，枕一袱物，方眠熟。即呼之……问其所自。其人笑曰：‘君知月乃七宝合成乎？月势如丸，其影日烁其凸处也。常有八万二千户修之，予即一数。’因出袱有斤（斧）凿数事。”后比喻擅长写文章的才能为“月斧”。②“乘鸾”：班捷妤《咏扇》：“纨扇如圆月，出自机中素。画作秦王女，乘鸾向烟雾。（原注：“《列女传》曰：萧史者，秦缪公时人，善吹箫。缪公有女，字弄玉，好之。公遂以妻焉。一旦，皆随凤凰飞去。”）鸾：凤凰类的鸟。③“蓬壶”：古代传说中的海上仙山。李白《秋夕书怀》：“始探蓬壶事，旋觉天地轻。”④“京兆”句：《汉书·张敞传》：“（敞）又为妇画眉，长安中传张京兆眉怃。有司以奏敞。上问之，对曰：‘臣闻闺房之内，夫妇之私，有过于画眉者。’上爱其能，弗备责也，然终不得大位。”京兆：京兆尹。

【赏析】

金宣宗兴定五年（1221），词人在汴京进士及第，然而却遭宰相师仲安诽谤，愤不就选而拂袖京师。这首《天仙子》当作于是时。

“水曲桥平双燕语，密密层阴围绣幕。”启篇二句绘景，词精句丽，而句中的寓意却甚为幽深：“水曲”喻其求仕道路之曲折；“桥平”喻终于得中进士，“双燕语”喻众友之贺及参加探花宴时的快慰心情；“绣幕”虽美，却被密密层阴所围，喻其时谤言之恶，给词人的仕进之路蒙上一层厚厚的阴影。

“梅姿不受暑光侵，携玉斧，迎仙女，为问乘鸾何处所。”此四句中，以凌寒之梅喻词人之傲骨，以“玉斧”喻自己的才学，而“暑光”则借指师仲安等炙手可热的权臣之谤言，把词人受谤后毅然抛弃到手的功名，拂袖而离开京城之举。比喻形象，傲骨铮铮。“迎仙女”句用浪漫之笔，问前来迎接自己的仙女：乘鸾欲去哪里好，为下文作出巧妙的过渡。

上阕中，一排斥，一愤离，一相迎，虚实互映，情感对比强烈，把词人不就选而归隐嵩山时纷沓的心绪表现得有神有致。

“杯酒流行无尽处，绕膝花花前后舞。”此二句释“乘鸾何处所”之问：孔子云，“德之流行，速于置邮而传命”（《孟子·公孙丑上》），词人此处易为“杯酒”，谓从此便持杯酒而任行止，仙女随行而前舞后蹈，此番隐去岂不快哉！

“笙歌移□下蓬壶，天付与，凌云侣，京兆近来眉更妩。”这几句将“何处所”落于实处：笙歌相送，直到蓬壶仙境，更有天赐与的“凌云侣”相伴，那种惬怀，人间岂能易得？作为结句的“京兆近来眉更妩”语意双关：顺着字面看，居仙岛，伴仙侣，那种景况比张京兆更为怡怀。往深处看，张京兆虽然才高八斗，却“终不得大位”；词人的才华更有自负，却被谤者所诬，故将到手之位也给毅然抛去了。此个“眉妩”满是辛辣的讽刺。

这首《天仙子》作于词人人生历程中特殊的节点，抒发着特殊的情感。其间既有愤懑的意绪，更有豁达而洒脱的情怀。下阕中假托的仙女，即是词人最为钟情的嵩山胜境，由此而回溯“乘鸾何处所”之设问，便知词人的那份去而复得的嵩隐情怀了。

鹧鸪天

“村里黄番绰，家中白侍郎”，石曼卿句[①]

总道狙公不易量，朝三暮四尽无妨[②]。旧时邺下刘公干[③]，今日家中白侍郎。　歌浩荡，酒淋浪，浮云身世两相忘。孤峰顶上青天阔，独对春风舞[④]一场。

【注释】

①“黄番绰”:唐玄宗时的俳优乐工。“白侍郎”:白居易,唐文宗时迁刑部侍郎。“石曼卿”:石延年,字曼卿,北宋时诗人。②“总道”二句:“狙公”:养猴子的老人。“朝三暮四”:《庄子·齐物论》:“狙公赋芧,曰:‘朝三而暮四。’众狙皆怒。曰:‘然则朝四而暮三。’众狙皆悦。”狙:猕猴。③“邺下刘公干”:汉魏时文学家刘桢,字公干,山东东平人,“建安七子”之一。邺:地名,邺城(今河北临漳县)。④“春风舞”:《论语·先进》:“(曾皙)曰:‘暮春者,春服既成,冠者五、六人,童子六、七人,浴乎沂,风乎舞雩,咏而归。’夫子喟然叹曰:‘吾与点也。’”

【赏析】

这首《鹧鸪天》作于词人进士及第却受谤,愤不就选而离开汴京后。

“总道狙公不易量,朝三暮四尽无妨。”词人拂袖回归嵩山后,对恩师赵秉文遭诬而去职、自己欲效国家而途废之事耿耿于怀。面对官场反复的现实,他毫不客气地喻之为朝三暮四的狙公朝政。“不易量”谓之无准绳而难捉摸,“尽无妨”谓其任意玩弄朝事,激愤之情不可自抑。

“旧时邺下刘公干,今日家中白侍郎。”此二句毫不掩隐地以刘桢之才自比,以白居易闲隐香山作喻。刘白二人俱为史上著名诗人,以之自喻足显自信与豪怀。“旧时”“今日”连贯,又显示着果断的决定和鄙视师仲安权贵之流的傲骨,磊落胸怀尽见于兹。

下阕转入抒怀。

“歌浩荡,酒淋浪,浮云身世两相忘。”此三句一排胸中之愤而放怀,气势豪宕,语势淋漓,将胸中的浊气冲淡得无影无踪。

“孤峰顶上青天阔,独对春风舞一场。”形象地描绘隐居嵩山的佳处:嵩山峰顶对朝中低眉,一高一下,环境心境殊悬;此处青天对朝中污浊,在野在朝不可同日而语;此境之“阔”对官场夹缝,又自难以作比。想至此处,词人排除掉子路治理“千乘之国”、冉求教化小国礼乐、公西赤在国之盟会中当司仪的志向,独选曾皙春风之中“浴沂”而“舞雩”的情趣,表达了深隐山林的志向,从而以高蹈之势收结词篇。

用典作喻是这首词的最大特点,短短的五十五个字中用了三个典故、两个比喻,各司其妙又相融相合,把十分复杂的内容和起伏变化的心事表达得深妙入微。

水调歌头　汜水[1]故城登眺

牛羊散平楚[2],落日汉家营[3]。龙拏虎掷[4]何处,野蔓罥[5]荒城。遥想朱旗回指[6],万里风云奔走,惨澹五年兵[7]。天地入鞭箠[8],毛发凛威灵[9]。　一千年,成皋路[10],几人经?长河浩浩东注,不尽古今情。谁谓麻池小竖[11],偶解东门长啸[12],取次论韩彭[13]。慷慨一尊酒,胸次若为平[14]。

【注释】

①"汜水":古县名,在河南,秦置成皋县,隋改汜水,今为荥阳市。②"平楚":平林。楚,丛木,登高望远,见木林如平地,故称。③"汉家营":此指刘邦的营寨。④"龙拏虎掷":形容楚汉争战如龙虎相搏。⑤"罥":缠挂。⑥"朱旗回指":指刘邦之军转弱为强。朱旗:朱雀旗,将帅指挥所用的军旗。⑦"惨澹"句:指刘邦项羽的楚汉战争相持五年。渗澹:苦心经营,此处指运筹维艰。⑧"鞭箠":鞭打。⑨"毛发"句:草木也畏惧战争的声威。毛发:本指人的须发,此处用为草木。⑩"成皋路":刘邦、项羽在成皋打了两年多,相持不下。双方订立鸿沟之约后,汉军撕毁成约,最后击败楚军。⑪"麻池小坚":指东晋时后赵的创建人石勒。石勒,上党武乡(今山西省武乡县)人。《晋书·石勒载记》:"初,勒与李阳邻居,岁常争麻池,迭相殴击。至是(当后赵皇帝时),谓父老曰:'李阳,壮士也,何以不来?沤麻是布衣之恨,孤方崇信天下,宁仇匹夫呼!'乃使召阳。"麻池:沤麻用的水池。小竖:奴仆。石勒贫贱时,逃荒途中被司马腾部当胡人抓获,卖与师欢为奴。⑫"东门长啸":《晋书·石勒载记》:"(石勒)年十四,随邑人行贩洛阳,倚啸上东门。王衍见而异之,顾谓左右曰:'向者胡雏,吾观其声视有奇志,恐将为天下之患。'驰遣收之,会勒已去。"⑬"取次"句:《晋书·石勒载记》:"勒笑曰:'人岂不自知,卿言亦以太过。朕若逢高皇(刘邦),当北面而事之,与韩、彭竞鞭而争先耳。脱(倘若)遇光武,当并驱于中原,未知鹿死谁手。'"韩、彭:韩信、彭越。取次:次第。此处指依次(评论)。⑭"胸次"句:心情如何才能平静。胸次:胸怀,心里。若为:如何,怎样。

【赏析】

这首《水调歌头》是登城怀古之作,作于兴定五年(1221)。

“牛羊散平楚,落日汉家营。龙挐虎掷何处,野蔓罥荒城。”词人登上汜水城头极目远眺时,但见牛羊散布于平野之中,在落日斜晖之下静静地吃草。这一平静的画面,让他闪回当年的“汉家营”,从而自然引出“龙挐虎掷何处,野蔓罥荒城”的发问。此二句为倒装式,即由眼前之野草平林,追溯当年的“龙挐虎掷”,一场旷日持久的争战景状历历展现在眼前:纪信假扮汉王诳楚,刘邦得以遁逃之事在成皋;汉军击楚军半渡汜水,亦在此处;鸿沟订约罢兵,使形势大逆转,也在此处。故而遗山先生在《楚汉战处》诗中云“虎掷龙挐不两存,当年曾此赌乾坤。”词人站在历史的节点处追溯千年往事,足显出廓大的胸涵。

“遥想朱旗回指,万里风云奔走,惨澹五年兵”三句,由“遥想”领起,更为具体地展现了当年风起云涌的战况。“回指”二字,既涵汉军“暗渡陈仓”,拉开争锋之帷幕,又有百败之后扭转乾坤的大手笔。“万里风云奔走”则形象地摹写了荥阳一带以及韩信等外围战场的战况。“奔走”二字含运筹帷幄,蕴军令如山,谓军队奔行快捷,把波澜壮阔的战争凝于其中,极具华采。“五年兵”三字,言战事之久,蕴争战之烈,将“惨澹”谋略、拼杀惨烈概括得深厚而形象。

“天地入鞭箠,毛发凛威灵”二句换转角度,谓天地的感受,万物的畏惧,把骇人的战争表现得震撼心魄,侧笔夸张,奇肆而雄峻。

“一千年,成皋路,几人经?”上阕以凝炼之笔描摹了楚汉战争,下阕转入对千古往事的回顾。“一千年”三句自然折转:成皋风云之后,陵谷沧桑,这里又有多少人经过?又发生过多少故事?这个发问无须作答,西汉以来多次的朝改代换便是史证。

“长河浩浩东注,不尽古今情”二句,前句借象达意,谓滔滔黄河水之不息,见证历史,述说陵谷故事,又于叙事中融入景象,既抒发了词人的感慨,又起到结构间的舒缓作用。后句则由“古今情”而引出议论。

“谁谓麻池小竖,偶解东门长啸,取次论韩彭”融入关于石勒由乡间麻池之争、行贩洛阳、王衍异之,以及登上帝位、“取次”论英雄的一系列故事,谓其以一个奴隶身份的人竟然干出一番大事业来,与刘邦之轰轰烈烈的战事形成相形之势,自然地激发出词人的胸中之慨。

“慷慨一尊酒，胸次若为平”。词人此境之“胸次”，包含着多维的取向：对自己来说，能否为多事之秋的国家做出一番事业；对国臣而言，一个“麻池小竖”也能成为历史上的重要人物，而当下手把重兵的人，面对蒙古兵却无能为力；对当朝皇帝来说，手握国柄，却无“朱旗回指”之力，一味地退守苟安，让大好的江山任人宰割。词人此际的“若为平”，抒发了自己忧国忧民和有志难酬的忧愤之情，收到了言有尽而意难平的艺术效果。

这首词是遗山先生豪放词风的典范之作，也是早期言愁词的范例。写历史画面波澜壮阔，凛风厉烈；写“麻池小竖”碰撞激烈，神思激荡。而这些都是为自己的“胸次”作铺垫。因而，全词中情绪大起大落，心潮翻腾，于跌宕起伏中，表达出自己无限的慨叹和对国家的无穷忧虑。

点绛唇

对酒当歌①，古来多被虚名误。道途良苦，弹指②青春暮。　九万扶摇③，三尺征西墓④。邙山⑤路，断碑无数，笑煞闲居赋⑥。

【注释】

①“对酒当歌”：曹操《短歌行》：“对酒当歌，人生几何。”②“弹指”：比喻时间短暂。③“九万扶摇”：《庄子·逍遥游》：鹏之徙于南冥也，水击三千里，抟扶摇而上者九万里。”扶摇：海中回旋向上的飓风。④“征西墓”：曹操在《让县自明本志令》中说：“更欲为国家讨贼立功，欲望封侯作征西将军，然后题墓道言：‘汉故征西将军曹侯之墓。’”⑤“邙山”：山名。又作北邙、芒山、北山、郏山，在河南省洛阳北，接孟津、偃师、巩义界。东汉恭王祉葬于此后，王侯公卿多葬于此。唐王建《北邙行》：“北邙山头少闲土，尽是洛阳人旧墓。旧墓人家归葬多，堆着黄金无置处。”⑥“闲居赋”：西晋文学家潘岳的《闲居赋》。赋中述说其“身齐逸民，名缀下士”的恬淡情操。

【赏析】

这首《点绛唇》作于金宣宗元光元年（1222），是由洛阳往孟津，途经北邙山时的有感之作。

“对酒当歌，古来多被虚名误。”曹操的“对酒当歌，人生几何”，历来都被人们当作奋志进取、建功立业，以留千古名声的励志名言。词人此处却将之当作话题，以谓人们都被虚名给误却了。异论切入，立意警策。

“道途良苦，弹指青春暮。”三四句顺着曹意而演绎：成名之路看似光华，实则很苦，苦到拼却一生而只挣了个憾恨，反倒把青春丢去了。此处用自己的经历和遭遇，将“人生几何”反义出之，道出虚名误人的真谛。

“九万扶摇，三尺征西墓。”此二句谓曹操固有扶摇搏天的雄心，但没多久便埋入三尺墓中，化为一堆朽骨，后人有几个能记起什么“征西墓”来？以其之语，言其之事，甚是有力。

“邙山路，断碑无数，笑煞闲居赋。”曹操是东汉人，便以东汉说事：北邙山自东汉以来，埋葬了不知其数的王公大臣，他们的墓上早成荒草，他们的墓碑断残丢弃，无人理睬，谁还能说出荒丘中是何许人也？看罢这些终被虚名误的丘土残碑后，“笑煞闲居赋”便自然而出。此个“闲居赋”，实则是闲居于嵩山之词人的自指，这个“笑”字，笑倒了曹操，笑倒了千古追名逐利之人。

虚名误人一直是词人精辟的见解，他在许多诗词作品中，从不同的角度阐述了这一观点。这首中，又由北邙荒冢断碑为触发点，以曹操的“对酒当歌”与三尺墓丘之对比为佐论，将这一理念述说得深辟入微，令人叹服。

临江仙　自洛阳往孟津[1]道中作

今古北邙[2]山下路，黄尘老尽英雄。人生长恨水长东。幽怀[3]谁共语，远目送归鸿[4]。　盖世功名将底用[5]？从前错怨天公。浩歌一曲酒千钟。男儿行处[6]是，未要论穷通[7]。

【注释】

①“孟津”:地名,在今河南省洛阳市北。②“北邙”:在洛阳北。详见《点绛唇》[对酒当歌]“邙山”注。③“幽怀”:沉思,深思。④“归鸿”:徙飞的大雁。⑤“底用”:何用。⑥“行处”:做官或隐居。⑦“穷通”:穷困与显达。

【赏析】

这首《临江仙》作于金宣宗元光元年(1222)。因往孟津的途中,目睹北邙的荒草古丘,感慨良多,遂作此首。

“今古北邙山下路,黄尘老尽英雄。人生长恨水长东。”起句即以北邙之累累荒丘溯古思今,发出此处的黄土埋葬了无数追逐功名的人士之慨叹。“老尽”一词尖锐地道出自古英雄终归黄土、功名利禄俱成空的道理,一语千钧,成千古名句而影响深远。“人生长恨”句移用李煜《相见欢》[林花谢了春红]成句,谓怀才不遇之怨如滔滔之水不绝,言自己亦叹古人,将“北邙山下路”引发的慨叹掘深一层。

“幽怀谁共语,远目送归鸿。”词人孤零零地行于北邙山下,除古丘荒冢,无倾诉之人,唯有大雁凄唳而过,遂将心语寄与它们,带向远处。此种借雁飞雁杳而把幽怀外化的手法,收到了心事翩翻不绝、愈翻愈深的艺术效果。

“盖世功名将底用?从前错怨天公”两句紧承上阕之“谁共语”,将幽怀更翻进一层:眼前的丘冢中,岂乏盖世功名的人?但是,他们俱都深掩于黄土,谁还识得丘中埋的是何许人?又有谁人能来此为其吊祭?自己即使仕途通畅,即使也成就盖世功名,那又与眼前的荒丘何异呢?想通了这一切,便将“长恨”化为乌有,并说“从前错怨天公”了。行文到此,词人心胸便豁然大开。

“浩歌一曲酒千钟。男儿行处是,未要论穷通。”想通此关,词人便坦怀面事,擎杯高歌;作为男子汉,“通”则兼济天下,“穷”则独善己身,潇潇洒洒度人生,何必“论穷通”。铿锵之声结篇,高扬之音不绝。

这首《临江仙》以词人进士及第而愤不就选为背景,以北邙山下累累古冢为触发点,将深蕴于怀的幽愤迸发出来。上阕谓“长恨”,再言无人“共语”,将凝重的心事付与归鸿,借凄凉而悠远的画面将激愤之情弥荡于天地之间,收到凄冷却极富美感的艺术效果。下阕将思绪折转，以凌空的目光看待世事，以高蹈之态面对“穷通”，词情激荡，胸怀浩阔，显现出旷达的心境。然而，作为读者，亦可从文字背后体味出词人心有不甘的意味。

鹧鸪天　孟津[①]作

总道忘忧有杜康，酒逢欢处更难忘。桃红李白春千树，古是今非笑一场。　歌浩荡，墨淋浪[②]，银钗缟袂[③]满邻墙[④]。百年得意多能几，乞与[⑤]儿曹[⑥]说醉狂。

【注释】

①“孟津”：地名，在河南洛阳北。②“淋浪”：挥洒不断。③“银钗缟袂”：形容女子众多。银钗：女子头上用以固发的银饰品。缟袂：女子身着的白色衣裳。④“邻墙”：宋玉《登徒子好色赋·序》：“此女登墙窥臣三年，至今未许也。”详见《梅花引》[墙头红杏粉光匀]“宋东邻”注。⑤“乞与”：给与。⑥“儿曹”：儿辈，孩子们。

【赏析】

这首《鹧鸪天》作于金宣宗元光元年（1222）春在孟津时。

“总道忘忧有杜康，酒逢欢处更难忘。”元光元年春，词人与挚友钦若、钦用等故人相聚于孟津，饮酒赋诗，十分惬怀，故而入笔便述其感怀：以前总是说饮酒能使人忘却忧愁，岂知老友相聚畅饮更使人难忘，前衬后兴，把朋友浓情烘托得异常形象，传神。

“桃红李白春千树，古是今非笑一场”二句又是妙意深涵。前者看是在写孟津的桃荣李发，春花烂漫，其实暗寓的是众友人雅兴勃发，纷纷吟句赋诗，渲美了春天。后者则用世人都道古人好，岂知今人胜古人的语意，极赞了孟津之雅集，“笑一场”三字语出诙谐，蕴意却十分深邃。

“歌浩荡，墨淋浪，银钗缟袂满邻墙。”前两个短句，描绘了诗友们逸兴遄飞而击节高歌和挥毫赋诗，节奏紧凑而酣畅淋漓。“银钗”句化“邻女登墙”为群姝满墙，使词境一振再振，达到了抒情高潮。

“百年得意多能几，乞与儿曹说醉狂”二句，将激扬的兴致舒缓下来。先以百年间能使人得意之事有多少，反衬今次相聚之难得，照应了“欢处更难忘”；再谓“乞与儿曹说醉狂”道出此篇的写作目的，使淋浪之墨继续“淋浪”下去。

这首词作节奏铿锵，语言酣畅，读来满是痛快淋漓的感觉。然而“歌浩荡”的背后隐含的却是词人浓浓的忧怀，即忧家忧国忧前程，这从“忘忧有杜康”和“百年得意多能几”中可以隐隐地体味到。

浣溪沙　宿孟津官舍[①]

一夜春寒满下厅，独眠人起候明星[②]。娟娟[③]山月入疏棂[④]。　万古风云双短鬓，百年身世几长亭[⑤]。浩歌聊且[⑥]慰飘零。

【注释】

①“孟津”：地名，在今河南省洛阳市北。“官舍”：驿馆。②“明星”：金星，也叫启明星。③“娟娟”：美好的样子。④“棂”：窗上的格子。⑤“长亭”：古时候于大路旁隔十里而设的驿站，供行旅停息或饯别。⑥“聊且”：姑且。

【赏析】

这首《浣溪沙》作于金宣宗元光元年（1222）春。

“一夜春寒满下厅，独眠人起候明星。”启篇二句言词人孤馆独卧、心事满腹，以至彻夜无眠的状况。“春寒”点季节，言寒意，再辅以“满”字，把词人满怀烦绪烘衬得十分得体。“人起候明星”形象地言其辗转反侧、心事翻腾，映照了“寒满”与“独眠”。此处虽然未言被何种心事袭扰，但是留给人的却是更多的想象空间，让人自然地联想到词人战乱避兵、仕途受阻、家人受累等等往事。

“娟娟山月入疏棂”以月光映窗，反衬一夜鱼眼。“疏棂”二字看似带笔物事，却有奇妙的作用：人之入夜后，因倦意会使视物越来越模糊，而此夜的窗格却是越来越明亮，越来越清晰，从而将翻腾的心事映衬得细微入妙。

下阕由述事转入言怀。

“万古风云双短鬓，百年身世几长亭”，前句叹欲效千古风云人物建功立业，却一事无成中两鬓已疏，后句叹人之奔波不息，今更飘零。“双短鬓”与“几长亭”对举，将异乡漂泊中蹉跎岁月的心绪道得十分深婉。人生多无奈，万事尽坎坷，由得自己的唯有樽酒高歌，为此，在结尾处说：

“浩歌聊且慰飘零。”“浩歌”本有壮怀激烈之势，然而，用在“聊且”之前，却满是长歌当哭、慨叹不已的情怀，饱含着心灵深处极度的苦悲。

这首词中，没有惊人的描写，也只是平平的素材，但是，在词人巧妙的经营下，却有了深刻的意义，有了强劲的涌动，显现着词人的巧妙运思。

临江仙　孟津河山亭同钦叔赋，因寄希颜兄①

试上古城②城上望，水光天影相涵③。都将形胜④入高谈。河山君与我，独恨少髯参⑤。　造物戏人儿女剧⑥，狙公暮四朝三⑦。百年都合付醺酣。人家谁有酒，吾欲典春衫⑧。

【注释】

①“孟津”：地名，在洛阳北。“钦叔、希颜”：李献能和雷渊，详见《水调歌头》[云山有宫阙]注。②“古城”：指孟津城。周武王伐纣初，曾与八百诸侯会盟于此。③“相涵”：相互容涵。④“形胜”：壮美的山川。⑤“髯参”：原指东晋时桓温的记室参军郗超，《世说新语·宠礼》载，该人因多须，荆州人谓之“髯参军”。《中州集·雷御史渊》谓雷渊“髯张口哆”，故以“髯参”喻之。⑥“造物”句：造物主戏弄人，犹如小儿女的恶作剧。⑦“狙公”句：用“朝三暮四”典。详见《鹧鸪天》[总道狙公不易量]“总道”句注。⑧“典春衫”：典当春衣。

【赏析】

《中州集》卷十《辛愿传》:"元光初,予与李钦叔在孟津,敬之自女几来,为之留数日。"据此,将这首《临江仙》系于金宣宗元光元年(1222)春。

"试上古城城上望,水光天影相涵。都将形胜入高谈。"前二句写词人与李钦叔登城望远。在众多景物中,只抓取了滔滔的黄河水与高阔的蓝天白云,此二景又水中有天,天容黄水,相涵相映,极为壮阔。面对如此景观,二人不禁逸兴遄飞,自然地引来第三句之"都将形胜入高谈"。"都将"二字,谓言谈内容之广,"高谈"二字谓议论的立点高、兴致浓、内容广,同时也回应题注之"同钦叔赋",二友指点江山的气韵显得排涌不绝。

"河山君与我,独恨少髯参。""河山"句紧承前三句之登高览物后,突然揳入一句"独恨少髯参",以缺憾之"恨"反烘览胜高谈,收到奇妙的表达效果,同时也照应了题注之"寄希颜兄",一语两顾,绵密有致。

下阕转入议论。

"造物戏人儿女剧,狙公暮四朝三。百年都合付醺酣。"宋陈渊《题兴国寺碧落轩二首》之二云:"休论暮四同朝四,且说前三与后三。造化戏人无足较,老禅深处要重参。"又姜特立《次韵仲志荷珠》诗有"固知造化巧,又似儿女剧。"此处引两语典,将重大的历史、自己的悲欢,尽都纳入儿戏予以嘲讽,明谓造物戏人,实为词人笑看,从而表达出看轻万事特别是像自己屡试不第、及第了又遭诬谤这样的事。既然万事都当"暮四朝三"之戏猴看,那么,"百年都合付醺酣"才是该当的要事,于是结尾二句便顺接过来:

"人家谁有酒,吾欲典春衫。"如此一问,把唯酒为大事、醉里日月长的豪怀表露得酣畅淋漓。"典春衫"三字,平中寓奇,甚有玩味不尽之趣。

这首词在内容结构与语言方面,都有着耐人玩味的特色:从览胜之人看是三缺一,营造出缺憾之美;从语言角度看,以戏谑之语言表现严肃的主题,显现着寓庄于谐之美;从情感表达上看,抑郁情绪与旷达胸怀并出,体现出对立却融合自然之美。如上所述,均体现着词人特具的经营匠心。

临江仙

西山[①]同钦叔送溪南诗老辛敬之[②]归女几，兼简刘景玄[③]。敬之留别词并录于此："谁识虎头峰下客，少时有意功名。清朝无路到公卿。萧萧茅屋下，白发老书生。邂逅[④]对床[⑤]逢二妙[⑥]，挥毫落纸堪惊。他年联袂[⑦]上蓬瀛[⑧]，春风莲烛影，莫问此时情。"

自笑此身无定在，风蓬[⑨]易转孤根。羡君归意满离尊[⑩]，眼中茅屋兴，稚子已迎门。　回首对床灯火处，万山深里孤村。故人[⑪]天末[⑫]赋招魂[⑬]。新诗凭寄取，憔悴不须论。

【注释】

①"西山"：指孟津之西山。②"辛敬之"：辛愿，字敬之，福昌(今河南省宜阳县)人，号女几野人、溪南诗老，诗名甚著。遗山先生的忘年交，称其为三知己之一。③"刘景玄"：刘昂霄，字景玄，陵川人。与遗山相识于太原，后同住三乡，过从甚密。④"邂逅"：不期而遇。⑤"对床"：唐韦应物《示全真元常》诗有"宁知风雨夜，复此对床眠"。唐人亦多有类似的句子。后苏轼、苏辙兄弟诗中多用此语，"夜语对床""风雨连床"等便成为表现兄弟、亲友倾心交谈的典故。⑥"二妙"：指元遗山和李钦叔。⑦"联袂"：也作"连袂"，同行。⑧"蓬瀛"：蓬莱和瀛洲，古代传说里的神山，在渤海中。⑨"风蓬"：即"飞蓬"，植物名，亦单称为"蓬"。菊科，多年生草本，茎高尺余。《埤雅》："蓬，末大于本，遇风辄拔而旋。"⑩"离尊"：别酒之杯。⑪"故人"：很可能是指在山西忻州的旧交，意思是告辛愿：我们都一样，你说自己会有一日僵仆柳泉韩城之间，而我在天末的友人也是以我不测，赋招魂呢，有诗寄来。不要说这些伤心的话啦。⑫"天末"：天边，天际。杜甫《天末怀李白》："凉风起天末，君子意何如。"⑬"招魂"：招唤死者的灵魂。《楚辞》中有《招魂》篇，此处喻为招回诗兴。

【赏析】

《中州集》卷十《溪南诗老辛愿》载："元光初，予与李钦叔在孟津，敬之自女几来，为之留数日。其行也，钦叔为设馔，备极丰腆，敬之放筯而叹曰；'平生饱食有数，每见吾二弟，必得美食。明日道路中，又当与老饥相抗去矣。会有一日，辛老子僵仆柳泉韩城之间，以天地为棺椁，日月为含襚，狐狸亦可，蝼蚁亦可耳。'予二人为之恻然。"敬之离别时，作《临江仙》[谁识虎头峰下客]，遗山先生以此首作和。

"自笑此身无定在，风蓬易转孤根。"启篇二句言自己遭逢家乡兵祸后，一直像断根的风蓬飘泊流离，居无定所。起首之"自笑"，是在自嘲，更是要以自己的遭遇之悲，慰安老友的伤怀。因此，接下来便转入正题：

"羡君归意满离尊，眼中茅屋兴，稚子已迎门。"此三句各蕴深意："归意满离尊"谓其归返三乡，会像这栈宴之酒，尊满情溢一样畅怀，其中的"归"字，又暗与自己有家不能归作比较，增深慰意。"眼中茅屋兴"针对辛老词中"萧萧茅屋"，言其久别归家时，望见自己的茅屋即会产生异常温馨的感觉。"稚子已迎门"则是化用陶渊明《归去来兮辞》中的"僮仆欢迎，稚子候门"句，谓其归家时扑面而来的天伦之乐。辛老归家有此三乐，而自己却有家不能归，一直像离却"孤根"的"风蓬"而"无定在"，从而将"羡君"之意表达得满满当当，也就是使老友闻此宽慰后余忧尽释了。

"回首对床灯火处，万山深里孤村。"下阕设想辛老子回三乡后的情怀。此二句先言辛愿归家后回味三友孟津相聚之乐，环顾独处孤村之寂寞，以之反衬三人深挚的情谊。平平之语，却收到耸峻的艺术效果。

"故人天末赋招魂"转谓刘景玄。刘景玄才具超人却不得志。《中州集·刘昂霄》载："尝用门资（门第和资格）叙调庆阳军器库使，不就。诸公方荐试宏辞，而景玄病不起矣……未几下世，年三十七。"景玄又诗名甚著，与遗山先生多有作品往来，此句中借楚人"招魂"说而赋以招诗魂之新意，谓我在遥远的孟津赋此《临江仙》，把你的诗魂重新唤回来。

"新诗凭寄取，憔悴不须论。"句意为：景玄兄且将新诗多多写来，让我激赏，至于什么劳什子功名、眼前的不顺意，都将之抛到脑后去吧！此种意涵寄向友人，特显着知友之情重。

这首词为了排解三知己之一的胸中块垒，先谓自己的漂泊无定在，四海转孤蓬，凸显出老友归家任自由、儿女绕膝头，于两相对照中，让其胸襟大开，此种宽慰堪谓至妙。三乡那头，还有另一位人生不顺意的诗友刘昂霄，词人顺将前意兼慰于他后，又添上远天之寄语，可谓满满都是情了。

感皇恩　洛西为刘兄景玄赋《秋莲曲》[①]

金粉[②]拂霓裳[③]，凌波微步[④]。瘦玉亭亭依秋渚[⑤]。澹香高韵，费尽一天清露。恼人容易被、西风误。　微雨岸花，斜阳汀树[⑥]，自惜风流怨迟暮。珠帘清竹，应有阿溪新句[⑦]。断魂[⑧]谁解与、烟中语。

【注释】

①“洛西”：洛阳以西一带的区域。“刘景玄”：刘昂霄，字景玄，陵川（今山西省陵川县）人。遗山先生与之识于太原，后同住三乡，过从甚密，并同辛愿、张澄、赵元、雷渊、麻革等友善。②“金粉”：黄色的花粉。③“霓裳”：用虹霓制作的衣裳。古人认为仙人着此衣裳，故常以喻仙人。此处指莲花。④“凌波微步”：曹植《洛神赋》：“凌波微步，罗袜生尘。”凌波：形容女子步履轻盈。⑤“秋渚”：秋天水中的小块陆地。⑥“汀树”：水边的树木。汀：水边的平地。⑦“阿溪新句”：南京青溪是著名的河流，因迂回曲折，绵延十余里，故有“九曲青溪”之称。《艺文类聚》：“《俗说》曰：郗僧施（东晋名士）青溪泛舟，到一曲之处，辄作诗一篇。”⑧“断魂”：销魂，形容情深或哀伤。此处取前意。

【赏析】

《临江仙》[自笑此身无定在]与此首之意关联密切，故知此首亦为同时之作。

“金粉拂霓裳，凌波微步。”启篇描写莲荷，金粉、红莲、绿荷叶，色彩浓淡映衬；微风拂过，莲荷轻摇，如仙人凌波。二句动静相辅，用事恰宜，以洛神喻之，神韵俱得。

“瘦玉亭亭依秋渚”绘形绘质言位域，言虽简而含蕴丰厚，“秋”字照应题注，又为下文暗伏一笔。

“澹香高韵，费尽一天清露”二句转谓莲之香、荷之广，将莲荷的“香远益清”“接天莲叶”等前人佳句尽皆涵蕴后，又用拟人之笔特写荷叶上滚动的珠露：“一天”似写降露之多，实谓承露之广，“清”字晶莹明洁，含形含色含韵，极尽其美。

“恼人容易被、西风误。”写尽秋莲之美后，突然袭来此句，意为最让人恼恨的是这么美质、高洁的莲荷，却轻易地被秋风吹残了。此句化用北宋贺铸《踏莎行》“当年不肯嫁春风，无端却被西风误”句，在叹秋莲之遭逢中，暗隐着对刘景玄怀才不遇、屡逢坎坷之命运的叹息。

“微雨岸花，斜阳汀树，自惜风流怨迟暮。”下阕接过秋莲之怨，转笔他物：她们不也是在“自惜风流”中被西风摧折而“怨迟暮”吗？词人这里以岸边花、汀上树的共同命运，喻众多文士之命运不济，慰安刘昂霄的抑郁情怀，可谓委婉心长了。

“珠帘清竹，应有阿溪新句”二句，又将词意高扬起来，唐人《联句》“珠帘半床月，青竹满林风。”可见应是讲：在秋季，珠帘青竹都应有阿溪之诗作而秋莲有谁解会呢？词人此句，在歌秋莲，更在激励刘景玄：因为郗僧施在九曲青溪上，每到一曲处辄作诗一篇，景玄兄也当把人生的曲折看作新诗处，赋过一篇，荡舟一段，前景会在这曲折之舟行中越来越好。用典之妙，妙至毫巅。

“断魂谁解与、烟中语”句又回到秋莲处，谓我在此处的这番“烟中语”，即秋莲景色中的寄语，有谁能够解得？作为篇末之句，是在谓秋莲，也在言自己，更在语寄刘昂霄，于语重心长、耐人寻味中回应题注，余意绵绵地收结全篇。

这首词以《秋莲曲》命题，处处在咏秋莲，词精语美；又处处在为刘景玄排解块垒，借象达意，境妙而隽永。

木兰花慢

孟津馆舍寄钦若、钦用昆弟，并长安故人[①]

流年春梦过，记书剑[②]、入西州[③]。对得意江山，十千沽酒[④]，著处欢游。兴亡事，天也老，尽消沈[⑤]、不尽古今愁。落日霸陵[⑥]原上，野烟凝碧池[⑦]头。

风声习气想风流，终拟觅菟裘[⑧]。待射虎南山[⑨]，短衣匹马，腾踏清秋[⑩]。黄尘道，何时了？料故人、应也怪迟留。只问寒沙过雁，几番王粲登楼[⑪]。

【注释】

①“孟津”：地名，在河南洛阳北。“馆舍”：驿馆。“钦若”：李献诚，字钦若，河中（今山西省永济市）人，李献能从兄。“钦用”：李献甫，字钦用，李献能从弟。“昆弟”：兄弟。②“书剑”：书与剑是古代文

人随身携带之物，因以指文人生涯。③“西州”：指西京长安。④“十千沽酒”：曹植《名都篇》中有“归来宴平乐，美酒斗十千”句。⑤“尽消沈”句：任凭沉没。尽：读上声。沈：亦作“沉”。⑥“霸陵”：陵名。本霸上地，汉文帝筑陵葬此，遂名。在今陕西省长安县。⑦“凝碧池”：唐禁苑的池名。王维《口号诵示裴迪》：“秋槐叶落空宫里，凝碧池头奏管弦。”⑧“菟裘”：地名。在今山东泰安东。《左传·隐公十一年》：公谓羽父曰：“使营菟裘，吾将老焉。”服虔云：“菟裘，鲁邑也。营菟裘以作宫室，欲居之以终老也。”后世以之为退隐所居之处。⑨“射虎南山”：李广终南山射虎之典。详见《朝中措》[醉来长铗为谁弹]“看君”句注。⑩“腾踏清秋”：唐李贺《马诗二十三首》其五：“大漠沙如雪，燕山月似钩。何当金络脑，快走踏清秋。”⑪“王粲登楼”：指王粲作《登楼赋》。东汉时，王粲因西京动乱，离开长安，南赴荆州刘表。因未受重用而蹉跎十五年，心情郁闷，登上麦城城楼，写了千古名篇《登楼赋》。

【赏析】

这首《木兰花慢》作于词人元光元年在孟津时。

“流年春梦过，记书剑、入西州。”启篇以仕途成空梦而蹉跎岁月，闪回当年长安应试时踌躇满志的状况，“书剑”谓豪志满腹，“入”字言气势昂扬，一个书生意气、欲展才华的形象跃然眼前。

“对得意江山，十千沽酒，著处欢游。”曹植在《名都篇》中，刻画出一位能骑善射、豪饮遨游的少年形象。而这个形象正与当年豪气勃发之词人相似，因而，此处便化其典句，回顾当年在长安的数月中，骋“得意江山”而随处欢游，纵美酒十千而豪兴逸飞，为下文作出扎实的铺垫。

“兴亡事，天也老，尽消沈、不尽古今愁。”这几句由少年之壮怀转写而今之忧怀。其中化用了李贺《金铜仙人辞汉歌》中“天若有情天亦老”的句意，笔锋指向蒙古兵的野蛮扩张，兼对金国命运的担忧。

“落日霸陵原上，野烟凝碧池头”二句，立足孟津，遥望长安，化忧绪为景语，流出凝重异常的心绪。

“风声习气想风流，终拟觅菟裘。”遗山先生在《送秦中诸人引》中说：“关中风土完厚，人直质而尚义。风声习气，歌谣慷慨，且有秦、汉之旧。”为此，词的下阕即言长安之“风声习气”，谓其有秦汉遗风。并想“终拟觅菟裘”，即同“长安故人”一道，去觅隐居之所，以此而避兵释忧，长伴友人。曲意言怀，表达出爱国忧民的情怀，又照应了题旨。

“待射虎南山，短衣匹马，腾踏清秋”三句，接“觅菟裘”而设想快意西州。三句两典，言装束、言乘骏、言射猎，一幅英武俊采的画图豁然展现于眼前。

“黄尘道，何时了？料故人、应也怪迟留”又将飘逸高扬的情致抑了下来，回省无休无止的“黄尘道”，料想故人的嗔怪，把自己徘徊于仕与隐之间的二难心理流露得深婉细腻，词人那份积极用世、力图为国而作为的激情也暗隐其中。

“只问寒沙过雁，几番王粲登楼”叹声过后，遥望长鸿，发出感慨。词人心底非常崇仰“建安七子”中的王粲。王粲久负盛名，就连朝中之贵的中郎将蔡邕亦敬慕其才而倒履相迎，其《登楼赋》表达的是他身逢乱世，欲建功立业却怀才不遇、宏图难展的感情，其志向与豪情同词人极为相似，故而于结尾处不言其他，只问过雁，即流逝的年华：“几番王粲登楼”，把自己虽怀才不遇却壮心不已的豪怀倾出，寄向钦若、钦用与长安故人。

这首词中，情感起伏跌宕，正与词人的激烈壮怀与仕途波折相合，也十分明白地表达了他青壮年时期的思想与经历的波折，又因欲将千般心事诉与故人，把繁杂的内容组合得绳密无隙，顿挫井然。

摸鱼儿

正月二十七日，予与希颜陪冯内翰①丈游龙母潭②。韩吏部钓于龙潭遇雷事，见天封题名③，即此地也。既归，宿于近潭田舍翁家。是夜雷雨大作，望潭中火光烛天。明日，旁近言龙起大槐中。父老云：“正月龙起，前此未见也。”龙潭寺南洼尊④，冯丈所名。

笑青山、不解⑤留客，林丘夜半掀举。萧萧暮景千山雪，银箭⑥忽传飞雨。还记否？又恐似、龙潭垂钓风雷怒。山神良苦，料只为三年，长安道上，来与浣尘土。　　清阴⑦渡，渺渺风烟杖屦⑧。名山元⑨有佳处。山僧乞我溪南地，十里瘦藤高树。私自语，更须问、洼尊此日谁宾主？朝来暮去，要⑩山鸟山花，前歌后舞，从我醉乡路。

【注释】

①“冯内翰”：冯璧，字叔献，真定（今河北正定）人。承安二年进士，历官州县、翰林修撰、监察御史、大理丞、刑部郎中等。兴定末致仕，居嵩山龙潭十余年。内翰：翰林学士之别称。②“龙母潭”：即龙潭，在嵩山东南麓。③“韩吏部”二句：欧阳修《集古录·跋》：“右退之（韩愈）题名，在洛阳嵩山天封宫石柱上刻云：记龙潭遇雷事。予为西京留守推官，游嵩山，入天封宫，登山顶之武后封禅处，有石记戒人游龙潭者：毋笑语以渎神龙。龙怒，则有雷恐。因念退之记遇雷，意有所戒也。”韩吏部：韩愈晚年宣抚镇州兵变有功，升为吏部侍郎，后世称韩吏部。④“洼尊”：尊形的大石，此处指题名。⑤“不解”：不懂得。⑥“银箭”：雨线。⑦“清阴”：清凉的树荫。⑧“杖屦”：亦作“杖履”。古礼老人得扶杖而行；又，古人席地而坐，鞋必脱于室外，出室复着之。后以“杖屦”为敬老之辞，亦指老人出游。⑨“元”：本来。⑩“要”：同“邀”。

【赏析】

《中州集》卷六冯璧诗题序云：“元光间，予在上龙潭。每春秋二仲月，往往与元、雷历嵩少诸蓝。禅师汴公方事参访，每相遇，辄挥毫赋诗，以道闲适之乐。”据本词之序，知这首《摸鱼儿》作于金宣宗元光二年（1223）正月二十七日。

“笑青山、不解留客，林丘夜半掀举。”“笑青山”三字突兀而至，更以“笑”字领起，凸显出“嘲笑”青山不近情、不懂待客之道。为何要这样说呢？因为它“林丘夜半掀举”，曾惊恐过大名鼎鼎的韩吏部，于顺带的故事中，说明此客不是一般的人物，从而使笑其“不解”更有了分量。遗山先生在《龙潭》诗自注中亦记“山中人岁旱，则转大石入潭以骇龙，瞬夕致雨。”由此再看篇首之“笑”亦含有对自然神奇现象的赞叹。接下来写自己亲历雷雨之事：

“萧萧暮景千山雪，银箭忽传飞雨”二句是对夜雨的描述。“萧萧”指风雨声，“暮景”指夜色，“千山雪”指山中弥漫着的雨雾。夜间暴风雨只能闻声，但是因有频频的雷闪，便不时地把天地刷得雪亮，“雨雾”也便视得清楚。此二句写远景蒙蒙一片白幕，绘近景雨箭激射如织，“忽传”谓疾风暴雨声，特殊的条件下，声光色俱至，又与白日雨景迥异，把龙潭雷雨写得惟妙惟肖。

“还记否？又恐似、龙潭垂钓风雷怒”二句，用“还记否”遥接序言中“韩吏部钓于龙潭遇雷事”，“又恐似”转接到自己亦遇雷。巧作过渡，引入下文。

“山神良苦，料只为三年，长安道上，来与浣尘土。”为什么要这样说呢？原来此处隐用了一个典故：《论语·子路》载：“子曰：‘苟有用我者，期月（一年）而已可也，三年有成。’”后人用为施展雄才之典。词人曾于十九岁时在“长安道”上应试，时至今日三十四岁，五个“三年”过去了，依然奔波于应试路上而一事无成。故而雷神怒、山神抚慰：此番雷雨是来为自己“浣尘土”的，即是劝慰自己洗尽“尘土”，来隐嵩山。“料”字用得极佳：山神之意只是猜度而来的，故用之，而妙处是将自己之逸趣，托山神道出，收到奇崛的效果。

写罢龙潭雷雨，下阕即描绘嵩山隐居之佳。

“清阴渡，渺渺风烟杖屦。名山元有佳处”三句倒装，谓嵩山本自胜景多，在这里倚杖于“渺渺风烟”，歇凉于童童“清阴”，岂不有似地行之仙？从而引出下文的铺写。

“山僧乞我溪南地，十里瘦藤高树。私自语，更须问、洼尊此日谁宾主”四句，照应“杖屦”与“清阴”，展现两个画面：一是山僧在“瘦藤高树”下求我的《南溪》（见《遗山集》卷三《南溪》诗）诗句；二是在冯内翰居处不分主宾、甚至喧宾夺主的欢聚场面。两个典型之例，把词人在嵩山中放浪山水、诗酒会友的飘逸生活表现得酣畅淋漓。

“朝来暮去，要山鸟山花，前歌后舞，从我醉乡路”四句，展望隐后的前景：“朝来暮去”写游足之频、游兴之浓；邀“山鸟山花”谓环境之美、伴游之佳；“前歌后舞”状鸟雀之欢鸣、山花之风舞；“醉乡路”言词人尊酒之乐、陶醉之态。一个“从”字又将四句拢为一体，绵密而流畅中充溢着词人聘意畅怀、逸兴鼓荡的山林情趣。

这首《摸鱼儿》状物抒怀极具华采。谓“青山不解留客”，笑声朗朗；写夜半雷雨，气魄宏大；道诗友交谊，浑然无间；言风烟高树、山鸟山花，则逸兴遄飞。这诸般绘写，既组合得天趣自然，又使词韵跌宕起伏，变化无穷，处处洋溢着艺术的美感。

太常引

水光林影入凭栏，花柳占春宽。三月锦成团，为洗尽、山阴暮寒。　玉峰诗老[①],为君吟啸,不醉有余欢[②]。人物后来看,□画作、临流幼安[③]。

【注释】

①“玉峰诗老”:冯璧,字叔献,真定人。详见《摸鱼儿》[笑青山]“冯内翰”注。②“不醉”句:遗山先生《内翰冯公神道碑铭》:“客至废书,清谈雅论,俗事不挂口。或与之徜徉泉石间,饮酒赋诗,悠然自得……所酿酒名‘松醪’,东坡所谓‘叹幽姿之独高’者,惟公能尽之。客有以京国名酒来与之校者,味殊不可近。”③“□画作”句:同《碑铭》:“尝画《管幼安濯足图》以寄意,其趣尚略可见也。”幼安:汉魏时的管宁,字幼安。《三国志·魏书·管宁传》:“长八尺,美须眉。与平原华歆、同县邴原相友,俱游学于异国,并敬善陈仲弓。天下大乱,闻公孙度令行于海外,遂与原及平原王烈等至于辽东。度虚馆以候之。既往见度,乃庐于山谷。”

【赏析】

“水光林影入凭栏,花柳占春宽。”凭栏游眺,嵩山之水光山色相映,近树高林碧翠,满山的山花新柳显尽了初春烂漫的生气。启笔便描绘出一派非凡的环境,为后文设出高清澹冶的背景。

“三月锦成团,为洗尽、山阴暮寒。”此处接上句而拟人,谓三月之花柳成锦成团,为山间消寒驱秽,一展阳和。气魄既廓大又含柔和,为写人所景仰的冯璧作足了铺垫。

“玉峰诗老,为君吟啸,不醉有余欢。”《内翰冯公神道碑铭》载:冯璧退官后,“径归嵩山,爱龙潭山水,有终焉之志,结茅并玉峰下……门生故吏问遗山中者不绝。”冯璧之归隐结庐,给嵩山平添了许多韵味,故而谓冯公之来,为嵩丘吟啸而增文化氛围,即使冯公未醉也会给玉峰带来无尽的欢趣。此处言嵩山即赞冯公,使冯璧的气华更升高一层。

“人物后来看,口画作、临流幼安。”结尾二句点出全篇的主旨,即冯璧甚有管宁之志趣,其高洁的品德会让人越来越景仰。由历史演进而识人物,由其画幼安而绝似幼安,从而将意像中的冯公与管宁重合为一人,完成了作品的主题。

为了咏赞冯璧这个在朝为国之股肱、在野为万人景仰的人物,词人调动嵩山之佳境、季节之和气、群贤之相从和古贤之比拟等等手段,精练而完美地作了烘托,从而把人物形象塑造得异常丰满,逼真。

水调歌头　缑山[1]夜饮

石坛[2]洗秋露，乔木拥苍烟。缑山七月笙鹤[3]，曾此上宾天[4]。为问云间嵩少[5]，老眼无穷今古，夜乐几人传？宇宙一丘土，城郭又千年[6]。　一襟风，一片月，酒尊前。王乔为汝轰饮，留看醉时颠。杳杳白云青嶂[7]，荡荡银河碧落[8]，长袖得回旋。举手谢浮世[9]，我是饮中仙[10]。

【注释】

①"缑山"：又名缑氏山，在河南偃师县。②"石坛"：石筑的高台。③"笙鹤"：用"缑笙"典。详见《水调歌头》[山家酿初熟]"笙鹤"句注。④"宾天"：此处为成仙登天。⑤"嵩少"：嵩山东为太室山，西名少室山，相去十七里。嵩山为其总名。"嵩少"即指少室山。⑥"城郭"句：用"化鹤归辽"典。晋陶潜《搜神后记》卷一："丁令威，本辽东人，学道于灵虚山。后化鹤归辽，集城门华表柱。时有少年，举弓欲射之。鹤乃飞，徘徊空中而言曰：'有鸟有鸟丁令威，去家千年今始归。城郭如故人民非，何不学仙冢垒垒。'遂高上冲天。"⑦"青嶂"：青山。⑧"碧落"：天空，碧空。⑨"谢浮世"：辞别尘世。浮世：浮华的尘世。⑩"饮中仙"：杜甫有《饮中八仙歌》。

【赏析】

遗山先生《缑山置酒》诗的题注为"同内翰冯丈叔献、雷兄希颜赋诗，分韵得宾字"，知此次夜饮有冯璧与雷渊二人。又，《中州集》卷六冯璧诗题序云："元光间，予在上龙潭，每春秋二仲月，往往与元、雷历嵩少诸蓝。"知这首《水调歌头》作于金宣宗元光二年(1223)秋。

"石坛洗秋露，乔木拥苍烟。"落笔先写夜饮的地点与环境：浓重的露水把石坛洗得清而光洁，高大的树木拥于浓重的浮烟之中。秋月映照，秋爽怡人，于夜色深浅中，渲染了三人聚饮的极佳环境。

"缑山七月笙鹤，曾此上宾天"二句，又引来王子乔于此季、此地、笙歌中乘鹤成仙的美丽故事,为三人夜饮平添了几分仙趣,飘逸浪漫的气氛便弥漫于山间。

接下来转入抒怀,分作两层。

“为问云间嵩少,老眼无穷今古,夜乐几人传”为第一层。词人豪迈地问嵩少:你阅遍今古了,像我们这样在王子乔飞仙处,对月迎露、豪饮赋诗的还会有谁?词劲语壮,疏快而豪放。

“宇宙一丘土,城郭又千年”为第二层,踞嵩高而小视宇宙,谓王子乔后直至今天,夜乐如仙的仅有我们三人,囊涵时空的胸怀与超尘脱俗的气格可压古今。

这两层中,写“云间嵩少”,兼寓夜饮三人亦仙亦凡;谓嵩高“老眼”,含藐观世事之怀;言宇宙为“丘土”,有傲视天下万物的豪气;道城郭变迁更显着雄视千古。一腔豪放自信之情溢于言表。

“一襟风,一片月,酒尊前”三个短句,将豪阔的视野拉回石坛。三友聚饮处,有“一襟风”吹拂,“一片月”映坛,动静相偕,又是一幅绝美的画图。然而,此处写风写月,故意用“一”字限制,将陪景压将下来,形成蓄势。

“王乔为汝轰饮,留看醉时颠”于抑势之后突然高扬,用浪漫手法侧笔烘托,将三人变为四仙,把轰饮的场面描绘得甚为飘逸。“醉时颠”又自然引向颠状的描写:

“杳杳白云青嶂,荡荡银河碧落,长袖得回旋。”平视时,青峰白云环左右;抬头看,“荡荡银河碧落”在眼前。二句景语作情语,又拓出广阔的空间,使“长袖得回旋”,亦使人对石坛饮者产生出仙也、人也的感觉,从而把“缑山夜饮”幻入一个神奇的境界。

“举手谢浮世,我是饮中仙”作为全篇的结句,出得很妙。从情境发展上看,前句谓辞谢尘世而深隐,使词境延宕不绝,后句照应题注而首尾圆合;从用事角度看,《列仙传》描写王子乔“望之不得到,举手谢时人”,杜甫《饮中八仙歌》展示过李白等八位文士狂饮大醉、豪怀面世之浪漫不羁的性格。此处,词人亦谓自己是饮中仙而“举手谢浮世”,用典于无痕,人仙合而为一,使词篇于无比浪漫的情调中收结,甚得浓墨泼洒、清雄豪宕的艺术效果。

词人仕途受阻后,山林之趣便成为他心灵的寄托。这首词借夜饮之事,假仙人之说,运用浪漫的笔法,表达出“举手谢浮世”的主题,胸怀阔大,语势豪雄,成为一首典范的隐逸词作。

临江仙　饮昆阳官舍，有怀德新丈[1]

世故[2]迫人无好况，酒杯今日初拈。昆阳城下酹苍蟾[3]。乾坤悲夜永，笳鼓[4]觉秋严。　梦寐玉溪[5]溪上路，竹枝斜出青帘。故人白发未应添，浩歌风露下，相望一掀髯。

【注释】

①“昆阳”：今河南叶县。“官舍”，官吏的住宅。指词人访叶县县令刘从益时暂宿的地方。“德新丈”：王革，字德新。详见《水调歌头》[空蒙玉华晓]注。丈：对年长者的敬称。②“世故”：此处指生计。③“酹苍蟾”：对月举酒。酹：以酒洒地而祭。④“笳鼓”：军中的乐器。⑤“玉溪”：嵩山玉华谷的涧流。《水调歌头》[空蒙玉华晓]题注：“溪在嵩前费庄，两山绝胜处也。”王革卜居于该处。

【赏析】

遗山先生在昆阳后湾置有田宅，称为后湾别业。这首《临江仙》作于见叶县县令刘从益时的官舍中。

“世故迫人无好况，酒杯今日初拈。昆阳城下酹苍蟾。”启篇二句，先谓词人为了生计而往来奔忙劳碌的状况：“今日初拈”杯则说多日未沾滴酒，进一步坐实“无好况”而铺开下文。“昆阳城下酹苍蟾”，言地点、言时间，“蟾”虽皎美，但冠以“苍”字，则将主观的心境寓入其中，蒙上了幽忧的情感。

“乾坤悲夜永，笳鼓觉秋严”二句，接“苍”意而写愁怀：前句以自己愁夜长而谓乾坤亦如是，将“悲”字无限夸张；后句写军营笳鼓声，揭示出蒙金战争不断的信息，“觉秋严”将忧国之情外化，使“悲”字又翻进一层。

由于夜悲太沉重了，便以回忆嵩山玉溪与王德新的欢游冲淡之：

“梦寐玉溪溪上路，竹枝斜出青帘”二句，回顾与德新丈在玉华峰下溪边漫步、隔帘赏景的快意时光，引出对老友的牵念。

“故人白发未应添。”此句出的很微妙:关心对方的身体状况,首先想到的是白发增添否,合猜测,含心愿,而此句的潜意还在于君在玉溪佳处,景美心旷,我在昆阳愁处,白发却屡增。明笔暗笔,甚可玩味。

“浩歌风露下,相望一掀髯”两句,虽然也是测度,但又是十分肯定的:德新丈一定是持杖长歌,往还于晨风晚露之中。“相望”回应“有怀德新丈”,“一掀髯”承接词人之“相望”而妙意横出:一个小小的动作,深掘出德新丈身居玉溪、聘意畅怀的心态,又反衬了自己在昆阳“无好况”时“悲夜永”的心情。此种结尾,于高扬之势中又隐隐分出抑郁的游丝,在风中飘摆。

这首词以怀念友人为主题,分出两条线索;一是词人的心境,二是友人的景况,从而产生出强烈的对比效果。到结尾处,用“相望”将两条线索归扰一起后,又暗暗分出线头,产生出令人玩味不尽的艺术效果。

满江红

郝仲纯使君守坊州①,枉道②过③予于登封,同宿县西峻极寺。会④予以事当往山中,仲纯留兵骑见候,且约别于洛阳。明日,大雨三日,轘辙⑤不可行,作此寄之。使君⑥以贵胄起家,风流有文词,仕至凤翔⑦治中、南山安抚使,先保陕州⑧有功,故篇中及之。

画戟⑨清香,谁得似、韦郎诗笔⑩? 还又见、从容车骑,待州西北⑪。竹马⑫儿童应有语,使君姓字人人识。是往时、曾护国西门,金汤壁⑬。　千日醉⑭,三更席。事已去,寻无迹。对暮凉灯火,怅然如失。万里功名知未免,中年离别尤堪惜。恨洛阳、风雨暗旌旗,空相忆。

【注释】

①“郝仲纯”句:郝居中,字仲纯。太原人,郝俣之次子。《中州集·郝内翰俣》载:“(子)居中,字仲纯,枢密院令史出身,尝刺坊州,人物楚楚,所谓文献不足,犹超人群者也。正大末除凤翔治中、南山安抚使,诗亦有功。”坊州:在今陕西省延安市黄陵县西北。②“枉道”:绕道。③“过”:探望,拜访。④“会”:

适逢。⑤“轘辕”：指轘辕山之路，在河南偃师县东南，登封西北。道路险恶。⑥“使君”：汉代称刺史为使君，汉代以后尊称州郡长官为使君。⑦“凤翔”：凤翔府，治所在陕西凤翔。⑧“陕州”：今之河南省三门峡市陕州区。⑨“画戟”：古代兵器，有彩画的戟。后常用作仪仗之用。⑩“韦郎诗笔”：唐代诗人韦应物《郡斋雨中与诸文士燕集》诗有“兵卫森画戟，宴寝凝清香”句。⑪“待州西北”：指序中“郝仲纯使君守坊州”事。⑫“竹马”：儿童游戏中当马骑的竹竿。⑬“是往时”二句：指序中“先保陕州有功”句。西门：指河南西面的门户陕州。金汤壁：金城汤池般的坚垒。⑭“千日醉”：晋干宝《搜神记》卷十九载：“狄希，中山人也，能造千日酒，饮之千日醉。时有州人姓刘，名玄石，好饮酒，往求之。希曰：‘我酒发来未定，不敢饮君。’石曰：‘纵未熟，且与一杯，得否？’希闻此语，不免饮之。复索曰：‘美哉！可更与之。’希曰：‘且归，别日当来，只此一杯，可眠千日也。’石别，似有怍色。至家，醉死。家人不之疑，哭而葬之。经三年，希曰：‘玄石必应酒醒，宜往问之。’既往石家，语曰：‘石在家否？’家人皆怪之，曰：‘玄石亡来，服已阕（三年丧满）矣。’希惊曰：‘酒之美矣，而致醉眠千日，今合醒矣。’乃命其家人，凿冢破棺看之，冢上汗气彻天，遂命发冢。方见开目张口，引声而言曰：‘快哉，醉我也。’因问希曰：‘尔作何物也，令我一杯大醉，今日方醒？日高几许？’墓上人皆笑之，被玄石酒气冲入鼻中，亦各醉卧三月。”

【赏析】

据序中所言“枉道过予登封”，知此首作于从昆阳返登封后。

“画戟清香，谁得似、韦郎诗笔？”启篇即化用韦应物的诗句，极其凝炼地描绘了郝仲纯行仗的威仪。反诘语气，进一步强化其文功武事。韦应物是唐代著名的诗人，其“兵卫森画戟，宴寝凝清香”被后之杨慎称“为一代绝唱”（《升庵全集》）。韦应物曾任滁州刺史、江州刺史、苏州刺史，以之喻坊州刺史郝仲纯，身份又十分对等，可谓用事精微了。

“还又见、从容车骑，待州西北”接前句而转写其赴坊州路上的状况。“从容车骑”谓军队严整、纪律严明，亦谓仲纯庄严从容、胸罗军阵，极显出守坊州的信心和将才。

“竹马儿童应有语，使君姓字人人识”二句，从坊州百姓的角度称赞郝仲纯治理地方的功绩。这里选择的是儿童之语，折映的是更为广泛的社会口碑，使人自然地联想到他对百姓施仁政、对军队治律严、抗外敌功绩著。读到这里，又让人联想到词人的《口号三首》中“今年堂邑有清官，三尺儿童也喜欢”的诗句。此种手法，即小见大，四两可拨千斤。

“是往时、曾护国西门，金汤壁”三句，明赞的是郝仲纯“先保陕州有功”，暗谓的是他到坊州后再建伟绩。“陕州”是河南之西的重要门户，坊州又是更西的要塞。蒙古兵南侵金国的线路不外为三条，东线是河北，中线是山西，西线则是陕西。其最后大规模的犯金，就是经陕西、泛汉水而来的。因而，词人以高度的战略眼光，希望郝仲纯再把坊州这个国之“西门”守得像“金汤壁”般的牢固，对友人的推重、对国家安危的牵系尽在于兹。

下阕转入遗憾之情的叙写。

“千日醉，三更席。事已去，寻无迹。”词序中说，仲纯率军西赴坊州时，曾留兵骑等待，约他在洛阳相别，适逢“大雨三日，轘辙不可行”，造成极大的遗恨，于是，下阕即说原计划到洛阳，与郝仲纯共为“千日醉，三更席”，谁知“事已去，寻无迹”。友人怅怅远去，自己追寻不及。

“对暮凉灯火，怅然如失。”这两句明白如话，却又缠绵凄伤，把挚友之情表露得深细入微。

“万里功名知未免，中年离别尤堪惜。”前句谓郝仲纯，暗用班超“万里封侯”之典，知其建丰功、封侯爵的事是在所难免的；后句言两人此次离别之憾却是难以弥补。前烘后衬、难易换位，将“尤堪惜”三字体现得十分深湛。

“恨洛阳、风雨暗旌旗，空相忆”照应题序中的洛阳失约，“恨”字怪“风雨”而望不到“旌旗”西上，“空”字似空却实，把朋友之谊表达得无比深切，同时，也将此忆融入词中寄往坊州，回应题序，完成了主题。

这首《满江红》写的是小事，体现的是大主题；言的是朋友之谊，表达的是爱国之情。叙事有磅礴之感，述情有缠怀之致，慷慨中深蕴婉曲，婉曲中又寓慷慨激励的深意，二者水乳相融，体味不尽。

水调歌头 与李长源①游龙门②

滩声荡高壁，秋气静云林③。回头洛阳城阙，尘土一何深。前日神光牛背④，今日春风马耳⑤，因见古人心。一笑青山底，未受二毛⑥侵。　问龙门，何所似？似山阴⑦。平生梦想佳处，留眼更登临。我有一卮⑧芳酒，唤取山花山鸟，伴我醉时吟。何必丝与竹⑨，山水有清音⑩。

【注释】

①“李长源”：名李汾，字长源，太原人。详见《阮郎归》[帝城西下望西山]“李长源”注。②“龙门”：在河南洛阳南。该处山谷相连，两侧峭壁，十分险要。③“云林”：形容云岚浮荡的山林。④“神光牛背”：《世说新语·雅量》：“王夷甫（王衍）尝属（叮嘱）族人事，经时未行（长久未办）。遇于一处饮燕，因语之曰：‘近属尊事，那得不行？’族人大怒，便举樏（一种似盘食具）掷其面。夷甫都（完全、一直）无言，盥洗毕，牵王丞相（王导）臂，与共载去。在车中照镜，语丞相曰：‘汝看我眼光，乃出牛背上（牛背为常被鞭打处，王衍谓自己不计较挨打受辱的小事）。’”⑤“春风马耳”：即“东风射（吹）马耳”。李白《答王十二寒夜独酌有怀》诗：“吟诗作赋北窗里，万言不值一杯水。世人闻此皆掉头，有如东风射马耳。”比喻充耳不闻，无动于衷。⑥“二毛”：头发斑白，也指头发斑白的老人。⑦“山阴”：地名，即今之浙江绍兴。王羲之有“山阴道上行，如在镜中游”句。杜甫亦有“不识山阴道，听鸡更忆君”。该地以风景优美著称。⑧“卮”：古代盛酒的器皿。⑨“丝与竹”：指弦乐器与管乐器，此处代指优美的音乐。⑩“清音”：清亮的声音。

【赏析】

“滩声荡高壁，秋气静云林。”词之落笔即极为精炼地描绘出龙门的特征。“滩声”，指伊河龙门段之八节滩的涛声。此处原为九峭石耸立，经白居易建议开凿，始通舟楫。此段河底高低不平，故成波涛汹涌之态。首句即以“声”着笔，绘湍流，状夹壁，“荡”字一兼二顾，动感十足。次句以“气”出意，状写壁上高林中又巧蕴龙门游之季节，“静”字形容词动化，极为灵致。二句一下一上，一动一静，听觉、视觉、感觉并用，将龙门景观描写得十分华采。

“回头洛阳城阙，尘土一何深。”遥望洛阳，不谓其繁华热闹，反说它尘俗深染，将当时追名逐利、尔倾我轧的社会状况浓缩其中，同龙门之境构成极大的反差，词之主旨也就隐含于中了。

“前日神光牛背，今日春风马耳，因见古人心”三句，进一步掀揭意旨：李长源之“能诗声一日动京师”，且“慨然有功名心”。但是，他“为人尚气，触之辄怒”，又常常触犯高层，“以是多为人所恶”（均刘祁《归潜志》语），故而，作为知己的词人便连用两典，前者劝其即使受辱也不必在意，后者谓其万事只作耳旁风。合而言之，即是应效“古人心”，直面当前事，潜意更在规劝友人收敛锋芒，宽怀处事。因人择典以喻，极见语言艺术。

“一笑青山底，未受二毛侵”二句，从“古人心”处拉回两人前。“一笑”二字，既接上述所言而开怀，又放缓语气：身在龙门青山下，庆幸发未“二毛”生，愿同此青山一样畅意人生。以放怀而解怀，又见一妙。

“问龙门，何所似？似山阴。”下阕紧承“一笑青山底”而写龙门的佳处。此三句先设问，后作答，在前文“滩声荡高壁，秋气静云林”局部景观上，又用“似山阴”补出全貌之美。绍兴之西南多丘陵，横亘的会稽山层峦叠嶂。东北的平原上，又水网密布，是典型的江南水乡。故而王羲之为之留下“山阴道上行，如在镜中游”的千古名句。而这样的地形地貌，龙门亦有之，词人便以“似山阴”赞之，收到言简意足的效果。

“平生梦想佳处，留眼更登临。”此二句谓：我们应当“留眼”而览赏龙门，更要“登临”云林，赏尽大自然的杰作。“登临”二字不仅照应了开头，更在视觉上放宽眼界，词境上递升一层，同时引向下文之抒情。

“我有一卮芳酒，换取山花山鸟，伴我醉时吟。”此三句承接“登临”，以超脱的心境，在山峦之巅、云林深处，与山花山鸟同吟同醉，这是何等的惬怀！此处的“唤取”二字有着玩味不尽的妙处。有了登高醉吟之畅怀，有了山花山鸟之相伴，便达天趣之境界，妙味无穷了。

“何必丝与竹，山水有清音。”结尾二句倒装，并自然无痕地融入左思《招隐诗》中“非必丝与竹，山水有清音”之意，把词境推上超然的境界，荡出悠远的余音。

这首词在赞美龙门之景、抒发词人超然不俗之情怀的同时，更在以自己乐视、旷达的人生态度劝慰李长源。李长源性格“褊躁”“多为人所恶”，故而，词中有意地选取了王衍受辱而不计、李白不理旁言、左思山水自乐的典故，顺次排来，深意自得。同时，李长渊的性格特征与其“慨然有功名心”甚为不洽，所以说，词之下阕山水之趣、隐逸之乐的安排亦是有其深意的。

石州慢

赴召史馆，与德新丈别于岳祠西新店。明日以此寄之[①]

击筑行歌，鞍马赋诗，年少豪举[②]。从渠里社浮沈[③]，枉笑人间儿女。生平王粲，而今憔悴登楼，江山信美非吾土[④]。天地一飞鸿，渺翩翩何许[⑤]！　羁旅[⑥]。山中父老相逢，应念此行良苦。几许[⑦]虚名，误却东家鸡黍。漫漫长路，萧萧两鬓黄尘，骑驴[⑧]漫与行人语。诗句欲成时，满西山[⑨]风雨。

【注释】

①“德新丈”：王革，字德新。详见《水调歌头》[空蒙玉华晓]注。“岳祠”：嵩山中岳庙，位于嵩山南麓，始建于秦。②“击筑行歌”三句：用“壮气惊寒水”典。《战国策·燕策三》：燕太子丹遣荆轲刺秦王，将别，“太子及宾客知其事者，皆白衣冠送之。至易水上，既祖，取道。高渐离击筑，荆轲和而歌，为变徵之声，士皆垂泪涕泣。又前而为歌曰：‘风萧萧兮易水寒，壮士一去兮不复还。’复为慷慨羽声，士皆嗔目，发尽上指冠。于是荆轲遂就车而去，终已不顾。”③“从渠”句：从渠：任随它。里社：古时祭祀土地神之处。此处指乡里。浮沈：也作“浮沉”，随俗俯仰，或隐姓埋名。④“生平”三句：化用“王粲登楼”典，详见《木兰花慢》[流年春梦过]“王粲登楼”注。王粲《登楼赋》中有“虽信美而非吾土兮，曾何足以少留”句。⑤“天地”二句：“飞鸿”：鸿雁，喻词人漂泊不定的生活。“渺”：微小，微不足道。“何许”：何处。⑥“羁旅”：在他乡奔波。⑦“几许”若干，多少。此处有微不足道之意。⑧“骑驴”：杜甫《奉赠韦左丞丈二十二韵》中有“骑驴三十载，旅食京华春”句。⑨“西山”：指嵩山。因在登封之西，故言。

【赏析】

金哀宗正大元年(1224)五月，词人得中宏词高科，既洗雪了“元氏党人”的谤言，又得到了出仕之途，被授为权国史院编修。赴任前，与王革别于岳祠西之新店，次日赋此词以寄。其年，词人三十五岁。

“击筑行歌，鞍马赋诗，年少豪举”三句，借荆轲“壮气惊寒水”之典，言自己青年时期踌躇满志，欲为国家一展雄才的抱负。“鞍马赋诗”中，又涵蕴了唐高适《送蹇秀才赴临洮》中“倚马见雄笔，随身唯宝刀。料君终自致，勋业在临洮”的诗意，两意夹写，流露着词人满满的自信。然而,"击筑行歌"自身体现的是带有悲壮的豪怀,词人化用此典,亦将苍凉之意暗蕴其中,为下文隐伏了一笔。

"从渠里社浮沈,枉笑人间儿女"二句倒装,意思是世间人对我的嘲笑都是枉然的,我愿在乡间里社隐姓埋名,度此一生。这两句接苍凉之意突转,将"里社浮沈"与"年少豪举"形成强烈的对比,把此前进士及第却枉遭诽谤之事翻出来,述说了那段时间中壮怀难伸的耿耿心态。

"生平王粲,而今憔悴登楼,江山信美非吾土。"王粲在其《登楼赋》中说:"华实蔽野,黍稷盈畴。虽信美而非吾土兮,曾何足以少留!"其意为花卉果实遮蔽了田野,庄稼长满了垅头。虽然真美却不是我的家乡,又哪里值得作片刻的停留!此处借王粲之语,表达自己的思乡之情,而其时词人之乡已几遭蒙古兵的侵略和屠杀,故而此处更含有故土沦丧而壮志徒负的愧疚之情。

"天地一飞鸿,渺翩翩何许"二句,借徙飞之雁,谓自己之漂泊而不知归宿,叹国家前景之存亡难测。凄伤之音,不绝如缕。

"羁旅。山中父老相逢,应念此行良苦。"此三句作为过渡,由此前之经历转谓此次赴召的感受。词人的经历是坎坷寒苦的,他在仕与隐之间又是极其矛盾的,正如上阕中所言的"少年豪举",欲以五尺之躯为国驰骋,又想"里社浮沉"而深隐山林。嵩山的这些年中,此种矛盾思想愈加强烈。最终,还是以把握此次出仕机会以酬壮怀的意向占了上风,因此对山中父老说:"应念此行良苦"。"良苦"二字中,真可读出词人的那份深深的纠结来。

"几许虚名,误却东家鸡黍。"决定启程了,却又深悔几许虚名,误却"东家鸡黍"。用孟浩然"故人具鸡黍,邀我至田家"之闲趣,反衬此别之惆怅,相反相成,产生出强烈的艺术效果。

"漫漫长路,萧萧两鬓黄尘,骑驴漫与行人语"三句,设想赴京时之状貌与任职后之乏味:"漫漫长路",隐含别后之怅惋、赴任之厌倦;"两鬓黄尘"谓旅途之劳累与心情之疲惫;"骑驴"句更借杜甫之语,言自己的失落感。杜甫的《奉赠韦左丞丈二十二韵》中说:"骑驴三十载,旅食京华春。朝扣富儿门,暮随肥马尘。残杯与冷炙,到处潜悲辛。"自己此次赴京城任职,何尝不也是这样子的?一句"漫与行人语",把自己到京城后懒与人言、更准确点说是无聊乏味的生活愧与人言,与山中欢趣形成强烈的差比,进而强化了主题。

“诗句欲成时，满西山风雨”二句，将杂乱的心事拉回到诗笺前，用西山之风雨，衬心事之翻腾，情景交融中收结全篇。然而，“诗句欲成”时，“风雨”却满山，沉重的心事外化中，产生出激荡不止的效果。

这首《石州慢》，从“年少豪举”启笔，回顾了人生的坎坷经历，表达出对嵩山生活的留恋和对此次史馆任职的不热情。复杂的情感在跌宕起伏中融合在一起，形成“满西山风雨”之激烈振荡的心态，给人留出广泛的推想空间，也给老友德新丈留下一曲离别之际的怅憾之声。

水调歌头

与钦叔饮，时李以同州录事判官入馆，故有判司之语①

长安②夏秋雨，泥潦③满街衢。先生闭户轰饮，邻屋厌歌呼。惭愧君家兄弟，半世相亲相爱，知我是狂夫。礼法略苛细④，言语任乖疏⑤。　判司官，一囊米，五车书⑥。骑驴冠盖丛里，鞍马避僮奴⑦。只有平生亲旧，欢笑穷年竟日，未必古人如。酒贱可频置，时为⑧过吾庐。

【注释】

①“钦叔”：李献能，字钦叔。金刘祁《归潜志》卷二载：钦叔“南渡擢南省魁，复中宏词，遂入翰林，为应奉。考满再留，出为鄜州观察判官。再入，迁修撰。”“同州”：今陕西省大荔县。“录事判官”：州所属的官吏。②“长安”：古都长安，即今之西安。古代诗人常以之代称时之国都，此处指汴京。③“泥潦”：雨后洼地所积的泥水。④“苛细”：苛求细枝末节。⑤“乖疏”：失当。⑥“五车书”：《庄子·天下》：“惠施多方，其书五车”。其意为惠子家中书籍多。后以之形容人读书多，学问渊博。⑦“骑驴”二句：谓地位卑而行迹于众多高官之间，见人家的僮仆都得谦卑以待。骑驴：杜甫《奉赠韦左丞丈二十二韵》中有“骑驴三十载，旅食京华春”句。⑧“时为”：不时地，常常。

【赏析】

金哀宗正大元年(1224)五月,遗山先生中宏词科,被召入国史馆任编修之职。时,李钦叔在馆。次年夏,词人辞归嵩山。根据“长安夏秋雨”句,知本词作于正大元年秋。

“长安夏秋雨,泥潦满街衢。”在汴京史馆时,可作为写作背景的很多,而此处偏选了“夏秋雨”之象:首句谓淫雨时间长,给人以压抑的感觉,次句言“泥潦满”,又给人以排解不去的烦闷,从而为下文设置出一个典型的气候环境。

“先生闭户轰饮,邻屋厌歌呼。”既然出不得门,散不得心,词人就“闭户轰饮”,高发让邻屋也烦的“歌呼”,以狂饮排抑郁,用狂态泄牢骚,折映着词人这段时间的心态特征。根据如上词意,知词人初入馆时不仅没有走上仕途的欣悦,反而有满腹的惆怅。

“惭愧君家兄弟,半世相亲相爱,知我是狂夫。”这几句在“邻屋厌歌呼”的反衬下,凸显出“知我是狂夫”的兄弟李钦叔之“相亲相爱”情。“惭愧”由自己感发,“知我”从钦叔写之,“半世”则双向兼及,平淡的叙述中蕴含着真挚的、经过时间考验的深厚情谊。

“礼法略苛细,言语任乖疏。”谓词人自己对“苛细”的“礼法”忽略不管,言谈吐语任性直率,不但补足了“狂夫”之意,而且照应了“惭愧”之心,明写自己疏狂,实写钦叔知交,将“相亲相爱”补写得实实在在,满满当当。

“判司官,一囊米,五车书”三个短句转写李钦叔:“判司官”言钦叔入馆前的职任,潜意在言其大材小用;“一囊米,五车书”更揭示才极高而俸极微,为“李以同州录事判官入馆”作出过渡。

“骑驴冠盖丛里,鞍马避僮奴”二句转写入京任职的尴尬状况:“冠盖丛”极言京中大官多而气概豪,“骑驴”则谓钦叔和自己职小位卑、夹着尾巴做人的景况。词人在《送钦叔内翰并寄刘达卿郎中、白文举编修五首》之三中,谓李钦叔“田夫怒攘臂,缩首甘盲聋。老兵赐颜色,欢喜无所容。”李钦叔天性温和,即使对随着“冠盖”而行“僮奴”也能谦躬退让,而词人自己却是个“略苛细”而“任乖疏”的“狂夫”,在这种环境中很难适应的,由此便自然地过渡向下文。

“只有平生亲旧,欢笑穷年竟日,未必古人如”三句,还归二人对饮:“穷年竟日”映实上阕之“半世相亲相爱”,“未必古人如”则以前无古人的豪气直抒胸臆,盛赞了友情。

“酒贱可频置，时为过吾庐”是饮毕的再约之语，甚有孟浩然“待到重阳日，还来就菊花”之趣，而且，其田家之约是一年，元李之约是“时为”，了无时间之待。既情真意切，又言浅意深，耐人咀味。

词人的作品中，多用尊酒酣饮来渲染主题，这首《水调歌头》中更为突出。但其轰饮歌呼并不是颓废情绪的流露，而是在未能积极用世情况下急切心情的渲泄和力图有所作为的自然反应。他觉得史馆之职仅是个抄抄写写的工作，只能空耗年华。由此，更能看出词人追求出仕的志向所在。

鹧鸪天　中秋雨夕，同饮叔饮乐府宋宜家①

著意②朝云复暮云③，良宵留在宋东邻④。玄霜玉杵⑤期无定，高烛明妆赏更新。　团扇曲，画梁尘⑥。万家秋气一家春。月光不照金尊里，只为夭娆⑦醉得人。

【注释】

①“雨夕”：雨夜。“乐府”：此处指乐户。②“著意”，有意。③“朝云复暮云”：从早到晚一直阴雨。④“宋东邻”：指宋宜。东邻：用“宋东邻”之典，详见《梅花引》[墙头红杏粉光匀]“宋东邻”注。⑤“玄霜玉杵”：用“玉杵之盟”典。《太平广记·裴航》载：唐代书生裴航，赴试不第，便到武昌西江游历。途中在客船上遇仙人云翘夫人。夫人使婢女持诗付裴，诗云：“一饮琼浆百感生，玄霜捣尽见云英。蓝桥便是神仙窟，何必崎岖上玉京。”后，裴航经蓝桥驿，向老妪求饮。妪唤云英持浆给航。航见云英艳丽无比，求老妪聘之为妻。老妪让其觅玉杵与臼捣药百日。航找到玉杵和臼后捣药百日，与云英结为夫妇，成仙而去。⑥“团扇曲”二句：即团扇歌。晋时，中书令王珉喜欢持白团扇，其嫂的婢女谢芳姿唱白团扇歌，借以诉说对他的爱恋之情。“画梁尘”：唐张祐《洞房燕》诗有“新妆正含思，莫拂画梁埃”句。此二曲均为宋宜所唱之歌。⑦“夭娆”：同“妖娆”，形容宋宜之美。

【赏析】

金刘祁《归潜志》卷十载:“正大间,雷希颜、李钦叔俱在翰林,王鹗伯翼以新进状元,亦入院为应奉。”根据题注“中秋雨夕”,知此首《鹧鸪天》作于正大元年(1224)中秋。

“著意朝云复暮云,良宵留在宋东邻。”启篇二句谓阴雨不停的状况与留连的地点,前者并非原因,但有“著意”二字托之为天意,平添了许多兴味。后者“宋东邻”“良宵”俱美,一主一辅互映,才是“饮乐府”的因果。“留在”一词承接前句,融入天公美意之间,更渲染了宋宜之魅力。宋宜容貌如何,此处未加描述,但以“东邻”名之,给人以其美冠绝当世之感,两字胜千言。此外,更有二者均为“宋”姓,特显了词人用事之精微。

“玄霜玉杵期无定,高烛明妆赏更新。”前句用美丽的人仙恋故事反衬今夕之聚乐,谓彼故事虚无缥缈,即使有之也须觅玉杵、捣玄霜、经百日,其期尚在有定无定之间。后句写今日之宋宜,人美不亚云英,明妆更胜东邻,相形相衬间,更显得良宵高烛眼前,美不可言了。

“团扇曲,画梁尘。万家秋气一家春”接上阕之“高烛明妆”而描写歌乐场面:“团扇曲,画梁尘”说的虽是两支曲子,但是莺声之美、曼舞之妙已经扑面而来。“万家秋气一家春”出得更妙,不仅回应了“朝云复暮云”的阴雨境况中万家沉寂的状况,更使“著意”二字落实到“一家春”里,差比之用,词精意美,堪称奇句。

“月光不照金尊里,只为天娆醉得人。”此个中秋夜原本云翳,词人却谓其故意无月,用退让之笔,以留出空间给下句;结句的“只为”二字紧衔“不照”,再次强化首句之“著意”,把宋宜之美提升到“醉得人”,甚至能把已被阴雨冲淡的“良宵留住”,使全篇在无限的美感中收结。

这首词语言新奇,用典巧妙,比衬鲜明,从而将中秋夜的无月之憾变得更为赏心,婉而有致的手法甚是耐人品味。

蝶恋花　甲申岁南都作[1]

牢落羁怀[2]愁有信[3]。流水浮生[4]，几见中秋闰[5]。千古诗坛将酒阵[6]，一轮明月消磨尽。　八月人间秋满鬓。桂树扶疏[7]，更与秋风近。天上姮娥[8]应有恨，骑鲸[9]人去无人问。

【注释】

①"甲申"：金哀宗正大元年（1224），时遗山先生三十五岁。"南都"：汴京。金宣宗贞祐二年（1214），从燕京迁都河南汴京（今开封），故称。②"牢落羁怀"：寄居他乡的孤寂心情。牢落：寥落，孤寂无聊。③"信"：凭。④"浮生"：即人生。⑤"中秋闰"：即闰八月。正大元年正是闰八月。⑥"酒阵"：酒能消愁，犹军阵能克敌，故称。⑦"扶疏"：犹婆娑，形容枝叶舞动的姿态。⑧"姮娥"：即嫦娥，神话中的月中女神。相传为后羿之妻，羿请不死之药于西王母，姮娥窃以奔月。姮：本作"恒"，俗作"姮"，因避汉文帝刘恒之讳，改称常娥，通作"嫦娥"。⑨"骑鲸"：扬雄《羽猎赋》："乘巨鳞，骑京（鲸）鱼。"后用以指隐遁、游仙。

【赏析】

这首《蝶恋花》作于词人在汴京国史馆时，词中折映的是他对史馆工作的厌烦，表露着欲弃之而归的思想。另据"几见中秋闰"句，知这一首作于闰八月的后中秋。

"牢落羁怀愁有信，流水浮生，几见中秋闰。"首句谓寄居他乡之愁接踵不绝，次句叹人生流水般的空过。潜意则是壮怀难酬，空度了多少岁月，特别是年已三十五岁的人，更觉时日之宝贵。"几见中秋闰"出得奇肆：人常说三年一闰月，闰的是不同月份，而"几见"八月闰的时年，却是要经很久很久的，一句普普通通的话，却深掘出词人扳着指头盼归乡的心情。

每逢佳节倍思亲，前一月的中秋节，有幸陪着李钦叔在宋宜家度过一天（详见《鹧鸪天》[著意朝云复暮云]），而老天偏偏捉弄我，让我今天又得在孤寂之中望月而思乡。同是“中秋闰”，却兼两样情，真堪谓奇思妙得。

“千古诗坛将酒阵，一轮明月消磨尽”又是两个妙句：前句谓千古诗人借酒浇愁的共有之举，后句言自己独受明月摧折，这不是：前一月刚刚阴雨中躲过中秋月，今晚偏偏又找来，是欲耗尽我的心力吗？

“八月人间秋满鬓。桂树扶疏，更与秋风尽”将愁绪更翻进一层：由于人愁绪深深，所以，在此八月中秋之际，看到的是草木愁霜来，人们愁双鬓，自己在这史馆之中，看似“桂树扶疏”，叶舞而香远，其实是“更与秋风近”的人了，一份忧绪弥散不绝。

“天上姮娥应有恨，骑鲸人去无人问”二句又是使人深思的句子。人常说嫦娥佼美，玉兔依人，月宫清丽，其实她是很寂寞的，也常恨自己幽居于广寒。而我自己也由此而醒悟，不能像嫦娥一样深居幽馆，要“骑鲸人去无人问”了，即隐居山林，作个不受管束的自在人！“无人问”，俗语即没有人约束监管，俚语入词，韵味独具。

词人作品中多有言愁，但他的悲愁往往是积极用世却壮志难酬的折映。他写愁时又如一位疏浚手，待愁情积满后便疏出一途，使之自然宽释，结句“骑鲸人去无人问”便是一例。

水龙吟　中秋

素丸①何处飞来，照人只是承平②旧。兵尘万里，家书三月，无言搔首③。几许光阴，几回欢聚，长教分手。料婆娑桂树④，多应笑我，憔悴似、金城柳⑤。　不爱竹西歌吹⑥，爱空山、玉壶清昼⑦。寻常梦里，膏车盘谷⑧，拏舟方口⑨。不负人生，古来唯有，中秋重九。愿年年此夕，团栾⑩儿女，醉山中酒。

【注释】

①“素丸”：指光亮的圆月。②“承平”：相承平安，指社会秩序比较持久安定的局面。③“家书”二句”：杜甫《春望》：“烽火连三月，家书抵万金。白发搔更短，浑欲不胜簪。”④“婆娑桂树”：桂树枝叶纷

披的样子。⑤“金城柳”:《世说新语·言语》:“桓公北征,经金城,见前为瑯琊时种柳,皆已十围,慨然曰:‘木犹如此,人何以堪!’攀枝执条,泫然流泪。”金城:今江苏句容县。⑥“竹西歌吹”:唐杜牧《题扬州禅智寺》:“雨过一蝉噪,飘萧松桂秋……谁知竹西路,歌吹是扬州。”后以“竹西歌吹”喻歌舞热闹之处。⑦“玉壶清昼”:指中秋夜月朗如昼。玉壶:喻明月之质清泠明润。⑧“膏车盘谷”:唐韩愈《送李愿归盘谷序》有“膏吾车兮秣吾马,从子于盘兮,终吾生以徜徉”句。膏车:为车上油,准备启程。盘谷:在济源北二十里。⑨“挐舟方口”:驾舟于方口。方口:一作“枋口”,在河南济源。⑩“团栾”:团圆。

【赏析】

根据“兵尘万里,家书三月”和“团栾儿女”句,知这首《水龙吟》作于词人金哀宗正大元年权国史院编修时。另据《蝶恋花》[牢落羁怀愁有信]中“几见中秋闰”句,知该年闰八月,此首作于后八月之中秋。

“素丸何处飞来,照人只是承平旧。”首二句便出得很奇妙:词人明明知道明月是从东海飞来的,却故意发问之。读过第二句,方知其隐意:其时,金国已只偏安一隅,也即从东海到河南尚属承平旧地,而河北、山西、陕西等处已是遍地狼烟。故而,词人嗔怪圆月不照北方,不照破碎的家乡忻州,从而自然地引出思乡的铺写。

“兵尘万里,家书三月,无言搔首”三句,化用杜甫“烽火连三月,家书抵万金”和“白发搔更短”之句意,把北方大面积国土上兵火尘烟、家乡亲人音信难知的悲惨局面写得凄凉无比。此三句由“万里”而“家书”,由无信息而“搔首”,落笔于自己后,又自然地引向纷至的心绪描写。

“几许光阴,几回欢聚,长教分手。”几许,即几回,谓家乡安定之短暂,言亲人团聚之稀少,憾骨肉分离之无休无止,平淡的文字中尽是泣血的声音。

“料婆娑桂树,多应笑我,憔悴似、金城柳。”“金城柳”用桓温之“泫然流泪”,喻自己凄切之深,再用桂树之“笑我”喻余人之不解,把独自哀伤之意表达得十分形象。同时,下用憔悴柳喻自己,上用婆娑桂树代月亮,既用色彩悬殊之词以托意,又紧扣“中秋”之命题,神牵于不知不觉之中。

“不爱竹西歌吹,爱空山、玉壶清昼。”此二句反用“竹西歌吹”之意,并用对比排除的手法,强调了词人不爱繁华,独喜幽静,不喜追荣逐利,唯愿远离尘嚣的情怀。面对当空圆月,流露出高洁的情操。

“寻常梦里，膏车盘谷，拏舟方口”将上述之爱具体写来，也即在明月之中步青山幽谷，荡河上扁舟，尽享清风明月的无尽之藏。此处言之为“寻常梦”，流出的却是非同寻常的梦想。

“不负人生，古来唯有，中秋重九”三句看似寻常之句，却蕴含着词人无边的遗憾。自古以来，中秋佳节、九九重阳是与家人团圆、友人登高之极为惬怀的日子，只有这样才“不负人生”。然而当下呢，家乡远隔兵尘回不去，自己又独处史馆，寥落清冷。愧对了古人，辜负了圆月，心中的痛楚不言而喻。

“愿年年此夕，团栾儿女，醉山中酒。”兵尘遍地，家乡远隔，忻州的亲人是难以团聚了。只有嵩山的儿女们暂且安全。不得大圆便求小圆吧，但愿兵祸止于黄河，但愿“年年此夕”能够“团栾儿女，醉山中酒”，但愿这种奢望不要再成梦幻。结束之语，与其说是企盼，不如说是凄苦，词人的痛切之深可想而知。

这首词虽然以中秋圆月起笔，却处处在写月圆人不圆。结尾虽然点到了“儿女团栾”，然而也是凄楚的团圆，也是残缺的“团圆”，从而把大主题寓之于中秋月，表达了词人对侵略战争极端憎恨的思想感情。

水调歌头　史馆夜直①

形神自相语②，咄诺③汝来前。天公生汝何意，宁独有奇偏④？万事粗疏潦倒⑤，半世栖迟零落⑥，甘受众人怜。许汜卧床下⑦，赵壹倚门边⑧。　五车书⑨，都不博，一囊钱。长安自古歧路⑩，难似上青天⑪。鸡黍年年乡社⑫，桃李家家春酒，平地有神仙。归去不归去，鼻孔有谁穿⑬？

【注释】

①“夜直”：值夜班。直：通“值”。②“形神自相语”：用陶渊明《形影神》诗意。③“咄诺”：叱呵之声。④“奇偏”：奇异偏颇。⑤“粗疏潦倒”：做事不周密，不细致且放浪。⑥“栖迟零落”：漂泊失意。⑦“许汜卧床下”：《三国志·魏书·陈登》汜曰：“陈元龙湖海之士，豪气不除……昔遭乱过下邳，见元龙。元龙无

客主之意,久不相与语,自上大床卧,使客卧下床。”备曰:“君有国士之名,今天下大乱,帝主失所,望君忧国忘家,有救世之意,而君求田问舍,言无可采,是元龙所讳也,何缘当与君语?如小人,欲卧百尺楼上,君卧于地,何但上下床之间邪?”⑧“赵壹倚门边”:东汉赵壹恃才倨傲,不为时人所容。作《刺世疾邪赋》以舒其怨愤。其中有“顺风激靡草,富贵者称贤。文籍虽满腹,不如一囊钱。伊优北堂上,骯髒倚门边。”⑨“五车书”:形容人学问渊博。详见《水调歌头》[长安夏秋雨]“五车书”注。⑩“长安”句:李白《行路难》:“行路难,行路难,多歧路,今安在?”⑪“难似”句:李白《蜀道难》有“蜀道之难,难于上青天”句。⑫“乡社”:指古时农村祭祀土地神的社日活动。⑬“鼻孔”句:意为是谁在牵着鼻子走?《庄子·秋水》:“牛马四足,是谓天;络马首,穿牛鼻,是谓人。”

【赏析】

“形神自相语,咄诺汝来前。”启篇即拟托“形”唤“神”过来而展开对话。构思巧妙,引人入胜。其中的“形”为甲方,“神”为乙方,实则二者均为词人自己。

“天公生汝何意,宁独有奇偏”句是形之问话,提出的问题是:天公让你降生于世,难道有不公平的安排吗?

“万事粗疏潦倒,半世栖迟零落,甘受众人怜”是神的回答,其要点是:我同样生于天地之间,却万事不成、漂泊流离、人见人悲,这难道也算公平?

“许汜卧床下,赵壹倚门边”二句,为形所悟,他说:我明白了,你想在国家多事之秋大有作为,不甘于求田问舍,但因刚直不屈的性格却被拒之门外,空怀一片赤子之心。形之语收结了上阕,又引向下文的对白。

“五车书,都不博,一囊钱”是“神”之语,意思是:我虽然满腹经纶,却换不来一小袋钱,累使家人寒贫度日。

“长安自古歧路,难似上青天”是形的答语,他说:是呀,自古以来京都求职非常难,李白那样的大才,也说过行路难,真的是“难似上青天。”

“鸡黍年年乡社,桃李家家春酒,平地有神仙。”神接着叹道:我在嵩山时,陶醉于淳朴的乡社间,尝遍了醇浓的农家酒,那些时日真如地行仙一般。给形指出可以享乐之路。

“归去不归去,鼻孔有谁穿?”形听过后,沉吟一阵道:是的,山林之趣和长安歧路截然不同,两条道路就摆在面前,想归就归去,谁能牵着鼻孔限制你走路?语出诙谐,却是十分地警策。

形之语点醒了神，于是果断地决定高吟陶渊明的《归去来兮辞》返归嵩山。

这首《水调歌头》的构思十分奇妙：其一是移用“形神自相语”的形式，将自己在史馆夜值中萦回反复的思索，梳理成系统的心路历程，通过形与神的对话，完成了“归去来兮”的主题。于是，他就提出请辞，于获准告长假后，一身轻松地回到嵩山。

其二是用典多而不着痕迹，排布巧而各司其用。

启篇用陶渊明《形影神》三首而设定“自相语”的结构方式。用“许汜”与“赵壹”二典，构成截然不同的人生选择，表露出积极用世却路途阻塞的矛盾状况，为后文作了伏笔。“五车书、一囊钱”既涵庄周评价惠子之典，又引《刺世疾邪赋》之句，为后文作出铺垫。“长安多歧路”“难似上青天”活用李白不同篇中的诗句，组成严密而流畅的句意，断去“长安”路，启开“鸡黍”天。紧接着的“鸡黍乡社”，描画出“平地有神仙”的画面来。此处又用了“地行仙”典：葛洪《抱朴子·论仙》载：“按《仙经》云：‘上士举形升虚，谓之天仙，中士游于名山，谓之地仙，下士先死后蜕，谓之尸解仙。’”词人此处选择中仙，一幅嵩岳地行仙的理想画面便赫然展现在眼前。“归去不归去”化陶渊明“归去来兮”句而设出问话，引出结句。“鼻孔有谁穿”更为奇崛：《庄子》说的是牛马生来有四足是天性，套马笼头、穿牛鼻子就是人为的做法，破坏了事物的天性，词人借用此典就是告诉人们：他要挣脱牛鼻绳而返归真性，即还归他所钟情的山林真趣，从而高蹈收结全篇，完成了主题。

一首词中熔铸了如许典意，真堪为大手笔。

玉楼春

吹台①萧瑟②行云暮，一片雨声连禁树③。正当潘岳感秋④时，又到杜陵⑤怀古处。　百年同是红尘路，行近醉乡差有趣⑥。坐中谁是独醒人⑦，我醉欲眠卿可去⑧。

【注释】

①“吹台”：在汴京（今开封）东南，即今之禹王台，相传是春秋时师旷的吹乐之台，后来汉梁孝王常常案歌吹于此，故亦称吹台。②“萧瑟”：寂寞凄凉的样子。③“禁树”：宫中的树木。④“潘岳感秋”：潘岳，字安仁，西晋文学家，长于诗赋。其《秋兴赋》寄寓了失意伤感之情。⑤“杜陵”：在陕西长安县。《汉书·宣帝》载：元康元年，以杜东原上为初陵，更名杜县为杜陵。后宣帝葬此。⑥差：殊，甚。趣：旨趣，意味。⑦“独醒人”：《楚辞·渔父》：“渔父见而问之曰：‘子非三闾大夫与？何故至于斯？’屈原曰：举世皆浊我独清，众人皆醉我独醒，是以见放。’”后为爱国忠君、清醒不随众流之意。⑧李白《山中与幽人对酌》：“我醉欲眠卿且去，明朝有意抱琴来。”

【赏析】

金哀宗正大元年秋之一日，词人登上汴京东南的吹台，不禁怀古而伤今，赋了这首《玉楼春》。

“吹台萧瑟行云暮，一片雨声连禁树”二句，言地点、言时间、言阴雨，一气呵成。“萧瑟云暮”沉寂压抑，“雨声连禁树”语出高奇：顺着雨声望皇宫之树，想着国家已进入风雨飘摇之状况，从而将自己忧君爱国的情怀外化出来，形象至极。

“正当潘岳感秋时，又到杜陵怀古处”二句两典，自己与潘岳之“感秋”，虽有相同处，又大有差异：潘岳的《秋兴赋》叹其白发早生，与词人的感喟相同，但他所叹的是个人的失意伤怀，词人所伤的是国家的命运。“又到杜陵怀古处”便将其意明朗开来：“杜陵”在长安，词人此处借指汴京。长安古都陵谷沧桑多少代，汴都亦经北宋到今朝，一个“怀”字将词人无限的担忧尽融其中，借“雨声”而联想“禁树”，这就是两人“感秋”的天差地别处。

“百年同是红尘路，行近醉乡差有趣”二句，接“潘岳感秋”而伸发：前句谓两人一生都在“红尘路”，即人世间劳碌，次句言两人的追求却有极大的区别。潘岳文名虽重，但他热心功名，喜趋势利，一旦官场失势便“逍遥乎山川之阿，放旷乎人间之世。悠哉悠哉，聊以卒岁”（《秋兴赋》），这与词人寄情山水有着质的不同，因而说虽是同在“红尘路”，但是“行近醉乡”时却志向情趣大是不同。遗山先生在《论诗三十首》之六中，亦谓其“高情千古闲居赋，争信安仁拜路尘。”不齿他谄事权贵贾谧并望尘而拜的谀相。

“坐中谁是独醒人，我醉欲眠卿可去。”作为结句，借屈原之句而反意用之，谓“行近醉乡”时谁醉谁醒，即谁愚而执念于国，谁聪明而只顾一己的问题，并借李白的诗句毫不客气地说：我宁愿做个愚而有梦的人，不愿做只顾一私之辈，“卿可去”矣！不要在我面前大谈什么“感秋”之语了。

这首词写景精绝，为“愁”渲染出典型的环境氛围；以潘岳的“感秋”反衬自己的忧绪，极其形象地表达出爱国忧民的情怀和欲积极用世的志向。语言形象，借象深邃，磊落胸怀可见一斑。

醉花阴

候馆①青灯淡相对，夜迢迢②无奈。掩泪惜分飞，好梦空回，留得闲愁在。　同心易绾③双罗带，只连环难解④。且莫望归鞍，尽眼西山，人更西山外。

【注释】

①“候馆”：驿舍。②“迢迢”：本为遥远的意思，此处为漫长意。③“绾”：系结。④“连环难解”：化用“解连环”典。《战国策·齐策六》：齐襄王卒，子建立，君王后摄政。秦始皇欺其为女流，“尝使使者遗君王后玉连环曰：‘齐多智，而解此环不？’君王后以示群臣，群臣不知解。君王后引椎椎破之，谢使曰：‘谨以解矣。’”

【赏析】

这是词人的一首思妻之作。

“候馆青灯淡相对，夜迢迢无奈。”首二句言地点、言孤独、恨夜长，“无奈”二字把怀念家中妻子却不得归去的现实表露得甚为伤怀。

“掩泪惜分飞，好梦空回，留得闲愁在”三句，未写梦中相聚之乐，只道梦醒“掩泪”之伤和又归“闲愁”之状，把思念之情表达得十分深婉。

“同心易绾双罗带，只连环难解”二句，前谓伉俪情深，“易绾双罗带”化抽象为形象；后句言相聚之难，活用典故而照应“无奈”。两句一易一难正是夫妻情深的妙笔所在。

“且莫望归鞍，尽眼西山，人更西山外”是叮劝妻子莫再望之语。因为知道妻子每天在翘首“望归鞍”，更知她的望眼尽在西山方向，而自己却在被西山挡去视线的更远处羁留，无法归去，让妻子天天经受着望难归的煎熬，于照应“同心双罗带”间，更把“无奈”二字掘深一层。此处化用欧阳修《踏莎行》“平芜尽处是春山，行人更在春山外”之典句于无痕，将两地相思之愁表达得深切而细腻、形象。

托意于物和巧用典故是词中最为精微之处。言羁身孤馆时，借只有青灯相对言之；写思念之情，用梦聚醒别表达；谓伉俪情深，“双罗带”一语尽得；道夫妻不得聚首，谓比解连环还难；描写望眼，却被可恨的西山阻隔。短短的五十二个字中，运用了如许的物事，使内涵显得十分丰富。而如上种种，正是表达着词人厌倦史馆工作这一主题的，曲径通幽的表现手法，使词境显得深远无尽，读来甚有余韵之妙。

太常引

官街①杨柳絮飞忙，鞍马送年芳。诗兴更教狂。算能醉，花前几场？　满城桃李，一枝香雪②，不属富家郎。风雨没商量，快来与、梨花洗妆③。

【注释】

①“官街”：都市中的大街。②“香雪”：指梨花。③“梨花洗妆”：《唐余录》载：“洛阳人家，梨花开时，多携酒树下，曰为梨花洗妆。”

【赏析】

这首《太常引》当作于词人权国史院编修时。

“官街杨柳絮飞忙，鞍马送年芳。”首句言地点，言物事，显季节。“飞”字”动感极强，“忙”字赋予人的性格，更以人的心态观物，自然引向写人。次句中，“鞍马”寓辛劳不息，“年芳”三关；一谓人之轻壮，二谓岁逢阳春，三与杨柳照应。“送”字置于“鞍马”

之后，极具岁月匆匆之感。

“诗兴更教狂”之句，在“忙”的基础上更递深一层，“狂”字极写心态，把词人爱春、惜春，急欲挽春和赋诗赞春之情表露得爽朗、雄放。

“算能醉，花前几场”二句为前意的补充，谓春光之易逝。“算”字灵妙，“醉”字灵动，“几场”灵悟，把词人的心境刻画得灵异无比。

下阕接“花前几场”而状写汴京春色。

“满城桃李，一枝香雪，不属富家郎。”“满城桃李”谓纷繁争艳闹春光，“一枝香雪”言梨花初绽，不甘后人。桃红柳绿梨花白，色彩互映，妆满春色，竭尽笔力将“诗兴更教狂”补写得扎扎实实。“不属富家郎”又是一个奇句：高马豪舍属于富贵之家，而满城桃李、一枝香雪，没有一处是专为富家郎开放的，从而将百姓亦有的情趣掘写得有骨有致，耐人寻味。

“风雨没商量，快来与、梨花洗妆”言唤人共来赏春。前句特别举出风雨摧春的无情，“没商量”三字诙谐生趣。结句融民间习俗，接“一枝香雪”，更以“快来与”催唤，把惜春之情表达得生动活跳。因为用事巧妙，一幅争相呼唤、梨下同醉的聚乐画面仿佛就在眼前。

这首词语言活跳而蕴含丰富，用事巧妙而了无痕迹，画面中动感十足，词意上兴致极高，满纸充溢着爽朗而流美的韵致。

西江月

悬玉①微风度曲②，熏炉③熟水④留香。相思夜夜郁金堂⑤，两点春山⑥枕上。　杨柳宜春别院⑦，杏花宋玉邻墙⑧。天涯春色断人肠，更是高城晚望。

【注释】

①“悬玉”：即“悬磬”，古代乐器，用石或玉雕成，悬于架上，击之而鸣。周代时，常有十几个大小相次成组的编磬。②“度曲”：按曲谱行歌的音乐。③“熏炉”：古时用来熏香和取暖的炉子。④“熟水”：一

种饮料。《事林广记》载:“夏日,凡造熟水,先倾百煎滚汤于瓶器内,然后将所用之物投入,密封瓶口则香倍矣。”⑤“郁金堂”:美称女子芳香高雅的居室。⑥“春山”:指春日之山容,因其色如黛,常比喻妇女之眉。⑦“宜春别院”:宜春院为宫院名,唐时歌妓入宫,居宜春院。加一“别”字,则谓同于宜春之别处院落。⑧“宋玉邻墙”:宋玉《登徒子好色赋》谓东邻之美女。详见《梅花引》[墙头红杏粉光匀]“宋东邻”注。

【赏析】

这首词作于金哀宗正大二年春,其时,词人在汴京国史院。

“悬玉微风度曲,熏炉熟水留香。”微风吹拂,悬磬摇曳,发出阵阵悦耳的声音,有如乐师在按曲行歌一般。此二句以高雅的情调描绘了一位女子极为雅致的居室氛围,未言容貌,已知甚为静雅,佳丽。

“相思夜夜郁金堂,两点春山枕上”二句揭示主题,谓思妇盼君郎。“郁金堂”用得极佳:即使是高雅舒适的室居她也毫不在心,只把郎君放心上而“相思夜夜”。“两点”泪落“枕上”,使那魂牵梦萦的情状显得异常逼真,细腻。

下阕转写男子思妇。

“杨柳宜春别院,杏花宋玉邻墙。”“杨柳”“杏花”都是春天极为美好的物事,然而一在“别院”,一在“邻墙”,与自已扯不上边,从而兴起下文的悲叹。

“天涯春色断人肠,更是高城晚望。”自己的娇妻却远在天边,归聚无望,于是自然地生发出“天涯春色断人肠”来,遥念时只能登上“高城晚望”的慨叹。“晚望”二字用得极妙:一者应照了妻子的“相思夜夜”和“春山枕上”,二者暗点回不去的原因,即日间公事繁杂,第三是将其“望”特定于视野模糊的晚上,从而把归期渺茫隐含于内,唏嘘不尽。

托意于物、以美衬忧是这首词的特点。词中的伉俪相思,即是词人史馆羁绊、难得归家的托意。

鹊桥仙　同钦叔、钦用赋梅[①]

孤根渐暖，芳魂[②]乍返，待吐檀心[③]又懒。未先拈出一枝香，算只是，司花会拣[④]。　情缘未断，韶华[⑤]易减，早去寻芳已晚。东风容易[⑥]莫吹残。暂留与，何郎[⑦]慰眼。

【注释】

①“钦叔”：李献能，字钦叔，贞祐三年进士，翰林修撰。权右司郎中时，值军变遇害。“钦用”：李献甫，字钦用，李献能从弟。兴定五年进士，六部员外郎，以功迁镇南军节度副使。死于蔡州之难。②“芳魂”：花魂。③“檀心”：浅红色的花心。④“司花会拣”：花神善选拔。司花：司花之神。⑤“韶华”：青春年华。此处喻花期。⑥“容易”：轻易，轻率。⑦“何郎”：南朝时的何逊。《梁书·何逊传》：“逊为扬州法曹，公廨有梅一株，逊常赋诗其下。后居洛，思梅花不得，请再任扬州。至日，花盛开，逊于东阁延诸名士醉赏之。”留有《咏早梅》诗：“兔园标物序，惊时最是梅。衔霜当路发，映雪拟寒开。枝横却月观，花绕凌风台。朝洒长门泣，夕驻临邛杯。应知早飘落，故逐上春来。”这首咏梅名诗，对后世影响很大。

【赏析】

这首《鹊桥仙》作于词人任国史院编修之次年，即金哀宗正大二年初春。其时，钦叔、钦用兄弟同在汴京。

“孤根渐暖，芳魂乍返，待吐檀心又懒。”启篇三句，写天渐暖，梅渐醒，花待开未开，言香言色言孤高，赋以人的性情，极富爱怜之意。

“未先拈出一枝香，算只是，司花会拣。”语接“待吐又懒”而绽出“一枝香”，写花序蕴期待之情，“拈”字与“一枝”配搭，言尽先占春光之妙。“算只是，司花会拣”又将占早春之力归功于司花之神，谓其不让别的花先绽，只将第一留与梅枝，把梅之特具的风韵拟写得有神有致。

下阕换位拟写与梅的情缘。

“缘未断，韶华易减，早去寻芳已晚。”谓词人与梅花的特殊之缘：当梅“一枝香”的时候便去寻芳了，尽管如是，还是嫌晚，字里行间饱含着爱梅之深，恨春之短，“减”与“晚”中，体现的却是情之绵长。

“东风容易莫吹残，暂留与，何郎慰眼。”此三句转求东风，进一步将爱梅、惜梅之情外化。“暂留与，何郎慰眼”句巧用典故：何逊因为爱梅，日夕守梅赋诗，甚至求调官任，只为一梅；自己亦因爱梅而守在株旁，嗔其“檀心懒”，盼出“一枝香”，也将情愫赋梅诗。两位痴心人，一树梅花咏。同时，结句还在于照应题下注中的钦叔钦用：我心亦彼心，同是何家郎，从而收到回题得法，首尾圆合的效果。

这首词拈词精微，拟人含情，用典自然无痕，让人读来悦目而赏心，甚有同化之感。

鹧鸪天　效东坡体[①]

煮酒青梅[②]入座新，姚家池馆宋家邻[③]。楼中燕子能留客，陌上[④]杨花也笑人。　梁苑月，洛阳尘，少年难得是闲身[⑤]。殷勤[⑥]昨夜三更雨，乘醉东城一日春。

【注释】

①“效东坡体”：词中有移用苏轼诗句数处，故称。②“煮酒青梅”：烫饮青梅之果酿的酒。③“姚家”句：指汴京的两处乐府家。宋家邻：用“宋东邻”典，详见《梅花引》[墙头红杏粉光匀]“宋东邻”注。④“陌上”：路边。⑤“梁苑月”三句，指词人青年时期汴京应试和避兵南渡之事。梁苑：即梁园，在汴京，是西汉梁孝王的园囿，又名兔园。该园楼阁池塘，连缀绵延数十里。此处代指汴京。⑥“殷勤”：情意深厚。

【赏析】

这首《鹧鸪天》作于金哀宗正大二年春，其时，词人在国史院。

“煮酒青梅入座新，姚家池馆宋家邻。”入笔二句倒装，写文友们在姚家、宋家饮酒赏歌。更以新酿出的青梅酒入座，平添了许多酒兴。首句融苏东坡《赠岭上梅》中的“不趁青梅尝煮酒，要看细雨熟黄梅”句，言为“效”却是反其意用之。

“楼中燕子能留客，陌上杨花也笑人”二句，言姚家、宋家歌酒殷勤，竭诚待客的情状。然而不直接写，而是用“燕子留客”“杨花笑人”之侧笔，将主人之热情、客人之欢欣、上下内外一派和乐的氛围渲染得十分得体。

“梁苑月，洛阳尘，少年难得是闲身”三句，接上阕之闲情逸致，回顾自己从二十六岁即在汴京逗留、二十七岁避兵河南后，频足于洛西、汴京，又秋试必赴，此间无不风尘仆仆、要事在身，故而说“少年难得是闲身”，与当下之情致形成鲜明的对照。

“殷勤昨夜三更雨，乘醉东城一日春”二句，又由“燕子留客”“杨花”捧场后，再添入天公作美，把东城竟日之乐渲染得温婉蕴藉。“殷情昨夜三更雨”是援用苏东坡的成句，然而，苏之《鹧鸪天》[林断山明竹隐墙]中的“殷勤昨夜三更雨，又得浮生一日凉”，潜意是天公的甘霖慰藉了他被贬黄州后心头的郁结，隐现着内心的不平和愤懑。本处引来，又是反其意而用之了。

这首词欲写歌乐饮宴之趣，援借了许多外物作陪衬，又回顾少年难得是闲身，把诗友们的逸性表现得甚为逼真，活跳，耐人咀味。

虞美人

花心①苦被春摇荡，粉艳娇相向。隔帘微雨送幽香②。未羡寒梅，疏影月昏黄③。　芳温④一念何时忘，笑了还惆怅。无端闻近宋东墙⑤。真个晓人⑥，情思断人肠。

【注释】

①“花心”：即花蕊。②“幽香”：清淡的香气。③“疏影”句：宋林逋《山园小梅》：“疏影横斜水清浅，暗香浮动月黄昏。”疏影：物影稀疏，暗淡模糊。④“芳温”：芳香柔和。⑤“宋东墙”：指乐府女宋宜，并用“宋东邻”典，详见《梅花引》[墙头红杏粉光匀]“宋东邻”注。⑥“真个晓人”：确是敏感多情的人。个：

助词,无实义。韩愈《盆池》诗:“老翁真个似童儿,汲水埋盆作小池。”

【赏析】

这首《虞美人》作于金哀宗正大二年春,其时,词人在汴京国史院。

“花心苦被春摇荡,粉艳娇相向”二句,描写初绽春花在春风吹拂下芳枝摇曳、花朵相互争艳的画面。“苦”字非苦,意在微风不断,不得不动;“娇”字真娇,显着斗艳争奇的心态。拟人手法写花,赋予娇美迷人的风姿。

“隔帘微雨送幽香”句,出现了赏花人:人在帘屋中,花“送”香至,人品芬芳。“微雨”揳入,有意无意地平添了另一番春趣。

“未羡寒梅,疏影月昏黄”出得很有意思,宋代林逋的“疏影横斜水清浅,暗香浮动月黄昏”,本已写尽了梅花的神韵和与月光相映之趣,成为咏梅的千古名句。此处却用“未羡”二字轻之,一谓其环境偏寒,不及微雨春温;二谓其枝干偏疏,不及丛花相向;三谓其月下昏黄暗淡,比不得此花粉艳。“未羡”二字,有花的自信,亦有帘内人的偏爱。

上阕着意描写春芳之迷人,为下阕赏花人的内心世界作出扎实的铺垫。

“芳温一念何时忘,笑了还惆怅。”转写赏花人的内心世界,更把上阕中花的寓意揭示开来,也即对钟情人的难忘之情。“笑了”谓与之相会时和初别后的心情,“惆怅”言别久时念念于怀的失落。

“无端闻近宋东墙”意接前意,更把女子之美、男子之下意识地欲去再访揭示得非常细腻。

“真个晓人、情思断人肠。”结句把陷入情网的男子神魂颠倒、迷恋难禁的状态描绘得深细入微。“断人肠”三字语断意缠绵,收到远意不止的艺术效果。

这首《虞美人》,上阕写花时,“春摇荡”“娇相向”“送幽香”,已经暗蕴了思春少女的微妙心理。下阕写男子迷恋之情,则显得泼辣直率,毫不掩饰。二者描写手法各异,深合青年男女的性格特征。

鹧鸪天

隆德故宫，同希颜、钦叔、知己诸人赋[1]

临锦堂[2]前春水波，兰皋亭[2]下落梅多。三山宫阙[3]空瀛海，万里风埃暗绮罗[4]。　云子酒[5]，雪儿歌[6]，留连风月共婆娑[7]。人间更有伤心处，奈得刘伶[8]醉后何。

【注释】

①“隆德宫”：即龙德宫，在汴京（今河南开封）。五代梁末帝朱友贞所建，梁亡后改名“隆德”。“希颜、钦叔”：见《水调歌头》［云山有宫阙］注。“知己”：麻九畴，字知己，莫州（今河北任丘县）人，幼年称神童。正大初（1224），侯挚、赵秉文荐，特赐进士第，累官应奉翰林文字。②“临锦堂、兰皋亭”：均为隆德故宫的建筑物。③“三山宫阙”：形容如同海上三仙山般的宫苑。④“绮罗”：华贵的丝织品或丝绸衣服。此处借指靡丽的宫廷生活。⑤“云子酒”：当时的一种名酒。云子：传说中神仙服食之物。⑥“雪儿歌”：本指唐代李密的爱姬雪儿所叶音律而唱的歌，后泛指家伎的乐曲。⑦“婆娑”：淹留。⑧“刘伶”：晋沛国人，竹林七贤之一。放情肆志，性尤好酒。著有《酒德颂》。

【赏析】

这首词作于金哀宗正大二年春同钦叔等人游隆德宫时。词人因隆德宫昔日豪华而今日暗淡，有感而发。

“临锦堂前春水波，兰皋亭下落梅多。”起始二句以游足为线索，选取了两处典型景物予以述说。“春水波”言池波粼粼，尚有初春雅意，“落梅多”却雅物凋落，暗隐了隆德宫由盛况转没落的史实，词意也由此而急转直下。

“三山宫阙空瀛海，万里风埃暗绮罗”二句，意为当年有如海上三仙山般的隆德宫，今日却黯然无色，空留佳名，往日宫廷的靡丽，也被历史的风烟吹得无影无踪。此二句一喻政权，一谓华奢，都被“空”“暗”二字冲得淡然无存。

下阕转写游友的感喟。

“云子酒,雪儿歌,留连风月共婆娑”三句,言隆德宫的主人虽已远去,眼前仿佛还有当日歌酒旖旎的影子在晃荡,在“留连风月共婆娑”而不忍离去。这几句以幻笔作感喟,慨叹历史,慨叹朝改代换,慨叹由此而带来的血腥、灾难。

“人间更有伤心处,奈得刘伶醉后何”二句,更将潜意挑明,言当下的蒙古兵屡侵屡犯,金国的命运又何尝不令人“伤心”?一想到此处,便发出沉痛的感慨:“奈得刘伶醉后何。”意为众人皆醉,不知更有伤人之事了。结末之句正话反说,把词人忧国忧民的情感表达得极为深切。

这首词以游隆德宫而怀古为题,表达的却是“人间更有伤心处”的忧今主题,语言清丽,情感却十分沉重,二者又融合得十分自然。

浪淘沙　为烟中树作

杨柳日三眠,桃李争妍。千金谁许占芳年?买得闲愁[1]无著处,却恨春偏。　流水武陵源[2],梦引愁牵。东风归兴燕翩翩。试问西窗前夜月,几度婵娟?[3]

【注释】

①“闲愁”:无端或无谓的忧愁。②“武陵源”:桃花源。东晋陶渊明虚构的理想世界。③“试问”二句:化用苏轼《水调歌头》[明月几时有]词句。

【赏析】

根据“流水武陵源,梦引愁牵”和“东风归兴燕翩翩”句,知这首词作于金哀宗正大二年春,其时,词人在国史院任编修。

“杨柳日三眠,桃李争妍。”启篇二句即着“烟中树”写早春的景象。“日三眠”谓杨柳未吐绿,依然早午晚眠睡;“桃李争妍”则与之形成鲜明的对比。“争妍”为文人常用之语,而“日三眠”却显着新奇之感。前二句写景,只截取春色之片断,其意在引出下面的感发。

“千金谁许占芳年？买得闲愁无著处，却恨春偏。”此三句于反问间凸显出词人欲以千金“占芳年”的意向，把惜春之情占得满满，隐隐间在谓史馆留滞只会消耗芳年。因而又接着写道，在史院的日子里，买来的只是“闲愁”，“无著处”即是无法挣脱浪费春光的羁绊。“却恨春偏”，意为春光不我与，一个“恨”字，将所有的烦恼尽皆囊含。

“流水武陵源，梦引愁牵。东风归兴燕翩翩”三句，接上阕“闲愁无著处”而欲“著”之于“武陵源”。词人心目中的“武陵源”即是大美的嵩山。“梦引”是急欲归去，“愁牵”是不得归去。愈是不得归，愈是“燕翩翩”，从而把一个“愁”字写得神致俱佳。

“试问西窗前夜月，几度婵娟”把“梦引愁牵”进一步外化出来。苏轼的《水调歌头》中说窗前夜月“转朱阁，低绮户，照无眠”“但愿人长久，千里共婵娟”。此处的词人却不欲千里与共，而是急欲归去，故而问之：我困居史馆，已经“几度婵娟”了？同是问月；却有同曲不同工之妙。

这首《浪淘沙》的启笔写景，无意于铺展，只是以之引发春之短暂、自己耗不起时光浪费的感慨，故而反复铺陈的是“千金占芳年”“却恨春偏”和“几度婵娟”的意向，一种急欲摆脱羁绊的心情鼓荡于内，渲泄于外。虽言“归兴燕翩翩”，那番积极用世的情怀却是掩之不住的。

回过头来再看题注中的“为烟中树作”，烟中树象征的即是词人自己。该杨柳之“日三眠”，个中正酝酿着郁勃的生机，这与词人的心志相似；尚未枝荣之际即被烟岚掩蔽，这更与词人怀才难伸的境遇相同。因此说，托意于物亦是本篇的显著特点。

临江仙　与钦叔饮二首

其　一

邂逅[①]一尊文字饮[②]，春风为洗愁颜。花枝入鬓笑诗斑。登临千古意，天淡夕阳闲。　南去北来行老矣，人生茅屋三间[③]。何人得似谢东山[④]。紫箫明月底，高竹倚风鬟[⑤]。

【注释】

①“邂逅”：不期而会。②“文字饮”：文友会饮。③“茅屋三间”：《世说新语·赏誉》载：“蔡司徒在洛，见陆机兄弟在参佐廨中（部下官舍中），三间瓦屋，士龙（陆云）住东头，士衡（陆机）住西头。士龙为人文弱可爱，士衡长七尺余，声作钟声，言多忼慨（激昂）。”④“谢东山”：即谢安。《晋书·谢安传》：“（谢安）寓居会稽，与王羲之及高阳许询、桑门支遁游处，出则渔弋山水，入则言咏属文。虽受朝寄，然东山之志始末不沦，每形于言色。”⑤“鬟”：古代妇女的环形发髻。《晋书·谢安传》：“安虽放情丘壑，然每游赏，必以妓女从。”

【赏析】

“邂逅一尊文字饮，春风为洗愁颜，花枝入鬟笑诗斑。”启篇三句，先谓此次相会而饮未曾有约，然而“文字饮”却追溯到南渡以来频频聚饮。接写今次又聚：言愁意萦怀，言春风慰藉。“洗”字拟人通感并用，境界愈深。“花枝入鬟笑诗斑”言两人对看，皱纹接双鬟，老斑因诗添，比喻、移接添生趣。“笑”字自侃，大有李白嘲杜甫之趣（《戏赠杜甫》“借问别来太瘦生，总为从前作诗苦”）。

“登临千古意，天淡夕阳闲。”写登酒楼而饮时，闪入唐人陈子昂“念天地之悠悠，独怆然而涕下”的诗句，“千古意”袭来，顿使仰天而望：“天淡夕阳闲”——还是归去好，没有官场之忧，只有夕照人闲，辞馆归山之意再次坚定。

“南去北来行老矣，人生茅屋三间。何人得似谢东山。”前句之“行”即“行将”之简约，谓自己半生奔劳人将老至。次句借陆机、陆云之典，表达从此愿与钦叔长居“茅屋三间”，终日饮咏自乐，应上阕中的“天淡夕阳闲”，谓哪怕再添“诗斑”。想到此处，词人不觉忐忑起来；自己上呈辞馆之疏不知能否得到批准？“何人得似谢东山”之虑便自然袭上心头。“谢东山”这个典故用得很有深意，从字面看，尔隐东山，我隐西山（嵩山），相映成趣；从志向看，尔隐非真隐，是等待时机出山，为东晋政权一展雄才，我隐亦何曾是忘国，只是史馆之职在空耗自己的生命而已；同时，以谢东山例作比，一种自信之力也隐然有之。

“紫箫明月底，高竹倚风鬟”二句，在借谢东山明志之后，快意放怀：“紫箫明月”，以悠悠之声和澹澹之光烘衬已经爽朗的心情；“高竹风鬟” 用谢安之风度抒发高怀远志。高蹈之势收结全篇,产生出旨趣弥永的效果。

这首词名为“与钦叔饮”,实则以之为引发点来抒发自己的胸中之郁。然而,其“愁”只在一闪之中即被春风“洗”去,随后词境愈转愈高,最后明快收笔,体现了词人前半生的驰骋之志和创作风格。

其　二

明月清风无尽藏①,平生老子南楼②。阎闾③谈笑说封侯④。谁能知许事,一笑去来休⑤。　旧见辋川图画⑥里,十年辜负欢游。百金早晚得菟裘⑦。与君成二老,来往亦风流。

【注释】

①“明月句”:苏轼《前赤壁赋》:“且夫天地之间,物各有主,苟非吾之所有,虽一毫而莫取。惟江上之清风,与山间之明月,耳得之而为声,目遇之而成色。取之无禁,用之不竭,是造物主之无尽藏也。”②“老子南楼”:《世说新语·容止》载:“庾太尉(庾亮)在武昌,秋夜气佳景清,使吏(僚属)殷浩、王胡之之徒登南楼理咏(咏唱诗歌)。音调始遒,闻函道中有屐声甚厉,定是庾公。俄而率左右十许人步来,诸贤欲起避之。公徐云:‘诸君少住,老子于此处兴复不浅。’因便据胡床,与诸人咏谑,竟坐(满座)甚得任乐。”老子:老人自称。③“阎闾”:里巷,此处指乡里。④“说封侯”:讲说封侯的有趣故事。如常受人辱的翟方进,相者说他有“封侯骨”,班超投笔从戎而万里封侯等事。⑤“去来休”:去来:佛家语,指过去与未来。休:语气词,用在句尾,相当于“吧”“了”。⑥“辋川图画”:指王维的“辋川图”。唐朱景玄《唐朝名画录》:“王维……辋川图,山谷郁盘,云飞水动,意出尘外,怪生笔端。”后用以比喻优秀山水画或喻美景。⑦“菟裘”:地名,在今山东泰安东,喻退隐所居之处。详见《木兰花慢》[流年春梦过]注⑧。

【赏析】

这首是“与钦叔饮二首”之二。

“明月清风无尽藏,平生老子南楼。”二句的意思是:明月和清风是大自然赐予我们无穷无尽的宝藏,我平生最喜欢的就是游赏山川美景和登高赋诗。二句二典,各用其妙，于最简约的文字中，含蕴了丰富的内涵和令人玩味的诗境。

“阎闾谈笑说封侯。谁能知许事，一笑去来休。”“阎闾”句缘前二句而写乡里间与淳朴的农夫无间相融的意趣，“谈笑”二字趣味横生，“说封侯”举谈笑之例，言云谈海聊之趣，引出词人及乡民对之的评论：“谁能知许事，一笑去来休”将乡民的淳朴无争、自己之顺应自然的思想表达得浅近而精微，发人深思。

“旧见辋川图画里，十年辜负欢游”接山居“无尽藏”而转入反思。王维的辋川图画极尽山林之美，又意出尘外，这正是词人最为向往之处，然而十年奔波之后，却困居于无聊的史馆之中，因而“辜负欢游”之语便脱口而出，

“百金早晚得菟裘。”在前意的铺述后，此句也就顺意而生。“菟裘”本为退隐的理想之地，词人却转意为最美的衣服而不惜“百金”而得之，这个“百金”也即词人对辞馆一事的坚执与努力。

“与君成二老，来往亦风流”。结尾二句接“早晚得菟裘”而憧憬西归嵩山后的惬怀状况。“与君成二老”指词人与钦叔“二老”，既应首句，又应前题，并引下句与之“来往亦风流”，将山中潇洒描绘得极为形象可感，同时回应首句，圆满收篇。

这首词大量地用事融典，且熔铸天然，使极为丰富的内容表达于轻松疏快之中，于融古入今中充溢着厚重博大的文学涵养。

鹧鸪天　与钦叔、京甫市饮[①]

楼上歌呼倒接䍦[②]，楼前分手却相携。雨前雨后花枝减，州北州南酒价低。　怜木雁[③]，笑醯鸡[④]，鹤长凫短[⑤]几时齐？醒来门外三竿日，卧听春泥过马蹄。

【注释】

①“钦叔”：李献能，字钦叔。见《水调歌头》[云山有宫阙]注。京甫：冀禹锡，字京父，龙山人，崇庆二年（1213）进士，有吏能，金哀宗时擢为应奉翰林文字。官奴之变，家人劝京父羸服免祸，不从，自投

水中。②“倒接篱”:用“山公醉”典。《世说新语·任诞》:山季伦(山简)为荆州,时出酣畅。人为之歌曰:“山公时一醉,径造高阳地。日莫(暮)倒载归,酩酊无所知。复能乘骏马,倒著白接篱。举手问葛强,何如并州儿?”接篱:古代的一种帽子。③“木雁”:《庄子·山木》篇里说:庄子在山里看见一棵大树,伐木的人说是废材,不去砍伐。后来到了一个朋友家,主人有两只鹅,杀了不会叫的一只以待客。于是庄子的弟子问,昨天的树木因为不成材保全了性命,今天的鹅却因无才送了性命,先生以为有才好还是无才好?庄子笑道:“周(庄周)将处夫材与不材之间。”后以“木雁”比喻有才与无才之间。怜:同情。雁:指鹅。④“醯鸡”:小虫名,即蠛蠓。古人误以为酒醋上的白霉变成,故名。也用以形容细小。醯:醋。⑤“鹤长凫短”:《庄子·骈拇》:“长者不为有余,短者不为不足。是故凫胫虽短,续之则忧;鹤胫虽长,断之则悲。故性长非所断,性短非所续,无所去忧也。”凫:野鸭。

【赏析】

这首《鹧鸪天》作于金哀宗正大二年春,其时词人在国史院。

“楼上歌呼倒接篱,楼前分手却相携。”首句紧扣“市饮”二字,描写聚饮时的酣状:“歌呼”谓饮中狂豪,“倒接”谓饮后醉态,声形俱妙。次句写饮罢告别,“分手却相携”极为形象,既显醉态可掬,更谓友情至深,把三人的交谊体现得甚是深婉。“楼上、楼前”又将二句紧衔一起,方位妙用,将述事简约到最佳处。

“雨前雨后花枝减,州北州南酒价低”二句亦妙。一妙在语言明快,节奏感特强,读来甚觉酣畅流美。二妙在含蕴了三友聚饮时酒楼的选择和饮酒的缘由:“雨前雨后花枝减”中,只言雨后“花枝减”,省却雨前之花枝繁,把春归春去之短暂、惜春惜时之心态表达得甚是精微;“州北州南酒价低”只言“酒价低”处,舍去价高酒家,潜在中亦含有薪微之意。二句补述,生趣盎然。

下阕转入议论抒怀。

“怜木雁,笑醯鸡,鹤长凫短几时齐”三句,先举“木雁”“醯鸡”之例,喻人之才能有不同,地位有区别。“怜”与“笑”间,意在托物自嘲。“鹤长凫短几时齐”以反问的口吻肯定世间万物各有所长,巧应“怜、笑”二字之余,还有调侃之意,从而照应上阕之“歌呼倒接篱”和“分手却相携”,自然引向结句的抒怀:

“醒来门外三竿日,卧听春泥过马蹄”二句写醉后:“醒来三竿日”知一夜沉醉,“卧听春泥过马蹄”言余人匆匆奔忙,独我卧赏“春泥”,其醉后之回味、感春之情趣,更可独步，一腔自信、自豪之气弥荡不绝。

这是一首快词，场面描写之快、声情抒发之快、语言酣畅之快，都能使读者产生快意淋漓的感觉。

永遇乐

梦中有以王正之[①]乐府相示者。予但记其末云："莫嫌满镜，星星白发，中有利名千丈。待明朝、有酒如川，自歌自放。"然正之未曾有此作也。明日以示友人希颜、钦叔，谓可作《永遇乐》补成之。因为赋此。二公亦曾同作。

绝壁孤云，冷泉高竹，茅舍相望。留滞三年，相思千里，归梦风烟上[②]。天公老大[③]，依然儿戏，困我世间羁靮[④]。此身似、扁舟一叶，浩浩拍天风浪。

中台黄散[⑤]，官仓红腐[⑥]，换得尘容俗状。枕上哦诗，梦中得句，笑了还惆怅。可怜满镜，星星白发[⑦]，中有利名千丈。问何时、有酒如川，自歌自放[⑧]。

【注释】

①"王正之"：王特起，字正之，代州崞县（今山西原平市）人。泰和三年（1203）四十余岁登进士，官至司竹监使。智识精深，好学善议，音乐技艺无所不能，长于词赋。②"风烟上"：指隔绝尘世的山水间。③"天公老大"：天公老大不小了。天公：天帝。④"羁靮"：马的笼头和勒带。此处喻人的束缚。⑤"中台黄散"：泛指朝中官员。中台：古以三台（星名）喻三公，因以中台指高官。黄散：黄门侍郎与散骑常侍的合称，同为门下省官员。⑥"官仓红腐"：入仓陈久已呈红色的败米。史称汉代文景之治时，太仓之粟储积过多，至武帝时已红腐不可食。⑦"星星白发"：指白发夹杂于黑发之中，形容人渐渐华发苍老。⑧"放"：放情饮酒。

【赏析】

这首《永遇乐》作于词人金哀宗正大二年在国史院任职时。

"绝壁孤云，冷泉高竹，茅舍相望。"启篇三句，上写嵩山峭壁巍巍、云朵飘荡，中写泉水泠泠、竹丛挺秀，下写茅屋远近，居处闲适。高下有致，景色幽雅，煞是一幅人间仙境图，为下文作出有力的铺垫。

“留滞三年，相思千里，归梦风烟上”三句则从汴京史馆着笔，“三年”虽短觉其长，“千里”不足作夸张；“留滞、相思、归梦”又构成一条幽思链；“风烟上”照应前三句，于两相比照中流出还归嵩山的强烈愿望。

“天公老大，依然儿戏，困我世间羁鞅。”前两句诙谐戏谑，第三句庄严沉重，把词人坎坷的命运，以及史馆工作的不适意表达得十分沉婉。

“此身似、扁舟一叶，浩浩拍天风浪”二句专谓自己在官场中的状况：人如扁舟一叶，面临官场巨浪，自己稍有不慎便有被浊势力吞噬的危险。“扁舟”漂浮，“风浪”拍天，对比写来惊悸有力，为“归梦”嵩山再加一码。

“中台黄散，官仓红腐，换得尘容俗状”三句回顾在史馆中的供职状况：“中台黄散”偏义于“黄散”般的下属小吏，“官仓红腐”，偏义于“红腐”般的微奉，“尘容俗状”则谓自己为了升斗微官而显得尘俗染身。三义合来，满是得不偿失的懊悔。

“枕上哦诗，梦中得句，笑了还惆怅”三句，回述梦中有乐府之事。虽是王正之之句，实际上正如人常说“日有所思，夜有所梦”，特别是词人这般顶尖造诣的词人，于思归情切的梦中，自会下意识地吟出佳句。因而词人先是觉得此事可作笑谈而置之，又一想所成天句确是自己胸中的块磊，不由地笑后“还惆怅”，从而把幻与真完全地融为一体。

“可怜满镜，星星白发，中有利名千丈”三句，缘于梦中得句，出得却很新奇：人们常以镜中白发，或叹蹉跎岁月，或叹人生老至，此处却说这“星星白发”蕴含着“名利千丈”，从而把自己四方应试、进士及第、宏词高中和史馆任职统统作了否定，使“可怜”二字尽得深意。

“问何时、有酒如川，自歌自放”再融梦中得句，只将“待明朝”改为“问何时”，把急切辞去史馆、回归山林和放浪诗酒的情怀表露得十分自然、得体，更将“自歌自放”与“世间羁鞅”“扁舟一叶”形成强烈的反差，达到主题骤升的艺术效果。

这首词以补实梦中得句为起由，以嵩山佳境作启笔，回顾了羁身官场的苦闷，理清了“利名千丈”之不值，抒发出对隐逸生活的强烈向往。构思精巧，词句警策，具有其人生历程中的典型意义。

促拍丑奴儿　学闲闲公体[1]

朝镜惜蹉跎。一年年、来日无多。无情六合[2]乾坤里，颠鸾倒凤[3]，撑霆裂月[4]，直被消磨。　世事饱经过。算都输、畅饮高歌。天公不禁人间酒，良辰美景，赏心乐事，不醉如何？

【注释】

①"闲闲公"：赵秉文，字周臣，号闲闲居士，磁州滏阳（今河北磁县）人。大定二十五年（1185）进士，官至礼部尚书，与杨云翼代掌文柄，时号"赵杨"。学闲闲公体：指的是学赵秉文《青杏儿》[风雨替花愁]词之作。②"六合"：天地与四方。③"颠鸾倒凤"：指世事间是非颠倒，人心混乱。④"撑霆裂月"：形容声气惊人。

【赏析】

这首词作于在汴京国史院期间，表达了词人壮志难酬、岁月蹉跎的感慨。

"朝镜惜蹉跎。一年年、来日无多。"词人早晨对镜，观到面容现苍的一瞬间，油然生发出时光飞逝而让人惊心的感慨，"来日无多"即"蹉跎"太多，将一个"惜"字表达得精确而令人惊色。

"无情六合乾坤里，颠鸾倒凤，撑霆裂月，直被消磨"几句，叙出自己学业期满、满怀抱负而步入社会时，却被可恶的战争、多弊的科举制度和暗淡的官场耗去了许多宝贵的时间。"颠鸾倒凤"谓"六合乾坤"之混乱不堪，"撑霆裂月"形容"无情"到惊世骇人的地步，词语警策、凝炼，涵盖廓大、深微，极显了词人无比的愤怀。

"世事饱经过。算都输、畅饮高歌。""世事"句承"颠鸾倒凤"，转下阕之言怀。"算都输"伸展"饱经过"，谓一事无成。"输"字甚好，一谓前之拼搏都付流水，二谓诸般努力均不及"畅饮高歌"，字面看"输"得心服口服，隐隐间却是满腹怅恨。

"天公不禁人间酒，良辰美景，赏心乐事，不醉如何？"此四句包含了许多意象："天公”句承接“畅饮高歌”，意甚潇洒，然而联系结句看，则含有许多幽愤。“良辰”二句，出自谢灵运，他在《拟魏太子邺中集诗序》中说：“良辰美景，赏心乐事，四者难并。”词人这里却接过来说：我却四者并俱了，“不醉如何？”也即怎能让我不醉呢？怡然自得，颇有豪兴。然而，联系全篇的内容看，结句的隐意是我“不醉”还能“如何”？使那份无奈、幽愤之情弥散不绝。

词人一生追求积极用世，有益于社稷，无愧于此身，但是在“无情六合乾坤里”“直被消磨”，“一年年”地蹉跎下去，他心急，他忧郁，只能借“畅饮高歌”来自慰自醉。然而，在这种“赏心乐事”中，他不但不忍输，反是一股激烈鼓荡的进取心情充溢词中，隐于酒后，充分体现着他的昂扬之气和阳刚精神。

附赵秉文《青杏儿》：“风雨替花愁。风雨罢，花也应休。劝君莫惜花前醉，今年花谢，明年花谢，白了人头。　乘兴两三瓯。拣溪山好处追游。但教有酒身无事，有花也好，无花也好，选甚春秋？”

青玉案　代赠钦叔所亲乐府郓生[①]

苎萝坊[②]里青骢[③]驻。爱鹦鹉，垂帘语。一捻娇春能几许？寒梅欲动，小桃初放，恰是关心处。　西城流水东城雨，绿叶成阴惯相误。只恐韶华[④]容易去。一声金缕[⑤]，一卮[⑥]芳酒，且为花枝住。

【注释】

①“乐府郓生”：歌乐场中钦叔所钟情的郓姓歌女。生：宋元时妓女之称。②“苎萝坊”：歌乐之所。苎萝：苎萝山，相传为西施的出生地。③“青骢”：青骢马，毛色黑白相间。此处代指钦叔。④“韶华”：美好的时光。⑤“金缕”：指《金缕衣》，曲调名。无名氏作，其词曰“劝君莫惜金缕衣，劝君须惜少年时。有花堪折直须折，莫待无花空折枝。”金缕衣：缕有金线的华贵衣服，比喻财富。⑥“卮”：古代的一种器皿，常用来盛酒。

【赏析】

《中州集》载:献能“年二十一以省元赐第,廷试第一人……在翰凡十年,出为鄜州(今陕西省富县)观察判官。”据此,知其出京在金哀宗正大二年,这首词也当作于是年。

“苎萝坊里青骢驻。爱鹦鹉,垂帘语。”首句中,坊是“苎萝”,马是“青骢”,把郓生所在的场所及钦叔的翩翩风姿烘衬得非常形象。次后两句又着笔于“帘”内,鹦哥弄羽,巧声仿舌,未见帘内人,已知娇艳无比。

“一捻娇春能几许?寒梅欲动,小桃初放,恰是关心处。”“一捻”句突然荡开,一捻即一把,谓春光短暂,兼有人的青春易逝,从而转谓:“寒梅欲动,小桃初放”,正是春萌的最佳时节,由此而告诉郓生这“恰是”钦叔之所极为“关心处”,同时点出此首词为代钦叔所赠之作。

“西城流水东城雨,绿叶成阴惯相误。只恐韶华容易去。”“西城”句,用互文手法道出初春时的特点,正如杜牧所言“绿叶成阴子满枝”。笔到此处,词人突然揳入“惯相误”三字,醍醐灌顶般地告诉郓生:多少人和事,不能随愿,而往往与愿相违,如果依学老样,“只恐韶华容易去”了。

“一声金缕,一卮芳酒,且为花枝住。”接着的这三句,缘《金缕衣》中“有花堪折直须折,莫待无花空折枝”之意,谓其把握年少,珍惜时光,莫再被“绿叶成阴”误却了。结句中的“花枝”,是指“苎萝坊”中郓生的青春,亦指钦叔的深情。词人的良苦用心可谓深矣。

郓生是钦叔极为关心的知己乐人,词人又是钦叔的好友,因此便代之赠词于郓生。行文中,把一片苦心寓之于美景与艳词之中,使其于极合心态的语境中受到启发,从而珍惜每一份深情。

定风波　三乡光武庙，怀故人刘公景玄[1]

熊耳东原汉故宫[2]，登临犹记往年同[3]。底事爱君诗句好？解道[4]，河山浮动酒杯中。　存没[5]悠悠三十载，谁会[6]？白头孤客坐书空[7]。黄土英雄何处在？须待，醉寻萧寺[8]哭春风。

【注释】

①“三乡”：在河南福昌县（今宜阳县）。“光武庙”：奉祀东汉光武帝刘秀的庙宇，位于今宜阳县三乡镇北汉山之巅。《光武庙记》：“建武三年，光武降赤眉于此。明帝即位，遂诏立庙。”“刘景玄”：名昂霄，字景玄，遗山先生挚友。详见《感皇恩》[金粉拂霓裳]注。②“熊耳”句：言光武庙的地理位置。熊耳东原：熊耳山东面的川原。福昌县在熊耳山之东，故名东原。汉故宫：即光武庙。③“登临”句：指忆起当年中秋与刘昂霄等诗友光武庙燕集赋诗之事。其时，诸友依“同”韵和诗，遗山诗有“美酒良辰邂逅同，赤眉城北汉王宫”句。刘昂霄诗为“积甲原头汉閟宫，登临还喜故人同。迢迢万里乾坤眼，凛凛千年草木风。今古消沉诗句里，河山浮动酒杯中。极知胜日须轰醉，更得银盘上海东。”④“解道”：能吟咏出。⑤“存没”：生与死。⑥“谁会”：谁能理解。⑦“白头”句：白头孤客：词人自指。书空：用“书空咄咄”典。《世说新语·黜免》载：殷浩为中军时，值姚襄反，殷浩遣将击姚，军败，被废为庶人。“在信安终日恒书空（手指在空中虚划）作字。扬州吏民寻义逐（追随）之，窃视唯作‘咄咄怪事’四字而已。”⑧“萧寺”：佛寺。李贺《马诗》：“萧寺驮经马，元从竺国来。”王琦汇解：“《释氏要览》：‘今多称僧居为萧寺者，是用梁武造寺，以姓为题也。’”

【赏析】

遗山先生《刘景玄墓铭》：“正大乙酉夏，予自京师来，哭其墓。”据此，知这首词作于正大二年夏，其时词人仍就职于汴京国史院。

“熊耳东原汉故宫，登临犹记往年同。”因是悼念性的词作，启篇即紧扣副题，言方位，言地点，言登陟，引出对光武庙欢聚赋诗的回忆。“同”字谓当年中秋佳节之会犹在眼前，又巧寓叶“同”韵赋诗之盛况，同时也引出对刘诗的评价。

“底事爱君诗句好？解道，河山浮动酒杯中”三句，先用设问句谓缘何特别喜爱其诗句，随即说他的诗能道出常人难以道出的内涵，能营造出超越常人的意境，并举出其“河山浮动酒杯中”的佳句来。信手拈出其例句，合时合地合情境，把刘景玄的诗才称道得异常得体。

下阕转入缅怀。

“存没悠悠三十载，谁会？白头孤客坐书空。”先谓其三十多年的人生经历：《刘景玄墓铭》载：景玄“以元光二年(1223)六月十三日，春秋三十有八，终于永宁之寓居，权殡郭西南一里所。”又云：“初举进士不中。以补官，调监庆阳军器库，非其好也。诸公期以明年荐试辞科，而景玄病不起.……太夫人谓好问言：‘吾儿有当世志，今郁郁以死矣！’”为此，用“存没悠悠”言其生命短暂却逆境不断，此种惨境有“谁会”得？从而把悲痛之情道得甚为凄惋。“白头孤客坐书空”回写词人的怀伤。“白头”二字谓衰颜，“孤客”二字言失友。“坐书空”用典言事，谓不该殒命的殒命了，怀才的贤士埋没了，该怨天？该尤人？一番咄咄怪事把词人的忧愤尽皆囊含一处，喷泄出来。

“黄土英雄何处在”一句，似乎荡远一笔，其实是将“咄咄怪事”挑明白了：“黄土英雄”指的是已入墓冢的刘秀，此处谓如果光武帝还在的话，像刘景玄这样的才士必定会被隆重启用的，何至于“郁郁以死”呢？从而把笔锋指向昏暗的当朝权贵。

“须待，醉寻萧寺哭春风”是词人望空对刘景玄说的，其意是景玄兄(刘景玄长遗山五岁)你别走，我将去佛家圣地找你，泣求让你的英灵乘春风而回到这里，长伴光武明君。

三乡是词人与刘景玄交游最长的地方，光武庙又是他与刘景玄、辛敬之、魏邦彦、马伯善、麻信之中秋载酒赋诗最快意的故地，故而词人登临此地凭吊友人，词中也以光武庙之时事为线索组材，使叙事、抒情达到任意纵横却又绳紧不散的效果。

浣溪沙　史院得告归西山[①]

万顷风烟入酒壶，西山归去一狂夫[②]。皇家结网[③]未曾疏。　性情本宜闲处著，文章自忖[4]用时无。醉来聊为鼓咙胡[5]。

【注释】

①“西山”：嵩山。词人家居汴京西之登封，嵩山在登封，故称。②“狂夫”：豪放不羁的人。杜甫《狂夫》诗：“欲填沟壑唯疏放，自笑狂夫老更狂。”③“结网”：蛛类织网。此处喻政权机构建立的严密系统。④“自忖”：自己思量。⑤“鼓咙胡”：不敢公开言说，私下传语。汉桓帝元嘉中，凉州诸羌俱反，朝廷每征必负，便屡征甲卒，致田园中只有妇女收麦。官吏不仅不去体恤，反而自顾买马具车享清福。百姓不敢言，便流出一首《小麦谣》：“小麦青青大麦枯，谁当获（收割）者妇与姑，丈夫何在西击胡。吏买马，君具车，请为诸君鼓咙胡。”“咙胡”即“咙喉”的谐音。这首儿歌载于《后汉书·五行志一》。

【赏析】

金哀宗正大二年夏，词人请告长假得以批准。他在《出京》诗中云：“从宦非所堪，长告欣得请。驱马出国门，白日触隆景。”“城居苦湫隘，群动日蛙黾。”“矫首孤云飞，西南路何永。”这首《浣溪沙》亦作于出京的路上。

“万顷风烟入酒壶，西山归去一狂夫”二句，写词人出京路上的舒快心情。“万顷风烟”入目广阔，景色优美，烘衬了久蜷之后突然放开的心境；“入酒壶”又把廓大的天地纳入酒壶之中，使欢畅的心情表露得淋漓尽致。同时，自然地放言“西山归去一狂夫。”在常人眼中，能得出仕为官是终生难得的大事，而词人却将之视作泥土而轻易弃之，此举真可谓狂到了惊世的地步。

“皇家结网未曾疏”句是为请告得准的感激之语。“未曾疏”反衬的是今日疏，谓皇家格外开恩，亦在言自己大喜过望，把出京时的心态写得舒快至极。

下阕转入自己的反思：

“性情本宜闲处著，文章自忖用时无。”“性情”句谓自己疏狂放任的性格，与京师激烈的政治环境和复杂的人际关系不相适应。“本宜”二字深憾自己选错了路子，此句可谓自检有力。“文章”句却称“用时无”，也即没有用世的机会，此可谓反言为正。

“醉来聊为鼓咙胡。”结句是词之核心所在：词人辞馆，并非不关心国事，而是急欲摆脱平庸、欲求一施抱负的权宜之举，而史馆任职一年多来，却深感诸多弊端使得自己有志难展、有言难诉，故而，在“万顷风烟入酒壶”之际，借“醉”语来“鼓咙胡”，道不能道之语，抒不欲言之怀，这个“咙胡”鼓得词意满满，耐人寻味。

这首词表达的是词人离京时的复杂情怀，故而，上阕充溢着豪宕之气，下阕却用了委婉之言，两种截然不同的意蕴却在词中融合得非常自然，得体，让人咀味不尽。

鹊桥仙

梨花春暮，垂杨秋晚，归袖[①]无人重挽。浮云流水十年间[②]，算只有、青山在眼。　　风台月榭，朱唇檀板[③]，多病全疏[④]酒盏。刘郎[⑤]争得[⑥]似当时？比前度、心情又减。

【注释】

①“归袖”：指归返之人。②“十年间”：指词人二十七岁时避兵南渡至此年的十年。③“风台”二句：风台月榭：指乘凉或赏月的亭台楼榭。朱唇檀板：指女乐歌舞。檀板：击节的拍板，檀木制成，故名。④“疏”：疏远，远离。⑤“刘郎”：指刘儿。北宋洛阳人，曾在嵩山玉华谷隐居，号玉华庵主。详见《水调歌头》[山家酿初熟]注②和《浣溪沙》[为爱刘郎驻玉华]注④，此处为词人自喻。⑥“争得”：怎能。

【赏析】

根据“浮云流水十年间”，知这首词作于正大二年词人归嵩山后。

“梨花春暮，垂杨秋晚，归袖无人重挽。”前二句以物象变迁，凸显时光迁移之速。“归袖无人重挽”谓无人挽留，从而描绘出归嵩山的复杂心情。

“浮云流水十年间，算只有、青山在眼”二句，又把时光从南渡后的漂泊经历算起：词人二十七岁避兵三乡，到正大二年的三十六岁辞馆归嵩山，刚好是十年的时间。在此十年间，词人一无所获，算来算去，只有这嵩山实实在在地留在眼前，人生的坎坷，令人唏嘘不已。

“风台月榭，朱唇檀板，多病全疏酒盏”三句，分别回顾了此前的览景听歌和饮酒之事，一个“多病全疏”将之推离，又增了三分惆怅。

“刘郎争得似当时？比前度、心情又减”二句，把郁怀翻入第三度。数年之前，词人就像当年刘几伯寿一样，在这嵩山之中与友人诗酒畅游。当年的心境除山水之乐外，更有出仕以展抱负的豪怀，而今出仕了，却又失望而辞归，因而说“比前度、心情又减。”词境亦随此心情旋折而下，幽忧难尽。

词人辞馆而归，意在欲觅他径以用世，然而径在何处，尚自不知，因此，词中的物象、事象均以渐现渐低的态势出现，最后更以“又减”二字收结，给人以忧思不绝的感受。这正是词人章法经营的妙处所在。

诉衷情

万人如海一身藏，随例①大家忙。东华软红②尘土，俗损谢三郎③。　兰若寺，玉溪庄，两茅堂。鸡豚乡社鹅鸭④，比邻好个嵩阳⑤。

【注释】

①“随例”：随着习俗惯例。②“东华软红”：东华谷的热闹景象。软红：车马扬起的尘土。③“谢三郎”：《苕溪渔隐丛话》引《传灯录》云：元沙，福州闽县人，姓谢氏。幼好垂钓，泛小船于南台江，狎诸渔者。年甫三十，忽慕出尘，乃弃钓艇，投芙蓉山训禅落发。”宋俞紫芝《阮郎归》有“钓鱼船上谢三郎，双鬓已苍苍。蓑衣未必清贵，不肯换金章（金印）”句。④“鹅鸭”：杜甫《将赴成都草堂途中有作先寄严郑公五首》之二：“休怪儿童延俗客，不教鹅鸭恼比邻。”⑤“嵩阳”：嵩山的向阳面。

【赏析】

这首《诉衷情》作于词人辞史馆归嵩山后。

“万人如海一身藏，随例大家忙。”启篇二句便将自己汇入一个民风淳厚、万家乐居的群体之中。“万人”与“一身”、“如海”与“藏”，把一个“隐”字体现得极为巧妙；“随例”与“大家忙”，又把一个“居”字融于俗例，极尽词人乐山居之乐、忙乡民之忙的状况。两个寻常句，竟有无穷的韵味。

“东华软红尘土，俗损谢三郎”二句出得更为形象：前句延伸“大家忙”，后句聚焦“谢三郎”，这位谢三郎即是词人自己，他在“随例”之中，也是尘土中之一，以至在俗例的繁闹中损瘦了身体，从而使一位“随例大家忙”的形象跃然纸上。

“兰若寺，玉溪庄，两茅堂。鸡豚乡社鹅鸭，比邻好个嵩阳。”前三句，名词联缀，产生出山居无限之美的感觉；“鸡豚”句又活画出社事中的场面；“比邻好个嵩阳”，言“两茅堂”的比邻中，又带出嵩山之美，从而把词人隐居处的山美、人美、乡俗美和词人心态更美的诸线总揽一处，产生出张力无比的艺术效果。

这首《诉衷情》以“万人如海一身藏”为主线，把告归嵩山后的快慰心情，通过多角度的描绘表达出来，手法灵趣，变化多端，让人尽享美的感受。结句中“好个”二字的振荡效果，更使词篇余韵不绝，耐人揽撷。

秋色横空

松液[①]香凝，澹幽姿[②]一洗，若下宜城[③]。甘腴[④]小苦中山[⑤]赋，千古齿颊春生[⑥]。灯花喜[⑦]，缸面清[⑧]，爱竹港[⑨]冰泉落枕声。恰值刘纲夫妇，此日丹成[⑩]。　云峰翠展画屏，更晴楼水阁，树拥烟横。留连光景[⑪]中年，要歌管陶写襟灵[⑫]。人间世，身外名，笑朝马晨钟[⑬]梦易惊。且留看神仙，白昼地行[⑭]。

【注释】

①“松液”：松醪酒。遗山诗《十月四日往关南二首》之一有“哦诗聊自遣，松液已凝香”句。自注云：“予方酿松醪，当以今日熟，故及之。”②“幽姿”：幽雅的姿态。③“宜城”：地名，故址在今湖北省宜城南，又作“宜成”。产名酒“宜城醪”。④“甘腴”：甜而香浓。⑤“中山”。指狄希之“千日醉”。详见《满江红》[画戟清香]“千日醉”注。⑥“齿颊春生”：春代指酒。齿颊：牙齿与腮。⑦“灯花喜”：古人认为灯蕊绽出火花有喜至。刘歆《西京杂记》卷三：“樊将军哙问陆贾曰：‘自古人君皆云受命于天，云有瑞应，岂有是乎？’贾应之曰：‘有之。夫目瞤得酒食，灯火华得钱财，干鹊噪则行人至。’”⑧“缸面清”：即瓮头之酒清醇。⑨“竹港”：竹林中的空处有如河之港口，故称。⑩“丹成”：《太平广记》卷六十：“樊夫人者，

刘纲妻也。纲仕为上虞令,有道术,能檄召鬼神,禁制变化之事,……暇日,常与夫人较其术用……将升天,县厅侧先有大皂荚树,纲升树数丈,方能飞举。夫人平坐,冉冉如云气之升,同升天而去。"丹成:即成仙。⑪"光景":光阴。⑫"陶写襟灵":抒写胸襟。陶写:娱情养性,排除忧闷。⑬"朝马晨钟":指仕宦生涯。⑭"地行":地行仙之乐游。地行仙是仙人中相对于云间仙的一种,常喻闲适逍遥的隐士。

【赏析】

根据"中年""朝马晨钟"及景状描绘,知这首词作于辞国史馆而归嵩山后。

"*松液香凝,澹幽姿一洗,若下宜城。*"入篇三句写词人归隐山中,饮凝香美酒,有如身入酒乡宜城,惬意极了。"幽姿一洗"谓清酒洗去了京城时的浊气,将辞馆归山的高蹈之趣揭示得十分形象。

"*甘腴小苦中山赋,千古齿颊春生。*"此二句言松醪入口甘香而微苦的特点,以"千日醉"作比拟,更写饮后之齿颊留香而诗兴大发,把嵩山酒趣描写得十分温厚。

"*灯花喜,缸面清,爱竹港冰泉落枕声*"三句的意思是日里饮的是瓮口上的酒,夜间枕上能传来竹林处清泉的落潭声音,就连灯蕊也绽出闪亮的花来为我祝喜。这几句欣词快语一气涌来,抒发出词人无比舒畅的情怀。

"*恰值刘纲夫妇,此日丹成。*"灯花之喜言罢,还嫌未能尽意,又以刘纲夫妇作喻,谓自己"恰值"此日成仙,也即自己辞馆归嵩山之日,便是仙人般的样子了。

"*云峰翠展画屏,更晴楼水阁,树拥烟横。*"写罢归山酒趣,再绘嵩山胜境:峰峻入云,漫山碧透,有如天然屏画;层楼日照,画阁倒映,水中之景别有意韵;密树重重,烟岚如练如纱,轻轻浮荡,又是一番妙味。此中景观上下辉映,色彩艳丽,动静有致,置身此处,真如身在仙境一般。

"*留连光景中年,要歌管陶写襟灵。*"在前面的层层铺设下,自然地转入胸臆的抒写。此二句为抒怀的第一层,谓人到中年得此佳境,怎能不留连长居?不仅如此,还要赋诗填词,尽让歌者放喉,管弦伴奏,声满嵩少。

"*人间世,身外名,笑朝马晨钟梦易惊。*"此三句为抒怀之第二层,谓人间浊世,身外虚名,怎比此间之趣?更笑那在朝为官,凌晨便得乘马上朝,晨钟总把甜梦惊散,怎比得身在山中,欲行欲卧无人管得?反处作比,烦恼自明。

"*且留看神仙,白昼地行*"尾二句是抒怀的第三层。在前文的铺叙下,自然而豪放地说：且看现在的我，有似地行仙一般，饮酒赏景，随心赋诗，不是神仙，却如白日飞升。行文至此，于逸兴遄飞中照应"此日丹成"，于不绝的余韵中收结全篇。

这首词叙事精彩，写景壮美，抒情豪宕，充分折映出词人归隐嵩山后无羁无束、日放山水的自然之性。

鹧鸪天

抛却浮名[①]恰到闲，却因猥懒[②]得颟顸[③]。从教[④]道士夸悬解[⑤]，未信禅和[⑥]会热谩[⑦]。　山院静，草堂宽，一壶浊酒两蒲团。题诗寄与王夫子[⑧]，乘兴时来看药栏。

【注释】

①"浮名"：虚名。②"猥懒"：懒得做琐碎繁杂的事情。③"颟顸"：糊涂，不明事理。④"从教"：听凭。⑤"悬解"：古代道家语。原作"县解"，谓哀乐得失无动于心。《庄子·大宗师》："且夫得者时也，失者顺也，安时而处顺，哀乐不能入也，此古之谓县解也。"成玄英疏："处顺忘时，萧然无系，古昔至人谓为县解。"⑥"禅和"：禅和子，省称"禅和"，指参禅的人。《碧严集二则·评唱》："如今禅和子，问著也道，我亦不知不会。"⑦"谩"：浮夸。⑧"王夫子"：指王革，字德新。详见《水调歌头》[空蒙玉华晓]注①。

【赏析】

这首《鹧鸪天》作于金哀宗正大二年。其时词人初于国史院告归嵩山。

"抛却浮名恰到闲，却因猥懒得颟顸。"首句言毅然弃职，挣得个闲身之趣。次句追溯厌烦史馆工作而请辞的原因。"颟顸"一词，以世人认为此举糊涂，反衬自己"恰到"之闲，曲意生妙。

"从教道士夸悬解，未信禅和会热谩"二句，转写词人在嵩山中与佛、道二教诸人交往的状况，个中突显的依然是对自己弃职归隐之事。不过道家谓此事须安时处顺，不必在意，佛家谓此事为缘有因果，随缘而止。然而，词人的心志却不止于此，因而用

“从教”和“未信”的心态，谓君且言之，姑且听之。

下阕接写与嵩山方外交往的惬怀活动。

“山院静，草堂宽，一壶浊酒两蒲团。”出则在山院，院静心更静，蒲团相对作静谈；入则窄陋草堂亦当宽，一壶浊酒日月长。此三句把心静情逸的山隐生活绘写得甚是形象而深趣。

“题诗寄与王夫子，乘兴时来看药栏。”上文言罢，尚嫌不足，又急着“题诗寄与王夫子”，让他“乘兴时来看药栏”，愿其与自己一起分享这份悠怀。“药栏”，是少林寺设的药局，此处借来，引申为开人心境的禅理，照应上阕之“悬解”和“禅和”之说，于玄奥的境界中收结全篇。

这一首侧重于词人初返嵩山时的心境揭示，故而选择了释、道之义。行文中亦用“浮名”“悬解”“禅和”“蒲团”和“药栏”等词语，将深邃的心境剖得明白晓畅，更以邀王夫子来药栏之事象，将主题旋转升华，收到了侧笔点睛的效果。

江城子　嵩山中作

众人皆醉屈原醒[①]。笑刘伶[②]，酒为名，不道刘伶，久已笑螟蛉[③]。死葬糟丘[④]殊不恶，缘底事，赴清泠[⑤]？　醉乡千古一升平[⑥]。物忘情，我忘形。相去羲皇[⑦]，不到一牛鸣[⑧]。若见三闾凭[⑨]寄语：尊有酒，可同倾。

【注释】

①“众人句”：《楚辞·渔父》：屈原曰：“举世皆浊我独清，众人皆醉我独醒。”屈原：战国时楚国人，楚怀王时为三闾大夫，遭谗流放，后投汨罗江而死。②“刘伶”：晋沛国人，竹林七贤之一。放情肆志，性尤好酒。著《酒德颂》。③“螟蛉”：螟蛾的幼虫。《诗经·小雅·小宛》：“螟蛉有子，蜾蠃负之。”螟蛉常被细腰蜂负去喂养自己的幼虫，古人误以为细腰蜂视螟蛉为子。刘伶《酒德颂》：“二豪侍侧焉，如蜾蠃之与螟蛉。”④“死葬糟丘”：死后用酒糟埋葬，意为因酒而死。⑤“赴清泠”：指屈原赴江而死。⑥“升平”：太平。⑦“羲皇”：伏羲氏，上古五帝之一。⑧“一牛鸣”：用“一牛吼地”典。《翻译名义集·数量》：“拘卢

舍,此云五百弓,亦云一牛吼地,谓大牛鸣声所极闻。《俱舍》云二里,《杂宝藏》云五里。”后以“一牛吼地”形容距离较近。王维《与苏卢二员外期游方丈寺而苏不至因有是作》诗:“回看双凤阙,相去一牛鸣。”⑨“凭”:请,请求。

【赏析】

“众人皆醉屈原醒。”这首词是借饮者之眼而看待世事的,《楚辞·渔父》篇云:“屈原既放,行吟泽畔,颜色憔悴,形容枯槁。渔父见而问之曰:‘子非三闾大夫与?何故至于斯?’屈原曰:‘举世皆浊我独清,众人皆醉我独醒,是以见放。’渔父曰:‘圣人不凝滞于物,而能与世推移。世人皆浊,何不淈其泥而扬其波?众人皆醉,何不餔其糟而歠其醨?’”故而启篇便谓“众人皆醉屈原醒”,其意是赞同渔父的观点:“众人皆醉,何不餔其糟而歠其醨”。

“笑刘伶,酒为名,不道刘伶,久已笑螟蛉”是举出另外一个例子,即世人皆醉其亦醉的刘伶。“不道刘伶、久已笑螟蛉”言世人只知其一,不知其二,刘伶之醉,亦是愤世疾邪。屈原和刘伶二例看似截然不同,实则大体一致,只不过是处事的方式悬殊而已。

“死葬糟丘殊不恶,缘底事,赴清泠?”意即同为愤世,醉死酒乡也很不错,为什么要投江呢?此处将两线归一,道出自己的观点。

“醉乡千古一升平。物忘情,我忘形”出得很精彩,语接上阕人间遍处是烦恼之意,谓只有沉醉于酒乡,才能“物忘情”——视世事为无物,唯酒能释情;“我忘形”——轰醉之后,连自己都不知道是谁了,何况外愁?真可谓醉里乾坤大,随处是升平。

“相去羲皇,不到一牛鸣”又是个妙句:羲皇上古,遥不知年,然而一入酒乡,便觉近在咫尺。“一牛鸣”以空间谓时间,有修辞之美,有醉酣之意,更有羲皇时代民风淳朴、绝无战争的一派升平之境,从而把酒中境界描绘得神奇无比。

“若见三闾凭寄语:尊有酒,可同倾”跨越了空间,穿越了时代,欲与屈原尊酒相倾,探讨高洁人生。浪漫之笔使词作进入一个奇崛宏肆的境界。

词人笔下,酒是表达其心境的最佳导具,而且每出各异。这首词中又辟一径,从屈原之人醉独醒出发,赞刘伶之以酒对世,更生发出自己透过杯酒看世界的慷慨气度和卓荦胸襟。其浪漫手法的运用,更使全词充满奇意而引人入胜。

满江红　嵩山中作

天上飞乌[1]，问谁遣、东生西没？明镜里、朝看青鬓，暮为华发。弱水[2]蓬莱[3]三万里，梦魂不到金银阙[4]。更几人、能有谢家山[5]，飞仙骨[6]。　山鸟哢[7]，林花发。玉杯冷，秋云滑。彭殇[8]共一醉，不争毫末。鞭石[9]何年沧海过，三山[10]只是樽中物。暂放教、老子据胡床[11]，邀明月。

【注释】

①“飞乌”：运行中的太阳。古代神话相传太阳中有三足乌，因以“乌”为太阳的代称。②“弱水”：传说中的水名。其水不能负芥，鸿毛不浮。东方朔《十洲记》：“凤麟洲在西海之中央……洲四面有弱水绕之，鸿毛不浮。”③“蓬莱”：传说中的海上仙山名。《史记·封禅书》：“自威、宣、燕昭使人入海，求蓬莱、方丈、瀛洲。此三神山者，其传在渤海中。”④“金银阙”：金银建筑的宫阙。南朝·萧统《文选》卷二十一郭景纯《游仙诗》其六：“神仙排云出，但见金银台。”李善注：“《汉书》：‘此三神山者，仙人及不死之药皆在焉。而黄金白银为宫阙，未至，望之如云。’”⑤“谢家山”：东晋谢安曾隐会稽东山，故称。韦庄《江上题所居》诗有“落日乱蝉萧帝寺，碧云归鸟谢家山”句。⑥“飞仙骨”：道教语，谓成仙的资质。《太平广记》卷四《神仙·墨子》：“子有仙骨，又聪明，得此便成，不复须师。”⑦“哢”：鸟鸣。⑧“彭殇”：指寿命的长短。彭：彭祖，传说活到八百岁。殇：未成年而死。⑨“鞭石”：“鞭石出血”典。《三齐略记》载：传说秦始皇架桥要到东海之上观日出，有一神人来帮助架桥，嫌石头下海时太慢，就以鞭挞驱赶，石头竟至流出血来。⑩“三山”：见注③。⑪“老子据胡床”用“庾公南楼”典。《世说新语·容止》：“（庾太尉）云：‘诸君少住，老子于此处兴复不浅。’因便据胡床。”详见《临江仙》[明月清风无尽藏]注②。胡床：一种可折叠的轻便坐具。

【赏析】

这一首是词人辞馆归嵩山后，叹时光易逝、壮志难酬之作。

“天上飞乌，问谁遣、东生西没？”词之启笔便连续推问：问日行何以飞速，问是谁暗中催遣，问何以刚东升便西没，把时光流逝之快，自己尚无一成的感慨尽寓其中，胸中怨愤全于问中排浪而出。

“明镜里、朝看青鬓，暮为华发”二句，又以镜中华发叹年将老去，将忧怀再推进一层。借鬓言怀，由物及己，一腔人生追求的鼓荡涌动不竭。

“弱水蓬莱三万里，梦魂不到金银阙。更几人、能有谢家山，飞仙骨。”“弱水”二句，转写自己曾有的宏图壮志，其人生的理想有如“金银阙”般的绚烂，壮丽，然而又像“弱水蓬莱”一样的缥缈，遥远。“梦魂”也难到达，何况现实？

“蓬莱”“金银阙”属于虚无，而“谢家山”则是实实在在的人事，但是退而想之，自己焉“能有”那样的“飞仙骨”？谢安年少时的学识、风度即有名士的样子，桓温的父亲桓彝就曾说“此儿风神秀彻，后当不减王东海（王承，东晋初的名士）。”词人此处以“飞仙骨”喻谢安的佳质，亦有自信之喻。然而在反诘语“更几人、能有谢家山，飞仙骨”中，便被消的无影无踪，一声长叹，沉郁而苍茫。

“山鸟哢，林花发。玉杯冷，秋云滑。”前二句写嵩山佳境，有动有静，有耳悦有目欣。后二句写自己，有佳景却无心兴，懒得饮酒，无心赏云。两相反衬，把无边的心绪表现得甚为深婉。

“彭殇共一醉，不争毫末”二句，用庄子《齐物论》的观点排解自己心中的郁结。《庄子》说：“天下莫大于秋毫之末，而大山（泰山）为小；莫寿于殇子，而彭祖为夭。天地与我并生，而万物与我为一。”照此观点，人之在世就不必计较孰重孰轻，且用酒醉一理齐算了。“不争毫末”，用哲人之言，释自家块磊，任谁均觉得是理。

“鞭石何年沧海过，三山只是樽中物”二句，借神话传说，喻一切宏愿难以达到，即使达到了，也如同杯中的酒一样渺小，何足道哉。语势豪宕而奇肆，胸怀宽阔而放旷，将齐物之论与现实结合得天趣、自然。

“暂放教、老子据胡床，邀明月。”结末用庾亮南楼之典自喻，又融李白独酌之意，把词人那纵情山林、诗酒为乐的情怀表达得狂放而势不可抑。然而，句前之“暂放教”三字，又隐含着一旦有了用世的机会，便欲出山效国的心底声音，从而揭示出隐居为权宜之举，报国为耿耿之念的心志，以此作结，把词境拓得廓大而远意不尽。

词人的人生追求、高远志向，一直鼓荡于胸而形之于外。这首《满江红》抒发的就是他时光流逝、壮怀未酬及仕隐之间的交织心态，故而事象物象、典故神话、拈词营句无不与之相关。语势豪纵和内心纠结融合得极为完美，耐人咀味。

满江红

方城商帅国器军中寄同年李钦用，时钦用为西台掾，在长安[①]

汉水[②]方城，今古道、几回投迹[③]。留滞久、浩歌狂醉，此心谁识。渭北[④]清光[⑤]摇草树，故人对酒应相忆。记雨窗、相对话离忧，秋风夕。　风月[⑥]笛，烟霞屐[⑦]。身易老，时难得。鸟飞天不尽，野春平碧[⑧]。我梦秦东亭上饮，举头但见长安日。便与君、重结入关[⑨]期，明年必。

【注释】

①“方城”：县名，今河南方城县。“商帅国器”：完颜斜烈，又名完颜鼎，字国器，丰州（今内蒙呼和浩特市东）人，女真族，以善战知名。自寿、泗元帅转安平（今河北安平县）都尉，镇商州（今陕西商洛市）。正大二年屯方城，正大三年病卒。“同年李钦用”：与遗山同科进士李献甫，字钦用。辟行台缘。正大初，西夏请和，夏使有口辩，献甫面折之，和议乃定，朝廷录其功，授庆阳总帅府经历官，寻辟长安令。入为尚书省令史，六部员外郎，以功迁镇南军节度副使兼右警巡使。后，死于蔡州之难。②“汉水”：水名，源出陕西宁强县。元好问所在的方城西的唐河即为汉水支流，于襄阳汇入汉水。③“投迹”：举步，留迹。④“渭北”：渭河之北。⑤“清光”：明亮柔和的光辉。⑥“风月”：清风明月，指美好的景色。⑦“烟霞屐”：履景览胜。烟霞：山水胜景。屐：鞋子。⑧“平碧”：一片碧绿。⑨“入关”：经潼关而入关中。此处指到长安。

【赏析】

正大三年夏，词人受驻军方城的完颜斜烈之邀，到了方城，秋，又归嵩山。这首词作于初到方城时。

“汉水方城，今古道、几回投迹。”首句耸峭突兀，引人入胜。“今古道、几回投迹”，又以自己曾在长安、今献甫又在长安之意道出，将千里之远拉到咫尺之近，巧妙地融入深厚的交谊，引出相寄的话题。“今古道”三字，言今言古，把长安之路渲染得厚重无比，亦将友人的职要烘托得甚为得体。

“留滞久、浩歌狂醉，此心谁识”三句中，“留滞久”谓钦用因官羁而久在长安，以彼之“滞”，言己之憾。挚友久不见，忧怀无与倾诉，便以“浩歌狂醉”的方式渲泄之。“此心谁识”即是唯有君知，亦是寄与友人的第一层涵意。个中之“心”含有多方面的，当前纠结的应当是隐居与用世的问题，特别是应商帅之邀后的去留问题。隐而不言，正是词之深处。

“渭北清光摇草树，故人对酒应相忆”二句，暗用杜甫《春日忆李白》中“渭北春天树，江东日暮云。何时一樽酒，重与细论文”句，以喻二人两地相忆之情，只是主客体之间易了一下位。“清光摇草树”句出得很美，从景物角度看，阳光柔和，草树青翠，微风吹拂，甚是和谐；从遣词上看，不言柔风吹拂，而谓阳光摇动，施动体的易用和草木叶光的闪动，别具一番情趣；从寓意方面讲，言美景实赏“渭北”，赏渭北实谓钦用春风得意，祝友励友，浓情满满。

“记雨窗、相对话离忧，秋风夕。”此二句紧承“应相忆”，暗用“夜雨对床”之典回顾别愁离忧。白居易《雨中招张司业宿》诗有“能来同宿否，听雨对床眠。”苏轼兄弟诗中亦多用此意，之后，“夜雨对床”“对床夜话”便成弟兄亲友相聚倾谈之典。此处以“记”领起，以“秋风夕”煞尾，把当时“话离忧”的景况、词人同李钦用的同年之情及送别长安之事写得真挚绵绵。

下阕接叙事而转入抒怀。

“风月笛，烟霞屐。身易老，时难得。”前两句言留恋山水风烟中欢游的日子，后两句叹人生渐老，时光难再。以别前之游，衬别后之伤，将词人现时的心境再次诉与对方。

“鸟飞天不尽，野春平碧”词境突转，以鸟飞天界阔、人行碧野宽之意寄赠友人，祝钦用仕途畅达。借象达意，神致俱佳。

“我梦秦东亭上饮，举头但见长安日”二句，融唐人岑参“东望望长安，正值日初出。长安不可见，但见长安日”(《忆长安曲》)之意，由忆而思，由思转梦，托虚以谓实，把怀友之情再次推高。

“便与君、重结入关期，明年必”是梦醒之后的话，语接“秦东亭”之梦境，反用岑参的“长安不可见”而约定“入关期”，将相忆、相念变成相聚。“明年必”三字煞尾，斩钉截铁,回应题注而铿锵收结,完成了“寄同年”之主题。

这首《满江红》以“寄”为线索,将忆挚友之情、叹故人难聚、伤时光易逝,以及词人时下仕隐之纠结组合得纵横有法,自然而得体。

念奴娇

严陵台[①]畔,枕清江、仙府□重金碧。玉轴牙签[②]三万卷,环列人间东壁[③]。名世高风,□遵遗训,继踵皆豪逸。联翩簪组[④],满门辉映金璧。　谈笑稳步青霄,扶摇九万里,垂天横翼[⑤]。大纛高牙[⑥]三授钺[⑦],凛凛威行南国。月满三山,春回八部,宴寝凝香席。祈公难老,凤池[⑧]长醉春色。

【注释】

①“严陵台”:严子陵钓台,在浙江富春江七里滩。此处指河南堵阳之堵水(汉水支流)畔的严子陵钓矶,为民间传说之地。遗山先生诗有《方城八景·堵阳钓矶》:“一片临流气势雄,垂杨相荫水溶溶。子陵已去无人钓,分付苍苔碧藓封。”②“玉轴牙签”:牙签:系于书函上的骨制的标签。《隋书·经籍志》:“其集贤院御书:经库皆钿白牙轴,黄缥带,红牙签;史书库钿青牙轴,白缥带,绿牙签;子库皆雕紫檀轴,紫带,碧牙签;集库皆绿牙轴,朱带,白牙签,以分别之。”韩愈《送诸葛觉往随州读书》:“邺侯家多书,插架三万轴。一一悬牙签,新若手未触。”③“东壁”:用“东壁图书”典。《晋书·天文志上》:“东壁二星,主文章,天下图书之秘府也。星明,王者兴,道术行,国多君子;星失色,大小不同,王者好武,经士不用,图书隐;星动,则有土功。”后用为咏文治或咏宫廷藏书之秘府的典故。④“簪组”:官服,代指高官显贵。簪:连结冠发的针形首饰。组:冠带。⑤“扶摇”二句:《庄子·逍遥游》:“北冥有鱼,其名为鲲,鲲之大,不知其几千里也。化而为鸟,其名为鹏。鹏之背不知其几千里也。怒而飞,其翼若垂天之云……”《谐》之言曰:“鹏之徙于南冥也,水击三千里,抟扶摇而上者九万里。”⑥“大纛高牙”:大纛:军中的大旗。高牙:牙旗高举。牙旗为将军之旗。⑦“授钺”:汉朝制度,天子拜大将军,给以都率中外军事之权,要授节钺(古代的一种兵器,似斧而大)。后以“授钺”为授权统军之典。⑧“凤池”:凤凰池,皇帝禁苑中的池沼,是中书省所在地。后泛指中央机要的显贵官位。

【赏析】

金哀宗正大二年(1225)夏,词人辞史馆之职而归嵩山。次年夏,受征于方城完颜斜烈幕府。完颜斜烈曾为商州帅,威望甚重,有古贤将之风。正大三年罢帅职,例为总领而屯兵方城。是时,蒙古军进犯之势日趋严重,词人非常希望像商帅这样的统军将领力挽狂澜,遂赋此作以赠之。

“严陵台畔,枕清江、仙府□重金碧。”启篇即用三个地名渲染了方城之非凡之地:堵阳有严子陵钓台,为方城八景之一;唐河从方城城西滔滔而南,汇入汉水;丰山脚下的白河回旋处之深潭内有神仙府,《山海经》谓其内居住着“耕父神”。三处合于一个“枕”字,又将重重金碧的方城喻之为“仙府”,未言商帅,已蕴其非凡的气概。

“玉轴牙签三万卷,环列人间东壁。”完颜斜烈虽出行武,亦好诗文,并留有梦中诗句“禁苑又经人物散,荒凉台榭水流迟”句。因其雅好诗文,幕府中也便多有文学之士。此二句便言其书籍之多,虽在军旅却有文治之功。

“名世高风,□遵遗训,继踵皆豪逸。联翩簪组,满门辉映金壁。”五句列述商帅一门忠烈之事。“名世高风”,谓其父乞哥军功卓著,并于泰和间战殁于嘉陵江。“□遵遗训”二句言完颜斜烈与其弟完颜彝遵从父训,屡建军功而并虎头飞将,终至有父子一门忠力的赞誉。“联翩簪组,满门辉映金碧”便是最为形象而凝炼的概括。

“谈笑稳步青霄,扶摇九万里,垂天横翼。”“谈笑”句化用杜甫《复愁》诗中“闾阎听小子,谈笑觅封侯”,言商帅以其军功,不久便可“稳步”封侯,同时又用鲲鹏横翼望其再建奇勋。

“大纛高牙三授钺,凛凛威行南国。”行文至此,方揭示出全篇的主题,即在国君屡次授钺拜将后,商帅帅旗飘飘,兵威马壮地“威行南国”。这个“南国”不是指南宋,而是相对于北面蒙古国的自家之国,词人渴望干城之将力挽金之颓运的期望尽凝于此二句中。

“月满三山,春回八部,宴寝凝香席。”揭示出主题后,词人仿佛看到清月之辉洒满三山,春风和气遍布四方八极,而后举行盛大的庆功酒宴,国家也便自此而永庆升平。

“祈公难老,凤池长醉春色。”作为尾句,似乎是寻常的祝福之语,其实,个中暗含着词人深深的担忧,因为他已看出商帅身体状况的不佳,担心国家失去这位柱国之将。人之常情与忧国之情胶合一处，又将主旨掘深一层。事实果如所忧，赠词后不久，完颜斜烈便离世了。

词之上阕侧重于铺写完颜鼎的文功武事，下阕寄与挽救国运的希望。文词之豪宕与商帅的身份地位、词人的殷切期望深度契合，收到了强力的振奋效果。

三奠子[①] 同国器帅、良佐、仲泽置酒南阳故城[②]

上高城置酒，遥望春陵[③]。兴与废，两虚名。江山埋王气[④]，草木动威灵[⑤]。中原鹿[⑥]，千年后，尽[⑦]人争。 风云寤寐[⑧]，鞍马生平。钟鼎[⑨]上，几书生？军门高密策[⑩]，田亩卧龙耕[⑪]。南阳道，西山色，古今情。

【注释】

①“三奠子”：《词辨》云：唐宋未有是曲，此调首见于元好问《锦机集》中。有奠酒、奠谷、奠璧，为三阕。唐崔令钦《教坊记》有《奠璧子》，字句与此全同。②“国器帅”：完颜斜烈（鼎），字国器。详见《满江红》[汉水方城]注①。“良佐”：完颜彝，字良佐，小字陈和尚，完颜鼎之弟。贞祐中，年二十余，为蒙古军俘掠，与其兄国器杀监卒奔金，宣宗奇之，授以护卫奉御。斜烈行寿、泗元帅府事，良佐以宣差提控随之。正大九年（1232）三峰山兵败被俘，拒降被杀。“仲泽”：王渥，字仲泽，太原人，兴定二年进士。寿州防御使奥屯邦献、商州防御使完颜斜烈、武胜军节度使移剌粘合爱其才，连辟三府经历官。天兴初，从完颜思烈援武仙，谏勿躁进，几为思烈所杀，后殁于阵。③“春陵”：地名，原在湖南省宁远县西北，地有春陵山，故名。汉置春陵县，长沙定王之子刘买封于此地，号春陵侯。后徙封于南阳白水乡，仍号春陵侯，因改白水乡为春陵县。④“王气”：旧指象征帝王的祥瑞之气。⑤“威灵”：声威，威力。⑥“中原鹿”，即中原逐鹿。喻群雄并起，争夺天下。⑦“尽”（jìn）：任凭。⑧“风云寤寐”：喻局势激烈变幻的时代。寤寐：醒时与睡时，犹谓日夜。⑨“钟鼎”：古铜器之总称。上面铭刻文字，或记事，或表彰功德，此处指后者。⑩“高密策”：邓禹的谋略。邓禹，新野人，助光武刘秀取得天下，戎马中，光武每与议策后才施行。天下平定后，论功最高，封为高密侯。⑪“卧龙耕”：诸葛亮出山前，曾躬耕于南阳。

【赏析】

“上高城置酒，遥望春陵。”落笔即以凌高之势发端，扣题注而展远目。览物之中物事多多，何以单选春陵着笔？原来，该地是词人的远祖、唐代著名诗人元结官任刺史之处，以之为触发点，引出无尽的感怀。

“兴与废，两虚名”是词人对历史、对人事的总体感喟，接着举出南阳最具代表性、最为轰轰烈烈的大事：

“江山埋王气，草木动威灵。”“埋王气”言地杰而生中兴汉室的刘秀，“动威灵”涵盖其轰轰烈烈的功业和叱咤风云的气概。语言雄浑而胸涵博大。

“中原鹿，千年后，尽人争”则谓光武之后，又经无数的逐鹿争锋。“千年后”应“兴与废”，“尽人争”谓“两虚名”，勘破千古，尽显“高城”之目。

下阕由国事而转谓人事。

“风云寤寐，鞍马生平。钟鼎上，几书生？”前二句谓追随人君、戎马生平而建功业的人，后二句言史册留名的书生甚微。隐隐中已把词人自己纳入历史的洪流之中，为下文伏了一笔。

“军门高密策，田亩卧龙耕”二句，沿“几书生”而举出两位南阳的历史巨人，其二人正是以胸中所学助成帝业的。“几书生”不是无书生，就中更隐含了词人这个书生济世报国的豪怀壮志。

“南阳道，西山色，古今情。”将驰骋之思拉回眼前，在赞南阳道上多豪士，在赞南阳之地毓秀钟灵，然而，一个“古今情”则把自己纵古以伤己、怀才而难展的郁结倾倒出来，于沉郁中收结全篇，给人留出苍茫的遐思。

这首词以南阳城头置酒而展开思绪，上溯千年，下着眼前，所举的兴废之事、历史人物，又都与南阳密切相关。而举列如许例事，都在为了烘托“风云寤寐，鞍马生平，钟鼎上，几书生”的感慨。透过纸面，词人那份壮怀难展的抑郁和愤慨之情便显得十分激烈，其积极进取的精神品格也就显得益发可贵。

浣溪沙

方城仙翁山北水庄成，而良佐以事系狱，以此寄之①

百折清泉绕舍鸣，隔年杨柳绿阴成。藕花多处一舟轻。　行处自由皆乐事，得来无用是虚名。等闲②荣辱不须惊③。

【注释】

①"方城仙翁山"：河南方城县的仙翁山，方城八景之一，相传有"葛洪丹井"。"水庄"：建于水边的花园。"良佐"：完颜彝，字良佐，小字陈和尚。详见《三奠子》[上高城置酒]注②。②"等闲"句：把荣辱当成寻常小事而不去理它。等闲：平常。③"荣辱不惊"：《新唐书·卢承庆传》："初，承庆典选，校百官考。有坐漕舟溺者，承庆以'失所载，考中下'。以示其人，无愠也，更曰：'非力所及，考中中。'亦不喜。承庆嘉之曰：'宠辱不惊，考中上。'"后以之谓把得失置之度外。

【赏析】

这首《浣溪沙》作于正大三年良佐因事入狱后。遗山先生《赠镇南军节度使良佐碑》载："军中有太和者，与镇防千户葛宜翁斗，讼诉于镇南。镇南在其兄(完颜鼎)军中，一军之事皆与知之，非特于其部曲然。葛之事不直(不正当)，即量笞之。葛素凶悍，耻以理屈受杖，竟郁郁以死。留语其妻，必报镇南。妻乃以侵官讼于朝，且有挟私仇之诉(诽谤)，积薪龙津桥之南，约不得报则自焚。朝廷乃系镇南方城狱……后数月……有旨："有司奏汝以私忿杀人，私忿未必有，至于非所得笞而强之，非故而何？……曲法赦汝……他日奋发立功名，国家有所赖。"

"百折清泉绕舍鸣，隔年杨柳绿阴成。藕花多处一舟轻。"启篇二句描绘仙翁山水庄：泉流曲折，水声悦耳，杨柳春发，绿荫葱葱，荷花满塘而轻舟荡波，真乃一派怡人景象。前二句写景，只是一个铺垫，其意全在起笔二字上，透过纸面，便可明白其隐意：人生经"百折"会价值更大，为官历荣辱会功业愈显，前景美处会如藕花之舟，一身轻爽。以乐景慰忧怀而暗寓良佐狱事，可谓匠心独具，用心良苦了。

下阕针对狱中羁挛而宽解。

“行处自由皆乐事，得来无用是虚名。”此二句紧承“一舟轻”，谓无论人在何处，境处何况，只要心藏“乐事”，便是“自由”，至于名头轻重，全是无用的东西。以警策之语，宽友人之怀，自然地向主旨过渡。

“等闲荣辱不须惊。”在前文推心置腹的铺述之后，于结尾处举出史上著名的“宠辱不惊”之典例，谓良佐坦怀面狱事，“等闲”视荣辱。谆谆之语，切切情怀，也深深地显示出词人洞察人事的能力。此后不久，有旨而至：“汝兄死（完颜鼎病逝）矣，失吾一名将，今以汝兄故，曲法赦汝。”遂还良佐以自由之身。词人更具识人之明：正大九年，金与蒙古军战于三峰山，兵败，“北人欲降之，斫其胫，不为屈。胫折，画地大数（大声责骂，数落蒙古军），语恶不可闻。豁口吻至两耳，噀血而呼，至死不绝”（《赠镇南军节度使良佐碑》），此是后话。

这首词最当赏读的佳处是借水庄的美景，寓宽慰友人之深意，以世人庸庸之虚名，励友人重国事而轻荣辱之志，使友人读来如沐春风，达到“以此寄之”的深意。

贺新郎　箜篌曲为良佐所亲赋[①]

赴节[②]金钗促[③]。爱弦间、泠泠[④]细雨，非琴非筑[⑤]。别鹤离鸾[⑥]云千里，风雨孤猿夜哭。只雌蝶、雄蜂同宿。汀树[⑦]诗成归舟远，认宫眉、隐隐春山绿。歌宛转，泪盈掬。　吴儿越女皆冰玉。恨不及、徘徊星汉[⑧]，流光[⑨]相属。破镜[⑩]何年清辉满，寂寞佳人空谷。人世事、寻常翻覆。入塞新声愁未了，更伤心、听得江南曲。呼羯鼓[⑪]，醉红烛。

【注释】

①“箜篌曲”：指良佐所钟情的一位歌女所弹箜篌的曲子。箜篌：乐器名，又作“空侯”“坎侯”，古拨弦乐器，有卧式、立式两种。“所亲”：所钟情的人。②“赴节”：按节拍奏曲。③“促”：即“促拍”，唐宋曲子词中的术语，繁声促节之意，相当于现在所谓的“快板”。④“泠泠”：形容声音清越。⑤“筑”：古击弦

乐器，形似筝，颈细而肩圆。⑥“别鹤离鸾”：陶渊明《拟古九首》之五有“上弦惊别鹤，下弦操孤鸾”句。⑦“汀树”：水边平地上的林木。⑧“星汉”：银河。⑨“流光”：月光。⑩“破镜”：用“破镜重圆”典。南朝陈亡时，徐德言夫妇破一镜，各执一半为信物，并约定他日求合，必待正月十五日卖镜以为契机。后于卖镜寻访之日，德言题诗给乐昌公主。杨素得知后，终于成全了这一对夫妻，使他们破镜重圆。⑪“呼羯鼓”：“羯鼓解秽”典。唐代南卓《羯鼓录》载：唐玄宗性喜音乐，精通音律，但不喜听琴。一次听到有人弹琴，认为是污秽了自己的听觉，便速请汝南王李进击羯鼓，为自己解秽。后以“羯鼓解秽”喻豪爽之声能涤除烦腻。

【赏析】

根据“别鹤离鸾”“泪盈掬”“破镜”等词句，知这首词作于正大三年（1226）完颜良佐因事入狱之后。良佐入狱事详见《浣溪沙》[百折清泉绕舍鸣]“赏析”。

“赴节金钗促。爱弦间、泠泠细雨，非琴非筑。”首句言弹拨之人，言节拍急促，暗蕴着良佐所钟爱之人的激愤心情。“爱弦间”二句，从词人赏听的角度，谓弹技高超，谓乐中寄语。“非琴非筑”又暗涵二典作评：“非琴”为“呼羯鼓”之典伏笔，“非筑”谓此弦音虽无“高渐离击筑”之慷慨，却满是离愁之声。

“别鹤离鸾云千里，风雨孤猿夜哭。只雌蝶、雄蜂同宿”转写“良佐所亲”吟唱的内容。前两句中，“别鹤离鸾”“风雨孤猿”，融典语，托凄景，极尽离苦之象。后句中，“雌蝶雄蜂”均是和合象征，对比反衬，产生出强烈的感染效果。

“汀树诗成归舟远，认宫眉、隐隐春山绿。”汀树诗，喻别离之愁，许浑《咸阳城东楼诗》“一上高城万里愁，蒹葭杨柳似汀州。”“归舟远”言无归之期。春色点染之山，其色黛青，故诗人多以喻妇女之眉色，后即为眉之代称。“春山绿”言该女子眉间之愁不解。

“歌宛转，泪盈掬”转写词人观歌，言其歌声凄切，状其泪落如雨，从而把一位钟情女子的形象刻画得甚为完美，并自然引向下阕的感喟。

“吴儿越女皆冰玉。恨不及、徘徊星汉，流光相属”这几句，用人间的“吴儿越女”、天上的织女牛郎作比，赞美良佐与红颜知己山盟海誓的爱情。

“破镜何年清辉满，寂寞佳人空谷”又叹良佐身陷囹圄、红颜寂寞空守，渐渐地把两人的命运同当下的处境联系起来。

“人世事、寻常翻覆。入塞新声愁未了，更伤心、听得江南曲”中，“寻常翻覆”将二人的经历、遭遇及爱情曲折纳入“人世事”之大背景中，从而把主题放大开来，使之更具了广泛的社会意义。就拿良佐来说,“入塞新声愁未了”,也即因军中之事而使一位干城之器系执入狱,再看今日其红颜之“江南曲”,使词人听得“更伤心”。

“呼羯鼓,醉红烛。”行文此处,便巧用“呼羯鼓”之典,表达出难将凄音听下去的心态,更用浓烈之酒冲淡胸中的浊气,与良佐红颜大醉于红烛之中,活用典故而照应开头,收结全篇。

这首词以箜篌曲为线索,把完颜良佐与红颜知己的遭遇绘写得起伏哀惋,荡气回肠,同时将词人的主观情感揉入其中,使词章产生出巨大的感染力。

桃源忆故人　代赠良佐所亲[①]

楚云不似阳台旧[②],只是无心出岫[③]。竹外天寒翠袖,寂寞啼妆瘦。
弦声宛转春风手,殢[④]得行人病酒[⑤]。明日西城回首,肠断江南柳。

【注释】

①“良佐”:完颜彝,字良佐。详见《三奠子》[上高城置酒]注①。“所亲”:所钟情的人。②“楚云”句:宋玉《高唐神女赋》有“朝为行云,暮为行雨,朝朝暮暮,阳台之下”句。③“无心出岫”:陶渊明《归去来兮辞》:“云无心以出岫,鸟倦飞而知还。”岫:山穴。④“殢”:困扰。⑤“病酒”:饮酒沉醉。

【赏析】

这一首作于金哀宗正大三年完颜良佐系狱后。其事详见《浣溪沙》[百折清泉绕舍鸣]“赏析”。

“楚云不似阳台旧,只是无心出岫”二句中,先谓良佐所亲的伤怀更胜巫山神女与楚襄王分别之愁。彼分别只是留恋与怅惋,此分别却是人系牢狱,生死难料。次句用陶潜之句而另出其意,言此女因牵系情郎而懒得梳妆,无心出屋。二典联用中,“楚云”与“出岫”乳融天成,“不似”与“无心”,又把旧传与新愁对举出来,谓其旧说虚无,新愁却实实在在,就在身边。

“竹外天寒翠袖,寂寞啼妆瘦。”接下来二句写女子出屋之状:“翠袖”“妆瘦”,言人美却形瘦,“天寒”“寂寞”渲染独立竹外的环境与心境,“啼”字更把其悲苦外化出来,弦内弦外,尽是一片凄情。

下阕转写词人的感慨。

“弦声宛转春风手,殢得行人病酒。”“春风手”谓弦技高绝,“宛转”却言弦音凄惋,因而引得“行人”一片伤心而如沉浸酒中。此处的“行人”,即指词人自己,因为他即将告别这位女子回西城去了。

“明日西城回首,肠断江南柳”二句,便是设想行状。“肠断江南”移借了一个典故:《世说新语·黜免》“桓公(东晋桓温)入蜀,至三峡中,部伍中有得猿子者,其母缘岸哀号,行百余里不去,遂跳上船,至便即绝。破视其腹中,肠皆寸寸断。”此处迁移典意,把凄切之情推上高潮,令人叹惋不绝。

词之题注为“代赠良佐所亲”,因而,文中的词人实为良佐的影子,词中之情亦为代良佐而诉与“所亲”的,代言代赠,用心良苦了。

喜迁莺

云雷天造。快嫖姚玉节①,生平豪妙。野宿貔貅②,江横组练③,画角④一声霜晓。鱼鸟简书知畏⑤,草木威名先到。更谁似,并虎头飞将⑥,封侯差早。

谈笑。尊俎⑦地,兵卫画戟⑧,燕寝⑨凝香好。伏枥雄心⑩,缺壶高唱⑪,意气不妨倾倒。父子一门忠力⑫,唯有君恩须报。济时了,看郎山⑬长对,元勋难老。

【注释】

①“嫖姚玉节”:将军的符节。嫖姚:亦作“票姚”“剽姚”“飘摇”,勇健轻捷的样子。汉霍去病官嫖姚校尉,用以称之。杜甫《后出塞》诗:“借问大将谁,恐是霍嫖姚。”玉节:玉制的符节,古代用作重要的信物。《周礼·地官·掌节》:“守邦国者用玉节,守都鄙者用角节。”②“貔貅”:古籍中的猛兽名。古代行军时,前面有猛兽,就举起画貔貅的旗帜以警众。③“组练”:“组甲被练”的省称,为军士所穿的两种衣甲,引申为精壮的军队。④“画角”:古代乐器,出自西羌。形如竹筒,本细目大,以竹木或皮革制成,因

外加彩绘,故名。发声哀厉高亢。古时军中多用之,以警昏晓。⑤“鱼鸟”句:李商隐《筹笔驿》:“猿鸟犹疑畏简书。”鱼鸟简书:指鱼符和征役时临时告诫的文书。⑥“虎头飞将”:指班超和李广。《后汉书·班超传》:“(超)行诣相者,曰:‘祭酒,布衣诸生耳,而当封侯万里之外。’超问其状,相者指曰:‘生燕颔虎颈,飞而食肉,此万里侯相也。’”《史记·李将军列传》:“广居右北平,匈奴闻之,号曰‘汉之飞将军’,避之数岁,不敢入右北平。”⑦“尊俎”:古代盛酒肉的器皿,常用为宴席的代称。⑧“画戟”:古代兵器,有彩画的戟。后常用作仪仗之用。⑨“燕寝”:古代帝王休息安寝的所在。亦称内寝,小寝。⑩“伏枥雄心”:曹操《龟虽寿》:“老骥伏枥,志在千里,烈士暮年,壮心不已。”⑪“缺壶高唱”:《世说新语·豪爽》:“王处仲(王敦)每酒后,辄咏‘老骥伏枥,志在千里。烈士暮年,壮心不已。’以如意打唾壶,唾壶边尽缺。”⑫“父子”句:遗山《赠镇南军节度使良佐碑》:“乞哥(良佐父)者……泰和(金章宗年号)南征有功,授同知阶州军州事。及阶州反为宋,战于嘉陵江之上,死之。”《良佐碑》又云:(良佐)“每战则先登陷阵,疾若风雨,诸军倚以为重。六年,有卫州之胜;八年,有倒回谷之胜。”⑬“郎山”:古县名,属汝南郡,治所在今确山县,位于方城东南。

【赏析】

根据“并虎头飞将,封侯差早”等语,知这首《喜迁莺》作于正大三年。时,词人在完颜斜烈幕府。

“云雷天造。快嫖姚玉节,生平豪妙。”启篇三句便以破空之势,言完颜斜烈有如“云雷”般的天纵之资,有霍去病般的统兵之能,由之得出“生平豪妙”的评价。宏壮之笔领起全篇。

“野宿貔貅,江横组练,画角一声霜晓。”言军旗之威、军阵之势、军声之响,将其所率军队的森严气概描写得异常壮阔,夯实了有如霍嫖姚的将才。

“鱼鸟简书知畏,草木威名先到”二句又从将帅信符之威,及人未到而草木先凛的意象,侧笔烘染,甚得桴鼓相应的表达效果。

“更谁似,并虎头飞将,封侯差早”三句,以班定远与李广两位干城之器,喻完颜斜烈与其弟完颜彝二人,并前冠以“更谁似”,后缀以“封侯差早”,即只差一点点的时间,把兄弟二人在社稷风雨飘摇中的砥柱作用渲染得甚为威壮,得体。

下阕接“虎头飞将”而转换着笔角度。

“谈笑。尊俎地,兵卫画戟,燕寝凝香好。”此处写军宴,写仪仗,写营帐,谓其谈笑间便将军队整肃得严而有序，威而不板，充分体现出军中的特有风貌。《赠镇南军节度使良佐碑》中载："安平（完颜鼎）敬贤下士，有古贤将之风……镇南（良佐）天资高明，雅好文史……军中无事，窗下作牛毛细字：如寒苦一书生。""凝香"一词正此谓也。

"伏枥雄心，缺壶高唱，意气不妨倾倒。"转笔良佐之父乞哥，谓其一生倾倒的是王敦高咏"缺壶歌"，言其始终坚守的是曹氏的"壮心不已"，言虽十余字，涵盖得却甚是精当。

"父子一门忠力，唯有君恩须报"二句，将其父子合而赞之，上呼下应，收放得体。

"济时了，看郎山长对，元勋难老。"作为全词结处，把完颜三人干城济时的作用合而颂扬，言他们"与郎山长对"：殉国的忠魂永存，在军的功业无限，从而于高亢之声中收结全篇。

这首词以写完颜斜烈为主线，顺笔中萦带了乞哥和完颜彝，于主副线合理分墨中盛赞了一门三国器，其中也隐含了词人对负有国家安危之重托的军要人物的殷切期望。

水龙吟

从商帅国器猎于南阳，同仲泽、鼎玉赋此①

少年射虎②名豪，等闲③赤羽④千夫膳。金铃锦领⑤，平原千骑，星流电转。路断飞潜⑥，雾随腾沸，长围高掩。看川空谷静，旌旗动色，得意似、平生战。　城月迢迢鼓角，夜如何？军中高宴。江淮草木，中原狐兔，先声自远。盖世韩彭⑦，可能只办⑧，寻常鹰犬。问元戎早晚、鸣鞭径去，解天山箭⑨。

【注释】

①"商帅国器"：完颜斜烈（鼎），字国器。详见《满江红》[汉水方城]注①。"仲泽"：王渥，字仲泽，太原人。详见《三奠子》[上高城置酒]注①。"鼎玉"：王铉，字鼎玉，燕人，遗山同年进士。②"射虎"：史上射虎之典很多，李广射虎流传最广。③"等闲"：轻易，随便。④"赤羽"：箭。因箭翎赤色，故称。⑤"金铃锦领"：马系铜铃，人着锦衣。⑥"飞潜"：鸟和鱼。⑦"韩彭"：韩信与彭越。⑧"办"：成，做成。⑨"天

山箭”：“三箭定天山”典。《旧唐书·薛仁贵传》载：薛仁贵西征九姓突厥，战事一开始，便以三箭射杀骁勇三敌，威慑敌胆，为最后获胜创造了基础。军中歌曰：“将军三箭定天山，战士长歌入汉关。”

【赏析】

这首《水龙吟》作于金哀宗正大三年。其时，词人在完颜斜烈幕府。

“少年射虎名豪，等闲赤羽千夫膳”二句，谓商帅青年时期的英武风貌。完颜斜烈年二十时，便以善战知名。自寿、泗元帅转安平都尉，镇商州，威望甚重。又因本词写的是射猎，故而先以史上的“射虎名豪”作比，后用杜甫“赤羽千夫膳”的成句(《故武卫将军挽词三首》之二)誉之。“等闲”二字以轻松随意见武功卓绝，笔意极显驾轻就熟。

“金铃锦领，平原千骑，流星电转。”此三句描绘围猎的将士。“金铃锦领”，马骏而衣鲜；“平原千骑”，野阔而阵壮；“流星电转”，驰疾而回旋。聊聊数语中，鞍鲜士勇、平野腾驰、群兽惊魂乱窜的场面跃然眼前。

“路断飞潜，雾随腾沸，长围高掩”转用侧笔，谓猎物尽得，蹄尘弥漫，围阵如墙，把围猎的阵势补充得益发完美。如上诸句，句式短促有力，与围猎中的激烈场面甚相吻合，就中极显词人选用词牌的巧处。

“看川空谷静，旌旗动色，得意似、平生战”几句，语气上舒缓下来，形成起伏之势，蕴意上却暗将主题于推高之势中微露出来。

下阕由围猎场面转回军中。

“城月迢迢鼓角，夜如何？军中高宴”三句写晚宴，“城月”谓夜明，“鼓角”言军声。“夜如何”之问，虽省去了“夜未央”，但已交待出“军中高宴”直到夜深；虽未言宴餐何物，但已知满是“飞潜”，其丰盛、欢宴之状跃然纸上。

“江淮草木，中原狐兔，先声自远”三句，看似接射猎而谓狐兔之物不是被猎捕，便是远逃，实乃将词之意旨显露出来。“中原狐兔”喻入侵的蒙古军队，“江淮草木”“先声自远”暗用“草木皆兵”典，言其畏金之军威，远遁北去。

“盖世韩彭，可能只办，寻常鹰犬”进一步把寓意挑开：韩信、彭越虽然有盖世之功，但是充其量也同今天围猎时的鹰与犬一样，还不能与降伏九姓突厥之功相比。行文至此，词人就以言相激：

“问元戎早晚、鸣鞭径去，解天山箭。”“元戎”即指完颜鼎，“天山”则喻蒙古侵略军的权要、决策之人。词人于激问中，希望商帅日夕之间便扬鞭催马，带箭出征，平定北敌。

这首词是作者以围猎为契机，激励商帅乃至更多的元戎奋发起来，挽救国之颓运，因此，遣词拈句处处不离射猎，又处处显现着军威，其良苦用心和爱国情怀则尽蕴其中。

一落索　戏王同年鼎玉[1]

人见何郎[2]新来瘦，不见天寒翠袖[3]。绣被薰香透，几时却似鸳鸯旧。

九十日春光在手，可惜欢缘未久。去去[4]休回首，柔条去作谁家柳。

【注释】

①"王鼎玉"：王铉，字鼎玉，燕人，与遗山同年进士及第。同年：科举时代，称同榜考中的人为"同年"。②"何郎"：魏时何晏，字平叔，貌美。《世说新语·容止》载：何晏仪容美貌，脸色白皙。魏明帝怀疑他擦了粉。正当夏天，就给何晏吃热汤面。何晏吃后，大汗淋漓，就用衣服擦汗，脸色更加白净明亮了。③"翠袖"：代指貌美女子。④"去去"：催人速去。《世说新语·任诞》："（妪儿）于是赍牛酒诣道真。道真曰：'去去，无可复用相报。'"

【赏析】

根据遗山《丹霞下院同仲泽、鼎玉赋》诗及题注"时从商帅军至南阳"，知这首词作于正大三年在南阳时。从本词的句中体味，知鼎玉曾有一段艳遇，遂作词戏赠。

"人见何郎新来瘦，不见天寒翠袖"二句，先以何晏喻鼎玉貌美而倜傥，"新来瘦"即为人见人知，将个中的缘由预伏其中。次句道明消瘦的原因是"不见"了"翠袖"，此翠袖以装谓人，也足见其美艳。"天寒"二字明写鼎玉冬时与之相识，暗蕴别离后的心境，将"新来瘦"的原因交待出来。

"绣被薰香透，几时却似鸳鸯旧"二句谓人走香犹在，寤寐期盼能够再续鸳鸯情，把鼎玉那份怀恋、惆怅、拥物思人的情态绘写得十分细腻，也将其“新来瘦”的原因掘得更为深透。

“九十日春光在手，可惜欢颜未久”转写词人对情种独钟的鼎玉之戏语。“九十日”即三个月，指二人欢度中的一整个冬天，上应“天寒”，下谓“春光”——即寒天中的温馨时光。“可惜”二字代鼎玉惋惜中，更寓有鼎玉之专情不值的意思，从而引出代逐之言：

“去去休回首，柔条去作谁家柳。”句意为，赶快离开，别再回头瞧，古人折柳送别，柳条又去谁家，喻其钟情之人又有新欢。“去去”二字促之果断，“休回首”三字亦以绝情回敬。自古以来，“柳”在送别之中为“挽留”之意，此处却转意为“杨柳水性”，鄙其用情不专。说来说去，词人的本意不一定是非要贬责“柔条”而“去作谁家柳”，目的在宽解“新来瘦”，使其重新振作才是一定的。

《一落索》又名《惜分飞》，或《惜双双》。词人选择此曲牌来戏赠同年，足见其深意。词的上阕叙写“分飞”，满是鼎玉之“惜”。下阕转写词人之“惜”，但是所惜的对象截然不同。到结尾处，将两个“惜”尽数抛却，于劝消鼎玉萎靡的精神状态中完成主题。细品来，以“戏语”来代解郁情，确实有着微妙的效果。

诉衷情

升平①责望②富民侯③，愁损④抱官囚⑤。自家本无烦恼，闹处要钻头⑥。

山崦寺⑦，水心楼⑧，去来休⑨。醉扶⑩归路，鼓吹⑪鸣蛙，部曲黄牛⑫。

【注释】

①“升平”：太平。②“责望”：本为责怪、怨恨的意思，后用为期望于人。③“富民侯”：《汉书·车千秋传》载：汉武帝晚年，悔以江充谮杀卫太子据，又悔征伐连年。会车千秋上书为卫太子鸣冤，武帝见而悦之，“立拜千秋为大鸿胪，数月，遂代刘屈氂为丞相，封富民侯。”后以“富民侯”指安天下、富百姓的高官。④“愁损”：愁煞。⑤“抱官囚”：一指做官不自由，有如囚犯。二指贪图禄位的人，宋黄庭坚《四休

居士》:“富贵何时润髑髅,守钱奴与抱官囚。”抱:守。⑥“钻头”:谋求名利。⑦“山崦寺”:宋陈与义《宿资圣院阁》:“暮投山崦寺,高处绝人群。远岫林间见,微泉舍后闻。阁虚云乱入,江阔野横分。欲与僧为记,今年懒作文。”⑧“水心楼”:宋晏殊《上巳琼林苑宴二府同游池上即事口占》:“谁道人间泛仙境,水心楼殿半斜阳。”⑨“去来休”:用陶渊明“归去来兮”之意。去:归去。来、休:均为语气词,相当于“啦”“吧”。⑩“扶”:沿,顺。⑪“鼓吹”:即“鼓吹乐”,古代的一种器乐合奏。古之官员出行有鼓吹乐队。《南齐书》载孔稚珪门庭南春日蛙鸣,他说:“我以此当两部鼓吹。”⑫“部曲黄牛”:驱使着黄牛。部曲:指军队,此处喻牛群。

【赏析】

这首《诉衷情》作于金哀宗正大四年(1227)词人初任内乡县令时。其年词人三十八岁。

“升平责望富民侯,愁损抱官囚。”词人任内乡县令时,金之领土已经支离破碎,只有河南尚还完整,因此,作为立国之本的军粮赋税便成了河南百姓的重压,如逢官吏苛酷、灾荒袭临,民众更流亡他乡。作为十分爱惜百姓的词人,刚任县令,既要分担国忧,又要体恤民忧,招抚流亡,恢复农耕,这就是“升平责望富民侯”之意。词人非常想作个“富民侯”,让内乡百姓安居乐业,但是催租征科又是必行之事,矛盾的焦灼下,便自然地生出“愁损抱官囚”的纠结来。

“自家本无烦恼,闹处要钻头”是用戏谑的语气对自己人生追求的反思。“闹处要钻头”正是他积极用世的可贵追求,此时之“烦恼”更是其忧国忧民之处。他在同期诗作《内乡县斋书事》中的“吏散公庭夜已分,寸心牢落百忧薰。催科无政堪书考,出粟何人与佐军”可佐此处。

在上阕“愁损抱官囚”的心理基础上,下阕转谓归隐。

“山崦寺,水心楼,去来休”三句,先引前人的典事典语,作为“去来休”的“充分”理由,接着设想归去后的惬意景状:

“醉扶归路,鼓吹鸣蛙,部曲黄牛。”即酒而醉时,以蛙声作为鼓吹,以黄牛作为部下。诙谐解颐。

词人真的想弃内乡而归隐去吗?非也。他在《内乡县斋书事》的尾联中说得很明白:“扁舟未得沧浪去,惭愧春陵老使君”,潜意为我进不能替国家和人民分忧,退不能像远祖元结那样真隐,其矛盾纠结正是他一心为国为民的真实写照。

这首词中,上阕写抱官之愁,下阕写归去而乐,前为实,后为虚,对比反衬间流露的恰是词人“富民侯”情怀。全词融典丰富而张力无穷,语言幽默而生趣盎然,运思深妙,玩味不尽。

浣溪沙

画出清明二月天,山城①三月只萧然②。闭门日日枕书眠。
川下③杏花浑④欲雪,山中杨柳不成烟。春风回首又明年?

【注释】

①“山城”:指内乡城,其时在西峡,四山环拱,故称山城。②“萧然”:冷落凄清的样子。③“川下”:指淅江处,因在山城下方,故称。④“浑”:简直,几乎。

【赏析】

这首《浣溪沙》作于正大四年(1227)春,词人时任内乡县令。

“画出清明二月天,山城三月只萧然。闭门日日枕书眠。”前二句说的是其它地方二月时已经万木荣发、处处葱茏,犹如画境一般,但是内乡山城到三月了还是清冷萧瑟,毫无春天的样子。两相比照,突出城居之高寒。既是高寒,万民无事,署衙亦静而消闲,词人便“闭门日日枕书眠”。一派闲逸。

“川下杏花浑欲雪,山中杨柳不成烟。春风回首又明年”。前二句抓取内乡城周的物事对比描写:城西俯瞰,淅江之水滚滚滔滔,自北流来,两岸杏树花事正繁,遥看时恰似雪卧江岸。环视城周,高山环围,城如瓮中,真是那“孤城郁郁山四周,外人乍到如累囚”(《半山亭招仲梁饮》)。山上依旧高寒,杨柳了无春苏之意,因而也便难成烟状。“浑欲雪”与“不成烟”对比写来,极显高差之大,又极富语言的美感。行文至此,突然冒出一句“春风回首又明年”,乍看来上下无涉,细品时却妙意横生。“春风回首又明年”是疑问句,意谓春风忘却了山城,等到她想起了没有关照山城的时候,大概就要到明年了罢。看似玩笑话,实则包含作者来内乡时,一腔欲展抱负的急切心情犹如"川下杏花浑欲雪",而来到山城至今,依然寸功未建,亦正是"山中杨柳不成烟。"如果再磋跎下去,一年又将空度过去,要施政绩,尚待明年,所以说,这个"又明年"中,便是杂感丛生,便是时不我待,一番勤政为民之情呼之欲出。

这首词语言清丽,对比强烈,借象言怀的手法含而不露,耐人寻味。

满江红　内乡作

老树荒台,秋兴动①,悠然独酌。秋也老,江山憔悴,鬓华先觉。人到中年元易感,眼看华屋归零落②。算世间、惟有酒乡民,平生乐。　凌浩荡③,观寥廓④。月为烛,云为幄⑤。尽百川都酿,不供杯杓⑥。身外虚名将底用,古人已错今尤错。唤野猿、山鸟一时歌,休休莫⑦。

【注释】

①"秋兴动":秋意渐盛。②"华屋零落":曹植《箜篌引》:"惊风飘白日,光景驰西流。盛时不可再,百年忽我遒(终,尽)。生在华屋处,零落归山丘。"此典在叹人生短暂,富贵无常,后亦用为盛衰兴亡之叹。③"凌浩荡":浩荡,水势大的样子。代指壮阔的旷远景象。④"寥廓":天空。⑤"幄":用布帛围起来的帐幕。⑥"杯杓":饮酒用的器皿。杓:舀酒的杓子。⑦"休休莫":算了,不要再提了。多指面对无法改变的事实而自我劝解。

【赏析】

这首《满江红》作于词人官任内乡县令时。

"老树荒台,秋兴动,悠然独酌。"落笔言季节,言环境,为"独酌"营造出一片萧瑟的背景。由之而引出下文茫茫思绪的铺写。

"秋也老,江山憔悴,鬓华先觉。"此为第一层忧思:秋声渐老,草木渐凋,山川大地便渐显苍凉景象。由此自然现象又警觉人之鬓发增白,年华流逝的怀伤便随之涌上心头。

“人到中年元易感，眼看华屋归零落”是第二层忧思：前句谓人到中年本就易伤感而承接上文，后句又转忧国家的安危。其时，蒙古军横扫西亚东欧之后，又回师灭了西夏，转而自凤翔又向西安，关中为之大震，“华屋归零落”便是对国家衰亡将至的担心。“眼看”二字为词人的敏感，更是国家垒卵之势的逐渐形成，词人忧国忧民之怀溢满纸面。

“算世间、惟有酒乡民，平生乐。”国家的大势非一己之力能够挽回，词人便算来算去，惟留借酒醉而忘忧一途了，此处之“乐”，正是词人忧国的反语。

下阕接“酒”“乐”二字而放怀。

“凌浩荡，观寥廓。月为烛，云为帷。尽百川都酿，不供杯杓。”前四句是词人以浪漫的手法想象凌高而观天下，融自己于天地的豪阔胸怀。词中铺开如此之大的空间意欲何为？“尽百川都酿，不供杯杓”便交待明了：即是上阕所述的那种入酒乡而忘国忧的情感表达。个中之妙在于语愈豪而酒愈多，酒愈多而忧愈深，反差之势，尽得佳处。

“身外虚名将底用，古人已错今尤错。唤野猿、山鸟一时歌，休休莫。”这几句的中心意思全凝于“休休莫”三字，即眼前面对的事实已无法改变，对于类似之事，古人已经错了多次，今人更是大错特错。那些所谓的名利又有何用？在这一通否定之后，得出解愁之途：唤出山中的“野猿、山鸟”来共醉而忘忧。“一时歌”即暂时作歌，能歌一时算一时。此中的“今人”指的是词人自己，此间的“休休莫”用的是反语。退让之笔使词人的悲绪更为昭彰。

这首词通篇在写词人的心事，情感营造上大起大落，跌宕有致。词风表现上，上阕偏于婉约，下阕重在豪放，二者融合得甚为得体。语言方面多用对比造势，于反差之中发散出强烈的艺术效果，特别是“身外虚名将底用，古人已错今尤错”甚是华采，令人玩味不尽。

临江仙　内乡寄嵩前故人[①]

昨日半山亭[②]下醉，洼尊[③]今日留题。放船直到淅江[④]西。冰壶天上下，云锦树高低。　世上红尘争白日，山中太古熙熙[⑤]。外人初到故应迷。桃花三百里，浑是武陵溪[⑥]。

【注释】

①“嵩前故人”：指冯璧与王革。冯璧：详见《摸鱼儿》[笑青山不解留客]；王革：详见《水调歌头》[空蒙玉华晓]。嵩前：嵩山之阳。②“半山亭”：内乡县城（时在西陕）之西的山上的一座亭子，为宋代浮休居士张舜民（芸叟）所建。③“洼尊”：半山亭附近有一尊大青石，其上有酒尊形的凹洼，当地人称“洼尊石”，有山泉从凹洼处流出，石上镌有张舜民诗。④“淅江”：今名鹳河，发源于卢氏县境，南向流经古内乡城城西，在淅川县汇入丹江。⑤“太古熙熙”：形容内乡人有远古时期淳朴而和乐相处的风气。太古：人类最古的时代。熙熙：和乐的样子。⑥“外人”三句：谓内乡有陶渊明笔下世外桃源的风貌。

【赏析】

这首《临江仙》作于正大四年，其时，词人任内乡县令。

“昨日半山亭下醉，洼尊今日留题。放船直到淅江西。”半山亭、洼尊、淅江是内乡城周最具代表性的地物，词之启笔便用“昨日”“今日”“直到”，一口气将之贯串起来，还特别点出亭下之醉、洼尊赋词、淅江放船的雅兴，是想告诉嵩前故人：内乡这个地方太好了，从而把自己出任内乡以一展抱负的欣喜之情一气呵出。这同他之前的史馆孤闷、归家彷徨的心境形成强烈的对比。

“冰壶天上下，云锦树高低”二句再向友人介绍环周景色。前句谓山城在高山环拱中，有如冰壶般地居于中间，次句言山上林木似天然云锦，且高下参差，错落有致，同时萦带出山形拔峭，有如画境之意。而“冰壶”二字又巧融典故，告诉嵩前“友人如相问，一片冰心在玉壶”，蕴含之深，耐人体味。

下阕转写内乡百姓淳朴的风尚。

“世上红尘争白日，山中太古熙熙。”意思是尘世间的人争名夺利、尔虞我诈、机心百出，而此间的百姓淳朴善良、团结友爱，绝似生活在太古年代。二句对比鲜明，扬弃自见，更充分含蕴了词人对内乡人的特殊感情。

“外人初到故应迷”语意双关，一谓红尘中的人，惯看了人世间的名利争纷，乍来时对此境太古和乐之民风的不解，二寓《桃花源记》中“遂迷不复得路”句，引出结句。

“桃花三百里，浑是武陵溪。”结句借陶渊明笔下“桃花源”之境界而另出妙意：彼桃花源之桃林是“夹岸数百步”，此处却是“三百里”，从而把境域放大，说整个内乡县境均是“桃花源”；彼桃林是沿溪夹岸，而此桃花林是沿江不绝，气势上又增了许多。然而，回味“浑是”二字，却又含着稍有不及之意。其实，巧处也正在这里：词人正欲通过施政，把内乡营造成一个更为广泛的“武陵源”，这也正是他寄与嵩前故人的心语。词之主题含而不露，引人寻味。

这首词以寄与故人的心语为暗线把内乡环境之美、民风之淳及词人施政之志巧妙地串合起来，虚实结合，形散实凝，格调甚为高昂。

满江红

内乡半山亭，浮休居士张芸叟洼尊石刻在焉[1]

江上洼尊，人道有、浮休遗迹。尊俎[2]地、江山如画，百年岑寂[3]。白鹤重来城郭在[4]，山花山鸟浑相识。更与君、载酒半山亭，追畴昔[5]。　人易老，时难得。欢未减，悲还及。身前与身后，杳无终极[6]。一笑何须留故事，千年谁复知今日。拌醉来、横卧陇头[7]云，林间石。

【注释】

①“半山亭、张芸叟、洼尊”：详见《临江仙》[昨夜半山亭下醉]注②③。②“尊俎”：亦作“樽俎”，古代盛酒肉的器具，常代称饮宴。③“岑寂”：寂静，寂寞。④“白鹤”句：用“丁令威化鹤归辽”典。详见《水调歌头》[石坛洗秋露]“城郭”注。⑤“畴昔”：往昔。畴：语气助词，无实义。⑥“终极”：尽头，穷尽。⑦“陇头”：田埂上。

【赏析】

这首《满江红》作于词人官任内乡县令时。

“江上洼尊，人道有、浮休遗迹。”此二句以淅江定位，“洼尊”凝眸，“遗迹”点题，并以此为线索展开词境。

“尊俎地、江山如画，百年岑寂。”先谓此处下有滔滔淅江，上有崇山峻岭，画出一幅壮美的山水图，溯明宋代浮休居士张舜民在此筑亭题诗、尊俎而乐的原因。“百年岑寂”一句骤转，谓张舜民之后此处便成“岑寂”，无人问津。平抑了语气，为下文蓄势。

“白鹤重来城郭在，山花山鸟浑相识。”二句出得很妙：“化鹤归辽”典中说丁令威慨叹“城郭如故人民非，何不学仙冢垒垒”，此处则说此处不仅城郭更美，而且“山花山鸟”俱为友伴。并将白鹤借指了张芸叟，“山花山鸟”泛指此处的百姓和山川林禽，在旧时如画的江山上更添了人居的和乐，从而把邀浮休居士归来之意隐含其中。

“更与君、载酒半山亭，追畴昔。”此二句用浪漫的笔法，打破时空，同张舜民一起，在他所建的半山亭上相聚欢饮，一追畴昔。这个“追畴昔”中，明谓追忆浮休居士在此隐遁之情，实含词人爱极此境，亦想长此居隐的情怀。意在隐处，不作破说，更生蕴藉之妙。

下阕转写词人的感慨和情怀。

“人易老，时难得。欢未减，悲还及”四句叹人生短暂，时光流逝。于此境之欢游情境中又揳入淡淡的悲伤。上承张芸叟后之“百年”，下启且醉今日之意念，句意短促而简练，过接甚为自然。

“身前与身后，杳无终极。一笑何须留故事，千年谁复知今日。”先谓世事茫茫，无穷无尽，一己之身，只为过客，此为感慨之言。再言千年之后谁知有我，强记庸事，徒增烦劳。此为感悟之语，“一笑”二字，尽是坦怀。

“拌醉来、横卧陇头云，林间石。”此是感慨与感悟后的豪语：横枕田埂，赏云卷云舒；闲卧山石，听泉咽鸟鸣；更拌以尊酒醉怀。此情此怀，岂不有似陶渊明“复得返自然”（《归园田居五首》之二）之真趣？从而将词人尊酒山林之趣生发得淋漓尽致，逸气无穷。

这首词以宋代张芸叟居内乡、建山亭、题洼尊的旧事为线索，驰骋情怀，纵横运笔，把词人热爱内乡的情感和磊落豁达的胸怀绘写得十分精彩，内中平白如流的语言之美、深厚隽永的内涵之美，亦让人赏学不尽。

水调歌头

长源被放[①],西归长安,过予内乡。置酒半山亭,有诗见及[②],因为赋此。

相思一尊酒,今日尽君欢。长歌一写孤愤,西北望长安。郁郁阊门轩盖,浩浩龙津车马[③],风雪一家寒。钟鼓催人老,天地为谁宽? 丈夫儿,倚天剑[④],切云冠[⑤]。可能封塞包□[⑥],驱去复来还。清庙[⑦]千金康瓠[⑧],短褐[⑨]连城双璧[⑩],行路古来难[⑪]。松柏在南涧[⑫],留待百年看。

【注释】

①"长源被放":长源:李汾,字长源,太原人,遗山称其为"三知己"之一。金刘祁《归潜志》卷二载:"(李汾)工于诗,专学唐人,其妙处不减太白、崔颢。为人尚气,跌宕不羁……元光间游梁……辟为史院书写……后以病目免归。"放:免去,罢免。②"有诗见及":指李长源的《西归》。该诗云:"扰扰王城足是非,不堪多病决然归。只因有口谈时事,几被无心触祸机。日暮豺狼当路立,天寒雕鹗傍人飞。终南山色明如画,何限春风笋蕨肥。"③"郁郁"二句:形容京都高官士人纷繁。郁郁:繁盛的样子。阊门:宫门。轩盖:车盖。龙津:科举试场的正门。④"倚天剑":楚之宋玉的《大言赋》:"方地为车,圆天为盖,长剑耿耿倚天外。"⑤"切云冠":《楚辞·九章·涉江》:"冠切云之崔嵬。"王逸注:"戴崔嵬之冠,其高切青云也。"一说,切云,高冠名。⑥"包□":"□"为缺失字,疑为"裹"字"。⑦"清庙":宗庙。宗庙肃穆清静,故称。⑧"康瓠":空壶,破瓦壶。喻庸才。⑨"短褐":粗布短衣,指普通百姓穿的衣服。⑩"连城双璧":价值连城的玉璧。⑪"行路"句:李白《行路难》"行路难,行路难,多歧路,今安在? 长风破浪会有时,直挂云帆济沧海。"⑫"松柏"句:晋左思:"郁郁涧底松,离离山上苗。"

【赏析】

根据题下小序,知这首词作于词人任内乡县令时。

"相思一尊酒,今日尽君欢。"首句写自从汴京史馆离别之后,每每思念长源而难得见面,只能借酒慰情。次句谓今日有幸重逢,并于半山亭共饮。前句作衬笔,全为出次句。"欢"字用得很有深意,因为长源是带着悲愤而来的,所以一启笔就以欢破愁,慰安老友。

“长歌一写孤愤，西北望长安。”长源来见，最先做的事当是拿出他的泄愤之诗来给挚友看，因而，接下来便写读后的感慨，并不禁向长源携家带眷要去的地方而望。此二句语出自然却又深怀着同情、担心和对友人前景渺茫的揪心。

“郁郁阊门轩盖，浩浩龙津车马，风雪一家寒。”此三句是词人的愤慨，谓恁般繁华的京城，恁多的豪官大佬，竟容不下长源这小小的一家，使其在凄风长路中“一家寒”而颠沛飘零。此个“风雪一家寒”是从长源诗句“天寒雕鹗傍人飞”化过来的。两“寒”并出，深显该诗对词人的震撼及所产生的悲怀。

“钟鼓催人老，天地为谁宽。”此二句为词人转头对友人前途命运的担心：“钟鼓催人老”是从时间上写，岁月催人老去，友人此后已错过了黄金发展的年龄段。“天地为谁宽”是从空间上讲，此次西归，远离了京城，命运更加坎坷，正如唐人孟郊所言：“出门即有碍，谁谓天地宽？”（《赠别崔纯亮》），重新振发的地方在哪里呢？此二句由“寒”而生，以问收结，镂出肺腑，锁紧了上阕。

下阕转入排解忧绪。

“丈夫儿，倚天剑，切云冠。”是从男儿立事的角度激励的。李长源“少游秦中，喜读史书，览古今成败治乱，慨然有功名心”（刘祁《归潜志》卷二）。词人正是针对其固有之志，励其凭“倚天剑”之志，再博他个“切云冠”，语势豪雄，催人有力。此为第一层排解。

“可能封塞包□，驱去复来还。”“可能”是“怎能”“难道”的意思，谓长源此次被放，怎能像包裹被封扎起来那样？只要冲开封裹，腾达的机会便去而复来，以喻释怀，言浅意深。此为第二层排忧。

“清庙千金康瓠，短褐连城双璧，行路古来难。”“清庙”，此处代指朝廷，句意是自古以来，朝廷常常把平庸之才当作金镶玉而捧着、爱着，而将价值连城的宝玉当作粗布衣服而鄙之弃之，世间真名士的人生之路，从来就很难。此二句从世事颠倒、怀才难遇的角度慰怀，为解怀之第三层。

“松柏在南涧，留待百年看”是最后一层排解，更是全词的主旨所在。左思在《咏史》中托意于松，谓其虽然有志凌云，却因处于涧底而不得伸展，正如“冯公岂不伟，白首不见招”。而词人此处拈来，却是反其义而用之：不怕在“南涧”，自顾郁郁生。“留待百年看”，当惊左太冲。李长源《西归》诗的结尾云：“终南山色明如画，何限春风笋蕨肥。”虽有明景点缀，却掩不了颓废之情。针对此种状况，词人以高扬之势激之，使友人与词境一样共同振荡起来，瞻望新的里程。

这首词借用众多的物象与事象，把纷繁的内容和复杂的情感表达得形象生动，井然有序，处处显示着娴熟的艺术技巧和精警的语言美感。

江城子　梦德新丈，因及钦叔旧游。河山亭在□□[1]

河山亭上酒如川。玉堂仙[2]，重留连。尤恨春风、桃李负芳年。长记莺啼花落处，歌扇后，舞衫前。　旧游风月梦相牵，路三千，去无缘。灭没飞鸿，一线入秋烟。白发故人今健否？西北望，一潸然[3]。

【注释】

①“德新丈”：王革，字德新，详见《水调歌头》[空蒙玉华晓]注。丈：对年长者的敬称。钦叔：李献能，字钦叔。详见《水调歌头》[云山有宫阙]注⑤。“河山亭”：在河南孟津。《临江仙》[试上古城城上望]题注：“孟津河山亭同钦叔赋。”“□□”：脱字，应为“孟津”。②“玉堂仙”：指词人与钦叔、希颜游玉华谷事。见《水调歌头》[山家酿初熟·序]。③“潸然”：流泪的样子。

【赏析】

这首《江城子》作于词人任内乡县令时。

“河山亭上酒如川。玉堂仙，重留连”三句，忽而写人在孟津河山亭狂饮，忽而又在玉华谷结伴而游，两地相距很远，却跳跃联笔，形象地显现着梦幻效果。而孟津河山亭与嵩山玉华谷中，三人的交游甚多，二处同时闪入梦境，足见友谊之深。非常之笔写非常之状，更显着非常之趣。

“尤恨春风、桃李负芳年”二句写梦醒后的遗憾。三个人，德新王丈在嵩山，李钦叔在陕西鄜州，而自己又在偏远的内乡山城。三地远隔，甚负年华，故而醒后怅怅，“尤恨”不已。

“长记莺啼花落处，歌扇后，舞衫前”又是跳跃之笔，“莺啼花落处”回忆的是同德新在嵩山携游，“歌扇后，舞衫前”二句回忆的是在汴京史馆时陪钦叔观舞听歌之事。“长记”二字谓交谊之深的同时，又将梦中醒后两跳跃、亦幻亦真两画面联写得非常生趣。

“旧游风月梦相牵，路三千，去无缘”接上之“恨”而写怅憾之情：王丈在嵩山的玉华谷，相去“路三千”；钦叔在陕西北部的鄜州，更是“路三千”；自己在内乡，官身羁绊，亦是“路三千”。因此不无遗憾地说“梦相牵”“去无缘”。此“梦”照应“梦”而真成梦想，此“无缘”谓有缘而“梦相牵”，幽幽心事，不绝如缕。

“灭没飞鸿，一线入秋烟。白发故人今健否？西北望，一潸然。”“梦相牵”之后便托与“飞鸿”寄友情，不想飞鸿已“灭没”，空见“一线入秋烟”，希冀之“一线”亦已成空。怅憾复怅憾，只能“西北望”，此“西北望”偏指的是遥在西北疆的李鄜州，于应题中“因及”，“潸然”泪下，遗恨绵绵。

这首词从梦中与旧游相聚入笔，到“梦相牵”而难得相聚收结，把诚挚的友情绘写得细腻入微，“路三千，去无缘”“一线入秋烟”等句亦堪为难得的佳句。

江城子

杏花开过雪成团①。惜朱颜②，负清欢③。只道今年，春意已阑珊④。却是地偏⑤芳信⑥晚，红数点，小溪湾。　碧壶香供⑦挽春还，一枝闲，淡相看。月落山空，谁与护朝寒？传语春风留客好，莫容易⑧，便吹残。

【注释】

①“雪成团”：指柳絮团团。②“朱颜”：青春红润的面容。③“清欢”：清雅闲适之乐。④“阑珊”：衰残，将尽。⑤“地偏”：指山高偏冷，春意未到。⑥“芳信”：即“花信”。⑦“香供”：以花作供。⑧“容易”：轻易，轻率。

【赏析】

这首《江城子》作于正大四年,其时词人任内乡县令。

“杏花开过雪成团。惜朱颜,负清欢。”作者是酷爱杏花的,启笔的“杏花开过雪成团”,谓川原地带杏花已凋残,杨柳正吐翠,路面的落絮在微风中聚成团而滚动。“惜朱颜,负清欢”为触景之感:“惜”字领起,叹独钟的杏花已残,怅恨错过了赏花颜之期。先用拟人手法特显爱杏花的情感,后以心理状况掘深“惜”之深切。

“只道今年,春意已阑珊。”将怅憾之情再度延深,然而,“只道”二字为之后的惊喜预伏一笔,亦为鼓荡的赏杏之情造成蓄势。

“却是地偏芳信晚,红数点、小溪湾”二句,写由川原登向山城时的惊喜发现:内乡的杏花尚未绽放,只有一枝显现出几粒红蕾。“地偏芳信晚”是恍然之悟,“红数点,小溪湾”是惊喜地抚赏,从而将怅憾之低谷情绪一下子窜上狂喜之态,自然地引向下阕爱花、护花之情的描述。

“碧壶香供挽春还,一枝闲,淡相看”写词人以碧壶插花一枝来欣赏春色。感谢春君将杏花留住。“挽”字明谓春君之赐,实言自己庆甚。“一枝闲”应“小溪湾”处,“淡相看”应”红数点”的枝头,将词人独立枝旁,深喜尽赏之情写得惟妙惟肖。

“月落山空,谁与护朝寒”出得很有深意:“月落山空”谓因爱杏蕾而从白日守到月落鸟寂,二谓夜渐深而气温渐降,到凌晨将会更冷,从而引出词人的担心。

“传与春风留客好,莫容易,便吹残。”由于担心,便乞春风护花。托物言怀,把那份爱之深而护之切的情怀表露得异常细腻。

这首词语言清丽深婉,对比衬托和拟人手法,更使词境显得细腻爽朗,清越不俗。

江城子

内乡县廨①芳菊堂前,大酴醾②架芳香绝异。常年③开时,人有见素衣美妇。迫视之,无有也。或者④以为花神。故记之。

纤条袅袅[5]雪葱茏，翠阴重，暖香融。想是春工[6]，满意与薰醲[7]。百畹种兰千亩蕙[8]，都办作[9]、一帘风。　花间人似玉芙蓉[10]，月明中，下瑶宫[11]。只恐行云[12]，归去卷花空。剩著琼杯斟晓露，留少住，莫匆匆。

【注释】

①“县廨”：县衙的公舍。②“酴醾”：植物名，亦称“荼靡”“佛见笑”。蔷薇科，观赏植物。初夏开花，花单生，白色，重瓣，不结实。苏轼《酴醾花菩萨泉》诗：“酴醾不争春，寂寞开最晚。”③“常年”：往年。④“或者”：有的人。⑤“袅袅”：细长柔弱的样子。⑥“春工”：春神的精力与工夫。⑦“薰醲”：用熏香熏出浓郁的香气。⑧“百畹”句：屈原《离骚》：“余既滋兰之九畹兮，又树蕙之千亩。”畹：半亩为一畹。兰、蕙：都是香草。⑨“办作”：当成。⑩“玉芙蓉”：白莲花。⑪“瑶宫”：即瑶池，传说中西王母居住的地方。⑫“行云”：飘浮的云。

【赏析】

“纤条袅袅雪葱茏，翠阴重，暖香融。”启篇三句描写堂前之酴醾：枝条柔柔，白花叠叠，绿蔓重重，香气融融。纤、雪、翠、暖，绘形绘色言季节，共写大架，各具神韵。

“想是春工，满意与薰醲。”“满意”即决意，词人用浪漫的手法言大架上的酴醾，可能是春神决意为它香熏色染，才得如此娇美。“想是”为猜测之意，“满意”是断定之词，差意相辅，极尽其妙。

“百畹种兰千亩蕙，都办作、一帘风。”屈原笔下，兰九畹、蕙百亩已言其多而香气浓极，词人移接此处，更为倍之。然而，于极度夸张后突又言其只有“一帘风”，从而把此间“春工”所“熏醲”的酴醾比衬得更为丰满，为素衣美妇的出现攒足了笔势。

“花间人似玉芙蓉，月明中，下瑶宫”转写素衣美妇。“花间”谓出现的时间：“玉芙蓉”写衣着，喻容貌；“月明、瑶宫”言其来处，照应序言，辅实“花神”之说，更增神秘而美丽的色彩。

“只恐行云，归去卷花空。”“行云”本谓流云，此处一喻“花神”轻盈飘然的步履，二喻花开之短暂，故而担心花神欲归去，将满满的一架给“卷花空”，爱花、惜花的情感满纸流溢。

“剩著琼杯斟晓露，留少住，莫匆匆”为忐忑心境下的祝祷之语。“剩著”为“只有”

之意，玉杯不斟酒而斟晓露，以供花神，显其高洁，并对花神说“留少住，莫匆匆”，把惜花、挽春的情感表达得甚为盈满，亦想把“迫视之，无有也”的幻象变为“真有也”，回应得法，完美收篇。

这首词就内乡县衙酴醿花的神奇之说，用浪漫的笔法以绘之，既合人之相传，更表达了词人对内乡的特殊情感，二者融合天然，令人回味无穷。

江城子　寄德新丈①

春风花柳日相催，淅江②梅，腊前开。开遍山桃，恰到野酴醿③。商岭④东来三百里，红作阵，绿成堆。　半山亭⑤下钓鱼台，拂层崖，坐苍苔。林影湖光，佳处两三杯。恨杀玉溪王老子，忙个甚，不同来？

【注释】

①“德新丈”：王革，字德新，“丈”为对年长者的尊称。详见《水调歌头》[空蒙玉华晓]注①。②“淅江”：即今之鹳河，发源于卢氏县，经内乡城西，入丹江。③“酴醿”：蔷薇科，观赏植物。详见《江城子》[纤条袅袅雪葱茏]“酴醿”注。④“商岭”：即商山，在内乡之西的陕西境内。⑤“半山亭”：内乡西山上的一座亭子，宋代浮休居士张舜民建。

【赏析】

这首《江城子》作于词人在内乡任县令时。

“春风花柳日相催，淅江梅，腊前开。开遍山桃、恰到野酴醿。”起句总写内乡季节更替，“花柳”日变的荣盛状况。“春风”“相催”，变自然生态规律为天公催促，意趣顿生。接下来，把梅、桃、酴醿随季节而次递开放的花事，纳入“春风相催”之下接替而来，甚有情调。

“商岭东来三百里，红作阵，绿成堆”由时序描写转入空间描绘。“商岭”句放目远大，气势豪阔；“红作阵，绿成堆”拟人拟势，笔意妙绝。

上阕极尽奇肆的笔法,描绘了内乡四季景色之美。下阕转写人的活动。

“半山亭下钓鱼台,拂层崖,坐苍苔。林影湖光,佳处两三杯。”在如是美景中,词人时而“半山亭下钓鱼台”垂钩,时而“拂层崖,坐苍苔”赏景,时而对“林影湖光”之“佳处”畅饮“两三杯”,把词人爱山爱水爱内乡的情怀表露得酣畅淋漓。

“恨杀玉溪王老子,忙个甚,不同来?”行文至此尚嫌不足,结句中又拉来一位最爱赏景、最懂隐逸情怀的王德新,不无遗憾地问其“忙个甚,不同来?”“恨杀”二字将遗憾之情推到极致,“忙个甚,不同来”又移方言俗语入词,看似“恨”后冲口而出的寻常话,实为精心营造的妙句。缺憾之意正是表情达意的高峰之处,同时也照应题注而首尾圆合。

这首词上阕侧重景物描写,下阕侧重写人,前面铺垫得扎实,后面抒发得奔放,借物申怀,把词人热爱内乡的情感表露得特别形象,得体。

词中的语言运用十分华采,一是语如排浪,密不容针。二是词句精妙,堪为典范,如“红作阵,绿成堆”“拂层崖,坐苍苔”等,令人玩味不尽。

行香子　浙江上作

漫漫晴波,澹澹云罗①。傍春江,是处经过。桃花解笑,杨柳能歌。尽百年身,千古意、两蹉跎。　酒恶②无聊,诗苦成魔。只闲情、不易消磨。几人樵径,何处山阿③。恨夕阳迟,芳草远,落红④多。

【注释】

①“云罗”:指浮云。②“酒恶”:因喝多了酒,身体感到不爽。赵令畤《侯靖录》卷八:“金陵人谓中酒曰‘酒恶’,则知李后主词云‘酒恶时拈花蕊嗅’,用乡人语也。”③“山阿”:山的曲折处。④“落红”:亦作落英,指落花。

【赏析】

这首《行香子》作于词人在内乡任县令时。

“漫漫晴波，澹澹云罗”二句，写晴日映照下的淅江波澜，以“漫漫”谓其远而无际；写天空的浮云，“澹澹”言其似动非动。启篇二句的景语中，含蕴着淡淡的伤怀。

“傍春江，是处经过。桃花解笑，杨柳能歌”四句写词人沿淅江而行时所览之物。“桃花解笑”谓其深悉我心，“杨柳能歌”言其为我鼓而呼。步移景生，拟人拟情，为下文作出铺垫。

“尽百年身，千古意，两蹉跎”是词人进一层的思绪翻折：“百年身”寓人生短暂，用世的空间和时间均受到局限；“千古意”又重拾起古人隐身山林的无穷逸趣，“两蹉跎”则用二意反观自己，言其徘徊于二者之间，一头也没有得到。

“酒恶无聊，诗苦成魔。只闲情、不易消磨。”前二句转写自己平生不离身的两件事，即酒与诗，然而，此处却谓酒多是因精神无所寄托之故，诗作虽有成就却耗神太过。故言“只闲情、不易消磨”，即自己那份欲闲散的志趣始终萦绕，消磨不掉。

“几人樵径，何处山阿。”困扰之下，抬眼望去，谓世间能有几个人真正地像樵夫那样挑柴行歌，我的峰回路转处在哪里？彷徨之情，尽在于兹。

“恨夕阳迟，芳草远，落红多。”结尾借象言意，“夕阳迟”寓人近迟暮，“芳草远”谓政绩少，“落红多”则是失去的多不胜数。多意裹夹，把一个“恨”字表达得绵延不绝。

这首词中，将纷至沓来的困扰和矛盾心情，借助众多的物象外化出来，使词境显得柔婉含蓄却又肺腑透彻。味尽全篇，词人的那份急欲建树的情怀却是掩之不住的。

满庭芳

遇仙楼①酒家杨广道、赵君瑞皆山后②人，其乡僧号李菩萨者，人颇以为狂。尝就二人借宿。每夜客散，乃从外来，卧具有闲剩则就之，不然赤地亦寝。一日天寒，杨生与之酒，僧若愧无以报主人者。晨起，持酒碗出，同宿者闻噀③酒声。少之，僧来说云：“增明亭前花开矣，公等往观之。”人熟其狂，不信也。已而视庭中牡丹，果开两花。是后僧不复至。京师来观者车马阗咽[④]，醉客相枕藉[⑤]，酒垆[⑥]为之一空。赵礼部[⑦]为雷御史希颜所请，即席同予赋之。时正大四年之十月也。

妆镜韶华[⑧]，牙签名品[⑨]，惯看培养经年。何人曾见，槁叶败芳妍[⑩]？知是毗耶[⑪]座客，三生[⑫]梦、犹有情缘。薰香手，融春晕雪[⑬]，来见百花前。　嫣然[⑭]，谁为笑？珠围翠绕[⑮]，且共留连。待诗中偷写，画里真传[⑯]。绣帽[⑰]拥霜凝紫塞[⑱]，琼肌莹[⑲]，春满□前。新声[⑳]在，梁园异事[㉑]，并记玉堂仙[㉒]。

【注释】

①“遇仙楼”：《一统志》：“遇仙楼在祥符县城（今开封）南薰门内。”②“山后”：今山西恒山、五台山以北地区。③“噀”：喷。④“阗咽（yè）”：同“填咽”，形容行人拥挤。⑤“枕藉”：纵横相枕而卧。⑥“酒垆”：酒店安放酒瓮的土台子，此处指遇仙楼的酒。⑦“赵礼部”：礼部尚书赵秉文。⑧“妆镜韶华”：梳妆镜中映出的妙龄女子。韶华：比喻美好的青年时光。⑨“牙签名品”：藏书的标识以便检查。此处代指书籍。名品：名贵品种。⑩“芳妍”：此处专指李菩萨喷酒而生的两朵牡丹。⑪“毗耶”：梵语，意为平整庄严，此处代指高僧。⑫“三生”：佛教谓前生、今生与来生。⑬“融春晕雪”：赞美异僧移春入冬的神奇手段。⑭“嫣然”：娇美的样子。⑮“珠围翠绕”：女子精美的妆饰，此处喻牡丹。⑯“真传”：即“传真”，画家摹写人物形象。⑰“绣帽”：锦绣的衣帽，此处代指来赏牡丹的人。⑱“拥霜凝紫塞”：雪拥长城外，暗喻塞外和番的王昭君。⑲“琼肌莹”：肌肤如玉，暗喻唐之杨贵妃。⑳“新声”：指这首新作的词。㉑“梁园异事”：遇仙楼的奇人奇观，指牡丹冬日绽放之事。梁园：西汉时梁孝王的园囿，又名兔园，此处代指祥符。㉒“玉堂仙”：指遇仙楼出现的高僧李菩萨。

【赏析】

“妆镜韶华，牙签名品，惯看培养经年”三句，意思是：人世间，不管是以妙龄女子为喻，还是书籍记载的知名品种，人们见惯的是多年培植出的牡丹。“惯看”二字又为遇仙楼之牡丹作了陪衬和伏笔，自然引出下文的铺写。

“何人曾见，槁叶败芳妍？”此二句用反问句有力地推出全词的主体——十月牡丹。是中，“槁叶”之枝又为“芳妍”作衬笔，烘托了事出之异。而此句又为下句作了铺垫。

“知是毗耶座客，三生梦、犹有情缘。”在前两层的烘衬下，此二句表达出“座客”的高僧，亲睹了“三生”之奇遇的“情缘”，万分庆幸之情溢于言表。

“薰香手，融春晕雪，来见百花前”三句转写异僧：“薰香手”谓手段之奇，“融春晕雪”谓现象之异，“百花前”谓牡丹本在百花后，今却现于百花前。言僧之奇、花之异，亦在言自己有此奇遇的惊喜。

“嫣然，谁为笑？珠围翠绕，且共留连。”在描写十月牡丹娇颜的同时，巧妙地提出“谁为笑”的问题来引人发思：从表象上看，是为“京师来观者”博笑，暗蕴着的是神僧为报同乡杨广道、赵君瑞之厚情。由此推来，“且共留连”中，有“车马阗咽、醉客相枕藉”之争览者的留连，有词人的留连，更有欲赋词以记，让世人永远地为此异事而留连，词人此时此境，甚有欧阳修《醉翁亭记》中“人知从太守游而乐，而不知太守之乐其乐”的妙味。

“待诗中偷写，画里真传。绣帽拥霜凝紫塞，琼肌莹，春满□前。”“待诗中”二句，谓诗人作诗以记、画师描摹绘形，将此花此事记下来，传远去。“绣帽”二句即是诗家诗与画家图的展现：“绣帽”记群拥而至，“凝紫塞”“琼肌莹”则以绝代美女喻图中之花，十月风雪之季却以春满楼前反衬，谓花意盎然，谓观客腾沸，把遇仙楼之盛况描述得惟妙惟肖，引人入胜。

“新声在，梁园异事，并记玉堂仙”三句，由众家描摹转一家记述，言赋词缘由，言梁园花异，言李僧之奇，将众妙归于一处，收结全篇，贻与尚未来观者，从而以续后缘，更使此处继续“车马阗咽”。

这首《满庭芳》所写的是一件十分离奇却又真真实实、亲所睹见的事，故而不惜笔墨，先以词序述说，更以赵秉文、雷希颜即席同赋而佐之，序为词作铺辅，词为序的艺术体现，互承互辅，相得益彰。

临江仙　赠仲经女子楚楚[1]

阿楚新来都六岁，掌中一捻[2]娇春。诗中有笔画难真。芝香云作朵[3]，鱼细锦为鳞[4]。　旧说张门多静女[5]，更和灵照[6]情亲。夸谈[7]休遣孔兄嗔[8]。异时看小妹，林下谢夫人[9]。

“灵照情亲”后注：外家姓庞氏。

【注释】

①“仲经”：张澄，字子纯，别字仲经，洛水人。详见《梅花引》[绿华仙萼彩云间]。②“捻”：量词，把。③“芝香”句：芝，灵芝，形容华美如芝颜，美丽的容颜。云作朵，是指灵芝的形状如云朵。④“鱼细”句：比喻楚楚身材灵小，衣着鲜亮。⑤“静女”：文静的女子。⑥“灵照”：《景德传灯录》载：“襄州居士庞蕴者……女名灵照，常随制竹漉篱，令鬻之以供朝夕。（庞蕴）将入灭（僧人之死），令女灵照出，视日早晚，及午以报。女遽报曰：‘日已中矣，而有蚀也。’居士出户观次，灵照即登父坐，合掌而亡。居士笑曰：‘我女锋捷（机锋迅捷）矣。”⑦“夸谈”：指上述灵照锋捷之事。⑧“孔兄嗔”：兄弟的嗔怪。孔兄，用“孔李通家”典。《后汉书·孔融传》：“融幼有异才。年十岁，随父诣京师。时河南尹李膺以简重自居，不妄接士宾客，敕外自非当世名人及与通家，皆不得白。融欲观其人，故造膺门。语门者曰：‘我是李君通家子弟。’门者言之。膺请融，问曰：‘高明祖父尝与仆有恩旧乎？’融曰：‘然，先君孔子与君先人李老君（老子）同德比义，而相师友，则融与君累世通家。’众坐莫不叹息。”后用为世交之典。⑨“林下谢夫人”：谢道韫，晋谢奕女，王凝之妻。聪识有才辩，神情散朗，有林下风。家尝内集，值天大雪，叔父谢安曰：“白雪纷纷何所似？”安兄子朗曰：“散盐空中差可拟。”道韫曰：“未若柳絮因风起。”林下：《世说新语·贤媛》：“（济尼曰）王夫人（谢道韫）神情散朗，故有林下风气。”即指竹林贤士的风采。

【赏析】

遗山先生南渡避兵，居福昌三乡时，与张仲经结友。任内乡令时，张仲经又与杜仁杰、麻革、高信卿、康国挈家就遗山而居内乡。故知这首词作于在内乡时。

“阿楚新来都六岁，掌中一捻娇春”二句，言作词的时间，言楚楚的年龄，言仲经爱如掌珠。落笔便让楚楚给人以聪明灵秀、人见人爱的第一印象。

“诗中有笔难画真。芝香云作朵,鱼细锦为鳞”则以倒装笔法言容貌,言衣装,再谓为极尽诗家妙笔也难以描绘其容。博喻与夸张并举,将孩子的形貌描绘到难以复加的地步。

“旧说张门多静女,更和灵照情亲”二句又言门第,言家教,言渊源。《中州集·张参议澄》谓其家族“本出辽东乌惹族,国初移之隆安。祖黄县府君移官洛水,因家焉。”官宦门第,教养有素,故女子多娴静,以“多”出殊,生出烘云托月的效果。楚楚的母亲为庞氏,故而又拈来古代名女庞灵照作比,更突显出聪颖灵秀的一面。

“夸谈休遣孔兄嗔。异时看小妹,林下谢夫人。”楚楚这么聪明,不要让其他聪慧的兄弟心生嗔怪。“异时看小妹,林下谢夫人”之结句,借谢朗之目观“小妹”,借济尼之口评楚楚,表达出词人十分看好和殷切期望的情感。

这首词所赞赏的是一位年仅六龄的小女孩,故而借用了博喻、夸张、比较等修辞手段和多则历史典故作描写和烘托,使一位人们尚不熟悉的人物形象活脱脱地展现在读者面前,曲径通幽,魅力无穷。

临江仙　张光甫家儿子咬驴[①]

膝上添丁[②]郎小小,鹓雏[③]彩鹤初匀[④]。书堂合与孟家邻[⑤]。诵诗琴解□,论学墨沾唇。　头玉哓哓眉刷翠[⑥],更将秋水为神[⑦]。看花留待百年春[⑧]。金鞍南陌[⑨]上,惊动洛阳人。

【注释】

①《清平乐》[春风倾倒]的题注为“光甫副使寿席,鹓雏指渠儿子阿咬。”据此,知“张”为“刘”之误。“刘光甫”:刘祖谦,字光甫,安邑(今山西运城西)人,承安五年进士。历任大理司直、监察御与右司都事、武胜军节度副使。正大四年辞邓州武胜军副使职后,携家内乡就遗山,建宅日与相聚。咬驴:光甫之子敏仲,乳名咬驴。②“添丁”:生了儿子。“家口”或“人口”中,男称“丁”,女称“口”。③“鹓雏”:传

说与凤凰同类的鸟,此处喻阿咬。④“初匀”:羽毛初丰。此处喻阿咬初长成人。⑤“孟家邻”:孟轲的邻居。汉刘向《列女传·邹孟轲母》载:孟子的母亲为了培养儿子,曾为选择环境三次迁居,终使孟轲成为一代大儒。此处的“邻”指光甫家。⑥“头玉”句:李贺《唐儿歌》:“头玉硗硗眉刷翠,杜郎生得真男子。”头白如玉,眉毛齐整乌黑。⑦“秋水为神”:双目有神。⑧“看花”句:唐孟郊《登科后》:“春风得意马蹄疾,一日看尽长安花。”⑨“南陌”:南面的道路,此处指洛阳的大街。南朝梁沈约《临高台》:“所思竟何在,洛阳南陌头。”

【赏析】

遗山先生三十八岁时,刘光甫携家内乡,在城隅营建新宅,日与遗山、张仲经、杜仲梁等友诗酒相聚。这首词作于此段时间。

“膝上添丁郎小小,鹓雏彩鹤初匀。”启篇总写阿咬:首句言父爱、言幼龄,盈溢着爱抚之情,次句喻鹓雏、喻彩鹤,流溢着看好之意。词精句炼,启开下文。

“书堂合与孟家邻。诵诗琴解□,论学墨沾唇”三句,先谓其立学当以孟子为高标,而后谓其必定会六艺俱学,勤读不辍,将“孟家邻”的内涵补述得满满当当。

下阕瞻望刘家儿子的前程。

“头玉哓哓眉刷翠,更将秋水为神。”隆颅高高,眉色漆漆,眼神如秋水。此二句从孩子的五官相貌言其出息,虽为相术之言,却也并非虚妄的夸张,因为孩子的五官特别是眼神,就透着非凡的灵气。

“看花留待百年春。金鞍南陌上,惊动洛阳人。”此处化用孟郊进士及第时的快言,以喻此子亦会插雕翎、跨金鞍而名动洛阳。百年春,指永远年轻。意思是这小孩的未来是一生顺利不可限量。我们的阿咬一定要“春风得意马蹄疾”,金鞍“惊动洛阳人”了。

这首词赞美的对象还是个“郎小小”,故而行文中取喻选用“鹓雏彩鹤”,状形着意玉面灵眸,摹写选择“墨沾唇”,用典更借幼年孟子,从而把一个聪明伶俐、活泼可爱的咬驴表现得活灵活现,如睹其人。

声声慢　内乡浙江上作

林间鸡犬，江上村墟[①]，扁舟处处经过。袖里新诗，买断古木苍波。山中一花一草，也留教、老子婆娑[②]。任人笑，甚风云气少，儿女情多[③]。　不待求田问舍[④]，被朝吟暮醉，惯得蹉跎。百尺高楼[⑤]，更问平地如何？朝来斜风细雨，喜红尘、不到渔蓑[⑥]。一尊酒，唤元龙、来听浩歌。

【注释】

①“村墟”：村落。②“老子婆娑”：老我留连。老子：词人自指。③“风云气少，儿女情多”：豪迈的气概消减，缠绵之气增多。④“求田问舍”：买田置宅。详见《水调歌头》[形神自相语]“许汜卧床下”注。⑤“百尺高楼”：见注④。⑥“朝来”三句：化用唐张志和《渔歌子》“青箬笠，绿蓑衣，斜风细雨不须归”句。

【赏析】

“林间鸡犬，江上村墟，扁舟处处经过”三句，以浙江边作立足点，上写村庄处处，鸡犬声声，下写舟楫往来穿梭，无处不有恬静祥和的景象。和乐气象的背后，则蕴藏着词人惠及内乡的政绩和与民同乐的心境。

“袖里新诗，买断古木苍波。山中一花一草，也留教、老子婆娑。”此四句转写词人自己：前两句谓自己吟诗作歌赞内乡，“买断”二字形容诗多韵佳，自信十足；后两句谓自己酷爱内乡，“婆娑”二字将内心外化，形象至极。

“任人笑，甚风云气少，儿女情多”是对自己在内乡这段时间诗歌创作风格的调侃。然而，反观内乡的巨大变化，百姓由弃耕流亡到四方升平的景象，正是词人欣怀之处，因此写出来的作品就多有与民同乐的委婉之情，人之笑处正是词人得意的地方。

地方做官，三年为一任，词人因为热爱内乡山水，酷爱内乡百姓，便想长作内乡人，因而下阕便转写自己的留恋之情。

“不待求田问舍，被朝吟暮醉，惯得磋跎。”此三句言未到“求田问舍”时，已得“朝吟暮醉”乐，“惯得”二字涵因涵果，“蹉跎”二字反用其意，将此段怡乐写得十分生趣。

“百尺高楼，更问平地如何？朝来斜风细雨，喜红尘、不到渔蓑。”先巧设元龙之问，引出离任后欲闲居内乡的闲情逸致。句中的“高楼”“平地”，将升任与闲隐两途含蕴得十分巧妙。“朝来”二句化张志和之语，再将前意掘深掘透。其中的“喜红尘、不到渔蓑”符合自己身份，甚耐玩味。

“一尊酒，唤元龙、来听浩歌”结句语承“百尺高楼”，暗接“平地”垂钓，以“浩歌”的冲天之势收笔，产生出振荡不息的艺术效果。

这首词从内乡清景写起，到长隐乐境收结，中间极尽铺陈，把词人酷爱内乡的情怀表达得淋漓尽致。全词语言明快，格调清新，首尾圆合，意境甚为宽阔。

江城子　送人归旧居

草堂萧洒①淅江头。傍林丘，买扁舟。隔岸红尘，无路近沙鸥。枕上有书樽有酒，身外事，更何求？　暮云归鸟仲宣楼②。敝貂裘③，为谁留？千古书生，那得尽封侯。好在半山亭④下路，闻未老，去来休⑤。

【注释】

①“萧洒”：清丽，明爽。②“仲宣楼”：王粲的登楼处。仲宣：王粲，字仲宣，山阳高平（今山东省邹城市西南）人。东汉时“建安七子”之一，《登楼赋》为其代表作。③“敝貂裘”：破旧的皮毛衣服。④“半山亭”：内乡县城之西山上的一座亭子，宋代浮休居士张舜民建。⑤“去来休”：归去之意。陶潜《归去来兮辞》：“归去来兮。”休：语气词，用于句尾，相当于“吧”“了”。

【赏析】

“草堂萧洒淅江头。傍林丘，买偏舟。”启篇描写友人在内乡所居的地方：看草堂，心清神爽，望周边，有山林，有江流，逸兴时还可乘舟漂流。此三句极力地渲染了环境之美。

“隔岸红尘，无路近沙鸥”又从淅江着笔，谓对面是喧嚣的红尘，此处是沙鸥翔集的幽境，一江阻路，尘世远隔，堪比桃源之境。

“枕上有书樽有酒，身外事，更何求”着笔草堂内，谓草堂虽陋，但是闲来览书吟诗，兴至樽酒邀友，甚有杜甫草堂之趣。“身外事，更何求”则将如上三层挽留之意归拢一起，甚是依依难舍。“身外事”又顺带出友人此去为红尘俗事所扰，照应了前文，流出了遗憾，友情之深亦寓其中。

上阕着意于留，下阕转笔于送。

“暮云归鸟仲宣楼，敝貂裘，为谁留”三句，以暮云淡淡、归鸟匆匆之象，喻友人远去，借仲宣楼谓自己登楼目送，心情怅怅；“敝貂裘”则以友人残破的衣服描写其背影，“为谁留”中满是友人的影子，更有词人的凄伤。

“千古书生，那得尽封侯”二句，隐隐中点出友人归去的原因，把仕路难通的担忧忽隐忽显地流露出来，照应着“红尘”，引出了结句。

“好在半山亭下路，闻未老，去来休。”“好在”是好好地、始终地，“半山亭下路”是友人归去时的路，“去来休”款款之语、默默的祝福中，把读者的心也带向远方。

这首送别词中，上阕绘景精彩，述事深微，含尽了挽留之意。下阕兴象暗淡，述意凄惋，写尽了离别之伤。全词语言精美，述情深挚，感人至深。

临江仙　夏馆秋林在内乡北山

夏馆秋林①山水窟②，家家林影湖光。三年闲为一官忙。簿书③愁里过，笋蕨④梦中香。　父老书来招我隐，临流已盖茅堂。白头兄弟共论量⑤。山田寻二顷⑥，他日作桐乡⑦。

【注释】

①“夏馆秋林”：地名。清嘉庆《大清一统志》谓“秋林夏馆山”在内乡县北一百五十里。“泉石甚胜，湍水出焉”。②“山水窟”：山光水泉。③“簿书”：官府的文书、档案，此处代指官衙的一应公务。④“笋

蕨”:竹笋与野生的蕨菜,均可食用。此处代指山民之粗食。⑤“论量”:此处为研讨辨析。⑥“寻二顷”:买田二顷。顷,田亩单位,一顷为百亩,此处用“二顷田”之典,非实数。《史记·苏秦列传》:“苏秦喟然叹曰:‘此一人之身,富贵则亲戚畏惧之,贫贱则轻易之,况众人乎?且使我有雒阳负郭田二顷,吾岂能佩六国相印乎?”⑦“桐乡”:用“桐乡葬”典。《汉书·朱邑传》:“朱邑字仲卿,庐江舒人也。少时为舒桐乡啬夫(官名),廉平不苛,以爱利(仁爱,不争利)为行,未尝笞辱人,存问耆老孤寡,遇之有恩,所部吏民爱敬焉……初邑病且死,属其子曰:‘我故为桐乡吏,其民爱我,必养我桐乡。后世子孙奉尝我,不如桐乡民。’及死,其子葬之桐乡西郭外,民果共为邑起冢立祠,岁时祠祭,至今不绝。”

【赏析】

这首《临江仙》作于词人任内乡令时。根据词意,知其始建秋林别业。

“夏馆秋林山水窟,家家林影湖光”二句,谓秋林的山美泉多,言人居处的水光林影,为词人选择此处建别业提供了先决条件。

“三年闲为一官忙。簿书愁里过,笋蕨梦中香”三句,以官事缠身、愁事过多的状况,烘托出梦寐以求的闲居愿望,又为其建别业作了一系列铺设。“梦里香”三字将前面数句囊括一起,成为全词的点睛之笔。

“父老书来招我隐,临流已盖茅堂。白头兄弟共论量。”前二句为承转之笔,接上阕而补出“父老招我隐”的重要一笔,并点出别业的位置。“临流”二字应照“山水窟”,更融进“家家林影湖光”之中,将“笋蕨梦”变为现实,欣悦之情溢于言表。“白头兄弟共论量”句,在山水之欢、百姓融乐之中,又揳入诗友“共论量”,把别业之趣涨的满满当当。

“山田寻二顷,他日作桐乡”二句,一借苏秦典而矢志躬耕秋林,一效廉吏朱邑而深植于内乡,抒情言志中郑重地托出主题,使全词厚度倍增。

这首词风格朴素,语言隽美,境界高扬,充分显示出词人别业初成时的喜悦心情和能与内乡百姓永久相聚的真挚情怀。使人读后如扪其心,如见其人。

浣溪沙

一片青天举棹[1]过，小舟无地受风波。渔歌浑是太平歌。

乡社[2]年丰寻酒易，陂塘[3]春暖得鱼多。百年闲过又如何？

【注释】

①“棹”：船桨。②“乡社”：乡村。③“陂塘”：池塘，池沼。

【赏析】

这首《浣溪沙》作于内乡县任时。

“一片青天举棹过，小舟无地受风波”二句写淅江泛舟，用了因果倒装。因为“无地受风波”，词人便在平滑如镜的江面泛舟；蓝天白云与粼粼波光融在一起，船在水中游，人在云上飘，风光如画，惬意极了！

“渔歌浑是太平歌”转写舟子渔歌：彼舟歌声荡起，此舟扬喉相和。一起一伏，不绝于耳。写的是渔舟歌声，发的是内乡人的心音。同时于前面的画面中荡出令人神摇的歌来，使淅江之景显得更为丰满。

“乡社年丰寻酒易，陂塘春暖得鱼多。”上阕写罢荡舟，下阕转写饮酒。“寻酒易”源于岁年丰，酿酒之粮充盈；佐酒之鱼多，明谓塘暖，暗蕴乐业。此二句说的是酒与鱼，折映的是内乡百姓丰盈的生活，侧出之笔，妙味无穷。

“百年闲过又如何”是在层层铺设之后自然而然抒发的心声，流露出词人对内乡政绩的欣慰，对内乡人民的爱重，对内乡一山一水、一草一木的浓厚情感。因此，他便拼着“百年闲过”也不愿离开这片热土。

这首词尺幅虽短，却融汇了如锦如画的自然景观，如同桃源的百姓生活，以及词人为官一地、造福一方的满意情怀。读来如临其境，如沐清风。

诉衷情 仲经举儿，小字高闾，所居名高斋[①]

行斋活计[②]五车书[③]，真欲釜生鱼[④]。天公也相料理[⑤]，新得掌中珠。

看骥子[⑥]，弄鹓雏[⑦]，最怜渠[⑧]。青衫竹马[⑨]，后日迎门，好个高闾。

【注释】

①“仲经”：张澄，字子纯，别字仲经。遗山先生的挚友。详见《梅花引》[绿华仙萼彩云间]注①。“举儿”：生子。②“行斋活计”：张仲经的家当。行斋：张仲经名其内乡居所为“行斋”。活计：生存之计。③“五车书”：《庄子·天下》：“惠施多方，其书五车。”庄子的本意是说惠子家中书籍多，后用以形容人学问渊博。④“釜生鱼”：《后汉书·范冉传》：“范冉字史云……桓帝时，以冉为莱芜长，遭母忧，不到官……议者欲以为侍御史，因遁身逃命（任命）于梁、沛之间……所止单陋，有时粮粒尽，穷居自若，言貌无改，闾里歌之曰：“甑中生尘范史云，釜中生鱼范莱芜。”⑤“料理”：照顾。⑥“骥子”：良马。⑦“鹓雏”：凤凰类的鸟。⑧“渠”：代词，表第三人称。⑨“青衫竹马”：读书郎的服装和儿童当马骑的竹竿。此处代指仲经之子高闾。

【赏析】

遗山先生《张仲经诗集序》：“仲经偕杜仲梁、麻信之、高信卿、康仲宁挈家就予内乡……日得相从文字间。仲经之所成就，又非洛西时比矣。”仲经“举子”亦当在这一时段。

“行斋活计五车书，真欲釜生鱼”两句二典，前者言其学富，后者言其家贫，对比写来，极含深趣：前为庄子原汁原味的典语，后为有才却逃富贵的范例，两义夹裹，把张仲经的德与才烘托得精妙入微。

“天公也相料理，新得掌中珠”两句，在首二句的铺垫下点出主旨，谓其得子之喜，是因为上天眷顾，形成因果，于上承首二句的同时，更含了此子不凡的深意。

下阕沿天公料理，新得掌珠之意而转写此子。

“看骥子，弄鹓雏，最怜渠”兼表二意，“看”“弄”“怜”由外状到内心，极为简练地摹写仲经对儿子的狂爱，将“掌中珠”表现得实实在在。“骥子”“鹓雏”在祝愿此子前程锦绣的同时，更照应了“天公料理”之意，将赞仲经阴德、祝此子前程、谢天公佳赐诸意一并托出。语简涵深，甚耐咀味。

“青衫竹马，后日迎门，好个高闾”三句，从面前的襁褓，仿佛已经看到此子渐能骑竹马，又到读书时，再长到为官为宦，一幅幅幻象眼前闪出，把词人盼其快长的心情表露得殷切而逼真。“好个”二字戛然煞尾，铿锵有力。

这首词欲贺仲经举子，却从其家境虽贫而学富五车写起，把希望此儿能继承乃父优秀品质、学业有成的情意寄寓其中，切切之情，可触可感。

摊破浣溪沙　代赠仲经所亲[1]

锦瑟华年[2]燕子楼[3]，楚云湘雨[4]等闲休。留在贞元[5]供奉曲，尽风流。
约略睡痕妆镜晚[6]，留连香韵琐[7]窗秋。总道竹西歌吹[8]好，去来休。

【注释】

①“摊破浣溪沙”：摊破，又名“摊声”，指乐曲节拍的变动所引起的句法和协韵的变化。或多数句合成少数句，或少数句破成多数句，字数随之有所增减。这首《浣溪沙》的上下阕各增末尾的三字句，句末仍协韵。“仲经”：张澄，字子纯，别字仲经，遗山先生的挚友。详见《梅花引》[绿华仙萼彩云间]注①。“所亲”：所钟情的人。②“锦瑟华年”：李商隐《锦瑟》：“锦瑟无端五十弦，一弦一柱思华年。”③“燕子楼”：白居易《燕子楼诗序》载：燕子楼（在今江苏徐州）为唐贞元时尚书张建封之爱妾关盼盼居所。张死后，盼盼念旧不嫁，独居此楼十余年。后以“燕子楼”代指姬妾或情侣的居所。④“楚云湘雨”：指楚襄王与巫山神女、湘妃泣泪染竹两桩故事。⑤“贞元”：唐德宗的年号。⑥“约略”句：《太真外传》：“上皇登沉香亭，诏太真妃子，妃子时卯酒未醒，命力士从侍儿扶掖而至。妃子醉颜残妆，鬓乱钗横，不能再拜。上皇笑曰：‘岂是妃子醉，真海棠睡未足耳。’”约略：随便地，不经意地。宋贺铸《摊破浣溪沙》：“约略整环钗影动。”⑦“琐”：门窗上镂刻的连环形花纹。⑧“竹西歌吹”：唐杜牧《题扬州禅智寺》：“雨过一蝉噪，飘萧松桂秋。青苔满阶砌，白鸟故迟留。暮霭生深树，斜阳下小楼。谁知竹西路，歌吹是扬州。”后因此名篇，扬州筑有“竹西亭”，又名“歌吹亭”，在扬州北门外禅智寺前。后亦以此典喻歌舞热闹之处。

【赏析】

“锦瑟华年燕子楼，楚云湘雨等闲休”二句四典。首句将关盼盼的故事与“一弦一柱思华年”合而为一，喻仲经所钟情的人对他的爱恋之笃深。次句拈来“楚云”与“湘雨”两个流传很广的典事，言其比起眼前二人的痴情来，尚属平常而已。对比反衬，强化了首句，收到先声夺人的效果。

“留在贞元供奉曲，尽风流”接“燕子楼”的典意，谓其如果在唐之贞元时期的话，这个故事一定会作为特佳的题材，被人们作词编曲，传唱不绝。此处不仅伸延了“燕子楼”的典故，而且易孤独为双飞，易楼名为国号，活跳而涵深。

“约略睡痕妆镜晚，留连香韵琐窗秋。”前句接贞元故事而更谓天宝韵事，后句谓香留镂窗而称道仲经知音，以古喻今，托物言事，特别是以镂刻的连环图以寓二人之“留连”，刻画精微而妙味无穷。

“总道竹西歌吹好，去来休”二句出得更妙。“竹西歌吹”出于杜牧名句，并筑成扬州名亭，故而天下驰名。此句亦是对“仲经所亲”而言的，从而回应了题注，收到语重心长的效果。

这首词是赠与友人之红颜知己的，直白直赞显然不宜，因而便通篇借用典言典故，将表达之意天衣无缝地联缀成篇，使全词蕴意深邃而令人寻味不尽，充分显示了词人博学之怀与机杼百出的运思功力。

水调歌头　长寿新斋[1]

苍烟百年木，春雨一溪花。移居白鹿东崦[2]，家具满樵车[3]。旧有黄牛十角[4]，分[5]得山田一曲[6]，凉薄[7]了生涯。一笑顾儿女，今日是山家。　簿书丛[8]，铃夜掣[9]，鼓晨挝[10]。人生一枕春睡[11]，辛苦趁蜂衙[12]。竹里蓝田山下，草阁百花潭上，千古占烟霞[13]。更看商於[14]路，别有故侯瓜[15]。

【注释】

①“长寿新斋”：遗山先生在内乡东南白鹿原建的居所名。②“崦”：山。③“樵车”：运樵薪的车。④“黄牛十角”：一牛有二角，十角即五头。⑤“分”：原文注为“去声”，当为“例分”“按例”之意。⑥“曲”：量词。全祖望《桃花堤记》：“徙宅湖上，买得竹洲一曲。”⑦“凉薄”：清贫。⑧“簿书丛”：掌管纷繁的官衙之事。⑨“铃夜掣”：夜间摇铃警更。⑩“鼓晨挝”：凌晨击鼓。鼓挝：即挝鼓，击鼓报更。⑪“春睡”：喻人生短暂，希冀易失。⑫“趁蜂衙”：如蜂之忙碌于蜂窝。蜂衙：蜂房，蜂窝。⑬“竹里”三句：以唐代诗人王维的辋川别业自况。烟霞：山水胜景。⑭“商於（wū）”：地名，在今河南省淅川县西。⑮“故侯瓜”：《史记·萧相国世家》：“召平（即邵平）者，故秦东陵侯。秦破，为布衣，贫，种瓜于长安城东。瓜美，故世俗谓之‘东陵瓜’，从召平以为名也。”东陵瓜亦称“故侯瓜”“青门瓜”。故官隐居不仕者亦谓“瓜田故侯”。

【赏析】

金哀宗正大五年（1228），遗山先生嗣母张氏夫人病逝，他便因丁内艰而罢任。他的《新斋赋·序》：“予既罢内乡，出居县东南白鹿原，结茅菊水之上。”其《行斋赋·序》：“戊子（正大五年）冬十月，长寿新居成。仲经张君从予卜邻。”据此，知这首《水调歌头》作于正大六年春。其年，词人四十岁。

“苍烟百年木，春雨一溪花。”菊花山很美，潭水更为有名。《风俗通》载：“甘谷水香美，其上有大菊落水，从山流下得其滋液。谷中有三十家，不复穿井，悉饮此水，上寿百二三十，中寿百余，下七十八十者名之大夭。”长寿村以此得名。《本草纲目》载：“药用菊花南阳郦县最多，菊潭县最佳，饮菊潭水可以延年益寿。”词之落笔便以凝练的笔法描绘长寿新斋优美的环境：“苍烟”言山高景美，“百年木”言林木古老；“春雨”谓季节雨润，“一溪花”谓繁花映水。二句绘山绘水，上下交映，美不胜收，亦暗蕴了词人择此而居的原因。

“移居白鹿东山，家具满樵车”转写由内乡城移迁长寿村。此二句隐隐中在与孟郊移家作比：唐代著名诗人孟郊的《借车》诗中云：“借车载家具，家具少于车”。而此处的“家具满”则因是装在柴车，言自己之贫亦如孟郊，只是在于移家时的心境差异甚大。孟郊移居，心绪低沉，满是嗟叹，词人移家尽是欢欣，一个“满”字将移居之情表达得十分深邃。

“旧有黄牛十角，分得山田一曲，凉薄了生涯。一笑顾儿女，今日是山家。”此五句接写安居后的情况。旧有黄牛，新有山田，从此躬耕于长寿村。“凉薄了生涯”言其欲在此间清贫闲居，了度一生，“凉薄”二字虽有淡淡的怅憾，即不能继续为百姓、为国家奉献绵薄之力，但是能在菊潭实现隐居之梦，却又十分欣慰。基于此情此境，“一笑顾儿女，今日是山家”的心语便自然流出，欣慰之情将“凉”字冲得无影无踪。

“簿书丛，铃夜掣，鼓晨挝”三句，是对前段为官任职的回顾；言案牍之公事繁，言夜铃时尚未寝，五鼓时已疾起。此处，写的是公务之劳，折映的恰是词人鞠躬尽瘁的精神。

“人生一枕春睡，辛苦趁蜂衙”二句，是对人生的希冀及为之付出艰辛的感悟。谓芸芸众生，更在总结自己，上承前文所述之勤苦，下引对新斋闲适之境的叙写。

“竹里蓝田山下，草阁百花潭上，千古占烟霞。”唐代著名诗人王维于天宝年间，在终南山和辋川别业中半官半隐，甚得山水田园怡静自得之趣，创作出许多不朽的诗作。词人于此处借之而自况：辋川在蓝田与终南山之间，此处便说，王左丞的辋川别业，在蓝田山下，有竹影松风相伴，我的长寿新居在白鹿原上，日赏潭水百花，我们两位诗人真可谓占尽了千古山水的佳处。

“更看商於路，别有故侯瓜”二句，隐隐间又有较王维更胜一筹之意：王维有辋川之乐，但其始终在官，而词人的新斋之处却满是去官后的逸趣。为此用“更看”作强调，以瓜田故侯作自喻，超脱之气便自然流出。

遗山先生四十二岁之前，一直徘徊在仕与隐的理想与现实中，而且出仕时鞠躬尽瘁，全无自我，隐居时乐山乐水，潇洒飘逸。本首词就将他这两个极相矛盾的面世态度融合得非常自如，深显出构篇谋局、遣词用典的功夫。

蝶恋花　白鹿原新斋作

负郭[①]桑麻[②]秋课[③]重。十角黄牛[④]，分[⑤]得山田种。乡社鸡豚[⑥]人与共，春风渐入浮蛆[⑦]瓮。　绕屋清溪醒午梦。一榻翛然[⑧]，坐受云山供。四海虚名将底用⑨，一声啼鸟岩花⑩动。

【注释】

①“负郭”：靠近城市的地方。郭：外城，亦泛指城。②“桑麻”：泛指农事。③“秋课”：秋季对农家所征的赋税。④“十角黄牛”：一牛两角，十角即五头牛。⑤“分”：原注“去声”，“例分”“按例”之意。⑥“乡社鸡豚”：农村在社日时供祀土地神的活动。⑦“浮蛆”：酿酒初熟时浮于酒面的泡沫。欧阳修《招许主客》诗：“金面浮蛆拨已香。”⑧“翛然”：无拘无束，自由自在。⑨“底用”：何用。⑩“岩花”：即山花。

【赏析】

这首《蝶恋花》作于金哀宗正大六年春，其年，词人丁母忧而居于白鹿原之长寿新斋。

“负郭桑麻秋课重。十角黄牛，分得山田种。”词之首句说的是历史现实：金末之际，赖以支撑立国的赋税收入，集中在河南，而城市周边的桑麻往往比穷山僻壤好一些，因而便使秋课更重。词的首句即谓此种现象，其意在于而今种田了，应作垂范交赋税，以从另一个领域为国分忧。此句看似与全词主题无涉，实则是以一条暗线提牵着全文。接下来的“十角黄牛，分得山田种”便是自己勤耕山田的乐趣，个中之乐非一般的乐趣可比。

“乡社鸡豚人与共，春风渐入浮蛆瓮”二句，转写与民同乐。“乡社鸡豚”谓乡中春社时的热闹景状，“人与共”言乡民同乐，更在谓词人与民共欢。立春五戊是春社，此时的乡民祭拜土地神，是祈一年风调雨顺，五谷丰登。词人看到的更是春风吹至，新酒酿成，拨浮沫而饮佳酿，把祈年之意表达得更为形象。

下阕转写身居新斋的翛然之状。

“绕屋清溪醒午梦。一榻悠然，坐受云山供”三句，写舍旁清溪潺潺，窗外云山澹澹，想眠则眠，该醒即醒，无拘无束，闲适至极。不言午觉睡足，而谓清溪唤醒，不言云飞山静，而谓清景供赏，拟人之笔，使动者转换，生趣盎然。

“四海虚名将底用，一声啼鸟岩花动”是享尽新斋恬适之后的感悟：前者谓终生劳碌拼来的名声，实无多用，反倒使得身心俱累，误却一身；后者谓日赏鸢飞鸟鸣，风轻花动，闲趣满满，乐度时光。对比写来，得失自明，从而回应题旨，流溢出词人酷爱山林的情趣和看淡名利的洒脱性格。

词人一生积极追求，希望将一身所学有用于国是真真实实的，绝无一丝功名富贵之念，故而“四海虚名将底用”是他实实在在的思想基础。他一生又向往山林，追求隐逸，这也是真真实实的，绝无半毫矫揉造作，所以“一榻悠然，坐受云山供”亦是他实实在在的情致所在。然而，二者相权之中，有用于国始终居于上风，因而“四海虚名将底用”的背后，亦隐含着他积极进取、有功于世的追求。两种情怀的交织，正是真真实实的遗山先生。

八声甘州

半仙亭①、篮舆②雪中回，黄䌷③日高眠。儿婚女嫁，奴耕婢织，共有住山缘。梦里松腴④酿熟，竹港⑤咽冰泉。万古霜空月，此夜清妍⑥。　不爱朝台暮省⑦，爱渼陂⑧鱼艇，杜曲山田⑨。更昭阳遗稿⑩，有意续伶玄⑪。定谁共、旧家研削⑫，要裴回⑬、顾影烛花前。西归好、春风未老，留待明年。

【注释】

①“半仙亭”：即半山亭，在内乡城西的半山腰，为宋代浮休居士张舜民建。②“篮舆”：竹轿。③“黄䌷”：黄绸，此处指黄绸被子。䌷：粗绸。④“松腴”：即指松苓酒，有养生效果。松腴：茯苓的别名，见李时珍《本草纲目·木四·茯苓》。⑤“竹港”句：指风吹竹林发出如泉咽之声。竹港：竹林中的空地。⑥“清妍”：清静美好。⑦“朝台暮省”：在朝中任官，职位屡升。台：官署名，汉设中台、宪台、外台。省：官署名，分尚书、门下、中书、秘书、殿中、内侍六省。⑧“渼陂”：古地名，在今陕西户县西，受终南山之水，西北流入涝水。原名五味陂，因陂名甚美，后误为渼陂。⑨“杜曲山田”：用“杜曲桑麻”典。杜甫《曲江》：“自断此生休问天，杜曲幸有桑麻田。”杜曲：地名，在今陕西长安县东少陵原东南，唐时为大姓杜氏聚居处。杜曲称“北杜”，杜固称“南杜”，杜甫曾居杜曲。后遂以“杜曲桑麻”指在家务农。⑩“昭阳遗稿”：指汉代伶玄的书稿，其著有《飞燕外传》。昭阳：昭阳殿。《西京杂记》卷一：赵飞燕女弟，居昭阳殿，中庭彤

朱，而殿上丹漆，砌皆铜沓，黄金涂，白玉阶，壁带往往为黄金釭，含蓝田璧，明珠翠羽饰之。”《三辅黄图·未央宫》：“成帝赵皇后居昭阳殿，有女弟俱为婕妤，贵倾后宫。”后以昭阳殿泛指后妃居住的宫殿。⑪“续伶玄”：续写伶玄之著，借指著书立言。⑫“研削”：研讨增删文字。⑬“裴回”：犹“徘徊”，萦绕淹留，往返回旋。

【赏析】

这首《八声甘州》作于词人丁内艰而闲居白鹿原时。

“半仙亭、篮舆雪中回，黄紬日高眠。”启篇言词人半山亭饮酒览景后，乘着竹轿，一路赏雪而归，归家后拥绸被，高枕眠，日上三竿了仍然酣睡，从而十分简练地把自己卸职后的闲适生活状写得形象可感。

“儿婚女嫁，奴耕婢织，共有住山缘”又从山民之处着笔，谓村中时有娶媳嫁女的融和热闹之事，每见男耕女织的农事劳作。“住山缘”三字则完全把自己融入百姓之中，将词人与民同乐、共耕山田的情致表达得十分深微。

“梦里松腴酿熟，竹港咽冰泉。万古霜空月，此夜清妍。”写罢白日写夜间，梦寐中想的是美酒佳酿，两耳中听的是竹声如泉。明月当空，“此夜清妍”，说的是皎月银晖，衬的是心境恬适。冬日之夜，竹风耳中得，便以冰泉借代；如霜的月亮万古一同，烘托唯独“此夜清妍”，将此前的奔劳、酸辛与此刻的居闲、无忧攒合一起，对比映照，意蕴无穷。

下阕转写词人的心语。

“不爱朝台暮省，爱渼陂鱼艇，杜曲山田”为心语第一层，以“不爱”衬托其“爱”，逆世人之趋骛，流出高洁的情怀。

“更昭阳遗稿，有意续伶玄”为第二层，表达欲用有生所学吟诗作赋，著书立说，为中华文化作出绵薄的奉献。

“定谁共、旧家研削，要裴回、顾影烛花前”为第三层，道出其更大的设想：组成文化团体，扩大传承能力，推动儒学文化的发展，眼前的杜仁杰等一批名士聚集在他周围，就是一个很好的开头。

如上三层由放情山水、躬耕山田，到著书立说、传承文化，再到发起文人团体、推动中原文化，层层递进、逐次拉升，于无意官场、有意山田、更在意有益于世的意念中，表达出词人退而不退、积极进取的情怀。

“西归好、春风未老，留待明年。”从“西归好”看，似乎在说退隐山林要比案牍劳形好，而再玩味“春风未老，留待明年”，则会看出词人更高更远的人生追求和价值观念。同时也暗应了“不爱朝台暮省”的深刻内涵，于余味不尽中收结全词。

这首词的上阕侧重词人热爱内乡山水和融于内乡百姓的思想感情，下阕侧重于隐居内乡后的新设想和高目标，表达他卸职后的轻快心情和更高的目标追求。语言优美，情感真挚，胸怀磊落而博大，其精神直令万人景仰。

蝶恋花

春到桃源[①]人不到。白发刘郎，误入红云岛[②]。著意酬春还草草[③]，东风一夜花如扫。　过眼风花人自恼。已坐[④]寻芳，更约明年早。天若有情天亦老[⑤]，世间元[⑥]只无情好。

【注释】

①“桃源”：指天台山桃溪，此处喻长寿村。②“白发”二句：用“刘阮天台”典。南朝宋刘义庆《幽明录》载：汉明帝永平五年，剡县刘晨、阮肇共入天台山迷不得返，饥乏殆死。见大桃树，各食数枚而饥止体充。循流而出，见一大溪，遇二女子，姿质绝妙，见刘、阮，便呼其姓，如似有旧，乃相见欣喜。因邀还家，食以胡麻饭等。其地草木气候常如春天。刘、阮乐游半年而还，子孙已历七世。后复入天台山寻访，旧踪渺然。红云岛：仙人居住的地方。③“草草”：匆忙，急遽。④“坐”：因。⑤“天若”句：李贺《金铜仙人辞汉歌》：“衰兰送客咸阳道，天若有情天亦老。”⑥“元”：本来。

【赏析】

这首词作于正大六年春末，其时词人居白鹿原长寿村。遗山先生任内乡令时，值刘光甫辞武胜军节度副使而就内乡，居于城隅新宅，“日得相从文字间”（《张仲经诗集序》）。遗山先生丁内艰，于正大五年十月移居白鹿原长寿新居时，张仲经从之卜邻于行斋，亦有杜仲梁等“亲朋复此偕”（《长寿新居三首》之二）。次年春末刘光甫到长寿村“著意酬春”时，花期已过，不无遗憾。先生遂作此首以慰之。

“春到桃源人不到。白发刘郎，误入红云岛。”启篇三句借的是刘阮二人迷路天台山的故事，喻的是老友刘光甫居于内乡城而晚来长寿村，故而说春到长寿村了，“白发刘郎”却因“迷路”而蹒跚来迟。以刘晨故事喻刘光甫今事，用典精微而趣味横生。

“著意酬春还草草，东风一夜花如扫。”酬春，即以诗酒形式赏春，但是，刘光甫到来时已是春末，因而谓其“著意酬春”之际，春花已被一夜东风扫得“草草”而去，给“著意酬春”之人留下幽幽的怅惋。

“过眼风花人自恼。已坐寻芳，更约明年早”三句，接“花如扫”而“草草”归去，恨其给光甫留下“过眼”即去的烦恼。随之，词人便劝慰道：今岁已错过“寻芳”的佳日，那就再订相约期，明年早早来，从而将缺憾美换成了期待美，给长寿山村的佳境留出无穷的想象空间。

“天若有情天亦老，世间元只无情好。”刘光甫是十分喜欢山水春光的，而此次因错过了赏春佳期而“人自恼”，词人便为之叹道：老天如果也有情感的话，定会被你感染得老去许多。看来世间还是木石心肠好啊！结句的退让之笔，把刘光甫的惜春之情烘托得十分灵妙。

这首词为称道刘光甫喜山水和爱春惜春的情趣，却从错过佳期之憾着笔，特别是结句的反意强化，使词境显得奇趣津津，妙意无穷。

清平乐

村墟[①]潇洒[②]，似是朱陈[③]画。神武衣冠须早挂[④]，可待儿婚女嫁。　山深水木清华[⑤]，渔樵好个生涯。梦想平桥南畔，竹篱茅舍人家。

【注释】

①"村墟":村落。②"潇洒":也作"萧洒",超逸脱俗。③"朱陈":用"朱陈嫁娶"典。白居易《朱陈村》诗:"徐州古丰县,有村曰朱陈……一村唯两姓,世世为婚姻。亲疏居有族,少长游有群。黄鸡与白酒,欢会不隔旬。生者不远别,嫁娶先近邻。"后为互结婚姻之好的典故。苏轼《陈季常所蓄朱陈嫁娶图》诗之一:"何年顾陆丹青手,画作朱陈嫁娶图。"④"神武"句:化用"挂服神武门"典。《南史·陶弘景传》:"陶弘景字通明,丹阳秣陵人也……善琴棋,工草隶。未弱冠,齐高帝(萧道成)作相,引为诸王侍读,除奉朝请(可参加朝会的闲职官)。虽在朱门,闭影不交外务……永明十年,脱朝服挂神武门,上表辞禄,诏许之。"⑤"水木清华":晋谢混《游西池》诗:"景昃鸣禽集,水木湛清华。"后以"水木清华"形容园林景色清朗秀丽。

【赏析】

这首《清平乐》作于词人丁内艰而闲居内乡时。

"村墟潇洒,似是朱陈画。"起篇即用朱陈村之典,勾勒出山村远离尘嚣、民风淳朴而一派和乐的风貌,并将儿婚女嫁的心愿寄寓其中,为"挂冠"之志作出铺垫。

"神武衣冠须早挂,可待儿婚女嫁。"此二句用了两个典故,一个是陶弘景无心仕途而挂服神武门,辞官后隐于句容的句曲山,号华阳真人。一个是"向平之愿"典。《后汉书·逸民传·向长》载:向长字子平,固辞王莽而隐于家。曾谓"吾已知富不如贫,贵不如贱,但未知死何如生耳。"待到儿女婚嫁而了却心愿后,与朋友子夏游五岳名山不知所终。此处将二典择意而用,即归隐山中,并了却儿婚女嫁之愿为本意,弃家云游不归却扬弃之。

"山深水木清华,渔樵好个生涯。"述明居隐内乡的心志后,下阕便设想田园的恬淡飘逸之趣。"山深"谓远离尘世之喧嚣,"水木清华"言此处自然环境之秀丽,"渔樵生涯"写求个真正的乡民之乐。"好个"二字将山水之美与渔樵之乐融化一体而产生出奔放的情怀,把情感骤然推上高潮。

"梦想平桥南畔,竹篱茅舍人家。"言罢渔樵之乐,再写居舍之幽:流水淙淙,小桥横跨,溪畔筑舍,篱笆鸡犬,直有陶渊明的柴桑之趣。绘此悠幽之居,则用了悠缓的笔法,使全篇形成起伏跌宕的抒情效果。

全篇从潇洒的村落启笔,到幽静的柴舍收结,或描写,或叙事,或抒情,把深隐内乡的志趣及其天然之本色抒写得情韵兼胜而余味不绝。

婆罗门引　亦名菊潭秋

商於[①]六里，野潭[②]千古□烟霞[③]。灵苗[④]郁郁无涯。浩荡青冥[⑤]风露，金素[⑥]发清华[⑦]。散霜丛弥岸，月影明沙。　仙经[⑧]浪夸[⑨]，种瑶草[⑩]、养铅砂[⑪]。争信[⑫]琼杯芳荐[⑬]，药镜黄芽[⑭]。秋香晚节[⑮]，也分到、山中宰相家[⑯]。休更羡，刘阮桃花[⑰]。

【注释】

①“商於”：地名。嘉庆《大清一统志·南阳府》“商於城”条下引《通典》，谓其即古商於地，在内乡。②“野潭”：菊潭，在内乡。《本草纲目》载：“药用菊花南阳郦县最多，菊潭县最佳，饮菊潭秋水可延年益寿。内乡因有菊水而古称菊潭县。③“烟霞”：山水胜景。④“灵苗”：本指灵芝，古人认为食之可以长生，此处借指菊潭县的菊花。《风俗通》载：“甘谷水香美，其上有大菊花落水，从山流下得其滋液。谷中有三十家，不复穿井，悉饮此水，上寿百二三十，中寿百余，下七八十者名之大夭。”⑤“青冥”：蓝天。⑥“金素”：指秋季，秋为金而色白，故称。⑦“清华”：此处指清新之气。苏辙《贺赵少保启》：“优游空寂，有以知万物之轻；呼吸清华，有以期百年之寿。”⑧“仙经”：道教的经典称为仙经。⑨“浪夸”：虚夸，妄夸。⑩“瑶草”：仙草。⑪“养铅砂”：服炼成的丹砂以养生长寿。⑫“争信”：怎信。“⑬“芳荐”：美丽的菊花。荐：兽类可食的草。⑭“药镜黄芽”：指菊花的特有药效。⑮“晚节”：指人的晚年。⑯“山中宰相”：《南史·陶弘景传》载：陶弘景初仕齐为左卫殿中将军。入梁，隐居于句容山。武帝时屡加礼聘，不出。“国家每有吉凶征讨大事，无不前以谘询，月中常有数信，时人谓为山中宰相。”⑰“刘阮桃花”：用刘晨、阮肇天台山桃溪遇仙事。详见《蝶恋花》[春到桃源人不到]“白发”二句注。

【赏析】

这首《婆罗门引》作于正大六年（1229）词人居白鹿原长寿村时。

“商於六里，野潭千古□烟霞。”这首词是赞美菊潭之奇的，故而，入笔即以“六里”言位置，“野”字言特点，“千古”言名声久远。“□烟霞”谓其言占尽风光，语简意丰，总挈全篇。

“灵苗郁郁无涯。浩浩青冥风露，金素发青华”三句，转入描绘的主体。先总写金秋之季菊花的繁茂长势和漫无边际的视涯，再谓其得大自然的精气，孕色美气香的灵性，把“灵苗”之喻诠释得有形有质，有骨有肉。

“散霜丛弥岸，月影明沙”二句，从时间变化的角度描写：白天，日光辉映，秋霜中丛生漫野，“弥岸”二字照应“无涯”而萦带菊潭；夜晚，月光映照，明洁遍地，犹如沙浦莹净，本体喻体俱美。“霜丛”与“月影”又极合白天和夜间的视野差别，用词之精，真可叫绝。

下阕转入议论和感怀。

“仙经浪夸，种瑶草、养铅砂。争信琼杯芳荐，药镜黄芽。”先用虚妄之说作反例：道家在养生的经典中说，修道之人服其种植的仙草和丹炉炼制的金丹，便可金刚不坏，长生不老。“争信琼杯芳荐，药镜黄芽”则谓菊潭之水，饮之芳香有余，更能益寿延年，长寿村人寿达“百二三十”便是实实在在的例证。以“争信”对“浪夸”，对比得法而有力。

“秋香晚节，也分到、山中宰相家。休更羡，刘阮桃花。”“秋香”二句，以陶弘景得皇家信任与依重，喻自己得“秋香”的眷顾和恩赐，把丁艰之后有幸居于菊潭的欣慰之情抒写得十分自然得体。言至此处尚嫌不足，接着又道“更休羡，刘阮桃花”，这个结句出得更妙：刘阮二人桃花溪食桃而长寿，毕竟是虚无之说，我这里饮菊水而享受大自然之赐却是真真实实的。“休更羡”三字斩钉截铁，逸趣满满。

这首词在赞美菊潭之秋时，竭尽了益美之词，变换了不同的角度予以表达，特别是两个典故的侧面使力，以虚托实，把抽象的物事交待得异常形象，同时也把词人的情感融合得极为自然，从而使人真有身临其地的感受。

清平乐　光甫副使寿席，鹓雏指渠儿子阿咬[1]

春风倾倒，京洛[2]春回早。走马章台[3]人未老，金翠鹓雏更好。

安排美景良辰，放教[4]花柳搀新[5]。谁似君家池馆[6]，又添丹桂灵椿[7]。

【注释】

①“光甫副使”：刘祖谦，字光甫，曾任邓州节度副使。详见《临江仙》[膝上添丁郎小小]注。“鹓雏”：传说中凤凰类的鸟。“阿咬”：刘光甫的儿子敏仲，乳名咬驴。②“京洛”：洛阳的别称，因东周、东汉均建过都，故称。此处代指河南一带。③“走马章台”：《汉书·张敞传》：“敞无威仪，时罢朝会，过走马章台街，使御吏驱，自以便面拊马。”意为京兆尹张敞不顾威仪，刚散朝会便在京城章台下的大街上策马而行。便面：扇子的一种，因章台街多妓馆，亦有以便面扇障面意。④“放教”：使令，或听任。⑤“搀新”：抢先。⑥“池馆”：池苑馆舍。⑦“丹桂灵椿”：《庄子·逍遥游》：“上古有大椿者，以八千岁为春，八千岁为秋，寿命极长，后因以“椿”称父，为祝愿长寿之意。《宋史·窦仪传》：“仪学问优博，风度峻整。弟俨、侃、偁、僖皆相继登科。冯道与其父窦禹钧有旧，曾赠诗云：‘燕山窦十郎，教子有益方。灵椿一株老，丹桂五枝芳。’”后以“灵椿丹桂”称颂父子俱显。

【赏析】

这首词作于金哀宗正大六年，其时词人居白鹿原长寿新斋。

“春风倾倒，京洛春回早。”未写寿星，先言时令，暗点寿诞季节，更谓天地同贺，两个“春”字已将祝寿之意巧蕴于中。

“走马章台人未老，金翠鹓雏更好”赞光甫精神矍铄，言家中儿子新添，递进句式构成喜庆连连的态势，更点到寿星的心之欢处，为下阕的合写伏了一笔。

“安排美景良辰，放教花柳搀新”二句，从天公之意着笔，言其为了贺寿，“安排”了美景烘衬寿诞良辰，更“放教花柳”争先恐后地展放妍姿，拟人之笔为寿席平添了三分意趣。

“谁似君家池馆，又添丹桂灵椿”二句由虚转实，言光甫“灵椿”之寿，祝阿咬异日

“丹桂”枝芳。“谁似”二字增强语势，“又添”之句增寿增喜，回应上阕，照应题注，既使全词首尾圆合，又使喜庆气氛升华，远意不绝。

祝寿之词，易虚难实，这首词中却融天意，写实情，虚实结合，手法多变，更于祝寿之中添入生子之喜，双喜同至，更使友人乐不可支，收到寻常祝寿难以达到的效果。

朝中措

小儿子生，适有遗羽阳宫瓦者，因以羽阳字之[1]

添丁[2]名字入新收，一长看过头。拾得羽阳宫瓦，不愁撞透烟楼[3]。

遗山野客，求田问舍[4]，梦想南州[5]。说甚河东三凤，安排老□班彪[6]。

【注释】

①“遗羽阳宫瓦者”：指龙兴寺僧汴禅师。遗山先生诗《汴禅师自斫普照瓦为砚，以诗见饷，为和二首》有“羽阳陵谷变，冰井自书讹。赠比黄金璞，辞惭紫石歌”句。遗：赠予，馈赠。“羽阳宫”：《汉书·地理志》载：“羽阳宫，秦武王起。”“字之”：以之为字。②“添丁”：生儿子。③“撞透烟楼”：宋胡继宗《书言故事·子孙》：“烟楼，灶上烟窗也，言子过父，犹如跨灶撞破烟楼也。”后以“撞破烟楼”喻子胜于父，后人胜过前人。④“求田问舍”：只知买田置宅，没有远大志向。典出《三国志·魏书·陈登传》，详见《水调歌头》[形神自相语]注⑦。⑤“南州”：《后汉书·徐穉传》载：徐穉德行高尚，为当时五处士(隐士)之冠，故时人以“南州高士”称誉之。后以“南州高士”喻德行纯备的处士。⑤“河东三凤”：《新唐书·薛元敬传》：“元敬，隋选郎迈之子，与(薛)收及收族兄(薛)德音齐名，世称“河东三凤”。此前，词人已生三女，故用此典。河东：黄河以东地区，通指山西。⑥“老□班彪”：□：疑作“虎”。“老虎班彪”即老虎衔着虎崽移走。彪：小老虎。

【赏析】

遗山先生《阿千始生》诗中说：“四十举儿子，提孩聊自夸。”据此，知这首《朝中措》作于词人四十岁居长寿村时。

“添丁名字入新收，一长看过头。”首句紧扣题注，将生儿子、受宫瓦、得名字三桩事一气呵出，密不容针。次句的一长，即长，指由小到大的过程。看过头，看他的成长超过常态。将慈爱与亟盼长大成人的心情表露得异常形象。

“拾得羽阳宫瓦，不愁撞透烟楼”二句，先接“入新收”，谓偶得羽阳宫瓦，实谓冥冥中的吉祥之兆，再接“看过头”而言其将来能“撞透烟楼”。“不愁”二字将希冀与天意融合一起，甚有轻摘桂冠的自信。

下阕接“撞透烟楼”而设想对阿千的悉心培养。

“遗山野客，求田问舍，梦想南州”三句，字面上看平白如话，纸后却隐含着许多东西。“野客”二字，一谓而今罢任县令，只是一个山野村夫，二谓远离忻州，客居他乡，挥之不去的客愁再次泛上心头，并为结尾伏了一笔。“求田问舍”一谓实现了自己隐耕的夙愿，更谓可以终年课训儿女，使其将来“撞透烟楼”，超逾自己：“田不求千亩，书先备五车。野夫诗有学，他日看传家”，《阿千始生》诗中所言，将此中之意说得更为明白。“梦想南州”谓自己对隐士之高品位的追求：太尉黄琼曾欲擢拔徐穉为官，徐虽辞而不就，但黄琼逝世时，他却徒步赴江夏作祭，哭毕而去，不留姓名；友人林宗母故，穉携生刍一束往吊，至则置于庐前而去，众不知其故，林宗却说：“此必南州高士徐孺子也。诗不云乎‘生刍一束，其人如玉’？吾无德以堪之。”徐穉为五处士之冠，词人追之如梦，足显其意之诚，目标之高。

“说甚河东三凤，安排老口班彪”二句甚有妙味：阿千之前，已有三女（后又生四女五女），故以“河东三凤”之典自慰，且词人亦为河东人，“三凤”转意为自己的三女，更为合体，用典之妙，妙至毫颠。“老口班彪”之喻，一将词人舐犊之情表露得十分贴切，细腻，二把归乡之愿再度拾起并照应“野客”。世人云“衣锦还乡”为人生的快事，词人却说抱子还乡才是人生的功成，而且说阿千今天之虎子，他日必将撞透烟楼，将元家有后、一代胜一代的喜悦、希冀和托而出，完美收篇。

这首词语言平实，涵蕴却极深极广，个中之妙，在于借典言事、寓情于隐，更在于词人运思之巧，从而为此类题材的创作留下了珍贵的典范。

沁园春　除夕二首

其　一

腐朽神奇[①],梦幻吞侵[②],朝昏变迁。怅残灯旧岁,鸡声竞早;春风归兴,雁影相先。南渡崩奔[③],东屯留滞[④],世事悠悠白发边。虚名误,遍人间浪走,恰到求田[⑤]。　青红花柳争妍。意醉眼、天公也放颠。更云雷怒卷,颓波[⑥]一注;冰霜冷看,老桧千年。园令[⑦]家居,陶潜官罢[⑧],无酒令人意缺然[⑨]。从教去,付青山枕上,明月尊前。

【注释】

①"腐朽神奇":《庄子·知北游》:"故万物一也,是其所美者为神奇,其所恶者为腐朽;臭腐复化为神奇,神奇复化为臭腐。故曰:'通天下一气耳。'"②"吞侵":吞食凌侵。③"南渡崩奔":指词人因蒙古军入侵而南渡到河南。崩奔:因崩败而逃奔。④"留滞":停留不前。⑤"求田":买田置屋。用"求田问舍"典,详见《水调歌头》[形神自相语]"许汜卧床下"注。⑥"颓波":向下奔流的水势。⑦"园令":官名,主管园林。此处指庄周,因其做过漆园吏。《史记·老子韩非列传·庄子》:"庄子者,蒙人也,名周。周尝为蒙漆园吏,与梁惠王、齐宣王同时。"⑧"陶潜官罢":指陶渊明辞去彭泽令事。⑨"无酒"句:南朝宋檀道鸾《续晋阳秋·恭帝》:"陶潜九月九日无酒,于宅边东篱下菊丛中摘菊盈把,坐其侧。未几,望见一白衣人至,乃刺史王弘送酒也。即便就酌,而后归。"

【赏析】

此首为"除夕二首"之一,作于任镇平令时。

"腐朽神奇,梦幻吞侵,朝昏变迁。"自陵川学满而下太行以来,词人经历了太多的人生坎坷,个中有家乡遭变、举试成败、为官起落等等,故而启篇即以庄子"万物一也"的观点,将自己所经历的"梦幻吞侵""朝昏变迁",都纳入腐朽与神奇的转换之中。此种意念因年度起迄日而触发,含蕴了对人对事,对己对国、对前事与未来的深度感悟,也由此而引发了下文的抒写。

“怅残灯旧岁，鸡声竞早；春风归兴，雁影相先。”残灯、鸡声，从年关节点言之，春风、雁影，从气象物候阐述。以不变的规律言变化，铨释“万物一也”的观点。怅、残、旧三字用于除夕，甚为感慨。

“南渡崩奔，东屯留滞，世事悠悠白发边”三句，从自己因国运变迁而南渡，由内乡任官又东来镇平，奔碌中青丝添上了白发。这几句以偶然的变迁寓必然的规律，又是一番“万物一也”的阐发。

“虚名误，遍人间浪走，恰到求田”三句，思索自己在寻求人生的路子时，初始之际便立足于“虚名”的追求，因此而奠定了“人间浪走”的必然。悟到“虚名误”后，便产生出转向“求田”的想法，也即弃镇平令而还归田园的意念。

下阕接“求田”而展开放归田园的抒写。

“青红花柳争妍。意醉眼、天公也放颠。”先描绘田园风光之美，再谓天公见此亦会迷醉而“放颠”，自然引出狂放的抒写。

“更云雷怒卷，颓波一注；冰霜冷看，老桧千年”紧承“放颠”，一谓“云雷怒卷”“颓波”狂泄，二谓千年老桧傲对冰霜。此二层明写天公，实为自谓，把词人放归田园的境况设想得甚为疏狂。

“园令家居，陶潜官罢，无酒令人意缺然。”为了坚实自己归田园的意愿，特别举出两个典例来：庄周本为楚国的贵族，却居于宋国的一个小小的漆园中；陶渊明本是彭泽的长官，却弃若敝履，还归柴桑。词人欲与前贤为伍而坚定了归田的意念后，突然揳入一句“无酒令人意缺然”来，其意在于只要有酒，我亦是陶公的样子了，自信与自怡之情展露无遗。

“从教去，付青山枕上，明月尊前。”“从教去”即任凭去，此处暗引了陶渊明“归去来”之意，谓自己将卧枕赏青山，尊酒对月饮，把一番田园情怀表达得甚为疏放。

这首词以新旧年交替为触发点，以庄子腐朽神奇的思想为领挈，将自己置于时代大变迁的背景下忆往思今想未来，思绪纷沓而层次迭进，情感起伏而愈翻愈深，其心其志可触可感。

其　二

再见新正[①],去岁逐贫[②],今年送穷[②]。算公田二顷[③],谁如元亮[④];吴牛十角[⑤],未比龟蒙[⑥]。面目堪憎,语言无味,五鬼[⑦]行来此病同。齑盐[⑧]里,似扬雄寂寞[⑨],韩愈龙钟[⑩]。　何人炮凤烹龙[⑪],且莫笑、先生饭甑空[⑫]。便来朝看镜,都无勋业;拈将诗笔,犹有神通。花柳横陈,江山呈露,尽入经营惨澹[⑬]中。闲身在,看薄批明月,细切清风[⑭]。

【注释】

①“新正”:新一年的正月,也指正月初一。②“逐贫、送穷”:送走穷神。旧俗正月的最后一天为送穷神日。韩愈《送穷文》李翘注:“予尝见《文宗备问》云:“颛顼高辛时,宫中生一子,不着完衣,宫中号为穷子。其后正月晦死,宫中葬之,相谓曰,今日送却穷子,自尔相承送之。”③“公田二顷”:《汉书·苏武传》“秩中二千石,赐钱二百万,公田二顷,宅一区。”公田:公家的土地。④“元亮”:东晋陶渊明,字元亮。⑤“吴牛十角”:水牛多在江淮,故称吴牛;一牛二角,十角即五牛。⑥“龟蒙”:晚唐诗人陆龟蒙,自称江湖散人,又号天随子,吴郡(今苏州)人,没落的世家子弟。举进士不第,曾做过睦州、湖州、苏州刺史的幕僚,后居松江甫里。⑦“五鬼”:韩愈《送穷文》:“穷鬼有五,其名曰智穷、学穷、文穷、命穷、交穷。凡此五鬼,为吾五患,饥我寒我,兴讹造讪。”⑧“齑盐”:碎盐。代指贫困的生活。⑨“扬雄寂寞”:《汉书·扬雄传上》:“雄少而好学……家产不过十金,乏无儋石之储,晏如也。”又《扬雄传赞》:“家素贫,嗜酒,人希(即“稀”)至其门。”后以“扬雄宅”借指贫士之家。⑩“韩愈龙钟”:韩愈是唐代著名的文学家、诗人。曾因上书言事,两度被贬。唐穆宗时,官至吏部侍郎。他主张“文以载道”,是古文运动的倡导者,为“唐宋八大家”之首。龙钟:衰老的样子。其《祭十二郎文》中曾描写自己的老态。⑪“炮凤烹龙”:亦作“烹龙炮凤”,形容菜肴的丰盛珍奇。刘若愚《酌中志·内府衙门职掌》:“有所谓炮凤烹龙者,凤乃雄雉,龙则宰白马代之耳。”⑫“甑空”:用范冉“甑生尘,釜生鱼”典。详见《诉衷情》[行斋活计五车书]“釜生鱼”注。⑬“惨澹经营”:苦心经营。指下笔之前的极意构思。⑭“薄批明月,细切清风”:精心雕琢“明月清风”等景。

【赏析】

这首《沁园春》为“除夕二首”之二。

“再见新正，去岁逐贫，今年送穷。”词人移居长寿新斋时，家具仅仅一樵车，今岁任镇平令了，“击缶呜呜却自惊”(《镇平县斋感怀》)，故谓之“去岁逐贫，今年送穷”，逐来送去，穷鬼依然缠身。语出诙谐，尽含安贫乐道之怀。

“算公田二项，谁如元亮；吴牛十角，未必龟蒙。”此四句以古人作比：晋之陶渊明，身为彭泽令，算有“公田”而衣食无忧，但是他却不屑官场，弃职而归柴桑。“谁如元亮”即谓无人能够弃富贵而趋贫贱，自己亦愧弗如。同为诗人的陆龟蒙，终居甫里，诗酒为乐，自己却仍在任上“书空咄咄”(《镇平县斋感怀》，未能像“江湖散人”那样放怀山水。比来比去，两厢均误，慨叹之声径出肺腑。

“面目堪憎，语言无味，五鬼行来此病同”三句，“面目堪憎”自责，“语言无味”自愧，“五鬼行来”自况，承上文之述而自画形象，又是一番戏谑。

“齑盐里，似扬雄寂寞，韩愈龙钟”三句里，“齑盐”谓境况，扬雄、韩愈比自己，将“穷”之一事作了形象的总括。然而，上阕所述的“五穷”中，只列了智穷、学穷、命穷和交穷，故意将“文穷”忽略掉，为下阕留出了余境。

“何人炮凤烹龙，且莫笑、先生饭甑空。”“甑中生尘范史云，釜中生鱼范莱芜”是闾里对范冉逃官甘贫的赞言，此处以任他人“炮凤烹龙”享荣华，反衬自己甘愿“饭甑空”，其贤达心事自见，“且莫笑”三字冠之，明似调侃，实为高怀，寓庄于谐，疏快而意深。

“便来朝看镜，都无勋业；拈将诗笔，犹有神通”揭示出词之主题。前两句照应上阕，“都无勋业”即做官时全无建树。“犹有神通”则将上文留出的“文穷”拾起而谓唯有此中不穷，表达出词人欲继承韩愈“文以载道”的倡议，去伪存真，把优秀的儒雅正道传承下去的决心。前抑后扬，豪气勃发。

“花柳横陈，江山呈露，尽入经营惨澹中。闲身在，看薄批明月，细切清风。”前三句言词人苦心经营创诗文，后三句谓欲归山林，将美好事物融入作品。此六句上延“拈将诗笔”弄神通，下伸“花柳、江山”入诗文，把文化自任的豪宕胸怀表达得十分精彩。

这首词以“穷”作铺垫，以“神通”作魂，述事精微，用典甚多，语言幽默风趣，把丰富的内容安排得条理分明，用词人的话说即是“经营惨澹”，十分“细切”，让人品味不尽。

清平乐　罢镇平归西山草堂[①]

垂杨小渡，处处归鞍驻[②]。八十田翁良[③]愧汝，把酒千言万语。

细侯竹马[④]相从，笑渠奔走儿童。十里村箫社鼓[⑤]，依然傀儡棚[⑥]中。

【注释】

①“西山草堂”：指词人在内乡的秋林别业。②“驻”：停留。③“良”：很，非常。④“细侯竹马”：《后汉书·郭伋传》：“伋前在并州，素结恩德，及后入界，所到县邑，老幼相携，逢迎道路。所过问民疾苦，聘求耆德雄俊，设几杖之礼，朝夕与参政事。始至行部，到西河美稷，有童儿数百，各骑竹马，道次迎拜。伋问：‘儿曹何自远来？’对曰：‘闻使君到，喜，故来奉迎。’伋辞谢之。及事讫，诸儿复送至郭外，问：‘使君何日当还？’伋谓别驾从事，计日告之。行部既还，先期一日，伋为违信于诸儿，遂止于野亭，须期乃入。”细侯：郭伋，字细侯。⑤“村箫社鼓”：村中演戏的箫鼓之声。⑥“傀儡棚”：演戏的棚子。傀儡：木偶。

【赏析】

这首《清平乐》写的是词人罢镇平令后，回秋林别业的所见所感。

“垂杨小渡，处处归鞍驻”二句写词人沿路赏景与行止的状况。身羁官场久了，一旦脱离羁绊，身轻心畅，沿路看垂杨摇风，观小舟摆渡，爱行则行，想留即留。一股轻松畅意的心情借景托物外化出来，形象至极。

“八十田翁良愧汝，把酒千言万语”二句写初回秋林时的状况：乡老怪怨他离开，词人一迭声地告愧，进而又写接风酒上话归来，场面融融，浓情满满，折映出词人与内乡人民的特殊情感。

下阕接写回秋林后的日常活动。

“细侯竹马相从，笑渠奔走儿童”二句出得很巧。--是上阕中举了“八十田翁”之例,此处则着笔于竹马儿童。二是活用“细侯竹马”之典:原典中写的是儿童迎送细侯,此处却是词人到哪儿,哪有儿童“相从”,儿童在哪儿,词人在哪“奔走”,活脱脱一幅童叟戏乐图。将其归山后欣喜无比的劲头描摹得活灵活现。

“十里村箫社鼓,依然傀儡棚中”二句,由小嬉的场面转到大型的场面:“十里”言其广,“箫鼓”闻其声,傀儡谓戏种,从而把乡社的热闹状况表现得非常逼真,使人有如亲临其境之感。“依然”二字用得很妙,不仅把出山前、归来后的状况一并展现出来,暗蕴了词人治理内乡的政绩、乡民对元县令的感戴,同时回应了诗题,完美地收结全篇。

这首词以“归西山”为线索,写一路的心态,写归山后的见闻,层次分明,述事典型,语言明快而情感深切,甚有陶令《归去来兮》之妙趣。

清平乐

兰膏①香聚,醉枕闻低语。一刻春宵流水去,诉得离情几许?

桃花红浅红深,五年②烟草归心③。留得一枝春在,争④教绿叶成阴?

【注释】

①“兰膏”:古时用泽兰炼成的油脂,用来燃灯,有香气。又泛指有香气的油脂。②“五年”:指词人正大三年被征方城完颜斜烈幕府,至正大七年应移剌瑗之辟赴邓州之五年。③“烟草归心”:还归乡间的心志。④“争”:通“怎”,怎么。

【赏析】

金哀宗正大七年(1230)春,词人应移剌瑗之辟,赴邓州幕府,这首词作于启程前。其年,词人四十一岁。

“兰膏香聚,醉枕闻低语。”词之入笔先写别前:“兰膏香聚”言脂香兼寓夫妻浓情;“醉枕低语”写妻子的叮嘱,言者情深意切,闻者温馨欲醉。短短的九个字把夫妇别前的缠绵悱恻、依依难舍描绘得极为精当,为下文作了厚实的铺垫。

“一刻春宵流水去，诉得离情几许”二句接醉枕低语，谓时间如水流逝，想说的话难尽而时短诉不得几许。“幕府文书鸟羽轻，敝裘羸马月三更”(《被檄夜赴邓州幕府》)，月三更便得启程了，此情此状用反诘句来渲染，更显得缠绵不已而遗憾无穷。

下阕写别时：

“桃花红浅红深，五年烟草归心”二句追溯五年前在完颜鼎幕府时的心态。“红浅红深”明谓花色随时间而变换，实言无时不有“烟草归心”，从而把热爱妻子、热爱家庭的情怀表露得细切深微。“五年”二字用得巧极，把前之方城商帅幕府与今之邓州移剌瑗幕府归于一处，用例极为谨严，类比甚是恰合，前者因无意久留而夏赴秋返，此次亦是“被檄”而春赴，当年即归。

“留得一枝春在，争教绿叶成阴”二句写惜别时的依依难舍之状。杜牧有诗“绿叶成阴子满枝”，比喻女子已结婚生子。元好问此处借用此典，是说留着妻子独自在家，如何能有子女出生呢？“争教”二字将期盼、无奈、遗憾等复杂心境刻画得异常形象。此语作结，让分别时的依依气氛弥荡不绝，憾人心扉。

这首词语言清新，情感深切。借象达意又使全词显得温婉蕴藉，清而不薄，极耐寻味。

朝中措

夹衣晨起怯新霜，归路楚山长①。只道佳期②相误，梦魂夜夜③谁行。

镜中鸾舞④，芝间鹊转⑤，未抵欢狂。都把而今烦恼，见时别与论量⑥。

【注释】

①“楚山长”：唐代诗人祖咏《江南旅情》：“楚山不可及，归路但萧条。”②“佳期”：男女约会的日期。《楚辞·九歌·湘夫人》：“登白薠兮骋望，与佳期兮夕张。”王逸注：“佳谓湘夫人也……与夫人期歆飨之也。”③“梦魂夜夜”：化用“梦中觅”典。《文选·沈约〈别范安成〉》：“勿言一樽酒，明日难重持。梦中不识路，何以慰相思？”李善注引《韩非子》：“六国时，张敏与高惠二人为友，每相思，不能得见，敏便

于梦中往寻，但寻至半道，即迷不知路，遂回。如此者三。”④“镜中鸾舞”：用“镜鸾”典。南朝宋刘敬叔《异苑》卷三：“昔罽宾王买得一鸾，欲其鸣，不可致；饰金樊响，珍羞对之，愈戚，三年不鸣。夫人曰：‘尝闻鸾见类则鸣，何不悬镜照之。’王从其言。鸾睹形，悲鸣冲霄，一奋而绝。”其《异苑》卷三又有“山鸡舞镜”之事：“山鸡爱其羽毛，映水则舞。魏武帝时，南方献之，帝欲其鸣舞而无由。公子苍舒令置大镜其前，鸟鉴形而舞，不知止，遂乏死。”世人揉合二事为“舞镜”之典。后以“镜鸾”喻分离的夫妻。⑤“鹊转”：唐张鷟《朝野佥载》卷四：“贞观末，南康黎景逸居于空青山，有鹊巢其侧，每饭食以喂之。后邻近失布者，诬景逸盗之，系南康狱月余，劾不承。欲讯（审问）之，其鹊止于狱楼，向景逸欢喜，似传语之状。其日传有赦，官司诘其来，云路逢玄衣素衿所说三日而赦。至景逸还山，乃知玄衣素衿者，鹊之所传也。”⑥“论量”：计较是非曲直。

【赏析】

这首《朝中措》是词人在邓州移刺瑗幕府时的思妻之作。

“夹衣晨起怯新霜，归路楚山长。”首句言季节，言衣单，言气温，为全词设出凄冷的环境。次句化用祖咏的典句，点出盼归的主题。

“只道佳期相误，梦魂夜夜谁行”二句连用两典：前典从妻子之怨写应辟邓州误却长聚，后典化友人事为夫妻情，以词人之梦谓思念之深。“谁行”二字把夫妻两地，无可成双之憾表达得十分幽深，同时也暗应了首句的内涵。

“镜中鸾舞，芝间鹊转，未抵欢狂”又是两典。“镜中鸾舞”喻贞爱，“芝间鹊转”谓喜讯，然而又与“未抵欢狂”形成了差比，从而把相思之情推上高峰。

“都把而今烦恼，见时别与论量”将妻子之怨与词人之愁，用“都把”二字归拢一起。用“见时”二字设想团聚，“论量”一词虽谓双方之理论，却偏义于尽听妻子的数说，从而把夫妻之情拟写得十分细腻，更把“归路楚山长”浓缩到零距离，一份思归之情体现得异常逼真。

这首婉约词有相思，有嗔怪，有论量，将夫妻贞爱描绘得十分真切而别具韵味。丰富的用典又给尺幅之作融入大量的内涵，读来甚觉情感盈溢，咀味不尽。

定风波

白水青田万顷秋，风烟平楚①散羊牛。莫放相公黄阁②去，留取，笑谈尊俎③也风流。　华衣仙人人不识，今夕，鹿车④也到百花洲。好把襄江都酿酒，为寿，寿星光彩动南州。

尾注：邓帅溱水公⑤寿筵，辽东大使君在焉。大有道术，时年九十三矣。

【注释】

①“平楚”：平原上的树林。谢朓《宣城郡内登望》诗：“寒城一以眺，平楚正苍然。”杨慎《升庵诗话》卷二：“楚，丛木也；登高望远，见木杪如平地，故云平楚，犹《诗》所谓平林也。”②“黄阁”：汉代的丞相、太尉和汉以后的三公官署避用朱门，厅门涂黄色，以区别于天子，称为黄阁。后以“黄阁”指宰相官署。③“尊俎”：亦称“樽俎”。古代盛酒肉的器皿，常用为宴席的代称。④“鹿车”：古时用鹿拉的车子。⑤“溱水公”：即邓州帅移剌瑗。

【赏析】

这首《定风波》作于金哀宗正大七年，时在邓州，为移剌瑗祝寿而作。

“白水青田万顷秋，风烟平楚散羊牛。”首句写水、写田，用色彩描绘；言季节重在收获。“万顷”修饰，暗蕴着境民普遍的喜悦。次句写烟岚、写平林，风光秀丽，“散羊牛”，言多，言自由自在，突显出平和的氛围。此二句景语选取了邓州的典型物事，其意尽在赞美大帅移剌瑗保境安民的治理之功，为贺寿之辞开了个不俗之端。

“莫放相公黄阁去，留取，笑谈尊俎也风流。”相公，是丞相的别称，汉魏以来拜相者必封公。移剌瑗把一州之境治理得这么好，理应升迁而去，然而却反意谓其“莫放黄阁去”，乍看来一头雾水，细揣摩妙意无穷：此句是代邓州百姓作挽留的。“留取”之后又补入百姓和词人的心语：“笑谈尊俎也风流”，言词人希望常与邓帅饮酒谈诗。“尊俎”二字又巧妙地引向寿宴的叙写。

“华衣仙人人不识，今夕，鹿车也到百花洲”，选取辽东大使君这位寿宴中最为典型的贺客：华衣、仙人、鹿车，将其神人般的气质及其车辇描绘得十分华采，再用“百花洲”作烘衬，更显得“仙人”与寿宴之不凡。就中，还不可忽略的是于众多贺寿人中独选九十三龄的“仙人”着意描写，个中巧蕴甚可体味。

“好把襄江都酿酒，为寿，寿星光彩动南州。”襄江，汉水的湖北襄阳段之称，距河南邓州极近。邓州，位于金国领域的南端，故称为“南州”。上三句巧借“大有道术”的辽东大使君，此处又欲把“襄江都酿酒”而“为寿”，使寿星移剌瑗的光彩大放，声动南州。构思之巧妙，想象之高奇，使全词充满了无比浪漫的色彩。

这首祝寿作品结构经营巧妙，语言流美而韵味无穷，令人百读不厌。

念奴娇

钦叔、钦用避兵太华绝顶，有书见招，因为赋此[①]

云间太华，笑苍然尘世，真成何物。玉井莲[②]开花十丈，独立苍龙[③]绝壁。九点齐州，一杯沧海[④]，半落天山雪。中原逐鹿[⑤]，定知谁是雄杰。　我梦黄鹄移书[⑥]，洪崖招隐[⑦]，逸兴尊中发。箭筈天门[⑧]飞不到，落日旌旗明灭。华屋生存，山丘零落[⑨]，几换青青发。人间休问，浩歌且醉明月。

【注释】

①钦叔”：李献能，字钦叔，河中人，进士。详见《水调歌头》[云山有宫阙]注⑤。“钦用”：李献甫，字钦用，李献能从弟。详见《满江红》[汉水方城]注①。“太华”：即西岳华山，因其西有少华山，故又名太华。②“玉井莲”：华山西峰有玉井潭，潭中有莲。韩愈《古意诗》：“太华峰头玉井莲，开花十丈藕如船。”③“苍龙”：华山苍龙岭。④“九点”二句：李贺《梦天》：“遥望齐州九点烟，一泓海水杯中泻。”谓凭高俯视，九州如弹丸之点，沧海如杯中之水。齐州：指中国，古分天下为九州，故称。⑤“中原逐鹿”：《史记·淮阴侯列传》：“秦之纲绝而维弛，山东（函谷关、崤山以东）大扰，异姓并起，英俊乌集。秦失其鹿（喻帝位），天下共逐之。”⑥“黄鹄移书”：指题注中的“有书见招”。⑦“洪崖招隐”：洪崖，上古仙人，相传在洪崖山得道成仙。《三国志·魏书·管宁》：“若宁固执匪石，守志箕山，追迹洪崖，参踪巢、许。”⑧“箭筈天门”：杜甫《望岳三首》其二：“车厢入谷无归路，箭栝通天有一门。”《九家集注杜诗》：“《华山记》云：‘箭

栝峰上有穴，才见天，攀缘自穴而上，有至绝处者。'"道家认为华岳为仙府之地，只有过了通天门者才算进入仙境。遗山先生《送周梦卿之关中二首》有"人间底似三峰好，箭筈通天有一门"句。⑨"华屋"二句：曹植《箜篌引》："惊风飘白日，光景驰西流。盛时不可再，百年忽我遒(终，尽)。生在华屋处，零落归山丘。"此为叹人生短暂，富贵无常，后也用为兴亡盛衰之叹。

【赏析】

金哀宗正大八年(1231)正月，蒙古兵围困凤翔(今陕西凤翔)。夏四月丁巳日，攻克凤翔，两行省决定放弃京兆(陕西长安县)。钦叔、钦用避兵于太华当于是时。

"云间太华，笑苍然尘世，真成何物。"首句以"云间"二字极写华山耸峭出云的气势。"笑"字领起二三句，谓华山笑此尘世茫茫然成什么东西。启笔浩阔，先声夺人。

"玉井莲开花十丈，独立苍龙绝壁"二句，先用韩愈之诗夸其美，再以苍龙奇陡出其雄，一柔一刚，凸显出华山的风貌，同时，亦将钦叔、钦用"文章行业过人处甚多"(《中州集》语)，武能军中抗击蒙古侵略的风范含蕴于中。

"九点齐州，一杯沧海，半落天山雪"语接"独立苍龙"，矗立华岳绝顶而俯观神州：九州只数点弹丸，沧海仅如杯水，莽莽天山雪，一半落峰顶，从而把钦叔、钦用的万丈豪气和傲视蒙古侵略军的气概揭示得雄峻有力。

"中原逐鹿，定知谁是雄杰"二句，明确地揭晓前文的寓意。"定知"二字铿锵有力，确信无疑地点出"雄杰"定是我的二位挚友。

下阕接二位雄杰而转写"有书见招，因为赋此"的事。

"我梦黄鹄移书，洪崖招隐，逸兴尊中发"的意思是：我梦中都在回想着两位弟兄鸿雁传书之事，这封书信如同洪崖仙人招去隐居名山一样，激动得我举杯畅饮，逸兴勃发！此三句缘于书信，喻为仙招，更用尊酒发散出情怀，把十分抽象的心理过程表达得十分形象，深切。

"箭筈天门飞不到，落日旌旗明灭"二句出现了转折，谓华岳的箭筈天门处我是飞不到了，但是于落日余晖中能够遥遥望到你们的军旗忽隐忽现地飘扬。前一句中的"飞"字，承华岳之高峻，表露出不得相见之遗憾，后一句谓遥望旌旗、期盼胜利消息。然而，"落日" 二字暗蕴了国运已到日暮之际，"明灭" 二字预示了军中的捷报已是渺茫，从而把激昂的情感转向低潮。

“华屋生存，山丘零落，几换青青发”再度将情感沉郁。“华屋山丘”本为曹植忧己的心情，此处移来却表示了忧国的情怀。“几换青青发”出得极为深痛：前方的战事忧了一次又一次，头上的青丝白了一些又一些，忧怀外化，把词人担忧朋友安危、心系国家存亡的心绪表露得苍凉沉郁，形象可感。

“人间休问，浩歌且醉明月。”结尾二句散发出词人极度悲愤的心情，越是“休问”越想问，因为二位挚友被困在太华高处；越想浇愁愁越愁，因为危急的信息已逼近潼关。此情此境中的“浩歌”，实为词人泣血的悲歌。结尾的退让之笔正是感染读者的重头所在。

这首词以钦叔、钦用有书见招为触发点，表达了激励友人、担心友人、心系国运的复杂情感。上阕情感高昂，下阕愈转愈沉郁，潜映着金亡的前兆。艺术手法上，兴象奇崛，用典丰富而贴切自然，有力地掘深了词作的意境。

瑞鹤仙

四山秋气爽。正云淡、银河露零仙掌[①]。轻烟瑞屏嶂。有文星一点[②]，□从天上。襟怀倜傥[③]。笑谈间、光焰万丈。向玉皇，案底秋毫□纸[④]，屡承天奖。　何况云龙风虎[⑤]，万乘故人，两朝耆望[⑥]。油幢玉帐[⑦]。听环佩，丁东[⑧]响。有弹弦吹竹，年年高会，增壮中秋气象。有月中玉兔长生，借公醉赏。

【注释】

①“仙掌”：华山的东峰。因岩上有裂隙，遥视如五指，故又称仙掌峰。②“文星一点”：有一位文星，即李献能在兹。其时，李献能同其从弟钦用避兵于华山（其因详见《念奴娇》[云间太华]“赏析”），故称。文星：文昌星，文曲星，相传为主文运之星宿。③“倜傥”：卓异、豪爽，洒脱不拘。④“秋毫□纸”：毛笔和纸。“□”字脱，当为“茧”，茧纸是用蚕茧做成的纸，晋王羲之用鼠须笔、蚕茧纸写《兰亭序》。唐朱逵《怀素草书歌》有“秋毫茧纸常相随”句。⑤“云龙风虎”：《周易·乾卦》：“云从龙，风从虎。”唐孔颖

达疏:“龙是水畜,云是水气,故龙吟则景云出,是云从龙也。虎是威猛之兽,风是震动之气,此亦是同类相感,故虎啸则谷风生,是风从虎也。”后以“云从龙,风从虎”喻时势的际遇,英雄的聚会。⑥“万乘”二句:意为李献能是两代皇帝的倚重之臣。万乘:一“乘”为一车四马,“万乘”即万辆车。周制中,王畿方千里,能出兵车万乘,后因指“万乘”为帝位。李献能于金宣宗贞祐三年进士及第,奉翰林文字、翰林修撰等职,金哀宗朝又任镇南军节度副使充河中帅府经历官等职,故称之为“万乘故人,两朝耆望”。耆望:年资声望极高的人。⑦“油幢玉帐”:指征战时主将所用的车与帐幕。油幢:《隋书·礼仪志五》:“衣书车十二乘,驾牛,汉皂盖朱里,过江加绿油幢。”⑧“丁东”:玉佩相碰时所发的叮当声响。

【赏析】

《中州集·李右司献能》载:“(献能)以镇南军节度副使充河中经历。正大八年河中陷,独得一船走陕州(今河南陕县)。被召以道梗不能赴,就权陕府行省左右司郎中,兵变遇祸。”李献能在华山避兵是正大八年之事,兵变遇害是在次年的十一月。根据本词“增壮中秋气象”和“有月中玉兔长生”等句,知作于正大八年中秋前夕。其时,还作有七言古体诗《闻钦叔在华下》一首。

“四山秋气爽。正云淡、银河露零仙掌。”启篇二句描绘了华山群峰高耸、云淡气爽和银河降露的气象特征,为全篇营造出一派清气宜人的环境。

“轻烟瑞屏嶂。有文星一点,口从天上。”“轻烟”句与后二句作倒装,谓此际有一文星般的人物来从天上。该星一到,顿使轻烟萦绕的华岳青峰满是祥瑞之气。此处言华山高接云天,既烘托了钦叔之高岸形象,又营造出与玉皇近在咫尺的距离,为揭示主人公的气格和勋绩作出重笔铺设。

“襟怀倜傥。笑谈间、光焰万丈”二句揭示的是气格特征。《中州集》中谓“钦叔资禀明敏,博闻强记,辈流中少见其比。为人诚实乐易,洞见肺腑……与人交,不立崖岸,杯酒相然诺,赴难解纷,不自顾藉……时辈以此归之。”《闻钦叔在华下》又谓其“翰林仙人诗酒豪,平生嵇阮参游遨。”此处的“襟怀倜傥”“光焰万丈”便是对他人品气质及口碑的极为凝炼的概括。

“向玉皇,案底秋毫口纸,屡承天奖。”这一层揭示的是钦叔的勋绩。由一向受玉皇的嘉奖,言其功绩卓者,上应“口从天上”,下喻朝廷旌表,侧笔正收,尽得其要。

“何况云龙风虎,万乘故人,两朝耆望。”此三句由上阕的虚笔转入实写:“云龙风虎”言其得逢际遇,为皇帝赏识。“两朝耆望”谓其柱国之久。“何况”二字将三句统起,强化了语势,使之成为全篇的轴心。

“油幢玉帐。听环佩,丁东响”三句专写其任镇南军节度副使充帅府经历之军功:“油幢玉帐”显职重,“环佩丁东”喻声望,借代之笔十分形象。

“有弹弦吹竹,年年高会,增壮中秋气象”三句,又由实转虚,谓钦叔莅临华岳,便能近聆中秋佳节天宫和月宫的庆乐。虚化之笔不仅增添了华峰气象,更希冀从此而国运逆转,永庆升平。

“有月中玉兔长生,借公醉赏。”尾二句缘中秋佳节而落笔于月中玉兔,不言钦叔的安全,而望玉兔长生而供赏,婉转之笔,意韵横生。

自李献能避兵华山之日起,词人就预感到情势不妙,时刻在为挚友的安危担忧,于是又写诗又赋词地为之祝福。从词句中可以体味到愈是虚构夸张,揪的心便愈紧,挚友之谊也便体现得愈深。“山中草棘满霜雪,可惜渠家宫锦袍”,《闻叙叔在华下》中的这两句便是他最为深切的担忧之处。

满江红

枕上吴山①,隐隐见、宫眉②修碧③。人好在、断肠浑似,画图相识。罗袜尘香④来有信,玉箫⑤声远寻无迹。恨不将、春色醉仙桃⑥,迷芳席⑦。　婵娟⑧月,韶华⑨日。梦已尽,愁仍积。江花共江草,几时终极。锦树吹残胡蝶老,冰绡⑩翦⑪破鸳鸯只。拌楚云、湘雨一生休,休相忆。

【注释】

①“吴山”:杭州一山名,此处喻女子的弯眉。②“宫眉”:古代女子依宫中流行样式描画的眉毛。③“修碧”:青绿而长。④“罗袜尘香”:曹植《洛神赋》:“体迅飞凫,飘忽若神。陵波微步,罗袜生尘。”⑤“玉箫”:唐范摅《云溪友议》载:四川韦皋游江夏时,止于姜使者之馆。姜家婢女玉箫爱慕之。后皋省亲辞归,临行相约,并赠指环一枚。皋去七年不返,玉箫绝食而亡。后韦皋得一歌姬,貌似玉箫,中指有肉

环,一似所赠玉指环,始知玉箫再世,遂相团圆。后用之为咏爱情不渝的典故。⑥“春色醉仙桃”:杜甫《早朝大明宫》:“九重春色醉仙桃。”春色,此处喻青春年华。⑦“芳席”:女子的床席。⑧“婵娟”:形态与色彩美好的样子。⑨韶华:美好的春光。⑩“冰绡”:白色的丝织品。⑪“翦”:同“剪”。

【赏析】

金哀宗正大八年(1231),词人42岁,任南阳令。其年,妻子张氏病殁。其妻是户部尚书张翰之女。自词人19岁时嫁入元家,含辛茹苦,更随之颠沛流离。生长女真、次女严、三女秀及长子千。夫妻相濡以沫,感情甚笃,一旦间离世,词人悲愤万分,遂写了一组词作,以作悼念。

“枕上吴山,隐隐见、宫眉修碧。”人已离世,而今枕孤衾冷,思妻不绝。恍惚间,犹觉爱妻眉若吴山,依旧伴在身侧。枕间幻觉,极显了念妻之凄切。

“人好在、断肠浑似,画图相识”二句,接“隐隐”二字,延幻觉而继续描绘:人影好像真的还在,但又似画图般的不真实,直使人肝肠寸断。似真似幻,如真却杳,把思妻之切绘写得甚是深婉。

“罗袜尘香来有信,玉箫声远寻无迹”二句引典述情:前句借用洛神之典,谓妻子虽已成神,却分明又凌波生尘,向自己飘来,典为虚而当为实,聊作自慰;后句托以玉箫思郎之事,却谓其声杳难觅,典出实而“寻无迹”,怅憾之情难以自抑。

“恨不将、春色醉仙桃,迷芳席”则回首自己多年来顾于奔波尘世,少于守待家中,没有用珍贵的年华来享受家庭的温馨,迷醉妻子的枕席。一个“恨”字把悔之莫及的情感流露得异常深切。

“婵娟月,韶华日。梦已尽,愁仍积。”忆往昔妻子在世时,家如圆月之美,人似春光之佳;看而今,好梦已醒,尽剩愁结。借短促的句式,把杂沓之感交付笔下,沉深至处,亦显炉锤之精。

“江花共江草,几时终极。锦树吹残胡蝶老,冰绡翦破鸳鸯只。”行文至此,词人把一腔幽怨尽皆泼向周边的物事:我的妻子已杳然而去,“江花江草”还开什么开?秋风把树叶吹枯了,蝴蝶亦将老去,绣着鸳鸯的丝织品被剪破。此四句把满腹的悲情托物渲泄出来,情至真处,如泣如诉,不作雕琢,却难易一字。

“拌楚云、湘雨一生休,休相忆。”词至尾处,想到自己从此孑然一身,唯有楚天之云相伴，也只南湘之雨共泣，凄凄切切，了此一生。情至此处，愈加悲伤，“休相忆”三字，如铅压胸，难得释去，无限凄情，尽在不言之中。

这首悼亡之作，上阕侧重于妻，虚实之象交互呈现，极合丧妻之初的情境；下阕侧重于写自己，将凄凉的未来写得悲悲切切。通篇均为心理描写，但因兴象变化、典故烘托、结构营造等均出妙思，使全词显得情凄意切，哀惋至深。

满江红

一枕余酲①，厌厌②共、相思无力。人语定③、小窗风雨，暮寒岑寂④。绣被留欢香未减，锦书封泪⑤红犹湿⑥。问寸肠、能著几多愁，朝还夕。 春草远，春江碧。云暗澹，花狼藉。更柳绵闲飏，柳丝难织。入梦终疑神女赋⑦，写情除⑧有文星⑨笔。恨伯劳东去燕西飞⑩，空相忆。

【注释】

①“余酲”：醉未全醒的样子。②“厌厌”：精神不振的样子。③“人语定”：人声已寂，指夜深。④“岑寂”：冷清寂寞。⑤“锦书封泪”：宋曾慥《类说》卷二十九引《丽情集》：“灼灼，锦城官伎也。善舞《柘枝》，能歌《水调》。相府筵中与河东人坐，神通自授，如故相识。自此不复面矣。灼灼以软绡多聚红泪密封寄河东人。”后以“锦书封泪”为女子寄书表达相思的典故。⑥“红犹湿”：血泪犹在。王嘉《拾遗记》：“文帝（曹丕）所爱美人，姓薛，名灵芸……灵芸闻别父母，歔欷累日，泪下沾衣。至升车就路时，以玉唾壶承泪，壶则红色。既发常山，及至京师，壶中泪凝如血。”⑦“神女赋”：宋玉作。《文选·宋玉神女赋序》载：楚襄王与宋玉游于云梦之浦，使玉赋高唐之事。其夜玉寝，果梦与神女遇。寤而白王，王令玉言其状，便为《神女赋》。⑧“除”：除非。⑨“文星”：“文昌星”的简称，相传为主持文运科名的星宿。⑩“恨伯劳”句：用“伯劳飞燕”典。《玉台新咏·古词〈东飞伯劳歌〉》：“东飞伯劳西飞燕，黄姑织女时相见。”后以“伯劳飞燕”或“劳燕分飞”比喻亲人别离。伯劳：鸟名。

【赏析】

这首《满江红》作于正大八年，为词人悼念亡妻张氏之作。

“一枕余酲，厌厌共、相思无力。”借酒消悲，似醒还醉，相思不绝，精神萎靡。落笔即将丧妻后的颓唐状态逼真地描绘出来。愈是“厌厌”，愈显怀妻情凄，悲伤之深。

“人语定、小窗风雨，暮寒岑寂。”“人语定”将时间推移，窗入“风雨”声添入凄苦的氛围，寒而“岑寂”形象地由孤身寂寞掘出内心的凄凉。特定的时间，特别的环境，特殊的情感，将怀妻之伤描绘得自然浑成。

“绣被留欢香未减，锦书封泪红犹湿”二句，“香未减”从词人角度着笔，谓人去犹存，与“暮寒岑寂”有异曲同工之妙。“锦书”典从亡妻角度写之，谓亡妻的封泪锦书犹如昨日。“红犹湿”将此种悲情刻画得深切无比。

“问寸肠、能著几多愁，朝还夕”言肠之仅“寸”，谓“愁”之繁多，特别是在“朝还夕”中源源涌来。从而把丧妻之痛表达到难以负载的境界。

“春草远，春江碧。云暗澹，花狼藉。更柳绵闲飐，柳丝难织”数句，春花春草，春江春云，原本美好的物事，而今尽皆变色、变样、变暗淡，就连柳棉柳丝也是尽送烦恼，从而把万般心事全数托化出来，将苦辣纷沓之情绪体现得沉痛入骨。

“入梦终疑神女赋，写情除有文星笔。”《神女赋》本来已是千古名篇了，但是此处却疑其尚未达到赋情的顶点，进而说欲写自己怀念爱妻之情，没有文昌星的顶极文笔是表达不尽的。奇崛的联想，浪漫的夸张，把悼念亡妻之情推上了极高的境界。

“恨伯劳东去燕西飞，空相忆。”结尾用“劳燕分飞”之典将纵横的伤绪拉回到眼前，谓万般思念也唤不回已逝的妻子，“恨”与“空”配搭，使悲凄之情愈翻愈深，愈荡愈远。

这首词由写实入笔，渐将思妻之情幻入天地万物，融进人神之间，情感缠绵婉曲，笔法纵横浪漫，极富感染效果。

三奠子　离南阳后作[①]

怅韶华[②]流转，无计留连。行乐地，一凄然。笙歌寒食后，桃李恶风前。连环玉[③]，回文锦[④]，两缠绵。　芳尘[⑤]未远，幽意谁传？千古恨，再生缘[⑥]。闲衾香易冷，孤枕梦难圆。西窗雨[⑦]，南楼月[⑧]，夜如年。

【注释】

①“离南阳”：金哀宗正大八年，词人任南阳令，旋内迁尚书省掾。“离南阳”即指移家赴任时，时词人四十二岁。②“韶华”：美好的时光。③“连环玉”：用齐后解玉连环典，详见《江城子》[行云冉冉度关山]注③。④“回文锦”：前秦苻坚时，秦州刺史窦滔将镇襄阳，欲携妻苏蕙往。苏氏忿其有宠姬赵阳台，不与偕行。滔遂携阳台赴任，绝苏氏音问。苏蕙悔而伤，织回文锦，五彩相宣，纵广八寸。题诗二百余首，计八百余言，纵横反复，皆为文章。使家仆送至襄阳，滔览后感其妙绝，送阳台之关中，迎苏氏归汉南，恩好愈重。⑤“芳尘”：指亡妻张氏离开的尘迹。⑥“再生缘”：来生再结夫妻。⑦“西窗雨”：唐李商隐《夜雨寄北》：“君问归期未有期，巴山夜雨涨秋池。何当共剪西窗竹，却话巴山夜雨时。”⑧“南楼月”：《世说新语·容止》载庾亮任江荆豫州刺史治武昌时，赴部属殷浩、王胡之南楼赏月吟咏之会。

【赏析】

词人任南阳令时，妻子张氏不幸病亡。离南阳到京师任上时，赋此首以悼念亡妻。

“怅韶华流转，无计留连。行乐地，一凄然。”词之启端便将百般思绪交赴笔下：回顾与妻子相濡以沫的美好时光，恨好景难得留滞；不久前还欢乐团圆的地方，此刻却尽剩凄凉。以欢景衬悲凄，使凄情更显得沉郁杂沓。

“笙歌寒食后，桃李恶风前”又是两组极端苍凉的反衬句：笙歌欢欣中突来祭祀之节，桃李始艳时却遇寒风摧残，从而把阎王夺命，美满家庭散架的凄苦渲染得异常真切，可感。

“连环玉，回文锦，两缠绵”借两典而翻新义：昔日的连环玉，今朝损去一环，美好之物生生地被分开；含着妻子深情的“回文锦”却送不到丈夫手中。阴阳相隔，两地缠绵。二典联用,述句短促,所达之意显得十分强烈。

“芳尘未远,幽意谁传?千古恨,再生缘”四句可以倒过来理解:妻子的离世留下了千古不绝的怅恨,我誓与爱妻生生世世永为伴侣。妻子的离足还很近很近,谁能把我这一番心语传与她呢?人常说“咫尺天涯”,毕竟还有相见的机会,而此际的夫妻却是遥在缥缈间。“千古恨”三字凝积了词人极度的悲怀。

“闲衾香易冷,孤枕梦难圆。西窗雨,南楼月,夜如年。”词人放纵思情之后回归眼前:衾单香杳,孤枕难眠;西窗剪烛忆巴山夜雨是有妻与共,南楼赏月之乐是有人同赏,而自己则是孤身一人。人之思妻,最是夜间,结尾四句先写衾冷枕孤,再借两典引申,把失妻之恸、怀妻之情状写得深沉无比,远愁不尽。

这首悼妻之作象寓精当,用典深婉,抒情悲切,于层层翻折、一伤三叹中把主题逐次掘深,从而释放出无穷无尽的感染力。

鹧鸪天　宫体[①]八首

(一)

候馆[②]灯昏雨送凉,小楼人静月侵床。多情却被无情恼,今夜还如昨夜长。　金屋暖,玉炉[③]香,春风[④]都属富家郎。西园[⑤]何恨相思树[⑥],辛苦梅花候海棠。

【注释】

①“宫体”:宫体诗的总称,始于梁简文帝萧纲的艳情诗。《梁书·简文帝纪》载,他雅好题诗,其序云:余七岁有诗癖,长而不倦。然伤于轻艳,当时号曰宫体。”其时,萧纲周围的宫廷文人纷纷投其所好,推波助澜,创作了大量的以男女风情、绮罗脂粉为题材的作品。②“候馆”:馆驿。③“玉炉”:熏炉的美称。古时用来熏香、取暖的炉子。④“春风”:此处指男女间的情韵。⑤“西园”:泛指园林。⑥“相思树”:晋干宝《搜神记》中所载的韩凭与妻子何氏所化的交柯树。详见《摸鱼儿》[问莲根]“相思树”注。

【赏析】

此八首“宫体”词中，唯“八茧吴蚕剩欲眠”知是正大八年之作，为了集结赏读，权将之编在一处。

第一首中，按“候馆灯昏”之意，知作于词人奔波途中。

“候馆灯昏雨送凉，小楼人静月侵床。”昨夜灯昏又雨，寒凉入候馆；今夜月晴入小楼，映照着孤寂的人影。启篇用白描手法勾勒出词人的行止及环境，烘托出羁旅人之月圆人难圆的凄寒心情。“雨送凉”和“月侵床”，将时境之无情寓含于内，又巧蕴了词人鱼目不眠的状态。“送”字已自无情，“侵”字更着恼恨，并以此情为基调铺开全篇。

“多情却被无情恼，今夜还如昨夜长。”前二句述事之后，此二句即将个中蕴含的寓意揭示出来。“恼”字里，怪秋雨，怨寒侵；“长”字中言愁绪难断，“今夜还如昨夜长”于平平的文字中，产生出巨大的冲击力。

“金屋暖，玉炉香，春风都属富家郎”三句出得十分含蓄。旧的宫体诗中，含有大量的男欢女爱等浮浪内容，到词人的笔下，“金屋”调情只用“暖”字带过，满室艳香则用熏炉代之。随即，又谓此靡荡之“春风”专属“富家郎”，于嘲讽之中，既与上阕形成强烈的对比，又自然地引出词人的相思之情。

“西园何限相思树，辛苦梅花候海棠。”此二句用了一典两物象：前者以人喻人，用生不同衾死交柯之典，寓自己与妻子遥相思念而不得团聚。后者以花而喻双方的长思，又含有多重妙处：一是梅花、海棠分别比喻自己与妻子；二是梅花与海棠的花季不同，无法相见，以此作喻，凄苦之深不言而喻。回头再看：“辛苦”即悲痛之意，二字下得多么稳切。

同样的人性之爱，一种是浮浪，一种是忠贞，词中将二者对比写来，褒贬之意十分明朗。同样是宫体诗，旧者浮艳淫靡，新者慷慨清雄，体现出词人击腐朽而倡清纯的创作主张。

（二）

翡翠[1]鸳鸯不自由，镜中鸾舞[2]只堪愁。庭前花是同心树[3]，山上泉分两下流。　金络马[4]，木兰舟[5]，谁家红袖水西楼[6]。春风殢[7]杀官桥柳，吹尽香绵[8]不放休。

【注释】

①“翡翠”：鸟名。嘴长而直，羽毛有蓝、绿、赤、棕等色，嘴和足呈珊瑚红色，翠羽可做装饰品。又，《楚辞·招魂》：“翡翠珠被，烂齐光些。”汉王逸注：“雄曰翡，雌曰翠。”②“镜中鸾舞”：指罽宾王买得一鸾鸟而不鸣，设镜照之后见影而鸣，一奋而绝之事。详见《朝中措》[夹衣晨起怯新霜]“镜中鸾舞”注。③“同心树”：情爱的象征。《乐府诗集》卷八五《杂歌谣辞·苏小小歌》：“何处结同心，西陵松柏下。”④“金络马”：装饰华丽的马。⑤“木兰舟”：舟船的美称。《述异记》：“木兰川在浔阳江中，多木兰树。吴王阖闾植木兰于此，用构宫殿也。七里洲中有鲁班，刻木兰为舟，舟至今在洲中。诗云木兰舟，出于此。”⑥“水西楼”：宋佚名《南乡子》：“帘卷水西楼，一曲新腔唱打油。宿雨眠云年少梦，休讴，且尽生前酒一瓯。明日又登舟，却指今宵是旧游。同是他乡沦落客，休愁，月子弯弯照几州。”⑦“殢”：困扰。⑧“香绵”：柳絮。

【赏析】

这首《鹧鸪天》是宫体八首之二。

“翡翠鸳鸯不自由，镜中鸾舞只堪愁。”翡翠和鸳鸯本为形影不离的两种禽鸟，是历来忠贞爱情的象征，然而，随之于后的“不自由”，却将其生生地分开，即人们所恨的捧打鸳鸯，造成有情人不能成眷属的悲剧。词以“翡翠鸳鸯”起兴后，又用“镜鸾”之典把被迫离散的女子形单影只、愁怨无语的状况形象地刻画出来，令人自然地产生出对恶势力的无比愤恨之情。

“庭前花是同心树，山上泉分两下流”二句，又从痴情女子的心理角度描写：庭院中的并蒂花就是她与情郎爱情的象征，山上的泉水原本在一起，涌出后却被迫分成两支,越流越远。此二句运用形象的比喻,把孑影之悲掘得更为深刻,把“不自由”之恨表达得更加深切。

“金络马,木兰舟,谁家红袖水西楼”三句,描写了另外一对璧人,他们在岸骑着金络马,在水乘着木兰舟,离舟又登水西楼。“谁家红袖”传出孤鸾般的女子对有郎相伴的“红袖”女子之羡慕,更反衬了自己寂寞孤苦的凄境。

“春风殢杀官桥柳,吹尽香绵不放休”二句转入环境描写:无情的春风偏吹路旁的孤柳,将最后的一团柳絮吹离枝头了还不放手,仍在继续吹残。“春风”二字由水西楼内的柔和之风转意为无情吹柳的恶风,“香绵”喻无情摧折下只能分离的女子。“殢杀”二字发出绝望的悲声,“不放休”满是心底的恨意。此番作结,照应了启篇之“不自由”,于痛恨的呐喊中升华了主题。

这首词的上阕运用了博喻手法,反映了被剥夺爱情的少女之痛苦心境。下阕揳入对比反衬之例, 在加深悲情之中发出对恶势力的声讨。词中还当涵有更为深刻的主题:故国灭亡后,词人成为孤身无托的遗臣,然而,他的爱国之情反倒更为强烈,又因在新政之下不宜直抒哀怨,便用旁托的手法予以表达。同时,这篇宫体之作,亦成为反对浮艳轻滑的旧宫体之力作而典范后人。

(三)

天上腰肢①说馆娃②,眼中金翠③有芳华④。行云⑤著意留歌扇⑥,远柳无情隔钿车⑦。 周昉⑧画,洛阳花,数枝浓艳落谁家?春寒恨杀如年夜,庭树阴阴欲暮鸦。

【注释】

①“腰肢”:腰身,腰姿,体态。②“馆娃”:原指“馆娃宫”,古代的宫名,吴王夫差为西施建造。今江苏吴县灵岩山上有灵岩寺,即其故址。此处指宫女,歌伎。③“金翠”:以黄金、翠玉制成的饰物。此处指饰有金翠的歌女。④“芳华”:香花。此处喻馆娃貌美。⑤“行云”:飘动的云。⑥“歌扇”:歌舞时用的

扇子。也指歌女写上曲目,供人点唱的折扇。⑦"钿车":用金宝装饰的车子,为古时贵妇所乘坐。⑧"周昉":唐代京兆人,著名画家,尤善画丰满的妇女。

【赏析】

这首《鹧鸪天》为"宫体八首"之三。

"天上腰肢说馆娃,眼中金翠有芳华。"这首词写的是观赏歌伎演唱之作,起句即以西施喻歌女们容貌之美,用天仙喻她们身姿之美。次句又言其装饰和妙龄,给人以先声之妙。

"行云著意留歌扇,远柳无情隔细车。"此二句描绘歌女的演唱,但是没有直接去写,而是说天上的云彩见到其表演而特意停留下来,远处的钿车却恨杨柳相隔而难睹其容。侧笔之间,将她们的声容舞姿表现得惟妙惟肖,给人以无限的想象空间。

"周昉画,洛阳花,数枝浓艳落谁家"二句,先以周防画喻其美极,洛阳花谓其颜冠天下,然而人老色衰后,她们会着落于何处呢?此句用担心其归宿的心事,露出主旨的端睨。

"春寒恨杀如年夜,庭树阴阴欲暮鸦。"尾二句言春寒,言夜长,谓庭院树影沉沉,谓乌鸦噪声凄骨,把对歌女命运的忧虑外化出来,表露到极致,揭示出主题。

词的上阕竭尽笔力,刻画了歌女们的姣美和技艺,下阕由"周昉画,洛阳花"接转,提出"浓艳落谁家"的问题。如果是寻常女子,早已有了夫家归宿,有了子女老依,一生平平淡淡,却也一生安乐融融。而作为歌伎,只是贵家的玩物,一旦人老色衰,便无所因倚,词人的"恨杀"春寒说的就是这么一个现实。小题材,大主题,是词人一向的创作风格。同时,这首词又从另外一个角度,对旧宫体诗作了纠偏。

(四)

小字缭绫写欲成,印来眉黛绿分明①。水流刻漏②何曾住,玉作弹棋③尽未平。　愁易积,梦频惊,闲衾攲卧觉霜清。月明不放寒枝稳,夜夜乌啼彻五更。

【注释】

①“小字”二句：唐韩偓《余作探使以缭绫手帛子寄贺因而有诗》：“解寄缭绫小字封，探花筵上映春丛。黛眉印在微微绿，檀口消来薄薄红。”缭绫：越地所产的绫绢。②“刻漏”：古代滴壶计时之器。以铜壶盛水，底穿一孔，壶中立箭，上刻度数。水漏，则所刻度数依次显露，以之计时。③“玉作弹棋”：李商隐《柳枝五首》之二：“玉作弹棋局，中心亦不平。”弹棋：古代的一种博戏。《世说新语·巧艺》：“弹棋始自魏宫内，用妆奁戏。文帝于此戏特妙，用手巾角拂之，无不中。有客自云能，帝使为之。客著葛巾角，低头拂棋，妙逾于帝。”

【赏析】

这首《鹧鸪天》为“宫体八首”之四。

“小字缭绫写欲成，印来眉黛绿分明。”首句说的是一位女子在给情郎写书信。从“小字”便可意会到女子用其纤纤玉手极为用心地写，要写的话儿也多，亦可知其文化涵养之深。从“缭绫”二字可知其视此书信之郑重，对情郎之挚爱。次句以将写成的书信用女子特有的方式做印记，言其貌美之外，更折映出纯贞的心灵。词人此处用韩偓探花宴之事，映衬此女子小字作书，场合不同，作书不同，精心营构却是相同的，用典甚为巧妙。

“水流刻漏何曾住，玉作弹棋尽未平”二句，言其作书信时的心境，她在担心时光片刻不停，青春转瞬即逝，而情郎远在他乡，不得团圆。故而借李商隐之语，言心中之惆怅不息。女子情愫尽付于情书之中。

“愁易积，梦频惊，闲衾欹卧觉霜清。”下阕继续描写倾诉相思之苦：“愁易积”谓其日思月念，愁积成堆；“梦频惊”谓其无所偎依，担心情郎而恶梦频袭；“闲衾”“霜清”又言其衾被孤寂，闺室寒清，把相思之苦写到了极致。

“月明不放寒枝稳，夜夜乌啼彻五更。”尾二句中，女子又把夜夜失眠嗔怪于月明惊鹊，怨鹊巢枝晃，以至于夜夜乌啼扰难眠。日暮乌啼已给人以不舒服的心理，“夜夜乌啼到五更”更将难以抑制的烦燥、每晚失眠的境况表现得极为深致，凄寒。

这首词除首二句为旁写外，其余都为独白，从而把“小字缭绫”的内容愈展现愈深沉。还应该激赏的是“夜夜乌啼彻五更”虽然已将女子的思情展现到极为深切的地步，但是，如果继续展开还会更为伤神，因为这还只是“写欲成”时。此番相应之笔，更是词家的独妙之处。

（五）

自在晴云覆苑墙，徘徊明月驻清光①。已看红袖沾芳酒，犹认宫螺②映绮窗③。　金翡翠④，绣鸳鸯⑤，春风花暖柳绵⑥香。殷勤⑦未数闲情赋⑧，不愿将身作枕囊⑨。

【注释】

①“清光”：月亮清而亮的光辉。②“宫螺”：即黛眉。唐宇文氏《妆台记》：“汉日给宫人螺黛作翠眉。”亦指女子的螺髻发型。此处代指女子。③“绮窗”：雕刻或绘饰极精致的窗户。④“金翡翠”：精致的翡翠状首饰。翡翠：鸟名。⑤“绣鸳鸯”：绣有鸳鸯的衣被等。⑥“柳绵”：柳絮。⑦“殷勤”：情意深厚。⑧“闲情赋”：指陶渊明的《闲情赋》。赋中愿成为佳人之衣领、衣带、膏泽、眉黛、莞席、丝履等等。⑨“枕囊”：枕头。此处喻屈从权势，为人所用。

【赏析】

这首《鹧鸪天》是“宫体八首”之五。

“自在晴云覆苑墙，徘徊明月驻清光。”启篇二句，词人说他曾在雨晴之后领略过红墙笼白云的景状，也曾在既望之夜领赏过月亮徘徊于斗牛之间。以凝炼的笔触总括了他游景览胜、领略万物旨趣的经历。

“已看红袖沾芳酒，犹认宫螺映绮窗”二句，又谓曾在盛宴上饮过华装女子所敬之酒，也曾在华堂前见过贵家女子的身影。此二句又从豪华场面的角度，言其对上层生活的亲逢目睹。

“金翡翠，绣鸳鸯，春风花暖柳绵香。”前二句用极为华艳之辞，将上阕所述的生活方式作了拓展。第三句的“春风”即春风得意,“花暖柳绵香”则是对春风得意状况的形象描述。

“殷勤未数闲情赋,不愿将身作枕囊。”《闲情赋》是陶渊明的作品,该《赋)中抒写了对一位品貌出众的美人的爱慕之情,表达了他对爱情和美好生活的向往。“殷勤”即情深意厚的意思,然而,词人此处却说“殷勤未数闲情赋”,言外之意是我的“殷勤”也不比你差。行文至此,词意突转,说我只不过是不愿事权贵而享受那种生活罢了。意外的折笔,意外的收结,犹如抖包袱一样收到了振荡全篇的作用。

回过头来看,金亡之后,词人的文名更胜于前,新朝权贵们也对他青眼有加,只要他愿意效力,“金翡翠,绣鸳鸯,春风花暖柳绵香”的大富大贵便唾手可得,然而,他却“不愿将身作枕囊”而弃若敝履,忠贞故国、不事新朝的气节真可竖指大赞。

从结构上看,全篇以“殷勤未数闲情赋”为关枢,使前文中大量的抒写俱成铺垫,杠杆般地把重量落在结尾一句上,收到了出人意外的表达效果。

从宫体的层面看,前面大量的艳句似乎与旧宫体诗十分亲近,然而结尾一句却产生出巨大的冲击力,体现出词人反对浮艳淫靡,提倡沉雄雅正的创作主张。他以自己的作品践行了疏凿手的精神。

(六)

复幕重帘锦作天,金壶银烛夜如年。汉皋解佩[①]终疑梦,缑岭吹笙[②]恰似仙。 花一梦,柳三眠[③],春风无意惜芳妍。罗裙[④]细看轻盈态,元在腰肢婀娜[⑤]边。

【注释】

①“汉皋解佩”:《文选·张衡〈南都赋〉》:“游女弄珠于汉皋之曲。”李善注引《韩诗外传》:“郑交甫将南适楚,遵彼汉皋台下,乃遇二女,佩两珠,大如荆鸡之卵。”又《文选·郭璞〈江赋〉》:“感交甫之丧佩。”李善注引《韩诗内传》:“郑交甫遵彼汉皋台下,遇二女,与言曰:‘愿请子之佩。’二女与交甫,交甫

受而怀之,超然而去。十步,循探之,即亡矣。回顾二女,亦即亡矣。”后以“汉皋解佩”为男女爱慕遗赠之典故。汉皋:山名,在今湖北襄阳西北。②“缑岭吹笙”:用“王子乔缑笙”典。详见《水调歌头》[山家酿初熟]“笙鹤”句注。③“柳三眠”:相传汉苑中柳树一日三起三倒,如人之一日三眠。宋无名氏《漫叟诗话》:“尝见曲中使柳三眠事,不知所出。后读玉溪生《江之嫣赋》云:‘岂如河畔牛星,隔岁只闻一过;不比苑中人柳,终朝剩得三眠。’注云:‘汉苑中有柳,犹如人形,一日三起三倒。’”④“罗裙”:丝织品制的裙子,代指女子。⑤“腰肢婀娜”:体态柔美。

【赏析】

这首《鹧鸪天》是“宫体八首”之六,所写的是一次歌宴上的所见所感。

“复幕重帘锦作天,金壶银烛夜如年。”首句写歌宴的布饰状况:重重帘幕,锦天绒地,给人以堂皇富丽、华彩夺人的印象。次句转写歌宴的盛况;金壶频斟,银烛如昼,夜饮欢乐的气氛有如年夜一般。首二句着笔在物事,渲染的却是醉生梦死的歌舞饮乐之人。

“汉皋解佩终疑梦,缑岭吹笙恰似仙。”此二句移用二典作感慨,谓宴乐之人沉醉于有如“汉皋解佩”的梦幻之中,听乐于“缑岭吹笙”般的缥缈之间。隐隐中把宴乐诸人忘却亡国之恨而醉生梦死之状作出嘲讽。

“花一梦,柳三眠,春风无意惜芳妍”三句,把上述之意挑得更为明白。“花一梦”用杜牧《泊秦淮》中“商女不知亡国恨,隔江犹唱后庭花”之意,“柳三眠”谓世人竟然一日三眠,懵懂麻木,忘却故国。“春风无意惜芳妍”则是词人自己的感慨:当前世风日下,人们已经不去叹息、怀念“芳妍”般的故国了。

“罗裙细看轻盈态,元在腰肢婀娜边”二句,形象地勾勒出宴中诸人的双眼:他们只“细看”商女“轻盈”的罗裙旋舞,都盯着她们那“婀娜”的“腰肢”,其神魂竟然到了忘乎一切的地步,从而于辛辣的讽刺中收结全篇。

这首词借宫体诗之外相,用艳丽的词句,通过对歌宴盛集的描写,把余人皆醉我独醒的主题寓寄其中,揭示出深刻的社会意义。同时,这种表达方式,又同其它几首形成既统一、又个性的艺术特色,体现了词人奇巧的创作构思。

（七）

八茧吴蚕[①]剩欲眠，东西荷叶两相怜。一江春水[②]何年尽，万古清光[③]此夜圆。　花烂锦，柳烘烟，韶华[④]满意与欢缘。不应寂寞求凰[⑤]意，长对秋风泣断弦[⑥]。

【注释】

①“八茧吴蚕”：吴蚕一年能结八次茧。喻很辛苦。《文选·左思·吴都赋》：“乡贡八蚕之丝。”李善注：“刘欣期《交州记》曰：‘一岁八蚕茧，出日南。’”吴蚕：江南之蚕。②“一江春水”：南唐后主李煜《虞美人》：“问君能有几多愁，恰似一江春水向东流。”③“清光”：明亮柔和的光辉，此处指月亮。④“韶华”：美好的时光。⑤“求凰”：《艺文类聚·司马相如〈琴歌〉》：“相如游临邛，富人卓王孙家有女文君新寡，窃于壁间见之。相如因以琴歌挑之曰：‘凤兮凤兮归故乡，游遨四海求其皇。有艳淑女在此房，何缘交接为鸳鸯？’”⑥“断弦”：旧以琴瑟比喻夫妇，因称丧妻为“断弦”。

【赏析】

这首《鹧鸪天》是怀念亡妻张氏之作，为宫体八首之七。作于正大八年。

“八茧吴蚕剩欲眠，东西荷叶两相怜。”词人于正大元年任国史院编修后，又历方城商帅幕府、内乡县令、邓州幕府、镇平与南阳任所，到汴京赋此词，正好八年，故喻为官场“八茧”。“剩”即“更”的意思。此处又借蚕蛹休眠表达自已欲去职找闲之意。时已入秋，百草回头，有的荷叶尚见绿色，有的荷叶已经黄枯，“东西荷叶”作喻，特别是“西”字之寓，正合词人与张氏夫人阴阳两隔之伤。启笔二句之喻，可谓精奇。

“一江春水何年尽，万古清光此夜圆。”贤妻初丧，不绝的悲情有如逝水滔滔，“何年尽”之反诘，更使伤怀产生出奔泄难遏的势头。“问君能有几多愁，恰似一江春水向东流”，李煜的句意移接此处，可谓天衣无缝了。“万古清光此夜圆”：众人千里共婵娟，唯独词人孤身孑影而独自徬徨。触景触情，将一腔悲恸流露得凄切无比。

“花烂锦，柳烘烟，韶华满意与欢缘”三句，以烂漫的春色起兴，回顾词人与张氏夫人的韶华欢缘，词艳情欢，与“东西荷叶两相怜”遥相照应，并将“相怜”二字暗接过来，引出结尾的寄语。

“不应寂寞求凰意，长对秋风泣断弦。”其意为：我不会因为人孤衾冷而再求续弦，誓在有生之年面对凄风而永远怀念亡妻。反典而用，情真意切。

这首悼亡词借象精巧，拈词精绝，融典无痕，情感深切动人，处处均有体味不尽的余味。

（八）

好梦初惊百感新，谁家歌管[1]隔墙闻。残灯收罢空明月，腊雪消融更暮云。　莺有伴，雁离群，西窗[2]寂寞酒微醺[3]。春寒留得梅花在，剩为何郎[4]瘦几分。

【注释】

①“歌管”：唱歌奏乐。②“西窗”：赵德麟之诗《妻》有“晚云带雨归飞急，去作西窗一夜愁”句。②“醺”：醉。④“春寒”二句：用南朝时的何逊爱梅典。详见《鹊桥仙》[孤根渐暖]“何郎”注。剩：更。

【赏析】

这首《鹧鸪天》是“宫体八首”之八。

“好梦初惊百感新，谁家歌管隔墙闻。”首二句写孤寂独眠之妇梦与郎会时，突然被邻墙的一声歌管惊醒。“好梦”谓梦境甜蜜，“惊”与“谁家”暗含着嗔怪之意，“百感新”于思夫百结中又添入此际的惆怅无比之心情。寥寥十几个字把思妇梦惊后的心态刻画得异常深微，令人怅惋。

“残灯收罢空明月，腊雪消融更暮云。”前句写思妇被惊醒后的情状：醒来后久久不得入眠，直至油残灯熄，而后又空望着窗外的明月。后句转谓其盼过腊雪盼春来，春来之后仍无归。“更暮云”三字形象地把她的希冀笼罩起来，越来越暗淡。

“莺有伴，雁离群，西窗寂寞酒微醺。”“莺雁”二句，以有伴之莺衬离偶之雁，形象地流露出羡“歌管邻墙”夫唱妇随，叹自己孤雁悲凄的命运。“西窗”句又谓其借酒消思，却沾口即醺，把彻夜寂寞难眠的苦闷心情更推深一层。

“春寒留得梅花在，剩为何郎瘦几分。”历来的梅诗，多是爱梅、赏梅、惜梅、赞梅，而此处却是翻转主客，写梅盼赏花人，直至瘦身时，从而把此妇思夫、盼归的心情表现到了极致，也为诗家生出了神妙的一笔。

这首词写妇人的思夫盼夫，启笔便冠以“好梦”二字，奠定了盼归不得的基调。之后通过细腻的心理描写、形象的比喻衬托，真诚地赞美了该女子“剩为何郎瘦几分”的痴情和忠贞，读来甚觉芳烈动人。然而，这首词中的思妇，只是词人托意的形象，真正要表达的是他对亡金的追思和忠贞志节的独白。由此立意去领会全篇，隐意便会豁然。

洞仙歌

超化蘸碧轩得钦叔书，有相调之语，因代书以寄。寺有长明灯龛，即所见而言[①]

青钱白壁，自买愁肠绕。更恨欢狂负年少。记阳关图[②]上、尊酒留连，儿女泪，输与闲人坐钓。　茂陵多病后[③]，懒尽琴心，无复求凰与同调[④]。似清风古殿[⑤]，风动幡摇。晴昼永，惟有龛灯[⑥]静照。看胡蝶飞来澹[⑦]无情，问墙角戎葵[⑧]，为谁凝笑？

【注释】

①“超化”：超化寺，在河南密县（今新密市），西依嵩山，始建于东汉。“钦叔”：李献能，字钦叔。详见《水调歌头》［云山有宫阙］。②“阳关图”：王维《送元二使安西》有“劝君更进一杯酒，西出阳关无故人”句，此处借之谓与钦叔分别时的画面。③“茂陵多病后”：《史记·司马相如列传》载：“相如既病免，家居茂陵。天子曰：‘司马相如病甚，可往从悉取其书，若不然，后之失矣。’使所忠往，而相如已死，家无书。问其妻，对曰：‘长卿未死时，为一卷书，曰有使者来求书，奏之。无他书。’其遗札书言封禅事。奏所忠。忠奏其书，天子异之。”此事说明相如至死仍念念不忘朝廷事，后世用“茂陵遗稿”为毕生效忠

朝廷之典。④“懒尽”二句:用司马相如《琴歌》典,详见《鹧鸪天》[八茧吴蚕剩欲眠]“求凰”注。此处用为无心用琴音挑动女子芳心之意。调:指司马相如挑动别人之心的《琴歌》。⑤“古殿”:指超化寺。⑥“龛灯”:指蘸碧轩之“长明灯龛”。⑦“澹”:恬静。⑧“戎葵”:亦作“莪葵”,即蜀葵,多年生草本植物,直茎,叶心脏形,花冠有红、紫、黄、白等色。

【赏析】

正大八年,词人由南阳县令内迁尚书省掾,移家汴京。这首词作于途经超化寺时,是代为回书李钦叔之作。

“青钱白璧,自买愁肠绕。更恨欢狂负少年。”要赴任京官了,词人却毫无喜悦之情,反而说为了区区的“青钱白璧”而自找烦恼,特别是年少时便东颠西赴地参加什么科举考试,生生地辜负了大好的年华。“更恨”二字铿锵有力,悔意万分。词人的此种心态由来已久,并在多篇作品中写道“升斗微官”“四海虚名”而误却半生,此处的“自买愁肠绕”又自翻出了新句。

“记阳关图上、尊酒留连,儿女泪,输与闲人坐钓。”此首因是寄与三知己之一的李钦叔的,因而紧扣“自买愁肠”,回顾屡次与之相聚,又因“青钱”而强忍“儿女泪”,不得不分手。我是这样的,你又何尝不是如此?咱们两人都输给闲钓之士了。钦叔来书有“相调之语”,词人此处亦以戏谑之语寄去,知友之谊尽现于兹。

钦叔来书中,当有劝词人以凤求凰再续弦之语,词人便在下阕中缘其调语而写来:

“茂陵多病后,懒尽琴心,无复求凰与同调。”此处化用司马相如二典:“茂陵多病后”原谓司马相如毕生忠于汉廷,此典移来,用为自己忠贞张氏贤妻之志:“懒尽琴心”言其不再续弦的心语。两典同出一人,或化用,或反用,以简出繁,把词人的心迹表露得明明白白。

“似清风古殿,风动幡摇。晴昼永,惟有龛灯静照”四句照应题注。“风动幡摇”喻友人之劝,“清风古殿”喻坚心如磐;龛灯晴昼静照,言佛灯知我心。此四句借象明迹,真合超化之静了。

“看胡蝶飞来澹无情,问墙角戎葵,为谁凝笑?”结尾三句又是反调之语:“胡蝶飞来”喻钦叔之来书,“澹无情”言自己不为言动;“墙角戎葵”,喻钦叔劝其再度花开之意,“为谁凝笑”谓钦叔之挚言未达效果。以调侃之语作结,不仅使首尾相应,完成了回书之笔,还使全词充满了诙谐之感。

这首词以“代书以寄”为线索,以超化寺为触发点,以诙谐之意应“相调之语”,使全篇显得似谐实庄,同时显示出词人能将周围物事信手拈来皆入妙的超人造诣。

眼儿媚

阿仪①丑笔学雷家②,绕口墨糊涂③。今年解道④,疏篱冻雀,远树昏鸦。

乃公⑤行坐文书里,面皱鬓生华。儿郎又待,吟诗写字,是甚生涯?

“涂”字注:音茶。

【注释】

①“阿仪”:遗山长子元抚,又名叔仪,小字阿千。②“雷家”:雷渊家。其年雷渊卒,叔仪当随其子雷膺兄弟学字。③“绕口糊涂”:忻州方言为“满嘴边尽染”之意。“涂”:按自注“茶”音,忻州方言为“糊搽”。④“解道”:会说。李白《金陵城西楼月下吟诗》:“解道澄江静如练。”⑤“乃公”:词人对儿子的自称。

【赏析】

这首《眼儿媚》作于金哀宗正大八年,是年,词人由南阳内迁尚书省掾。根据“疏篱冻雀”,知作于是年冬。

“阿仪丑笔学雷家,绕口墨糊涂。”首句写阿仪学字的地点,字迹的歪丑,次句描绘其满脸粘墨的样子,从而把一个初学字的儿子人小腕弱、手不胜笔的模样刻画得异常形象,字里行间更透出一股无比深切的慈爱。

“今年解道,疏篱冻雀,远树昏鸦。”正大六年阿千出生,正大八年为三岁,故谓之“今年解道”,即刚懂点事,开始学习。接下来没有顺笔而写,却将目光落到篱笆上落着的冻鸟和远树上的昏鸦。然而,回看“丑笔”和“糊涂”,即明白阿仪的笨拙多像只“冻雀”。而“远树昏鸦”则是词人自喻,谓自己犹似昏鸦之老态。笨雏与老鸦相映,正像儿子和自已一样,其幽默之语正含着满满的怡情。

“乃公行坐文书里,面皱鬓生华”承接“昏鸦”而写词人,“行坐文书里”,说自己当下劳碌公文。“面皱鬓生华”言自己年岁渐老中,将余韵留与下文。

“儿郎又待,吟诗写字,是甚生涯”三句点明主旨:阿仪又要像我儿时那样学写字、习诗文了,然而,学成以后,他的人生之路又将是个什么样子?结语四字看似轻描淡写,实则点出一个令人深思的问题:学到像乃父这般成就,又能怎样?特别是在这个多事之秋,学成满腹经纶后是福还是祸?但是,如果放弃学文,儿子将来又会是个什么样子?“是甚生涯”,不好答,也不敢想,从而为全词留出一个极大的、迷茫的空间。

这首词从儿子步入蒙学阶段写起,表达出对阿仪的无比慈爱和希望子承父志的心愿,然而,词中也由此而推出一个重大的社会问题,从而使作品具有了时代的意义而让人去深思。

踏莎行

微步生尘①,残妆晕酒②,朱门如海空回首。东风正有去年花,柔条去作谁家柳? 细雨春寒,灯青夜久,孤衾未暖还分手。梦中见也不多时,怎生望得长相守?

【注释】

①“微步生尘”:曹植《洛神赋》:“凌波微步,罗袜生尘。”②“晕酒”:面庞胭脂不匀,有如酒后。

【赏析】

由“朱门如海空回首”句看,当为词人目睹富豪夺人之妻而作的不平之词。

“微步生尘,残妆晕酒,朱门如海空回首。”启篇三句以浪漫的笔法描写妻子“近况”。“微步生尘”借洛神的形象谓其步履之美,“残妆晕酒”状其娇态;“朱门”句喻地府深深,只能空望夫君。文辞凝炼地绘出一幅痴妻思夫图来。

“东风正有去年花，柔条去作谁家柳？”唐代孟棨《本事诗·情感》载：韩翃有才名，李姓邻居将一姓柳的歌妓赠给他，才子佳人如鱼得水。韩翃中进士后就职于淄青节度使侯希逸衙中。韩寄柳诗云：“章台柳，往日青青今在否？纵使长条似旧垂，亦应攀折他人手。”后柳居佛寺，被番将沙吒利夺。韩遇柳氏，柳氏哭诉。少年虞候许俊得悉，慨然相助，突入沙吒利府，将柳接回。侯希逸本参沙吒利，代宗御批，韩柳破镜重圆。词人缘此而谓：春风吹来，遍地花开一如去年，但是柳枝柔条哪里去了？春花本为今春开，却谓为“去年花”，柔条尚未吐翠，却谓去谁家，语妙寓深，含满了思妻念妻之情。

“细雨春寒，灯青夜久，孤衾未暖还分手。”“细雨”“灯青”寓其思绪不绝，“春寒”“夜久”烘衬凄怀深深，“孤衾未暖还分手”将思妻幻入梦境，营造出相牵相挂的意境，怅恨之情入骨见髓。

“梦中见也不多时，怎生望得长相守？”结尾二句由梦中相见之短暂，化作长相厮守的愿望，以虚作实，言简而意长。“怎生”二字，企求切切、凄情绵绵，下得甚为精当。

词中写花写柳，写灯写雨，极具新奇之笔，言梦言醒，言思言望，虽为虚笔，却能让人触摸到真真实实的情感，诗家妙笔，尽显于兹。

玉漏迟

壬辰围城中，有怀淅江别业。为钦用弟赋[1]

淅江归路杳[2]，望西南仰羡，投林高鸟。升斗微官，世累[3]苦相萦绕。不入麒麟画[4]里，又不与、巢由[5]同调。时自笑，虚名负我，平生吟啸。　扰扰马足车尘，被岁月无情，暗销年少。钟鼎山林[6]，一事几时曾了？四壁秋虫夜语，更一点，残灯斜照。清镜晓，白发又添多少？

【注释】

①“壬辰围城”：金哀宗正大九年，即开兴元年（1232）三月，蒙古军围汴，攻城十六昼夜后许和，汴京围解。金哀宗将刚改的国号“开兴”又改为“天兴”。同年七月，金飞虎军杀蒙古使者三十余人，和议绝，复围城。因其年为壬辰年，故称“壬辰围城”。“淅江别业”：指词人在内乡的“秋林别业”。其时，词人另有七律诗《怀秋林别业》。“钦用”：李献甫，字钦用，详见《满江红》[汉水方城]题注。②“杳”：此处

为渺茫意。③“世累”：世俗的拖累。④“麒麟画”：麒麟阁画像。西汉时，在麒麟阁画有霍光等十一位功臣像，以作旌表。东汉时，又有邓禹等二十八将画于凌烟阁。⑤“巢由”：巢父与许由。晋皇甫谧《高士传》：“巢父者，尧时隐人也，山居，不营世利。年老，以树为巢而寝其上，故时人号曰‘巢父’。尧之让（禅让）许由也，由以告巢父。巢父曰：‘汝何不隐汝形，藏汝光？若（你）非吾友也。’”“尧又召（许由）为九州长，由不欲闻之，洗耳于颍水滨。”⑥“钟鼎山林”：“钟鸣鼎食”与闲隐山林两种截然不同的生活。钟鼎：豪富奢侈之家击钟聚食，大鼎为餐。

【赏析】

“淅江归路杳，望西南仰羡，投林高鸟。”词人前一年移家汴京，次年便身困围城，朝不知夕。欲归淅江路已绝，唯有空望远在西南的秋林别业，日羡高鸟能自由自在地投林而栖。此时此境，归旧家之愿成不能实现的奢望，“仰羡”二字包含了无比沉重的辛酸。

“升斗微官，世累苦相萦绕”二句进入人生的反思：为了升斗俸禄，苦被世俗观念所累，是从社会的普遍现象讲的，而自己也随着世俗踏入这一境地。这是反思的第一层。

“不入麒麟画里，又不与、巢由同调。”出仕与隐居是词人一生的纠结：为国为民一展抱负是词人的崇高追求，隐居山野，不与世俗为伍，又是他高蹈的情趣。然而，出仕建功立业之梦未能实现，“巢由”那头的逸趣也让自己给丢掉了，一误再误，又误陷入围城绝境之中。此为反思的第二层。

“时自笑，虚名负我，平生吟啸”三句是对上述反思的总括：“时自笑”是苦笑，是五味杂陈；“虚名负我”是关枢，谓自己一步踏错步步错。然而“平生吟啸”又作了翻篇：负我者不是功名，是战争，是野蛮的蒙古军侵略让我没来得及“吟啸”。词人心有不甘的愤懑之情尽皆倾出。

“扰扰马足车尘，被岁月无情，暗销年少。”“扰扰马足车尘”谓词人毕力的追求，“岁月无情”揭示出时世之祸，“暗销年少”言自己的少时壮志生生地被蒙古侵略军毁去，激愤之情全数凝于“暗销”之中。

“钟鼎山林，一事几时曾了”二句：“钟鼎”照应“入麒麟画里”，“山林”照应“巢由同调”，平生的两个追求没有一处成真。若是升平时代，二者择其一，必会有一得，而今身处围城，日与“鬼为邻”（《喜李彦深过聊城》），两条路子都将堵死，“一事几时曾了”便是他痛心的自责。

“四壁秋虫夜语，更一点，残灯斜照。”在长达十月的围城中，汴京粮尽，“米升直银二两，贫民往往食人殍，死者相望。官日载数车出城，一夕皆剐食其肉净尽。缙绅士女多行丐于街……人朝出不敢夕归，惧为饥者杀而食”（金刘祁《归潜志·录大梁事》）。“四壁”为家空粮尽的真切录记，“残灯”是彻夜无眠的悲愁，“残”字更寓含着国将残破、人只残喘的哀叹，对于一位赤心爱国的词人来说，还有何事比这更为悲愤的？

“清镜晓，白发又添多少？”结句言明晨瞧镜，白发又将骤添许多，把一夜间忧国、忧民、忧全家的心情尽从“白发”中折映出来，更将明日的兵情局势是个什么样子的愁怀潜寓其中。

这首身陷围城、处于万分危急中的词作，于望归浙江别业不得、空羡高鸟的自由自在中，反思了词人的人生历程，将少年壮志终未酬、空对清镜叹白头的感慨表达得深切幽怨，哀婉动人，亦为金末的史实留下了珍贵的一笔。

浣溪沙　往年宏辞御题有《西山晴雪》诗[1]

日射云间五色芝[2]，鸳鸯宫瓦碧参差[3]。西山晴雪入新诗。

焦土已经三月火[4]，残花犹发万年枝。他年江令独来时[5]。

【注释】

①“宏辞”：即博学宏词，科举考试名。唐开元十九年开博学宏词科，考选进士及第者，考中后即授官职。宋置弘词科，金因之，清称博学鸿词科。“御题有《西山晴雪》诗”：指词人正大元年（1224）汴京应宏词科试时，皇帝亲拟的诗试题“西山晴雪”。②“五色芝”：含五种颜色、状如灵芝的云，古人认为是瑞兆。③“鸳鸯”句：宫殿上碧、黄硫璃瓦相间排列，组成某种图案。鸳鸯瓦：扁瓦与筒瓦一仰一覆构成的垄状。④“焦土”句：指蒙古军围汴京之事。⑤“江令独来时”：指南朝梁的江淹，封醴陵侯。因曾做过东武令，故称江令。其作品甚多，此处专用其《恨赋》。赋中有：试望平原，蔓草萦骨，拱木敛魂。人生到此，天道宁论？于是仆本恨人，心惊不已；直念古者，伏恨而死……自古皆有死，莫不饮恨而吞声。”

【赏析】

这首《浣溪沙》作于蒙古军围攻汴京时。

“日射云间五色芝，鸳鸯宫瓦碧参差。”云呈五色，满天祥瑞，日头穿过祥云照在宫殿上，碧绿的硫璃瓦更显得光彩耀眼。寥寥十四个字，日、云、宫、瓦上下辉映，色彩缤纷，“射”与“参差”形象逼真。诸般物象精湛地组合在一起，把个皇家祥瑞渲染得灵妙无比。

“西山晴雪入新诗。”在上述祥瑞的烘衬下，托出词人极为铭记的事：宏词之试上，皇上命题，自己赋诗，题出得好，诗写得妙，高中宏词科，一举洗去了“元氏党人”的脏水，还恩师赵秉文以清白，圆了自己半生追求之梦，“晴雪”与“新诗”相映，把词人的心情抒发得酣畅淋漓。

下阕由诸般之喜急剧转入深度的愁怀：

“焦土已经三月火，残花犹发万年枝”二句写蒙古军围城与守军激战的状况。“三月”谓所经惨烈的时间之长，“火”与“焦土”呼应，言汴京城池、军民之惨象，字字含蕴着词人极度的忧心与愤怀。“残花”遥应“五色芝”，在城将破、国将亡的煎焚下，又寄予一丝希望，望汴京保卫战能够得胜，愿国家像数朵“残花”一样仍然能发“万年枝”。忧焚之心与微茫的期盼借万年枝而外化，形象地表露出词人爱国爱民、憎恨侵略的思想感情。

“他年江令独来时。”词人目睹战事每况愈下，城中饥情与日俱增，内忧外患齐袭。孤城已无希望，便将绝望寓含于“他年”二字，并以江令自喻，把一腔的幽愤化入《长恨》，誓把这段悲慨的历史实录下来，告诉后人。一个“独”字蕴含着词人独秉史笔的远志，也将极度沉郁的词境高扬起来。

这首词欲写城危，先写欢境，从而形成强烈的差比，以谓美好的景况转瞬而逝，将爱与恨高度地统一起来，为“他年江令独来时”作出扎扎实实的铺垫，也为词人此后的事业划出一道明显的分水岭。

思仙会　效杨吏部[1]体

人无百年人，枉作千年计。傀儡棚头[2]，看过几场兴废。朱颜易改，可惜欢娱地[3]。劝君酒，唱君歌，为君醉。　沧溟一叶，正在横流际。阮籍途穷[4]，啼得血流何济？天公老大，不管人间世。莫莫休休[5]，莫问甚底[6]。

【注释】

①“杨吏部”：金吏部尚书杨云翼，字子美，乐平（今山西昔阳县）人。明昌五年经义进士。博通经传，至于天文、律历、医卜之学无不臻极。贞祐诸臣中极负盛名。与赵秉文代掌文柄，时号“杨赵”。②“傀儡棚头”：此处泛指演戏的场所。傀儡：木偶戏里的木头人。③“朱颜”二句：李煜《虞美人》：“雕栏玉砌应犹在，只是朱颜改。”④“阮籍途穷”：《晋书·阮籍传》载：阮籍“时率意独驾，不由路径，车迹所穷，辄痛哭而返。”⑤“莫莫休休”：意为“算了，不要再问了”。此处表示已经暗下决心。⑥“甚底”：甚么，因何。

【赏析】

这首《思仙会》当作于天兴元年（1232）壬辰之变时。

“人无百年人，枉作千年计。傀儡棚头，看过几场兴废。”金哀宗正大八年十二月，蒙古兵分道逼近汴京，京城遂戒严。次年正月，金哀宗改“正大”为“开兴”。三月，蒙军攻汴十六昼夜，知不易取，乃许和而撤兵。四月，改“开兴”为“天兴”，希冀国运回天。面对大厦将倾的局势，词人以忧愤的心情慨叹“枉作千年计”，并以戏演兴亡事，暗叹国废将至。

“朱颜易改，可惜欢娱地。”李煜亡国被俘到开封，封为违命侯后，作《虞美人》词，词中叹道：“雕栏玉砌应犹在，只是朱颜改。问君能有几多愁，恰似一江春水向东流”，并在寓里宴饮乐，让歌伎演唱，声闻于外。金亦危若垒卵了，词人心有无尽的悲愤，却又不能明言，遂借李后主之哀音，惜金国之“欢娱地”，溢出深深的忧国之情。

“劝君酒，唱君歌，为君醉”依然是面李煜而言哀宗：“酒”为悲酒，“歌”为哀歌，“醉”即心碎，凄惋之情愈荡愈远。

上阕写国事，言国君，下阕转谓词人自己。

“沧溟一叶，正在横流际。”在历史的大动荡、国家的大存亡之际，词人甚感自己有如沧海之一叶，恨自己渺小力微，不能为国力挽狂澜，然而又不甘心为势所趋，誓在浊浪之中为国家奋击。此二句便是词人心底的呐喊，也成为他在历史大转折时和人生大起落中的铿锵誓言。他在此作后不久的《壬辰十二月车驾东狩后即事五首》之四中又重申曰：“秋风不用吹华发，沧海横流要此身。”誓言铮铮，直撼古今。

“阮籍途穷，啼得血流何济？”竹林七贤中的阮籍，因不满司马氏的残暴统治，常作穷途末路之狂态而痛哭。此处移来此典，用喝醒的语势谓其“啼得血流何济！”言外之意是而今我遇的是国家更大的灾难，但是决不做啼血而无补的事，要在沧海横流中以此有用之身，为挽救国运而奋起搏击！

“天公老大，不管人间世。莫莫休休，莫问甚底。”前二句又细绎“啼血何济”之意，说现在的上天老而昏聩，甚至还是见恶行而装糊涂，放任蒙古兵野蛮地屠戮中原。后二句言自己的心志，与天公“不管人间世”形成尖锐的对立。然而，词人的心志是什么？他只说了，“莫问甚底”，即“别问是什么”，从而给读者留下广阔的探究空间，也为自己今后的人生拓开一条艰难却又意义非凡的人生之路。

这首词作于金亡在即的历史节点上，但是，许多预测可见的事不好明说，故而在上阕中借李后主之人，发出“唱君歌，为君醉”的悲愤之语。下阕则以阮籍穷途之哭作例，恨侵略，咒老天，抒出“沧海横流”之际一位赤臣的豪壮之志。从此刻起，一位生死以为国的形象便在时势的烟云中愈来愈显，愈来愈巍然，雄峻。

满庭芳

绛阙①凌风，瑶池玩月，众仙侍立清班②。就中仙伯③，乘兴到人间。洒落④襟怀万顷，词源⑤壮、三峡波澜。偏惟有，清游自适⑥，不肯饵金丹⑦。

清闲。谁得似，轩名佚老[8]，名利都关。但梦中时到，方丈蓬山[9]。满泛杯中玉液，应知是、生长尧年[10]。凭谁劝，云璈度曲[11]，醉□朱颜。

【注释】

①“绛阙”：宫殿前红色的门阙。阙：宫前高耸的建筑物，左右各一，是高台上起建的楼观，因两观间有空缺，故名。②“清班”：指官班。旧以文学侍从之臣清高华贵，故称。③“仙伯”：仙官之首。④“洒落”：形容性格洒脱而不拘束。⑤“词源”：以水源而喻层出不穷的词藻或文思。⑥“自适”：自乐闲适。⑦“饵金丹”：服方士所炼的金丹以长生。⑧“轩名佚老”：胸襟开豁而安闲的人。⑨“方丈蓬山”：海上三仙山中的方丈与蓬莱。⑩“尧年”：指尧帝时代。此处喻安闲自乐的生活状况。⑪“云璈度曲”：击云璈而放歌。云璈：乐器名。《元史·礼乐志》：“云璈制以铜，为小锣十三，同一木架，下有长柄，左手持而右手以小槌击之。”度曲：按曲谱歌唱。

【赏析】

根据词中的隐意，知这首《满庭芳》作于金亡在即时。

“绛阙凌风，瑶池玩月，众仙侍立清班。”启篇三句以浪漫之笔，描绘出群仙乘风于天宫、游玩于瑶池的画面。“清班”二字着意点出此班仙人高华之气质，为下文铺设了一笔。

“就中仙伯，乘兴到人间。”在清班众仙的烘笔下，其中的一位飘飘然来到人间。而这位仙人还是清班之伯，即文采之冠，无疑是指天官中的文星了。此言既应前文之笔，又展开了下文的铺写。

“洒落襟怀万顷，词源壮、三峡波澜”二句用形象的比喻和夸张，谓文伯降世后，为文胸涵廓大，气势有如长江出三峡，奔流而不绝。句如其言，真有排空而至之势。

“偏惟有，清游自适，不肯饵金丹”三句，又揭示了“仙伯”的另一面：性好清游，安闲自在，既不想长生不老，更不拘清规戒律，一个清逸无拘的形象又展示于眼前。

下阕缘“清游自适”之性而转写其高洁的心境。

“清闲。谁得似，轩名佚老，名利都关。”“清闲”承上而启下。“轩名佚老”谓胸境豁达而清致，“名利都关”言抛却名枷利锁。“谁得似”三字清气洋溢，自信满满。

“但梦中时到，方丈蓬山。满泛杯中玉液，应知是、长生尧年。”在关掉名利之门后，便辟开另一番天地——无烦忧之仙境：亲美酒仙酿，得自然天性。从结构上看，人从天上来，再到仙间去，来龙去脉均自不凡；从意境上看，一种抛忧避世的情感悄然上升，揭示出主题。

“凭谁劝，云璈度曲，醉□朱颜。”“凭谁劝”即任凭谁劝，去意已决，而后谓到达“方丈蓬山”，伴乐而歌，醉泛红颜，乐亲“尧年”，照应了梦境。从字面看，语境已经达到了顶峰，从隐意看，心境却跌落到了低谷，忧愤之情尽含于一醉之中。

词人作这首词时，正是金之危亡在即之际，其时曾有诗云：“梦寐西山饮鹤泉，羡君归兴渺翩翩”（《浩然师出围城，赋鹤诗为送》）；“何处青山隔尘土，一庵吾欲送华颠”（《眼中》）。这些诗句与本篇的“梦中时到，方丈蓬山”之意甚为相同。由此便可体味到词中的“仙伯”实为词人自己，而后反观词中的铺写，处处之隐意便可洞明。

八声甘州

玉京岩①，龙香②海南来。霓裳③月中传。有六朝④图画，朝朝琼树⑤，步步金莲⑥。明灭⑦重帘画烛，几处锁婵娟⑧。尘暗秦王女⑨，秋扇⑩年年。　一枕繁华梦觉，问故家桃李，何许争妍？便牛羊丘垅⑪，百草动苍烟。更谁知、昭阳旧事⑫，似天教、通德见伶玄⑬。春风老、拥鬟⑭颦黛，寂寞灯前。

【注释】

①“玉京岩”：仁智殿的大石。杨奂《汴故宫记》：“纯和之次曰宁福殿，宁福之后曰苑门，由苑门而北曰仁智殿。有二大石，左曰‘敷锡神运万岁峰’，右曰‘玉京独秀太平岩’。”②“龙香”：龙脑香。龙脑树之干切成细片，蒸馏，冷却可制出，香气馥郁而温和。③“霓裳”：《霓裳羽衣曲》，原名《婆罗门曲》。唐郑嵎《津阳门诗》“宸聪听览未终曲，却到人间迷是非”自注：“叶法善引上入月宫，时秋已深，上苦凄冷，不能久留，归，于天半尚闻仙乐。及上归，且记忆其半，遂于笛中写之。会西凉都督杨敬述进《婆罗门引》，与其声调相符，遂以月中所闻为之散序，用敬述所进曲作其腔，而名《霓裳羽衣》法曲。”④“六朝”：指建都于南京的六个朝代，即三国吴、东晋、宋、齐、梁、陈。这里的六朝是指汴京为首都的六个朝

代。五代中的梁、晋、汉、周加上宋、金。⑤“琼树”：传说中的仙树。比处指宫中的美树。⑥“金莲”：金制的莲花。此处泛指宫中的花卉。⑦“明灭”：时隐时现，忽明忽暗。⑧“婵娟”：美女。⑨“秦王女”：秦宫美女。《史记·秦始皇本纪》：“乃合咸阳之旁二百里内，宫观二百七十，复道相连。帷帐钟鼓，美人充之。”⑩“秋扇”：亦作“秋风团扇”。秋凉后，团扇弃置不用，比喻妇人色衰爱弛。详见《惜奴娇》[画扇高秋]“画扇”注。⑪“丘垅”。田野。⑫“昭阳旧事”：《西京杂记》卷一：“赵飞燕女弟，居昭阳殿，中庭彤朱，而殿上丹漆，砌皆铜沓，黄金涂，白玉阶。”《三辅黄图·未央宫》：“武帝时，后宫八区。”后以“昭阳殿”泛指后妃居住的宫殿。⑬“通德见伶玄”：通德，汉时伶玄之妾樊通德，能讲述飞燕姐妹的故事，伶玄因之撰《飞燕外传》。⑭“拥鬟”：抱头。以环形发髻代指头。《飞燕外传》附《伶玄自叙》：“通德占袖，顾视烛影，以手拥鬟，凄然泪下，不胜其悲。”

【赏析】

金哀宗天兴二年（1233）正月，崔立兵变，献城蒙古军，以太后、皇后、梁王、荆王及诸妃嫔宗室男女500余人送至青城。蒙杀梁、荆二王及族属，遣送后、妃等于和林。这首《八声甘州》作于两宫北迁之后。

上阕着笔汴宫的豪华状况：

“玉京岩，龙香海南来。霓裳月中传。”启篇三句从宫苑的假山池沼，到宫内的龙香澹澹、乐声袅袅，简炼地回顾了皇家昔日的盛状。

“有六朝图画，朝朝琼树，步步金莲”三句，谓汴宫集六朝宫阙之胜状为一处，再用琼树、金莲遍布为代表物，描绘了宫苑美仑美奂的状况。

“明灭重帘画烛，几处锁婵娟”二句，转笔后宫妃嫔的描写：“重帘”谓宫禁之深，“明灭画烛”与“几处婵娟”谓帝君宠幸、后宫沉浸的欢乐。词句凝炼而精辟，语意深微而略含揶揄之意。

“尘暗秦王女，秋扇年年。”上句的“几处锁婵娟”中，已经暗含了多处“婵娟”一生空寂寞的命运，此二句中的“尘暗”和“秋扇”，更揭示了宫中“婵娟”因年老色衰，屡屡有失宠被弃的悲哀命运，比喻精妙，讽意更明。

下阕转写两宫北迁后宫中的冷寂状况。

“一枕繁华梦觉，问故家桃李，何许争妍”三句语承“朝朝琼树，步步金莲，”用黄粱梦喻繁华不再，用“故家桃李”问后妃等而今与谁争宠，语似调侃，心却在滴血。

“使牛羊丘垅，百草动苍烟”句，以退让之笔作喻：即便是农家的牛羊，此时也能在此逗留，谓其成了长满百草的荒凉景象。

“更谁知、昭阳旧事，似天教、通德见伶玄”中，用了两个典故：一是用昭阳宫的赵飞燕姊妹最终失宠之旧例，喻金之两宫景况，十分恰合；二是用伶玄能得其妻讲述之幸而写成《飞燕外传》，喻自己像是天使神差般地能得亲睹宫中惨象而写就此首《八声甘州》，本体喻体又是妙合无垠。

“春风老、拥鬓颦黛，寂寞灯前”写词人自己的感怀。樊通德给丈夫伶玄讲完赵飞燕的故事后，“以手拥鬓，凄然泪下。”词人借其状态，谓自己搁笔之际，亦是孤灯寂寞，不胜其悲，“春风老”三字言春风读了也会苍然老去，从而把全篇收结得非常饱满。

这首词以汴宫今昔的对比，把词人对京城沦陷、两宫北迁、国亡只在旦夕的悲怀，通过鲜明的对比、形象的博喻和精当的典故表达得沉郁而苍凉，引人泪下。

江城子

河堤烟树渺云沙。七香车[①]，更天涯。万古千秋，幽恨入琵琶[②]。想到都门南下望，金缕[③]暗，玉钗斜。　津桥春水浸红霞。上阳花[④]，落谁家？独恨经年、培养牡丹芽。寒雁归时凭寄语，莫容易[⑤]，损容华。

【注释】

①“七香车”：用多种香料配饰的车。卢照邻乐府有“青牛白马七香车”句。②“幽恨”句：用“昭君怨”典。昭君至单于后，心思不乐，作《怨旷思惟歌》，歌有“我独伊何，改往变常。翩翩之燕，远集西羌。高山峨峨，河水泱泱。父兮母兮，道里悠长。呜呼哀哉，忧心恻伤”句。③“金缕”：即金缕衣，又称金缕腰，是唐代贵族妇女中盛行的花笼裙或百鸟裙。因其腰部位常绣着细发丝般的金银图饰，故称。④“上阳花”：唐代洛阳有上阳宫，白居易对民间女子被强选入宫的遭遇非常同情，遂作《上阳白发人》诗。此处喻指被俘送蒙古和林的宫妃。⑤“容易”：轻易，轻率。

【赏析】

这首词作于癸巳之变中的宫妃宫娥离开汴宫，被押送蒙古之时。

“河堤烟树渺云沙。七香车，更天涯”。”词之首句的景语，谓汴京虽为京都，此际却只见城河之树和远目的沙浦，言外之意即城内遭劫，人不敢行而一片荒冷。在凄寒之景的烘托下，出现了“七香车”，所载之人将“更天涯”，暗示出后妃宫女此去的可悲结局。落笔沉重，撼人心魄。

“万古千秋，幽恨入琵琶”。昭君被迫出塞和番之事，为人们留下了千古之恨，其幽怨的琵琶声也成了代代人的揪心，故而杜甫在《咏怀古迹五首》之“昭君村”中说“千载琵琶作胡语，分明怨恨曲中论。”而今，更多的妃嫔要步其后尘“作胡语”了，词人爱莫能救，只能同她们的心情一样，凝为“幽恨入琵琶。”就中有后妃们的不舍之情，亦有词人难抑的悲叹。

“想到都门南下望，金缕暗，玉钗斜”写七香车渐出都门而北上。“南下望”言她们三步一回首，依恋汴京城。“金缕暗，玉钗斜”状写其形容不整、心底慌乱的情状。“想到”一词说是词人的推测，实为现状之必然，精确用笔之中更含着他步步牵挂的忧心。

“津桥春水浸红霞”一句出得很妙：从字面看，有桥有水有红霞，景状很美，实则是一辆辆红帘七香车、一个个红妆后妃恋京河而映津水，竟使水流成“红霞”。特写被掠宫妃之多，也深掘出词人之恨，侧笔之妙，妙到传神。

“上阳花，落谁家？独恨经年、培养牡丹芽”数句，缘白居易《上阳》诗而生发。白诗中谓：“上阳人，上阳人，红颜暗老白发新。”“未容君王得见面，已被杨妃遥侧目。”“上阳人，苦最多。少亦苦，老亦苦，少苦老苦两如何？”该诗说的是对“入时十六今六十”“零落年深残此身”之宫女悲剧的同情，然而，彼宫女终生虽然未得婚配，但也有栖身之处，而目下汴宫之女是被掳掠迁送的，只能听人摆布，不知流落何方。“落谁家”之疑句，酸楚至极，令人嗟叹不已。“独恨经年、培养牡丹芽”又缘“花”而“恨”，谓父母爱育的“牡丹芽”般之女儿，却生生地要断送天涯，恨皇家？恨命运？恨崔立？恨蒙古侵略军？其实是一切都可恨得的。

“寒雁归时凭寄语，莫容易，损容华。”尾三句是词人的寄语，乍看来是告诉北迁后妃和宫女要珍惜青春，实则是愿她们坚守气节，勿事仇敌和顽强地活下去，同时也把自己的爱国情怀和坚贞之志注入其中。

词的上阕以纪实为主,突出了宫妃们离宫北迁时的悲怆状况。下阕侧重于心理描写和情感抒发。上阕的“更天涯”与下阕的“落谁家”勾连照应,却又都没有实落,把覆巢之下无完卵的深厚主题营造得凄切无比。构局谋篇机杼独运,堪称典范。

玉楼春

惊沙①猎猎风成阵,白雁一声霜有信②。琵琶肠断③塞门秋④,却望⑤紫台⑥知远近。 深宫桃李无人问,旧爱玉颜今自恨。明妃⑦留在两眉愁,万古春山⑧颦不尽。

【注释】

①“惊沙”:大风中狂飞的沙尘。②“白雁”句:白雁至即霜降时。白雁:白色的雁。宋代彭乘《续墨客挥犀》之七有“白雁至则霜降”。所记云:“北方有白雁,似雁而小,色白,秋深则来,河北人谓之霜信。”霜信:降霜时的征兆。③“琵琶肠断”:用昭君琵琶典。杜甫《咏怀古迹五首》之三:“千载琵琶作胡语,分明怨恨曲中论。”④“塞门秋”:塞外的秋天。塞门:边关。⑤“却望”:回头望。⑥“紫台”:即紫宫,皇宫。⑦“明妃”:王昭君,晋时避司马昭之讳,改称明君,后人又改称明妃。⑧“春山”:春日之山,其色如黛,故比喻妇女之眉。

【赏析】

这首词写的是两宫及妃嫔等北迁事,作于汴京沦陷后。

“惊沙猎猎风成阵,白雁一声霜有信。”启篇二句着笔于塞外的特有景状;狂风排卷,飞沙弥天,耳中满是呼啸之声。一个“惊”字,拟写沙尘狂扬,寓含人之惊魂,寥寥七字,拟物拟人,声形俱至,把骇人的塞北风沙描绘得惟妙惟肖;白雁飞来,凄唳一声,带来的是寒峭将至,寓含的是更加悲惨的命运即在眼前,把后妃们越来越惊悸的心情衬托得神致俱佳。

“琵琶肠断塞门秋,却望紫台知远近”二句由绘景转入写人:面对凄寒而令人惊惧的塞北荒象,后妃们自然地联想到汉时出塞的王昭君,耳中回起她那悲怆的琵琶声,彼时凄凉,此时更惨,不约而同地回首南望汴京皇宫,“知远近”三字把她们扳着指头数里程,日积愈多愈寒颤的心理刻画得形神俱备。

上阕侧重于叙事,下阕着笔于悔恨。

“深宫桃李无人问,旧爱玉颜今自恨。”此二句写宫中恨。先恨宫闱:被征入宫的女子成百上千,大多宫人难以得遇君颜,有的即使被宠幸了,又难免有失宠受冷的命运,故而以“桃李”一时作喻,以“无人问”言恨。再恨自己:自己原来曾为貌美而自喜,谁知却因之而埋下被选入宫、终生宫苑“无人问”的悲剧。“深宫”二字如同囚人带枷,将人生幸福全部锁在了高墙之外。

“明妃留在两眉愁,万古春山颦不尽”将其恨更翻进一层。如果终生深居宫中,尚得一处依栖,而今却又被劫持到荒寒的塞北,不知所终。这般遭遇都是“玉颜”惹得祸,身比昭君更凄惨。深锁“两眉愁”,万古“颦不尽”,真可谓此恨绵绵无绝期了。

词的上阕以塞北典型的景象启笔,为主题营造出一个极度凄情的背景,从而烘托出后妃们“肠断塞门秋”的心碎场面。下阕出人意料地怨恨起“玉颜”来,言错起容颜,憎皇宫冷落,恨战争延祸,将主题掘得极为深刻。全篇均用白描的手法,语言平白却新奇,抒情精工而细腻,给人以余愤不绝的艺术感染力。

鹧鸪天　薄命妾[①]辞三首

其　一

复幕重帘[②]十二楼[③],而今尘土是西州[④]。香云[⑤]已失金钿翠[⑥],小景[⑦]犹残画扇秋[⑧]。　天也老[⑨],水空流,春山供得几多愁。桃花一簇开无主,尽著风吹雨打休。

【注释】

①“薄命妾”:命薄的女子。②“复幕重帘”:形容居处深深。此处形容后妃之居。③“十二楼”:晋

王嘉《拾遗记·昆仑山》:"(昆仑山)傍有瑶台十二,各广千步,皆五色玉为台基。"后以之形容仙境中重重叠叠的楼台。此处喻豪华的汴宫。④"西州":此处指遥远的西北地区。唐时有西州郡,在新疆。⑤"香云":喻妇女的美发。⑥"金钿翠":指女子头上的金翠饰物。金钿:嵌有金花的首饰。⑦"小景":景,即影,人像。⑧"画扇秋":绘在扇上的人像也残败不堪。⑨"天也老":李贺《金铜仙人辞汉歌》:"衰兰送客咸阳道,天若有情天亦老。"

【赏析】

此组"薄命妾辞"是为两宫北迁而作的。《玉台新咏》有曹植的《妾薄命》二首,当为所本。此首为组词第一首。

"复幕重帘十二楼,而今尘土是西州。"起句用"复幕重帘"形容后宫规模之广阔和珠帘帷帐的深幽,"十二楼"更以仙台作喻,凸显昔时宫阙的豪华和生活的豪奢。次句用最具代表性的尘土,实写"西州"的荒寒,同时亦谓车尘颠簸,人心凄苦。首二句即以十分鲜明的差比,把后妃们有如从仙界掉入冰窟的状况和心理绘写得极为形象。

"香云已失金钿翠,小景犹残画扇秋"二句,先写云鬓散乱,钗饰尽失,描绘出后妃们的狼狈状态,"失"字巧妙地揭示出身上唯一有价值的东西也被兵卒抢去。再写手中尚留的物件:一把已残破不堪的团扇,极有身留一物实无物的妙意。喻其弃尘杳杳,北上荒漠的悲惨处境。

上阕的两组极为强烈的差比,把金之后妃被押解塞北的惨状刻画得凄切无比。下阕由行状描写转入心理刻画。

"天也老,水空流,春山供得几多愁"三句,上写天为之伤情,下写水为之空竭,又谓后妃愁眉锁不断。拟人状物,巧含典语,把一个"愁"字刻画得入骨见髓。

"桃花一簇开无主,尽著风吹雨打休"二句,将后妃们凄惨的命运赋以桃花:"开无主"寓失去君王,失去家园,"风吹雨打"谓途程酸苦,寓战乱摧折,"休"字将无助、无奈、无尽的伤怀表现得痛切无比。以无声写有恨,余意不绝。

这首《鹧鸪天》紧扣"薄命"二字,运用对比、拟人、描摹等手法,把流落塞北的后妃之惨状描绘得甚为凄惋。

其　二

颜色[1]如花画不成，命如叶薄可怜生[2]。浮萍自合无根蒂，杨柳[3]谁教管送迎？　云聚散，月亏盈，海枯石烂古今情。鸳鸯只影江南岸，肠断枯荷夜雨声。

【注释】

①“颜色”：容貌。②“可怜生”：可怜：使人怜悯。生：用于词尾，无实义。③“杨柳”：《诗经·小雅》：“昔我往矣，杨柳依依，今我来思，雨雪霏霏。”后来折柳送别用以谓惜别之情。

【赏析】

此首为《薄命妾辞》之二。《金史·宝符李氏传》载，末帝宝符李氏，国亡从太皇太后北迁，至宣德州（今河北省宣化），居摩诃院。会当同后妃赴龙庭，将发，于佛像前自缢死。此首当为宝符李氏而作。

“颜色如花画不成，命如叶薄可怜生。”首句即谓李氏容貌如花，美到画工也难以描绘的程度。颜貌如花，又贵为妃嫔，应该是人生及天的地位了，谁知次句却急转直下，谓其命如叶薄，令人怜悯。在这巨大的反差中，揭示出蒙古军侵略造成的灾难之巨大。

“浮萍自合无根蒂，杨柳谁教管送迎。”先以“浮萍”喻无根而失助的李氏随着已去的大势而飘零异国。“自合”二字言命运，发感愤，语虽平淡却哀怨极深。再以“杨柳”依依忆送哀宗出京而君妃分别，将别离之恨迁怪于送别的习俗。“谁教”二字反嗔有力，恼恨无穷。

下阕接“杨柳”而写李氏的衷情：

“云聚散，月亏盈，海枯石烂古今情。”先谓云有聚散、月有亏盈，喻贵为君、妃亦难免命运的播弄而天各一方。再谓“海枯石烂”，表露李氏坚贞不渝的感情。云散月亏的反衬下，将宝符李氏“海枯石烂”不移节的坚贞志节烘衬得感人至深。

“鸳鸯只影江南岸，肠断枯荷夜雨声”二句落笔于金哀宗。此际的金哀宗正率领东狩的王师苦撑于淮河之滨的蔡州，故言之为鸳鸯两分后“只影江南岸”，于凄凉之中夜听风雨打枯荷。“断肠”二字把南鸳北鸯的悲怆与相互牵挂的情怀描绘得凄惋至深。

这首词以薄叶、浮萍、散云、亏月、只影鸳鸯、夜雨枯荷等物象，“自合”、“谁教”、“断肠”等凄语，把薄命妾的凄苦绘写得有声有色，悲切感人，收到了撼人心魄的艺术效果。

其　三

一日春光一日深，眼看芳树绿成阴。娉婷卢女[①]娇无奈，流落秋娘[②]瘦不禁。　霜塞阔，海烟[③]沉，燕鸿何地更相寻？且教会得琴心[④]了，辞尽长门买赋[⑤]金。

【注释】

①“娉婷卢女”：指姿容美好的卢氏女，魏武帝宫人，善鼓琴。②“秋娘”：唐杜牧《杜秋娘》诗序载：唐时金陵女子，姓杜名秋娘。本为李锜妾，后锜叛变被诛，入宫有宠于宪宗。穆宗立，为皇子傅母。皇子废，秋娘赐归故乡，穷老而终。后泛指年老色衰的妇女。③“海烟”：无边的烟雾。④“琴心”：用司马相如以《凤求凰》琴音挑动卓文君典故。详见《鹧鸪天》[八茧吴蚕剩欲眠]“求凰”注。⑤“长门买赋”：汉司马相如《长门赋序》：“孝武皇帝陈皇后时得幸，颇妒（得罪了武帝），别在长门宫，愁闷悲思。闻蜀郡成都司马相如天下工为文，奉黄金百金为相如，文君取酒，因于解悲愁之辞。而相如为文以悟主上，陈皇后复得亲幸。”

【赏析】

此首为《薄命妾辞》之三。

“一日春光一日深，眼看芳树绿成阴。”启篇由春入笔，谓春光日浓，树木日绿，引出宫妃怀恋故国的情思。

“娉婷卢女娇无奈，流落秋娘瘦不禁”二句援借两典而喻北迁的后妃。面对明媚的春光，后妃们不仅欢喜不起来，反而思怀更盛。“无奈”谓身不由己，只能听从命运的摆布，“瘦不禁”言愁瘦了娇躯，将怀念故君故国之情折映得十分深邃。

下阕由形态描写转入心理刻画。

“霜塞阔，海烟沉，燕鸿何地更相寻？”燕子与鸿雁虽然同为候鸟，但是徙飞的时间不同，徙止的地方各异，故而，以之喻后妃和金哀宗再难团聚。“霜塞阔”谓地广而境寒，“海烟沉”喻时事迷茫，从而将“相寻”之愿推得渺渺茫茫，遗恨绵绵。

“且教会得琴心了，辞尽长门买赋金。”“会得”，懂得。如果能懂得琴音的意思，还用花百金去买长门赋吗？意思是这些宫妃从来没有得到过爱，现在更不可能。司马相如用琴挑心，终与卓文君相偕成侣，陈皇后则须用百金买赋，来与汉武帝重好。身居塞北的后妃们则连这旧时之梦也难有了，“霜塞阔，海烟沉”，燕鸿何能得“相寻”？写得深婉而凄凉，令人叹惋不尽。

词的上阕以明媚之景色，勾起北迁后妃们的思人思国之情，反衬甚为强烈。下阕以荒寒无疆、弥漫无垠的景色，烘衬人物的暗淡心情。

乌衣怨　旧名点绛唇

香冷[①]云兜[②]，后期[③]红线[④]知何许？谢家儿女[⑤]，解得[⑥]辞巢语。

画栋珠帘，恨不经年[⑦]住。匆匆去，岸花汀树，寂寞潇湘雨[⑧]。

【注释】

①“香冷”：熏炉不再燃香。②“云兜”：高处的雀巢。此处形容燕巢筑于高楼。③“后期”：后日依托之望。④“红线”：指曾足系蜡丸的燕子。《中州集·庞都运铸》中《田器之燕子图·序》：“器之自叙云：明昌丙辰，予从军塞外合虏里山，野舍荒凉，难以言状。春末有双燕，亦巢此屋，土人不之识，屡欲捕之，予曲为全护。此燕昼出夜归，予必开户待之。忽一日飞之坐隅，都无惊畏，巧语移时不去，予始悟明日

秋社，此鸟当归，殆留别语也。因作一诗赠之云：‘几年塞外历崎危，谁谓乌衣亦此飞。朝向芦陂知有为，暮投第舍重相依。君怜我处频迎语，我意君时不掩扉。明日西风悲鼓角，君应先去我何归。’此诗以细字写之，为蜡丸系之燕足上。明年四月予受代归，又八年泰和甲子，任潞州观察判官。四月十二日偶坐廊舍之含翠堂，忽双燕至，一飞檐户间，一上砚屏。予谛视之，系足蜡丸故在，乃知此鸟盖往年赠诗者也。因请同年庞君才卿画为图，求诸公赋诗。”遗山先生《贞燕二首》之二有“污洁难将一类推，旧家红线可无疑”句。⑤“谢家儿女”：指燕子。语引刘禹锡《乌衣巷》“旧时王谢堂前燕，飞入寻常百姓家”。遗山先生《贞燕二首》之一有：“想得秋风渐凉冷，谢家儿女亦依依。”谢家：指东晋时的谢安一族。⑥“解得”：懂得。⑦“经年”：此处为多年之意。⑧“潇湘雨”：潇湘烟雨。湘水与潇水在湖南零陵县西部会合，合称“潇湘”。

【赏析】

根据燕失巢之意，知这首词作于词人羁管聊城，哀宗被困蔡州之际。

“香冷云兜，后期红线知何许？”天兴二年正月，汴京西面元帅崔立叛变献城。五月，词人及被虏官员押解山东聊城。六月，金哀宗东狩军从归德迁至蔡州。金亡在即，词人有如失巢之燕，故以“乌衣怨”言恨。“香冷云兜”倒装，谓巢筑于乌衣巷谢家高楼的燕子，已经再享不到楼中飘出的香气。次句用贞燕依赖田器之的故事，道出后日将期依谁人的哀伤，担心国君危难、国之将亡的忧愤溢于纸面。

“谢家儿女，解得辞巢语。”王谢旧家衰败，波及燕子，汴京城破，词人被押管山东。他那无穷的悲愤、纷沓的忧怀只有自己知道，故谓之为谢家的燕子才“解得辞巢语”。言出平平，却知心在滴血。

“画栋珠帘，恨不经年住。”下阕写的便是“辞巢语”。“画栋珠帘”凝炼地概括了昔日谢家恢宏的气派，喻的是金国的美好景象；“恨不经年住”谓燕子失巢之恨，喻的是词人失国之痛。二句寓爱于恨，苍凉而悲壮。

“匆匆去，岸花汀树，寂寞潇湘雨。”“匆匆去”写离巢，燕离谢家不一定是“匆匆”，而词人离京，却是骤然被虏：癸巳四月二十九日全家被押解青城，五月三日被解渡黄河，驱往山东。“去”即意味着去国而沦为楚囚，个中巨变，尽在“匆匆”二字之中。尾二句则是对举描写：回望在金时，处处“岸花汀树”，骋意畅怀；遥望楚囚之路，却似潇湘雨蒙，苍苍茫茫，命运难卜，从而将沉郁、幽恨之情荡远不绝，也将词境渲染得隽永，遥深。

此首词牌既名“点绛唇”，又为“乌衣怨”，“乌衣”即燕子，词人专用此名，又以刘禹锡《乌衣巷》为借意，把自己的失国之痛托意于“谢家儿女”，人与燕合而为一，使词境显得异常深邃。同时又巧用贞燕之事，寄寓了自己忠贞故国的坚定心志，选词之题、用典之精，可见一斑。

南乡子

少日负虚名，问舍求田[①]意未平。南去北来今老矣，何成？一线微官[②]误半生。　孤影伴残更，万里灯前骨肉情。短发抓来看欲尽，天明，能是青青得几茎？

【注释】

①“问舍求田”：置宅买田。详见《水调歌头》[形神自相语]“许汜卧床下”注。②“一线微官”：一个小小的官职。

【赏析】

金哀宗天兴二年(1233)四月末，遗山先生随百官被解送青城，五月北渡黄河，羁管于山东聊城。这首词作于聊城时。

“少日负虚名，问舍求田意未平。”词人在方广不足丈的聊城至觉寺之小室中，反思自己的经历：“少日负虚名”谓自己青年时期志存高远，亦曾博得文采声名。此日回顾起来，功名有了，却冠以“虚”字，为下文伏笔；“问舍求田”不得，反而沦为楚囚。“意未平”与“虚”字照应，谓之为着着实实的憾事。同为心事，得者已成虚，失者真为实，语出平淡，意蕴无穷。

“南去北来今老矣，何成？一线微官误半生。”“南去北来”四字下得很妙：“南去”言其从忻州南渡，避兵河南，“北来”谓其从青城押解北渡，羁管山东，“去”与“来”均因兵祸,又合方位,而"来"字中更有失去人身自由的悲慨。"何成"二字反问转折,回顾自己由进士及第到三为县令,再到尚书省掾的历程,看似有成,实是因官成祸。"何成"二字不仅反出有力,更得出一线微官误半生的警语,使之成为全篇的轴心之句。

词人追求出仕,其主要抱负是一展胸中之学,以达经世济民的目标,然而时运不济,造化弄人,于是便由"误"字转入下阕的沉思:

"孤影伴残更,万里灯前骨肉情。""孤影"谓落寞,"残更"言无眠,"骨肉情"强调所思。其时,兄长好谦亦避兵河南,不知安危;侄儿元抟被执,生死不明;忻州关山重重,家乡人的状况不得而知。"万里灯前"最是兵患中思亲的写照。

"短发抓来看欲尽,天明,能是青青得几茎"几句,由发丝写愁思,以青丝减写愁思多,使全词的意境苍凉不尽,绵延不绝。

词人因被羁管聊城而失去人身自由,便自然地浮想联翩,反思过往,思念亲人。全篇以"一线微官误半生"为中心,前思所经所历,后想亲人安危,抚昔伤今,一叹三吟,产生出荡气回肠的感染力。

点绛唇

宿酒厌厌①,落红寂寂残春雨。寸肠千缕,情在无言处。　满意青山,恨不相将②去。西城③路,欲行还住,望断烟中树。

【注释】

①"宿酒厌厌":隔夜余醉而精神不振的样子。②"相将":行将,即将。③"西城":酆都城,即迷信传说中的冥司所在。

【赏析】

根据词意,知这首《点绛唇》作于金哀宗天兴三年(1234)春。是时,词人羁管于山东聊城。其年正月,金哀宗在蔡州自缢,末帝承麟被乱军所杀,自是金亡。

“宿酒厌厌，落红寂寂残春雨。”“宿酒”言借酒浇恨而饮之沉醉；“厌厌”承醉酒而写精神颓靡；“落红”遭“残春雨”言节令，喻国亡；“寂寂”寓国家从此而寂然。寓情于物事，字字痛切。

“寸肠千缕，情在无言处”二句将寓意点明，言遗臣之心碎，欲哭而无泪，此际无言胜有声。

“满意青山，恨不相将去。”“满意青山”即心中满满的都是大岭深山，“恨不相将去”暗借伯夷叔齐深山采薇蕨之典。此二句将“无言”二字转得愈深，愈痛切。

“西城路，欲行还住，望断烟中树。”结尾三句出得非常悲切，然而也是词人在人生节点上的宣告。是年正月，金哀宗在被困而绝援的蔡州城中自缢而亡，词人听到噩耗后，真想一赴“西城”而随哀宗去，然而又“欲行还住”，一死以赴君极为容易，然而却辜负了有用之身，即不能再为故国补憾了。“沧海横流要此身”（《壬辰十二月车驾东狩后即事五首》之四）的誓言再度响起。“还住”之后，便遥望远方，虽然烟树微茫，但是誓要践行，全篇的主旨也便尽出于兹。

词的上阕写词人因“宿酒”而“厌厌”，突出“寸肠千缕”的哀伤。下阕在相将“青山”隐居和“西城”欲行的两条路子一并排除的陪衬下，辟出了第三条路，即为故国全力以赴地去完成最当补功的大事。全篇亦在微茫的“烟中树”中，把词人正欲践行的未来之路延宕得深远不尽。

临江仙

世事悠悠[①]天不管，春风花柳争妍。人家寒食尽藏烟。不知何处火，来就客心燃。　千里故乡千里梦，高城[②]泪眼遥天。时光流转雁飞边[③]。今春看又过，何日是归年。

【注释】

①“悠悠”:遥远,无尽。②“高城”:据《纪子正杏园燕集》中“今年寒食好天色,晓气郁郁含芳津”句,知高城指冠氏的城头。③“雁飞边”:大雁北飞边塞。

【赏析】

这首《临江仙》作于词人被管山东时的寒食节,时在冠氏。

“世事悠悠天不管,春风花柳争妍。”词之首句便将笔锋指向天公,斥其装聋作哑,万事不管,任凭恶者自恶,冤者自冤。次句的“春风杨柳争妍”似乎是在写景,然而又前后搭不上界,其实,“春风花柳”之“争妍”正是比喻人间的以恶侵善,以强凌弱及战争杀伐等等现实,词人就是在这种不平的现实下被押管山东的。此二句将词人的一腔怨愤倾泄出来,质问天公,极俱千钧之力。

“人家寒食尽藏烟。不知何处火,来就客心燃。”此三句巧以寒食节家家熄火藏烟为契点,反衬词人心中欲燃的愤火,再次把“天不管”之恨掘深一层。“客心”二字上承家家祭寒食,又拓开下文对思乡之情的叙写。

“千里故乡千里梦,高城泪眼遥天”二句诉述自己的思乡之情,两个“千里”连用,将激烈的思绪拉得好长好长,“高城”与“故乡”呼应,将两地推得好远好远,“梦”与“泪眼”,更将思乡之情、对天之恨掘得好深好深。平平常常的文字组合排列后,竟产生出撼人心魄的艺术效果。

“时光流转雁飞边。今春看又过,何日是归年。”“时光流转”应接“寒食”,怅憾一年的祭祀活动又已流过,由“雁飞边”想到雁归的地方正是自己的家乡,而雁是自由之鸟,能任己徙止,自己却是被羁之囚,失去了自由。“今春看又过”的“看”字,将望眼之泪延伸得更远更深,“何日是归年”遥应“千里梦”,把归乡的希望表现得渺茫无期,也将心中的凄楚延续得悠悠不绝。

这首词借忌烟火而升胸中的愤火,兴象新奇,构思精巧,平白的语言中表达了极为深广的主题和咀味不尽的艺术效果。

江城子　钓坛见《严光传》[1]

醉来长袖舞鸡鸣[2]，短歌行[3]，壮心[4]惊。西北神州，依旧一新亭[5]。三十六峰[6]长剑在，星斗气[7]，郁峥嵘。　古来豪侠数幽并[8]。鬓星星[9]，竟何成？他日封侯，编简为谁青[10]？一掬钓鱼坛上泪，风浩浩，雨冥冥[11]。

【注释】

①"钓坛"：《后汉书·逸民传·严光传》："严光，字子陵，一名遵，会稽余姚人也。少有高名，与光武同游学。及光武即位，乃变名姓，隐身不见。帝思其贤，乃令以物色访之。后齐国上言：有一男子，披羊裘钓泽中。帝疑其光，乃备安车玄纁，遣使聘之，三反而后至……除为谏议大夫，不屈，乃耕于富春山，后人名其钓处为严陵濑焉。"②"舞鸡鸣"：用祖逖与刘琨闻鸡起舞典。详见《木兰花慢》［对西山摇落］"闻鸡起舞"注。③"短歌行"：指曹操《短歌行》中"对酒当歌，人生几何"句。④"壮心"：用曹操《步出夏门行》"烈士暮年，壮心不已"句意。⑤"新亭"：用"泣新亭"典。晋愍帝时，刘曜攻陷长安，愍帝被俘。司马睿在建业（今南京）建东晋，称元帝。中州士族多渡江南随之。《世说新语·言语》："过江诸人，每至美日（天气晴好），辄相邀新亭（在今南京市南），藉卉饮宴。周侯（周凯）中座而叹曰：'风景不殊，正自有山河之异！'皆相视流泪。惟王丞相（王导）愀然变色曰：'当共戮力王室，克服神州，何至作楚囚相对！'"⑥"三十六峰"：少室山有三十六峰。《登封县志·山川》："少室者，由东北过三定思，入东天门，上绝顶，俗呼御砦。盖金宣宗尝屯兵其上也。自少室顶旁瞩六六峰，罗列东南西三面，历历可数。"⑦"星斗气"：众星闪烁的样子。斗：斗星，二十八宿之一。⑧"古来"句：古燕赵之地，民风慷慨豪放，尚气任侠。欧阳修《送薛水部通判并州》："自古幽并重豪侠，只应行乐费黄金。"⑨"鬓星星"：晋左思《白发赋》："星星白发，起于鬓垂。"后以喻人到暮年。星星：头发花白。⑩"他日"二句：杜甫《故武卫将军挽词》："封侯意疏阔，编简为谁青。"编简：编写史书。古人以竹简写书，使用前先杀青。⑪"冥冥"：亦作"溟溟"：昏暗的样子。

【赏析】

根据"新亭""鬓星星"，知这首词作于金亡之后。

“醉来长袖舞鸡鸣，短歌行，壮心惊。”入笔即连借祖刘舞剑、曹操豪怀，以破空之势启篇，把词人欲效故国、恢复江山的爱国激情愤发出来。“壮心惊”三字憾山岳，泣鬼神，起到先声夺人的效果。“闻鸡起舞”典故中，刘琨是并州人，词人以此典作喻，在于偏借其人而抒发自己的“幽并”之怀，极见用事之精微。

“西北神州，依旧一新亭。”西晋亡，晋元帝在建康(今南京)建立了东晋。随之过江的士族诸人聚于新亭，遥望西北而泣。此二句说的是西晋遗士之叹，比喻的却是词人遗臣之慨。

“三十六峰长剑在，星斗气，郁峥嵘。”《晋书·刘琨传》载：“(琨)与范阳祖逖为友。闻逖被用，与亲故书曰：‘吾枕戈待旦，志枭逆虏，常恐祖生先吾执鞭。’其意气相期如此。”然而，其时东晋只在淮水之南，河南等地已属北方之国，词人此处举出嵩山的“三十六峰长剑在”，已由祖逖、刘琨的豪气转为自己的“峥嵘”之志而气冲“星斗”，语势之豪壮，热血之涌动让人可触可感。

“古来豪侠数幽并。鬓星星，竟何成？”“古来”句紧承上阕，谓自古并州多豪侠，刘琨并州人，我亦并州人，当须闻鸡起舞，枕戈待旦枭逆虏。然而对镜一看，却见双鬓已生白发，一事无成的悲怆不禁涌上心头。

“他日封侯，编简为谁青？一掬钓鱼坛上泪，风浩浩，雨冥冥。”“他日”句叹壮志已难酬，愧为并州人，“一掬”句言退而隐遁，却又心有不甘。“风浩浩，雨冥冥”，似为写景，实为词人心似长风浩荡，路如晦雨茫茫的矛盾处境和悲慨心绪的外泻。

金亡前后，词人以诗笔为“三十六峰长剑”，创作出许多千古不朽的诗文，为幽并豪侠在编简上添了浓浓的青色，此种所成，远胜于“他日封侯”。

水龙吟　中秋

旧家①八月池台，露华②凉冷金波③涨。宁王玉笛④，霓裳仙谱，⑤凉州新酿。一枕开元⑥，梦恍犹记，华清⑦天上。对昆明⑧火冷，蓬莱水浅⑨，新亭泪⑩、空相向。　烂漫东原⑪此夕，夜如何⑫？高秋空旷。一杯径醉，凭君莫问，今来古往。万里孤光⑬，五湖高兴⑭，百年清赏⑮。倩何人唤取⑯，飞琼⑰佐酒，作穿云⑱唱。

【注释】

①“旧家”：此处指故都汴京。②“露华”：此处指月光。③“金波”：月光照射下的水波。④“宁王玉笛”：《新唐书·礼乐志》：“帝（玄宗）好羯鼓，而宁王善吹横笛，达官大臣慕之，皆喜言音律。”宋乐史《杨太真外传》：“时新丰进女伶谢阿蛮，善舞。上与妃子钟念，因而受焉。就按于清元小殿，宁王吹笛，上羯鼓，妃琵琶……自旦至午，欢洽异常。”宁王：李宪，唐睿宗长子，唐玄宗宗兄。⑤“霓裳仙谱”：指《霓裳羽衣曲》。详见《八声甘州》[玉京岩]“霓裳”注。⑥“开元”：唐玄宗的年号，其时曾一度繁荣，史称“开元盛世”。⑦“华清”：指唐玄宗时的“华清宫”，在陕西临潼南的骊山，宫中有华清浴池。⑧“昆明火冷”：指昆明池。汉武帝为征越嶲昆明国，故仿照滇池，在长安西南二十里开凿昆明池，以习水战。“火冷”：谓其被战火灰灭。⑨“蓬莱水浅”：唐时有座大明宫，唐高宗改名为蓬莱宫，取宫后之蓬莱池为名。其池因荒废而乏水。⑩“新亭泪”：用“泣新亭”典，详见《江城子》[醉来长袖舞鸡鸣]“新亭”注。⑪“东原”：指山东东平。⑫“夜如何”：夜至何时了？用周宣王勤政之典，详见《浣溪沙》[芳草垂杨长乐坡]“夜未央”注。⑬“孤光”：孤独照射的月光。⑭“高兴”：高雅的兴致。杜甫《北征》：“青云动高兴，幽事亦可悦。”后用作愉快、喜欢之意。⑮“清赏”：清标可赏。⑯“倩何人”句：辛弃疾《水龙吟》：“倩何人，唤取红巾翠袖，揾英雄泪。”倩：请，央求。⑰“飞琼”：仙女许飞琼，传说中西王母的侍女。《汉武帝内传》：“……因呼帝共坐，帝南面，向王母……王母乃命侍女王子登弹八琅之璈，又命侍女董双成吹云和之笙，又命侍女石公子击昆庭之钟，又命侍女许飞琼鼓震灵之簧，侍女阮凌华拊五灵之石，侍女范成君击洞庭之磬，侍女段安香作九天之钧。于是众声澈朗，灵音骇空。”⑱“穿云”：清越的声音穿透云霄。

【赏析】

这首《水龙吟》当作于天兴三年（1234），即词人被羁管山东的次年。该年，严实始任东平路行军万户，遗山先生受到其保护与礼遇。他的《秋夕》有句云：“寄食且依严幕府，附书谁往邓州城。”

“旧家八月池台，露华凉冷金波涨。”东平的中秋圆月没有给词人带来欢乐，反而勾起故国破碎的伤怀。起句由东平行台引出“旧家池台”。本来“露华”之下的“金波”应该是十分美的，但是此处揳入一个“凉冷”，便将心绪浇冷，并由“涨”而将怀思排涌笔下。

“宁王玉笛，霓裳仙谱，凉州新酿”连用三件物事，把“旧家八月池台”的欢景再现出来。然而，这些唐时旧典与金时的新事，均暗蕴了由盛转衰的幽怨，自然引出下文的转写。

“一枕开元，梦恍犹记，华清天上”用“开元”之中兴、“华清”之至乐喻金之昌盛，然而，这些美好都被“一枕”冲去，谓其为黄粱之梦，将上述的宁王玉笛、霓裳仙谱、凉州新酿”之寓意全数揭示出来，也即孟子所谓的“生于忧患而死于安乐也。”

“对昆明火冷，蓬莱水浅，新亭泪、空相向。”此处，三个凄哀的典故集结而至，把词人深悲故国覆亡，自己却无王导之力的感叹排浪涌来，同时使上阕形成颓波之势，一去无收。

“烂漫东原此夕，夜如何？高秋空旷”拉回思绪。“烂漫”言余人恣情之欢，“夜如何”谓自己夜深久叹，“高秋空旷”则寓自己面对中秋佳月却空空荡荡的心情。对比反衬，伤怀倍增。

“一杯径醉，凭君莫问，今来古往。”“今来古往”将上阕中纷沓的思绪归拢一处，深埋心中，并谓“凭君莫问”，以免触动更深的伤怀。极为强烈的悲愤尽含于无言的“径醉”之中。

“万里孤光，五湖高兴，百年清赏”三句，在“径醉”之后，把词境回升，谓此孤月万里照，五湖水光月华上下辉映，普天之下人尽雅赏，百年千载均是如此。数量词联袂而构成的一派乐景中，暗将众人皆醉我独醒之意寓入其中。

“倩何人唤取，飞琼佐酒，作穿云唱。”辛弃疾《水龙吟》中“倩何人唤取，红巾翠袖，揾英雄泪”，写的是他自己抱负不能实现，时无知己，得不到同情与慰藉。遗山先生拈来前半，转用“飞琼佐酒，作穿云唱”，抬扬了佐陪，翻新了词境，以高昂之势作结，收到了激越的效果。

这首词除博用寓象和典故，以简炼的文字表达丰厚的内容之外，在结构和情感的营造上也很具特色：上阕之势由写国家繁荣景貌起笔而一路下滑。而且所借之象均系歌酒欢乐，暗寓着国家由盛而亡的症结所在。下阕抒发自己的情感，却从低靡之处落笔而逐势高扬，乃至于“作穿云唱”，把自己欲为故国而竭尽绵力的心志含寓于中。这两种态势为烘托主题起到了神妙的作用。

太常引

东原上清宫，同杨飞卿夜话汝梁旧游，追怀钦叔内翰。飞卿名鸿，有诗名东州[①]

十年流水共行云，相见重情亲。沧海[②]坐扬尘，便疑是，前身后身[③]。

风台月榭，舞裙歌扇，乐事几回新。莫话洛阳春，更谁似、金銮故人[④]？

【注释】

①“东原”：山东东平。“杨飞卿”：杨鹏，字飞卿，汝海（今河南临汝）人。仕金，曾任汝州详议官。金亡，客居东平。“汝梁”：汝州和汴京。“钦叔内翰”：李献能，字钦叔。曾授翰林文字，故称。②“沧海”：即“沧海桑田”，喻世事巨变。③“前身后身”：佛教指前世之身与转世之身，即人之“三世”的说法。④“金銮故人”：相传唐代时，翰林院与金銮坡相连接，故把翰林院也称为“金銮”，此处的金銮故人指李钦叔。

【赏析】

根据“东原上清宫”“沧海坐扬尘”等语，知这首词作于词人羁管山东的次年在东平时。

“十年流水共行云，相见重情亲。”起句先写同杨飞卿相别之久，“共行云”把两人分别后四海奔波，甚至兵祸烟尘中的遭遇概括得十分简炼。再写十年之后得相逢的悲喜，“重”字下得极为稳切。

“沧海坐扬尘，便疑是，前身后身。”此句更为凝炼地把国逢陵谷之变，人遭兵尘劫难的经历道出来。“疑是前身后身”将身历生死一线的惊魂过程、故友相见恍如隔世重逢的感慨提炼得十分形象，生动。

“风台月榭，舞裙歌扇，乐事几回新。”言罢惊魂，再追忆乐事，闪回分别之前的美好片断。“几回新”谓常作回想，言每忆如新。忆乐事含的却是苦涩，又隐隐中将钦叔的影子寓于其中。

“莫话洛阳春，更谁似、金銮故人？”行文至此，便将“追怀钦叔内翰”之意揭示出来。钦叔是词人极为深挚的故友之一，两人也尽多相游洛阳的时光。然而，他因为陕州军变而惨死，成为自己抹不去的痛楚。此刻同飞卿追忆起这位故友来，慨叹之情油然而生，于是便说：人们都说洛阳的春色好，但是哪能比得上咱们那位翰林老友呢？此二句由眼前有幸生逢的故人，想到为国罹难的故人，乐景之中含的全是悲情。

这首词以夜话为主线，分层逐次地把与杨飞卿长别而相逢、相逢而追忆贯穿为一体，表达出对乱离经历的心悸、对战争的痛恶。情感起伏跌宕，语言流畅而蕴深。尺幅虽短，苦辣酸甜之味却无穷无尽。

鹧鸪天

绿袖垂肩士女图，艳歌还似转莺雏。一春杨柳吹绵后，五月榴花照眼初。　明画烛[①]，倒金壶，使君晓夙宴西湖[②]。老来忘却行云梦[③]，犹要春风醉后扶。

【注释】

①“画烛”：有画饰的蜡烛。②“使君”句：指东平万户严实在湖畔设宴待客。使君：汉代称刺史为使君，其后称州郡长官亦为使君。此处指严实。晓夙：白天，此处指烛光明亮，如同白日。西湖：今之东平湖，在东平城西，即水泊梁山时的蓼儿洼。③“行云梦”：畅游天下的理想，此处指词人归乡的梦想。

【赏析】

遗山先生被管聊城的次年，严实授东平路行军万户。他十分重视延致儒士，得知名声甚著的元遗山竟在聊城后，遂给以特殊的礼遇，并延往东平。遗山先生《秋夕》诗中“寄食且依严幕府，附书谁往邓州城”即谓此事。其年词人四十五岁。

“绿袖垂肩士女图，艳歌还似转莺雏。”首二句写酒宴上的歌女：“士女图”喻歌女之美，“绿袖”艳色绘之；“转莺雏”喻音质之佳，“艳歌”以点烘面。未写宴席，已见其规格之高，收到先声夺人的效果。

“一春杨柳吹绵后，五月榴花照眼初”二句言歌宴的时令。“杨柳吹绵”寓春末，“榴花照眼”寓夏初。“一春”明谓寒季已过，暗蕴羁管中最暗淡的日子不再。“五月”谓暖季到来，寓人生安全、居家温饱有了起色。此二句词工句丽，对仗精巧，一派流美舒畅的感觉。

下阕写宴中之人。

“明画烛，倒金壶，使君晓夙宴西湖。”“明画烛”谓烛光如昼，“倒金壶”谓酒壶屡尽。“使君”点出宴客之主，“西湖”交待宴会地点，“晓夙”照应“明烛”，寓畅意之怀。寥寥十一字把宴席的盛况描绘得淋漓尽致。

“老来忘却行云梦，犹要春风醉后扶。”尾二句落笔于宴中的词人，以“忘却”归乡之愁反衬宴会的盛况，用“醉后扶”照应“倒金壶”，把自己酬谢行台盛意而豪饮狂醉的情态写得活灵活现，使人读后有如亲见。

这首词采用由面到点、层层烘托的手法表现主题，无用翻箱倒箧而词意满满，语言精炼华采而令人百读不厌，集中体现了词人境遇转折时期的快慰心情。

江城子

二更轰饮四更回，宴繁台，尽邹枚[①]。谁念梁园[②]、回首便成灰。今古废兴浑一梦。凭底物[③]，寄悲哀？　青天荡荡镜奁开。月光来，且徘徊。何用东生西没[④]苦相催。世事悠悠吾老矣，歌一曲，尽余杯。

【注释】

①“邹枚”：西汉文学家邹阳和枚乘的合称，此处喻宴席中的文士名流。②“梁园”：汴京的园囿。此处代指故国。③“底物”：何物。④“东生西没”：日月出东方没西方。此处指时光流逝。

【赏析】

“二更轰饮四更回，宴繁台，尽邹枚。”这首词是从宴罢回写启笔的，言时间，言地点，言人物，言气氛，要言不繁，一气呵成。

“谁念梁园、回首便成灰”接燕集中尽是邹枚般的文人雅士，谓人人在“轰饮”，反衬唯独自己在为国亡家破而伤怀，巧妙地点出全篇的主题。

“今古废兴浑一梦。凭底物，寄悲哀”言词人在宴会中欲借酒浇愁，结果愁未驱走，反更强烈，想到金亡蒙兴如一梦，想到酒尚无用，更有何物能消愁？翻出心底之痛，沉深而悲凉。

“青天荡荡镜奁开。月光来，且徘徊。”四更之后，月升东山，满天空旷，如同打开的妆镜一般。一天的时光又将过去了，词人难以着枕，只在月光斜影中苦苦徘徊，百般的心事排涌心头。

“何用东生西没苦相催。世事悠悠吾老矣，歌一曲，尽余杯。”词人没有说自己“徘徊”中的心事，只是怪怨日月相催人更老，就中含蕴的是自己欲为故国做的事太多，而日月留给的时间太少。“苦相催”幽怨深深，“歌一曲，尽余杯”哀叹不绝。“轰饮”之后再“余杯”，把愁绪表达得形象而绵远不绝。

金亡之后，词人欲为故国做的事很多很多，在聊城时就开始了《中州集》的收集编撰工作，他更想着手修纂金史，只此二项便浩繁到难以想象的地步。上阕中的“凭底物，寄悲哀”说的就是此类事项，下阕的“苦相催”则是日月逼人、时不我待之紧迫感的真切流露，读过全篇，词人的那颗跳荡的心便可触可感。

浣溪沙

郑重①聊城送客②行，天山曾为望归程。人生何地不邮亭③。

燕去来鸿南北梦，绿波春草古今情。一壶芳酒且同倾。

【注释】

①“郑重”：反复至切。②“客”：指李参军，其名及余事不详。遗山先生有杂言体《送李参军北上》诗一首。③“邮亭”：驿站，驿馆。此处借指家乡之外的栖息地。

【赏析】

根据词意,知这首《浣溪沙》与《送李参军北上》诗为相后之作,作于蒙古太宗七年(1235)。

“郑重聊城送客行,天山曾为望归程。”在《送李参军北上》诗中有云:“生男莫作班定远,万里驰书望玉关。我知骥子堕地无齐燕,我知鸿鹄意气青云端。草间尺鷃亦自乐,扶摇直上何劳抟?一衣敝缊袍,一饭苜蓿盘。岁时寿翁媪,团栾有余欢。就令一朝便得八州督,争似彩衣起舞春斓斑?去年雒阳人,今年指天山。地远马鞯破,霜重貂裘寒。朔风浩浩来,客子惨在颜……寒雁来时八九月,白头阿母望君还。”这首词的启端二句,把该诗中切切的留挽和深诚的望归之语作了浓缩,真可谓“郑重”而送,切切盼归了。

“人生何地不邮亭”是为李参军送别的鼓励之语,然而选择“邮亭”一词,又含蕴了欲常常得到他平安消息的希冀,友情之挚可见一端。

“燕去来鸿南北梦,绿波春草古今情。”“燕去来鸿”句语出双关:一接上阕书信往来之意,一谓燕鸿徙飞本来也是在趋找适宜生存的地方,以之激励李参军适应新环境,安于居守处。下一句的意涵更深:“绿波”喻人在流徙中,含着满满的祝福,“春草”喻其在所守之地有如春草之蓬勃,当真争得个“八州督”而荣归故里。谓为“古今情”,却是词人之情,浅白之语中尽是浓浓的友谊。

“一壶芳酒且同倾”以饯酒作结,却又暗引了王维《送元二使安西》中“劝君更尽一杯酒,西出阳关无故人”之语意,把友人将别时依依不舍的情形表现得意蕴不绝。

这首《浣溪沙》与同时之作《送李参军北上》诗为姊妹篇。前一首长篇大幅,语言娓娓而表达细腻,这一首尺幅短小,语言凝炼而达意深微。两篇各自独立,却又有互映互补之效。

鹊桥仙

乙未三月,冠氏①紫微观桃符②上开花一枝,予与杨焕然③共叹,以为此亦当却一春耶？因取此意，作此以自喻云。

槐根梦觉[④]，瓜田[⑤]岁暮，白发新来无数。长安迁客[⑥]望朱崖[⑦]，未唤得，烟霄[⑧]失路。　西州芍药，南州琼树，香满云窗[⑨]月户。蒺藜沙[⑩]上野花开，也算却，春风一度。

【注释】

①“冠氏”：地名，今山东省冠县。②“桃符”：古代新年时，人们用桃木板画神荼、郁垒二神或写二神名，悬挂门旁，以为能镇邪。③“杨焕然”：杨奂，字焕然，乾州奉天（今陕西乾县）人。金末举进士不第。癸巳之变时，微服北渡，冠氏帅赵天锡延请，待以师友礼。负有众望，号“关西夫子”，人称“紫阳先生”。④“槐根梦觉”：即“南柯梦”之典。唐李公佐《南柯记》载：淳于棼居广陵东十里，宅南有一大槐树。一日醉卧，被二紫衣人引至槐安国，招为驸马，生五男二女，位至南柯太守共二十年，备极荣显。后与敌战，败北，公主也死去。国王产生疑忌，遣其归乡。醒来方知是一梦，饮客尚未去。继见槐下大穴及子穴，所谓南柯郡即一蚁穴。棼忽悟人世倏忽，穷达荣辱皆一梦，遂出家作了道士。⑤“瓜田”：用“瓜田故侯”典，详见《水调歌头》[苍烟百年木]“故侯瓜”注。⑥“长安迁客”：指李白。李白于天宝初受诏供奉翰林，虽然礼遇甚隆，但徒有虚位，因不能忍受政治上的冷落，便恳请还山。安史之乱中应邀入永王璘幕，本想为国出力平叛，没想到成为帝王家权力之争的牺牲品，被流放夜郎。行至巫山时遇大赦得还。⑦“朱崖”：即洪崖，指上古仙人洪崖在洪崖山得道成仙。⑧“烟霄”：即云霄，比喻显赫的地位。⑨“云窗”：雕有云状花饰的窗子。⑩“蒺藜沙”：生长蒺藜草的沙土。

【赏析】

1235年（乙未）三月，词人在聊城羁管近二年后移居冠氏（今山东冠县），这首《鹊桥仙》作于初到冠氏时。

“槐根梦觉，瓜田岁暮，白发新来无数。”上一年正月，金哀宗兵困蔡州时，传位于完颜承麟，而后自缢。不几天，承麟被乱军杀死，标志着金国彻底灭亡。故而，词人把自己的仕途梦断比作南柯梦醒，把遗臣之身比作亡秦的东门故侯。二典联用，再继以“白发新来无数”，将词人失国之痛、楚囚之悲表露得十分深切。

“长安迁客望朱崖，未唤得，烟霄失路。”词人的人生道路中，一直徘徊于仕隐之间，特别是金亡在即时的感慨：“梦寐西山饮鹤泉，羡君归兴渺翩翩”（《浩然师出围城，赋鹤诗为送》)、“何处青山隔尘土，一庵吾欲送华颠”(《眼中》)。而今，不但“朱崖”未唤得，反而落了个“迁客”解山东，“烟霄失路”，归隐不得，最是词人此际的恼恨之处。

“西州芍药，南州琼树，香满云窗月户”语接“烟霄失路”，谓高级卉木本是人尽得其赏，而自己今为羁管之身，与这些美好的物事隔如千里，无法去自由自在地观赏。凄怆之情由中而来，并为下文巧妙地伏了一笔。

“蒺藜沙上野花开，也算却，春风一度。”蒺藜是一种匍匐茎的野草，开小黄花，长于瘠土。此处用来比喻桃符上生出的小花，言自己无法在广阔的天地间尽情观赏“西州芍药，南州琼树”的境况下得见此花，“也算却，春风一度”之幸事。此种自宽自慰，恰将一腔的幽愤表露得苍凉而劲切，引人唏嘘。

还不能忽略的是词序中所言“作此以自喻云”的深意。蒺藜虽然生长于沙土之上，也只开小花，很不起眼，但是花后的果皮却是带刺的，而且芒刺愈老愈坚。词人以其小花自喻自嘲，暗蕴棘刺，更有用诗笔记录蒙古军入侵暴行及给中原黎庶带来巨大灾难的史实，诉之于当代，流传给后世。用词人的话说，就是“也算却，春风一度”吧。

南柯子

画扇香微远，宫螺①意自浓。杏园憔悴五更风，不道六朝②琼树卷春空。　蝶近花疑笑，犀灵月易通。襄王云雨③梦魂中，曾见芙蓉裙衩④几多红？

【注释】

①“宫螺”：高挽螺髻发型的宫女，此处喻层层叠叠的杏花。②“六朝”：曾在今南京建过都的六个朝代，分别是：三国吴、东晋、南朝的宋、齐、梁、陈。③“襄王云雨”：宋玉《高唐赋》序：“昔者先王尝游高唐，怠而昼寝。梦见一妇人，曰：‘妾巫山之女也，为高唐之客，闻君游高唐，愿荐枕席。’王因幸之。去而辞曰：‘妾在巫山之阳，高丘之阻，旦为朝云，暮为行雨，朝朝暮暮，阳台之下。’”李白《襄阳歌》：“襄王云雨今安在，江水东流猿夜声。”④“芙蓉裙衩”：《楚辞·离骚》：“制芰荷以为衣兮，集芙蓉以为裳。”芙蓉：荷花。裙衩：衩衣，下端开衩者。此处喻花。

【赏析】

这首赏杏词当作于冠氏纪之正杏园。该园在冠氏西城处。遗山先生的《杏花落后分韵得归字》有"煮酒青林寒食过,明妆高烛赏心违"句。

"画扇香微远,宫螺意自浓"二句,先谓有如画扇中的杏花图,然而却没有芬香。再言此园的枝头杏花有如宫娥美髻,重重叠叠,热闹非凡。烘衬与比较共用,产生出先声夺人的效果。

"杏园憔悴五更风,不道六朝琼树卷春空"写词人夜赏杏花。"五更风"使杏园憔悴,把六朝琼树的春色吹卷而去。"六朝琼树卷春空"本来是极赞金陵琼树的,但是,句首却冠以"不道"二字,谓观赏了纪之正园之花树,便不再称道金陵琼树了。这又是一对比较句式,不过与前组不同的是主客体易了位,于结构上收到了参差错落的美感。

"蝶近花疑笑,犀灵月易通。"前句实中含虚,"疑"以主观感受写花笑,十分稳切。后句虚中谓实,"灵、通"二字甚是空灵。

"襄王云雨梦魂中,曾见芙蓉裙衩几多红?"襄王与巫山神女梦中相会的故事流传甚广,然而,词人却以彼神女与此杏花作比,谓巫山神女虽如芙蓉,可曾有杏花这么浪漫?于浪漫的笔法中将纪之正杏园之美烘衬得难以复加,完美地收结全篇。

词人一生特别偏爱杏花,并曾留下数十首杏花诗,而且描写手法多变,绝不雷同。这首词的八句之中,就有六句运用了比衬手法,而且主客体位置变换、陈述与反问句式交互,把全篇的结构营造得灵动而严整,自然浑成。

木兰花慢

岏①华峰②孤秀,起平地,郁晴岚。恨玉简金书③,蛟龙洞穴,无力穷探。风流,旧家历下④,似吴儿、洲渚⑤隔仙凡。柳絮平湖绿满,荷花落日红酣。

东州豪客⑥驻归骖。醉袖挽青衫。怅同是行人,明朝还又,赵北燕南。苍烟,故都乔木⑦,问树犹如此,我何堪?爱煞稽山贺老,酒船谁借风帆?

【注释】

①“屼”：巑屼，大山上锐峻的山峰。②“华峰”：山东济南之“华不注山”，五孤峰之一。遗山先生《济南行记》：“凡北渚亭所见西北孤峰五……曰华不注，太白诗云：‘昔岁游历下，登华不注峰。兹山何峻秀，青翠如芙蓉。’此真华峰写照诗也。大明湖由北水门出，与济水合，弥漫无际。遥望此山，如在水中，盖历下城绝胜处也。”③“玉简金书”：道家的符箓。唐韦渠牟《步虚词》之一：“玉简真人降，金书道箓通。”④“历下”：历下亭，在济南大明湖畔。《齐乘》：“历下亭，济南府城驿邸内历山台上，面山背湖，实为胜绝。少陵有《陪李北海宴历下亭》诗。”⑤“吴儿洲渚”：南方水乡风光。《济南行记》：“历下亭……旁近亭曰环波、鹊山、北渚、岚漪、水香、水西……水西亭之下，湖曰大明……秋荷方盛，红绿如绣，令人渺然有吴儿洲渚之想。”⑥“东州豪客”：词人自指。其时词人羁管于山东，故称。⑦“故都乔木”：《孟子·梁惠王下》：“所谓故国者，非谓有乔木之谓也，有世臣之谓也。”后以之喻故国或故里。

【赏析】

蒙古太宗七年（1235）秋七月，词人应李辅之之邀游济南二十日。《济南行记》中谓前后所得诗凡十五首。十五首中，含绝句《济南杂诗十首》，《泛舟大明湖》等杂言体、五言古体、七律等五首，未含这首词作《木兰花慢》。而根据词意，知这首词确为游济南之作，当于《行记》之后所赋。

“屼华峰孤秀，起平地，郁晴岚。”孤峰独起，岩峦峻锐，树木苍郁，烟岚萦绕。启端即把华不注山描绘得雄峻拔峭，气势横空，亦把自己的豪壮之气寓于其中。

“恨玉简金书，蛟龙洞穴，无力穷探”三句，联想峰峦之上有洞穴，隐蛟龙，藏秘籍，使此山更显得神秘莫测。而“无力穷探”四字于望之不达的怅憾中，更有了缺撼之美的效果。

“风流，旧家历下，似吴儿、洲渚隔仙凡。柳絮平湖绿满，荷花落日红酣。”此处将大明湖比作“吴儿洲渚”，即南方水乡确是恰当，然而“旧家历下”就比较费解了。原来，此处谓其“隔仙凡”是指二十年前的景象，由于战争攻伐，大明湖景也遭到了厄运。《济南行记》载：“承平时，济南楼观，天下莫与比。丧乱二十年，唯有荆榛瓦砾而已。”这里述说的是：公元1213年，铁木真率军攻破济南；1219年，宋京东路总管李全率军攻破济南；1221年，木华黎率军与金争夺济南。济南始劫至词人来游，已是二十二年了，此个

“旧家”说的是旧貌，道的却是新怨。

“东州豪客驻归骖。醉袖挽青衫。”“归骖”即乘骑而归，然而“驻”则又谓其“醉袖”挽青荷，停足不欲归，把词人酷爱华不注山、留恋大明湖景之情展露得十分深致。

“怅同是行人，明朝还又，赵北燕南。”词人此次游济南，相陪的友人很多。《济南行记》载：“初至齐河，约杜仲梁俱东……至济南，辅之与同官权国器置酒历下亭故基……道士高生妙琴事……进士解飞聊好贤乐善，款曲周密，从予游者凡十许日……府参佐张子钧、张飞卿觞予绣江亭……乐府皆京国之旧”。上述诸人，非官员即自由之身，亦多在济南，唯词人尚在羁管，游罢济南，便得还归“赵北燕南”的冠氏去了，返程之时又成孤骑。一个“怅”字把恋胜友、恋胜景之情表露得十分深切。

“苍烟，故都乔木，问树犹如此，我何堪”四句由“赵北燕南”而引“乔木”，由“乔木”而叹自己当下的特殊境遇。树犹如此，何况人乎？“何堪”二字感慨遥深，令人凄惋。

“爱煞稽山贺老，酒船谁借风帆？”唐代著名诗人李贺的《采莲曲》云：“稽山罢雾郁嵯峨，镜水无风也自波。莫言春度芳菲尽，别有中流采芰荷。”遗山先生在《泛舟大明湖》诗中云：“长白山前绣江水，展放荷花三十里。”“江妃不惜水芝香，狼藉秋风与秋露。”他太爱大明湖的荷花了，于是把贺老的诗意与自己的惬怀揉合为一体，谓欲再驾一只满载美酒的船，借风张帆，放情于湖上。尾二句由“豪客驻归惨”“醉袖挽青衫”，到酒船泛明湖，将“爱煞”二字表现得清气洋溢，情韵俱佳。

词人被管山东的次年，开始受到山东世侯严实和赵天锡的庇护，境况日益好转，他不仅成为二侯的座上客，还可以在山东范围内自由往来。此种特殊的身份便构成了这一阶段诗作的特殊风格，就如这首作品中，既有骋意畅怀的游乐之情，又有深深的幽怀。在词境的营造中，把这两种极不相谐的情感揉合得十分协调。

鹧鸪天 莲

瘦绿愁红[①]倚暮烟，露华凉冷洗婵娟[②]。含情脉脉知谁怨，顾影依依定自怜[③]。　风送雨，水连天，凌波无梦夜如年。何时北渚亭[④]边月，狼藉[⑤]秋香拂画船。

【注释】

①“瘦绿愁红”：形容秋季的荷叶与荷花。②“婵娟”：形态美好的样子。孟郊《婵娟篇》：“花婵娟，泛春泉；竹婵娟，笼晓烟；妓婵娟，不长妍；月婵娟，真可怜。”③“顾影”句：陆机《赴洛阳道中作》：“伫立望故乡，顾影凄自怜。”④“北渚亭”：在山东济南大明湖。遗山先生《济南行记》：“至济南，辅之与同官权国器置酒历下亭故基。此亭在府宅之后……旁近有亭曰环波、鹊山、北渚、岚漪、水香……”宋晁补之《北渚亭赋·序》：“亭为曾子固守齐时所作，取杜诗名之。”⑤“狼藉”：纵横散乱的样子。

【赏析】

“瘦绿愁红倚暮烟，露华凉冷洗婵娟。”七月的荷莲已失去红碧烂漫的样子，却增出了露冷风侵的围裹，故而，用“瘦绿”状枯碧，“愁红”绘残花，并谓其经受着凉露的洗礼。如此描写，无疑是在托物喻己，谓自己风雨霜露的经历，言自己渐渐老至的年纪。然而个中更含寓的是他“出淤泥而不染，濯清涟而不妖，中通外直，不蔓不枝”的品质，遗臣之志隐约可见。

“含情脉脉知谁怨，顾影依依定自怜”二句，明写秋莲怨冷风，顾影作自怜，暗喻词人对国运骤变的哀怨和坚守志节的心志，从而进一步把托物言志之意明朗开来。

“风送雨，水连天，凌波无梦夜如年”接“瘦绿愁红”和“露华凉冷”而继续写秋令之加深：风还在摧，雨还在侵，茫茫湖水不见岸；凌波摇曳，春梦无觅，“暮烟”之后夜又降临，漫漫长夜如年之永。此三句将词人故国无望、归乡无期的情怀写得暗淡而伤神。

“何时北渚亭边月，狼藉秋香拂画船”二句借大明湖之莲荷而述己之愿。因暗夜漫漫而盼月光临亭，希望虽已零落的莲香能在月光下遍拂游人。词人将莲般的心志冲破暗夜，澹出光明，亦把自己将用更新更美的文字传向人间的意愿表露得甚为明白。

这首词以清节的莲荷作喻，处处写莲，又处处寓人，从而把词人思归的愁绪、爱国的情怀、高远的志向表达得十分明朗。语言清峻，构思精巧，亦莲亦人融合自然的写法让人耳目一新。

太常引

予年廿许，时自秦州侍下还太原[1]，路出绛阳[2]。适郡人为观察判官祖道[3]道傍。少年有与红袖[4]泣别者。少焉，车马相及，知其为观察之孙振之也，所别即琴姬[5]阿莲。予尝以诗道其事。今二十五年，岁辛巳，振之因过[6]予，语及旧游，恍如隔世。感念今昔，殆无以为怀，因为赋此。

渚莲[7]寂寞倚秋烟，发幽思，入哀弦。高树记离筵，似昨日、邮亭[8]道边。　白头青鬓，旧游新梦，相对两凄然。骄马弄金鞭[9]，也曾是、长安少年。

【注释】

①"秦州侍下还太原"：指词人1210年自秦州扶嗣父元泰灵柩归乡之事。其年二十一岁。太原：即指忻州，因属太原所辖，故称。②"绛阳"：山西绛县。③"祖道"：古人在出行前祭祀路神，并饮宴饯行。④"红袖"：身穿艳色服装的女子。⑤"琴姬"：弹琴的女子。姬：对美女之称。⑥"过"：拜访，探望。⑦"渚莲"：水中小陆地旁的荷花，此处喻阿莲。⑧"邮亭"：驿站，驿馆，古代传送文书之所。⑨"金鞭"：缠着金丝的马鞭。

【赏析】

根据词序之"自秦州还太原"和"今二十五年"，知这首词作于词人四十六岁时。按"予尝以诗道其事"，当指其乐府诗《渚莲怨》。另有《江城子·观别》[旗亭谁唱渭城诗]亦记此事。

"渚莲寂寞倚秋烟，发幽思，入哀弦。"词之启笔将阿莲喻为洲渚秋雾中孤独寂寞的荷花，寓振之离开后她将会 孤苦无倚。接着闪入回忆，状写阿莲当年弹琴送别以寄哀怨的情景。《渚莲怨》中"寂寞烟中魂，依依欲谁语"与此开篇具有异曲同工之伤。

"高树记离筵，似昨日、邮亭道边。"此二句以高树之记忆寓诗人与振之深铭其事。二十五前的事"似昨日"，与其说是两人记忆犹新，莫如说阿莲的幽意直撼人心，从而将其深系情郎、又怪其"情缘不到木肠儿"(《江城子·观别》)的哀怨刻画得入骨入髓。

“白头青鬓，旧游新梦，相对两凄然”从回忆拉回到眼前：词人与振之凄然对视，两人都已由青鬓变成白头，旧时的真切经历变成一场幽梦，堪伤堪悲。此处的“两凄然”中，明写两人之伤，实谓对阿莲的悬想：不知她如今身在何方，是啥处境？又明写的是“两凄然”，实有词人对忍心离阿莲而去的振之的微怨。

“骄马弄金鞭，也曾是、长安少年”中，词人便把微辞挑明了。他在《长安少年行》中曾谓：“黄衫少年如玉笔，生长侯门人不识。道逢豪客问姓名，袖把金鞭侧身揖。”“八月苍鹰一片雪，五花骄马四蹄风。”此前写的“长安少年”，出身侯门，一身骄态，金鞭骄马绝尘而去。眼前的振之亦是观察判官之孙，也是“骄马弄金鞭”的贵家子弟。虽然曾有“泣别”之情，毕竟还是决然离去。“也曾是、长安少年”七个字言出委婉，潜意却是很明朗的。

这首词中写的是振之阿莲分手的悲剧，道的只是对阿莲命运的同情与悲叹，而对来访之客振之则有微谴之意。为了明了主旨，更不惜以长序叙述其事。序中的“殆无以为怀”，其言虽晦，其意却是明明白白的。

点绛唇

梦里梁园①，暖风迟日②熏罗绮③。满城桃李，车马红尘④起。

客枕三年⑤，故国⑥云千里。更残未？夜寒如水，茅屋清霜底。

【注释】

①“梁园”：在汴京，是西汉梁孝王的园囿，又名兔园。该园楼阁池塘，连缀绵延数十里。此处代指汴京。②“迟日”：春日。③“罗绮”：罗和绮，多指丝绸衣裳，有时也指衣着华贵的女子。④“红尘”：飞扬的尘土，形容繁华热闹。⑤“客枕三年”：指词人癸巳五月被解送聊城，到乙未春迁冠氏的三年。客枕：客旅在外，此处指羁管。⑥“故国”：此处指亡金的国都汴京。

【赏析】

根据“客枕三年”，知这首词作于1235年（乙未）在冠氏时。

“梦里梁园，暖风迟日熏罗绮。”首二句中，以梁园领篇，“罗绮”映衬，伴以春日煦风，一派春荣而怡人的景象。然而，这一切都在“梦里”，暗蕴了春梦已过的伤怀。

“满城桃李，车马红尘起”二句，由点到面，由景及尘，平平的九个字，有景有人，静者美景盈目，动者车马川流。“满”字精切，“尘”字传神，一幅熙熙攘攘的游春图豁然呈现在眼前。

“客枕三年，故国云千里”二句，承接“梦”而情感顿跌。“客枕”谓楚囚之身，“三年”言苦日之长，“故国”应“梁园”而伤国亡家破，“云”字寓繁华如梦之缥缈。未言恨已是绵恨“千里”。

“更残未？夜寒如水，茅屋清霜底。”“更残未”出以问句，言愁夜难明。再言寒侵室内，霜裹屋外，把愁与恨外化出来，收到异常强烈的表达效果。

词的上阕写爱，景色明丽，语言欢快。下阕言愁，环境寒峭，情感沉郁。爱深而恨极，两组极不相融的境况，由“梦”集合为一体，深度地表达了词人的遗臣之悲。

南乡子

幽意①曲中传，总是才情得处偏②。唱到断肠声欲断，还连，一串骊珠③个个圆。　画扇绮罗筵④，韩马⑤风流在眼前。坐上有人持酒听，凄然，梦里梁园⑥又一年。

【注释】

①“幽意”：深远的情感。②“得处偏”：获得偏赐。③“骊珠”：传说中骊龙颔下的珠。④“绮罗筵”：华贵人群的宴会。⑤“韩马”：唐代韩愈与汉代司马相如的并称。喻筵中俱是才士。⑥“梁园”：在汴京，是西汉梁孝王的园囿，又名兔园。此处代指金都汴京。

【赏析】

这首《南乡子》当作于词人在冠氏时。冠氏世侯赵天锡礼遇文士，许多亡金官员、落难文人纷纷慕名而至。遗山先生《千户赵侯神道碑铭》载：冠氏“四境之内，独为乐土。宾客至者，燕享犒劳，肃然如太平官府……其所与游，皆天下名士。”

“幽意曲中传，总是才情得处偏。”词的上阕着意描写宴会上歌女的才艺。起首二句由其曲声中蕴含着的“幽意”，谓天公总是偏爱才华出众之人。侧笔正收，先声夺人。

“唱到断肠声欲断，还连，一串骊珠个个圆”三句，描绘其歌声之绝处：“断肠声欲断”应“幽意”而谓其情感投入之深，“欲断”与“还连”言其歌喉控制恰到好处，“骊珠个个圆”形容其吐音清脆、字腔圆润而跳荡，有如骊珠落玉盘。“串串”二字将“欲断、还连”勾挂得密无间隙，自然天成。

下阕描写坐中客。

“画扇绮罗筵，韩马风流在眼前。”“画扇绮罗”由衣着执具，显示人物身份之不俗，映衬筵会的规格与气势；“韩马风流”着笔于众宾里的文士名流，诸如杨奂、商挺、王襄、郭仲通等寓士。人才济济，齐集一堂，好不热闹。

“坐上有人持酒听，凄然，梦里梁园又一年。”在由面到点的铺叙下，最后聚焦于座中一人，此人就是词人自己，他不环观“画扇绮罗”，不注视风流“韩马”，只默然无声地持着酒杯，听着商歌，回恋着故国——“梦里梁园又一年”是多么凄楚的心底之声。

词的上阕赞歌女的才艺，着意在其“幽意”，下阕写筵上之人，着意烘托听歌人。上下阕间由“断肠”与“凄然”的情感主线贯串一体，凸显出词人“梦里梁园”的怀伤。歌声渲染、人物托映，把主题表现得神致俱妙，极耐寻味。

鹧鸪天　中秋饮倪文仲家，莲花白，醉中赋此[①]

月窟[②]秋清桂叶丹，仙家酿熟水芝[③]残。香来宝地三千界[④]，露入金茎十二盘[⑤]。　天澹澹，夜漫漫，五湖豪客酒肠宽。醉来独跨苍鸾[⑥]去，太华[⑦]峰高玉井[⑧]寒。

莲为水芝，见崔豹《古今注》。

【注释】

①“倪文仲”：冠氏人。遗山先生《学东坡移居八首》之八有“倪家莲花白，每酿必见贻”句。②“月窟”：月中，月宫。③“水芝”：崔豹《古今注·草木》：“芙蓉，一名荷华，生池泽中，实曰莲。花之最秀异者，

一名水芝，一名水花。”后以“水芝”为荷花的别名。④“三千界”：“三千大千世界”的省称，亦称“大千世界”。佛教说：一日月照四天下，覆六欲天、初禅天，为一“小世界”；一千个小世界覆十二禅天，为一“小千世界”；一千个小千世界覆十三禅天，为一“中千世界”；一千个中千世界覆十四禅天，为一“大千世界”。⑤“露入”句：《史记·孝武本纪》：“又作柏梁、铜柱、承露仙人掌之属矣。”唐司马贞引《三辅故事》：“建章宫承露盘高三十丈，大七围，以铜为之，上有仙人掌承露，和玉屑饮之。”“金茎”：承露盘的铜柱。⑥“苍鸾”：传说中凤凰类的神鸟。⑦“太华”：西岳华山。因其西有少华山，故又名太华。⑧“玉井”：华山西峰有玉井潭，潭中有莲，称“玉井莲”。

【赏析】

这首《鹧鸪天》作于1235年中秋，时在冠氏。

“月窟秋清桂叶丹，仙家酿熟水芝残。”首句言圆月高悬，秋爽气清，桂树红而弥香。未曾饮酒，已蕴不凡。次句出得巧极，谓倪家莲花白酒酿熟后，所有的莲荷都残枯了，意为此酒是吸天下荷花之精华酿成的，称之为“仙家酿”便觉毫不夸张。“水芝残”三字合季节，合物象，合词意，信手天成。

“香来宝地三千界，露入金茎十二盘。”前句写开坛香溢，谓其醇香似从三千大世界中飘来；次句写仙酿入肠，大有汉武帝饮仙盘玉露之妙。想象高奇，笔法浪漫，造语雄宏而隽美。

下阕接“露入”而写豪饮。

“天澹澹，夜漫漫，五湖豪客酒肠宽。”月华当空，四下静寂，良夜长长，正是豪饮的最佳环境。“五湖豪客”谓友人燕集，气氛盎然；“酒肠宽”言人人海量，语曲意妙。寥寥十三个字，把文友们中秋夜聚饮的狂豪场面写得神致俱得，个中也暗蕴了对 莲花白的“仙家酿”之赞。

“醉来独跨苍鸾去，太华峰高玉井寒。”词人豪饮而醉，脚下浮步，如欲乘鸾直飞太华高峰而一睹玉井之莲。韩愈不是说过“太华峰头玉井莲，开花十丈藕如船”（《古意诗》）么？我倒要看看它，能否及得上倪家这集天下莲之精华酿成的仙酒。此二句饮后浪漫辅以笔法浪漫，把一个“醉”字渲染得奇气洋溢，也把倪文仲的莲花白酒烘托得奇美无比。同时以此回题，神妙俱得。

这首词以中秋夜饮为主线，以莲花白为主体，由美景而佳酿，由初品到醉态，侧面着笔而词新句妙，手法浪漫而奇趣津津。虽云“醉赋”，却是不可多得的饮酒佳作。

清平乐　泰山上作

江山残照，落落[①]舒清眺[②]。涧壑风来号万窍[③]，尽入长松悲啸。　井蛙[④]瀚海云涛，醯鸡[⑤]日远天高。醉眼千峰顶上，世间多少秋毫[⑥]。

【注释】

①“落落”：高大、卓异的样子。②“清眺”：以高雅的情致远望。③“号万窍”：即“万窍怒号”。《庄子·齐物论》：“夫大块噫气（大地吐气出声），其名为风，是唯无作（不发作则已），作则万窍怒号。”窍：洞穴。④“井蛙”：用“井底之蛙”典。⑤“醯鸡”：小虫名，即蠛蠓。古人误认为酒醋上的白霜变成，故名。《庄子·田子芳》：“丘（孔丘自谓）之于道（大道）也，其犹醯鸡与。”醯：醋。⑥“秋毫”：《庄子·齐物论》：“天下莫大于秋豪之末，而大山（泰山）为小。”

【赏析】

蒙古太宗八年三月二十一，冠氏侯赵天锡将去泰安会行台严实，遂邀词人同行往泰山。此行往返共三十日，经游了许多地方，泰山是所游的重点之处。词人登泰山后，夜宿玉女祠，次日凌晨登日观峰赏日出，有《东游略记》及《登泰山》等八首诗和本首词记其事。

“江山残照，落落舒清眺。”身凌泰山绝顶，夕阳余晖映照，脚下群山如画，放目世界，尽在眼中，词人心境大开。“落落”言山高日低，“清眺”言高远极目，“舒”字言心胸舒旷。寥寥数字把纵目泰山夕照及无比快慰的心情写得神致俱佳。

“涧壑风来号万窍，尽入长松悲啸”二句转写泰山风：长风万里吹来，入谷回声各异，遇洞穴起尖号，遇岩阻发轰鸣，过松林成呼啸，又是一番浩荡的气势。

下阕转写览胜后的感慨。

“井蛙瀚海云涛，醯鸡日远天高。”词人伫立泰山绝顶，面对脚下滚滚的云涛、头顶澹澹的蓝天和西边遥遥的红日，正如庄子所言“井蛙不可以语于海者”、醯鸡飞于缸内自以为大天地也，识见之浅薄正如刘禹锡所言“余闻乎曾井蛙醯鸡之不若也”（《送惟良上人诗序》)。

“醉眼千峰顶上,世间多少秋毫。”词人身凌“千峰顶上”,目览天下俱微末,发出“世间多少秋毫”的慨叹。“醉眼”言心境,“秋毫”反庄子齐物论而用之,酿出千古佳句,真堪为“登泰山而小天下”(《孟子·尽心上》)之真谛的深切领悟。

词的上阕以极为精炼的文字描绘了泰山胜景,下阕以之为铺垫作议论,用典或正或反,见地高远深邃,成为不可多得的泰山佳篇。

还值得体味的是词人自从得到行台严实和冠氏赵天锡的推重和庇护后，忧己忧家的心绪日减,热爱山河的潜意复苏,并且先游济南,再登泰山,心境大开,遂有了“凭君细数东州客，谁在花花绿绿间”“袖中新句知多少，坡谷前头敢道无”(《又解嘲二首》)的心语。可以说,登泰山亦是词人心境的一个分水岭。

临江仙　留别郝和之[①]

昨日故人留我醉,今朝送客西归[②]。古来相接眼中稀。青衿同舍[③]乐,白首故山违[④]。　九万里风安税驾[⑤],云鹏悔不卑飞[⑥]。回头四十七年非[⑦]。何因松竹底,茅屋老相依。

【注释】

①“郝和之”:郝思温,字和之,山西陵川人,遗山先生恩师郝天挺之子,郝经之父。按郝经《先父行状》“河南亡,携经北渡,居于保,聚俊秀而教之十余年”,知其时居于保定。②“西归”:指郝和之从山东冠氏归河北保定。③“青衿同舍”:指同馆读书。词人十四岁至十九岁时,受学于陵川郝天挺,与其子和之为同窗。④“故山违”:指词人学业期满离别陵川后,未有机会再返恩师处。故山:陵川在太行山西麓,故称。违:离开。⑤“税驾”:解驾,停车。喻休止,停息或休息。⑥“卑飞”:低飞。⑦“四十七年非”:化用“今是昨非”典。陶渊明《归去来兮辞》“实迷途其未远,觉今是而昨非”,谓其今日退隐为是,昨日出仕为非。《庄子·寓言》:“孔子行年六十而六十化(六十次变化,六十次修善),始时所是,卒而非之,未知今之所谓是之非五十九年非也。”

【赏析】

根据“回头四十七年非”，知这首《临江仙》作于蒙古太宗八年(1236)在冠氏时，是年词人四十七岁。

“昨日故人留我醉，今朝送客西归。”启篇二句破题，交待留别的来龙去脉。“醉”字将二人相逢时的惊喜、欢饮表达得自然而质朴。

“古来相接眼中稀。”“相接”，即因敬让而交谊不断。《礼记·聘义》：“敬让也者，君子之所以相接也。”词人在陵川郝恩师门下受学六年，而恩师之子思温恰又与之同窗，并至今甚为相敬；这种情份自是非比寻常，故云“古来相接眼中稀”。此七字下得极为稳切。

“青衿同舍乐，白首故山违”二句，前者忆少年读书时的特殊情谊，后者言白头了仍未回去过陵川。不言今日相逢，反谓久违“故山”，将忆恩师、愧恩师的真情巧妙地含蕴其中，得味自然。

“九万里风安税驾，云鹏悔不卑飞。”语接“故山违”而追溯其因。《庄子·逍遥游》：“鹏之徙于南冥也，水击三千里，抟扶摇而上者九万里”，本来是喻志存高远，举止不凡，词人此处却反其意而用之，谓自己原本应该卑飞敛翼，勿立高志，而今却卷入蒙金战伐之“九万里风”中，敛翼已迟，“悔”之恨晚。“税驾”二字把自己还归故乡，隐居山林的志向再次流露出来。

“回头四十七年非”借典反思，一谓不该少年苦读，二谓不该雄立大志，三谓不该入京任职，所以说昨非而今是的道理，四十七年后才悟得。“悔不卑飞”，警策至极，但是，任谁都会读出此言乃是正意反说，含愤不禁。

“何因松竹底，茅屋老相依”二句回题，从字面看，是说如何才能与和之隐居林下，老不分离，把“故山违”之憾补将回来。然而“何因”则是难有理由，词人已把自己忠贞故国、不事新朝的志节寓于“松竹”的物象之中了，他将从此而舍却一生，去为故国做有益的事去，从而使全篇的思想内容大振。此种寓情于物、含而不露的笔法真堪叹服。

这首词上阕写实，语言平白却深寓着真挚情感。下阕言志，语言奇肆而用事显尽了炉锤之妙。小处入笔，大处收结的格调让人咀味不尽。

石州慢

儿女篮舆[①],田舍老盆[②],随意林壑。三重屋上黄茅,赖是秋风留著[③]。旧家年少,也曾东抹西涂[④],鬓毛争信星星[⑤]却。岁暮日斜时,尽栖迟零落。

如昨。青云飞盖[⑥]追随,倾动故都城郭。垒鼓凝笳[⑦],几处银屏珠箔[⑧]。梦中身世,只知鸡犬新丰[⑨],西园[⑩]胜赏惊还觉。霜叶晚萧萧,满疏篱寒雀。

【注释】

①“篮舆”:竹轿。②“老盆”:盛酒的陶皿。③“三重”二句:化用杜甫《茅屋为秋风所破歌》中“八月秋高风怒号,卷我屋上三重茅”句意。④“东抹西涂”:也作“东涂西抹”。五代王定保《唐摭言》卷三:“薛监(逢),晚年厄于宦途,尝策羸(瘦马)赴朝,值新进士榜下,缀行而出。时进士团所由辈数十人,见逢行李萧条,前导曰:‘回避新郎君!’逢輾然(笑着),即遣一介语之曰:‘报道莫贫相,阿婆三五少年时,也曾东涂西抹来。’”⑤“星星”:鬓发花白的样子。⑥“青云飞盖”:高官贵族的车驾。⑦“垒鼓凝笳”:轻击鼓,低鸣笳。⑧“银屏珠箔”:银饰屏风,珠玉为帘。箔:帘。⑨“鸡犬新丰”:葛洪《西京杂记》卷二载:刘邦的父亲迁住长安,居深宫而闷闷不乐。刘邦遂按丰县家乡的样子加以改建,名为新丰。又把丰县的居民鸡犬一同迁来,都能各识其家。⑩“西园”:故都汴京的名园之一。

【赏析】

这首《石州慢》当作于词人居山东冠氏之时。

“儿女篮舆,田舍老盆,随意林壑。”小儿女们用竹竿当舁轿而玩耍嬉戏,词人于斋内用简陋的陶具盛酒自饮,兴至时持杖自由自在地在林中山间游逛。三个短句,三个画面,把词人十分惬怀的生活勾勒出来,体现出羁管山东受到世侯的保护,特别是冠氏侯赵天锡帮助他盖起新居,全家人得以安居后的舒畅心情。

“三重屋上黄茅,赖是秋风留著”二句,暗与杜甫作比。杜甫《茅屋为秋风所破歌》中说:“八月秋高风怒号,卷我屋上三重茅。茅飞渡江洒江郊,高者挂罥长林梢,下者飘转沉塘坳。南村群童欺我老无力,忍能对面为盗贼,公然抱茅入竹去,唇焦口燥呼不得,归来倚杖自叹息……。”而词人到冠氏后,冠氏侯却两次为他建新房,还让儿子监督工程。他在《戏题新居二十韵》中说:“去冬作舍谁资助,县侯雅以平原故。贤郎检视日复日,规制从头尽牢固。南风一夕怪事发,突兀赭垣残半柱……君问新居在何许,只去火余才数步……合欢明日召诸邻,狼藉杯盘从饱吐。”杜甫是“卷我屋上三重茅”,词人是两度居新房;杜甫是南村群童抱茅去,词人是“贤郎检视日复日”;杜甫是“归来倚杖自叹息”,词人是欢召诸邻作庆祝。两相比照中,欣然自慰,其畅慰之情洋溢于纸上。

“旧家年少,也曾东抹西涂,鬓毛争信星星却。”此三句回顾青壮时曾以文章著时名的同时,仍有与杜甫相比的影子。然而,多出了一种人将老至的感伤,使之于词境上自然过渡。

“岁暮日斜时,尽栖迟零落”二句,以“岁暮日斜”承“星星却”,明叹人生趋老,实恨楚囚误人,又将令人痛心的故国之伤拾了起来。

“如昨。青云飞盖追随,倾动故都城郭。垒鼓凝笳,几处银屏珠箔”数句,以“如昨”二字意接故国之伤,回顾当年高官为友、进士及第、名动京城以及身在繁盛之京都的诸般往事,再度将情感扬起。

“梦中身世,只知鸡犬新丰,西园胜赏惊还觉”三句,将自己的进取历程、仕宦生活、汴都时的心态一齐纳入梦中而“惊觉”,于照应“如昨”中,将升起的情感一下子浇凉。“鸡犬新丰”之典用得甚是微妙。原来的典故似虚却实,谓刘家生活状况达到了峰巅;写自己身在的汴都佳境实而变虚,成为梦幻而跌入底谷,从而把自己无穷的悲慨尽纳其中。

“霜叶晚萧萧,满疏篱寒雀。”结尾二句,将凄苦的心绪付于寒凉的景色中,寓身近晚岁,寓身世飘零,寓身似寒雀落疏篱而空自喧喧,全篇的抒情格调于极度低沉中升华到了峰巅。

全篇有自慰,有自伤,都是不同角度的怀伤;数处用典,或暗引,或明用,均有着显明的比衬效果。寓象生动,情感跌宕,集中地折映出词人在冠氏这一特殊阶段的复杂情感。

太常引

为东原[①]范尊师[②]寿。范新得曹夫人[③]所画《松上幽人图》[④],上有曹道冲[⑤]题诗。

衣冠人物渺翩翩,天地一癯仙。来自范公泉[⑥],管家在、三山洞天[⑦]。

一簪华发,一篇秋水[⑧],得意已忘言[⑨]。图画看他年,与松上、幽人并传。

【注释】

①"东原":指山东东平。②"范尊师":全真道士,名圆曦,居东平正一宫,宋范仲淹七世孙。③"曹夫人":曹仲婉,北宋女画家,"雅善丹青,所画皆非优柔软媚取悦儿女子者"(《宣和画谱》)。④"《松上幽人图》":遗山先生柏梁体诗《松上幽人图》有"秋风稷稷松树枝,仙人骨轻云一丝,不饮不食玉雪姿"句形容之。⑤"曹道冲":北宋诗人。⑥"范公泉":泉名。《方舆胜览》:"范公泉在青州城西。范仲淹知青州,有惠政,溪侧忽漏醴泉,遂以范公名之。"⑦"三山洞天":"三山"指海上三仙山,即蓬莱、方丈、瀛洲。"洞天":《茅君内传》:"大天之内,有地中之洞天三十六所。"后俱称为仙人所居。⑧"秋水":《庄子》中有"秋水"篇。⑨"得意"句:陶渊明《饮酒二十首》之五有"山气日夕佳,飞鸟相与还。此中有真意,欲辩已忘言"句。

【赏析】

根据遗山先生《范文正公真赞》"丁酉四月,获拜公像于其七世孙道士圆曦"句及词序,知这首词作于蒙古太宗九年(1237)四月在东平时。

"衣冠人物渺翩翩,天地一癯仙。""衣冠人物"谓范尊师青袍道冠之特有的装束,"渺翩翩"绘其步履如行云,如流水,四海游踪的样子。"天地一癯仙"言清瘦的身姿,言天地为家的风貌。启篇二句写范尊师之形象,处处凸显其仙风道骨的神韵,也暗寓了与松上幽人极似之处。

"来自范公泉,管家在、三山洞天"先实写,言其家世之隆;再虚笔,言其居处通玄。"泉"字实中若含仙气,"洞天"虚中却又含实,"管家在"三字榫接两端,将之夯实得确信无疑。

"一簪华发,一篇秋水,得意已忘言"三句,一写白发束簪,谓其道颜;一用"秋水",

谓其道家理念；一用陶潜名句，活画出清逸的情操。三句三换位，从外到内地把范尊师的气质刻画得十分深透。

“图画看他年，与松上、幽人并传。”尾二句将观画与寿庆巧妙地勾连一起，祝范圆曦的松龄如同曹夫人之画作而永年，祝范尊师的道修如同松上幽人一样终成正果，名传久远，于亦真亦幻中收结全篇。

这首词是为一位道家尊师祝寿而作，故而，无论是语言特色，还是缘画用典，都与道教的品洁绳结得十分紧密，从而把神采飞扬、甚有仙风道骨的范尊师刻画得十分逼真，形象，令人崇仰。

浣溪沙

怀李彦深。李，济南人。绣江在长白山下[1]

绿绮[2]红埃[3]试拂弦，今人谁与子争先？相逢尊酒合留连[4]。

金马玉堂[5]梁苑客[6]，岸花汀草绣江船，旧游回首又三年[7]。

【注释】

①“李彦深”：济南人，金亡之前在汴京。“绣江、长白山”：在济南。遗山先生《济南行记》：“泛大明湖者再，遂东入水栅。栅之水名绣江，发源长白山下，周围三四十里。”②“绿绮”：古琴名。傅玄《琴赋·序》：“楚王有琴曰绕梁，司马相如有绿绮，蔡邕有焦尾，皆名器也。”③“红埃”：即“红尘”，闹市的飞尘，形容繁华。④“留连”：不忍离开。⑤“金马玉堂”：金马门、玉堂殿均为学士招待之所，后以之为翰林院的代称。⑥“梁苑客”：指李彦深。梁苑，即梁园，在汴京，汉梁孝王建。⑦“旧游”句：指词人与李彦深在济南分手的三年。

【赏析】

词人与李彦深的分手，有文字可考的是蒙古太宗六年的《喜李彦深过聊城》，可推测的是词人于蒙古太宗七年，在李彦深的家乡济南游二十日之时。姑以游济南曾相见的时间，推测为蒙古太宗九年准备归忻州时的遥别之作。

“绿绮红埃试拂弦，今人谁与子争先。”起句以“红埃”谓汴京，“绿绮”显其琴技高超,“试拂弦”言其不经意的试弹便给人留下极深的印象。次句言至今都未见到能与其争先的琴手,周实了首句之意。以其一技可见李彦深超人的才华。

“相逢尊酒合留连。”合,应该的意思。此句写两人每每相聚,必定开怀畅饮,不忍分别,为下文的叙写铺设了一笔。

“金马玉堂梁苑客,岸花汀草绣江船”二句承接“相逢尊酒”而分层回顾:第一句回忆在汴京时,李彦深屡登官署见词人,词人也常常同他偕游园囿;第二句叙写游济南时,李彦深又陪他大明湖畔赏景,绣江之中泛船。此二句形象而简明地概括了两人深厚的交谊。

“旧游回首又三年。”想起济南伴游至今,已是三个年头了。现在将要离开山东而回山西去,从此以后相隔更远,不知有生之年还会相见否。一种难以言喻的惆怅涌上心头,遂作此篇以寄,同时完成了题注之“怀李彦深”的主题。

词的主体部分写李彦深的才华,忆两人的深厚友谊,语言精炼,情感深挚。而以上的叙写,全在于为“旧游回首又三年”作铺垫。“又三年”三字看去平平,蕴意却十分深微,甚有余音不绝之感。

木兰花慢

对西山摇落①,又匹马、过并州②。恨秋雁年年,长空澹澹③,事往情留。白头,几回南北,竟何人、谈笑得封侯?愁里狂歌浊酒,梦中锦带吴钩④。　严城笳鼓⑤动高秋,万灶拥貔貅⑥。觉全晋山河,风声习气⑦,未减风流。风流,故家人物⑧,慨中宵、拊枕忆同游。不用闻鸡起舞⑨,且须乘月登楼⑩。

【注释】

①“摇落”:凋谢,零落。②“并州”:太原古称并州。③“澹澹”:空旷、渺茫的样子。④“吴钩”:古代吴地所造的一种弯形的刀,后泛指锋利的刀剑。⑤“笳鼓”:古代军中的乐器。笳:类似笛子的管乐器,汉时流行于塞北和西域。⑥“貔貅”:古籍中所说的一种猛兽。古代行军,前面遇猛兽,就举起画有貔貅的旗帜以警众。此处比喻勇猛的军士。⑦“风声习气”:古有幽并豪侠之气的说法。此处指晋地的尚武

之风。⑧"故家人物":指金之遗臣,此处为词人自指。⑨"闻鸡起舞":东晋时,祖逖与刘琨志在驱逐外敌,立志报国,常相互勉励,故半夜闻鸡鸣,便振作奋发,习演武功。⑩"登楼":用王粲作《登楼赋》典。详见《木兰花慢》[流年春梦过]"王粲登楼"注。

【赏析】

这首《木兰花慢》当作于词人山东羁管将满,于1237年秋先期回乡安顿携家归里事宜时。是年词人四十八岁。

"对西山摇落,又匹马、过并州。"词人二十七岁时为避蒙古兵祸,携家南渡黄河。相隔二十余年后方始返乡,故而感慨万千。"西山摇落"指太原西山草木逢秋,一派凋落的样子,景语即情语,表达着家乡被兵、国家破亡后的凄凉之怀。"又匹马、过并州"含蕴着十分复杂的思想感情:首先是匹马而过,明写马蹄轻疾,暗蕴即将脱管还家的快慰心情。然而,匹马还乡时,让词人又想到离晋之际,太夫人与妻子张氏俱都同往,要归来时却均已过世而骨留他乡,还不说三女阿秀也埋骨于汴京了,凄怆之情又油然而生。

"恨秋雁年年,长空澹澹,事往情留"三句,谓二十多年中,秋雁带给他的尽是坏消息,遥望长天却回乡不得。许多让人悲凄的事虽已过去了,但留在心中的阴影却难以抹去。"事往情留"道的就是这种遗恨。

"白头,几回南北,竟何人、谈笑得封侯。""白头"又接"往事情留"而回顾参加科试的经历。"几回南北"谓四方赴试却屡试屡落第,"竟何人、谈笑得封侯"揭示金代的科举弊端。刘祁《归潜志》卷八载:"金朝取士,止以词赋为重,故士人往往不暇读书为他文。尝闻先进故老见子弟辈读苏、黄诗,辄怒斥,故学者止工于律、赋,问之他文,则懵然不知……南渡后,赵、杨诸公为有司,方于策论中取人,故士风稍变……然亦谤议纷纭。"遗山先生学贯古今,却与举仕取向不合,故而有此愤言。

"愁里狂歌浊酒,梦中锦带吴钩"二句进一步言其当年的激愤:"锦带吴钩"言欲积极进取而报效国家,"愁里狂歌浊酒"谓有梦难圆而长歌狂啸,豪士愁怀尽蕴于"狂"字之中。

下阕转写词人不折不挠的心志。

"严城笳鼓动高秋,万灶拥貔貅"写匹马轻蹄过并州的感觉。词人乍回家乡,见高秋风声中的“严城”，仿佛“笳鼓”传声，从而把“西山摇落”声变得雄壮劲切；雉堞连云，高城巍巍，又像无边的兵灶环拱着千军万马，气势极为宏伟。此二句把词人“锦带吴钩”之梦写得似幻似真，豪气勃然。

“觉全晋山河，风声习气，未减风流。”“觉”字由主观感受领起，言幽并豪侠之气依然还在，寓词人报效故国的意志愈坚。“未减风流”写的是“全晋山河”，说的却是词人的豪气，借象言怀，形象而沉雄。

“风流，故家人物，慨中宵、拊枕忆同游。”由幽并豪侠而到“故家人物”，“人物”即词人自己，冠以“故家”则明确地表明不事新朝的遗臣之志。联系上阕的“梦中锦带吴钩”，不难想见词人中宵不眠，“拊枕忆同游”的深刻含义。

“不用闻鸡起舞，且须乘月登楼”二句，接“同游”言志，用退让之笔，表达出虽然白头了，不能像祖逖、刘琨那样仗吴钩而行复国大计，但是能效王粲而“登楼”为文，以有限的时光，为故国做一番无限的事业。此番结尾，正是词人继续奔波的誓言，照应了“几回南北”，注入了更深更广的内涵。

这首词起笔惨淡，渐入疏狂，而后激越放怀，融幽并豪侠之气，纳祖逖、王粲之志，把初次归乡时的复杂心绪和向后的心志抒写得沉郁而雄放，错落而有致。

南乡子

衰思怯登楼①，百感中②来不自由。天意时情谁解得，悠悠③，一片黄云画角④秋。　汾水⑤绕城流，流尽朱颜到白头。万事且休论一醉，都休，前日黄花蝶已愁。

【注释】

①“登楼”句：用“王粲登楼”典。②“中”：内心。③“悠悠”：遥思的样子。④“画角”：古代乐器名，传自羌族。本细末大，发声哀厉高亢，多用于军中。⑤“汾水”：即汾河，发源于山西宁武的管涔山，流经太原城西，南向注入黄河。

【赏析】

根据词意，知这首《南乡子》作于词人南渡后首次归乡，途经太原时。

“衰思怯登楼，百感中来不自由。”词人于二十七岁时携家避兵，渡过黄河。其后虽然也有赏心乐事，但更多的是灾难，诸如围城劫难、被俘北渡和羁管于山东，举家老小亦随之在惊悸中飘摇等等。四十八岁时始得一返家乡，准备全家归里事宜。王粲登楼时，抒发的是怀才不遇，宏图难展之怨，词人之“怯登楼”中，含的却是举家颠沛流离、生死历劫的悲慨。“不自由”三字中，是情不自禁的伤感，是百感交集、纷至沓来的桩桩往事。此时无声更胜于有声。

“天意时情谁解得，悠悠，一片黄云画角秋。”在社会大动荡的风浪中，词人犹如一叶扁舟被卷入其中，是天意安排？是时乖命舛？谁也说不清楚，脑海中时刻萦绕的只是蒙古军屠城忻州和兵围太原时黄尘如云的场面，以及汴京十月围城时入耳惊悸的敌营之画角。此三句是痛彻肺腑的记忆与幽怨，亦是“衰思怯登楼”的注脚。

下阕将遥思拉回眼前。

“汾水绕城流，流尽朱颜到白头。”词人登上太原城头，遥望滚滚南去的汾水，慨叹自己的华年就是随之南流而逝的，今次北归，已是白发染鬓。“流尽朱颜”四字巧借汾流南去而寓词人离乡后的坎坷遭逢，把壮志成空、只余白发的悲愤尽数倾出。

“万事且休论一醉，都休，前日黄花蝶已愁。”结尾三句是词人的自我安慰：且不要想那么多了，这都是“天意时情”所致，还是一醉之后都忘却了吧。你不看前几天的菊花今也将谢，花间的蝴蝶也正在为命运发愁吗？此处以万物之运慰自己之伤，明知自欺还要言之，把万分的无奈留之于“都休”之中。

这首词从与王粲登楼时的情境相比较启笔，倾诉了比王粲更为悲伤的命运，并将年华流逝之恨付于汾水，收到了形象、生动、余音不绝的艺术效果。

感皇恩

梦寐见并州[①]，今朝身到。未怕清汾[②]照枯槁。百年狂兴，尽与家山[③]倾倒。黑头谁办得[4]、归来早。　梁苑[5]绿波，长安春草，惆怅行人暗中老。故人相送，记得临行曾道，故园行乐地，依然好。

末后乡人王怀玉[6]乐府语也。

【注释】

①“并州”：太原古称并州。因忻州古属太原，故代指词人的家乡。②“清汾”：清澈的汾河。③“家山”：以系舟山为主的家乡山河。④“办得”：做得到。⑤“梁苑”：在汴京，汉梁孝王的园囿，此处代指金都汴京。⑥“王怀玉”：忻州人，余不详。

【赏析】

蒙古太宗九年（1237）秋，词人山东羁管将满，遂先期回忻州，安排全家归乡事宜。这首《感皇恩》作于初回阔别二十余年的家乡时。

“梦寐见并州，今朝身到。未怕清汾照枯槁。”首句未写归乡，先谓“梦寐”，把自己因兵祸而逃往河南、因丧乱而被管山东等特殊时期的思乡感情道来，于反势中造成耸峭，蓄足了笔力。“今朝身到”虽只平平四字，但因前句铺垫已满，此处便有了扎实的效果。为了补足劲势，接下来又谓“未怕清汾照枯槁”，其意即能够活着还乡来已经是侥天之大幸了，哪还计较什么枯瘦之身呢？“未怕”二字将其“梦寐”之求补述得异常盈满。

“百年狂兴，尽与家山倾倒”是一组极度的反差句。前者言自己曾经有过的天大抱负，次句谓其见到家乡的山水之际，全部变成酷爱家乡的情感，从而把“梦寐并州”的情结表达得异常深透。“狂兴”劲切而高涨，“倾倒”情柔而沉深，相反相成，产生出动人心魄的劲力。

“黑头谁办得、归来早”又是一个反出句，言其黑发青壮时追求理想与避兵，而今年近五十了才得回乡。“归来早”三字中，凄苦与自慰并生，正是身历劫难后得以安全回家乡的特殊体味。

“梁苑绿波，长安春草，惆怅行人暗中老。”前二句先承上阕中之“黑头”二字，回顾自己长安应试、汴京初至时的时光。“绿波”“春草”兴象郁勃，极显了青年时期的美好志向。后句突转“惆怅”，“行人”寓自己奔波劳碌未停歇，“暗中老”谓其不仅一事无成，反落得个白头归里。此三句正是词人对离乡后行止的回视，更是归来时愧对乡人的叹惋。两意并呈，令人唏嘘。

“故人相送，记得临行曾道，故园行乐地，依然好。”尾处巧借王怀玉之语，道词人归来时的纷沓心绪，照应“梦寐”成现实，抒写“百年狂兴”变作“家山倾倒”，把离乡与归里的感喟、上阕与下阕的内容勾连得恰到好处。平平的语句，产生出极强的冲击力。

这首《感皇恩》中，纯用心理描写的手法，把词人从背井离乡后二十多年的思归之情，到梦想成真时的凄悲与欣喜表达得十分精炼而细腻，语言朴实无华却感人至深。

人月圆

玄都观里桃千树，花落水空流①。凭君莫问，清泾浊渭，去马来牛②。

谢公扶病③，羊昙挥涕④，一醉都休。古今几度，生存华屋，零落山丘⑤。

【注释】

①“玄都观”二句：唐刘禹锡《元和十年自朗州召至京戏赠看花诸君子》诗有“紫陌红尘拂面来，无人不道看花回。玄都观里桃千树，尽是刘郎去后栽。”十四年后，他重游玄都观，荡然无复一树，唯有兔葵燕麦耳，于是又作《再游玄都观绝句》：“百亩庭中半是苔，桃花开尽菜花开。种桃道士归何处，前度刘郎今又来。”②“清泾”二句：杜甫《秋雨叹》诗有“去马来牛不复辨，浊泾清渭何当分”句。清泾浊渭：《诗·邶风·谷风》：“泾以渭浊，湜湜其沚。”指泾河水清，渭河水浊，合流时，两股水分得清清楚楚。③“谢公扶病”：东晋时，朝廷虽寄谢安以大任，但他却始终未忘隐居东山之志。隐志未遂便抱病而逝。后为夙愿未遂之典。④“羊昙挥泪”：羊昙是谢安的外甥，多才多艺，为谢安所重。谢安死后，羊昙辍乐弥年，行不由西州路。一日因醉而归，不觉至西门。左右告知此为西州门，羊昙悲感恸哭而去。⑤“生存”二句：用曹植《箜篌引》之句。详见《满江红》[老树荒台]“华屋零落”注。

【赏析】

这首《人月圆》作于词人蒙古太宗九年（1237）始返忻州故乡时。

“玄都观里桃千树，花落水空流。”刘禹锡的桃花观诗写的是朝事变化，人事更替，词人此际归乡时却是朝更代换，物是人非，为此借刘之句，发己之悲。“花落水空流”谓国亡家破，叹壮志落空，一腔难禁的悲慨尽含于五字之中。

“凭君莫问，清泾浊渭，去马来牛。”杜甫的“去马来牛不复辨，浊泾清渭何当分”二句，叹的是物残事浑，老大难成，词人化用后，则成了世事无公道正邪的愤慨和身逢金亡蒙兴的悲伤。“凭君莫问”四字将无边的痛恨憋于心底，生怕一触而喷泄，欲扬却抑，悲莫大焉。

“谢公扶病，羊昙挥涕，一醉都休。”天下已成“去马来牛”之局，词人的一腔抱负成空，便拈来二典而偏用其意：谢公典喻自己当年一心报国的初衷，羊昙典喻金亡后无比悲愤之泪。而“一醉都休”将之一并抛却，流出万念俱灰的悲伤。所谓“都休”，实则更为强烈，永难休止。

“古今几度，生存华屋，零落山丘。”历史上朝代的兴亡、家园的兴废细数来毕竟有限，然而，这些悲剧却偏偏都让词人遭逢到了。国家之难已经说过，从眼前的亲人看，他们都已离世，再看“先人之敝庐，可怜焦土”（《外家别业上梁文》）。祸不打一处来，悲俱由丛处生，眼中的“生存华屋，零落山丘”之悲不知要胜过曹植多少。词以极为低沉的语气作结，使零落之伤怀弥漫了整个系舟山。

这首《人月圆》以词人返乡时，目睹旧宅被战火烧焦为触发点，抒发了国亡家恨的愤激之情。全篇除几处过接句外，都运用了典故，把大量的内容浓缩于寥寥的数十字之中，从而产生出强大的张力，充分体现出词人难有比匹的文学底蕴。

临江仙

连日湖亭①风色好，今朝赏遍东城②。主人留客过清明。小桃如欲语，杨柳更多情。　为爱暮云芳草③句，一杯聊听新声。水流花落叹浮生④。故园⑤春更晚，时节已啼莺。

【注释】

①“湖亭”：在东平府城西的西湖畔。遗山《出东平》诗有“东园花柳西湖水”句。《江城子》[江山诗笔仲宣楼]题注：“东平幕府诸公送予西湖。”②“东城”：山东之东平。③“暮云芳草”句：宋柳永《诉衷情

近》:“追前好,帝城信阻。天涯目断,暮云芳草。”④“浮生”:《庄子·刻意》:“其生若浮。”谓人生在世,虚浮无定。后因称人生为“浮生”。⑤“故园”:此处指词人的故乡忻州。

【赏析】

决定举家返归忻州后,词人于戊戌(1238)春从冠氏往东平辞别严实及幕府诸友,这首词便作于是时。

“连日湖亭风色好,今朝赏遍东城。”启篇二句写东平幕府的故友陪着他遍游东平。先写东平湖,即原来八百里水泊梁山的蓼儿洼。虽然未写游湖,“连日”二字已知游览之兴。再写东城,“今朝”二字与“连日”前呼后应。水陆亭城、群友作伴,把词人的东平之行体现得意展神舒。

“主人留客过清明”句出得很有蕴意:主人指的是东平万户严实。在前面众多友人的叙写后,郑重地推出幕府之主,收到烘云托月的效果。严实挽留词人的理由很多,此处只提到“过清明”之由,即严万户以民俗中清明节间不宜行旅之由挽留他,有此一句,主客之间的深厚情谊何用多说?素材之提炼,妙至毫颠。

“小桃如欲语,杨柳更多情”二句又是妙意深涵。在众友伴游、严帅挽留之后,又托意于物,谓所有的东平人都不愿词人离开。情语化作景语,把诗家惯用的“折柳”之意翻得奇趣津津。

“为爱暮云芳草句,一杯聊听新声。”在东平别友的这段时间里,众诗友多有佳诗妙词相赠,此处便以柳永的“暮云芳草”名句喻之,说自己想“听新声”,亦不愿离别,为下文的转折伏了一笔。

“水流花落叹浮生。故园春更晚,时节已啼莺”三句,先用“叹浮生”言其不得不忍痛告别众友的无奈,“叹”字看似平实,却将无限的叹惋尽含于中。后二句突然转向家乡,想到忻州位置偏北,春色来得晚,但是,故乡的黄莺已经得知他要归去的消息,早已提前欢鸣了,托意于物,把词人似箭的归心表达得十分灵妙。

词的上阕重在写留,人留物留天也留。下阕重在写别,而这个“别”字又营造成三番曲折,把词人欲去还留、依依难别的纷沓情感写得细切入微,苍莽感人。

江城子

东原幕府诸公送予西湖，行及阳谷，作此为寄[1]

江山诗笔仲宣楼[2]，敝貂裘[3]，尽风流。独恨烟花[4]、三月出东州[5]。爱煞津亭[6]亭□□，无一语，只相留。　来鸿去燕[7]两悠悠[8]，别离愁，几时休？得似孤城、春水一沙鸥。寄谢西湖追送客[9]，分手地，莫回头。

【注释】

①“东原幕府”：山东东平万户严实的幕府。“西湖”：今之东平湖，在东平城西。“阳谷”：县名，在东平西北。②“江山”句：指王粲的《登楼赋》。仲宣楼：王粲作登楼赋处，在湖北当阳县东南。仲宣：王粲字仲宣，东汉时“建安七子”之一。③“敝貂裘”：破旧的皮毛衣服。④“烟花”：泛指春天的景色。⑤“东州”：即东平。⑥“津亭”：东平西湖畔之亭。⑦“来鸿去燕”：喻书信往来。⑧“悠悠”：遥远。⑨“追送客”：指西湖送别的“东原幕府诸公”。

【赏析】

蒙古太宗十年遗山先生欲携家返乡前，由冠氏去东平告别关爱自己的东平行台严实，及严实幕府诸友人。这首词作于返程途中的阳谷。

“江山诗笔仲宣楼，敝貂裘，尽风流。”王粲身当乱世，亲历离乱，又怀才不遇，宏图难展。然而他欲建功立业的抱负未减，遂作出旷世名篇《登楼赋》。词人的经历、遭遇、抱负与王粲甚为相似，便以之自喻而启篇，表达出自己此际虽为“敝貂裘”之穷儒，但要凭己之力作出一番事业来，在脱出羁管、还以自由的人生节点上，此言无疑是一番誓言。

“独恨烟花、三月出东州”句，由踌躇之志转入眼前的思绪：“烟花”意接前句的壮怀，谓美好的春色，“出东州”却是别离之怅憾。“独恨”二字点题并统领下文。

“爱煞津亭亭□□，无一语，只相留。”西湖津亭饯别时，可书可写的定当不少，词人此处只选取了“无一语，只相留”的镜头，于自古亭别中激励或伤怀之惯常手法上翻高一着，把友人之情镂刻得形象生动，妙味横生。

“来鸿去燕两悠悠，别离愁，几时休”接“无一语，只相留”而写别后的“来鸿去雁”，把故友的牵系又递进一层。然而，书信往来毕竟遥隔千里，不得会聚，怅憾甚多，“别离愁，几时休”六个字由此而生发，呵成一气，平白自然却又深意无穷。

“得似孤城、春水一沙鸥。”此句由诸友送别而写孤人独行。“孤城”指阳谷县城，“沙鸥”喻词人自己，“春水”借李煜“问君能有几多愁，恰似一江春水向东流”之意，谓自己一路上怀伤不断的情结，合时合地合情状。“得似”二字上勾下连，妙用至极。

“寄谢西湖追送客，分手地，莫回头”篇结并回题。“追送客”谓相送诸友，形、情、境俱得，“追”字最妙。“莫回头”谓留别双方，不作破说却离伤浪涌，把友人之间的情感深掘到难以言喻的地步。

由“追送客”三字，让人自然地想起其中的另外一位来，他名叫韩德华，此次相送中，他一直“暑涂三百里，追送不惮远”（《酬韩德华送归之作》）。阳谷的地理位置，在东平与冠氏的中点上，正是三百里。由此而回味“分手地，莫回头”时，一定是“莫回头”却总回头，双腿灌铅，泪洒盈襟。友人的这种情分，直可感动千古。

这首词借物述意，形象生动；语言凝炼，达意精微；肺腑镂出奇崛，通篇弥散着极强的感染力。

定风波

白发相看老弟兄，恨无一语送君行。至竟[①]交情何处好？向道[②]，不如行路本无情。　少日龙门[③]星斗近，争信，凄凉湖海寄余生。耆旧[④]风流谁复似？从此，休将文字占时名[⑤]。

杨叔能[⑥]将归淄州，与予别于山阳[⑦]，作《鹧鸪天》词留赠云：“邂逅梁园对榻眠，旧游回首一凄然。当时好客谁为最？李赵风流两谪仙。居接栋[⑧]，稼邻田，与君诗酒度残年。飘零南北如相避，开岁还分垅上泉。”因用其意答之。李赵谓闲闲公与屏山[⑨]也。

【注释】

①“至竟”：究竟，到底。②“向道”：人们一向在说。③“龙门”：科举考场的正门。④“耆旧”：故老。⑤“时名”：当世的名望。⑥“杨叔能”：杨宏道，字叔能，淄川（今山东淄博市淄川区）人，博学。曾荫仕于金。正大元年监麟游（今陕西麟游县）酒税。遭乱南归，为唐州司户。北还，寓家济源。撰有《小亨集》。⑦“山阳”：在河南，属辉州。⑧“接栋”：相连的房屋。⑨“闲闲公”：金礼部尚书赵秉文。“屏山”：李纯甫，字之纯，自号“屏山居士”，宏州襄阴（今河北阳原县）人。入翰林，负士林重名，有“当世龙门”之称。

【赏析】

这首《定风波》作于词人蒙古太宗十年携家返乡，在山阳逗留时。

“白发相看老弟兄，恨无一语送君行。”启笔即写两人在山阳乍逢的场景。首先相看白发，将相别之久、苍容之变及悲喜情状俱都融含在平常的语言之中，“老弟兄”三字，朴实无华却情感最真，蕴含最深。接着写两人相对无语，个中含尽了失国之痛，遭遇之悲，关心之切，此时无语胜千言，“恨”字最是贴切的心头怅惋。

“至竟交情何处好？向道，不如行路本无情”三句达意更妙：从深交不如路人、有情不如情淡的角度揳入，将故友挚情表露到难以复加的地步，正意反出，情感冲击力倍增，同时与前二句造成正反之势，收到奇崛的艺术效果。

下阕由抚今转入忆昔。

“少日龙门星斗近，争信，凄凉湖海寄余生。”“少日”句既谓二人曾经为官而踌躇满志，欲展抱负，又兼谓与代掌文柄之赵秉文、“当世龙门”之李屏山最密。“凄凉”句既言金亡之后自己沦为楚囚，叔能流落颠沛，又言今日泥途相逢。“争信”二字自然折转，将有幸与不幸、壮志与落拓、人生巨变与心中的哀怨勾挂得极为自然。

“耆旧风流谁复似？从此，休将文字占时名。”放目天下文士，谓自己与挚友叔能最为倒霉，反诘用句，情感激愤而力具千钧；悟出厄运原由，全在“时名”。不怨蒙古军侵略，反谓“文名”贾祸，反意切入，使语意更为强烈，同时又与前面一组句子构成错落，产生出结构之美感。

这首词语言平白如话，情感表达却极为沉深，结构营造错落有致，极具匠心和艺术之美。娓娓诉述中，三个两字句，恰如悲切之间的自然叹息，使前后语意、语调形成断断续续的态势，产生出极为强烈的抒情力量，这又从另一个侧面体现出词人选择词牌的独到之匠心。

临江仙　李辅之在齐州，予客济源，辅之有和[1]

荷叶荷花何处好，大明湖[2]上新秋。红妆翠盖[3]木兰舟[4]。江山如画里，人物更风流。　千里故人千里月，三年辜负欢游。一杯白酒寄离愁。殷勤桥下水，几日到东州[5]。

【注释】

①“李辅之”：李天翼，字辅之，固安（今河北固安县）人。贞祐二年进士。历任荥阳、长社、开封县令，有治声，迁右警巡使。金亡，寓居聊城，辟济南漕司从事，以非命死。“齐州”：州名，后魏置，隋改齐郡，唐仍齐州，宋改齐州济南郡，又升济南府。故治在历城县，今属济南。“济源”：今河南济源县。②“大明湖”：湖名，在山东济南北部。《明一统志》载：“大明湖占府城三分之一，弥漫无际，遥望华不注峰若在水中，盖历下城绝胜处也。”③“红妆翠盖”：形容荷花荷叶。④“木兰舟”：舟船的美称，详见《鹧鸪天》［翡翠鸳鸯不自由］“木兰舟”注。⑤“东州”：指济南。因位于济源东，故称。

【赏析】

遗山先生《济南行记》载：“岁乙未（1235）秋七月，予来河朔者三年矣，始以故人李君辅之之故而得一至焉。”又据题注，知这首词作于词人四十九岁携家归忻州，逗留济源时。

“荷叶荷花何处好，大明湖上新秋。”济南的胜景很多，最为广阔而悦目的要数大明湖中的荷花了。词人在《济南记行》中谓为“秋荷方盛，红绿如绣，令人渺然有吴儿洲渚之想”，遂“漾舟荷花中十余里。”为此，词之启篇即以设问句式，言十里荷花妆美了大明湖的新秋，收到先声夺人的效果。

“红妆翠盖木兰舟”描写莲湖泛舟，虽只寥寥七字，但是绿叶接天，红花映日，碧水荡漾，兰舟穿行，十余里的赏荷，让人甚觉快意。

“江山如画里，人物更风流。”读至此处，方知“荷叶荷花”乃是为了烘托“人物更风流”五字的。《中州集·李警院天翼》谓其“材具甚美，且有志于学。与人交，款曲周密，久而愈厚”，是为之“更风流”也。

上阕的烘云而托月，为下阕之怀念作出了坚实的铺垫。

“千里故人千里月，三年辜负欢游。”“千里故人”从空间上言朋友远隔。而这个“千里”还只是济南与济源之间的距离，明朝再启程往忻州，又是一个“千里”，所以，下一个“千里月”便暗引苏东坡“但愿人长久，千里共婵娟”之语聊以自慰。“三年辜负欢游”则是从时间上言离别已久，而明朝济源更北去，又不知还得几个三年才得再次携游。两意夹写，把怀思辅之的情怀表露得异常深婉。

“一杯白酒寄离愁。殷勤桥下水，几日到东州。”济水为古四渎之一，发源于济源之西的王屋山，东流而入山东。词人此处将“一杯白酒”托与“桥下水”，让其把自己的思友之情带给李辅之。“殷勤”夸济水好义，极愿作一番信使，然而又知路程遥远，即使其日夜奔行，也得一些时日才能送达，从而把思友之情表达得形象而灵妙，幽深而隽永。

词的上阕写携游，下阕写思念，语出如家常语，出意却是天成之妙笔，此般效果，得之于情出肺腑和传神的炼字功夫。

附：李辅之和词：“南去北来人自老，落花飞絮悠悠。思君一度一登楼。无穷烟水里，何处认并州。　忽见姓名双泪落，新诗聊浣离愁。若为重醉绣江秋。芙蓉明月下，来往一扁舟。”

清平乐

夜宿奉仙①，与宗人明道②谈天坛③胜游，因赋此词。司马子微④开元十七年中元日，藏《金华丹经》⑤于天坛石室。中兴⑥乱后，人得之，字画如《洛神赋》⑦，缣素⑧亦不烂坏。予于山阳⑨一相识家尝见之。

丹书碧字，细说金华事。试问谁边堪举似？除却青莲居士⑩。

胎仙⑪八表⑫泠风⑬，争教⑭低首樊笼⑮？梦里云裝烟驾⑯，倚天坛影西东。

【注释】

①“奉仙”：济源道观名。遗山先生七绝诗有《太一莲舟图三首，为济源奉先老师赋》。②“宗人明道”：奉仙观道士元明道。宗人：同宗人。③“天坛”：在济源西八十里的王屋山北峰之绝顶。④“司马子微”：《新唐书·司马承桢传》：“司马承桢，字子微，洛州温人……遍游名山，庐天台不出。”天台即指王屋山之天坛。⑤“《金华丹经》”：道教的经典。⑥“中兴”：指金之国号“天兴”。 ⑦“洛神赋”：王献之所书的《洛神赋》。⑧“缣素”：供书画用的绢帛。⑨“山阳”：地名。《地志》：“河东南路怀州山阳县，（金）兴定四年，以修武县重泉村为山阳县，属辉州。”⑩“青莲居士”：李白，号“青莲居士”。⑪“胎仙”：仙鹤的别称。李时珍《本草纲目·禽部一》：“《八公相鹤经》云：鹤乃羽族之宗，仙人之骥，千六百年乃胎产，则胎仙之称以此。世谓鹤不卵生者误矣。”⑫“八表”：即“八表神游”。李白《大鹏赋序》：“余昔于江陵见天台司马子微，谓余有仙风道骨，可与神游八极之表。”八表：八方之外，指极远的地方。⑬“泠风”：清风，小风。《庄子·齐物论》：“泠风则小和，飘风则大和，厉风济则众窍为虚。”⑭“争”：怎么。⑮“樊笼”：此处指天坛石室。⑯“云装烟驾”：指腾云驾雾。

【赏析】

蒙古太宗十年（1238）八月初，遗山先生告别冠氏诸人，携家归乡。八月二十二日入济源寓舍。因足痿病留住下来。次年春游天坛。本词作于游天坛后的夜宿奉仙观时。

“丹书碧字，细说金华事。”词之启笔即直入话题，言唐代司马承桢天台藏经之事，述自己曾览丹书的内容，将本以为传奇之事点得实实在在，为青莲居士李白曾遇司马之事佐证得确凿无疑。石室藏经、经中“细说金华事”，乃道家话题，此处说与道家之人又属同宗的明道，更见词人创作上的严谨。

关于石室藏《金华丹经》事，遗山先生在《通仙观记》中述得更详。文中云：“（唐玄宗）开元中，敕置阳台宫，以居司马炼师……壬辰之变（指金哀宗天兴元年蒙古军围汴京事），人有得炼师所藏《丹诀》于此山石穴中者，曰：‘真元君周览八极，天老相，风后侍……太一与无央仙悠隐于玄中。’其始末大略如此。其《后记》云：‘余留于王屋清虚洞侧，获真篆仙经二品：一曰《元精》，二曰《丹华》……余今不敢泄慢天宝，复藏之名山，以俟其人。”

“试问谁边堪举似？除却青莲居士”二句，用设问形式言除过李白之外，有谁还能够有与司马子微交往的仙缘，从而表露出对谪仙人李白的无比崇仰之情。

“胎仙八表泠风，争教低首樊笼”二句，语接“谁边堪似”而兼谓两人。“胎仙”指鹤，又为道教神名。作者写鹤又是写人，指天生具有仙骨的司马承桢与青莲居士；“八表”又用司马承桢之语而兼誉二人。“争教低首樊笼”，一引李白“安能摧眉折腰事权贵，使我不得开心颜”之名句，一寓《金华丹经》怎能久掩于天坛石室，又是一兼两意，个中还有一层隐意：司马子微的《丹经》我已得到了，青莲居士的诗风我也会继承，其高远的志向已于奇缘中隐隐显露出来。

“梦里云装烟驾，倚天坛影西东”二句便将隐意挑明：我在梦中像二仙一样腾云而驾雾，仗倚天剑、出天坛峰，驰骋南北西东！从而照应了“谁边堪举似”的设问，即李白之外，我亦一人。豪壮之怀收结，磅礴而有声。

遗山先生游王屋山时，在北峰绝顶的天坛之松台谒白云祠（司马承桢号“白云”），拜承桢冢，读承桢碑，结合山阳赏其《金华丹经》之奇事，以与明道谈其事为话题，打破时空界限，把李白的仙遇、司马的仙踪、自己的仙缘巧妙地组合在一起，抒发出自己高远的胸怀，使人读来大有亦仙亦凡、似离奇却真实的奇妙感觉。其《游天坛杂诗十三首》之十二“风期身后复身前，一读丹华似有缘。八表神游吾岂敢，或能摇笔赋垂天”也正好与此种感受相印证。

另外，关于司马承桢的仙踪，遗山先生在《续夷坚志·密崖题字》中也有记载，其文云：“明昌（金章宗年号）末，卢氏山密崖，石壁高峻，非人迹所到。忽有题字云：‘道民天台司马承桢过。’字大如碗，墨色光莹而紫。”

清平乐　己亥春，济源奉先观赋杏花

小桥流水，一径修篁[①]里。走马章台[②]人老矣，只爱明窗净几。

杏花白白红红，花时日日狂风。不是碧壶香供，真成恼破春工[③]。

【注释】

①“修篁”：长长的竹林。②“走马章台”：《汉书·张敞传》：“敞无（不顾）威仪，时罢朝会，过走马章

台街,使御吏驱,自以便面(一种扇子)拊马(策马而行)。"③春工":春季时造化万物之工。

【赏析】

根据题注,知这首词作于蒙古太宗十一年春,时,词人携家返乡逗留于济源。奉仙观:济源的道观,明道居于此观。

“小桥流水,一径修篁里。”启篇二句描写奉仙观的环境:竹林碧翠,曲径通幽,溪水淙淙,小桥拱曲,一派幽优静谧。

“走马章台人老矣,只爱明窗净几。”词人素来酷爱优美的景色,而此处的园林设置亦应深合他的审美取向。然而,见到此景之后,他却莫明其妙地反用张敞走马章台之典,谓其只爱室内明净,厌却此处景致。何因所致?这个悬念留待下阕中去揭示。

“杏花白白红红,花时日日狂风。”原来,穿过这片篁竹就是一片杏林,枝头已是“白白红红”,花团锦簇。不道连日来狂风肆虐,吹得弱花凋落,这对酷爱杏花的词人来说,是最不愿看到的。

“不是碧壶香供,真成恼破春工”二句意思是说,要不是有几枝杏花插在瓶中,我真要恼怒春工摧败花朵了。碧壶香供,是插花供养。反过来说,即春工既然造出杏花这么美好的事物,为何又同时造出狂风这个令人憎恶的东西来?这种假托嗔怪春工而表达酷爱杏花的写法,为他的杏花诗作又添入崭新的一笔。

这首写杏花之作,通过层层反衬、逐次推升的手法,把词人酷爱杏花的情感表达得异常强烈,其出人意料的结尾更让人耳目一新。

水龙吟　同德秀游盘谷[1]

接云千丈层崖,古来此地风烟好。青山得意,十分浓秀,都将倾倒。可恨孤峰,几回空见,松筠[2]枯槁。自都门[3]送别,膏车秣马[4],谁更问、盘中道?

我爱陂塘[5]南畔,小川平、横冈回抱。野麋山鹿,平生心在,长林丰草。婢织奴耕,岁时供我、酒船茶灶[6]。把人间万事,从头放下,只山间老。

【注释】

①“德秀”：史庭玉，字德秀，济源人，后居山阳。“盘谷”：在济源北二十里。韩愈《送李愿归盘谷序》有“太行之阳有盘谷”句。②“松筠”：松与竹，因岁寒不凋，故借喻人的高尚坚贞之情操。③“都门”：此处指长安。④“膏车秣马”：唐韩愈《送李愿归盘谷序》：“膏吾车兮秣吾马，从子于盘兮，终吾生以徜徉。”膏车：为车上油。秣马：给马喂料。俱为准备启程意。⑤“陂塘”：塘池。⑥“酒船茶灶”：船形的酒杯和烹茶的小炉灶。喻闲逸恬适的生活。

【赏析】

这首词作于遗山先生携家归乡逗留济源，与史德秀偕游时。其时还有七律《同德秀求田燕川，分得同字》一首。燕川，在盘谷。

“接云千丈层崖，古来此地风烟好。”首二句紧扣“盘谷”之题意：“接云千丈”写崖高而知谷深，“层崖”写岩峦重叠而知移步赏景。“此地风烟好”言其云飘烟荡，景观变幻，风光无限。“古来”二字寓自古此处有名士，留过不少文坛佳话，如卢仝因济井而称“玉川子”，韩愈因送李愿归此而成就千古名篇等，从而把“此地风烟”渲染得厚重无比，令人向往。

“青山得意，十分浓秀，都将倾倒”三句紧承前二句，言此处的青山因人文之美而自得，拿出十二分的精神来妆秀自己，以表达倾倒古贤的敬意。主客体颠倒写来，津趣无穷。

“可恨孤峰，几回空见，松筠枯槁”三句突生变奏。从写实来看，层崖烘托，孤峰耸起，因高因峭而使得松竹枯槁。从“可恨”读来，便知孤峰在喻词人自己，是将他志节高远却为时势所弃，一腔孤独之情尽付绝峰。

“自都门送别，膏车秣马，谁更问、盘中道？”韩愈送李愿句中，曾有“膏吾车兮秣吾马，从子于盘兮，终吾生以徜徉”，此处要说的是自韩愈名篇闻世之后，此谷便无人问津，慨叹之余，为下阕开拓出极大的空间。

“我爱陂塘南畔，小川平、横冈回抱。”上阕写盘谷时，只拣层崖孤峰入笔，故意忽略了盘谷中的“陂塘”“小川平”。此处以“我爱”领起，转笔这个小川平：有川有水，冈峦环抱，已见欲居处环境之美。

“野麋山鹿，平生心在，长林丰草。”此三句绘写了谷中草丰林茂，动物详和，又为词人平生固有的归隐山林之愿辟出一个桃园之境。

“婢织奴耕，岁时供我、酒船茶灶。”此二句设想居入此谷后的状况：男耕女织一派融乐，酒船茶灶逸趣满满，岁岁如此，岂不是地行仙般的生活！

“把人间万事，从头放下，只山间老。”词至尾处，综说理想，诚能如是，便与长林麋鹿、盘谷胜景相伴终生，人生之乐夫复何求？“从头放下”四字既反思了坎坷经历，又满含今是昨非的感悟。在深隐山林的意念中，把曾经的痛楚夹杂其中，幽悠不绝。

这首《水龙吟》名为游盘谷，实则是以之为由而抒发自己的情怀。从思想感情上看，上阕由景观之雄列，烘衬孤峰之枯槁以喻词人的状况，凸出一个“恨”字。下阕围绕对谷中环境之爱，表达了脱出羁管后隐居山林的思想，该念本为固有，此际顺应天成，“把人间万事，从头放下，只山间老”便是最为切合的心语。

从词境方面看，上阕叹韩愈之后，盘谷的人文底蕴断层，下阕由自己的居隐，使此谷显示得逸气洋溢。上下阕间错纵用笔，正显词家之妙。究其实，词人的这首词及《同德秀求田燕川，分得同字》等佳作，已经把韩愈之后的空档填充得满满当当的了。

鹧鸪天

华表归来老令威[①]，头皮留在姓名非。旧时逆旅黄粱饭[②]，今日田家白板扉[③]。　沽酒市，钓鱼矶，爱闲真与世相违。墓头未要征西字[④]，元[⑤]是中原一布衣。

【注释】

①“华表”句：用“丁令威化鹤归辽”典，详见《水调歌头》［石坛洗秋露］“城郭”句注。②“黄粱饭”：用“黄粱梦”典。详见“《太常引》［五云楼观日华东］“邯郸道”注。③“白板扉”：未涂油漆的木板门，代指屋舍简陋。④“征西字”：曹操《让县自明本志令》：“欲望封侯作征西将军，然后题墓道言‘汉故征西将军曹侯之墓’，此其志也。”⑤“元”：本来。

【赏析】

这首《鹧鸪天》作于词人五十岁携家初归忻州时。

“华表归来老令威，头皮留在姓名非。”首句以学仙归乡的丁令威自比，颇有欣喜之感，而次句却突然闪出苍凉之情：“头皮留在”言自己经历围城劫难、被虏押解等等生死一线后，侥幸留得一条性命，语出诙谐却心悸有余。“姓名非”则寓意更深，谓自己原属“金”姓，今日却莫明其妙地将姓属丢掉了，改属“蒙”姓吧，自己又绝然不同意，结果弄得自己也不知道是谁了。遗臣之志含而不露。

“旧时逆旅黄粱饭，今日田家白板扉”二句，前者忆往昔，检讨自己追求仕途之不值，“逆旅”谓旅馆，到处作客。“黄粱”言梦幻一场。后句写归乡之欣慰，“田家”，普通人家之意，“白板扉”寓陋室。二句由“旧时”与“今日”构成对比，流露出万般无奈的心情。

“沽酒市，钓鱼矶，爱闲真与世相违”三句，以古代隐士的闲逸之趣起兴，言自己从此隐遁山居，不再沾染尘俗的志向，不仅照应了上阕的“田家白板扉”之生活真趣，而且将遗臣之志再次揭示出来。“真与”二字看似轻脱潇洒，实则果断坚毅，意蕴深长。

“墓头未要征西字，元是中原一布衣”二句，先反用曹操墓头题字之典，言自己从此将把往日的豪情壮志尽皆放下，尽情地享受“沽酒市，钓鱼矶”的闲逸生活。“元是中原一布衣”之句，在前两次的铺设之后，自然地流出自己坚守遗臣之志而不事新朝的心语，于回应“华表归来老令威”中揭示主题，收结全篇。

这首词的主题是写词人脱管之后不事新朝之主题的，故而，文中用典用例、拈词出句无不紧扣这个中心而分层逐次地写来。语言庄中含谐，述意却郑重严整。同时也可以从作品中体会出词人携家归里时的那份十分自慰的心情。

鹧鸪天

拍塞[①]车箱满载书，梁鸿元与世相疏[②]。只缘携手寻归计，不恨埋头屈壮图。　　苍玉砚，古铜壶，坐看儿辈了耕锄。年年此日如川酒，千尺青松尽未枯。

【注释】

①“拍塞”:充满,充斥。②“梁鸿”句:东汉梁鸿博学而不愿出仕,与其妻孟光隐于霸陵山中,以耕为业。因作《五噫歌》而被肃宗怒寻,故隐名齐鲁,又迁于吴地,寄居皋伯通处,为人舂米度日。后著书十余篇而传世。

【赏析】

这首《鹧鸪天》作于词人携家回忻州之初。

“拍塞车箱满载书,梁鸿元与世相疏。”首句言词人归乡时,人虽困穷,书却满载,暗为下文伏了一笔。次句用梁鸿屡次避离朝廷之事,以喻自己远离新朝之志。二句之中,一“满”一“疏”正是自己与梁鸿有志一同的地方。

“只缘携手寻归计,不恨埋头屈壮图。”梁鸿曾携妻隐于霸陵,自己则携家归隐系舟山,其事其志何其相似。故而“携手”二字亦有与梁伯鸾共“寻归计”之意。梁鸿勤奋博学而以耕织为业,自己虽有壮志,却因朝改代换而甘于退隐,此种“屈壮图”则有过之于伯鸾了。此处只言“埋头”,不谓“低头”,一字之别而大相径庭。

“苍玉砚,古铜壶,坐看儿辈了耕锄”三句承接上阕之“满载书”,谓自己饮酒做诗,教儿耕读,巧妙地将“屈壮图”易作课儿图,隐耕隐读之趣又有胜于梁鸿。

“年年此日如川酒,千尺青松尽未枯”二句,以“如川酒”喻田园之乐,用“千尺青松”寓不凋之志,借物申怀,逸气高扬。

词的上阕用梁鸿故事喻词人深隐家山的志节,下阕以田园之兴体现对归乡生活的满足。语言平白明快,情致潇洒出尘,充分体现了词人摆脱羁管、返回家园时的轻快心情。

人月圆　卜居外家东园[1]

重冈已隔红尘断,村落更年丰。移居要就、窗中远岫,舍后长松。　十年种木，一年种谷[2]，都付儿童。老夫唯有、醒来明月，醉后清风。

【注释】

①“卜居”：以占卜而择地建舍。“外家”：此处同“别业”，即祖居之外另建的居所。遗山先生四十八岁时，欲携家归里，但因韩岩村祖居已成焦土，遂卜宅相，于系舟山北麓新建居宅，因在韩岩村之东，故称“东园”。此村也因元好问而名为“元家山”，今该村多为元氏后人。清乾隆间，忻州知州汪本直《重修元遗山先生墓记》有云：为觅守墓人，“乃更求其裔于元家山，从田间得二人，为叔侄行，问其世数，不能详也。”②“十年”二句：《管子·权修》：“一年之计，莫如树谷；十年之计，莫如树木；终身之计，莫如树人。一树一获者谷也，一树十获者木也，一树百获者人也。”

【赏析】

这首《人月圆》作于携家归乡之初。

“重冈已隔红尘断，村落更年丰。”启篇二句言冈峦重重，言远离尘嚣，更谓村社农家因岁丰而欢欣，活画出一幅山居之乐图来，并以之而铺开下文的叙写。

“移居要就、窗中远岫，舍后长松”由面而点，描绘新居状况；安卧榻上，巍巍的系舟山扑面而来；环舍踱步，“百尺长松绕茅舍”（《外家别业上梁文》）。一高一下，一远一近，把新居的环境烘托得奇美无比。且前应“移居要就”，上应“卜居”之灵秀，又收到结构绳紧的效果。

上阕侧重于东园环境之幽美的描写，下阕转笔于宅居心境的抒发。

“十年种木，一年种谷，都付儿童”明引《管子》之语，描绘了儿辈从事农桑的景状。“都付儿童”四字，一副甩手的样子中，亦含儿辈长成的欣慰，更将闲居山村后课诵儿辈，“终身树人”之意隐含不露，留出令人咀咏的空间。

“老夫唯有、醒来明月，醉后清风”暗借苏东坡《前赤壁赋》中“惟江上之清风，与山间之明月，耳得之而为声，目遇之而成色，取之无禁，用之不竭”之意，把四时惬怀、朝夕唯酒的闲逸之趣刻画得惟妙惟肖。

全篇围绕“卜居外家东园”的中心话题，绘景绘形，表意抒情，把初居山村时无比畅慰的情怀刻画得灵妙无比，令人品味不尽。

促拍丑奴儿　乡邻会饮，有请予增损旧曲者，因为赋此

无物慰蹉跎。占一丘、一壑婆娑[①]。闲来点检[②]平生事，天南地北，几多尘土，何限[③]风波。　花坞[④]与松坡，尽先生[⑤]、少小经过。老来诗酒犹堪任。家山在眼，亲朋满座，不醉如何？

【注释】

①“婆娑”：淹留。②“点检”：检查，反省。③“何限”：多少，几何。④“花坞”：四周高起，中间凹下的花圃。⑤“先生”：词人自指。

【赏析】

这首词作于词人携家归乡不久。

“无物慰蹉跎。占一丘、一壑婆娑”。欲写为人增损旧曲之事，先谓无所事事，每日里只靠登丘行壑来淹留时间，为有得事做伏了一笔。

“闲来点检平生事，天南地北，几多尘土，何限风波”数句，进一步写无所事事中，没事找事。“点检”二字领起，回顾自己四海奔波，因之而求得仕途，也因之而惹祸上身。说是闲来之忆，却是十分郑重地对大半生经历的反省。

下阕转写增损旧曲与会饮之事。

“花坞与松坡，尽先生、少小经过。”这两句点出“旧曲”中所写的物事，并说这些东西自己都曾熟悉，言外之意即是增删修改起来得心应手。“少小经过”四字看上去平平淡淡，骨子里却含蕴着词人营构文字忠于见历的严谨态度。

“老来诗酒犹堪任。家山在眼，亲朋满座，不醉如何？”“诗酒”二字，上谓堪当“增损”之任，下谓感承“乡邻会饮”，过接十分自然。随后着笔于“会饮”：“家山”下酒，亲朋咸乐，如此情境正是开怀畅饮的极佳状况。“不醉如何”的反诘，把“会饮”之况烘托得热烈异常。也由此而回题，收结全篇。

这首词写的是为人“增损旧曲”之事，反衬的却是自归乡以来的清闲之身；写的是

与“乡邻会饮”,折射的是词人与乡亲们亲密无间的关系。语言平白如话,述事却十分精炼而深邃。此外,“无物慰蹉跎”说的是清闲无事,折映的却是他那份历史担当的急迫之心。为此,从己亥秋返乡,到次年十月,仅仅在乡一年后,他又开始了晚年的奔波之路。

鹧鸪天

白白红红小树花,春风满意与铅华①。烟宵②自属千金马,月旦③真成两部蛙④。　诸葛菜⑤,邵平瓜⑥,白头孤影一长嗟。南园⑦睡足松阴转,无数蜂儿趁晚衙⑧。

【注释】

①“铅华”:古代女子搽脸的粉。此处喻花。②“烟宵”:亦作“烟霄”,指云霄。比喻显赫的地位。③“月旦”:“月旦评”典。《后汉书·许劭传》载:东汉时,汝南平舆人许劭,与其兄许靖具有高名,经常品评人物,每月更换品题,时人称为“月旦评”。④“两部蛙”:用“两部蛙吹”典。《南齐书·孔稚珪传》载:“稚珪风韵清疏,好文咏,饮酒七八斗……不乐世务,居宅盛营山水,凭机独酌,傍无杂事。门庭之内,草莱不剪,中有蛙鸣。或问之曰:‘欲为陈蕃乎?’稚珪笑曰:‘我以此当两部鼓吹,何必期效仲举(陈蕃)。’”两部鼓吹,本指有坐、立两部乐队演奏音乐,后比喻蛙鸣。“蛙吹”亦比喻乐声合鸣。⑤“诸葛菜”:即蔓菁。唐韦绚《刘宾客嘉话录》:“三蜀之人,今呼蔓菁为诸葛菜,江陵亦然。”⑥“邵平瓜”:用“东陵瓜”典。详见《水调歌头》[苍烟百年木]“故侯瓜”注。⑦“南园”:词人之家园,因在村(今忻州元家山)之南端,故称。⑧“衙”:即蜂房。

【赏析】

根据词意,知这首词作于词人携家归乡后。

“白白红红小树花,春风满意与铅华。”首句写村中的桃、杏、梨等花陆续开放,“白白红红”叠用,渲染出一派花事热闹、春意盎然的氛围。次句用拟人手法,谓春风为之搽粉饰美,实为词人酷爱家乡春景的特殊感情之流露。

“烟宵自属千金马,月旦真成两部蛙。”“千金马”即千里马,用“千金买马骨”典,以喻朝廷依重之官员。而“烟宵自属千金马”反意则是与己无关,表达的是词人不事新朝的志节。“月旦”用许劭的月更品题,言一切评价都已无意义。“两部蛙”用乐队之合奏、孔稚珪之闲趣,喻山村的虫唱鸟鸣和词人怡适之状况。此二句两意逆写,取舍自见。

写罢山村的自然环境后,下阕转写回乡后的田园之趣。

“诸葛菜,邵平瓜,白头孤影一长嗟。”前句写种菜、点瓜之乐,“诸葛”“邵平”两名人的选用,寓才智、寓躬耕、寓志节,极尽妙意。“长嗟”则转意为长吟、长啸,抒发出侍弄田园中自怡的心情。

“南园睡足松阴转,无数蜂儿趁晚衙。”此二句写午觉之甜。“南园”已见田园之悠,“睡足”更显无忧而自怡,“松阴转”巧用日转影移,把“睡足”申展得舒泰无比。这一觉直睡至日头偏西,才伸展腰肢,出户观赏群蜂归巢,此境之描绘,承前转后,二美俱得,真可谓妙笔天成。

这首《鹧鸪天》借景言情,语畅意足,典语亦心语,把词人脱羁归乡后的诸般心事抒写得酣畅淋漓,余味不绝。

点绛唇

玉蕊轻明,洗妆[①]偏费春风手。韵香襟袖,别是闺房秀。　锦瑟华年[②],□醉东园[③]酒。西归[④]后,旧家花柳,谁得何郎瘦[⑤]。

【注释】

①“洗妆”:《唐余录》:“洛阳人家,梨花开时,多携酒树下,曰为梨花洗妆。”②“锦瑟华年”:用李商隐《锦瑟》“锦瑟无端五十弦,一弦一柱思华年”句,借指词人五十余岁。③“东园”:此处指词人忻州的新宅处元家山村,因在祖居韩岩村之东,故称。④“西归”:指词人从山东冠氏携家西归忻州事。⑤“何郎瘦”:《世说新语·容止》载:何晏仪容美貌,脸色白皙。魏明帝怀疑他搽了粉。时当夏暑,就给何晏吃热汤面。何晏吃后,大汗淋漓,便用衣服擦汗,脸色更加白净明亮了。此处喻指白洁的梨花。

【赏析】

根据词意和"锦瑟华年",知这首词作于词人携家归乡后的次年春。

"玉蕊轻明,洗妆偏费春风手。"首句从梨花的形、质、色着笔,谓其初绽而吐蕊,洁白而晶莹,迎风而轻摇。次句用奇特的想象,谓春风为了人们的洗妆,费尽心力把梨花打扮得十分诱人。"偏费"二字空灵活跳,耐人寻味。

"韵香襟袖,别是闺房秀"二句再从其香气、韵致描绘,更以特美之少女作喻,使之更寓含了灵异之美。

上阕侧重于对主体的描绘,下阕转从词人的观赏烘托。

"锦瑟华年,□醉东园酒"二句,以"锦瑟华年"喻词人赏梨花时的年龄,奇特的联想为梨花之美增润了一笔。"口醉东园"言赏花的地点,赏花的心境,遥接"洗妆",从侧面烘托了梨花之诱人。客笔烘主,奇效顿得。

"西归后,旧家花柳,谁得何郎瘦。"一以何晏白皙之美喻梨花,"谁得"二字言其难有媲美;二用"旧家花柳"与之作比,暗喻东园之佳。而两意夹写,更在突显"西归后"词人无比快慰的情怀。反复比衬,妙意无穷。

这首作品在词句鲜丽、新奇之外,更用了拟人、比喻、比较和典故等众多手法,使短短的一首词作满是强劲的张力。

木兰花慢

赋招魂九辩[①],一尊酒,与谁同?对零落栖迟[②],兴亡离合,此意何穷?匆匆,百年世事,意功名、多在黑头公[③]。乔木萧萧故国[④],孤鸿澹澹[⑤]长空。

门前花柳又春风,醉眼眩青红。问造物何心,村箫社鼓[⑥],奔走儿童。天东,故人好在,莫生平、豪气减元龙[⑦]。梦到琅邪台[⑧]上,依然湖海沈雄[⑨]。

【注释】

①"招魂九辩":"招魂",《楚辞》中的篇名,屈原作,因悲楚怀王客死于秦而招其魂。"九辩":《楚

辞》中的篇名,宋玉所作,主要抒写了诗人落拓不遇的悲愁和哀愤。②“零落栖迟”:失意而飘泊衰败的样子。③“黑头公”:《世说新语·识鉴》:“诸葛道明初过江左,自名道明,名亚王、庾(王导、庾亮)之下。先为临沂令,丞相(王导)谓曰:‘明府(对太守的尊称)当为黑头公。’”黑头公:即在壮年时位列三公。④“乔木”句:喻金国衰落灭亡。乔木:高大的树木。萧萧:草木摇落声。⑤“澹澹”:广漠的样子。⑥“村箫社鼓”:乡村社日时箫鼓欢乐的样子。⑦“豪气元龙”:指陈登的豪怀。详见《水调歌头》[形神自相语]“许汜卧床下”注 。⑧“琅邪台”:在山东诸城县东南的琅邪山上,秦始皇刻石记功之处。⑨“沈雄”:深沉而雄健。

【赏析】

根据词意,知这首《木兰花慢》是词人返乡之后寄与友人,以作共勉之作。

“赋招魂九辩,一尊酒,与谁同?”《招魂》是屈原悲楚怀王而招其魂归的,《九辩》则是宋玉抒写落拓不遇的哀愤之作。词人入笔即移用之,非常明白地表达出深切哀悼金哀宗,及抒发自己的孤臣之怀。“一尊酒,与谁同”便将孤臣之心无与诉说而借酒浇愁之意点出,铺开下文。

“对零落栖迟,兴亡离合,此意何穷?”“对”字领起,先谓故国不存,群臣离散,自己飘泊。“此意何穷”反诘而出,感愤之力十分强劲。此为述怀之第一层。

“匆匆,百年世事,意功名、多在黑头公”中,“百年世事”之“匆匆”,接上述而再谓金之一百二十年的短暂,又叹自己从进取到梦灭的一瞬,语虽浅浅,悲意却极深。“意功名、多在黑头公”虽借王导之语,却无王导之意,个中深含的是自己满头白发了,虽有效国之心,却无复国之力。语意隐晦,引人揣摸。此为述怀之第二层。

“乔木萧萧故国,孤鸿澹澹长空”为述怀之第三层,借“乔木萧萧”和“孤鸿澹澹”之象,抒发出词人故国消逝未远和自己欲为之竭尽绵力的决心。

下阕由自伤而转入世情之伤。

“门前花柳又春风,醉眼眩青红”言春风花柳又一年,暗接上阕之“匆匆”。“醉眼”谓自己,“青红”喻世人,从而转笔于对世事中浑浑噩噩之人的刻画。“眩”字牵接两边,含意极为深切。

“问造物何心,村箫社鼓,奔走儿童”将隐意挑明了:“问造物何心”,质问其为何要在故国悲去、自己寒心之际,偏偏要造出什么“花柳青红”来,让世人忘却悲痛,沉醉于

“村箫社鼓”。于浪漫之笔和反衬手法中，把自己不忘故国的情怀烘托得甚为强烈。

“天东，故人好在，莫生平、豪气减元龙”三句，将赋这首词的主旨揭示出来：“天东”，谓受赠此首作品的人在遥远的东方，当指仍在冠氏或东平的遗臣，“好在”言其国难之际有幸存生，“生平” 谓其曾有的壮志，从而把自己与故人的共同遭逢绳结在一起，而后用休减元龙湖海之气以共勉。

“梦到琅邪台上，依然湖海沈雄”二句，把词人与友人、山西与山东、自己的“孤鸿长空”与友人的“湖海沈雄”归拢在一起，由“梦”到琅邪台之记功处，把为故国以尽遗臣之志的赤诚道得磊落而慷慨，同时照应首句，令人激荡。

这首词起句突兀，中间幽伤，结尾沉雄，构成了起伏跌宕的抒情效果。特别是尾处以琅邪记功台述己之志，使人真切地触摸到词人那份欲为亡金修史，不到竟功绝不罢笔的心志。事实上，不久作者便辞乡东去与故人相会了。

鹧鸪天

短发如霜久已拚[①]，无冠可挂更须弹[②]。初闻古寺多伥鬼[③]，又说层冰有热官[④]。　闲处坐，静中看，时情天意酒杯干。篱边老却陶潜菊[⑤]，一夜西风一夜寒。

【注释】

①“拚”：舍弃，割舍。②“无冠”句：无官可做而洁身自好。挂冠：辞官。《后汉书·逢萌传》：“萌谓友人曰：‘三纲绝矣，不去，祸将及人。’”即解冠挂东都城门。归，将家属浮海，客于辽东。弹：弹冠。《楚辞·渔父》：“新沐者必弹冠，新浴者必振衣。”意为洁身自好。③“伥鬼”：亦称“虎伥”。古时传说有人被虎啮死后，鬼魂为虎服役。虎行求食，伥必与俱，为虎前导。④“层冰热官”：冰冷地方的炙手可热之官。⑤“篱边”句：杜甫《秋尽》：“篱边老却陶潜菊，江上徒逢袁绍杯。”

【赏析】

根据“短发如霜”“篱边老却”，知这首《鹧鸪天》作于词人携家归里之后。

“短发如霜久已拚，无冠可挂更须弹。”首句以如霜短发谓年岁，“久已拼”谓舍弃名利，不事新朝之志。次句言已是遗臣而无官可辞，洁身自好而闲隐乡中之趣，以引静处家中而冷眼洞事的议论。

“初闻古寺多伥鬼，又说层冰有热官。”此二句从字面上看，是说荒古的地方也有为虎作伥的人，即使是凉冷之地也有热衷于名利的官吏。个中隐指的当为引狼入室、戕害金臣的崔立之党，和热衷高官、趋附蒙元之人。言词犀利而讽意十足。

“闲处坐，静中看，时情天意酒杯干”写词人端居家山而冷眼观世界。闲、静言其高怀，“酒杯”显其豁达，而“时情天意”则涵尽了眼中的物事，大者朝改代换、陵谷之变，小者伥鬼助虐、层冰热官，世间形形色色之态，都被一个“干”字而看透看彻，一饮而置之。

“篱边老却陶潜菊，一夜西风一夜寒。”前以陶渊明自况，谓其家山闲适的生活之趣。然而，词人是一位以历史使命自任的人，因而于闲逸之中揳入“老却”二字，把自己在当时那种社会环境中的无奈、不甘和悲叹的心情杂陈其中，并将之外化为“一夜西风一夜寒”，把篱边之菊吹残，把篱边之人催老，于怅怀无尽中收结全篇。

词的上阕用怅鬼和热官反衬了词人的遗臣之志，下阕以陶潜自况却又增添了怀故国而忧时世的感慨。“一夜西风一夜寒”正是这种愁思的真实写照。

鹧鸪天

枕上清风午梦残，华胥①东望海漫漫。湖山似要闲身管，花柳难将病眼看。　三径②在，一枝安③，小斋容膝④有余宽。鹿裘孤坐千峰雪，耐⑤与青松老岁寒。

【注释】

①“华胥”：《列子·黄帝篇》：“（黄帝）昼寝而梦，游于华胥氏之国。华胥氏之国在弇州之西，台州之北，不知斯齐国几千万里。盖非舟车足力之所及，神游而已。其国无帅长，自然而已；其民无嗜欲，自然而已……黄帝既寤，怡然自得。”②“三径”：《太平御览·高士传》：“蒋诩字元卿，杜陵人，为兖州刺史。

王莽为宰衡，诩奏事到灞上，称病不进，归杜陵。荆棘塞门，舍中三径，终身不出。”汉赵岐《三辅决录·逃名》：“蒋诩字元卿，舍中竹下开三径，唯求仲、羊仲从之游。”③“一枝安”：《庄子·逍遥游》载：尧闻许由贤德，想把天下让给他。许由说：您治理天下，天下已经安定了，“鹪鹩巢于深林，不过一枝”。意即自己已有一处安居之所，别无奢望。④“容膝”：言居室狭小。源于“容膝之安”典。汉韩婴《韩诗外传》卷九：“今如结四列骑，所安不过容膝；食方丈于前，所甘不过一肉。”陶渊明《归去来兮辞》：“倚南窗以寄傲，审容膝之易安。”⑤“耐”：愿。

【赏析】

这首《鹧鸪天》当作于词人携家归乡之后不久。

“枕上清风午梦残，华胥东望海漫漫。”词人初挈家归乡后，顿有身释重羁之感，然而也有故国不存、庶民不安之忧，故而，首句写午觉之清逸，次句忧民安之无期，构成一组矛盾，流露出怀国忧民的愁绪。

“湖山似要闲身管，花柳难将病眼看”又是一组矛盾句。携家归乡后，词人的新宅南倚系舟嵬，东傍玉泉山，西绕牧马河，北萦云中水，这些美丽的山山水水从此便由自己经管了。然而，“似要”二字却又将这些美好模糊起来，为什么呢？“花柳难将病眼看”便作了释解，字面上看，是言年事已高，潜意却在追求甚多，任重道远而闲居不下来。二句出得新奇，“似要”与“难将”又下得巧妙，稳切，将前后二句构成流水对仗而一气呵成。

词人心知家乡虽美，但是不能久恋，便将及时安享忻州视为珍贵的时日而自然转向下阕的铺写。

“三径在，一枝安，小斋容膝有余宽”三句，先描写身居山村之闲适。“三径”谓幽隐，“一枝”谓安居，“小斋”则满含陋室之趣。三句三典，言极简而蕴含极深。

“鹿裘孤坐千峰雪，耐与青松老岁寒。”词人所居之山村，正在系舟山北麓，冬来千峰披雪，万松苍劲，甚为壮美，词人拥鹿裘而赏山景，抒豪怀于“老岁寒”。情景交融，寄寓遥深，并将词境推上了高峰。

这首词融典丰富，语言华采，读来流动畅怀。词境营造上，由“清风”启笔，“湖山”“花柳”承接，“小斋”作转，松雪收结，笔意逐势而高，境界也渐次而开。

行文中，又隐隐中设置了一条暗线。首句以“梦”揳入，次句用“华胥”梦作释，“似要”“难将”暗作过渡,“耐与青松老岁寒”将晚年为消除野蛮统治、恢复中原文化及抢救金史的宏志大愿树了起来。

鹧鸪天

偃蹇[①]苍山卧北冈[②],郑庄场圃[③]入微茫[④]。即看花树三春满,旧数松风六月凉。　蔬近井,蜜分房[⑤],茅斋坚坐有藜床[⑥]。傍人[⑦]错比扬雄宅[⑧],笑煞韩家昼锦堂[⑨]。

【注释】

①“偃蹇”:高耸的样子。②“北冈”:系舟山北麓的玉泉山,今元家山村所在处。③“郑庄场圃”:郑玄的田园。此用“郑公乡”典。郑玄是东汉时著名的经学家,他游学后返回家乡北海高密,深受北海相孔融的敬重。孔融令高密县设“郑公乡”,并“广开门衢,令容高车,号为通德门”。④“微茫”:隐隐约约,景象模糊。⑤“蜜分房”:蜜蜂飞出飞入地在各自的“分格”中酿蜜。⑥“坚坐藜床”:《三国志·魏书·管宁传》注“高士传”:“管宁自越海及归,常坐一木榻,积五十余年,未尝箕股(伸开腿),其榻上当膝处皆穿。”藜床:藜茎编成的床榻。亦泛指简易的坐榻。古人之坐为两膝着地而跪。⑦“傍人”:即旁人,别的人。⑧“扬雄宅”:扬雄,字子云,西汉著名的辞赋家,蜀郡人。他在岷山之阳少有田宅,因家贫,门前冷落,极少有车马往来。⑨“韩家昼锦堂”:宋代韩琦为宰相,在相州(今河南安阳)建厅堂。因项羽曾有“富贵不归故乡,如衣绣夜行,谁知之者”,又曹操曾对张既说“还君本州,可谓衣绣昼行矣”,鉴于上述二语,韩琦便反项羽之言而直用曹语,命其厅堂为“昼锦堂”。

【赏析】

这首《鹧鸪天》作于词人挈家归忻州的次年之春末夏初。

“偃蹇苍山卧北冈,郑庄场圃入微茫。”词人归乡的前一年,因韩岩村“先人之敝庐,可怜焦土”(《外家别业上梁文》),便于故居之东的系舟山麓建一新宅,携家而归后便与编户细民杂处。首句描绘的便是词人身在玉泉山丘而仰观逶迤的系舟山高峻,体现着居处非凡。次句写回首北望,由谷场而层层的田地,由梯田而遥遥的平川。“微茫”二字以景物模糊而谓视野之开阔,由视野而显出心境之大开,揭示出身历坎坷危难后,全家终于得安全和从此身卧田园的快慰心情。“郑庄”之典将自得的心境道得十分自然。

“即看花树三春满,旧数松风六月凉。”“即看”句描写眼前的春景:入目的桃杏之花相继怒放,把整个儿春天涨得满满的。“旧数”句由深春而遥想六月盛夏:六月天本是遍地流火、暑热难当的季节,然而新居建在了系舟山阴的玉泉高冈,即使是炎暑之时,此处亦会松风阵阵,凉快无比。

上阕侧重于描绘环境之美,更把词人自己融入和谐的自然之中。下阕转写其生活状况。

“蔬近井,蜜分房,茅斋坚坐有藜床。”三句三个典型的画面:“蔬近井”写农事,因为蔬园近井,举手即可灌遍,劳作轻松,蔬绿茵茵,意绪欣欣。“蜜分房”是另一种碌忙,浇灌后的菜花齐放,群蜂飞来飞去,采粉酿蜜,又似乎在感激着灌园之人。“茅斋坚坐”写的是劳作之余的清闲自逸,此“坚坐”虽然借了管宁之典,说的却不是膝洞藜床,而是坚守田园,追求隐逸的生活乐趣,从而揭示出词人的田园情操。

如上三个画面两实一虚。两实中互映互补,情趣盎然而不雷同;一虚是在两实的铺陈下自然而出,又得以升华,从而自然地趋向全篇的中心。

“傍人错比扬雄宅,笑煞韩家昼锦堂。”此二句用了两个典故作比:“扬雄宅”之比,谓旁人说对了一半,说偏了一半。对者指贫困相似,文章相似;偏者是扬雄在追求着富贵,自己却是甘放富贵。差比之中含着自信,含着志向。“昼锦堂”之比则是彻底的否定,也是词人不慕荣华、不事新朝而自甘淡泊的誓言,从而也推出了全篇的中心。此二句中,“错比”二字否定中有肯定,肯定中含自负;“笑煞”二字嘲意满满,语意铮然,分寸把握得十分稳切。

词的上阕以环境之优烘托山居之美,下阕以作息之怡表达幽悠之趣。语言隽美,经营得体,自如的用典更使全篇增强了内涵的深度和广度。

鹧鸪天

身外虚名一羽轻,封侯何必胜躬耕。田园活计[①]浑[②]闲在,诗酒风流属老成[③]。　三会水[④],半山亭,村村花柳自升平。锦城未比还家好[⑤],何处而今有锦城?

【注释】

①“活计”:生计,谋生的手段。②“浑”:都,皆。③“老成”:阅历多而练达世事。④“三会水”:即“三会泉”,一名“龙液泉”,一名“吕布泉”,一名“娘娘池”,在系舟山之最高峰柳林尖(当地称丛蒙山)下。三泉并出合流,四时不涸。因近西霍、中霍、东霍村,又名“三霍泉”。“三霍清泉”为定襄古八景之一。后之乡贤明代党承志《牧水环城》诗有“欲通三会蒙山下,看取扁舟落钓湾”句。⑤“锦城”句:李白《蜀道难》:“锦城虽云乐,不如早还家。”锦城:锦官城,成都的别称。

【赏析】

这首《鹧鸪天》作于词人返乡后。

“身外虚名一羽轻,封侯何必胜躬耕。”词之入笔便以封侯拜相不比躬耕田亩的警策之语,表露出脱羁而归乡后特殊的思想情感,为下文作出启笔。

“田园活计浑闲在,诗酒风流属老成。”缘上述之语,此二句谓闲情,谓逸趣,把归乡后“躬耕”之乐阐发得甚是细微。然而,隐隐中亦含着自伤和自我宽慰的纠结之情。

“三会水,半山亭,村村花柳自升平。”此三句转入环境描写。丛蒙山是系舟山的主峰,三会泉与“雨霁侯庙”等景物又将丛蒙山点缀得更为诱人。前二句言山水美中,蕴含着人人闲适的状况。“村村花柳”由点而面,描绘了战事久息后,偏隅于大山之处的和乐景象。“自升平”中,明谓村乐之自然而然,实谓余人在乐而不知词人在伤,从而将既怀故国之悲、又喜民生复归平静的心境揉合得自然无痕。

“锦城未比还家好,何处而今有锦城?”李白说“锦城虽云乐,不如早还家”,词人缘其意而云:真的还家好,一梦今始醒,家山处处胜汴京。行文至此,突然跳出一句“何处而今有锦城”来,即故都故国何处有?一腔悲意又袭上心头。结尾一句突兀而出,跳跃度很大,细想来,主旨尽由此出。词人心怀故国的情怀凝结一处,喷涌而出,荡远不绝。

“身外虚名一羽轻”是词人固有的思想,为此,当进士及第而遭谤时便拂袖而去,史馆工作觉得空耗生命时请长假而归。而此处之“轻”却赋有另一层深意,即半生所追求的梦想真的成空了,今日返乡,已自躬耕桑田,何必理会新朝抛出的橄榄枝呢?不事蒙古的心志昭然而见。

浣溪沙　外家种德堂①

墙外桑麻风露深，堂前桃李有新阴。高门因见古人心。　三世读书无白屋②，一经③教子胜黄金。小雏先与唤琼林④。

【注释】

①“外家种德堂”：当指词人的外祖定襄王家之厅堂。②“白屋”：不识文字或无功名人之家。③“一经”：即一种经书，古时若参加科试，必须读经书。《汉书·韦贤传》：“遗子黄金满籯，不如一经。”④“琼林”：本为宋时皇家的苑名，此处代指经科举而入仕。

【赏析】

“墙外桑麻风露深，堂前桃李有新阴。”欲写种德堂前，先言桑麻墙外。以桑麻之多，衬桃李之新，用风露之深，衬桃李新阴，把外家种德育子、书香有继的意向表达得形象而生趣。

“高门因见古人心。”由“桃李新阴”而追溯渊源，言久传之家风，把“高门”二字夯得实实在在。

“三世读书无白屋，一经教子胜黄金。”宋真宗赵恒的《励学篇》中曾云“书中自有黄金屋”，此二句便接上阕之“高门”，谓其外家累世书香传家，经书教子育孙，把个“古人心“渲染得扎扎实实。

“小雏先与唤琼林。”结句以新鸟鸣于皇苑，喻幼辈又在继承家风，辛苦读经，又将飞黄腾达，跻身朝臣，从而把“种德”二字体现得满满当当。

这首词以“种德”为主线，运用对比映衬、层层延深的手法，把外家的家风美德叙写得有本有末，更把落点着在“小雏”身上，上承“桃李新阴”与“三世无白屋”，下启后学延承不断，把“种德堂”之“古人心”称道得深远蕴藉而清新自然。

朝中措　周帅华堂紫牡丹[1]

芳苞初破紫霞杯[2]，香动绿云堆。只道人间花尽，争知[3]天上春回。

朝吟暮绕，使君[4]情重，不厌频来。好把韶华留住，莫教百朵齐开。

【注释】

①“周帅”：周献臣，字梦卿。仕蒙古为定襄（今山西定襄县）帅，喜医道。“华堂”：指周帅的“棣华堂”。“紫牡丹”：是名贵牡丹之一，为五代魏仁溥培出，故又名“魏紫”，与宋代姚氏培出的“姚黄”并名。②“紫霞杯”：相传为天上玉镜台之仙杯。③“争知”：谁知。④“使君”：指周帅梦卿。

【赏析】

这首《朝中措》当作于词人携家归乡的次年秋。

“芳苞初破紫霞杯，香动绿云堆。”首句用仙人杯作喻，绘色绘形又绘质，使初绽的花蕾显得品位不凡；次句用绿云状叶捧香，“动”字传神。启笔便把紫牡丹之花魁特点写得形象逼真，先声夺人。

“只道人间花尽，争知天上春回”又交待了紫牡丹花事的特殊季节，“人间花尽”烘托“天上春回”，季节反衬，对仗工巧，更把仙品“紫霞杯”补写得神韵俱佳，亦将棣华堂烘衬得高古超脱。

下阕转写棣华堂主周帅赏花。

“朝吟暮绕，使君情重，不厌频来。”“吟”字言高雅，“绕”字言钟爱，“不厌频来”周实“情重”，把周帅养花、爱花、吟花、惜花的诸般情致写得内外俱得，同时也反衬了紫牡丹的绝世之美。

“好把韶华留住，莫教百朵齐开。”二句甚是奇崛，既补写出植花之多，花朵之繁，更道出爱花、惜花人的微妙心理，即好好地珍惜这难得的“天上春回”与人间之仙品。此语既是周帅的心理，又是词人的祝祷，两意合一，甚是清奇，同时与题注、与全篇回环合拍，产生出韵味无穷的艺术效果。

词的上阕用极为凝炼的笔触，多角度、多层次地渲染了紫牡丹之奇美的形质，并用“只道……谁知”的句式为下阕辟出廓大的空间。下阕围绕“情重”二字，写周帅梦卿赏花、吟花等诸般情致，体现的却是棣华堂主高雅的情调。入笔奇突，回笔奇趣，使这首短尺幅的作品生出无尽的意韵。

木兰花慢　送亲家丈问梦纲[1]

又东门送客[2]，侧身西望长嗟[3]。算万里功名，几番风雨，何限云沙[4]。相看已过半百，甚[5]年年、各在一天涯。秋气偏催过雁，疏烟细点归鸦。　旌旗未卷鬓先华，清泪落悲笳[6]。问蜀道登天，锦城虽好，得似还家[7]？关心老来婚嫁，要与余、邻屋共烟霞。到□征西车马，输他杜曲桑麻[8]。

【注释】

①“亲家丈”：据《山右石刻丛编》卷二十七《故左副元帅权四州都元帅宣授征行千户周侯神道碑》：周献臣梦卿“庚寅（1230）秋，车驾南征，令侯屯守天胜、三岐等寨，以御□□法锡以银符。继而取洛阳、平蔡州、镇关内、伐西蜀，侯暨行省郝公，咸预其列。庚子（1240），行省条侯始终之绩以闻。上嘉之，宣授征行千户，佩以金符……遗山先生与侯有姻戚之好，尝赠侯乐府，有‘关心老来姻嫁，要与君、邻屋共烟霞’之句，其为宿儒硕士爱重也如此。”据此，知“亲家丈”当为定襄帅周梦卿。“梦纲”：不详其人。同篇《神道碑》中载：“母王氏，生三子，伯曰鼎臣，字器之……季曰进臣，字大卿……仲，即侯也。”据此，知梦卿兄弟三人，“梦纲”或为其长兄或季弟的别字。②“东门送客”：《汉书·疏广传》载：疏广与侄疏受深谙知足不辱之道，知机知趣，同时告老归乡。公卿大夫都到长安东都门外送行。后便以东门为送客之地。③“侧身”句：李白《蜀道难》有“蜀道之难，难于上青天，侧身而望长咨嗟”句。侧身：倾侧身体，忧惧不安的样子。《诗·大雅·云汉序》：“遇灾而惧，侧身修行，欲销去之。”④“云沙”：形容距离遥远。⑤“甚”：怎么，为何。⑥“悲笳”：声音凄切的胡笳声。⑦“问蜀道”三句：李白《蜀道难》：“朝避猛虎，夕避长蛇，磨牙吮血，杀人如麻。锦城虽云乐，不如早还家。蜀道之难，难于上青天。”⑧“杜曲桑麻”：泛指归隐乡里，过田园生活。详见《八声甘州》[半仙亭]“杜曲山田”注。

【赏析】

根据“相看已过半百”句，知这首《木兰花慢》作于词人携家归乡不久。

“又东门送客，侧身西望长嗟。”首句破题，言此次送别亲家丈之隆重，亦寓亲家丈此行为人生路上的重要节点。次句则援借李白之语，表达出对亲家丈此行的惆怅。“侧身”二字，无论是用李白之担忧，还是借《云汉》之惧，都隐含着对亲家翁人身安全的牵挂。

“算万里功名，几番风雨，何限云沙”三句，点出了词人长嗟的原因：庚子时，周梦卿以战功而元廷闻之，欲宣授征行千户，佩以金符。而金符之后，正是词人心忧之处，所以直言不讳地说，即使是去万里之外博功名，但是，那遥远的地方风雨亦多，何必要去经险历苦呢？

“相看已过半百，甚年年、各在一天涯。”此二句又从亲家的角度言怅惋；年过半百了，你居定襄，我在忻州，相距不过数十里，能够常常聚首，为什么要远去万里，让我们天各一方呢？如果是一位文职官员，即使是相别万里，也只是一般的思念而已，而周侯偏偏是一位武职，其时又逢元廷向南用兵之秋，年过五十的人又要戎马而行，怎能不令人忧怀？为此，词人不惜言辞，说罢“风雨”说“云沙”，说过“半百”说“天涯”，把一份挽留之情表达得浓浓烈烈。

“秋气偏催过雁，疏烟细点归鸦”二句以景寓情：肃杀的秋凉催促着过空之雁疾疾南去，稀疏的炊烟中只有老鸦归巢。“过雁”喻周侯远去，秋气甚重；“归鸦”喻词人在乡，疏烟飘零。一去一留，甚是凄寒。

“旌旗未卷鬓先华，清泪落悲笳”接词人之送而转写周侯之别。“旌旗未卷”也即军伍还没启程，“鬓先华” 谓周侯因惜别而苍白了两鬓；“清泪落悲笳” 写启程的笳声吹响，周侯的双泪便禁不住地洒落。从而使周梦卿依依难别的心情发之于心，化之于外，传感于人。

“问蜀道登天，锦城虽好，得似还家？”此处之“问”，是在问李白：前路是个什么样子？李白的回答当然很明白：“蜀道之难，难于上青天……嗟尔远道之人胡为乎来哉……锦城虽云乐，不如早还家。”此三句借李白之语，言词人心语，未曾分别，已望还家，更以反诘句使语势显得异常劲切。

“关心老来婚嫁，要与余、邻屋共烟霞”二句的意思为：你还是把心放在咱们儿女姻情上来，同我邻屋而居，共享人生美景吧。此二句以儿女亲家之缘、同享天伦之情，作出人之常情的劝慰。入情入理，动人心扉。

“到□征西车马，输他杜曲桑麻”回到了军旅话题上，谓其东征西讨的杀伐动荡，岂如平静安稳的田园之乐，回应了诗题，完成了劝其急流勇退的主旨。

这首词言为送亲家赴征，实为劝其解甲归田。为此，以“侧身西望长嗟”领起，言风雨云沙，言年岁不合，言亲旧天涯，言儿女烟霞，娓娓道来，甚为深婉动怀。特别是从始至终明引暗用了《蜀道难》中的典语，于有痕或无迹中，把深邃的思想内涵道与亲家，使其从利弊权衡中有所抉择。个中深蕴的还有对蒙元不断扩土开疆的微讽，因为讳于直言，便将之隐于“征西车马，输他杜曲桑麻”中，尖锐的思想主张可见一斑。

太常引

东园[①]歌管日相娱，佳酿出兵厨[②]。陶写在桑榆[③]，便鹤到、扬州[④]未如。　歌红浓露，绿阴清吹[⑤]，长□下楼居。高枕[⑥]即吾庐，更何待、将军报书。

【注释】

①“东园”：在山东之东平。②“佳酿”句：用“阮步兵”典。《晋书·阮籍传》：“籍闻步兵营善酿，有贮酒三千斛，乃求为步兵校尉。”③“陶写”句：《世说新语·言语》：“谢太傅语王右军曰：‘中年伤于哀乐，与亲友别，辄作数日恶。’王曰：‘年在桑榆，自然至此，正赖丝竹之陶写。恒恐儿辈觉，损欣乐之趣。’”陶写：娱情养性，排除忧闷。桑榆：比喻晚年。④“鹤到扬州”：用“骑鹤上扬州”典。南朝殷芸《殷芸小说》：“有客相从，各言其志。或愿为扬州刺史，或愿多赀财，或愿骑鹤上升。其一人曰：‘腰缠十万贯，骑鹤上扬州。’欲兼三者。”⑤“清吹”：清风。⑥“高枕”：用“高枕而卧”典。《战国策·齐策四》：“今君有一窟，未得高枕而卧也。请为君复凿二窟。”孟尝君接受了冯谖的建议，为相十年，地位稳固。后形容人无忧无虑。

【赏析】

蒙古太宗十二年(1240)四月,东平万户严实卒,其子严忠济承嗣。八月,严忠济请遗山先生为其父作《神道碑》。因蒙元伐宋,太原征兵南下,道路不靖,始于十月往东平,至次年春,词人仍在东平。据词意,知这首词作于蒙古太宗十三年春。

“东园歌管日相娱,佳酿出兵厨。”在东平作《神道碑》期间,词人受到严忠济与诸友的竭情款待。起篇二句说的就是万户长官歌舞宴席,隆重招待的景况。

“陶写在桑榆,便鹤到、扬州未如”二句言自己在晚年之际能有如此之娱情,非常舒畅。以“腰缠十万贯,骑鹤上扬州”者尚有不及的夸张手法作比,收到极富生趣的艺术效果。

“歌红浓露,绿阴清吹,长□下楼居”为旁笔:歌声催红了浓露中的花丛,清风吹拂下绿阴婆娑,长袖女子飘然下楼。声色互映,景人共欣,侧出之笔形象地烘托了词人愉悦无比的心情。

“高枕即吾庐,更何待、将军报书。”经历过千磨万劫的词人,归乡后始觉人生得以保障,全家得以安全,一股平安、向好的感觉尽付于处处皆吾庐、高枕无烦忧的感觉之中。言至此处,又补来一句:更何况东平万户还会频来报书,让我常常享受这种待遇。于悦情高涨之中,又巧妙地照应了“东园歌管”,使全篇圆合而收结。

这首词运用了直接描写和间接描写、环境烘托和典故渲染等手法,把词人生存环境大转折阶段的快慰心情,一股脑地释放出来,快慰了自己,也感染了读者。

清平乐

赠句龙英孺家中女子阿金。张仲经二女,名兰、楚[1]

琼枝瑶草[2],来自三山岛[3]。莫道生男堪慰老,掌上金儿更好。

胭脂杏蕾[4]生红,绣襦[5]学弄春风。好共兰兰楚楚,画教乞巧[6]图中。

【注释】

①“句龙英孺”：句龙瀛，字英孺，河朔东光（今河北东光县）人。性方直，有诗声。金亡后寓居东平。王恽《秋涧集》卷五十九《碑阴先友记》略载其事。“张仲经”：张澄，字子纯，别字仲经，洺水（今河北省永年县）人，遗山先生的挚友。详见《梅花引》[绿华仙萼彩云间]注。②“琼枝瑶草”：仙树仙草。③“三山岛”：传说中的海上三神山蓬莱、方丈、瀛洲。④“杏蕾”：喻襁褓中的阿金。⑤“襦”：短袄。⑥“乞巧”：旧俗农历七月初七晚上，妇女在院子里陈设瓜果，向织女星祈祷，请求帮助她们提高刺绣缝纫的技巧。

【赏析】

遗山先生《故帅阎侯墓表》：“辛丑元日，余方客东平，载之盛为具，召予及大兴张圣予、祁人宋文卿、东光句龙英孺、镇人刘子新、太原崔君卿、浑源刘文季、寿春田仲德辈，饮于家之养素斋。”是时，张仲经亦由河南移于东平幕府，严实聘以师宾之礼。据此，知本词作于东平。

“琼枝瑶草，来自三山岛。”“琼枝瑶草”喻阿金，已见灵秀之貌，再谓“来自三山岛”，更赋以仙质。启笔便设出主线而领挈全篇。

“莫道生男堪慰老，掌上金儿更好”二句，先以世俗观念作衬笔，谓此女更胜男孩，虽为寻常赠句，但有前二句的铺垫，便形成一气呵就的由衷之语。从用词上看，说生男时，只以平平的“堪慰老”言之，还冠之的“莫道”二字，造成平抑之势；说此女时，既谓掌上明珠，又以“金儿”极夸，将平抑之势高扬起来。而抑与扬之间，又含着不薄生男之意，语言拿捏极为分寸。

“胭脂杏蕾生红，绣襦学弄春风”二句，描写襁褓中的阿金：“杏蕾”喻脸庞圆润，胭脂”谓额头点红，“生红”言红扑扑的脸蛋；“绣襦”言绣花小衣，蕴父母慈爱；“学弄春风”描写小臂晃晃，似“弄春风”。慈意满满，神韵悠悠，词精而句妙。

“好共兰兰楚楚，画教乞巧图中。”词人任内乡县令时，张仲经从福昌三乡移就内乡，得王氏败屋，稍作修葺而居，名之为“行斋”，时为戊子（1228）冬。其时，词人作过《临江仙》（阿楚新年都六岁）以赠其女楚楚。张仲经客居东平时，楚楚已长成人，才学与书画俱有成，故言阿金快快长，好让楚楚“画教乞巧图中”，祝其健康成长，愿其才学共长的心意溢于言表。更为巧妙的是，当年赠楚楚词中有“异时看小妹，林下谢夫人”句，今楚楚才学俱如其愿，并与其姊同在东平，这首词便嘱阿金随兰兰楚楚学习，成长为再一个“谢夫人”，殷切之望，巧寓勾连互映之中，而学“七巧”又将教者喻为织女，甚有奇思之妙。

词的上阕写襁褓阿金，兼及阿翁句英孺。下阕望成长，萦带兰兰楚楚。前以“金儿更好”暗蕴灵质之佳，后以“七巧”之图看好才学前景，更以兰兰楚楚之传作了印证，使一首寻常的赠贺之作含蕴了重重的主题。

南乡子　饮东原王君章郎中家①

促坐烛花红，春到梅边蜡蒂融。南去北来何限客，谁同？酒令歌筹醉不供。　聚散落花风，恨煞陵台②望眼中。人世只除开口笑，难逢，莫惜金杯到手空。

【注释】

①“东原”：指山东之东平。“王君章”：即王君璋。名玉汝，字君璋，郓(今山东省郓城县)人，行台严实的掾史。《元史·王玉汝传》：“辛丑，实子忠济袭职，授左右司郎中。”②“陵台”：陵墓。严实卒，遗山为其作神道碑。

【赏析】

据“春到梅边蜡蒂融”句，知这首词作于1241年春在东平时。

“促坐烛花红，春到梅边蜡蒂融。”首句以“烛花”显促膝夜饮之久，次句用“蜡蒂”言梅花之春早。“烛”与“蜡”言物言色，相映成趣。

“南去北来何限客，谁同？酒令歌筹醉不供。”先谓交谊非同一般，再写觥筹酒令、轰饮不绝的场面，把“谁同”二字体现得极为深致。词人羁管聊城的次年，即蒙受了东平万户严实的庇护，在其幕府时就与王君璋的友谊甚深。1237年秋回乡建外家别业时,“东诸侯助竹木之养,王录事寄草堂之赀”(《外家别业上梁文》)。“东诸侯”指的是严实与赵天锡,“王录事”即指王君璋,因其外出公干,遂遥寄建房助资。由此一斑,可见“谁同”二字下得十分确切。

“聚散落花风,恨煞陵台望眼中。”此饮之后,词人就要离开东平归乡了,别离之情涌上心头,便谓人生聚散犹如风吹落花之无情,遗憾人生苦短,而望陵长叹。

“人世只除开口笑,难逢,莫惜金杯到手空。”尾处言人之交往两样情:一是喜相逢,二是共饮酒。此处用“难逢”二字把词人与王君璋的两样幸事合而道来,语句诙谐而酣畅,情感深挚而开朗,回题之余又使全篇达到妙味无穷的境界。

这首词写的是词人与王君璋的交谊之情,又处处用酒来渲染,使人从浓浓的酒味中体会到融融的友情,更领略到词人营篇拈句的高绝手段。

浣溪沙

相州西南善应,洹水所从出,风物绝似吾嵩山玉溪,但寒藤老屋差不及耳[①]。

湖上春风散客愁,芳洲烟景记曾游。人家浑似玉溪头。　杨柳青旗[②]酤[③]酒市,桃花流水钓鱼舟。红尘鞍马几时休。

【注释】

①“相州”:北周置,隋废,唐复置,不久改为邺郡。宋称相州邺郡,置彰德军节度,金升为彰德府。故治在今河南省安阳市。“善应”:善应寺,在相州。“风物”:风光景物。“玉溪”:在嵩山。源出少室玉华峰,故名。②“青旗”:此处指酒店的幌子。③“酤”:通“沽”,买酒或卖酒。

【赏析】

这首《浣溪沙》作于蒙古太宗十三年(1241)春由东平返忻州,途经相州之时。

“湖上春风散客愁,芳洲烟景记曾游。”词人于上年十月赴东平,至今依然在旅程之中,一种思乡的情怀萦怀已久,但是此际却说湖上春风将之吹散而去,未写湖景已暗得其美;着笔湖上的“芳洲烟景”了,虽为初赏,却谓之“记曾游”,既照应题注之“风物绝似”,又借玉溪之美而喻之,侧笔烘主,其美自现。

“人家浑似玉溪头”又是一个侧笔之妙。词人在《水调歌头》[空蒙玉华晓]中谓“翠壁丹崖千丈,古木寒藤两岸,村落带林丘。”以“玉溪头”而谓此处人家,其村幽、境美、人朴实的状况不言而喻。

“杨柳青旗酤酒市,桃花流水钓鱼舟”二句,由上阕之“人家”转写村人生活境况:杨柳荫下,青旗晃荡,酒味弥香,一派恬静的生活状态;桃花夹岸,洹水荡荡,渔舟钓翁,更是一片闲逸之境。

“红尘鞍马几时休”句于此处的“芳洲烟景”“流水钓舟”之美中,反衬出词人的怅憾之情,使主题出得甚为巧妙。

这首词在结构营造上由情入景,由烟景而湖畔人家,由泛写而落笔到酒肆与垂钓,于层层铺垫之下推出主题。同时,侧锋出笔,造势新奇,更产生出无穷的艺术之美。

点绛唇　寄李辅之[1]

生死论交,有情何似无情好?满前花草,更觉今年老。　　塞上[2]春迟,湖上春风早。东州[3]道,几时飞到?烂醉红云岛[4]。

【注释】

①“李辅之”:李天翼,字辅之,固安(今河北固安县)人,词人的挚友。详见《临江仙》[荷叶荷花何处好]“李辅之”注。②“塞上”:此处指在雁门关外。③“东州”:指山东济南。时李辅之在兹。④“红云岛”:神仙居处。《翼圣记》:“玉帝所居,常有红云拥之。”

【赏析】

根据“塞上春迟”,知这首《点绛唇》作于过雁门关时。蒙古太宗十三年(1241)春末夏初,遗山先生由忻州往浑源。其时所作的《过应州》诗有“平野风埃接戍楼,边城三月似穷秋”句。

“生死论交,有情何似无情好?”首句谓自己与李辅之为生死之交的朋友,胸臆直抒，劲健有力。次句正意反说，语意上强化了首句，句式上形成错落，构思奇崛。此二句言出肺腑，非友情至深者难以道之。

“满前花草，更觉今年老”二句突然跳荡开去，乍读时似乎与前二句搭不上界，细想来却又妙意深藏；词人在《临江仙·荷叶荷花何处好》中就曾言“千里故人千里月，三年辜负欢游”，而今又一个三年过去了，自己不仅没能在济南会友，反而到了更偏远的塞上。眼前的春草又生，意味着自己又老去一岁，也即与辅之相会的愿望又渺茫了一年。精深之意，竟藏于似不经意的语句之中。

“塞上春迟，湖上春风早”又是两个词浅涵深的句子。从字面上看，在说塞上与大明湖两地的寒温差别，意会中是词人又闪回同辅之那游大明湖时“红妆翠盖木兰舟”（《临江仙·荷叶荷花何处好》的情境中了。

“东州道，几时飞到？烂醉红云岛。”结尾三句将前二句的隐意阐明了：词人欲生两翼，飞往大明湖，轰饮大醉于那有如仙界的地方。然而，“几时飞到”却又将希冀推得很远很远，从而把“有情何似无情好”的伤怀延宕得更为幽深。

这首词兴象生动，造语新奇，思绪跳荡却脉络甚紧，把一个思情寄意营造得苍茫郁勃，别成风调。

念奴娇　饮浑源岳神仙会[1]

小山[2]招饮，恨还丹[3]、不到人间豪杰。南渡衣冠[4]多盛集，萧洒兰亭三月[5]。陶冶襟灵[6]，留连光景，觞咏[7]今无复。黄垆[8]虽近，老怀空感存殁。谁办八表神游[9]，古来登览，此日俱湮没[10]。天景云光[11]摇醉眼，兴在珠宫瑶阙[12]。布席崧台[13]，脱巾石壁，散我萧萧发。短歌悲慨，海涛响振林樾[14]。

【注释】

①“浑源”：县名，今山西浑源县，治所在浑源城。“岳神”：北岳神祠。②“小山”：汉王逸《楚辞章句·招隐士注》：“招隐士者，淮南小山之所作也。昔淮南王（刘）安博雅好古，招怀天下俊伟之士，自八公（刘安的八位门客）之徒，咸慕其德而归其仁。各竭才智，著作篇章。分造辞赋，以类相从，故或称小山，

或称大山,其义犹《诗》有小雅、大雅也。”③“还丹”:相传道家以九转丹再炼,化为还丹,自称服之白日升天。④“南渡衣冠”:金宣宗从燕京迁都汴京时随往的人士,此处指金之遗臣遗民。⑤“兰亭三月”:晋王羲之于穆帝永和九年三月三日与谢安等人会于会稽山阴之兰亭,修祓禊之礼。⑥“襟灵”:胸怀。⑦“觞咏”:饮酒赋诗。⑧“黄垆”:《世说新语·伤逝》:“(王濬冲)乘轺车,经黄公酒垆下过,顾谓后车客:‘吾昔与嵇叔夜、阮嗣宗共酣饮于此垆……自嵇生夭、阮公亡以来,便为时所羁绁。今日视此虽近,邈若山河。’”后遂以“黄垆”为悼念亡友之辞。⑨“八表神游”:精神或梦魂往游极远的地方。八表:八方以外,指极远的地方。⑩“湮没”:灭亡,消失。⑪“天景云光”:天色云气。⑫“珠宫瑶阙”:仙宫。⑬“崧台”:高山顶的平坦之地。崧:高大的山。⑭“林樾”:树林的深荫之处。樾:树荫。

【赏析】

蒙古太宗十三年春末,词人过雁门,到应州、浑源,一路留下许多诗词,此首《念奴娇》便是其中之一。

“小山招饮,恨还丹、不到人间豪杰。”词人到临浑源岳神之宴时,突然想到雷渊、刘从益(均为浑源人)等许多老友多有过世,不禁感慨万千,遂以曾著《小山》《大山》的苏非、李尚、左吴等众多俊士起兴,恨人间没有神奇的还丹让他们久存于世。笔法纵横,用典切时切境,使开篇就有宏肆的气格。

“南渡衣冠多盛集,萧洒兰亭三月。”接下来的两句转写眼前的“盛集”。其时,浑源的魏璠、刘祁等金朝遗臣和遗民尚在,故以“南渡衣冠”言之。因为心有所慰,便用著名的“兰亭”集会喻此,合时节,合盛况,信手天成。

“陶冶襟灵,留连光景,觞咏今无复。”然而,此番燕集毕竟心有遗憾,故以“陶冶襟灵”言眼前,“留连光景”怀旧时,“觞咏”却“无复”往日。由此微憾而将扬起的心情再度凉冷下来。

“黄垆虽近,老怀空感存殁”之句,是专为雷希颜而发的。词人南渡之后,携游最多的要数雷渊、李献能数人,而今来到希颜故里,极为感慨的是自己虽在,故人早逝,此情此境最与王濬冲伤嵇康、阮籍相似,故谓“黄垆虽近”,音容久杳,其伤感实在是非常地沉重了。

“谁办八表神游,古来登览,此日俱湮没。”下阕接“老怀空感”而写登临恒岳的疏放之态。此三句先以常人与自己对八表神游的看法为触点,抒发出故国已亡,故人多逝的感慨，引向放怀山巅的豪气。

“天景云光摇醉眼，兴在珠宫瑶阙”二句由“古来登览”转写自己之登临：上而目放“天景云光”，下而俯观岳殿雄宫。“醉”字应饮宴而引出下文疏放之态的描写。

“布席崧台，脱巾石壁，散我萧萧发”三句写词人狂豪之态：恒岳顶上布席豪饮，绝壁之上挂我头巾，打散萧萧之发，放喉向天长吟。

“短歌悲慨，海涛响振林樾。”尾二句将曹操《短歌行》《夏门行》中“绕树三匝，何枝可依”“烈士暮年，壮心不已”等名句浓缩在一起，把一腔悲慨“海涛”般地奔涌而来，“响振林樾”，情感激烈，胸怀豪放，向八表振荡而去。

这首词以浑源故友之存殁为触发点，以岳神仙会为线索，抒发了词人纷至沓来的心绪。情感起伏跌宕，结构似散而绳紧，气格豪放而浪漫，集中地折射出作者金亡之后的心态和百折不挠的心志。

好事近　冬夜有怀

梦里十年心，情味梦回犹恶。枕上数行清泪，被惊乌啼落。

西窗瓶水夜深寒，梅花瘦如削。只有一枝春在，问东君①留著。

【注释】

①“东君”：春神。

【赏析】

根据题注与“梦里十年心”，知这首词作于乃马真后元年（1242）冬在乡时。

“梦里十年心，情味梦回犹恶。”金哀宗天兴二年（1233）的“癸巳之变”中，词人在围城中饥惧交集，日与鬼为邻，还受崔立胁迫，几被乱党杀身而幸得李仲华营救，之后便成俘囚押解山东，其间又目睹王族数百被屠于青城，两宫及妃嫔被送北疆。再后又是哀宗被困蔡州，自缢而亡等等。故而言为一场恶梦而十年间挥之不去。

“枕上数行清泪，被惊乌啼落”二句，言内心深恨，言外物感染，辗转反侧，不能成眠，把故国之思翻折得异常形象。

“西窗瓶水夜深寒，梅花瘦如削”接屋外乌啼而写室内瓶梅。“夜深寒”映衬心凄冷，“梅花瘦”托意愁损颜，同时又将一颗心寓之于梅，言人如削而骨愈坚，将主旨渐露出来。

“只有一枝春在，问东君留著。”结句以一枝之春寓遗臣之心，“问东君留着”寓晚年之身，将“沧海横流要此身”(《壬辰十二月车驾东狩后即事五首》之四)之意再次翻折出来。虽未说“留著”何当之用，隐意却甚是了然。

这首词紧扣“冬夜有怀”，回忆癸巳恶梦，回味十年幽恨。更谓十年遗臣之心，借象典型，述情深婉，言志甚显风骨。

水龙吟　东园[1]醉后

两年金凤城[2]边，等闲又见东风菜[3]。侯门惯客，东园高宴，青云飞盖。水上幽亭，恍然真似、兰舟[4]同载。望红楼翠壁，青田白鹭，谁信是、山阴塞[5]？

郁郁林梢紫动，便安排、春来天外。醉魂摇荡，尊前何恨，狂香浩态[6]。高枕吾庐，倒衣命驾[7]，心期长在。为使君[8]料理[9]，潘郎老鬓[10]，尽花枝戴[11]。

【注释】

①“东园”：应州(今山西应县)官署的园圃。②“金凤城”：应州城旧名金城，并有“三岗四镇护金城”的说法。相传该城天王祠旁的井中飞出过凤凰，故其井称为金凤井，金城又称作“金凤城”。③“东风菜”：多年生草本，高四五尺。《本草·马志》：“东风菜生岭南平泽，叶极厚软，上有细毛，煮食甚美，先春而生，故有东风之号。④“兰舟”：即木兰舟。详见《鹧鸪天》[翡翠鸳鸯不自由]“木兰舟”注。⑤“山阴塞”：指应州。应州在雁门紫塞之阴，故称。⑥“狂香浩态”：形容花之芬芳甚郁。韩愈《芍药诗》：“浩态狂香昔未逢，红灯灿灿绿盘龙。”⑦“高枕”二句：杜甫《重过何氏五首》之一：“倒衣还命驾，高枕乃吾庐。”倒衣：急忙迎客而错穿了衣服。命驾：驾车拜访。用“千里命驾”典。《世说新语·简傲》：“嵇康与吕安善，每一相思，千里命驾(驾车拜访)。”吕安：三国魏人，字仲悌，有济世抱负。嵇康字叔夜，三国魏人，竹林七贤之一。⑧“使君”：对太守、刺史的尊称。⑨“料理”：排遣，消除。⑩“潘郎老鬓”：潘岳《秋兴赋序》：“余春秋三十有二，始见二毛。”⑪“花枝戴”：宋金时期，遇喜庆节令，朝臣例于襆头上戴花。

【赏析】

根据“两年金凤城边”句,知这首《水龙吟》作于蒙古乃马真后二年(1243)应耶律楚材之请,赴燕京而途经应州时。

“两年金凤城边,等闲又见东风菜。”1241年春夏间,词人曾游于应州、浑源等地,1243年秋,应耶律楚材之邀,于赴燕途中再经应州,其间相隔两年多,故谓“两年金凤城边”,次句便以“东风菜”即席,启开对应州宴的描写。

“侯门惯客,东园高宴,青云飞盖”三句,“惯客”应“等闲”而谓自己常常来访,“高宴”谓东主待客规格之隆重,“青云飞盖”则写宴会篷庐之廓大,巧寓赴宴人士之多。侧笔之中,体现着东主对词人极度的钦敬。

接下来写宴会周边的环境。

“水上幽亭,恍然真似、兰舟同载。望红楼翠壁,青田白鹭,谁信是、山阴塞?”近写湖水、闲亭、兰舟,美景如画。“恍然真似”以仿佛登舟的感觉表现醉态,一语两得。远写楼阁田鸟,色彩互映,动静互济,描画出应州绝佳的环境。“谁信是、山阴塞”换转角度,以人们常谓之荒寒塞外的习念作反诘,强化了表达效果。

下阕转笔“高宴”的东主。

“郁郁林梢紫动,便安排、春来天外。”时节虽入初秋,林木尚在葱郁,风吹密林,绿叶摇动。春为酒,安排春来天外,极写主人盛情。

“醉魂摇荡,尊前何恨,狂香浩态。”百花已渐凋零,但词人却继续醉意,举着酒杯,浮虚着脚步又说:只要与使君一起狂饮豪醉,何恨花落花去!主宾之谊、“惯客”之情被刻画得甚为得体,自然。

“高枕吾庐,倒衣命驾,心期常在。”人常说没有不散的宴席,此三句却从非常乐观的角度说,此番分别后,我在忻州高枕的时候,会常常想到吾友,会急不可待、甚至穿反衣服地迎接使君,或在思念时、千里找来,共谋一醉。

“为使君料理,潘郎老鬓,尽花枝戴。”语接“心期长在”而“倒衣命驾”,用喜庆之宴来排遣应州侯的老岁渐至之伤感,照应“侯门惯客”,延伸“东园高宴”,还收到了以宾喧主的效果。

这首词以“醉”字为线索,或写宴会盛状,或写应州美景,或写主宾深谊,情感起伏，跌宕有致，用典于无形，构思于奇巧，将丰富、繁杂的内容统领得不枝不蔓，绳密有致。

朝中措

卢沟河上度旃车[①]，行路看宫娃[②]。古殿吴时花草，奚琴[③]塞外风沙。

天荒地老[④]，池台[⑤]何处，罗绮[⑥]谁家？梦里数行灯火，皇州依旧繁华。

【注释】

①"旃车"：用毡作围篷，供人乘坐的畜力车。②"宫娃"：宫女。③"奚琴"：一种拉弦乐器。④"天荒地老"：极言历时久远。⑤"池台"：池苑楼台。《世说新语·豪爽》："晋明帝欲起池台，元帝不许。帝时为太子，好养武士，一夕中作池，比晓（到了早上）便成。今太子西池便是也。"⑥"罗绮"：质地轻软的丝织物，此处指身穿罗绮的女子。

【赏析】

乃马真后二年秋，词人应耶律楚材之请，往燕中为其父耶律履作神道碑。这首《朝中措》当作于入燕之时。

"卢沟河上度旃车，行路看宫娃。"首二句写词人行到卢沟桥时，偶然遇到旃车从身旁而过，车上载的分明是汉人宫女的样子，不禁让他回想到这些宫娃正是从故国劫来的。由此便引出下文的叙写。

"古殿吴时花草，奚琴塞外风沙。""古殿"谓燕京金时宫殿，"吴时花草"用李白"吴宫花草埋幽径"之典，言花繁草茂。"奚琴"由器乐而谓其当下为蒙元贵族献伎，"塞外风沙"于远离家乡、环境寒苦外，更谓其心含的苦楚。对照比衬，把覆巢之下无完卵的深意揭示得十分明了。

"天荒地老，池台何处，罗绮谁家"三句，由"塞外风沙"而进行深度的心理刻画："天荒地老"谓宫娃之归乡无望，"池台何处"言其怀思故国，"罗绮谁家"是词人发问，把同情、牵挂而无力解助的复杂情感尽都包含在内。

"梦里数行灯火，皇州依旧繁华。"目送旃车远去之后，词人久久不能释怀：此处的灯火依然是梦里常见之故都的样子，这座旧时的金都，今日“依旧繁华”，但是，这个“繁华”早已不属于金，捧其“繁华”的“奚琴”也尽成亡国之音。“依旧”二字中含蕴了词人无比的痛楚。

这首词由偶遇为触发点铺展开来，表现出一个国家丧亡、子民罹难的大主题，折映着词人的耿耿之怀。其沉重的心事尽在于“依旧繁华”之中。

浪淘沙　刘公子家园秋日海棠[1]

何处挽春还？华屋金盘。一枝红雪入惊看。总为西园风露早，特地高闲。　寂寞曲阑干[2]，高髻云鬟。绿罗衫子瘦来宽。好个沈香亭[3]畔月，只枉秋寒。

【注释】

①“刘公子”：临锦堂主，余不详。遗山先生《临锦堂记》：“御苑之西有地焉，深寂古澹，有人外之趣。稍增筑之，则可以坐得西山之起伏。幕府从事刘公子裁其西北隅为小圃……癸卯(1243)八月，公子觞予此堂，坐客皆天下之选……公子出贵家，春秋鼎盛，志得意满，时辈莫敢与抗。”“秋海棠”：多年生草本，茎高二尺余。秋月，茎梢叶腋生花轴，开花，色淡红。②“阑干”：亦作“栏杆”，用竹、木、金属、石等制成的遮拦物。③“沈香亭”：在长安，唐代兴庆宫的一座重要建筑，位于龙池之东方。《乐史·李翰林别集序》：“天宝中，李白供奉翰林。时禁中初重木芍药，移植兴庆池沈香亭前。会花开，上赏之，太真妃从。上曰：‘赏名花，对妃子，焉用旧乐词为？’命李龟年持金花笺，宣赐白，为《清平乐词》三章。李白赋词之三为：‘名花倾国两相欢，长得君王带笑看。解释东风无限恨，沈香亭北倚栏干。’”

【赏析】

根据《临锦堂记》，知这首词作于乃马真后二年秋在燕都时。

“何处挽春还？华屋金盘。一枝红雪入惊看。”启篇三句用设问句式，直夸临锦堂前的秋海棠花色殊艳，使人有春归临锦的感受。“惊看”二字侧笔烘主，先声夺人。

“总为西园风露早，特地高闲”谓此处海棠之“高闲”，全是因为刘家西园之“风露”，誉花亦誉园，誉园更在誉人，一语三涵，甚为精炼。

“寂寞曲阑干，高髻云鬟。绿罗衫子瘦来宽。”此三句用拟人手法凝笔于秋日海棠。“寂寞”接“高闲”而言其不与群芳相争，“高髻云鬟”喻其花，“绿罗衫子”喻其叶，“瘦来宽”总写其形，与牡丹的肥腴形成鲜明的不同，从而进一步突显出“风露”之中独“高闲”的气格。

“好个沈香亭畔月，只枉秋寒。”尾二句用史上著名的沈香亭喻此海棠生长之地的不俗，再用中秋之月映衬，更显得清雅不俗。而后谓其“只枉秋寒”，即徒费秋寒侵凌，虽然寓意不显，但是词人借以隐寓不事新朝的心表达还是可以体味到的。从而也使词气不竭，余音澹澹。

这首作品从词面上看是在咏赞刘公子家园的秋日海棠，但从此次来燕为耶律履作神道碑而受到不少人的谤言中，即可以领会到个中的寓意：“华屋金盘”寓有此番来燕受到权贵人物的礼遇，而“一枝红雪入惊看”“特地高闲”“寂寞曲阑干”等则是词人坚持操守，不事新朝的寓意所在。词人身形素来清瘦，文友们曾戏称其为“臞元”，由此来看“绿罗衫子瘦来宽”，自喻之意更为明显。作此词的次年，词人有《答中书令成仲书》一文，“成仲”即耶律楚材之子耶律铸，他曾邀词人事蒙元，《答书》则以“顾仆何人，敢当特达之遇乎？复有来命，断不敢往。”言意斩钉截铁，其志煌煌可鉴。

鹧鸪天

八月卢沟[①]风路清，短衣[②]孤剑此飘零。苍龙双阙[③]平生恨，只有西山满意青。　尘扰扰，雁冥冥。因君南望涌金亭[④]。还家剩[⑤]买宜城[⑥]酒。醉尽梅花不要醒。

【注释】

①“卢沟”：即永定河，金时叫卢沟河，其上有卢沟桥。②“短衣”：即短褐，古代平民穿的粗布衣。③“苍龙双阙”：《水经·渭水注》：“出长安城北，有玄武阙，即北阙，东有苍龙阙，阙内有阊阖。”此处借指京城。④“涌金亭”：在今河南省卫辉市西北三公里的苏门山上。苏门山又名百门山，山下泉流无数，因名百门泉。涌金亭在百泉侧。泉从地底涌出后，日照如金，故名。⑤“剩”：更，尽管。⑥“宜城”：古襄州的县名，盛产美酒。

【赏析】

这首《鹧鸪天》作于乃马真后二年从燕京南归时。

“八月卢沟风路清，短衣孤剑此飘零。”首句言季节，言地点，言环境，突出风清路静少行人的凄冷背景。次句写衣着，写携物，写行止，表达飘泊无止之苦。“短衣”体现已成“中原一布衣”，“孤剑”又突出文士的特点。二句以环境烘托人物，为全篇奠定了寒凉的基调。

“苍龙双阙平生恨，只有西山满意青。”1214 年词人二十五岁时，蒙古兵南攻燕都，金宣宗仓皇南迁。1233 年四十四岁时，汴京城陷，随后金亡。故而一见京都便勾起幽愤，“平生恨”二字出得自然而力具千钧。“西山”即太行山，太行山西麓便是词人的家乡，因而谓之为唯西山才能慰藉遗臣之心。二句中，一恨一满意，对比强烈，使人真真实实地触摸到词人那份失国之悲和终生深隐的情怀。

“尘扰扰，雁冥冥。因君南望涌金亭”三句，上以鸿雁作比衬，下写词人出主体，由“扰扰”而羡鸿雁自由自在，引出“南望”之情来。涌金亭在太行，也即“西山满意青”，落笔于兹，使上下阕的结构甚为紧密。

“还家剩买宜城酒，醉尽梅花不要醒。”《方舆胜览》载：宜城县东一里有金沙泉，造酒极美，世谓“宜城春”。尾二句便接“满意青”而写归家买其酒，“醉尽梅花不要醒”：由中秋直醉到春初。语势豪雄却悲慨满腔，把金失两都的“平生恨”外化出来，苍凉而激愤，荡远而不绝。

金亡十年后，词人来到故都燕京，兴亡之慨、胸中之愤油然而生，故而上阕侧重写“恨”，下阕侧重在醉，“不要醒”三字把家国之痛、爱国之情表现得极为深婉，直可撼动千秋。

朝中措　与石子璋别，求作乐府，得麻字[①]

惊弦裂石笔生华[②]，清兴[③]入悲笳[④]。为爱南山夜猎[⑤]，笑人杜曲桑麻[⑥]。

高歌醉眼，千金骏马，八月仙槎[7]。都把平生湖海[8]，看君咫尺龙沙[9]。

【注释】

①“石子璋”：即石子章，名建中，大都（今北京市）人。五代时后晋石氏后人，元初石天应的子辈，曾以赵州桥诗见称于遗山先生。工乐府。所作散曲知有《竹窗雨》，杂剧有《秦修然竹坞听琴》两种。遗山先生有七律《答石子章因送其行》一首。②“惊弦”句：形容文笔不凡。惊弦裂石：使飞鸟惊落，石头开裂。笔生华：用“梦笔生花”典。五代王仁裕《开元天宝遗事》卷下《梦笔头生花》：“李太白少时，梦所用之笔头上生花。后天才赡逸，名闻天下。”③“清兴”：为文作诗的雅兴。④“悲笳”：悲壮的胡笳声。笳：古代军中所用的号角，其声悲壮。⑤“南山夜猎”：指李广在南山射猎事。详见《水龙吟》[汉家金粟堆空]“北平老守”注。⑥“杜曲桑麻”：泛指田园生活。详见《八声甘州》[半仙亭]“杜曲山田”注。⑦“八月仙槎”：晋张华《博物志》卷三：“旧说天河与海通连。有海边居民见年年八月，海上有浮槎（竹木筏）去来，不失期。此人发奇想，立阁槎上，多赍粮，乘槎去……至一处，有城郭状，遥望宫中有织女，另一丈夫牵牛饮水边。牵牛者惊问此人从何得来？此人问：‘此是何处？’牵牛者答：‘君还至蜀郡访严君平，当知之。’此人竟不上岸，随槎复返海边……访严君平，君平曰：‘某年月日，有客星犯牵牛宿。’”⑧“湖海”：湖海之志。⑨“咫尺龙沙”：视龙沙堆微小。咫尺：微小。龙沙：《后汉书·班超传赞》：“定远慷慨，专功西遐，坦步葱雪，咫尺龙沙。”李贤注：“葱岭、雪山、白龙堆沙漠也。”后泛指塞外沙漠之地为“龙沙”。

【赏析】

这首《朝中措》同七律《答石子章因送其行》作于同一时间。根据石子章之籍贯及词人的行踪，姑编于蒙古乃马真后二年（1243）八月（当年闰八月）在燕时。

“惊弦裂石笔生华，清兴入悲笳。”启篇之句用极度夸张之词和李白梦笔生花之典，盛赞了石子璋的诗作成就。次句将其诗歌雅兴和军旅之程合而写之，既扣了题旨，又称他是军旅之中甚为难得的人才，并自然地转向主题的铺写。

“为爱南山夜猎，笑人杜曲桑麻”句，以李广之喻，赞其豪怀壮志，用桑麻之典，谓其不甘平庸。一爱一笑中，使其豪壮的形象跃然纸上。

“高歌醉眼，千金骏马，八月仙槎。”“高歌”“千里”，凝炼了石子璋才华横溢和骏马雄风的气格。“八月仙槎”巧合八月之启程、龙沙之成地、友人之送行，一幅乘骏远行的浩荡画面仿佛就在眼前。

“都把平生湖海，看君咫尺龙沙。”“咫尺”极言微小，“龙沙”则浩瀚无边，此处粘接一起，把子璋视瀚海如无物的“湖海”之气申发得如冲斗牛。同时用一个“看”字，把词人“后日天山望征骑，燕鸿归处是云程”(《答石子章因送其行》)的激励、送别之情揉合于内，照应了“求作乐府”之所嘱。

石子璋是一位既有诗才又有行武追求的人，同时也是一位热衷于散曲实践的难得之才。作为文坛领袖和变词为曲第一人的遗山先生当然对之十分看重，于是不仅作词，而且赋诗，竭力为之壮行。石子璋也不负先生厚望，终至成为一名很有影响力的散曲家。

附:《答石子章因送其行》

石梁诗好先知名，尊酒相逢意自倾。宝剑沉埋惜元振，铁檠豪宕见胡证。蓝田月出多重晕，丰岭霜余即大鸣。后日天山望征骑，燕鸿归处是云程。(按:“石梁”，指石子章的“赵州桥诗。)

南乡子　九日同燕中诸名胜登琼华故基①

楼观郁嵯峨，琼岛烟光太乙②波。真见铜驼荆棘③里，摩挲④，前度青衫泪更多。　胜日小婆娑⑤，欲赋芜城奈老何。千古废兴浑一梦，从他，且放云山入浩歌。

【注释】

①“九日”:九月初九重阳节。“诸名胜”:众多名流雅士。“琼华”:词人《出都二首》诗自注:“寿宁宫有琼华岛，绝顶广寒殿，近为黄冠辈所撤。”陶宗仪《辍耕录》:“万岁山在大内西北太液池之阳，金人名琼华岛，山有广寒殿七间。”其址在今之北海公园内。②“太乙”:此处指太液池。汉始元元年，汉宫太液池有黄鹄飞来。昭帝刘弗陵以为祥瑞，故作歌以咏之。③“铜驼荆棘”:《晋书·索靖传》:“靖有先识远量，知天下将乱，指洛阳宫门铜驼，叹曰:“会见汝在荆棘中耳。”后以之形容国家败亡后的残破凄凉景象。④“摩挲”:抚摸。⑤“婆娑”:徘徊。⑥“赋芜城”:指鲍照的《芜城赋》。南朝宋时，广陵十年间二罹兵祸，城摧垣颓，离乱荒凉。鲍照登临劫余废城(芜城)，感而作赋。

【赏析】

根据题注，知这首词作于乃马真后二年重阳节，其时词人在燕中。

“楼观郁嵯峨，琼岛烟光太乙波。”首二句写词人旧时所见之琼华岛：广寒殿巍峨而盛美，琼华岛烟气缭绕，太液池波光粼粼，一派祥和的景象。未写故基，先状原貌，为新登作出铺垫。

“真见铜驼荆棘里，摩挲，前度青衫泪更多。”词人青年时曾来燕都赴试，游琼华岛。其时蒙古军攻金势紧，词人便有“铜驼”不久于荆棘之感。其后即有“贞祐南渡”，燕京失陷，以及“琼华岛绝顶广寒殿，近为黄冠辈所撤（拆）”之事。“真见”二字感慨万千，“摩挲”二字悲愤填怀。“泪更多”与预言铜驼荆棘的索靖之叹相映，更增出无尽的悲泪。

“胜日小婆娑，欲赋芜城奈老何”二句，将思绪拉回九日登临。“胜日”本该畅怀，此时却只徘徊于废基，无力赋芜城，只能叹老矣，怀旧悲国情怀深婉之至。

“千古废兴浑一梦，从他，且放云山入浩歌。”尾处由琼华故基而放目“千古废兴”，谓朝改代换本如梦。“从他”三字自我宽解，“云山浩歌”似为释怀，实为仰天悲歌，怀念故国之情涨满此声。

这首词以登览琼华故基为触发点，通过兴废对比，发出慷慨悲歌。用典达意，造语精微，发散着无穷的感染力。

鹧鸪天　宿赵州[①]

宿酒[②]消来睡思清，梦中身世可怜生[③]。绿衿[④]红烛樱桃宴[⑤]，画角黄云细柳营[⑥]。　秋历□[⑦]，月胧明，步檐[⑧]倚杖候晨星。无穷宇宙无穷事，一笑山城打六更。

【注释】

①“赵州”：今河北省赵县。②“宿酒”：隔夜所饮之酒。③“可怜生”：令人哀怜。生：用为词尾，无实

义。④“绿衿”:犹“青衿”,指读书人。⑤“樱桃宴”:唐代进士科发榜时,正值樱桃初熟,故宴请及第新进士的宴席称为樱桃宴。⑥“画角”句:形容兵尘喧喧。画角:古时多用于军中的乐器名,形如竹筒,本细末大,竹木或皮革、铜制成,因外加彩绘,故名。发声哀厉高亢。黄云:黄色的尘埃腾起如云。细柳营:汉时周亚夫屯于细柳(今陕西咸阳市西南)的军营。此处泛指军营。⑦“历□”:“□”为脱失字,似为“落”字,历落:草木等疏疏落落,参差不齐。⑧“步檐”:檐下踱步。

【赏析】

乃马真后二年九月,词人离燕南行,十月在赵州。这首词当作于是时。

“宿酒消来睡思清,梦中身世可怜生。”首句紧扣“宿”字而言酒醒,次句由酒醒而回写梦中。由于是梦,便闪现出一生中刻骨铭心之大事。

“绿衿红烛樱桃宴,画角黄云细柳营。”此二句缘梦而闪现陵川读书、汴京及第,兵尘扰扰、军营森严。前者喜庆,词鲜句丽,后者惊悸,动魄峥嵘。笔意跳荡,极合梦中之象。

上阕写宿醒而思梦,下阕转写离榻而感悟人生。

“秋历□,月胧明,步檐倚杖候晨星。”此三句写倚杖踱步,在朦胧月下等待天亮。“胧明”中又暗寓着“睡思清”,将思路由朦胧理向清晰,自然地引向尾声。

“无穷宇宙无穷事,一笑山城打六更。”晨星渐渐升起,感悟渐渐明晰:宇宙运转无穷无尽,朝改代换无休无止,国事家事、大事小事、乐事烦事也便跟着不断滋生,把它当成事时就是事,不当回事便无事。想到这里,不禁哂笑“山城打六更”。此语出得奇趣津津,自古只有“打五更”,此处却谓之打六更,实为天光大亮,映衬的是词人洞明人生。由此照应了“宿酒消”去,“睡思”理清,于轻松、生趣中收结全篇。

这首词以“宿”为话题,以“思”为线索,前感后悟,构思巧妙,语言生趣,表达了词人在历史大变故中渐渐形成的旷达与超脱的胸怀。

浣溪沙　别纬文张兄[①]

欹枕寒鸦处处新,花前雁后[②]数归程。小红[③]灯影闹春城。

两地相望今夜月,一尊不尽故人情。老怀牢落[④]向谁倾?

【注释】

①“纬文张兄”:张纬,字纬文,号愚斋、浓斋,阳曲(今山西阳曲县)人,留滞燕中,与遗山先生交情甚厚。②“花前雁后”:薛道衡《人日思归》“人归落雁后,思发在花前”的简写。③“小红”:小花蕾。④“牢落”:孤寂,无聊。

【赏析】

蒙古乃马真后二年(1243)词人在燕京时的九月,受张伟文之请,为其叔父张公著作《朝列大夫同知河间府事张公墓表》。离燕后,于次年二月下旬归里。根据这首词意,知作于归乡途中,即1244年正月的元宵之夜。其年,词人五十五岁。

“欹枕寒鸦处处新,花前雁后数归程。”上阕写归程中沿途的景况。“欹枕寒鸦”,谓沿途住旅舍,夜夜听鸦声,“处处新”则谓鸣声渐增渐多,巧寓春声步步。“花前雁后”以物候显示归乡的时令变化,“数归程”谓归心之切。炼词炼句极为工巧,熔铸前人之句了无痕迹。

“小红灯影闹春城”句,沿“花前”而见花蕾,暗寓行程又增,“灯影闹春城”则谓途经一处时,正逢闹元宵的活动。“闹”之盛状中,巧伏了词人的孤独之心。

下阕转写思友之情。

“两地相望今夜月,一尊不尽故人情。”前句既巧接元宵之夜,又暗引了苏轼“千里共婵娟”的句意。后句又谓孤人独饮之憾,将“两地相望”俱惆怅的情怀刻画得细腻入微。

“老怀牢落向谁倾”句,更将“不尽”之情递深一层,造成怅憾绵绵的情感态势,随着夜月而愈转愈深切。

词的上阕以物态变化和人的活动为明线,巧寓行程变化之暗线,构思巧妙,词新句丽。下阕以夜月为中枢,巧谓两地相望,融典于无痕,回环之间把老友的肺腑镂刻得极为深透。

朝中措　贺张伯宁家儿子犀郎晬日[1]

骊珠[2]光彩照燕南[3]，喜气溢街谈。未到灵椿丹桂[4]，一枝先看宜男[5]。

明年人日[6]，探官帖子[7]，已具新衔。管甚犀郎小小，安排竹马青衫。

【注释】

①"张伯宁"：燕京人，王恽称其为"义士"。（此语见于《秋涧先生大全集》卷三八《御史箴后记》："此帖闲闲公为师中丞仲安所书。乱余，李侯辅之掇于西台著间，后为义士张伯宁所有。"）余不详。晬日：婴儿满百日或满一岁之称。②"骊珠"：传说中骊龙颔下之珠，常用以比喻珍贵的人或物。③"燕南"：此处指燕山之南，即燕都。④"灵椿丹桂"：喻为父者长寿，为子者腾达，或父子俱显。详见《清平乐》[春风倾倒]"丹桂灵椿"注。⑤"宜男"：宜男草，即萱草。晋周处《风土记》："宜南，草也，高六七尺，花如莲，宜怀妊妇人佩之，必生男。"⑥"人日"：夏历正月初一至初十，分别是一鸡二犬，三猪四羊，五牛六马，七人八谷，九果十菜。民俗谓其日晴，所主之物育，阴则灾。"人日"即正月初七。⑦"探官帖子"：即"探官茧"。五代王仁裕《开元天宝遗事·探官》载：都中每至正月十五日，造面茧，在馅中放置写有官品的纸签，各人自取面茧，以卜来日官位的高下。后用为卜官的典故。

【赏析】

根据遗山先生《答中书令成仲书》中的"张之敬备悉盛意，未几，张伯宁来"等语，知这首《朝中措》亦作于是时，即蒙古乃马真后三年（1244）。

"骊珠光彩照燕南，喜气溢街谈。"启端二句直奔题旨，谓"晬日"之庆喜气溢四邻，光彩照燕都，并以"骊珠"以喻此儿，显见其模样可爱，为下文作出铺设。

"未到灵椿丹桂，一枝先看宜男"二句巧用"灵椿丹桂"之典，言伯宁未老，犀郎尚在襁褓。而"一枝先看"却已从孩子之貌看出灵异之相，实中含虚，虚中又烘实了前面的"光彩"与"喜气"，前呼后应，自然而绳紧。

"明年人日，探官帖子，已具新衔。"如果说后日会功显官高，只是属于一种期盼或祝贺的套语，那么此处说明年的"探官"必会抓出令人充满希望的衔职来，则是把期望说得实实在在,巧妙地照应了“灵椿丹桂”的前景。

“管甚犀郎小小,安排竹马青衫。”结尾二句说得更为实在:别说犀郎还是个鹅绒宝宝,赶紧做好后天的开发教育准备,此子必定不会辜负厚望的。平平常常的两句话,实实在在的心头语,却把当下之喜烘托得光彩四射,从而把一个“贺”字表达得别致新颖。

作为一种婴儿庆贺之作,往往难脱虚泛的、夸张的框范,而这首作品却把虚写之笔处处夯实,为此类题材的作品提供了一个极好的例子。

秋色横空

潇洒[①]清滨,澹[②]西园[③]暮景,林影披离。溪梅欲动颠风解,邀勒[④]故著寒欺。孤根暖,春意回,料柳麦榆椒[⑤]初未知。一点芳心寂寞,也恨春迟。 回首旧游尽非,记松窗缺月,茅舍疏篱。燕南[⑥]千里相逢,叹迟暮痛负花期。金蕉叶[⑦],金缕衣[⑧]。算不待全开已自宜。却似苏门,月下醉归。

【注释】

①“潇洒”:清丽,明爽。②“澹”:静,安。③“西园”:燕京赵吉甫种德园。④“邀勒”:逼勒,强迫。⑤“柳麦榆椒”:柳叶初吐如麦粒,榆钱未绽时蕾如花椒。⑥“燕南”:燕山之南,指燕京(今北京市)。⑦“金蕉叶”:芭蕉之叶,因其花淡黄,故称。⑧“金缕衣”:即金缕梅,先叶开花,色金黄,花瓣如缕。

【赏析】

“潇洒清滨,澹西园暮景,林影披离。”溪畔明爽,西园恬静,树影投在地面,尚是稀稀疏疏。启篇三句描绘出一派春光欲来的景象。

“溪梅欲动颠风解,邀勒故著寒欺。”二句以溪畔梅花欲放,却被寒风所阻之象,显示着春寒依然的状况,暗寓了政治环境尚待转暖的特殊时期。

“孤根暖,春意回,料柳麦榆椒初未知。”词人为了促进蒙元政权重视儒学文化与接受文治的思想,作了许多努力。他的这些理念和做法不被人所理解,在燕时就遭到了不少守旧之人的“百谤百骂，嬉笑姗侮，上累祖祢，下辱子孙。与渠辈无血仇，无骨恨，而乃树立党与，撰造事端，欲使之即日灰灭”（《答中书令成仲书》）。“孤根暖，春意回”寄寓着词人如梅的毅志以促进蒙元政策之转暖，也寓含了当时政策有了回暖的迹象。“料柳麦榆椒初未知”则在谓那些还在窠臼中的人士，未知春来的重大意义。“孤根”与“柳麦榆椒”相形，巧作隐喻而耐人寻味。

“一点芳心寂寞，也恨春迟。”“一点芳心”回应“溪梅”，谓其寂寞恨春迟，喻词人盼政治回暖之急迫。以梅心写人心，贤哲之情不言而喻。

“回首旧游尽非，记松窗缺月，茅舍疏篱。燕南千里相逢，叹迟暮痛负花期。”下阕发岁月之感慨，意为回顾往日，挚友多已不在，当年的豪壮意气没了光辉，山水逸趣也失去了许多风味；庆幸的是还有我们千里相逢，能够共伤逝去的岁月。博象喻事，比衬言情，感慨良多。

“金蕉叶，金缕衣。算不待全开已自宜”三句用退让之笔，言失去的虽多，可追的依然还有。在诸般不谐中疏出一径来，此径即是在“西园暮景”似的晚岁里、“林影披离”的寒春时，为中原文化、为文明之治做出一番“自宜”的努力。

“却似苏门，月下醉归。”苏门即苏门山，在今河南卫辉西北，属太行山脉。该处百泉喷涌，日照如金，甚为壮观。此处以醉赏苏门月下归为喻，既合晚岁当努力，又合前景之可望，抒发出词人竭尽心力、不畏群言而完成夙愿的决心和信心。

这首《秋色横空》以在燕时受到不明其志之人的非议为中心话题，借“种德园”之名，巧妙地表达出词人博大的胸怀以及高远的目标。行文中，借用了“溪梅欲动颠风解”“柳麦榆椒初未知”“不待全开已自宜”等等物事，把主题抒写得十分形象而深遂，耐人咀味。

婆罗门引　过孟津[1]河山亭故基

短衣匹马，白头重过洛阳城。百年一梦初惊。寂寞高秋云物[2]，残照半林明。澹横舟古渡，落雁寒汀[3]。　河山故亭，人与境、两峥嵘。争信黄垆[4]此日，深谷高陵[5]。一时朋辈，谩留住、穷途阮步兵[6]。尊俎[7]地，谁慰飘零？

【注释】

①“孟津”：地名，在洛阳北。②“云物”：犹景物。③“汀”：水边或水中的平地。④“黄垆”：用王濬冲经黄公酒垆而缅怀嵇康、阮籍典。详见《念奴娇》[小山招饮]“黄垆”注。⑤“深谷高陵”：《诗经·小雅·十月之交》有“高岸为谷，深谷为陵”语，言地形的自然变化。后用为世事变迁。⑥“穷途阮步兵”：《晋书·阮籍传》：“籍闻步兵营人善酿，有贮酒三百斛，乃求为步兵校尉。”该《传》又载：阮籍“时率意独驾，不由路径，车迹所穷，辄痛哭而返。”以泄对司马氏的愤情。⑦“尊俎”：古代盛酒肉的器皿，常代称宴席。

【赏析】

蒙古乃马真后三年（1244）秋，词人往河南迁张太夫人骨殖归葬忻州，这首《婆罗门引》作于路经孟津时。

“短衣匹马，白头重过洛阳城。”词人中青年时期，曾多次往返于孟津，而且均有文友偕聚，而此次路经，行状截然不同，故而言布衣、言独骑、言老岁。苍桑之中，也特显着迁奉时的沉重心情。

“百年一梦初惊。寂寞高秋云物，残照半林明”三句中，“百年一梦”上应“匹马”与“白头”，“初惊”谓蓦然惊觉人们所言的百年如梦，今日应在了自己身上，怆然之感袭上心头。于是说望远处林木，成半暗半明，“高秋云物”均“寂寞”，境由心造，景为情生，“残照”心境令人凄然。

“澹横舟古渡，落雁寒汀。”此二句由静景转笔动景，谓古渡如故，落雁依旧，然而物是而人非了。“寒”字烘托心境的同时，自然地向下阕过渡。

“河山故亭，人与境、两峥嵘”二句，写登上河山亭。亭与人依旧，但是今境非昔境，已经经历过重大的动荡；今人亦非昔日之人，是从峥嵘的岁月中挺过来的。“峥嵘”二字含艰辛，寓铿锵，为追忆故人作出劲力的铺垫。

“争信黄垆此日，深谷高陵。”词人往日来河山亭，一起聚饮的有辛愿、王革，有李钦叔、雷希颜。而今，他们或死于病患，或罹于兵祸。翻天覆地的变化之后，只有自己独存于世。故而今日登临故亭，悲慨“黄垆”不见旧时友，国家已遭陵谷变，回题的同时也揭示出主题。

“一时朋辈，谩留住、穷途阮步兵。尊俎地，谁慰飘零。”此数句接故人皆去而谓徒留自己，用“穷途阮籍”之典达哀悼诸友之意，用“谁慰飘零”照应“匹马”“白头”之飘泊，于挽友伤己中收结全篇。

这首词以故地重游为题，设出两条线索。一条是自己孤寂独行过孟津，一条是哀惋故时的友人。结尾处的“尊俎地，谁慰飘零”把两条线索归拢于一起，将诸多怀伤发散出来，收到了蕴藉深远的效果。

朝中措

时情天意[1]任论量[2]，乐事苦相妨[3]。白酒家家新酿，黄花日日重阳。

城高望远，烟浓草淡，一片秋光。故国江山如画，醉来忘却兴亡。

【注释】

①“时情天意”：世情与命运。②“论量”：评论、计较，有时也指思量。③“妨”：阻碍，妨碍。

【赏析】

根据词意，知这首《朝中措》作于九月九日重阳节。词人晚年奔波时的蒙古乃马真后三年（1244）秋在洛阳，本篇所述地域情境均与之相合，故编于是时。

“时情天意任论量，乐事苦相妨。”词人作此首《朝中措》时，金亡已经多年，他自己也因陵谷巨变而遭受了人生的巨大变化。天意乎？命运乎？还是因为追求而自取乎？对于这些问题，人们说法纷纭，自己也更多地在诗文中发过感慨，故而起句即谓之“任论量”，个中含蕴的多是无可奈何的叹息。“乐事苦相妨”则是对巨变之后身境凄苦的归纳，包括了围城几死、聊城作囚、布衣颠沛等等遭逢。此处的一个“苦”字，既是精微的涵盖，又是痛苦的倾诉，并为全篇拟出了词眼。

“白酒家家新酿，黄花日日重阳”二句，将“乐事苦相妨”延伸出来：每逢重阳，家家酒酿熟，菊花总纷繁，然而词人自己却始终在彷徨之中。万方之乐比衬一家之苦，达意甚是深致。

“城高望远，烟浓草淡，一片秋光。”重九登高是人们的习俗，览物畅怀正是登高的目的。然而此际登高，本来“烟浓草淡，一片秋光”的佳景，却引发了词人又一次的伤怀，自然地趋向主题。

“故国江山如画，醉来忘却兴亡。”故国的美景本来也是这样子的，此处的山河本来就是故国的，然而“时情天意”却让它发生了根本的变化。“忘却兴亡”把“故国江山”与眼前如画的“秋光”似乎融在一起，自己也仿佛又看到了盛金的样子，从而于幻觉中把萦怀亡金的情感表露得十分细腻，深婉。“忘却”二字实为铭刻，深痛久永正在于兹。

金亡已经多年，词人渐渐地走出以往那种痛切入骨的心境，然而凄伤的阴影却又往往会被一地一物所触发。这首《朝中措》即是登高城而引旧怀，流出了淡淡的却又刻骨铭心的伤情。

定风波

小□香来醉梦中，梦回幽赏①惜匆匆。只道南枝②开未半，谁唤，等闲③都逐晚云空。　潇洒④小溪新雪后，唯有，萧萧⑤霜叶卧残红。几欲问花应有恨，休问，争教不肯嫁春风。

【注释】

①“幽赏”：此处指沉静安闲地回味梦境之景。②“南技”：梅树的向阳之枝。白居易《白氏六贴·梅·南枝》：“大庾岭上梅，南枝落，北枝开。”③“等闲”：无端，白白地。④“潇洒”：轻快。⑤“萧萧”：草木摇落声。

【赏析】

“小□香来醉梦中，梦回幽赏惜匆匆。”醉后沉睡，梦闻小院香来，循香而出屋赏之。一梦醒来，回味梦中赏枝之境，怅憾只是匆匆一阵。首二句言梦言醒，由“惜匆匆”而领作抒情之纲。

“只道南枝开未半，谁唤，等闲都逐晚云空。”此为回味梦境：闻香而寻花之时，只道梅花刚开一半，正是雅赏之际。谁知梅花已经落尽，有如晚云美而追不得，空喜一场。此处说的是梦中的心情，寓的是家国的心事，为主旨伏了一笔。

下阕托景而抒情。

“潇洒小溪新雪后，唯有，萧萧霜叶卧残红。”一场雪后，小溪还是保持流水潺潺的样子，而溪岸上百草尽枯，地面只有飘落的红橙残叶。优美的景物中暗蕴了淡淡的忧怀，又为主旨作了一层铺设。

“几欲问花应有恨，休问，争教不肯嫁春风。”在层层的铺设后，尾处用欲问还止的方式，代“南枝”道出落梅之早的原因，即谁教她“不肯嫁春风”来！寻常的五个字将主旨揭示开来，也即把词人坚守志节之怀表露得十分形象。此语反用了李贺“嫁与春风不用媒”之意，发出了掷地有声的誓言。

蒙古国灭金之后，政局日渐稳固。当权者屡欲招致名响天下的词人为其所用。然而，词人坚守志节，不事新朝，并在《答中书令成仲书》中明确地说道：“顾仆何人，敢当特达之遇乎？复有来命，断不敢往。”斩钉截铁地谢绝了招致。由此而领味词境便可了然：

上阕中的“南枝开未半”“幽赏惜匆匆”“等闲都逐晚云空”，喻故国之亡，词人逐梦成空；下阕的“小溪新雪后”“霜叶卧残红”，喻蒙政权已巩固，自己则以遗臣而零落泥途；“不肯嫁春风”则以寒梅之傲，明己之志。“争教”二字用旁评语气，申词人之意，使全篇收结于庄谐互见之中，甚有生趣。

木兰花慢

拥都门①冠盖②，瑶圃③秀，转春晖。怅华屋生存，山丘零落④，事往人非。追随，旧家谁在？但千年、辽鹤去还归⑤。系马凤凰楼柱，倚弓玉女窗扉⑥。

江头花落乱莺飞，南望重依依。渺天际归舟⑦，云间汀树，水绕山围⑧。相期，更当何处？算古来、相接眼中稀。寄与兰成⑨新赋，也应为我沾衣。

【注释】

①“都门”：故都汴京。②“冠盖”：指官宦的衣冠与车盖。③“瑶圃”：仙园。④“怅华屋”二句：化用

曹植《箜篌引》句。详见《满江红》[老松荒台]“华屋零落”注。⑤“辽鹤”句:用丁令威“化鹤归辽”典,详见《水调歌头》[石坛洗秋露]“城郭”注。⑥“系马”二句:北周庾信《哀江南赋》有:“倚弓于玉女窗扉,系马于凤凰楼柱”句。⑦“天际归舟”:用谢朓《之宣城出新林浦向板桥》“天际识归舟,云中辨江汉”意。⑧“水绕山围”:用刘禹锡《石头城》诗“山围故国周遭在,潮打空城寂寞回”意。⑨“兰成”:即庾信,小字兰成。

【赏析】

蒙古乃马真后四年(1245)春,词人为办三女阿秀迁殡之事,首次返汴京。满眼冠盖,人非事往,感慨万千中遂作此词。是年词人五十六岁。

“拥都门冠盖,瑶圃秀,转春晖。”入笔先极力渲染汴京人来车往、熙熙攘攘及西园东圃花木吐秀的状况。然而,冠盖均是蒙人样,园囿也非旧时感觉,由此“春晖”自然引发出无限的感慨。

“怅华屋生存,山丘零落,事往人非”三句,紧承“冠盖”“瑶圃”而直转,用曹植典句,谓眼前人事。一个“怅”字融会了国事人事、民事家事等等的哀伤。

“追随,旧家谁在?但千年、辽鹤去还归。”“追随”即追着“冠盖”而寻找故人故家。旧家谁在,即无人在之意。结果是追冠者中无故人,追蒙古车盖进的却是新贵的署庭,追来追去,只有自己才是遗臣中的“辽鹤去还归”。寻常的几句话,把词人的动态画面、失望心绪、哀叹余音表现得异常生动。

“系马凤凰楼柱,倚弓玉女窗扉。”一丝凄凉的希望在满城的“追随”中完全失去了,只好系马于以前凤凰楼的柱子上,把弓靠在以前的玉女窗扉。写故国的残破景象,借庾信之语,言自己之悲,收到了古今璧合的效果。

“江头花落乱莺飞,南望重依依。渺天际归舟,云间汀树,水绕山围。”“江头”句紧扣来时的季节与物候中,用“落”与“乱”打破了春景,“南望”哀宗归天处却用“重”字来形容。忆“天际归舟”“云间汀树”,化用谢朓之语,并用“渺”字冠之。谓“水绕山围”时直接引了刘禹锡的寂寞之怀。同样是引用典句,用法却迥然不同。

“相期,更当何处?算古来、相接眼中稀。”“相期”,即有所期待,从前文看,有期待故国恢复之意,观后文有同古之悲歌者相约之愿。然而,此两样“相期”均无因依,于是便长叹“更当何处”,谓从古至今,灰之复燃“眼中稀”,而且眼中的新朝日渐巩固,自己只能用诗文来发泄一下胸中的悲慨而已，从而将深意引向尾声。

“寄与兰成新赋，也应为我沾衣。”结尾二句直诉胸臆：庾兰成有“哀江南赋”，我今有哀“都门”词；庾兰成留滞他国不能归，我眼见故园不能复；自古以来“相接眼中稀”，我们却因新旧之赋“相接”起来，同时，庾兰成读过我的新词，亦应泪下如雨。结尾两句用浪漫的笔法，产生出悲今撼古泣鬼神的艺术效果。

这首词以金亡后再返故都为情感爆发点，通过寻故人、怀故国、对话古人，把国丧之悲越翻越深，词的情境也越来越激荡。上下阕中的两个二字句也出得非常精妙，无论从语意上还是结构中看，都十分耐人品味。

浪淘沙

云外凤凰箫[①]，天上星桥[②]。相思魂断欲谁招[③]？瘦煞三山[④]亭畔柳，不似宫腰[⑤]。　长日篆烟[⑥]消，睡过花朝。红蔷薇架碧芭蕉。雌蝶雄蜂天不管，各自无聊[⑦]。

【注释】

①“云外”句：用“吹箫跨凤”典。刘向《列仙传·萧史》：“萧史者，秦穆公时人也，善吹箫，能致孔雀、白鹤于庭。穆公有女字弄玉，好之。公遂以女妻焉。日教弄玉吹箫作凤鸣。居数年，吹似凤声。凤凰来止其屋。公为作凤台。夫妇止其上不下数年。一日，皆随凤凰飞去。故秦人为作凤女祠于雍宫中，时有箫声而已。”②“星桥”：即神话传说中银河上的鹊桥。③“相思”句：用《楚辞》“招魂”典。④“三山”：以海上三仙山喻汴京宫苑中豪奢的园林假山。遗山先生《梁园春五首》之三有“上苑春浓昼景闲，绿云红雪拥三山”句。⑤“宫腰”：宫女纤细的腰肢。⑥“篆烟”：焚香时曲细如篆文的烟气。⑦“无聊”：精神空虚，无所依托。

【赏析】

这一首为词人金亡后始返汴京时所作。

“云外凤凰箫，天上星桥。相思魂断欲谁招？”“招魂”是《楚辞》中的名篇，东汉王逸认为是“宋玉怜哀屈原，忠而不弃，愁懑山泽，魂魄放佚，厥命将落，故作《招魂》欲以复其精神，延其年寿。”有人则认为是屈原哀悼楚怀王被拘留而客死秦国之作。金哀宗于天兴三年正月，被蒙宋之兵围于蔡州，自缢而死，自是金亡。词人于蒙古乃马真后四年（1245）春抵汴，目睹昔日之汴京物是人非，悲愤万分，遂言箫史、弄玉虽去，秦雍宫尚可时闻箫声，牛郎织女虽被天河阻隔，还有星桥可通。而哀宗之魂已杳，我上哪儿能把哀宗之魂招回？三句三典，比衬强烈，诉出词人极为悲慨的声音。

“瘦煞三山亭畔柳，不似宫腰。”二句旁写，谓昔日之上苑，桃红柳绿，宫娥翩翩。再看今日亭畔，杨柳憔悴。前者以情观物，为虚写，后者睹装伤情，为实写，虚实互映，含蓄而蕴深。

“长日篆烟消，睡过花朝。”“长日”句以宫中香烟久杳喻国亡之日久，“睡过”句言一梦花期已过，喻词人华年不再。此二句托意于物，慨叹自己年近老岁，不能为故国一尽遗臣之力，自悲自叹中却涌动着喷薄欲出的劲力。

“红蔷薇架碧芭蕉。雌蝶雄蜂天不管，各自无聊。”这三句又以象征的手法写眼中汴京的状况：“红蔷薇、碧芭蕉”喻的是汴京城中现时的景象，雌蝶雄蜂喻的是城中故国遗民。在词人眼中，汴京又呈一派繁华，旧时的子民亦麻木般地“各自无聊”。以己之情观世界，释放了词人精神空落、无处依托的怅恨之情。

词人重返故都后，目睹的宫苑花木、新容旧貌，无一不产生出巨大的冲击力，撞击着心灵，掀揭着旧伤。然而，新朝已经建立了十余年之久，权政均已巩固，词人返汴后激烈的情怀也只能隐晦地表达，这便是词中比喻、象征手法的妙处所在。

谒金门　漕司[①]西斋

罗衾[②]薄，帘外五更风恶。醉后题诗浑[③]忘却，乌啼残月落[④]。　憔悴何郎东阁[⑤]，宿酒[⑥]不禁重酌。袖里梅花春一握，幽怀[⑦]无处托。

【注释】

①“漕司”：漕运司，管理催征税赋、出纳钱粮、办理上供以及漕运的官署。②“罗衾”：丝织品做的被子。③“浑”：全。④“乌啼”句：唐张继《枫桥夜泊》：“月落乌啼霜满天，江枫渔火对愁眠。”⑤“何郎东

阁”:用“何逊吟梅”典,详见《鹊桥仙》[孤根渐暖]“何郎”注。⑥“宿酒”:饮酒后隔夜仍有醉意。⑦“幽怀”:深深的心事。

【赏析】

这首《谒金门》作于词人蒙古乃马真后四年(1245)春在汴京时。

“罗衾薄,帘外五更风恶。”首二句写夜宿漕司,“罗衾薄”言被冷,更言春寒,隐隐中含有心绪不佳之意。写罢室内感室外:“五更风恶”更增寒意,亦谓通宵难寐,把绵绵悲绪借“风恶”的环境表露出来。

“醉后题诗浑忘却,乌啼残月落。”词人来漕司后,曾作《同漕司诸人赋红梨花二首》诗,此处不仅补出昨日赋诗,寝前醉酒,更在于忘却眼前事而反衬唯知乌啼月。唐代张继夜宿姑苏阊门外所泊的船上,赋《枫桥夜泊》诗,表达的是旅愁和寂寞的情怀。词人此处用来,不仅在谓寂旅之情,又增添了怀念故国之意,赋“乌啼残月”以新意,更显得凄寒无比。

“憔悴何郎东阁,宿酒不禁重酌。”词人身形素来瘦削,此处便以东阁赋官梅的何逊喻漕司赋梨花的自己,特别用“憔悴”二字以形寓神,谓“宿酒”后不能再饮而烘托惨淡的心情,将“乌啼残月”时的心境刻画得甚为深婉。

“袖里梅花春一握,幽怀无处托。”梅花是自古以来诗人最易寄情之物,因此词人折梅一握放在袖中,而自己的幽怀却是这一枝梅花无法寄托的。而此际的汴京,除一小握梅花外,其它更无一枝堪托,怀恋故国的情怀只能飘荡于万物之外。“无处托”三字用得极是深沉、贴切、自然。

这首词由漕司夜宿写起,通过形象的外物、悲凄的心理,把重来故都时的幽怀状写得十分沉深,悲凉,字字切痛,传感力甚强。

临江仙

醉眼纷纷桃李过,雄蜂雌蝶同时。一生心事杏花诗。小桥春寂寞,风雨鬓成丝。　天上鸾胶[①]寻不得,直教吹散胭脂。月明千里少姨祠[②]。山中开较晚，应有背阴枝。

“小桥南北梦幽寻，残醉瞢腾不易禁。一树杏花春寂寞，恶风吹折五更心。”[③]此予二十年前嵩山中诗也。

【注释】

①“鸾胶”：传说中的一种胶，能把弓弦断处粘接起来。《汉武外传》：“西海献鸾胶。武帝弦断，以胶续之，弦两头遂相著。终日射，不断，帝大悦。”又《十洲记》：“凤麟洲上多凤麟，数万各为群。又有山川池泽，及神药百种，亦多仙家，煮凤喙及麟角，合煎仲膏，名之为续弦胶……刀剑断折之金，更以胶连续之，使力士掣之，它处刀断，所续之际终无断也。”②“少姨祠”：在嵩山之少室山，供禹之妻妹少姨。详见《水调歌头》[云山有宫阙]“少姨庙”注。③“小桥南北”四句：《杏花杂诗十三首》之七。

【赏析】

根据词人自注，知这首《临江仙》作于蒙古乃马真后四年(1245)春。

“醉眼纷纷桃李过，雄蜂雌蝶同时。一生心事杏花诗。”这首词要写的是杏花凋谢之憾，首句却谓以陶醉之眼观赏了桃李花从开到谢，将杏花隐于其中。第二句欲说桃李花过后的惆怅之情，却说“雄蜂雌蝶同时”，以蜂蝶之憾寓自己之憾，又是一个隐句。第三句出现“杏花”了，却落笔于“诗”上，不仅把一生爱杏爱彻骨体现得极为具体，而且自然地引出下文的铺写。

“小桥春寂寞，风雨鬓成丝。”小桥处，杏树旁，词人孑立抚枝，不忍离去。此处不谓词人惆怅，而谓小桥寂寞，欲言愁思，却写鬓丝，曲笔申主，又成佳句，“风雨”二字更把落花恨意化为迁怨，暗将笔意转向下文。

“天上鸾胶寻不得，直教吹散胭脂”接上阕的“风雨”而欲将吹残之花续于枝头，然而人间没鸾胶，天上的取不来，直看得恶风雨“吹散胭脂”而束手无策，将怅恨之情推上了高峰。“寻不得”三字又暗为下文作了过渡。

“月明千里少姨祠。山中开较晚，应有背阴枝”接“鸾胶寻不得”而写杏花寻得处。“月明”寓心中一亮，“千里”拉开温差距离，“少姨祠”落眼于寻花地点。而后推测：山中的花事来得晚，即使阳坡开罢，背阳之处应还有，我得赶紧过去了。平平的几句话，把词人酷爱杏花之情刻画得异常丰满、深微。淡中寓奇，奇气洋溢。

这首词语言平实无华，造境却极为巧妙，又层层暗伏，层层推高，把爱杏花、惜杏花之情表达得异常婉妙。另外，全篇均在咏杏花，却不见主体之名，唯一带“杏花”之处，还是附于诗中，构思之巧，自然而超群。

南乡子

风雨送春忙，烂醉花时得几场？枝上桃花吹尽也，残芳，一片春风一片香。　少日为花狂，老去逢春只自伤。回首十年[1]欢笑处，难忘，一曲悲歌泪数行。

【注释】

①“十年”：指词人在嵩山隐居之十年。

【赏析】

根据“回首十年欢笑处”句，知这首《南乡子》作于蒙古乃马真后四年（1245）春从汴京返乡途经嵩山时。

“风雨送春忙，烂醉花时得几场？”词人由汴京返乡途经嵩山时，正值春花烂漫之时，不禁回想到人生匆匆，好景易逝。“得几场”三字更将自己一生中的乐事悲事辛劳事串合一处，发出感慨，引出下文。

“枝上桃花吹尽也，残芳，一片春风一片香。”枝头的桃花眼见得要吹尽了，只剩几瓣还残留着，春风每吹落一片，就带走一片芳香。“吹尽也”语似轻洒，却满是惆怅，“残芳”二字更将此情翻深一层。

“少日为花狂，老去逢春只自伤”接“烂醉”与“残芳”，回顾自己年青时踌躇满志、意气风发的进取，此际却偶偶老步，满腹苍凉，愈是逢春，愈是感伤。二句对比写来，尽将凄寒凝于笔端。

“回首十年欢笑处，难忘，一曲悲歌泪数行。”词人隐居嵩山的十年，是他人生中最为畅意的时光。那段日子中，生活安定，山水作伴，胜友相偕赋诗，“欢笑”与“难忘”正是最精当的概括。而其后的桩桩遭逢，都与之形成截然不同的两个世界：家人不团栾、故国不复存、友人多离世，陵谷巨变将词人磨折得人憔心悴，故而于数行泪中赋成此篇，发散出无尽的悲慨。

这首词因春而感慨，触境而伤悲。上阕借象言怀，“残芳”二字承接精当；下阕对比言意，“难忘”二字转折自然。语言浅近，情感却忧愤，深切，感人至深。

朝中措　寄杨漕[1]

秋鸿社燕偶相逢，鞍马又西东。辜负水南[2]三月，安排万紫千红。　旧游新梦，绿波南浦，黄叶西风。任是麒麟阁[3]上，争如鹦鹉杯[4]中。

【注释】

①“杨漕”：当指杨奂。杨奂字焕然。金时举进士不第。崔立之变时微服北渡，冠氏帅赵天锡延致之，待以师友礼。蒙古太宗十年（1238），试于东平，两中赋论第一，荐授河南路征收课税所长官兼廉访使，在官十年。“漕”：漕司，管催征税赋，出纳钱粮，办理上供及漕运等事。②“水南”：洛水之南，代指洛阳。③“麒麟阁”：阁名。西汉时供霍光等十一位名臣。后世往往将东汉时供二十八将之云台、唐时供二十四功臣之凌烟阁与之并提。④“鹦鹉杯”：古代的名酒杯。李白《襄阳歌》有“鸬鹚杓，鹦鹉杯，百年三万六千日，一日须倾三百杯”句。

【赏析】

乃马真后四年春，词人到汴京为三女儿阿秀迁殡时，居于漕司。返途经洛阳时，作词以寄杨漕司。

“秋鸿社燕偶相逢，鞍马又西东。”鸿与燕虽然都是候鸟，但是迁徙的时间与栖息之地却不同。自 1238 年杨奂离开山东赴任河南，词人也于当年携家启程归乡之后，两位老友再未见面。此次能在汴京偶遇，实属庆幸之事，故而谓之为鸿燕偶逢。但是，见面仅仅几日，词人便要回忻州殡葬张太夫人和三女儿的骨殖，只好“鞍马又西东”，惜别之情尽在“又西东”三字中。

“辜负水南三月，安排万紫千红。”来到水南，正值三月，老友特意请求春神，在洛阳安排了“万紫千红”以迎接自己，此份情意旷世难有。但是，词人归心似箭，不得不匆匆而过。“辜负”二字，既负朋友，又负春神，于内愧中把二人在患难中结下的深厚之情刻画得十分浪漫而灵妙。

下阕转写词人给杨漕的寄语。

“旧游新梦，绿波南浦，黄叶西风。”“旧游新梦”谓老朋友有了漕司之职，“绿波南浦”喻现时的职司顺风顺水，“黄叶西风”喻人将老至。杨奂长遗山先生四岁，遗山是年五十六岁，杨奂则已六十岁了。可能是看到老友在任上特别劳碌，便欲劝其放松劳作，便以此喻而警示之。

“任是麒麟阁上，争如鹦鹉杯中。”杨奂在任“招致名胜……日与商略，条画约束……按行境内，亲问盐务……官民以为前乎此，盖未有漕司惠吾属之如是也”(《故河南路课税所长官兼廉访使杨公神道之碑》。尾二句将前文之意挑明了，谓其功绩再大不及保重身体。比喻形象得体，语出恳切诚挚，极显了关切入微的挚友之情。

词作以寄语为题，或写故友之谊，或写关切之情，比喻形象，语言生动，娓娓之言甚为感人。

南乡子

烟草入西州①，暮雨千山独倚楼。不似秦东亭②上饮，风流，翠袖③春风两玉舟④。　事去重回头，却是多情不自由。为向河阳桃李⑤道，休休⑥，青鬓能堪几度愁？

【注释】

①“西州”：指洛阳，因在汴京西，故称。②“秦东亭”：在长安城东。③“翠袖”：佳人。④“玉舟”：酒杯。⑤“河阳桃李”：白居易《白氏六帖》卷二十一：“潘岳为河阳令，树桃李花，人号曰：‘河阳一县花。’”河阳：故城在今河南孟县西。⑥“休休”：犹言“完了”。

【赏析】

“烟草入西州，暮雨千山独倚楼。” 词之启笔写春到洛阳，然而，烟草茫茫，暮雨蒙蒙，给此地蒙上了迷茫的氛围，为词人“独倚楼”设出了特有的环境。

“不似秦东亭上饮，风流，翠袖春风两玉舟”三句，写词人“独倚楼”之浮想。金章宗泰和八年（1208），词人曾去长安参加府试，从春到秋在了半年之久。其《蝶恋花》[一片花飞春意减]中云：“酒里看花云锦烂，只记莺声，不记红牙板。留着佳人鹦鹉盏，明朝剩把长条挽。”“风流，翠袖春风两玉舟”便是对那段经历的回顾。然而，今日所在之东都洛阳，完全没了西都长安时的激情，心中存余的只有无数怅憾的累积，“不似秦东亭上饮”便是两种情怀的自然展露。

下阕紧承“不似”二字而铺写“独倚楼”的思潮。

“事去重回头，却是多情不自由。”往事已过去多少年了，却看自我依然如故。“多情”二字含蕴的是欲为国为民一展抱负的高远志向，“不自由”言的是诸多因素的制约而壮志未酬，此种激愤涌上心头，独自倚栏，迷茫于烟草暮雨之中。

“为向河阳桃李道，休休，青鬓能堪几度愁？”潘岳曾经在《秋兴赋·序》中说：“晋十有四年，余春秋三十有二，始见二毛。”潘岳即“潘河阳”，他慨叹白发早生，正与逝去华年的词人之心境一样，故而于结尾处发出悲天长息。此处的“休休”与上阕的“风流”对比举来，迸发出冲击读者心灵的无穷之力。

词的上阕由景入怀，用对比的手法突显出“独倚楼”的孤寂。下阕以晋代名士潘岳比自己“多情”却“不自由”的境况，“青鬓”相似，其愁却更深。铺写得扎实，主旨便出得自然，特别是用反诘语气收结，情感激烈，传感也便有了强劲之势。

点绛唇

水北[①]寻梅，旧时花在今谁主？袜尘微步，照影苍烟渚[②]。

白玉堂前，何似卢家住[③]？花无语，月斜人去，寂寞春寒树。

【注释】

①“水北”:洛水之北,代指洛阳。②“渚”:水中的小块绿地。③“白玉堂”二句:《乐府诗集》卷八十五南朝梁武帝《河中之水歌》:“河中之水向东流,洛阳女儿名莫愁……十五嫁为卢郎妇,十六生儿字阿侯。”李商隐《代应》诗云:“本来银汉是红墙,隔得卢家白玉堂。谁与王昌报消息,尽知三十六鸳鸯。”

【赏析】

金亡之后,词人再到洛阳,处处物是人非,遂发出“花无语,月斜人去”的感慨。

“水北寻梅,旧时花在今谁主?”词人南渡之后,常与文友们一道在洛阳游赏,并结有许多尘间与方外的诗友。金亡之后再度来时,城郭依旧,故友难寻,故而借“水北寻梅”之事象,发“今谁主”之叹。启端便寄寓了无限伤怀的故国之情。

“袜尘微步,照影苍烟渚。”提着沉重的脚步,鞋袜沾满了灰尘,越走心情越凄寒;临水照影,唯见的是自己的苍颜。“袜尘”沿“寻”而生,“苍烟渚”更添了“谁为主”的凄冷,意在言外而情在景中。

“白玉堂前,何似卢家住?”在白玉堂前,词人停下了寻觅之足,此处多像昔年的卢府呐!洛阳豪富之卢家早已成为旧话,而今的“白玉堂”岂能属于故人?此处用老旧话题言今事,把金亡已多年的怅恨隐含得甚是深微。

“花无语,月斜人去,寂寞春寒树。”问花花无语,日暮月斜故人无,一片寂寞的氛围中,只有寒树在相照。尾三句把凄凉的心情化作萧索的景语,于无穷的惆怅中照应开头而沉重收笔。

这首《点绛唇》以“寻”字为线索,把赫大的洛阳城写得死气沉沉,从而使“今谁主”的主题表达得十分形象而深沉,撼人心灵。

临江仙　对花怀洛阳旧游

紫玉霜华①相照映,锦花②仍是琼儿③。天边谁与慰相思?洗妆④无别物,只有断肠诗。　水北水南浑一梦,眼中红袖⑤乌丝⑥。春风同是可怜枝。争教[7]歌酒兴，不似洛阳时。

【注释】

①“紫玉霜华”：紫色与白色的花，泛指色彩缤纷的花卉。②“锦花”：色彩斑斓的花。③“琼儿”：仙境中琼树的花。④“洗妆”：古时候，洛阳人家于梨花开时在树下聚饮，称作“洗妆”。详见《太常引》[官街杨柳絮飞忙]“梨花洗妆”注。⑤“红袖”：代指佳人。⑥“乌丝”：用“乌丝栏”典。“乌丝”：即“乌丝栏”，指有黑格线的绢素或纸笺。唐蒋防《霍小玉传》：“中宵之夜，玉忽流涕观生曰：‘妾本倡家，自知非匹。今以色爱托其仁贤，但虑一旦色衰，恩移情替，使女萝无托，秋扇见捐。’极欢之际，不觉悲至。生闻之不胜感叹，乃引臂替枕，徐谓玉曰：‘平生志愿，今日获从，粉骨碎身，誓不相舍，夫人何发此言？请以素缣，著之盟约。’玉因收泪，命侍儿樱桃褰幄执烛，授生笔研。玉管弦之暇，雅好诗书，筐箱笔研，皆王家之旧物。遂取绣囊，出越姬乌丝栏素缣三尺以授生。生素多才思，援笔成章，引喻山河，指诚日月，句句恳切，闻之动人。染毕，命藏于宝箧之内。自尔婉娈相得，若翡翠之在云路也。”⑦“争教”：怎教。

【赏析】

金宣宗元光元年（1222），词人曾与钦叔、敬之、希颜等人游于洛阳、孟津之间。二十余年后的蒙古乃马真后四年（1245）春，词人从汴京归乡，途经洛阳，这首词当作于是时。

“紫玉霜华相照映，锦花仍是琼儿。”词人重来故地，满目中繁花相映，依然是旧时的样子，但物虽是而人已非，昔日同游的辛愿、雷渊、李献能等人，或逝于病魔，或死于兵祸。而今只剩自己一人凭吊故地，不禁悲从中来，感慨万千。

“天边谁与慰相思？洗妆无别物，只有断肠诗。”我的好友们一个个都去天边了，谁还会来慰藉我的思友之苦？以往花期时，老友们欢聚举杯，共同在此“洗妆”，今天却只能用一首断肠诗来寄托我的悲伤。同是洗妆，一倾酒以畅怀，一作诗而断肠，把“对花怀洛阳旧游”的题旨表达得甚为凄惋。

“水北水南浑一梦，眼中红袖乌丝。”“水北水南”回闪出文友们洛水南北畅游赋诗的镜头，然而，眼前花枝招展的“红袖”“乌丝”，让他感悟到昔时的交游、用世的豪怀都像一场春梦，梦醒之后一切乌有。感时感世、感友感己之情尽融于“浑一梦”之中。

“春风同是可怜枝。争教歌酒兴，不似洛阳时。”最后三句可以颠倒语序来理解，即眼前的“锦花仍是琼儿”，眼中的“红袖乌丝”亦是歌舞翩翩，但是，咋就提不起昔时之兴呢？思忖之后即感悟，无论昔友还是自己，都像眼前的“紫玉霜华”一般，成为春风中的“可怜枝”，由此而引伸“浑一梦”，完成了对花怀友的主旨。

这首词以“紫玉霜华”为触发点，以“断肠诗”为词眼，抒写了怀念故友的情感，揭示出眼前纷华已非故国的主题。言其为“一梦”，实谓为遗恨，让人读后亦生出无限的感慨。

满江红　再过水南①

问柳寻花，津桥②路、年年寒节。佳丽地、梁园池馆，洛阳城阙。白鹤重来③人换世，凄凉一树梅花发。记水南、昨暮赏春回，今华发。　金缕④唱，龙香拨⑤。云液⑥暖，琼杯⑦滑。料⑧羁愁千种，不禁掀豁⑨。老眼只供他日泪，春风竟是谁家物。恨马头⑩、明月更多情，寻常缺。

【注释】

①“水南”：洛水之南，此处代指洛阳。②“津桥”：洛阳南的天津桥。③“白鹤重来”：用丁令威“化鹤归辽”典，详见《水调歌头》[石坛洗秋露]“城郭”句注。④“金缕”：金缕曲，曲调名。⑤“龙香拨”：用辛弃疾《贺新郎·赋琵琶》“凤尾龙香拨”句。龙香拨：用龙香柏制成的板儿拨动琵琶。⑥“云液”：酒的别称。⑦“琼杯”：玉杯。⑧“料”：理，梳理。⑨“掀豁”：揭开。⑩“马头”：指马背行旅。

【赏析】

这首《满江红》作于词人蒙古乃马真后四年从汴京归乡，途经洛阳时。

“问柳寻花，津桥路、年年寒节。”词以过洛阳而忆往事启笔，谓往年来洛阳多逢寒季，今次再来，依旧春寒。一个“寒”字为全篇打上了冷峭的底色。

“佳丽地、梁园池馆，洛阳城阙。白鹤重来人换世，凄凉一树梅花发。”此数句先忆旧时佳地，举出能与“洛阳城阙”相媲美的，只有汴京的池馆水榭。两都并写，凸显旧时佳丽地给词人留下的美好记忆，为后文设出反衬。“白鹤”二句就题，谓重来时已经朝改代换，物是人非，欲寻春柳芳花，见到的却是一树“凄凉”的梅花。托物融典，达意深微。

“记水南、昨暮赏春回，今华发”二句，由悲伤陵谷之变而转叹年已老至。然而，谓自己的华发，实为感慨为故国尽力的时日无多。轻笔幽怀，苦辣齐集。

“金缕唱，龙香拨。云液暖，琼杯滑”四句，描写时下洛阳的欢乐景状：《金缕》歌如莺婉啭，琵琶用龙香板儿弹拨；美酒入肠升暖，玉杯温润光洁。四个短句，四项物事，词鲜句丽，情境尤美，标志着新朝已是歌舞升平的景状，又为后文作出铺设。

“料羁愁千种，不禁掀豁。”笔锋直转，谓眼前新事只会徒揭旧伤疤。“不禁掀豁”四字锤炼精绝，真堪翘指。

“老眼只供他日泪，春风竟是谁家物”二句出得极妙，“供”者“任”也，此处欲说触目之事多无快意，却怪老眼只会流泪；欲说眼前的繁华均是异国之状，却怨春风不来光顾他。曲笔之处，妙味横生。

“恨马头、明月更多情，寻常缺。”在苏轼的笔下，“人有悲欢离合，月有阴晴圆缺”而“不应有恨”（《水调歌头·明月几时有》），而词人此际的马头之前尽是伤情，因而变“不应有恨”为长恨；变“月有圆缺”为没有圆而只有缺。而且，苏轼之句重在兄弟难聚，遗山此处却谓故国之伤。虽有继承，更在发展，立意之间又自高格。

这首词托物寄意，情感跌宕，语言新奇而话中有话，化用典故更别出新意，充分体现了词人立意高远、精于炼句的高超手段。

婆罗门引　兖州[1]龙兴阁感遇

峄山[2]霁雪，九层飞观郁峥嵘。风烟画出新亭。老眼来今往古，天地两无情。但浮云平野，短日芜城。　酒狂步兵[3]，书与剑[4]、此飘零。为问云间鸡犬[5]，几度丹成？停杯不语，竟何用、千秋身后名？休自倚，湖海平生。

【注释】

①“兖州”：金代属山东西路，领嵫阳、曲阜等四县。②“峄山”：在山东邹县东南，又名邹峄，山势高秀独出，多孔穴。③“酒狂步兵”：指阮籍，因其好酒，求为步兵营校尉。详见《婆罗门引》[短衣匹马]“穷途阮步兵”注。④“书与剑”：《史记·项羽本纪》：“项籍少时学书不成，去学剑，又不成，项梁怒之。籍曰：‘书，足以记姓名而已；剑，一人敌，不足学。学万人敌。’于是项梁乃教籍兵法，籍大喜，略知其意，又不肯竟学。”⑤“云间鸡犬”二句：相传，汉淮南王刘安好仙道方术之事，八公授以炼丹之法，后服食仙药，与八公相携成仙而去。葛洪《神仙传·刘安》：“淮南王刘安言神仙黄白之事。安临仙去时，余药器置于中庭，鸡犬舐啄之，尽得升天。故鸡鸣天上，犬吠云中也。”

【赏析】

根据遗山先生书法“太原元好问刘浚明、京兆邢敏、上谷刘诩、东光句龙瀛、荡阴张知刚、汝阳杨云鹏、东平韩让恭拜圣祠，遂奠林墓。乙巳冬十二月望日谨题”之题名，知这首词作于蒙古乃马真后四年十二月在山东曲阜瞻拜孔庙之时。

“峄山霁雪，九层飞观郁峥嵘。风烟画出新亭。”启篇先写遥遥的峄山积雪初晴，漫山银光熠熠。再写眼前的龙兴阁，“九层”谓其高巍，“飞观”状其檐拱，“峥嵘”言其非同寻常的气势。而后落笔于一座“新亭”，特别以风烟弥荡而模糊背景，着意使“新亭”显得特别抢眼，让人自然地联想到东晋过江诸人泣新亭的旧事(详见《江城子》[醉来长袖舞鸡鸣]“新亭”注)，也由此而引出下文的铺写。

“老眼来今往古，天地两无情。”老眼”二字紧扣上述入目的三物事，“来今往古”又接“峄山霁雪”之古景，“新亭”“画出”于新朝，把今人忘却亡国恨寓于“天地两无情”中，暗衬着唯独自己耿耿于故国之情怀。

“但浮云平野，短日芜城”二句，将上述的隐意点明了：在词人眼中，视飞观、新亭如不见，但见浮云笼罩下的荒野，天寒日短中的荒城，物以情出，情寓景中，正是寒色恼人，遗恨绵绵。

“酒狂步兵，书与剑、此飘零”二句两典：一用阮籍穷途痛哭之事喻自己怀恋故国之情，一用项羽书剑无成喻自己无济于国，两典并出烘托了词人落拓飘零的悲叹。

“为问云间鸡犬，几度丹成？”在人间“短日芜城”，自己穷途飘零而无计排忧之际，便产生超尘出世之念,“几度丹成”即服丹飞仙之事今已几度?我是否还能赶得上?然而,明知此念不切实际,只是借浪漫而排遣幽怀而已,于是又自然地转入现实:

“停杯不语,竟何用、千秋身后名?”“不语”中蕴含着潮涌般的心绪,千秋之名竟何用是思绪的中心问题,思来想去均无解,得来的声名无可用,唯一之途是放弃,于是又自然地引出尾声。

“休自倚,湖海平生。”不要独倚栏杆空言愁了,该到放怀便放怀,且去江河湖海放任平生吧。结尾二句放开心境,以旷达的胸怀高蹈收结,完成了“感遇”的主题。

寻常的感遇,多是因人或因事而发,而此篇所感遇的却是一座楼观,似乎是与常规不合,而细细玩味,竟是妙意别出。词人“感遇”的不是它的“九层飞观郁峥嵘”,而是“龙兴”这个名字。此个“龙兴”让词人想到金之“龙兴”,然而金之龙只“兴”了一百二十年,就被另一个“龙兴”取代了。“往古”的龙兴与己无涉,“来今”的龙兴却给自己带来许许多多的苦难遭逢和痛彻心扉的感伤,故而说,感遇“龙兴阁”这个命题做得别致,做得新奇,也做得凄惋、苍凉,让人感喟不已。

阮郎归

漫郎①活计拙于鸠②,闲中又过秋。枕书眠了却登楼,贫来颇自由。

书咄咄③,赋休休④,西窗晚更幽。诗家贫杀也风流,家人不用愁。

【注释】

①“漫郎”:词人的先祖,唐代诗人元结,自号“浪士”“漫叟”。历官水部员外郎、刺史等职。唐颜真颜《容州都督兼御史中丞本管经略使元君墓表碑铭·序》:“将家瀼滨,乃自称浪士,著《浪说》七篇。及为郎,时人以浪者亦漫为官乎,遂见呼为‘漫郎’。”此处为词人借先祖而自称。②“活计拙于鸠”:指谋生的本事不及斑鸠鸟。斑鸠鸟营巢极为简单,只数十根短柴而已,它又常常侵占别鸟之巢而栖,故有“鸠占鹊巢”之说。③“书咄咄”:《世说新语·黜免》:“殷中军(殷浩,中军将军)被废,在信安终日书空作字。扬州吏民寻义逐之,窃视唯作‘咄咄怪事’四字而已。”④“赋休休”:抒写表达安闲自乐的作品。唐司空图建休休亭。其诗云:“且喜安能保,那堪病更忧,可怜藜杖者,真个种瓜侯。”

【赏析】

“漫郎活计拙于鸠，闲中又过秋。”这是词人的一首自谑之作，起句即言自己的谋生本事比斑鸠鸟还拙，使人形象地联想到他置家的本事很差，亦把一个“贫”字暗寓其中了。然而，词人之“拙”不是真拙，是拙于名利的追求。个中涵寓的是他终生的信念：为官时只为国为民而无私欲，国丧后不事新朝而甘守贫，因此，这个“拙”字中蕴含的却是词人极为可贵的精神。回过头来再回味“漫郎”二字，更知他的诗文情结和傲世气格也缘之于斯，为此便觉“闲中又过秋”因果相承，出得十分自然。

“枕书眠了却登楼，贫来颇自由”二句，先扣其“闲”，闲得似神仙；再扣其“拙”，拙得让人钦羡。“自由”二字由“拙、闲”而来，把“漫郎”之性演绎得十分酣畅。

“书咄咄，赋休休，西窗晚更幽。”下阕抒写“颇自由”的情趣：“书咄咄，赋休休”言其以诗笔写透了人间之杂象，陶尽了自己的逸趣；“西窗晚更幽”暗引了李商隐“共剪西窗烛”（《夜雨寄北》），庆幸着自己经磨历难后“儿女得安全”（《初挈家还读书山》）。“晚更幽”三字含尽了晚岁的慰藉，也作自然承转，过渡向尾句的抒写。

“诗家贫杀也风流，家人不用愁。”结末出得很潇洒：“贫杀”言极贫，照应其“拙”而谓贫得心安理得，“风流”照应“登楼”，谓“诗家”成就更上一层，心轻语快，风流至极。“家人不用愁”也含蕴深广：一谓家人在自己的巢护下，终于不再颠沛担忧，男儿之责无愧憾；二谓家人不再为自己于风雨飘摇中朝不知夕而提心吊胆。两意并出，抒发了词人自慰自足、安贫乐道的情怀。

这首词以自谑、自怡、自足为基调，抒发了词人回乡后极为快慰的心情。行文流丽、明快，语言幽默、洒脱，特别是“诗家贫杀也风流”句豪宕至极，令人拍案称绝。

阮郎归

峥嵘秋气动千崖，川平晚照回。小桥流水送吟鞋[①]，无人觉往来。

欹[②]乱石，坐苍苔，一杯复一杯。田家次第有新醅[③]，黄花细细开。

【注释】

①“吟鞋”：诗人的鞋，代指诗人的行足。②“攲”：通“攱”。倾斜。③“新醅”：新酿成而未过滤的酒。

【赏析】

“峥嵘秋气动千崖，川平晚照回。”这首《阮郎归》是叙写词人晚归山居时之情景的。词人家居系舟山北麓的山村（今之元家山村），村北坡路渐缓渐平，二三里外即是平川。词的首句写入眼巍峨的系舟山，“峥嵘”言气势之耸峻，“千崖”谓山峦重重，百里绵延，“秋气”则描绘山松苍苍、草木橙黄。一个“动”字使整个山系秋声涌动，气象万千。“川平晚照回”总叙词人的行脚脉络和时间，“川平”与“峥嵘”相形，一阳刚，一和柔，差比甚大而气韵和谐，暗寓了山居之优美。

“小桥流水送吟鞋，无人觉往来。”接下来写由“川平”向“千崖”的行状；涧溪淙淙，自南而北流来，小桥横溪，专接词人返山。水流虽为北向，溪声却向南伸，故而“送”字巧在溪声之相随而送，寓托着浓浓的乡情。“无人觉往来”则是写行近山麓时，人声渐稀渐寂。烘衬出山居静寂的韵致和词人归隐于山中的逸情。

“攲乱石，坐苍苔，一杯复一杯。”这几句写步入山中：斜倚山石歇歇腿，坐着山苔伸伸脚，拿出怀中酒，一杯接一杯，那种情趣真如地行仙一般，惬意极了！

“田家次第有新醅，黄花细细开。”杯杯之酒何处来？词人边酌边向川平回望，说“田家次第有新醅”，也即田家朋友次第有新赠，所赠之酒为黄花新酿，斟送时还是“细细”地启开酒坛，匀匀地酌入壶中，让他珍重地带回来的。“次第”二字，把词人朋友遍家乡的欣悦之情表现得十分细微。

词以秋令为背景，用移步换景的笔法，描绘了词人的山居之美、幽闲之趣和乡情之浓。来路去路脉络分明，高下动静互映互衬，山情友情处处融和，十分立体地揭示出词人热爱山居、热爱家乡的情结。

玉楼春

秋风茅屋浮云巘[①],汗漫[②]招来嵇与阮[③]。尽从鹤背更腰金[④],独恨骑曹[⑤]余手板[⑥]。　酒中最好藏疏懒,深注红螺[⑦]容细卷。世间只没□闲人,举步有闲渠自远。

【注释】

①"巘":山峰。②"汗漫":漫无边际。③"嵇与阮":嵇康与阮籍,均为竹林七贤中人。④"鹤背腰金":用"骑鹤上扬州"典,详见《太常引》[东园歌管日相娱]"鹤到扬州"注。⑤"骑曹":骑曹参军,泛指职位低微的小官。⑥"手板":即笏板,古代大臣朝见时手中所执的狭长板子,用玉、象牙或竹制成,用以比划或在上面记事,以备遗忘。⑦"红螺":软体动物,腹足。壳螺旋形,外淡褐色,内红。此处指螺状的酒器。

【赏析】

根据词意,知这首词作于归家乡忻州后。

"秋风茅屋浮云巘,汗漫招来嵇与阮。"词人所居山村在系舟山北麓之玉泉山,故而以杜甫之秋风茅屋喻诗家屋舍,用山岭浮云谓居处位置之高峻,飘逸自适之情已见盈溢。次句更以浪漫之笔,欲招嵇康、阮籍等古贤来此一览系舟山胜处并诗酒为乐,胸中逸气豪宕而起。

"尽从鹤背更腰金,独恨骑曹余手板"二句,举出世人苦心孤诣,有了多赀又想做官,当了小官又望列于朝堂,为词人高居浮云间的闲适之趣作了形象的反衬。

"酒中最好藏疏懒,深注红螺容细卷。"下阕转写词人山居中的饮酒闲乐之状。"酒中"句将酒与闲巧妙地凝合为一体,"最好藏疏懒"于平白之语中提炼出韵味极浓的佳句,真堪叫绝。"深注"句描写饮酒的情状:"深注"言斟酒更言心理,"红螺"谓酒具更谓怡情,"细卷"写慢品更写酒中三昧。寥寥七个字真把饮酒之乐写到了极致。

"世间只没□闲人,举步有闲渠自远。"又是两个妙句:意思是说人世间没有更闲逸的人了,如有的话将会随他踱向更闲之处,言外之意则是天下唯我最得闲趣。寻常之语再入妙境，清逸之趣荡远不绝。

词人的前半生，始终处于出仕与隐居的纠结之中。自脱羁还乡之后，全家得以安全，心中的纠结也不再存在，其高卧家山的情趣便显得异常突出，这首《玉楼春》就是他释放情怀中十分洒脱的一例。

满江红　三泉[1]醉饮

桃李漫山，风日暖、朝来开彻[2]。东溪上、落花流水，暮春三月。一片花飞春意减，有花堪折君须折[3]。恨百年、春事短长亭[4]，匆匆别。　金缕唱，金蕉[5]拍。休直待，芳华歇。到绿阴青子[6]，只供愁绝。坐上常看尊有酒，镜中莫管头如雪。料[7]酒来、人说次公[8]狂，从渠说。

【注释】

①“三泉”：在今山西繁峙县大营镇西南。遗山《创开滹水渠堰记》：“滹水之源，出于雁门东山之三泉，过繁峙，遂为大川。”②“彻”：完，尽。③“有花”句：唐无名氏《金缕衣》：“劝君莫惜金缕衣，劝君须惜少年时。有花堪折直须折，莫待无花空折枝。”④“短长亭”：旧时设在城外供人休息、送别的亭子。五里处称短亭，十里处为长亭。⑤“金蕉”：酒杯。⑥“青子”：是指未熟果实。杜牧《叹花》“绿叶成阴子满枝”，苏轼“花褪残红青杏小”，皆指此。⑦“料”：量。⑧“次公”：元结，字次山，号浪士、漫叟，诗文兼擅。唐肃宗时入朝，官水部员外郎、荆南节度判官。唐代宗时任道州、容州刺史。是遗山先生的远祖。

【赏析】

这首《满江红》作于蒙古定宗二年（1247）三月游繁峙三泉时。

“桃李漫山，风日暖、朝来开彻。”首句写果树，言其漫山遍坡。次句谓阳春，状花事之盛。启篇二句展示出坡坡沟沟、层层叠叠、花事喧闹的奇美景象。然而“开彻”二字煞句，给人以盛极将衰的感觉，为下文伏了一笔。

“东溪上、落花流水，暮春三月。”前句视点转到溪流上，着眼于偶然看到的落花，意识到时已春暮，在照应“开彻”之后又为后文作出铺垫。

“一片花飞春意减，有花堪折君须折。”此句的“一片”不是“漫山”之一大片，而是溪水中飘来的一小瓣。惟其如此，才发出一个“春意减”的信号，才警示人们“有花堪折君须折”，也即揭示出词之主题：珍惜青春季，奋发少年时。

“恨百年、春事短长亭，匆匆别”二句以“恨”作领，恨人生不过百年，恨流水中飘浮落花，恨匆匆间已是暮春。“短长亭”用人们送别之凄凉喻流水送落花之遗憾，联想新奇而合理。

“金缕唱，金焦拍。休直待，芳华歇”写会饮场景：击金壶为拍，唱《金缕》之歌，达惜时之意。巧用三字四叠，合节合律合心境，更合诸友同吟互动的氛围，将“醉饮”二字表现得十分得体。

“到绿阴青子，只供愁绝”二句从反面言之，照应上阕之“恨”，语势上也疏缓下来，为下文再次扬起而蓄势。

“坐上常看尊有酒，镜中莫管头如雪。料酒来、人说次公狂，从渠说”几句。从座中诸友落笔而抒词人之怀。先用有酒何畏年老近，将旷达的胸次释放出来，使所蓄之势作出第一波激荡。“料酒来”三字呼音响亮，醉态狂放，把情境推上高峰。而“人说次公狂”则用别人之语喻自己之癫，笔意新奇，达意精绝。“从渠说”三字言自己也是这样想的，不仅收结了全篇，而且把高昂的语势疏缓下来，收到跌宕有致的艺术效果。

词的上阕由花开花落起兴，表达了珍惜时光的意旨，下阕写醉饮状况，突显了词人骋意疏狂的性格。合而观之好像搭不上界，其实，词的重心恰恰是在醉酒狂歌之中。遗山先生笔下之酒，不是一种的酒嗜，而是借以抒发情怀的媒介。这首词中，他借击金杯而浩歌，呼酒来而放旷，正是他惜时如金，急于“折枝”之心情的外化，是积极用世之豪情的释放，从中可以自然地感受到他那慷慨的气度和卓荦的胸怀。

临江仙

相下与王以道饮，席间走笔为赋。王，予东曹掾时同舍郎也[①]。

一段江山英秀气，风流天上星郎。烟花[②]故国五云乡[③]。只知心事在，争问鬓毛苍。　千古西陵[④]歌舞地，兴来忘却悲凉。相逢一醉莫停觞[⑤]。东山看老去，湖海永相望。

【注释】

①“相下”:相州,故治在临漳西,金为彰德府,今为河南安阳。“王以道”:金末时在官,遗山同僚,余不详。“东曹掾”:指词人所任之尚书省左曹都司。其《归德府总管范阳张公先德碑》:“曩予在大梁,承乏左曹之都司。”左曹,指尚书左司。②“烟花”:泛指春天的景色。此处喻国家之繁华景象。③“五云乡”:仙人所居之地。④“西陵”:三国时曹操的墓陵,此处代指曹操在临漳西南邺城所筑的铜雀台。⑤“觞”:酒杯。

【赏析】

蒙古定宗二年秋,词人自镇州(今正定)到相州,其诗《出镇州》有“无端行近还乡路,却傍西山入相州”句。

“一段江山英秀气,风流天上星郎。烟花故国五云乡。”“星郎”,又作“郎星”,郎官的代称。《后汉书·明帝纪》载:“馆陶公主为子求郎,不许,而赐钱千万。谓群臣曰:‘郎官上应列宿(众星宿),出宰百里,有非其人(如不称职),则民受其殃,是以难之。”此处以“天上星郎”誉王以道,一喻其文学才华,二谓其家族身世。同时,因之而忆起在京时由于故国为“烟花”之状,他也便显着英秀之气,从而为下文的伤怀作出铺垫。

“只知心事在,争问鬓毛苍”二句着笔于饮席,“心事在”言二人因国难遭逢而心事沉郁,“鬓毛苍”道人均老态。未写饮中所谈,已知凄语不绝。

“千古西陵歌舞地,兴来忘却悲凉。”因为前面所谈的心事太沉重了,便欲转移话题,即谈论相州之人文:谈曹操铜雀台旧事,道此处的千古歌舞,以之而“忘却悲凉”。然而,“西陵”二字却又把伤怀拉了回来。原来,曹操曾遗命诸子:“吾死后葬于邺之西岗上,与西门豹祠相近,吾妾与伎人皆著铜雀台……汝等时登台,望吾西陵墓田。”这个“千古西陵”又掀揭了金之覆亡的伤疤,词境之营造极见匠心。

“相逢一醉莫停觞。东山看老去,湖海永相望。”“一醉”二字接“忘却悲凉”而写不停杯,生怕停杯间“悲伤”再袭来,遥应上阕之“心事在”。“东山看老去”之东山,指谢安,借指王以道本有的定国之志和才华。今已老之意又照应“鬓毛苍”,谓二人均已老至。“湖海永相望”突然将心境放宽,互慰别后放情山水间,书信常来往。旷达之笔作结,收到起伏跌宕的效果,从情感上看,却能感觉出词人在自宽自慰,胸中的块垒依然未解多少。

这首词以故友相逢醉饮为线索，把怀念故国、慨叹遭逢、相约湖海等复杂的心绪串合在一起，十分自如地抒发了二人的遗臣之怀，读来甚感苍凉。

浣溪沙

梦里还惊岁月遒[1]，鲤鱼风[2]退不胜秋。人生虽异水同流。

酒力有神工驻景[3]，丹房[4]无药可烧愁。陶陶兀兀[5]老时休。

【注释】

①“岁月遒”：时光迫人。②“鲤鱼风”：南朝梁·简文帝《艳歌十八韵》：“灯生阳燧火，尘散鲤鱼风。”清吴兆宜注引《提要录》：“鲤鱼风，九月风也。”后用为咏水上风之典。③“驻景”：留住光阴，使人延年。景，即影，人的容颜。④“丹房”：道教炼丹之处。⑤“陶陶兀兀”：和和乐乐、昏昏沉沉的样子。详见《水龙吟》[百年同是行人]“陶陶兀兀”注。

【赏析】

“梦里还惊岁月遒，鲤鱼风退不胜秋。”首二句慨叹人生之短暂，岁月之迫人。“梦里还惊”以梦寐之事叹时不我待，“鲤鱼”之风更使人生使命未竟而添上了新愁。词人所惊所叹为何？留待下文揭示。

“人生虽异水同流”接“鲤鱼风”而谓芸芸众生殊途同归，然而深含之意却是词人原本在金，今却在蒙，尽管国度变了，时光却迫使他不得不与新朝同度光阴。个中还有一层深意，就是词人所期待的朝改代换后中原文化应当与蒙古文化合一，蒙元统治应与千古文治合为一脉，这也就是他最为急切的期待。

“酒力有神工驻景，丹房无药可烧愁。”词人因有急迫的使命感而“惊岁月遒”，便想留住时光，延长生命，将希冀寄之于“酒力神”。《资治通鉴·后晋高祖天福七年》：“他日，又宴，侍臣皆以醉去，独维岳在。曦曰：‘维岳身甚小，何饮酒之多？’左右或曰：‘酒有别肠，不必长大。’”词人身形亦癯瘦，却偏胜酒力，而且酒后之作甚佳。他还在《饮酒五首》中言“圣教难为功，乃见酒力神。”圣教都难为功了，道家的丹丸更难奏效，从而把壶中日月长演绎为美酒延长寿龄，浪漫之笔烘托高情远志，使命之感便显得更为迫切。

“陶陶兀兀老时休。”作为结句，并非是谓眼下，而是说词人的心志完成之后，便可在欣悦的心境中畅饮美酒，亦醉亦醒地安享晚年。高蹈之意尽出于斯。

诗人脱羁之后，胸中的目标甚多，人生的追求更高，然而时岁迫人之虑也便更加强烈。这首词便集中地表达了他晚岁时的心境，一颗赤诚之心可触可感。

浣溪沙

一片烟蓑一叶舟，梦中身世是沧洲①。鲤鱼风②退不胜秋。

秋月春风行处③有，苍苔④浊酒醉时休。人生虽异水同流。

【注释】

①“沧洲”：三国时阮籍《为郑冲劝晋王笺》：“临沧洲而谢支伯，登箕山以揖许由。”后以“沧洲”称隐者的居所。沧洲：滨水的地方。②“鲤鱼风”：九月的风。详见《浣溪沙》[梦里还惊岁月遒]“鲤鱼风”注。③“行处”：所行之处，处处。④“苍苔”：青色苔藓，此处指房前屋后遍青苔，形容无宾客往来。

【赏析】

这一首当与前首《浣溪沙》[梦里还惊岁月遒]作于同一时间。

“一片烟蓑一叶舟，梦中身世是沧洲。”首二句倒装，谓自己梦寐以求的是身居江湖之滨，披蓑衣，戴箬笠，荡舟于蒙蒙的细雨之中。此种境界与唐代张志和的幽悠之情何等的相似。

“鲤鱼风退不胜秋”句，突然转到现实的环境：客身在外，秋风之后天将更冷，还是回归隐居之处的好。以此为过渡，引向下阕的抒怀。

“秋月春风行处有，苍苔浊酒醉时休”二句，照应首二句而将词境扩大开来，谓只要有深隐之趣，佳处遍地都是，不必拘于一湖一舟。还归家山，深掩柴门，吟诗醉酒，万事抛于脑后，岂不快哉！此二句将心隐即深隐、心怡即境怡的隐者之道说得十分深湛。

“人生虽异水同流。”结句中，词人反思此番在外的苦心追求以及归乡去深居简出的诗酒乐趣，权衡之间，均难抉择，于是便说：两种人生虽然各不同，但是在我的身上恰恰合一了。“水同流”三字真是词人矛盾一生的精辟总结。

这首《浣溪沙》与前一首比较，六句中就有两句重用。然而在语序错位安放后，竟注以截然不同的内涵。而且各具其妙，令人玩味不尽。

浣溪沙

秋气尖寒①酒易消，秋怀无酒更无聊。夕阳人影卧平桥。

菊就雨前都烂漫，柳从霜罢便萧条。夜来②风色似今朝。

【注释】

①“尖寒”：寒峭。②“夜来”：忻州方言意为“昨天”。

【赏析】

根据遗山先生七言绝句《善应寺五首》的诗境，知这首《浣溪沙》作于蒙古定宗二年（1247）。是年秋，词人从镇州（今河北正定）到相州（今河南安阳），游善应寺，留有“夕阳人影卧平桥，倦客登临不自聊”等诗句。

“秋气尖寒酒易消，秋怀无酒更无聊。”词人一直在为保护中原文化、敦促蒙元政权施行文治而呼号奔走。蒙古定宗二年，老友张德辉应忽必烈之请，北上陈请行孔子仁政之道。词人急欲获知结果，便于当年五月赴镇州候消息。然而，张德辉一直未曾见到（次年夏方归），词人便怀着忐忑，于秋八月底返家时，“无端行近还乡路，却傍西山入相州”（《出镇州》）。本词之启篇“秋气尖寒”固然有秋深乍寒的感觉，但更多的是他那一颗悬着的心始终放不下，为此借酒而消“秋怀”，如果“无酒”便“更无聊”，这就是其时其境的真切心情。

“夕阳人影卧平桥。”行至平桥处，斜阳把人影拉得长长的，仿佛欲平躺歇息一般。景状虽美，但是“卧”字中含蕴着词人身累而心牵的感觉，身心外化，寄意深透。

“菊就雨前都烂漫，柳从霜罢便萧条”二句，缘平桥两畔的菊柳而言。就语言美感而言，真成千古佳句；从蕴含的深意来看，真有深湛的哲理；就其时的沧桑巨变和词人因之而所逢的遭遇看，却有着无尽的哀伤。一语多涵，耐人咀味。

“夜来风色似今朝”照应昨日之“尖寒”，延伸今日之“萧条”，把词人金亡之后难有好心情的状况流露得极为含蓄而有味。同时也令人联想到明朝的景况是否会比今天更冷？或者会有回暖？这得待到张德辉返回后才知分晓。

这首《浣溪沙》把词人纷沓而沉重的心绪寓于寒秋和夕景，句句蕴含着深意，又句句充满着艺术之美，真堪为千古之佳篇。

鹧鸪天　山阳七圣堂[①]

沙岸萦回入草泥，霜余烟景[②]自凄迷[③]。树嫌川近重重掩，云要村深故故[④]低。　茅盖屋，稻分畦，何人今日此幽栖[⑤]？十年来往山阳道，只道清溪过马蹄。

【注释】

①“山阳”：浊鹿城，在今河南省焦作市东南，因地处太行山之阳，故称。“七圣堂”：即七贤祠，亦称竹林寺，在山阳，供祀魏晋时阮籍、嵇康、山涛、刘伶、阮咸、向秀、王戎等七位志节高尚、旷达不俗之士，世谓“竹林七贤”。②“烟景”：烟水苍茫的景色。③“凄迷”：景物模糊的样子。④“故故”：常常，频频。杜甫《月三首》之三：“万里瞿塘月，春来六上弦。时时开暗室，故故满青天。”⑤“幽栖”：隐居。

【赏析】

词人于蒙古太宗九年（1237）首次归乡时，曾途经山阳。根据“十年来往山阳道”句，知此首《鹧鸪天》作于1247年。是年秋，词人离镇州（今正定），到相州，游黄华山、善应寺、七贤祠等地。

“沙岸萦回入草泥，霜余烟景自凄迷。”词之入笔先描写河水弯弯，沙岸水草，给人以清幽静穆的感觉，再由水面弥散出的淡雾将周边的景物蒙上秋霜后的薄霭，形成一幅淡雅而清新的画面，为七贤词营造出一个典型的背景。

“树嫌川近重重掩，云要村深故故低”二句落笔七贤祠了，然而又将其用重重的树木掩映起来，让飘荡的山云笼罩起来。此二句借天地之情谓七贤在世人心中的分量，用神秘的色彩发散出七贤的精神内质，以拟人的手段抒发出词人对七贤的崇仰和向往。真可谓笔意传神，奇趣津津了。

“茅盖屋，稻分畦，何人今日此幽栖”三句，接“村深”二字而写七贤祠周边的居邻。“茅盖屋”虽陋而清逸，“稻分畦”幽雅而怡静。勾勒出一幅高隐图之后，自然地发出何人今日此幽栖的赞叹来，不仅上应七贤，下接今隐，而且赞美了此乡的七贤遗风。当然，这种描写是词人身临其境后，触田园之景而幻化出的主观感受，表达的是他对高隐生活的向往，从而形成景中有我、情融贤祠的抒发效果。

“十年来往山阳道，只道清溪过马蹄。”作为尾句，其中包含着词人无尽的感慨。他在携家归乡之初说：“不成还更入红尘？”而事实上不仅没有停歇下来，反倒是奔波更多了。为此不无怅憾地说：十年间“来往山阳道”，只不过让马蹄在清溪中淌过一下罢了。这正是七贤的境界，此语此情看似低回，实则高扬，泠泠之声尽藏于中。

词的主体是写山阳之七圣堂，而通篇中未见一处“七圣”，感觉中又处处不离“七圣”，文脉甚紧，其谋篇造语更称圣手。

南柯子　济川[1]寿席

阀阅真王后[2]，衣冠上客中。路人遥识紫髯翁，争信旧来文赋动南宫[3]。　得婿攀龙贵，生男射虎雄。寿筵休放酒尊空，且道几人全福[4]与君同。

【注释】

①“济川”：刘济，字济川，大名人，金伪齐刘豫之孙。②“阀阅”句：阀阅：古代官宦人家门外左右树立的石柱，用以自序功状。《玉篇·门都》：“在左曰阀，在右曰阅。”真王后：帝王嫡后。刘豫原为金进士，官知济南府，降金后册立为皇帝，国号大齐，都大名，后迁都汴，在位八年被废。③“南宫”：河北冀州南

宫县,今南宫市。④“全福”:保全已得的幸福。《三国志·魏书·桓阶传》:“明府(张羡)必欲立功明义,全福远祸,不宜与之(刘表、袁绍)同也。”

【赏析】

根据刘济川年龄及“文赋动南宫”句,姑定为此首《南柯子》作于词人留南宫时段最长的1248年。

“阀阅真王后,衣冠上客中。”这首词是为刘济川祝寿而作的,故而首二句即言其特殊的身份,出人的衣冠,以先声而夺人。

“路人遥识紫髯翁,争信旧来文赋动南宫。”“紫髯翁”是敬称。以一部浓黑的胡须状其貌,“文赋动南宫”以其文笔才华言经纶,“遥识”与“争信”呼应,谓人们只识其一,不知其二,从而由身份之殊补出容颜威仪和才学根基,使人由外到内全面领略到刘济川的风貌与气格。

“得婿攀龙贵,生男射虎雄”二句暗含两典:一用《后汉书·光武帝纪》“从大王于矢石之间者,其计固望其攀龙鳞,附凤翼,以成其所志耳”之语,一用李广射虎南山之事,补述了刘济川子女的状况,为尾处作出铺垫。

“寿筵休放酒尊空,且道几人全福与君同”转笔于祝寿诸人及词人的祝语。“全福”一词,以民俗观念谓之,即福禄寿财俱得,夫妻子女俱全,此个“全福”济川皆得。“几人与君同”中又暗引了三国桓阶之典,表达了对友人的庆贺。词以如上诸意作结,委婉而独特,显示出词人严肃的历史观与诚挚的朋友义。

这首贺寿词,从寿星的身份、外貌到内质,及其对子女的阴庇,步步写来经络分明,语言明快,并以“全福”而应“阀阅”,以“休放酒尊空”而回题,收到了桴鼓相应的效果。

烛影摇红

红叶翻阶,晚风微扇回轻暖。群仙高跨紫云车①,来赴蓬莱宴。绣幕围香递远。飏帘花、时时影转。彩衣嬉戏,玉女回环,绿娇红软。　戛玉②调丝,喜音缭绕笙歌院。蟠桃花发正当春，烟媚明霞脸。休□飞琼[3]女伴。捧瑶觞、何妨屡劝。百年偕老，五福齐眉[4]，人间稀见。

【注释】

①“紫云车”：神话传说西王母乘紫云车。晋张华《博物志》卷八《史补》：“汉武帝好仙道……时西王母遣使乘白鹿告帝当来，乃供帐九华殿以待之。七月七日夜漏七刻，王母乘紫云车而至于殿西。”②“戛玉”：“戛玉敲金”的简缩，亦作“戛玉敲冰”。形容声调铿锵悦耳。③“飞琼”：神话传说中王母的侍女许飞琼。详见《水龙吟[旧家八月池台]“飞琼”注。④“五福齐眉”：夫妇五福俱呈。五福：《书·洪范》：“五福：一曰寿，二曰富，三曰康宁，四曰攸好德，五曰考终命。‘攸好德’谓所好者德，‘考终命’谓善终不横夭。”齐眉：谓夫妇相敬。

【赏析】

根据词意推测，这首祝寿之作似是为词人的妻子毛氏而作的。

“红叶翻阶，晚风微扇回轻暖。”红叶虽美，却遇寒秋，离枝翻阶不自由；晚风虽微，却如轻扇，渐渐扇得暖春回。毛氏夫人与词人成婚于金哀宗天兴元年（1232），不久便遭遇了蒙古兵围汴梁，城陷被管山东，山东六年后方得脱羁回忻，全家得以安全。诞辰之庆是在初春，却从寒秋写起，经历严冬而到“回轻暖”，个中的蕴意是十分显见的。

“群仙高跨紫云车，来赴蓬莱宴”二句写友人们乘车跨马，纷纷来贺。“紫云车”以仙人而赞高朋，“蓬莱宴”以居清而喻宴席，浪漫之笔中洋溢着无比的欣慰之情。

“绣幕围香递远。飏帘花、时时影转。”此二句着笔于贺辰中的主角：绣幕围香围不住，喻其德名远传；风飏帘上花，寓口碑传入，缕缕不绝。香与风一出一入，把毛氏夫人之贤德称道得十分形象。

“彩衣嬉戏，玉女回环，绿娇红软”三句写儿女之情：“彩衣”二句用互文手法谓儿女彩衣娱亲，绕膝回环；“绿娇红软”喻慈情抚爱，入目尽是天伦之乐，作为旁目的词人则满是家庭和乐的欣慰。

“戛玉调丝，喜音缭绕笙歌院。蟠桃花发正当春，烟媚明霞脸。”下阕转写贺宴场面。前两句先写乐声：“戛玉调丝”谓乐声清美，嘉音“缭绕”谓闻者欣悦。“笙歌院”下得极有分寸：词人所居既非高宅广宇，又不欲言陋居而有煞风景，故以“笙歌”冠之，既雅致而又合体。“蟠桃”寓庆诞季节又蕴祝福，“烟媚”句既言阳春暖气升腾，又写夫人满脸生霞，句句皆成妙语。

“休□飞琼女伴。捧瑶觞、何妨屡劝”二句，将为夫人捧觞的女友喻之为许飞琼，谓女友亦非寻常之外，又与前文的浪漫之笔呼应，烘托着贺宴的氛围。

“百年偕老，五福齐眉，人间稀见。”尾三句是作为夫君的赠语，亦是自己的心声：词人之五福，除过“富”字不作追求外，其它的均已得到，特别是“攸好德”做得更好，夫妻之齐眉相敬自不消说。为此，“人间稀见”是这首词的主旨所在，也是赠与这位患难与共的妻子的最佳之祝福。

这首贺词与其他祝寿之作的区别，在于没写富贵荣华，却有患难与共，而且写患难时用了华丽的词藻，写澹泊却不着痕迹，写晚景时才不厌豪夸。还有，其他的祝寿之作，或前或后总要把“寿”字点将出来，而这一首中却始终未见，这应该是此次庆贺时，毛氏夫人还不足六十之龄，因为忻州习俗是长辈在世不言寿，不到六十不言寿，此处属于后者。

定风波　儿子阿中百晬日作[1]

五色莲盆[2]玉雪肌，青搭红抹总相宜。且道生男何足爱？争奈，隆颅犀角[3]眼中稀。　六十平头年运好，投老[4]，大儿[5]都解把锄犁。醉眼看花驴背上，豪放，阿龄[6]扶路阿中随。

【注释】

①“阿中”：遗山先生第三子，即捴，字叔纲，小字阿中。“百日晬”：新生百日之庆。晬：婴儿满百日。②“莲盆”：如盆的荷叶。③“隆颅犀角”：额头隆起，额角突出。古人谓天庭饱满为贵人之相。④“投老”：年岁老至。⑤“大儿”：指长子元抚，字叔仪，小字阿千。⑥“阿龄”：次子元振，字叔开，小字阿宁。

【赏析】

根据“六十平头年运好”句，知这首《定风波》作于蒙古海迷失后元年(1249)。又据

《己酉四月十七度石岭》诗，知此首作于该年四月前在乡时。

“五色莲盆玉雪肌，青搭红抹总相宜。”习俗的画图中，常把婴儿宝宝画在莲荷叶子上，吉称为莲生贵子，也取义于多子之意。习俗又有在婴儿额头点红的做法，故而，词之启端便把白白胖胖的儿子及所卧之花饰被褥喻为莲盆贵子，如何妆扮都合适的可爱形态状写得十分逼真，那种慈爱之情全部体现在五色缤纷的眼神之中。

“且道生男何足爱？争奈，隆颅犀角眼中稀。”接下来的三句，先以人们常谓的秃头小小不如扎辫丫丫可爱之语，对比此子的额头饱满、犀角分明之贵相，表达了情不自禁的狂爱。“争奈”二字于抑前烘后中，使欣喜之情出得自然而微妙。

“六十平头年运好，投老，大儿都解把锄犁。”下阕由婴儿阿中而转写膝下众子。先从老大写起，言其已经长大成人，为父分劳，一种人到老年而时来运转、儿女成群的天伦之乐油然而生。“年运好”三字暗将大半生坎坷作比，幸运之感更显得十分强烈而自然。

“醉眼看花驴背上，豪放，阿龄扶路阿中随”是眼中幻出的景象；自己骑着“得得”而归的驴子，见次子沿路颠跑，阿中脚丫蹒跚追着赶着，自己饮后的两眼顿放豪光，于慈爱、幸福、期盼的诸般心境中，把眼中三子补写齐了，也将一个“醉”字体现得十分含蓄，深湛。

词人经历了“围城十月鬼为邻”的癸巳之难、山东六年的羁管之后，非常幸运地把全家安全地带回老家，其时不无感慨地说“几家儿女得安全”(《初挈家还读书山杂诗四首》之一)，而今又得阿中出生、阿宁稍长、阿千力田，“六十平头”之心更加慰藉，遂用朴质、欣悦、自然恬美的文笔抒发心怀，生活情趣跃然眼前。

清平乐　嘲儿子阿宁[①]

娇莺娅姹[②]，解说三生[③]话。试看青衫骑竹马[④]，若个[⑤]张萱[⑥]许画。　西家撞透烟楼[⑦]，东家谈笑封侯[⑧]。莫道元郎小小，明年部曲黄牛[⑨]。

【注释】

①“阿宁”:遗山先生的次子元振,字叔开,小字阿宁。②“娅姹”:象声词。③“三生”:佛教所指的三世,即前生、今生、来生,又称过去世、现在世、未来世。④“骑竹马”:儿童把竹竿当马骑。⑤“若个”:哪个。⑥“张萱”:唐代杰出的肖像和仕女画家。⑦“撞透烟楼”:亦作“撞破烟楼”。宋胡继宗《书言故事·子孙》:“烟楼,灶上烟窗也,言子过父,犹如跨灶撞破烟楼也。”后以之喻子胜于父,后人胜过前人。⑧“谈笑封侯”:轻而易举地取得高位。封侯:帝王把土地或爵位赐给臣子。⑨“部曲黄牛”:“部曲”是古代军队的编制单位。《续汉书·百官志》:“将军领军,皆有部曲……部下有曲,曲有军侯一人。”此处的“部曲黄牛”是孩子驱使、指挥着一群黄牛,充当牛司令。

【赏析】

这首《清平乐》作于词人在乡时,当与《定风波》[五色莲盆玉雪肌]为同时之作,故编于蒙古海迷失后元年(1249)。

“娇莺娅姹,解说三生话”二句,由阿宁叽叽喳喳的童声入笔,用黄莺作比,言其声音好听;由其语言缠夹、语意跳跃的特点,喻作前生今世似地说个不休。寥寥九个字,便把一个非常伶俐、可爱的形象刻画出来。

“试看青衫骑竹马,若个张萱许画”二句,言衣衫,言游戏,言相貌之后,突然揳来一句谁是张萱允许为儿子画相的人,言外之意,是一般的画家画不出阿宁之天真可爱的模样和内质来。侧笔烘主,妙意天成。

“西家撞透烟楼,东家谈笑封侯”二句,笔意折转,谓别的人家夸子:有的说他家儿子有跨灶之才,有的说他家儿子有拜将封侯之相,均是前途煌煌不可限量。此二句看似闲笔,实是为自己夸子作了铺垫。

“莫道元郎小小,明年部曲黄牛。”别人夸过之后,词人说:你们的孩子封侯拜将,那是云里雾里、不着边际的事儿,别说我家的阿宁还小,明年他就是山坡上的牛长官了。此语扣紧“嘲”字而出得风趣,寓意也很实在:他希望儿子健健康康地成长,快快乐乐地生活,没了他那苦苦一生的逐梦,也便没了辛苦坎坷的遭逢,从而把舐犊之情和低调人生结合得十分融洽、巧妙。

词的上阕写儿子的天真烂漫、形貌可爱,用笔亦很浪漫。下阕写儿子的成长,于假设对比中，希望他有个恬淡的生活足矣，体现了词人经磨历难后对平淡生活的追求。

清平乐　忆镇阳[1]

悲欢聚散，世事天谁管？梳去梳来双鬓短，镜里看看雪满。

燕南[2]十月霜寒，孤身去住都难。何日西窗灯火[3]，眼前儿女团栾[4]。

【注释】

①“镇阳”：即镇州，亦名真定，今河北之正定。②“燕南”：燕京之南，此处当指保州（今之保定市），金置顺天。③“西窗灯火”：唐李商隐留滞巴蜀时，因怀念妻子王氏，遂作《夜雨寄北》：“君问归期未有期，巴山夜雨涨秋池。何当共剪西窗烛，却话巴山夜雨时。”后用为怀念亲人或友人之典。④“团栾”：团聚。

【赏析】

蒙古海迷失后元年（1249）夏四月，词人往真定。秋，在赵振玉的资助下，《中州集》付梓。九月到燕京，十月自燕京还，途经保州（即顺天）。根据“燕南十月霜寒”句，知这首《清平乐》作于该年在保州时。

“悲欢聚散，世事天谁管？”起篇即以深沉的感喟，概括了奔波流离，与亲人聚少离多的状况。“天谁管”三字明为怨天，实为叹己：他为了《中州集》而再次离乡，为了真定庙学落成而欣然以赴，为了友人之托而赴燕作表撰碑写书序。凡此种种，均在为文化传承、社会重托均为自己欲劳之事，天如何管得？

“梳去梳来双鬓短，镜里看看雪满。”此二句由叹奔波流离而转叹年渐老去，翻转角度谓该居家而不得归。“梳去梳来”和“看看”相呼应，把渐渐苍颜、日日感喟表达得十分沉郁。

“燕南十月霜寒，孤身去住都难”二句，言地点，言节令，言气候，营造出一派远离家乡的寒凉氛围；再谓孤身，谓羁留，以欲去而文债累身，欲留而归心似箭的两难心境，将思亲的心绪烘托得更加强烈。

“何日西窗灯火，眼前儿女团栾”二句，借李商隐之语，言自己之情，点出主旨，将意境拓成难以收结的态势。

人到晚年更恋家，而词人却愈是“双鬓短”，愈有时不我待的使命感。这首词便巧妙地设置出二难之境，把自己人性的一面和自觉的历史担当绑却一起，抒发出他特有的矛盾情怀。十月及之后的这段日子里，他又作了《令旨重修真定庙学记》《嘉议大夫陕西东路转运使刚铭王公神道碑铭》《木庵诗集序》《毛氏家训后跋语》等许多传世之作，于次年二月始得返乡。

江城子

刘济川①来别，同宿康庵，梦与予过田家饮。行及太原，作此为寄。济川，阜昌②诸③孙，在㶏④上时，及与伯玉⑤、知几⑥游从。

来鸿去雁⑦十年间，镜中看，各衰颜。恰待蒙泉⑧东畔买青山。梦里邻村新酿熟，携竹杖，款柴关⑨。　人生谁得老来闲，记清欢，见君难。长路悠悠，回首暮云还。断岭⑩不遮南望眼，时为我，一凭栏。

【注释】

①“刘济川”：刘济，字济川，大名（今河北大名县）人，金时伪齐刘豫之孙。蒙元时，官至武略将军。②“阜昌”：伪齐刘豫的年号，此处代指刘豫。③“诸”：相当于“之”。④“㶏”：即㶏水，在河南省。源出少室山，为颍水三源中的中源。颍水东到临颍时，又别出为大㶏水、小㶏水。大㶏水东南至郾城县与汝水汇合。⑤“伯玉”：张瑴，字伯玉，许州临颍人。⑥“知几”：麻九畴，字知几，莫州（今河北任丘县）人。⑦“来鸿去雁”：指书信往来。⑧“蒙泉”：系舟山主峰丛蒙山（亦称柳林尖）北麓的“三会泉”，详见《鹧鸪天》[身外虚名一羽轻]“三会水”注。遗山先生《春日书怀呈刘济川》有“周侯（定襄帅周献臣）见说应相笑，共隐三泉先有盟。”《黄华峪十绝句》之十中又云：“乞得三泉住不成，风沙鞍马负平生。”⑨“款柴关”：敲柴门。款：叩，敲。柴关：即柴门，用柴木编扎的简陋之门。⑩“断岭”：山岭的豁口处。此处指石岭关，其东为系舟山，西为官帽山，关在两山间的鞍部，故称。

【赏析】

遗山先生诗中最早涉及刘济川的，是其携家返乡初的《九日读书山用陶诗“露凄喧风息，气清天旷明”为韵赋十首》。根据本词中“来鸿去雁十年间”句，知这首词当作于蒙古海迷失后元年（1249）。

“来鸿去雁十年间，镜中看，各衰颜。恰待蒙泉东畔买青山。”起句写书来信往，言交往十年，谓友谊之深厚。“各衰颜”写进入老岁，为“买青山”设笔。此前同游定襄丛蒙山之三泉时，刘济川曾约定襄帅周献臣和遗山先生共隐三泉。因自任重大的历史使命，词人未践其约。此际旧话重拾，应老岁，承旧约，亦寓耿耿在怀的歉意。

“梦里邻村新酿熟，携竹杖，款柴关”三句，巧借济川之梦而兼达数意：一应济川之梦，寓其梦寐中亦在思念老友，二谓自己亦有此种梦想，三应三泉之约，希冀旧愿成真。一“梦”三含，言浅意深。

“人生谁得老来闲，记清欢，见君难”接上阕之梦想而折转，言自己使命在身不得闲，忆两人多年来的结伴欢游，谓此次相别匆匆，再聚甚难。二难交并，矛盾纠结，一翻三折中把故人深谊表达得十分精微。

“长路悠悠，回首暮云还”二句从词人的途程着笔。“长路”以颠簸劳碌谓愈行愈远，暗应“见时难”；“暮云”给人以愁暮之感，反衬“记清欢”。二句于别路悠悠、暮景愁人中把离情别意表现得深切而得体。

“断岭不遮南望眼，时为我，一凭栏”三句，谓其因石岭关未遮望眼而庆幸，言其不时地凭栏遥望而牵挂。苏轼《送蜀人张师厚赴殿试二首》之一中有“断岭不遮西望眼，送君直过楚王山”句，此处移来，将“西”易为“南”，将“楚王山”易作系舟山与官帽山相衔之豳处，可谓天衣无缝了。结尾三句与前二句主客体转换，思与望互动，把友人间深挚的情谊刻画得细腻入微，巧妙自然。

这首词尺幅有限却融涵丰富，以词序相辅，将离别与寄送、实况与梦幻、旧约与新愁十分巧妙地整合为一体，极为深湛地把挚友之情刻画得真切而有味，令人品读不尽。

古乌夜啼　玉簪[1]

花中闲远[2]风流，一枝秋[3]。只枉十分清瘦不禁愁。　人欲去，花无语，更迟留[4]。记得玉人遗下玉搔头[5]。

【注释】

①“玉簪”：花名，百合科，多年生草本。叶大，绿色。夏秋间开白花，六片，互相结合。花未开时形如白玉簪，故名。又有白萼、白鹤仙等名。栽培于庭园中，供观赏。遗山先生有《同白兄赋瓶中玉簪》诗。②“闲远”：谓玉簪安闲高洁的品质。③“一枝秋”：形容玉簪花有清秋的气华。④“迟留”：停留，逗留。⑤“记得”句：汉刘歆《西京杂记》卷二：“（汉）武帝过李夫人，就取玉簪搔头，自此后宫人搔头皆用玉，玉价倍贵焉。”玉搔头，古代妇女的首饰。

【赏析】

蒙古海迷失后二年（1250），词人曾在真定白华家，并赋有玉簪诗，姑将这首词编于是时。

“花中闲远风流，一枝秋。”首句将玉簪同其它花木作比较，凸显出闲静而高洁的气华。“一枝秋”谓其不与群芳争艳，晚开后更具有清秋般的韵致。首二句便赋与玉簪花非比寻常的品格特征。

“只枉十分清瘦不禁愁。”此玉簪是在白华家中瓶中所栽，故而显得枝瘦花清，而词人与白华（白朴之父）俱是金之遗臣，两人相见，不免伤怀共生，遂将此种情怀赋以瓶花。词人身形清瘦，此花之枝亦瘦，词人愁多，便谓花也在愁。人花合一，写花实是在言己。

“人欲去，花无语，更迟留”三句，用拟人的手法，言词人欲告别时，玉簪花黯然伤神而无语，词人便欲去还留，于惜花而滞足之中，又将一番故愁流露出来。

“记得玉人遗下玉搔头。”尾句将汉武帝曾取玉簪搔头的故事，移用为金哀宗曾给他留下凄伤的记忆，将沉重的心事寓于“遗下”二字之中。《同白兄赋瓶中玉簪》诗的尾句是"怀人成独咏，远思徒悠悠"，与此句合观，便知其有异曲同归之意。

词之启端点出玉簪花具有高洁不凡的气韵之后，便转笔于寓意的铺写。"花无语，更迟留"，把词人留恋故国的情怀诉得似明还隐，给读者留下了无垠的领味空间。

附《同白兄赋瓶中玉簪》：

畏景众芳歇，仙葩此夷犹。冰姿出新沐，娟娟倚清秋。昨梦今见之，风鬟玉搔头。谁言闺房秀，高情渺林丘。碧筵古铜壶，一室香四周。怀人成独咏，远思徒悠悠。

乌衣怨

绣佛长斋①，半生枉伴蒲团②过。酒垆③横卧，一蹴④虚空⑤破。

颇笑张颠⑥，自谓无人和。还知么？醉乡天大，少个神仙我。

【注释】

①"绣佛长斋"：唐代苏晋的佛斋名。他历任户部、吏部侍郎，后为太子庶子。他亦是位虔诚的佛教徒，然而特别爱饮酒，常常因酒而犯戒。杜甫《饮中八仙歌》中谓其"苏晋长斋绣佛前，醉中往往爱逃禅。"逃禅，即逃出禅戒，因酒而背其教。②"蒲团"：信奉佛教、道教者打坐或跪拜时所用的蒲草编成的团形垫具。③"酒垆"：酒店安放酒瓮的土台子，亦为酒店的代称。④"一蹴"：一举足，比喻轻易地。⑤"虚空"：什么也不存在的状态。⑥"张颠"：张旭，唐代著名的书法家，善草书，与东汉的张芝并称为"草圣"。他性格豪放豁达。《旧唐书·贺知章传》中谓其"好酒，每醉后，号呼狂走，索笔挥洒，变化无穷"。李颀《赠张旭》也说："露顶据胡床，长叫三五声，兴来洒素壁，挥毫为流星。"杜甫《饮中八仙歌》中谓其"张旭三杯草圣传，脱帽露顶王公前，挥毫落纸如云烟"。

【赏析】

《元好问全集》卷三十九《酒里五言说》载："'去古日已远，百伪无一真。独惟酒乡地，中有羲皇醇。圣教难为功，乃见酒力神。谁能酿沧海，尽醉区中民？(《饮酒五首》之二)'此予三十六七时诗也。壬辰北渡，顺天毛正卿、杨德秀与一傅生祈仙山寺中，苏晋降笔，写诗数十首。一诗有'百伪无一真，中有羲皇醇'之句。余诗除'酒里神仙我'五言外，多不成语。正卿、德秀初不知苏晋为何代人，不论此诗何人作也。而晋所批乃有此十字，晋岂予前身欤？抑尝见予诗，窃以为己有者欤？将近时鬼物之不昧者记予诗，以托名于晋以自神也？是皆不可知。晋既以予诗为渠所作，故予亦就'酒里神仙我'五言取偿于晋，作乐府一篇（即此首《乌衣怨》）。"

上文中所说的"降笔"，即时人所施的一种巫术，施术之两人扶一个丁字架，依法请神，而后在下面的沙盘上画出文字。毛正卿等祈时，施巫者所画出的诗中出现了遗山先生的两句，先生便借题发挥，谓自己与苏晋为前世今身，作就这首《乌衣怨》。

根据《续夷坚志·抱阳二龙》"顺天西北四十里抱阳岩宝教院……辛亥冬，予与毛正卿德义昆仲、郝伯常、刘敬之诸人一游"等语，知这首词作于蒙古宪宗元年（1251）冬。是年词人六十二岁。

"绣佛长斋，半生枉伴蒲团过。"首句以苏晋平生虔诚礼佛的一面入笔，次句却突然说他半生枉伴了蒲团，即枉作了佛家信徒，以逆反之笔而引人入兴。

"酒垆横卧，一蹴虚空破。"此二句点出他"枉伴蒲团"的原因。佛教有许多清规戒律，酒便是其中一戒。而苏晋却偏偏嗜酒如命，常常因酒而"逃禅"。"酒垆横卧"状其醉态，"一蹴"句谓其轻易破戒，将"枉伴蒲团"诠释得形象至极，更把苏晋之率性的一面刻画得非常形象。词人是把他自己与苏晋当作今生与前世的，故而，此处极力夸张苏晋，实际也是在写自己。

下阕中，词人索性打破时空，直接面对同为饮中八仙之一的张旭：

"颇笑张颠，自谓无人和。"饮中八仙内，除"天子呼来不上船，自称臣是酒中仙"的李白之外，就数"脱帽露顶王公前"的张旭狂傲了，词人此处便单挑他，用一个"笑"字彻底否定他的"自谓无人和"，敢和者为谁？下文挑明：

"还知么？醉乡天大，少个神仙我。"此三句的意思是：张颠你莫要颠狂了，醉乡有如天大，天外更有饮人。如果知道还有我这个酒仙的话，你也就颠不起来了。结尾三句气魄宏大，甚有比张颠还颠而气压九州的气势，体现出词人极为豪宕的胸涵。

杜甫的《饮中八仙歌》是千古名篇，篇中所列多人也随着杜甫、李白而成为千古豪饮者的典范。遗山先生不仅爱酒，常常狂饮大醉，而且在其诗词创作中，涉酒的作品数量之多亦是千古诗家难与比匹的。为此，他借饮中八仙的"苏晋降笔"之事，称自己与苏晋元为一人，以豪宕的气魄、戏谑的语言，跻身于饮中八仙之内。特别是专与张旭较颠狂的浪漫之笔，直可令人叫绝。

感皇恩　张侯[1]寿席，此州乐府《垂杨》一曲方盛

天外想春来，春来天上。乐府垂杨新动唱。扁舟西子，并与云帆无恙。五湖将底用、黄金像[2]。　水阁清深，晴楼萧爽[3]，丝竹留教助清赏。松腴[4]仙酎[5]，万斛[6]溪泉供酿。寿杯先领取、山中相[7]。

【注释】

①“张侯”：张柔，易州定兴（今河北定兴县）人，顺天府万户。②“扁舟”三句：《吴越春秋》卷十载：“（范蠡）乃乘扁舟，出三江，入五湖，人莫知其所适。范蠡既去，越王愀然变色……乃使良工铸金象，范蠡之形置之坐侧，朝夕论政自是之。”西子：西施。范蠡携西子同去五湖。③“萧爽”：清爽超逸。④“松腴”：松苓酒，有养生效果。⑤“仙酎”：仙酒，详见《浣溪沙》[琼压为浆玉作卮]“碧桃仙酎”注。酎：经过多次复酿的酒。⑥“斛”：容器，十斗为一斛。⑦“山中相”：山中宰相。《南史·陶弘景传》载：陶弘景初仕齐为左卫殿中将军。入梁，隐居于句容县句曲山，梁武帝屡加礼聘而不出。“国家每有吉凶征讨大事，无不前以谘询。月中常有数信。时人谓为山中宰相。”

【赏析】

这首词是为顺天万户张柔所作的，当在蒙古宪宗二年壬子（1252）。

“天外想春来，春来天上。乐府垂杨新动唱。”《天外想春来》是金吴激的一首乐府词，词有“梦里天上，金屋银屏”之句。白朴《天籁集》卷下《垂杨·序》云：“壬子冬，薄游顺天，张侯毛氏之兄正卿邀予往拜夫人。既而留饮，撰词，一咏梅，以《玉耳坠金环》歌之；一送春，以《垂杨》歌之。”这首词的首二句便借《天外想春来》之“梦里天上”句，谓“金屋银屏”已从天上来张府。又巧用与张府密切相关的《垂杨》新声渲染寿席盛况，入笔便显此宴规模之隆。

“扁舟西子，并与云帆无恙。”相传范蠡功成勇退，携西施隐于太湖。此处以之喻张柔功绩盖世，并携妻乐居，“云帆无恙”，怡情澹澹。

“五湖将底用、黄金像。”“将底用”说的是越王将范蠡像以金铸之，置于座旁，词人

则谓其长伴君王有何用?岂如泛舟五湖,自怡自乐?以典作喻,称道了张柔现时的闲逸生活。

下阕转写寿宴的盛况。

“水阁清深,晴楼萧爽,丝竹留教助清赏。”“水阁清深”,以水写阁,水益清而阁益美,阁愈高而水愈“深”,二美互映,清雄自得。“晴楼萧爽”,由晴日画出琼楼,“萧爽”二字以人拟之,凸显着张府上下人人超逸,个个融乐。“丝竹”之“清赏”由目欣而转耳悦,言寿星之畅怀,兼宾客之赏心。寥寥十数字博蕴广含,清气夺人。

“松腴仙酎,万斛溪泉供酿”二句着笔于酣饮。“松腴仙酎”谓酒品之高格,“万斛供酿”以源源供酒谓宾客之多,宴饮之酣,与上一层共成鼓鼙之效应。

“寿杯先领取、山中相。”结句凝点于寿席的中心人物:在宴席热闹的氛围中,词人捧着酒杯向张柔敬酒,祝语中隐去福寿延年语,径说“领取山中相”,郑重地用典,以陶弘景将军喻万户侯张柔将军,一誉干城之器,二谓朝廷倚重,于浓墨重笔中把张府的寿宴推上极为崇隆的境界。

这首词借丰富的联想、物事的烘托和典故的运用,逐次把词意推上高峰,从而形象地体现出寿宴主人多层面的特征。先生的祝寿之作又显一绝。

朝中措

充闾佳庆[①]上春头,双字[②]入新收。家世西园[③]诗在,不愁文采风流。

金钱利世班衣[④],献(当有脱字)春满东州[⑤]。袖里一枝丹桂[⑥],直须萱草[⑦]忘忧。

【注释】

①“充闾佳庆”:《晋书·贾充传》:“贾充字公闾……父逵……晚始生充,言后当有充闾之庆,故以为名字焉。”“充闾”是光大门户的意思,“充闾之庆”“充闾之喜”“充闾佳话”等便成了贺人生子之语。②“双字”:古时常用的吉庆语,即“庆双”,常用于男孩。“字”:乳也。即生子。第二雏,第二个孩子。楼钥诗中有“两桂昌书种,双椿蔼庆门”句。徐威卿为金正大四年进士,徐得子时,遗山先生以诗词并贺。其诗(见“附”)中有“明年别作飞黄句,来贺君家第二雏”。即希冀此子亦高中皇榜。③“西园”:徐威卿是陈州西华(今河南省西华县)人,故称。④“金钱”句:给新生婴儿的贺喜钱。利世:亦作“利市”,喜钱。

班衣：即“斑衣”，五彩之衣。⑤“东州”：指山东东平府。其时，徐威卿在东平万户幕府。⑥“丹桂”：比喻登科及第的人。⑦“萱草”：亦作“谖草”，古人认为是一种可以让人忘忧的草。另称“宜男草”，俗传妊娠妇佩之，必生男。

【赏析】

这首《朝中措》作于东平幕府中，是贺徐威卿生子之作。徐威卿是词人的挚友，名世隆，字威卿。金正大四年进士及第后，辟为县令，辞而务学。癸巳河南破，车载老母北渡，严实招为东平幕府书记。蒙古宪宗欲用为官，威卿固辞。壬子，忽必烈欲留之，威卿以老母辞。中统元年，擢燕京等路宣抚使，后为吏部尚书、东平路总管、山西提刑按察使、翰林学士等。曾为四十卷之《遗山集》作《序》。

“充闾佳庆上春头，双字入新收。”启端二句直奔主题，谓徐家新得子，谓喜事开春首，更借贾充之典作喻，以“庆双”之语恭祝收到先声之效。

“家世西园诗在，不愁文采风流”二句展望此子的前程。“家世”谓出自进士之家，“诗在”言乃父之文采盖世，有此优越的家庭教养环境，“文采风流”的前景之瞻也便出得非常自然，没有丝毫夸张之感。此种意向，在《贺威卿徐弟得雄》诗中说得更为明白：“跨牛杨朴空颠酒，秣骥王良已问途。”前句与宋之才士杨朴作比，谓徐威卿之学更胜其人。后句用善于养马、训马的王良作喻，言其已经准备对此子作良好的教养。诗与词互映，把“佳庆”之意延宕得更高，更远。

“金钱利世班衣，献春满东州。”此二句写贺庆的场面：婴儿胖胖，彩衣鲜亮而人喜神爱；亲友围观，频撒金钱而笑语连连。这番热闹喜庆的氛围，直使整个东平府也满是春光荡漾。二句虚实相应，把庆贺之典描绘得十分形象。

“袖里一枝丹桂，直须萱草忘忧。”尾二句用“丹桂”和“萱草忘忧”两个比喻，一谓此子前程广大，一谓徐氏后继有人，二者俱是人们最为希冀的事，此处用来作为词人的贺语，不仅大合诸人之意，而且将词境放得更大，收到了虎头豹尾的艺术效果。

贺人生子，往往难脱虚泛，此篇却从新喜入笔，言家学传承之优势，写贺庆之热闹场面，道忘忧之共有理念，并援典故、借喻象，把贺词营造得气韵高华又实实在在，读来甚觉入体，自然，舒人心境。

附《贺威卿徐弟得雄》：“利市金钱四座俱，阿卿新喜到充闾。跨牛杨朴空颠酒，秣骥王良已问途。桂出孙枝知秀发，凤离丹峤亦舒徐。明年别作飞黄句，来贺君家第二雏。”

临江仙　赠答飞卿弟[1]

壮岁论交今晚岁，只君知我平生。六年相望若为情。吕安思叔夜[2]，残月配长庚[3]。　济上[4]买田堪共隐，嵩丘[5]朝暮阴晴。紫云仙季[6]白云[7]兄，风流[8]成二老，林下看升平。

【注释】

①“飞卿”：杨鹏，字飞卿，汝州人，遗山先生挚友。仕金曾为汝州详议官。金亡，客居东平二十年。②“吕安思叔夜”：用“千里命驾”典。详见《水龙吟》[两年金凤城边]“高枕”二句注。③“长庚”：金星的别名。黄昏见于西者名“长庚”，凌晨见于东时称“启明”。④“济上”：济水之畔。济水：古四渎（长江、黄河、淮河、济水）之一，发源于河南济源西之王屋山。⑤“嵩丘”：指嵩山。⑥“紫云仙季”：指杨飞卿。飞卿号“紫逻道人”。紫逻：紫逻山，《金史·地理志》：汝州梁县有紫逻山。季：古以伯、仲、叔、季排称兄弟长幼，“季”为最幼，此处指“飞卿弟”。⑦“白云”：少室山三十六峰中的白云峰，此处为词人自喻。⑧“风流”：此处为风光潇洒之意。

【赏析】

遗山先山北归后常常往来于东平，时间相隔最长的是蒙古乃马真后五年（1246）春离东平返乡，到蒙古宪宗二年（1252）十月再到东平，其间为整整六年。先生于庚戌岁（1250）为杨飞卿所作的《陶然集诗序》中云：“（飞卿）客居东平将二十年，有诗近二千首。”根据“六年相望”句，知飞卿依然在东平。

“壮岁论交今晚岁，只君知我平生。”词的题注为“赠答”，即知首二句为接飞卿诗之意而出。第一句谓论交时在金，羁管山东的六年中，又因严实幕府之故，两人常会相聚于东平。第二句言相交相知之深。语虽淡淡，蕴意却极为深厚。

“六年相望若为情”谓两人相别最长的一次。携家返乡后，词人数次往东平，或跨年度在兹，或三两年即会。此次相隔了整整六年，故而言为“相望若为情”，即如何能承受这遥遥相念的离愁。以时空之隔写友情深挚，又是一个语浅意深的佳句。

“吕安思叔夜，残月配长庚。”《陶然集诗序》载：“飞卿每作诗，必以示予，相去千余里，亦以见寄。其所得，予亦颇能知之。”故知此处用“千里命驾”之典恰合至极。而吕安、叔夜喻杨飞卿和自己，并谓之为西天悬挂的残月与长庚，其因国破而流离、因晚岁而惜时的情怀则充满了苍凉。

“济上买田堪共隐，嵩丘朝暮阴晴”语接上阕之“残月配长庚”，设想济上共隐，嵩山同游，遥应“六年相望”的怅憾，以慰“今晚岁”的暗伤，并自然地引向尾声。

“紫云仙季白云兄，风流成二老，林下看升平。”“紫云”与“白云”，巧用飞卿之家山与自己曾居十年的第二故乡嵩山以喻兄弟，山美人亦欣。“风流”二字形容晚年逸趣，高雅而令人钦羡。“看升平”则把希望蒙元统治者不再施行野蛮政策，接受中原文治而使百姓安居乐业，语虽不惊，述意却十分强烈，流露着词人晚年的思想主流。

这首词以精炼的语言、形象的比喻、恰如其分的典故，把词人与飞卿非凡的交往、深厚的情谊和美好的愿望等大量的内容熔铸于尺幅之中，充分体现出词人营造作品的匠心。

江城子

梅梅柳柳闹新晴，趁清明，凤山[①]行。画出灵泉、三月晋兰亭[②]。细马[③]金鞍红袖客[④]，能从我，出重城。　赏心乐事古难并。玉双瓶[⑤]，为冠倾[⑥]。一曲清歌，休作断肠声。头上花枝如解语[⑦]，应笑我，未忘情。

【注释】

①“凤山”：在山东东平县。遗山先生《寒食灵泉宴集序》载：“出天平北门三十里而近，是为凤山之东麓。有寺曰灵泉，阻以绝涧，荫以深樾，重冈复岭，回合蔽映。夏秋之交，湍流喷薄，殷勤溪谷。寺已废于兵，而石楼之典刑故在。僧扉禅室，间见层出。”②“晋兰亭”：指晋王羲之在会稽兰亭之燕集，时作《兰亭序》并书。此处喻词人及诸友灵泉寺宴集。《寒食灵泉宴集序》亦载：“于是乎张本，不有兰亭绝唱，留故事以传之，其在白云老兄，负古人者多矣。五言古诗任用韵，共九首，以‘寒食灵泉宴集’命篇。而某为之序，诸公可共和之。德华、周卿、德昭、英孺、文伯、元某；期而不至者圣与、子中；不期而至者

德谦、梦符。”③“细马”：小马。李白《对酒》诗：“蒲萄酒，金叵罗，吴姬十五细马驮。”④“红袖客”：艳妆女子。⑤“玉双瓶”：盛美酒的玉瓶。⑥“为冠倾”：持玉瓶为冠者倾酒。⑦“解语”：知晓人语。

【赏析】

蒙古宪宗二年（1252）十月，词人由真定到东平，次年春，仍在东平。这首词与《寒食灵泉宴集序》同作于次年寒食时。

“梅梅柳柳闹新晴，趁清明，风山行。”首句言树木，言气象，隐含季节。“梅梅柳柳”使用叠词，既有节令延续之感，又显得熙熙攘攘，使“闹”字出得十分自然，新奇，让人真切地觉得春之气息扑面而来。二三句紧衔“新晴”二字奔入主题。民谚云“清明要晴难有晴，谷雨要雨难有雨”，前句之“新晴”点出天气难得放晴，烘托出后句“风山行”之快意。寒食次日即清明，“趁清明”妙用双关手法，前应“新晴”，后谓节气，更寓心态，炼词之精，妙至毫巅。

“画出灵泉、三月晋兰亭”句紧承“行”字，谓三十里行程中，灵泉寺渐入眼帘。灵泉寺周围山峦复叠，沟深树茂，流水潺潺，寺居其间，真如一幅天然的画轴，谓其为“画出灵泉”，一语百精。王羲之兰亭之集，时在三月之初，人是“群贤毕至，少长咸集”，灵泉之集亦在三月，贤长者有靖德昭、李周卿等等，少俊者有东平府学生孙德谦、张梦符随至。王羲之曾为之作《兰亭集序》并书之，遗山先生亦作《灵泉集序》，还有此首《江城子》。此处以“三月晋兰亭”作喻，词人用事可谓妙合无垠，令人拍案称绝。

“细马金鞍红袖客，能从我，出重城。”笔行至此，忽而又插出应邀来聚的“红袖客”，笔下的女客何种模样没去写，只从“细马”二字便知其灵秀，从“金鞍”便知其华贵。“能从我”暗蕴了邀请之诚，而“出重城”的目的还暂隐不说。

下阕侧重写宴集之事。

“赏心乐事古难并。玉双瓶，为冠倾。”要知道，此番宴集是乐事，但是日子是“寒食”节，次日又是清明节，所以说“乐事”与“赏心”古难并。而词人却别出心裁，欲让寒食之会变得既乐又赏心，从而把邀“红袖客”“出重城”之意露出端睨。“玉双瓶，为冠倾”又写红袖客为众友频频斟酒，群友亦频频仰冠而饮，“赏心”与“乐事”渐渐相并而至。

“一曲清歌，休作断肠声。”“清明时节雨纷纷，路上行人欲断魂”，值此节气，人们应唱的是这类歌，而词人却专要红袖客休作"断肠声"，也即专拣赏心的曲子唱。至此，词人特邀其"出重城"的用意全部揭示出来，变赏心乐事"古难并"而成今已并，这番安排真是煞费苦心，或者说是独具匠心了。

"头上花枝如解语，应笑我，未忘情。"结末处，先以"头上花枝"频颤的特写镜头，暗寓红袖的欢歌唱得很投入，群贤听得很赏心。然而，众友只知听歌之乐，却不知词人之乐其乐。他乐的是什么？只有能解语的"花枝"知道，也即"红袖客"才明白他的深意，才"笑我未忘情。"这个"情"即是"闹新晴"时应有的"兰亭"雅集之情，东平诸友难得齐集之情。

这首词从词面上看叙写的是群贤雅集的过程，暗中却隐伏了一条清明应有乐的线索，而且使之逐次显明，到尾声处全部抖出，把"梅梅柳柳闹新晴"变为少长咸集闹清明。全篇的语言活泼轻快，用典谨严有致，布局谋篇亦特具匠心。

木兰花慢　游三台①二首

其　一

拥岩岩②双阙③，龙虎气④，郁峥嵘。想暮雨珠帘，秋香桂树⑤，指顾⑥台城⑦。台城，为谁西望⑧，但哀弦、凄断似平生。只道江山如画，争教天地无情。　风云奔走十年兵⑨，惨澹入经营⑩。问对酒当歌⑪，曹侯墓上，何用虚名？青青故都乔木⑫，怅西陵⑬、遗恨几时平？安得参军健笔⑭，为君重赋芜城。

【注释】

①"三台"：三国时曹操在邺城西北所建的三台，中台名铜雀台，南台名金虎台，北台名冰井台。②"岩岩"：高峻的样子。③"双阙"：古代宫殿前的高建物，通常为高台上起楼观，左右各一。因两楼之间有空缺，故名阙或双阙。④"龙虎气"：天子的气概。《史记·项羽本纪》：范增观刘邦"令人望其气，皆为龙虎，成五采"。⑤"秋香桂树"：秋时桂树繁花散发香气。⑥"指顾"：手指目顾。⑦"台城"：禁城亦称作台城。此处指邺城故都。⑧"西望"：魏武曹操曾遗命诸子："吾死后葬于邺之西岗上，与西门

豹祠相近，吾妾与伎人皆着铜雀台……汝等时登台，望吾西陵墓田。”（《乐府诗集》引《邺城故事》）⑨“风云”句：指曹操自建安九年击败袁氏军阀，夺得邺城，至建安十八年受封魏公、建魏社稷宗庙的十年。⑩“惨澹入经营”：苦心经营。经营：筹划营谋。⑪“对酒当歌”：曹操《短歌行》：“对酒当歌，人生几何。”⑫“乔木”：《孟子·梁惠王下》：“所谓故国者，非谓有乔木之谓也，有世臣之谓也。”赵岐注：“所谓是旧国也者，非但见其有高大的树木也，当有累世修德之臣，常能辅其君以道，乃为旧国可法则也。”后以之形容故国或故里。⑬“西陵”：曹操的墓陵。⑭“参军健笔”：南朝宋之诗人鲍照，曾任前军参军，世称鲍参军，曾作《芜城赋》，寄兴亡之慨。

【赏析】

蒙古宪宗三年（1253）春，词人离东平，往燕都，途经三国时魏之邺都（今河北临漳县）时，写了二首凭吊之作。

“拥岩岩双阙，龙虎气，郁峥嵘。”词之入笔，先写故邺城的双阙巍巍、城垣峥嵘，突显出王城之气。极力的渲染，为下文之凭吊作出有力的铺垫。

“想暮雨珠帘，秋香桂树，指顾台城”三句，由“想”字领起，遥想当年邺城的繁荣升平之景象。然而，从“暮雨珠帘”“秋香桂树”的语势上看，实显的是三台歌乐之声，少了“龙虎”“峥嵘”之气，以绵绵之态向哀伤作了过渡。

“台城，为谁西望，但哀弦、凄断似平生。”此三句写词人登高台而作凭吊。“台城”二字虽然叠复使用，但是意蕴却截然不同：“指顾”间的台城，是世人竖指称道的曹魏政治中心，词人登临的台城，却是当下的荒城，遥望西陵，已成为遥远的历史。词人此际的凭吊，已由邺都渐渐幻成了汴都，昔时三台的歌乐，也幻化成故国所弹的哀弦之音。

“只道江山如画，争教天地无情”二句，承接上层而感慨，并应照开篇数句，悲叹历史规律，并将思绪引向对曹氏风云的回顾。

“风云奔走十年兵，惨澹入经营”句，以凝炼的文字，把曹操削平北方军阀势力、挥兵南指吴蜀、步步营建政权的“惨澹经营”提炼出来，彰显其雄才大略和风云之气，为下文的反诘作出铺垫。

“问对酒当歌，曹侯墓上，何用虚名？”曹操的“对酒当歌，人生几何”，是要激发天下的文武之士投入麾下，建功立业。他也曾说“更欲为国家讨贼立功，欲望封侯作征西将军，然后题墓道言:‘汉故征西将军曹侯之墓’”(《让县自明本志令》)，以期名垂千载。此际的词人立足城头，遥对曹侯之墓而问其“何用虚名?”此问由魏亡而城荒，由城荒而墓荒，问虚名要来何用? 词人此问，表达了自己追求清逸，看淡声名的思想，因而也常谓“四海虚名值几钱”。《寄答溪南诗老辛愿敬之》诗中说得更明白:“区区墓上曹征西，我知惭愧王东皋(唐代隐士王绩)。”

“青青故都乔木，怅西陵、遗恨几时平?”词人途经邺城时正值夏初，满目的树木又已葱茏，而西望曹陵满是荒草，不禁由感而怅，由怅而恨。怅的是天地的无情、历史的兴衰，恨的是蒙金的战争、故国的消亡，由吊古转向伤今，揭示出词人更为深广的情怀。

“安得参军健笔，为君重赋芜城。”鲍照的《芜城赋》以广陵十年两浩劫的史实，抒发了今昔兴亡之感。词人目睹的是邺城之兴衰，触动的是金亡之伤疤，为此，托意于“参军健笔”，抒发出亲历亲睹、遗恨绵绵的新伤痛。

词作从邺城峥嵘之气写起，到怅憾芜城收结，于吊古伤今中融注了历史的沧桑和自己的遭遇，成就了一篇不可多得的凭吊之作。其浩阔的历史视野、沉重的兴亡之叹，充分体现出他寥廓的胸涵和凌高的视点。

其　二

渺漳流①东下，流不尽，古今情。记海上三山②，云间双阙，当日南城。黄星③，几年飞去，澹春阴、平野草青青。冰井④犹残石甃⑤，露盘已失金茎⑥。

风流千古短歌行⑦，慷慨缺壶声⑧。想酾酒临江，赋诗鞍马，词气纵横⑨。飘零，旧家王粲⑩，似南飞、乌鹊月三更⑪。笑煞西园赋客⑫，壮怀无复平生。

【注释】

①“漳流”:漳河，源出山西，过太行入河北，经临漳而入卫河。②“三山”:传说中的海上三神山:蓬莱、方丈和瀛洲。③“黄星”:《三国志·魏书·武帝纪》:“初，桓帝时有黄星见于楚、宋之分。辽东殷馗善天文，言后五十岁当有真人起于梁、沛之间，其锋不可当。至是凡五十年，而公破绍，天下莫敌矣。”④

“冰井”：三台中的冰井台。⑤“石甃”：石头砌成的壁。⑥“露盘”句：汉武帝在长安建章宫前造神明台，上铸铜仙人托承露盘。魏明帝取之移立于魏宫。金茎：托盘仙人之下的铜柱。⑦“短歌行”：指曹操所作的《短歌行》二首，中有“对酒当歌，人生几何”句。⑧“缺壶声”：《世说新语·豪爽》：“王处仲（王敦，字处仲）每酒后，辄咏‘老骥伏枥，志在千里。烈士暮年，壮心不已’。以如意打唾壶，壶口尽缺。”⑨“想酾酒”三句：苏轼《前赤壁赋》：“酾酒临江，横槊赋诗，固一世之雄也。”酾：斟酒。⑩“王粲”：字仲宣，东汉末年人，“建安七子”之一，有著名的《登楼赋》。⑪“似南飞”句：曹操《短歌行》：“月明星稀，乌鹊南飞。绕树三匝，何枝可依？”⑫“西园赋客”：《文选·曹植·公燕诗》：“清夜游西园，飞盖相追随。”又卷三十沈约《应王中丞思远咏月》：“高楼切思妇，西园游上才。”唐吕向注：“西园谓魏氏邺都之西园也。文帝每以月夜，集文人才子共游于西园。”此处的“赋客”借指词人自己。

【赏析】

这首《木兰花慢》是“游三台二首”之二。

“渺漳流东下，流不尽，古今情。”词人驻足台上，望漳河自太行而来，滚滚滔滔，向东奔流而去，由此而想到它何尝不是一条历史的长河，载着千古人物、千古兴衰、千古之情而流淌至今？从而引出对此间之曹氏风云的回顾。

“记海上三山，云间双阙，当日南城”三句，“记”字领起作忆，以“双阙”“南城”为标志性建筑物，把曹操当年纵横沙场，创建曹魏的辉煌历史作了精要的概括。然而，以漂缈虚无的“海上三山”领之于前，又隐寓其叱咤风云的气概、统一北方的业绩俱成“缥渺”而已逝去了。此句看似闲笔，实为全篇的关枢。

“黄星，几年飞去，澹春阴、平野草青青。”“黄星”二字，借术士之语，言曹操扫平北方军阀的壮举，然而，“几年飞去”又将之纳入陈迹，谓眼前所见的只有“草青青”。反衬之间，再次烘托了主题。

“冰井犹残石甃，露盘已失金茎。”二句，转写目下的颓圮之状：冰井台在邺城，以目睹而言其石壁残破；承露盘在洛阳宫之前殿，用遥笔而谓之铜柱已失。此二句写物事之残失，实际在说无论是前之邺都，还是后之洛都，均已被历史所淹，从而照应了“黄星”的“飞去”，只剩留“平野”之“草青青”。

“风流千古短歌行，慷慨缺壶声。想酾酒临江，赋诗鞍马，词气纵横。”此五句分两层回顾曹操的浩荡之气。他在《短歌行》中说“对酒当歌，人生几何”“周公吐哺，天下归心”，抒发了建功立业的政治抱负。“酾酒临江，赋诗鞍马”则将其“老骥伏枥，志在千里。烈士暮年，壮心不已”的激荡豪情外化出来，一位叱咤风云而横槊赋诗的形象活脱脱地呈现出于纸上。此二层中，“慷慨缺壶声” 借王敦之慷慨言自己的激情；“词气纵横”则在直赞其风雷健笔之中暗寓了自己当年的壮志，为下文的转笔作出铺设。

“飘零，旧家王粲，似南飞、乌鹊月三更”三句骤然将情境抑伏下来，用王粲空有经济之才而流落荆州十年，喻自己遗臣飘泊，无枝可依的凄怀。亦用了曹操《短歌行》中“月明星稀，乌鹊南飞。绕树三匝，何枝可依”之句意，但是曹句是要无枝可依的才士速来自己麾下，是无所依时有依处，而词人的“何枝可依”则是真无所依。“乌鹊月三更”之凄啼便是词人此时此境中凄切的心语。

“笑煞西园赋客，壮怀无复平生”二句，笑西园赋客，实是嘲笑词人自己，抒发了亦想慷慨击壶而歌，却终成三更乌鹊，无复壮怀平生的感慨，推出主旨而收结全篇。

词的上阕以漳流起兴，咏叹曹魏之兴衰，下阕写曹操的词气鞍马俱纵横，反衬词人自己壮怀之无成，抒发出晚岁时的悲叹。词中述物事、用典故很多，而且处处都在紧扣曹氏的故人故事。内容丰富而结构绵密，情感起伏而跌宕有致，凭吊之中又处处含蕴着自己的影子，堪称此类题材的典范之作。

浣溪沙　三台送客，作离合体[①]

锦带吴钩[②]万里行，青云人物[③]旧知名。百壶春酒[④]过清明。　渺渺荒陂[⑤]冰井[⑥]路，青青杨柳玉关情[⑦]。残阳无语下西陵[⑧]。

【注释】

①“三台”：三国魏之邺都的铜雀台、金虎台和冰井台。“客”：指孙德谦、张孔孙二人。“离合体”：杂诗的一种，离合字的偏旁以成诗，汉魏时已有之。唐王叡《炙毂子杂录·序乐府》：“离合体，起汉孔融，离合其字以成文”。明吴讷《文体明辨序说》将离合诗分作四体。此首《浣溪沙》为送别之作，上阕之送，送而合之，下阕之送，送而离之，故称。②“锦带吴钩”：锦带：锦制之带。吴钩：吴地所铸的兵器，形似剑而曲。③“青云人物”：高官显爵之人。此处兼指才华出众的人。④“春酒”：冬天酿制，春天即成，故称。⑤“荒陂”：荒废的池塘。⑥“冰井”：邺城的冰井台，三台之一。⑦“玉关情”：李白《子夜吴歌》：“秋风吹

不尽，总是玉关情。”玉关，指玉门关。此处的“玉关情”泛指离别情。⑧“西陵”：魏武曹操的陵墓，在邺城（今之临漳）西。

【赏析】

蒙古宪宗三年（1253）春，词人由东平往燕都，途径邺城（今河北临漳）。遗山先生《答大用万户第一书》载：“东原留宿半岁之久，辱公家贤弟昆慰藉之厚……孙德谦、张梦符（名孔孙，张仲经子）津送至魏京。”魏京，即魏都邺城。据此，知此次“送客”指送别孙、张二人。

“锦带吴钩万里行，青云人物旧知名。”佩剑行旅是古代文人的通常装束，故入笔即谓孙德谦、张孔孙二人相送邺都时的英姿。孙张二人是遗山先生在东平的学生，其聪颖之质素来知晓，遂谓“旧知名”，顺笔励其将来奋发有为。

“百壶春酒过清明”句，回溯在东平时“趁清明，凤山行”的宴会（《江城子·梅梅柳柳闹新晴》）。遗山先生《寒食灵泉宴集序》云：“以‘寒食灵泉宴集’命篇，而某为之序，诸公可共和之。德华、周卿、德昭、英孺、文伯、元某；期而不至者圣与、子中；不期而至者德谦、梦符。”元盛如梓《庶斋老学丛谈》亦载：“张寓斋（张仲经）相公少年，与孙德谦于东平严侯府从元遗山读书。其归也，命二子送行。”此句以前些天的“百壶春酒”后的相伴而来，到今次之送行，暗将惜别之情熔铸于内，以为下阕的送别作出过渡。

“渺渺荒陂冰井路，青青杨柳玉关情”二句转入送别。“渺渺”与“荒”，构成入目荒凉而茫茫的长路，“冰井”更巧借地名而植入凄寒之情。“青青杨柳”看似环境清悠，然而与“玉关情”组合起来，却更让人升起一片折柳送行的离愁。二句以环境作衬托，借古诗烘别情，相反相成，相得益彰。

“残阳无语下西陵”之结句最为形象：不言送别双方伤感无言，却谓残阳无语沉落，“下”字更把目送与挥别之际，心情愈来愈沉的状况烘托得十分形象。

词的上阕写孙德谦、张孔孙从东平万里送词人到临漳，虽言为“送”，实为合之，故而述事拈物俱都十分欢快。下阕着笔于词人在临漳送别二人，此“送”则是离别，因此，入目之物、别时心境尽皆沉重，从而把师生之谊表达得十分深致，也把离合体中“送”之异义分解得十分婉妙。

摸鱼儿　楼桑呼汉昭烈庙[1]

问楼桑、故居无处，青林[2]留在祠宇。荒坛社散鸟声喧，寂寞汉家箫鼓。春已暮，君不见、锦城花重[3]惊风雨。刘郎良苦，尽玉垒[4]青云，锦江秀色，办作[5]一丘土。　西山好，满意龙盘虎踞[6]，登临感怆千古。当时诸葛成何事，伯仲[7]果谁伊吕[8]。还自语，缘底事、十年来往燕南路？征鞍且驻。就老瓦盆边，田翁共饮，携手醉乡去。

【注释】

①“楼桑”：古地名，在今河北涿州市，刘备故里。“呼”：称。“昭烈庙”：三国蜀帝刘备的祠庙。刘备逝后，谥昭烈皇帝。②“青林”：天子的御苑。③“锦城花重”：杜甫《春夜喜雨》：“晓看红湿处，花重锦官城。”锦城：四川成都，蜀国的都城，古为主锦之官所居，因称锦官城。④“玉垒”：山名，在四川灌县西北。杜甫《登楼》：“锦江春色来天地，玉垒浮云变古今。”⑤“办作”：此处为零落成之意。⑥“龙盘虎踞”：形容地形雄壮险要。《太平御览》卷一百五十六引张勃《吴录》：“刘备曾使诸葛亮至京，因睹秣陵山阜，叹曰：‘钟山龙盘，石头虎踞，此帝王之宅。’”⑦“伯仲”：兄与弟，比喻不相上下。⑧“伊吕”：辅佐商汤的伊尹和辅佐周文主、周武王的吕尚，他们都有辅佐开国大业之功。杜甫《咏怀古迹》之五赞诸葛亮“伯仲之间见伊吕，指挥若定失萧曹”。

【赏析】

词人蒙古乃马真后二年（1243）秋在燕京，九月出燕南向赵州等地。蒙古宪宗二年（1252）十月至东平，次年三月离东平，五月在燕京。根据本词“春已暮”和“十年来往燕南路”，知这首词作于1253年春夏之交到燕京路经涿州时。

“问楼桑、故居无处，青林留在祠宇。”涿州乃兴蜀之刘备的故里，而词人路经凭吊时，只留青林祠宇在焉，故而对涿州未保护刘备故居的现象发出质问，引出下文的叙写。

“荒坛社散鸟声喧，寂寞汉家箫鼓”二句，先谓坛废而社祭不再，突出鸟声杂喧，再写兴汉往事不闻，突出“寂寞”。一“喧”一“寂”中，揭示出当地文化现象的悲哀。

接下来回顾昭烈帝的煌煌功业。

“春已暮，君不见、锦城花重惊风雨。”“春已暮”言来此凭吊的节令，又兼谓蜀国崛起于东汉衰暮，“锦城花重”谓昭烈帝为复兴汉室而建立的不朽功业。“惊风雨”则将其逆境讨贼的戎马生涯熔铸于三字之中。

“刘郎良苦，尽玉垒青云，锦江秀色，办作一丘土。”“刘郎”句浓缩刘备一生中求贤不辞苦、爱民不忍弃、百战不言败等等深得人心的事迹，“玉垒青云”和“锦江秀色”言其最终扎足西川、造福蜀民的大业。然而，这一切表述全是为了反衬而今“办作一丘土”的哀叹。铺垫得扎实，叹惋也便深切。

下阕由述事转入议论抒怀。

“西山好，满意龙盘虎踞，登临感怆千古。当时诸葛成何事，伯仲果谁伊吕。”欲言“感怆千古”，先谓蜀川的山高隘险，以诸葛亮夸金陵之“龙盘虎踞”，回谓四川的龙盘虎踞，暗将笔意转向诸葛孔明。

诸葛亮曾自比管仲、乐毅，世人却将之比作伊尹与吕尚。词人此处却不客气地谓其“成何事”，果能与伊吕“伯仲”吗？伊尹辅商汤创建了五百多年的历史，吕尚辅周创立了七八百年的江山，而蜀汉不仅没有统一天下，三分后才保持了四十来年。词人在此不赞诸葛，其隐意却是对只存在了一百二十年短暂历史之金朝的悲慨。“西山好”喻的是太行山与黄河虎踞龙盘之势，诸葛亮喻的是金之满朝的文臣武将，“感怆千古”实则是词人的遗恨千古。

“还自语，缘底事、十年来往燕南路”二句，由叹故国转入叹自己。“还自语”自谑想得太宽了，回头看看自个儿吧。“缘底事”将“十年来往燕南路”的苦心又作了否定，个中的“感怆”包含着极为复杂、十分矛盾的心事。

“征鞍且驻。就老瓦盆边，田翁共饮，携手醉乡去”四句，把歇马山村、田翁共酒的渴望道将出来，看似旷达洒脱，隐含的却是有志难酬的苦衷，那颗为保存中原文化、为故国修史存志的心实乃可感可触。

这首长篇大幅的凭吊咏史作品，包含了词人对千古文化受到摧残的悲慨，抒发了对千古兴废的感怆，反思了自己为故国文化奔碌的现实。结构上由千古事到千古人，再到词人自己，形成逐次凝缩的特点。用典上一反博采众家的手法，从“锦城花重”“玉垒青云”到“伯仲伊吕”，都是熔铸了杜甫的典句，形成一种特别的风格，甚耐寻味。

木兰花慢　赠吹觱篥[1]者张嘴儿暨乃妇田氏合曲，赋此

要新声陶写[2]，奈声外、有声何[3]？怆[4]银字[5]安清[6]，珠绳莹滑[7]，怨感相和[8]。风流故家人物，记诸郎、吹管念奴歌[9]。落日邯郸[10]老树，秋风太液沧波[11]。　十年燕市重经过，鞍马宴鸣珂[12]。趁饥凤[13]微吟，娇莺巧啭，红卷钿螺[14]。缠头[15]断肠诗句，似邻舟、一听惜蹉跎。休唱贞元旧曲，向来朝士无多[16]。

【注释】

①“觱篥”：古代管乐器，以竹为管，用芦苇做嘴。汉代时从西域传入。②“陶写”：娱情养性，排除忧闷。《晋书·王羲之传》：“年在桑榆（喻晚年），自然至此，须正赖丝竹陶写。”③“奈声外、有声何”：即言“声外有声，如之奈何”。奈何：怎么办，该如何。④“怆”：凄怆。⑤“银字”：笙笛类的管乐器上用银作字，以表示音色的高低。沈雄《古今词话·词品》：“银字，制笙以银作字，饰其音节。”⑥“安清”：平稳清越。⑦“珠绳莹滑”：比喻觱篥之音色悠扬清越，婉转润滑。珠绳：绳穿之珠。莹滑：晶莹光滑。⑧“怨感相和”：指觱篥和银字的吹奏声，有如恩怨相感相和。⑨“念奴歌”：即词调《念奴娇》。念奴：唐天宝间的名倡，善歌，因取其名为调名。⑩“邯郸”：汉高祖立张耳为赵王，都邯郸。在今河北。⑪“太液沧波”：太液池的寒波。太液：太液池，在燕京西苑。沧：寒冷。⑫“宴鸣珂”：下马宴饮。鸣珂：贵人之马饰以珠玉，行则作响，谓之鸣珂。⑬“趁饥凤”二句：正赶上觱篥演奏。饥凤、娇莺：形容演奏之声美妙动听。⑭“红卷钿螺”：指田氏的服色与头饰。钿螺：即螺钿，妇女螺髻上所插的金翠珠宝等制成的首饰。⑮“缠头”：即“锦缠头”。古代歌舞艺人表演毕，客以罗锦为赠。⑯“休唱”二句：刘禹锡《听旧宫中乐人穆氏唱歌》：“休唱贞元供奉曲，当时朝士已无多。”贞元：唐德宗的年号。朝士：指朝中正直的官员。

【赏析】

篇中有“十年燕市重经过”句，词人于蒙古乃马真后二年（1243）应耶律楚材之邀赴燕，“十年”后即蒙古宪宗三年（1253），故知此首《木兰花慢》作于是年夏至燕时。

“要新声陶写，奈声外、有声何？”启篇谓词人欲听新声以排忧，入耳的却是引发旧

愁的觱篥音。入笔即奔主旨，一并将词人的心绪、吹者的技艺、曲声的含蕴融含在内，起到了领挈全篇之效。

“怆银字安清，珠绳莹滑，怨感相和。”“怆”即凄怆、悲伤之意，此字一出统领了全篇的情感。“怆”字之后，先谓张嘴儿的觱篥之声和田氏的银字伴奏。“安清”与“珠绳莹滑”，以音色效果形容吹技之高超，“怨感相和”则谓乐声中所传出的哀伤，应“怆”字而引出听者的感染描写。

“风流故家人物，记诸郎、吹管念奴歌。”唐元稹《连昌宫词》中有“初过寒食一百六（清明节），店舍无烟宫树绿。夜半月高弦索鸣，贺老（贺怀智，琵琶演奏家）琵琶定场屋。力士传呼觅念奴，念奴潜伴诸郎宿。须臾觅得又重催，特敕街中许燃烛。春娇满眼睡红绡，掠削云鬟旋妆束。飞上九天歌一声，二十五郎（邠王李承宁，行二十五）吹管逐”等句。作者自注：“念奴，天宝中名倡，善歌。每岁楼下酺宴，累日之后，万众喧隘，严安之、韦黄裳辈不能禁，众乐为之罢奏。明皇遣高力士大呼于楼上曰：‘欲遣念奴唱歌，邠二十五郎小管笛，看人能听否？’未尝不悄然奉诏。其为当时所重也如此。”词人此处，却是由张嘴儿夫妇的合曲而引念奴的典故，由开元歌乐而追忆燕京故都的“风流人物”，把凄怆之情引深一层。

“落日邯郸老树，秋风太液沧波”二句由落日、老树、秋风、沧波构成一片凄清寒凉的氛围，从而把词人听乐后的伤情外化出来。

“十年燕市重经过，鞍马宴鸣珂”二句，语接上阕之落日、秋风，言受耶律铸诏请而重来燕京的时间，及到燕后赴下马宴的原由，亦将聆赏张氏夫妇合曲之缘交待出来，使上下阕形成极为自然的过渡。

“趁饥凤微吟，娇莺巧啭，红卷钿螺。”此三句写宴间听演奏，一谓吹技高绝，一谓伴奏者貌美，为演罢之锦缠头作了伏笔。

“缠头断肠诗句，似邻舟、一听惜蹉跎。”此二句暗用了白居易的《琵琶行》之典。该序中谓“送客湓浦口，闻舟中夜弹琵琶者。听其声，铮铮然有京都声；问其人，本长安倡女。”其诗之结处云：“今夜闻君琵琶语，如听仙乐耳暂明。莫辞更坐弹一曲，为君翻作《琵琶行》。感我此言良久立，却坐促弦弦转急。凄凄不似向前声，满座重闻皆掩泣。座中泣下谁最多?江州司马青衫湿。”典中的人物、情境与本词十分相近,移将而来,收到了言极简而意极深的效果,用事之精可见一斑。

“休唱贞元旧曲,向来朝士无多。”白居易是唐德宗贞元十六年进士,曾因直言而被贬为江州司马。尾二句明谓《琵琶行》伤怀太甚,朝中直臣无多,实吟词人闻合曲之伤怀和叹守节之臣甚少,从而回应了所要“新声”之难,升华了主题。

这首词以听张嘴儿夫妇吹奏为契点,抒发了国破人亡的沉痛之情。叙事与描写、遣词和用典、借古以喻今、结构之营造,都堪称典范。

品　令

清明夜,梦酒间唱田不伐[1]《映竹园啼鸟》乐府,因记之

幽斋向晓,窗影动、人声悄。梦中行处,数枝临水,幽花相照。把酒长歌,犹记竹间啼鸟[2]。　风流[3]易老,更常被、闲愁恼。年年春事[4],大都探得,欢游多少。一夜狂风,又是海棠过了。

【注释】

①“田不伐”:田为,字不伐,宋代词人,善琵琶。宋王灼《碧鸡漫志》卷二载:“田不伐亦供职大乐,众谓乐府得人云。”遗山先生诗有《世宗御书田不伐望月楼婆罗门引,先得楚字韵》。②“竹间啼鸟”:指田不伐的《映竹园啼鸟》词。③“风流”:杰出的人。④“春事”:春日娱乐之事。

【赏析】

“幽斋向晓,窗影动、人声悄。梦中行处,数枝临水,幽花相照。”上阕写梦境,先写向晓时入梦:谓风拂树影投窗,未写月而知月光皎洁,言“人声悄”正合夜寂,为闻歌反衬;再写梦中所见:岸边数枝梅,入水花相映,又是一番幽雅之境。

“把酒长歌,犹记竹间啼鸟。”再往前,便闻酒间歌咏。“犹记”二字巧接梦境言梦醒,又以梦醒回梦境,点出记之最深的“竹间啼鸟”,回题之余过渡下阕的铺写。

“风流易老,更长被、闲愁恼。”下阕由闻歌而转谓自己。因是清明之夜作的梦,故而“风流易老”言才子田不伐早已老去,而自己何尝不是“长被闲愁”而催老?“闲愁”即无谓之愁,大可不去操心的,然而对于词人来说,这些“闲愁”关乎文化、关乎国史,亦关乎文治,比生命还要紧,比天还要大。“长被”二字言得实,牵系得深,正是“易老”之故。

“年年春事,大都探得,欢游多少。”这三句出得很深沉:词人把每年要做的“闲愁”之事都安排出去了,留给自己的“春事”欢娱实在有限,故谓之为“欢游多少”大都探得。“大都探得”即还有未曾探到的,那就是梦逢乐景。梦中欢游、梦中闻歌,对词人来说,这样的梦境真的太珍贵了! 这一寓欢游于幻境之笔,真可谓生花之妙,有此三句,全篇振荡。

“一夜狂风,又是海棠过了。”辛弃疾《念奴娇·书东流村壁》的起首云:“野棠花落,又匆匆、过了清明时节。”原意为叹时光之流逝,此处化用之,则转义为即使是难得的梦境享受,也是稍纵而逝。“一夜狂风”将留恋之情表露得怅憾无比,形成巨大的冲击力而感染读者,并以之而回应了题注。

作品意境的营造,在于出人意料而情在理中,在于人未言而我言之。这首作品缘梦而起,巧用梦中欢趣以反衬词人现实“闲愁”之多,小题材大主题,构思新奇,给人留出无穷的审美空间。

浣溪沙

修竹移阴未出墙,好风斜绰[①]露荷香。壶中六月也清凉。

不放灵椿仙客□,要看丹桂满林芳[②]。天教光景[③]为人长。

【注释】

①“绰”:吹拂。②“不放”二句:化用“灵椿丹桂”典。详见《清平乐》[春风倾倒]“丹桂灵椿”注。③“光景”:光和影。景即影。

【赏析】

“修竹移阴未出墙，好风斜绰露荷香。”首二句绘景融情：日照长竹，影随光移，“未出墙”既言日头西移，更寓竹气与佳阴均属自家拥有。清风拂过，荷叶轻翻，莲花露容，香送墙来，“好风”二字，送人清爽，适人心情，真成妙语。

“壶中六月也清凉。”六月虽是酷暑，但是好风送爽，莲荷送香，人在竹荫下，壶中美酒陪，“清凉”与“六月”形成差比，把词人清逸自适的心境刻画得神妙无比。

“不放灵椿仙客□，要看丹桂满林芳。”下阕接“也清凉”而抒发胸臆：“不放”句谓不求自己能像仙人般的永寿，“要看”句言希望下一代人人才学有成，前程锦绣。把“灵椿丹桂”之典拆开来用而注入新意，将人们寻常的望子成龙之意化得甚为深湛。

“天教光景为人长”出得更美，从照应前文的描写看，“光景”一应六月之昼长，二应“修竹移阴”之渐长。从寓意看，一谓自己不求“灵椿”长寿而“天教”长寿，二谓时势又为下一代创造了施展抱负的宽松环境，使“满林芳”之愿能得遂意，而且此个“满林芳”已不仅仅是指自家的子孙，是推广到了的儒学之复兴和天下士子的前程，从而使“光景”又衍生到社会环境的广义中。

词人晚年的奔波中，很大部分是敦促蒙元政要尊崇儒学，兴办教育。在他和张德辉等群贤的努力下，儒学之温得以回升，庙学场所逐次兴建。这首《浣溪沙》的上阕由环境而衬托心境，下阕由“丹桂”而推及到“满林芳”，把文化回暖之际的心情表露得十分形象。而“天教光景为人长”中，也寄寓着词人欲从天意而长寿，从而希望见到更为慰心的景状，余情袅袅，韵味悠长。

婆罗门引　望月

素蟾[①]散彩，九秋[②]风露发清妍。嫦娥尽有情缘。留著三五[③]盈盈，永夜[④]照凭肩[⑤]。看晚妆临镜，若个[⑥]婵娟[⑦]。　寻常月圆，恨都向，别时偏。几度邮亭[⑧]枕上，野店尊前。珠明玉秀[⑨]，算一日、相看一日仙。人共月、长似今年。

【注释】

①“素蟾”：月亮的别名，因传说月中有蟾蜍，故称。②“九秋”：每季为三个月九十天，故以“九”冠之。“九秋”即指秋季。③“三五”：农历十五。④“永夜”：彻夜。⑤“凭肩”：以手搭肩。⑥“若个”：哪个，谁。⑦“婵娟”：容态美好的样子，有时用指月亮。⑧“邮亭”：驿馆，驿站。⑨“珠明玉秀”：形容月亮如珠一样明亮，同琼玉一样清秀。

【赏析】

“素蟾散彩，九秋风露发清妍。”这是一首由望月而生发感怀的词作。启篇写中秋圆月高挂，晖光洒落风露中的花草树木，晶莹反射，遂成五彩之缤纷的一派“清妍”景象。蟾光本为一色，着物反光便成“散彩”，词之精妙，甚耐品味。

“嫦娥尽有情缘。留著三五盈盈，永夜照凭肩。”“嫦娥”句先谓圆月为情缘之象征，“留著”二句又谓特意长夜不息以陪映着人间之有情儿女相依相偎。月圆与情圆相合，将“情缘”二字表现得有神有致。

“看晚妆临镜，若个婵娟。”此二句出得很妙，一是紧承“凭肩”而写情侣对镜，暗合人圆；二以镜中女子欲与天上嫦娥作比，谓哪个更美，把团圆中情侣的甜美心境刻画得十分深邃。“若个”二字应照“凭肩”，语出情流，自信、自怡的心境于俏皮口气中尽得。

上阕作足铺设之后，下阕转写词人自己。

“寻常月圆，恨都向，别时偏。”词人细数归乡后的中秋：蒙古乃马真后二年的中秋时在燕，三年时在真定；蒙古定宗二年的中秋在相州，三年时在南宫；海迷失后元年在真定与燕之间，二年时在顺天；宪宗元年时往真定，二年时仍在真定滞留……数来数去，难得中秋节时与家人团圆。遂言之为寻常圆月“都向别时偏”，一个“恨”字含尽了多少感慨。

“几度邮亭枕上，野店尊前”二句，更举出有许多中秋节是在途程的驿馆中度过，是在寂寞之酒中打发，从而把团圆之憾掘写得更为深沉，感人。

“珠明玉秀，算一日、相看一日仙。人共月、长似今年。”这年中秋，词人终于是在家中度过了，因之他特别地珍惜：望圆月，如夜明珠之珍贵，有琼玉般的莹洁，相看之间，觉得天上有嫦娥仙子，地上有遗山仙人。这个“仙”字，真可谓美得不得了。欣喜之后，他又突然意识到：过了今天，又得外出奔波了，“一日仙”三字道尽了难得，言尽了珍惜。于是又希冀“人共月、长似今年”，把在他来说“寻常月圆”竟成难得之团圆的主题表达得憾人心魄，他的那颗为中华大事而劳苦奔波的精神更使人崇仰不止。

词以望月为题，上阕着力描写中秋圆月之际，情人卿卿我我、甜甜蜜蜜之状。在此铺垫下，下阕转笔于自己难得在家团圆赏月的遗憾，对比鲜明，语意深湛，把词人望中秋团圆却成奢望的主题掘写得深邃无比，个中透射出的是他那比月光更为莹洁的金子般的心灵，读来令人感喟、崇仰不止。

虞美人

一杯薄酒休辞醉，愿一千二百岁①。白云长伴此身闲，桂月蘋风②，分取□壶天。　鹊炉③香□黄金尾，庭院生秋意。倒倾银汉④作流霞⑤，剩看蟠桃⑥，碧海记年华。

【注释】

①“一千二百岁”：《庄子·在宥》：黄帝问广成子：“闻吾子达于至道，敢问，治身奈何而可以长久？”广成子蹶然而起，曰：“善哉问乎……我守其一以处其和，故我修身千二百岁矣，吾形未尝衰。”②“桂月蘋风”：八月的微风。桂月：指农历八月，此时月桂花盛开，故称。蘋风：生于蘋之叶尖的风。《文选·宋玉〈风赋〉》：“夫风生于地，起于青蘋之末。”③“鹊炉”：即“鹊尾炉”，长柄的香炉。④“银汉”：银河。⑤“流霞”：神话传说中的仙酒名。汉王充《论衡·道虚篇》：“曼都好道学仙，委家亡去，三年而返家。家问其状，曼都曰：‘去时……有仙人数人将我上天，离月数里而止……口饥欲食，仙人辄饮我以流霞一杯。每饮一杯，数月不饥。’”⑥“剩看”句：更看寿龄三千。剩：更。蟠桃：仙桃。相传三千年一熟，食之能长生。又，《太平御览》卷九六七《汉旧仪山海经》称：东海之中度索山，山上有大桃，屈蟠三千里。

【赏析】

“一杯薄酒休辞醉，愿一千二百岁。”这是一首企盼延年益寿之作，启篇二句直奔主题，以醉代祈，希望能像广成子那样活个一千二百岁，由此而展开下文的铺写。

“白云长伴此身闲，桂月蘋风，分取口壶天。”词人素有山水之趣和隐逸之愿，祈得一千二百岁后，便邀白云长伴，和风轻拂，玉壶之中乐享一天天。诚如是，真可是人人钦羡的地行仙了。

“鹊炉香□黄金尾，庭院生秋意。”下阕由骋想回归现实：鹊炉之香缭绕意接上阕之雅境，“庭院生秋意”却寓有年岁将残，一丝忧伤油然而生。此二句自然承转，引向抒怀。

“倒倾银汉作流霞，剩看蟠桃，碧海记年华。”尾三句缘秋意而生恨意，谓自己欲将银河当仙酒，一醉三千年。还要看能否吃上蟠桃，像大海一样永不衰老。尾处遥接首句，用豪宕而浪漫的笔法抒出胸臆，更将一千二百岁幻作长生永寿，让人们不禁为之瞠目而惊叹。然而，这番豪语之中隐含的却是岁月无情的怅憾。

启篇所言的“一千二百岁”，是广成子回答黄帝何以长寿之典。其长寿秘诀是一要心静神清，不使精神动荡；二要目不外视，耳不旁听，心不多想；三要内心澹泊，远离纷扰。其实，心系国家大事的词人，除过心地澹泊外其它的一样也做不到，故而词中只选了飘逸的一面以生发主旨。

词人的一生，所拟的目标甚大，甚广，愈是老岁，延年益寿以遂宏志的愿望愈是强烈，由此而玩味词中的“白云长伴”是其本意，“此身闲”却是永远闲不下来的。

念奴娇

一年好处，是西风、绣出东篱寒菊。蝶舞蜂狂谁便道，今夕清香不足。令尹[①]风流，年年春事，小雨一犁新绿。园扉人静，抱琴时弄幽独。　闻道野老相呼，幽寻仙洞，乞与长生箓[②]。鹤发童颜须待得，王母蟠桃[③]初熟。只恐相将[④]，日边催去，风沼鸣环玉[⑤]。娉婷[⑥]一笑，为渠[⑦]且尽醽醁[⑧]。

【注释】

①“令尹”:指县官。秦汉时称县令,元代称县尹,“令尹”为合称。②“长生箓”:使人长生的秘籍。箓:道教的秘密文书。③“王母蟠桃”:西王母处的蟠桃,相传三千年一熟。详见《浣溪沙》[琼压为浆玉作卮]“碧桃仙酎”注。④“相将”:相偕,相共。⑤“凤沼鸣环玉”:指取得高官。凤沼:同“凤池”,皇帝禁苑中的池沼,为中书省所在地。后泛指高官显爵。鸣环玉:潘岳《西征赋》:“飞翠绥,拖鸣玉,以出入禁门者众矣。”唐李善注引《礼记》曰:“君子行则鸣佩玉。”此谓贵族身佩玉饰,走路有鸣声,后以“鸣玉”代指出入朝廷的贵官。⑥“娉婷”:美好的样子。⑦“渠”:代词,表第三人称。⑧“醽醁”:亦作“醁醽”“绿醽”,酒名。《文选》左思《吴都赋》:“飞轻轩而酌绿醽。”李善注引《湘州记》:“湘州临水县有醽湖,取水为酒,名曰醽酒。”

【赏析】

这首《念奴娇》是词人的顾往惜今之作,因有“一犁新绿”句,与《乙卯二月二十一日归自汴梁,二十五日夜久旱而雨,偶记内乡一诗,追录于此,今三十年矣》同,姑编之于同时,即蒙古宪宗五年(1255)。是年,词人六十六岁。

“一年好处,是西风、绣出东篱寒菊。”陶渊明的“采菊东篱下,悠然见南山”,因其田园性情和菊之高洁融为一体而成为千古之名句。此处,词人亦说一年中最佳的时候是菊开之际。句中特别强调了“西风”二字,即愈是风寒,愈显菊之品洁。“绣出”二字逆义而出,含蕴了词人自己经磨历劫后才凸显出的孤臣气节,以菊自喻之意也便隐然而现。

“蝶舞蜂狂谁便道,今夕清香不足。”“谁便道”以旁托的语气,借蜂蝶之言,道菊之清香今不如昔,寓词人自己朝政代换后截然两样的心情。四时节令亘古未变,人们的感觉却是“今夕不足”,语出含蓄,却也正是幽怀之处,顺此便引出下文的回顾。

“令尹风流,年年春事,小雨一犁新绿。”词人任内乡令时,以民生为己事,常常深入百姓,劝农耕桑。他在久旱而雨的《偶记内乡》中说:“桑条沾润麦沟青,轧轧耕车闹晓晴。老眼不随花柳转,一犁春事最关情。”此处的“一犁新绿”指的就是该事。

“园扉人静,抱琴时弄幽独。”欲赏菊时“清香不足”,回忆令尹时“风流”难再,只能在菊园人寂后,抱琴而抒发幽独之怨。此番心境与陶渊明之悠然赏菊天差地别,从而把前处之“寒菊”的隐意揭示开来。错比之用将词境焕得十分深邃。

下阕转写期盼延年益寿的意念。

“闻道野老相呼，幽寻仙洞，乞与长生箓。”金亡之后，词人拟定的目标太大，而作此篇时又觉出身体状况极为不佳，深忧不能完成心愿，于是用虚拟之笔，假托野老相呼结伴，觅洞求长生之为，表露出自己欲益寿而圆夙志的期望。

“鹤发童颜须待得，王母蟠桃初熟。只恐相将，日边催去，风沼鸣环玉。”“鹤发”二句是对“野老”之言，谓其欲求“鹤发童颜”，找“长生箓”是不得的，须得服食西王母的仙桃才行。“只恐”三句意为：只是怕这些人相互着急于到朝廷做官去。这种热衷于鄙事的人和修仙长生的境界也差距太大了吧！

“娉婷一笑，为渠且尽醽醁。”笑，是笑上述那些人。渠，也是指那些人。娉婷之笑，实为词人的苦笑，从而把人生短暂的无奈、夙志难竟的怅憾尽付于中，一颗生死以为国的心跳荡不息，可触可感。

这首词在意境的营造上极具特色，词人原有的东篱之兴、高隐之趣，而今却少了许多原味，原来的春犁之情、令尹之慰也一去不返，曾经拥有的全都失去了。欲为故国做许多遗臣当做的事，却因上苍给予的人生太短暂了。矛盾的纠结营造成全篇的结构特色，纷沓的心绪折映出时不我与的忧伤，那份幽独却又激荡的主题思想便尽出其中，感人至深。

蝶恋花

最是一年秋好处。橘绿橙黄，半带金茎露①。翠幕珠帘开紫府②，五云③深处台星④聚。　昨夜玉皇传诏语。闻道君家，勋业高前古。赐与金丹并玉醑⑤，壶中日月⑥留长住。

【注释】

①“金茎露”：用班固《西都赋》中“抗仙掌以承露，擢双立之金茎”中的仙人托盘之铜柱。②“紫府”：犹仙府。③“五云”：即“五云乡”。仙居之地。《云笈七签》卷八第三十七章：“玄洲有三溺之津，非飞仙而莫越也……又有绝空之宫，在五云之中，王灵仙母、金华仙女常所游也。”④“台星”：星名，又名

"三台""三能",属太微垣。《晋书·天文志》:"三台六星,两两而居……西近文昌二星曰上台……次二星曰中台……东二星曰下台。"⑤"金丹并玉醑":能使人长生之物。金丹:古代方士炼金石为药,谓服之能长生不老。玉醑:即"玉液",古代传说饮之能使人飞仙。醑:美酒。⑥"壶中日月":仙境。《汉书·方术·费长房传》载:一市药老者,市罢跳入壶中。费长房与俱入壶,唯见玉堂严丽,旨酒甘肴盈衍其中。共饮毕而出。

【赏析】

根据词意,知这首《蝶恋花》与《念奴娇》[一年好处]作于同一时间,即蒙古宪宗五年(1255)秋。

"最是一年秋好处。橘绿橙黄,半带金茎露。"首句言秋之佳,更用"最是"作强化而领起全篇。次句用典型的橘橙之物态、清露,承盘之典事作烘托,使橘橙更显得奇美无比,不仅周实了"一年秋好处",还萦带出下文更为奇绝的描写。

"翠幕珠帘开紫府,五云深处台星聚"二句描写橘树:遥视之,翠叶如幕,橘挂如帘,有如仙府洞开;近观之,橙橘满满,或现于紫府之前,或隐于五云深处,恰似"台星"会聚于神仙洞府。

上阕言秋言橘,言"翠幕珠帘",深意在喻词人年岁之高,收获之丰硕,其诗文著述、史料采编等等真如"台星聚"五云"一般,览之而心旷不已。同时,前二句写秋之盛为实笔,后二句转入仙境,自然而然地引出下阕的幻笔。

"昨夜玉皇传诏语。闻道君家,勋业高前古"三句进一步展开浪漫之笔,谓玉帝惊闻民间竟有如此卓越之人,而且成就更高过古人,不禁龙颜大悦!"勋业高前古"真为恰当之考评,试想:诗、词、文、赋与文学评论,诗歌总集汇编与开创散曲先河集于一人之身,史上还能找出第二人否?更何况还有采编金史之劳苦与莫大的功勋!

"赐与金丹并玉醑,壶中日月留长住。"玉帝龙颜大悦后,便亲自颁旨:赐与金丹灵药让其与天同寿,赠与玉醑仙酒让其尽享壶中日月。如此的嘉赏可谓震古铄今了。

词人年事已高,而既定的重任还未完成,他真想向老天借来岁月以竟其志,因而作了《念奴娇》[一年好处]以抒其愿。该首表达的是岁月无情,人生无奈。这一首则是将其功其情上达天庭,玉帝嘉赐灵丹仙酒而令其长寿。手法浪漫,语言华采,实与上一首共成姊妹篇,于中充分地表达了词人生命不息、践誓不止的可贵精神。

非编年部分

摸鱼儿

忆元龙、旧家湖海[①]，不应年鬓衰槁[②]。翩翩竹马[③]儿童喜，惊见汉江归报[④]。归计早，黄金印、征西[⑤]已付诸郎了。红云仙岛[⑥]。渺千里移春[⑦]，浓薰细染，春意已倾倒。　西溪上，玉镜[⑧]修眉翠扫[⑨]。题诗曾许谁到。溪亭未入奚奴锦[⑩]，望断绿波春草。君且道，人间世、虚名得似欢游好。风流未老。约款段[⑪]随车，鸱夷[⑫]载酒，迎我霸陵[⑬]道。

【注释】

①“忆元龙”句：元龙，陈登，字元龙。许汜谓其“湖海之士，豪气不除”。详见《水调歌头》[形神自相语]“许汜卧床下”注。②“衰槁”：憔悴衰萎。③“竹马”：儿童当马骑的竹竿。④“归报”：家书。⑤“征西”：曹操《让县自明本志令》：“欲望封侯作征西将军，然后题墓道言：‘汉故征西将军曹侯之墓。’此其志也。”⑥“红云仙岛”：神仙居处。《翼圣记》：“玉帝所居，常有红云拥之。”⑦“移春”：移动春色。⑧“玉镜”：水明如镜。⑨“修眉翠扫”：山形青翠起伏。⑩“奚奴锦”：唐李商隐《李贺小传》：“恒从小奚奴，骑蹇驴，背一古破锦囊，遇有所得，即书投囊中。”奚奴：奴仆。⑪“款段”：足慢的马。《后汉书·马援传》：“吾从弟少游常哀吾慷慨多大志，曰：‘士生一世，但取衣食裁足，乘下泽车，御款段马，为郡掾吏，守坟墓，乡里称善人，斯可矣。致求盈余，但自苦尔。’”⑫“鸱夷”：特指皮革制的酒囊。⑬“霸陵”：在今陕西西安市东。其霸桥为长安人士送别之处。

【赏析】

这是一首送别诗，所送者当是归长安一带的老友。

“忆元龙、旧家湖海，不应年鬓衰槁。”首句以陈元龙的湖海之气作喻，凝炼地概括了友人的气格和功业，次句则以惋惜的心情引出送别的话题。

“翩翩竹马儿童喜，惊见汉江归报。”此二句用倒装形式想象友人归里：“归报”谓家书预告，“汉江”用杜甫《江汉》“汉江归思客，乾坤一腐儒”之典。言家人收到将归家的书信。“儿童喜”代指家人期待，“惊见”刻画出收到“归报”后意外的心理。“惊”与“喜”对举，设置出不得不离别的惆怅境况。

“归计早，黄金印、征西已付诸郎了”二句，既称道了友人功成名就，引退归乡，又把家声传接付与儿郎，一种人生完美的赞叹尽蕴于内。

“红云仙岛。渺千里移春，浓薰细染，春意已倾倒”四句，将目光遥遥投向友人的家乡，谓此处的春意因为倾倒归客，也将春景浓香薰沐、细笔点染，而后一并随同友人移往“红云岛”乡。不说词人的浓情送别，而谓春景随往，意曲语妙，奇趣盎然。

“西溪上，玉镜修眉翠扫”二句拉回送别之处，谓西溪如镜，碧翠的山峦有如女子的美眉而倒映水中，溪明山美，引出题诗的话题。

“题诗曾许谁到。溪亭未入奚奴锦，望断绿波春草。”奚奴代指诗人李贺，然而，即使是李贺大才，却也无一句写出，只是心情沉郁地“望断绿波春草”。这个“李贺”喻指的当然是词人自己了。此处不说因别愁而难酿诗句，而说“溪亭未入奚奴锦”，因果相得，意趣横溢。

“君且道，人间世、虚名得似欢游好。”“得似”即何似、怎比，此处由“君且道”引出人生之感悟：为官何足道，远输结伴游，从而将话题回到“归计早”上来。

“风流未老。约款段随车，鸱夷载酒，迎我霸陵道。”未曾离别，先谓再会：约友人于家乡道上，劣车浊酒，迎接词人到访，将浓浓的朋友之情洋溢于纸上。

这首送别词述事分明，感情洋溢，语言精微，笔意三曲三折，用典手法各异。写来洋洋洒洒，似不经意，读来却奇趣津津，让人领味不尽。

蝶恋花　同乐舜咨郎中①梦梅

梅信②初传金点小。翠羽③多情，尽耐风枝袅。乞与④吟鞋⑤共百绕，小窗月暗人声悄。　枕上诗成还自笑。万斛⑥清愁，换得春多少？临水幽姿空自照，罗浮山⑦下孤村晓。

【注释】

①"乐舜咨郎中"：乐夔，字舜咨，武安（今河北武安县）人，曾任金之中京副留守。郎中：官名。金代的海陵王废除了"三省"中的中书省、门下省，变为尚书一省制。尚书省的重要机构是左、右司，左右司各设郎中一员为长，员外郎一员为副。②"梅信"：梅花初绽。③"翠羽"：羽色碧翠之鸟，亦泛称之。详见注⑦。④"乞与"：求于。⑤"吟鞋"：诗人的鞋，代指诗人的足迹。⑥"斛"：量器，十斗为一斛。⑦"罗浮山"：此处指梅花梦。柳宗元《龙城录》："隋开皇中，赵师雄迁罗浮。一日，天寒日暮，在醉醒间，憩车仆于松林间酒肆傍舍，见一美人，淡妆素服出迓师雄。时已昏黑，残雪未消，月色微明。师雄喜之，与之语，但觉芳香袭人，语言极清丽。因之与扣酒家门，得数杯与共饮。少顷，有一绿衣童子来，笑歌戏舞，亦自可观。师雄醉寐，但觉风寒相袭。久之，东方已白，雄起视，乃在大梅树下，上有翠羽啾嘈相顾，月落参横。但惆怅而已。"后以"罗浮梦"比喻梅花。罗浮山：罗山与浮山的合称。

【赏析】

"梅信初传金点小，翠羽多情，尽耐风枝袅。"这首词是借赵师雄罗浮故事而与乐舜咨谈早春清愁的，故而，启篇即以"金点小"而谓"梅信"初至，用梅树上"翠羽多情"应"啾嘈相顾"以喻心中的感慨。"多情"二字自侃，"尽耐"二字谓执着，逆意相生，隐伏了主旨。

"乞与吟鞋共百绕，小窗月暗人声悄"二句言梦言觉："吟鞋共百绕"写梦中赏梅，梅信虽只"金点小"，词人还要着吟鞋而"共百绕"，爱早梅、望春回、寄新梦的心境尽寓其中。"月暗人声悄"写梦醒："月暗"谓梦幻已去，愁绪又来，"人声悄"谓小屋孤寂，与上句构成逆意，将憧憬与现实拉开了极大的距离。

下阕转写感喟。

“枕上诗成还自笑。万斛清愁，换得春多少？”“还自笑”照应“多情”，自嘲自谑。“换得春多少”，言尽管有万斛清愁，自己写的诗却没有反映出多少来，于是自己都感到可笑。“万斛”装“清愁”，清愁“换”春色，词采清新，述意却十分深重。

“临水幽姿空自照，罗浮山下孤村晓。”尾二句言梅姿空照，喻词人孤芳自赏，再提罗浮山回应题旨；言之于近而蕴意悠远，耐人寻味。

这首词以梦梅为线索，或明引，或暗牵，托物寓情，言出佳妙。把春来之际词人萦绕在心头的旧愁新忧，也即自己胸中之目标能否实现的忐忑表露得十分形象，得体。

凤凰台上忆吹箫

宝靥①留香，锦书封泪②，要教恼乱愁肠。恨镜鸾双舞③，辜负欢狂。日日东城望眼，但暮云、烟树微茫。人何处，浓阴静院，明月幽窗。　东风、万红千紫，算只有寒梅，瘦得何郎④。想淡妆无语，孤影昏黄。好在⑤蓝桥⑥旧路，也便水(下缺)⑦

【注释】

①“靥”：指女子脸颊的酒窝。②“锦书封泪”：宋曾慥《类说》卷二十九引《丽情集》：“灼灼，锦城官伎也。善舞《柘枝》，能歌《水调》。相府筵中与河东人坐，神通自授，如故相识。自此不复面矣。灼灼以软绡多聚红泪密封寄河东人。”后以“锦书封泪”为女子寄书表达相思的典故。③“镜鸾双舞”：指罽宾王买得鸾鸟而不鸣，设镜照之，鸣而奋绝之事。详见《朝中措》[夹衣晨起怯新霜]“镜中鸾舞”注。④“何郎”：指南朝时爱梅、吟梅的何逊。详见《鹊桥仙》[孤根渐暖]“何郎”注。⑤“好在”：幸亏。⑥“蓝桥”：用裴航、云英蓝桥缘典。详见《鹧鸪天》[著意朝云复暮云]“玄霜玉杵”注。⑦按词谱，下缺十六字。

【赏析】

这是一首写女子思郎之作。

“宝奁留香，锦书封泪，要教恼乱愁肠。”启篇写这位女子晨起梳妆：“宝奁留香”言妆奁，言脂香，未写容颜，已知貌美。“锦书封泪”写边理鬓，边忧伤，巾绢上又添新泪。“要教”句合写，谓面前之奁、手中之绢又搅起一天的新愁。

“恨镜鸾双舞，辜负欢狂”是个特写镜头：女子对镜，虽见双影，却是孑身；“镜鸾”之典亦是孤鸾对镜后，舞而奋绝。以镜鸾作比，谓对郎君的一片痴情，把“恨”字表达得十分巧妙。

“日日东城望眼，但暮云、烟树微茫。”写罢晨恨写日望，谓望穿之眼日未间断，然而每天从日升望到沉落，不是烟树遮目，便是暮云黯淡，把郎归渺茫之凄情外化得十分形象。

“人何处，浓阴静院，明月幽窗。”东城期盼望到暮归而失望，又是一个夜色浓阴，静院孤寂，唯有月照幽窗。此番环境把孤女的幽怨和“人何处”的呼唤烘托得分外细腻而深切。

“东风、万红千紫，算只有寒梅，瘦得何郎。”先谓群芳之纷纭，再写寒梅之孤寂。先“瘦”后“得”，贞心获酬。原典说的是何逊因爱梅，居洛之后又返扬州，此处却翻转角度，谓梅花在何逊迁洛后“瘦损”，何逊返回后梅便为之盛开。“万红千紫”与“只有寒梅”对着写来，凸显了寒梅之幸。“瘦得”二字赞梅之坚贞、何逊之挚爱，喻的是此女子的痴情和对郎的幽怨。一个典故换位写来，把怨妇之情反衬得甚是深婉。

“想淡妆无语，孤影昏黄”二句，由“想”字领起旁白：古人云“女为悦己者容”，郎不归，女懒妆，已将其贞情形之于外，谓其“无语”，实知千般心事在翻腾，从而把昏黄暮色中女子的凄愁刻画得非常深邃。

“好在蓝桥旧路，也便……。”世人逢事，总爱往好处想，这位女子也由“蓝桥”驿中，云英得与裴秀才相逢而深居神仙窟的故事，联想自己的郎君毕竟会归来。“好在”与“也便”相呼相应，虽然后文脱去十六个字，也可想见是词人的安慰之言，抑或是痴情女子的自宽之语，从而为之燃出一道光亮来，也将词境拓出一块遐想的空间。

这首爱情词以情愁为主线，通过细腻的情感描写，典型的环境烘衬，巧妙的典故运用，刻画出一位血肉丰满而痴情望郎的女子来，使其可敬可哀可同情的形象活脱脱地展现在读者眼前。

临江仙　唐子西酒名“齐物论”，又曰“养生主”[1]

谁唤提壶沽美酒[2]，浮生[3]多负欢游。窗明窗暗百年休。凉风催雁过，春水带花流。　仰视浮云空自诳，往还岁月悠悠。三山[4]那有凤麟洲[5]？一杯齐物论，千古醉乡侯[6]。

【注释】

①“唐子西”：唐庚，字子西，四川眉山人，宋代进士。《鹤林玉露》“人集”卷四“酒有和劲”条：“唐子西在惠州，名酒之和者曰养生主，劲者曰齐物论。”②“沽美酒”：遗山先生七绝诗《戏题醉仙人图》尾注：“提葫芦，沽美酒，禽语也。”“沽美酒”即斑鸠的鸣声。③“浮生”：即人生。古代老庄学派认为人生在世虚浮无定，故称。④“三山”：海上三神山：蓬莱、方丈和瀛洲。⑤“凤麟洲”：汉东方朔《十洲记·凤麟洲》：“凤麟洲，在西海之中，地方一千五百里，洲四面弱水绕之。鸿毛不浮，不可越也。洲上多凤麟，数万各为群。又有山川池泽，及神药百种。亦多仙家，煮凤喙及麟角，合煎仲膏，名之为续弦胶，或名连金泥。”⑥“醉乡侯”：世称竹林七贤中的刘伶为醉侯。其《酒德颂》：“有大人先生……止则操卮执觚，动则挈榼提壶，唯酒是务，焉知其余……无思无虑，其乐陶陶。”唐皮日休《夏景冲淡偶然作》：“他年谒帝言何事，请赠刘伶作醉侯。”

【赏析】

“谁唤提壶沽美酒，浮生多负欢游。”首二句用“谁唤”二字引出话题：“提壶”即“葫芦提”，宋元时的口语，意思是逢事糊涂。“沽美酒”借禽语而谓唯酒为美。为何要借酒力之神而作糊涂呢？因为芸芸众生未能领会个中的深意而“多负欢游”。反过来说，“负欢游”即为逢事太较真，徒惹烦恼而已。

“窗明窗暗百年休。凉风催雁过，春水带花流。”此三句进一步述说浮生勿要“负欢游”的道理：“窗明窗暗”句即天明接日暮，一天天流逝，人生百年转瞬即休；“凉风”二句用雁过水逝之事象，谓不管是秋去还是冬来、凉至还是春回，都在自然规律中，没有什么区别，从而道明了庄子“齐物论”之宇宙万物齐一，是非认识都是相对的，并无根本界限之观点。回题之间，亦暗赞了唐子西酒名之妙。

“仰视浮云空自诳，往还岁月悠悠。”下阕反顾自己：“空自诳”即枉自迷惑。仰望天上的浮云飘忽而逝，似有却空，反观人生，曾经不断地追求，到头来依然故我，百事无成。再看岁月，周而复始，何曾在意你的成功与否？此二句又暗引了庄子“养生主”的观点，即应感悟养生之道，勿要为善而求名，也莫因逆遇而悲观，再次照应题旨。

“三山那有凤麟洲？一杯齐物论，千古醉乡侯。”“三山”句说的是天下哪里有三仙山和凤麟洲那样的地方？那些都是人们杜撰的、虚无缥缈的。“一杯”二句则谓人生最美的还是看透世事，将万物一理齐，手持美酒，作个刘伶般的醉乡候，从而照应了篇首的“沽美酒”而葫芦提，于潇洒面世度浮生的人生态度中收结全篇，给人以旷达的启示。

这首《临江仙》以唐子西的酒名为话题，用浅显的语言、形象的物事和生趣的典故，把借酒浇浊世、万物一理齐的人生态度表达得十分形象，深邃，自然，令人叹服。

感皇恩　寿韩侯恬然[1]

水上觅红云，云藏仙岛。云外晴峰翠于扫[2]。东园行乐，一洗山林枯槁[3]。万金谁办得[4]、安闲早。　　石上玉芝[5]，松间瑶草[6]，容易休教使君老。寿杯宫袖[7]，醉眼风荷[8]翻倒。锦堂花与月、年年好。

【注释】

①“韩恬然”：不详其人，按“使君”二字，当为州郡长官。②“扫”：抹，画。③“枯槁”：草木槁萎，亦形容人憔悴，瘦瘠。④“办得”：做到。⑤“玉芝”：芝草的一种，又称白芝。⑥“瑶草”：仙草。⑦“宫袖”：华装女子。⑧“风荷”：风中的莲荷。

【赏析】

“水上觅红云，云藏仙岛”。首二句即融含了一个典故：《翼圣记》载：“玉帝所居，常有红云拥之。”后以“红云岛”泛指神仙的居处。词的启篇巧用一个“觅”字,所觅者为“红云”,云却深藏于仙岛,从而烘托出此间主人非同等闲。

“云外晴峰翠于扫。东园行乐,一洗山林枯槁。”“云外”句写红云岛周边之峰,“东园”二句写园中寿星。前后映衬,把韩侯因寿宴而行乐、因峰翠而“一洗枯槁”的老怀之乐描绘得十分形象,

“万金谁办得、安闲早”句为词人的赞叹,称赞其能抛去富贵与显赫,能早退隐以觅闲乐,“谁办得”三字反诘,于铿锵的语气中体现着韩侯果断的取舍。

“石上玉芝,松间瑶草,容易休教使君老。”“使君”是对韩侯这位州郡长官的尊称,“容易休教老”是谓红云岛中的玉芝、瑶草不让他轻易地便老,因果颠倒写来,幽默生趣,韵味十足。

“寿杯宫袖,醉眼风荷翻倒”二句直接写宴中寿星:韩侯醉酒浮步如风荷,乃宫袖劝寿杯饮的结果。由醉步醉眼,写醉心醉态,把韩侯之乐刻画得形神兼妙。

“锦堂花与月、年年好。”结句是寿星闲居仙境般的东园之快慰心理,亦是词人的祝福。应美景,言心语,回题旨,更将此祝语引向“年年”而绵延不断。

这首《感皇恩》言为祝寿,却绕开祝寿的场面而写寿星居所的环境之美、人物的高蹈之性。语出清丽而曲妙,使闻者悦耳赏心,收到了别样的祝寿效果。

促拍丑奴儿

皇甫季真[①]汤饼局[②]。“二女则牙牙学语,五男则雁雁成行。”见司空表圣《一鸣集·障车文》。

朱麝[③]掌中香。可怜[④]儿、初浴兰汤[⑤]。灵椿未老丹枝秀[⑥],东邻西舍,排家助喜,沽酒牵羊。　天与读书郎。便安排、富贵文章。高门自有容车日[⑦]。明年且看、青衫竹马,雁雁成行[⑧]。

【注释】

①“皇甫季真”:不详其人。遗山先生有七绝诗《乞酒示皇甫季贞》。②“汤饼局”:为贺小儿初生所设的筵席。③“朱麝”:麝香之类的香料。④“可怜”:可爱。⑤“兰汤”:芳香的热水。⑥“灵椿”句:喻父高龄,子显赫。详见《清平乐》[春风倾倒]“丹桂灵椿”注。⑦“高门”句:《汉书·于定国传》:“始定国父于公,其闾门坏,父老方共治之。于公谓曰:‘少高大闾门,令容驷马高盖车。我治狱多阴德,未尝有所冤,子孙必有兴者。’至定国为丞相,永(定国之子)为御史大夫,封侯传世云。”⑧“雁雁成行”:《礼记·王制》:“父之齿随行,兄之齿雁行。朋友不相逾。”陈澔集说:“随行,随其后也;雁行,并行而稍后也。”后以“雁行”比喻兄弟。

【赏析】

“朱麝掌中香。可怜儿、初浴兰汤。”首句写父母亲得子的欣喜,言“掌中香”尚嫌不够,又冠以“朱麝”,把慈爱之情发掘得十分深湛。次句写“洗三”,“兰汤”二字将舐子之深、抚浴之状体现得甚为深致。

“灵椿未老丹枝秀,东邻西舍,排家助喜,沽酒牵羊”数句描写四邻相贺的状况。“排家”二字谓络绎不绝,“沽酒牵羊”谓贺意诚诚,“灵椿”句则是邻里的贺言祝语。“未老”二字兼祝父母多生贵子,儿女成群。

下阕着笔词人之贺。

“天与读书郎。便安排、富贵文章。”乡邻们的贺语是“丹枝秀”,词人的心底是教育,宋真宗赵恒《励学篇》中云:“安居不用架高堂,书中自有黄金屋”。此处缘赵恒之语,谓此子是上天赐来的读书儿郎。“安排”二字出得实在,“富贵文章”定格则高远。

“高门自有容车日”一句,紧承“富贵文章”,遥瞻此子的锦绣前途,把“丹枝秀”申发得扎扎实实,如现眼前。

“明年且看、青衫竹马,雁雁成行。”写罢当下洗三,瞻罢“高门容车”后,此子便好像由婴童而竹马,经青衫而与兄弟雁行,渐渐成长为“丹枝”之秀,把贺子之意拓展得锦绣煌煌。

这首词紧扣题旨,上阕侧重展现出两个画面,即父母欣喜而洗三,邻里捧喜而相贺,俱为实录实写。下阕转为虚写,即词人的希冀,同时紧紧循着线索,把词的意境逐次拉升，将极易成为虚泛的祝词营造得实实在在，得体而自然。

浣溪沙

芍药初开百步香①，小栏幽径隔长廊②。好花都属富家郎③。

此乐莫教儿辈觉④，老夫聊发少年狂⑤。高烧银烛照红妆⑥。

集句。

【注释】

①“芍药”句：宋韦骧《和潘通甫芍药》诗：“牡丹谢后觉荒凉，此艳中兴百步香。”②“小栏”句：晏殊《假中示判官张侍臣王校勘》诗：“元巳清明假未开，小园幽径独徘徊。”③“好花”句：韦庄《丙辰年鄜州遇寒食城外醉吟七言五首》(其四)：“闲客不须烧破眼，好花皆属富家郎。”④“此乐”句：《晋书》卷八十王羲之对谢安云：“恒恐儿辈觉，损其欢乐之趣。”苏轼《游东西岩》诗：“常恐儿辈觉，坐令高趣阑。”⑤“老夫”句：苏轼《江城子·密州出猎》：“老夫聊发少年狂，左牵黄，右擎苍。”⑥“高烧”句：苏轼《海棠》诗：“只恐夜深花睡去，故烧高烛照红妆。”

【赏析】

集句，集古人作品中的现成句子以为诗词。

“芍药初开百步香，小栏幽径隔长廊。”首句写芍药花开之美，然而将其形与色隐去不写，只留关不住的香气飘荡悠远。次句接着百步香写。尽管此花外围着“小栏”、有深幽的园径、长长的走廊阻隔，还是能闻其香。惟其如此，更显香之幽远，花之诱人。

“好花都属富家郎”点出花之主人的身份，也为下阕的逆写巧伏了一笔。

“此乐莫教儿辈觉，老夫聊发少年狂”。“此乐”指“老夫”欲窥花貌的狂兴，“儿辈”指的是富家郎。本来此花是赏不到的，然而老夫偏要聊发少年时的豪气而一览奇美诱人的芍药，此句一出，使词境顿时大开。

“高烧银烛照红妆”便是“老夫”的窥花绝招，你有围栏幽径，我有银烛高照，在此痴情与狂性下，芍药甚为折服，主动地现出"红妆"而让其一睹芳姿。"老夫"的狂豪之性和高招也自然引出人们的喝彩。

这首词虽为集词集句，但是通篇自然融洽，流畅裕如，丝毫没有牵强雕饰之痕。然而，更应领悟的是这首集句词并非就百步香而专写探奇的，个中表达的是词人为了追求目标、体现人生价值，在逆境之中顽强奋争的精神，这正是他一生中最为闪光之处。

浣溪沙

梦绕桃源寂寞回，春残滋味似秋怀。多情翻恨①酒为媒。

数点雨声风约②住，一帘花影月移来。小栏幽径独徘徊。

【注释】

①"翻恨"：却恨。②"约"：阻止。

【赏析】

"梦绕桃源寂寞回，春残滋味似秋怀。"词人一向追求的是陶渊明般的隐逸生活，然而追来追去，始终如同梦幻而不可得，故而起首便谓"梦绕桃源"而心寂寞，春残将去也有似秋风瑟瑟。以主观的心境写客观环境，滋味大是不同。

"多情翻恨酒为媒"。酒在寻常笔下不外是助兴或消愁之物，而此处却说它是让人"翻恨"的东西，作者不想忘情，所以要反恶酒媒，把个恼恨翻得异常激烈，深邃，堪谓神来之笔。

"数点雨声风约住，一帘花影月移来。"此二句摹景状物，可谓空灵至极：夜间之雨，以声写之最显特征；数点言其稀疏，更被风来"约住"。也因为风来云去，月光才露，便落笔于月下之花：不言月移花影动，而谓影被月送来，亦将帘前花枝渐近之态拟写得甚为灵妙。此二句虽然化用了李后主《蝶恋花》"数点雨声风约住，朦胧淡月云来去"，但是更觉着神韵兼得。

“小栏幽径独徘徊”写词人月下独步。虽然是风柔气清、月洒花丛的幽美环境，但是只独自一人在小径间徘徊不已，了无清赏之兴，由此折映着心底的孤寂，揭示了梦寐桃源总不得的幽恨。

这首词无论是抒发情怀的手法，还是炼词炼句之精巧、写景状物之灵秀，都体现着词人深湛的艺术功力。

朝中措　瑞香[①]

御香[②]新拆[③]紫囊封，苒苒[④]绿云丛。开晚只嗔寒勒[⑤]，妆成又怕晴烘。

化工[⑥]也为，花中第一，薰染偏浓。谁有石家红锦[⑦]，重重围住春风。

【注释】

①“瑞香”：花名，早春开花，香味浓郁而持久。喜温暖湿润，不耐寒，不耐暑，亦不耐强光直射。②“御香”：指瑞香，以宫苑内所用的瑞龙脑香形容之。唐段成式《酉阳杂俎》前集卷一：“天宝末，交趾贡龙脑，如蝉蚕形。波斯言老龙脑树节方有，禁中呼为‘瑞龙脑’。上(玄宗)唯赐贵妃十枚，香气彻十余步。”③“新拆”：初绽。④“苒苒”：轻柔的样子。⑤“寒勒”：寒气侵袭。⑥“化工”：“造化为工”的简写，指自然的创造者。语出贾谊《鹏鸟赋》：“且夫天地为炉兮，造化为工。”⑦“石家红锦”：《世说新语·汰侈》：“王君夫(王恺，字君夫)以饴糒澳釜(糖水洗锅)，石季伦(石崇)用蜡烛作炊。君夫作紫丝布障(出行时路旁设幛子)碧绫裹四十里，石崇作锦步障五十里以敌之。”

【赏析】

“御香新拆紫囊封，苒苒绿云丛。”起句言香言形言色，次句以叶衬质，拟动态、用比喻、作烘染，由观赏的角度对瑞香花作了生动形象的描写。

“开晚只嗔寒勒，妆成又怕晴烘”二句，用拟人的手法、从自述的角度揭示出瑞香不耐寒暑惧强光的特性，语言生动，拟情细腻，流露出词人对瑞香花极度的爱怜之情。

“化工也为，花中第一，薰染偏浓。”此三句托意于造物，举其 为“花中第一”，并为其薰染香气，点染色彩。浪漫之笔、天公之“偏”，更为瑞香蒙上了神秘而奇美的色彩。

“谁有石家红锦，重重围住春风。”尾二句巧借石崇锦障作围屏之典：怎得有重重围幛，瑞香花就不会再“嗔寒勒”“怕晴烘”了，从而把惜花之情状写得甚为形象，深婉。

这首《朝中措》运用直接描写和间接烘托、拟物拟人和典故移借，把词人爱花、怜花、护花的情感写得十分灵妙，令人于同赏瑞香之余，更赞赏词人的生花妙笔。

朝中措

綦君美①，东海名家。大父内翰②，海陵朝③以文章显，出刺吾州④。君美以荫补⑤，尝令湖城⑥。晚得儿子石桂，因为赋此。

添盆⑦新喜万家传，满意⑧掷金钱。仙果⑨休嗔生晚，灵椿⑩最得春偏。

隆颅犀角⑪，丹砂⑫一拂，玉润⑬松坚⑭。看取翰林枝叶，却如东海当年。

【注释】

①“綦君美”：山东胶东人，与綦威卿为昆弟，自幼随祖父綦戬知忻州而居忻。②“大父内翰”：大父：祖父。内翰：翰林学士的别称。③“海陵朝”：金帝海陵王时期（1149—1156）。④“出刺吾州”：出任忻州刺史。⑤“荫补”：因先世功绩而任官。⑥“湖城”：今河南灵宝市。⑦“添盆”：古代礼俗，新生儿三日行浴儿礼时，亲朋聚会，以金钱投于浴盆中以作贺。⑧“满意”：快意。⑨“仙果”：仙桃三千岁一生实。綦君美晚岁得子，故以喻之。⑩“灵椿”：喻父亲。参看《清平乐》［春风倾倒］“丹桂灵椿”注。⑪“隆颅犀角”：额头凸出，额上发际骨隆起。古人谓之为贵相。⑫“丹砂”：朱砂。⑬“玉润”：《礼记》卷六三《聘义》第四八：“子贡问于孔子曰：‘敢问君子贵玉而贱碈者，何也？’孔子曰：‘君子比德于玉焉，温润而泽，仁也。’”⑭“松坚”：如松之坚。辛弃疾《清平乐》［诗书万卷］：“十分竹瘦松坚。”

【赏析】

“添盆新喜万家传，满意掷金钱。”綦君美晚年得子，又同是乡人、知友，因而特别为之高兴。首二句即以“喜”字起兴，谓万家传讯、婴儿洗三、亲友快意地投钱作贺，渲染出一派欢欣的氛围。

“仙果休嗔生晚，灵椿最得春偏。”此二句由亲友相贺转谓词人之贺，此贺语含了两个典故;一是西王母对汉武帝说的“此桃三千年一熟”(见《浣溪沙》[琼压为浆玉作卮]),扣“生晚”而言其为贵子;二是用“灵椿丹桂”典与前句呼应之余,巧蕴“石桂”之名,将前程无量之祝福道得十分含蓄而自如。

下阕由“灵椿丹桂”之典而专写新生儿石桂。

“隆颅犀角,丹砂一拂,玉润松坚。”婴儿洗三后,要在额头点红,词人便说这孩子点红之后,本来的“隆颅犀角”更现出“玉润松坚”的特质来,对孩子的未来便特别看好,并由此过渡向尾句。

“看取翰林枝叶,却如东海当年。”尾处欲说此儿定会像乃祖一样飞黄腾达,但是那样写来便会落入俗窠。而颠倒过来言之,说此儿正如“东海当年”之相貌,乃祖得为翰林,其“枝叶”将来亦会显耀。说法不同,变虚为实,效果便有天差地别,笔法之妙,真堪令人称道。

这首贺生子作品,力避浮泛,既写了老友晚年得子之喜,又写了家承之源渊,将赞誉和希冀的主旨表达得实实在在,令人叹服。

朝中措

樱桃花下玉亭亭,随步觉春生。处处绮罗丛①里,偏他特地分明。　韶华②似水,棠梨③叶吐,杨柳新成。不是低鬟④一笑,十分只是无情。

【注释】

①“绮罗丛”:衣着华丽的女子群。绮罗:平纹底上起花纹的丝织品。②“韶华”:美好的时光或年龄。③“棠梨”:植物名,亦名白棠,蔷薇科,落叶亚乔木。《本草纲目》:“棠梨树似梨而小,叶似苍术。叶亦有团者三叉者,叶边皆有锯齿,色颇黪白。二月开白花,结实如小楝子大,霜后可食。④“鬟”:环形的发髻。

【赏析】

这是一首描写少女的词作。

“樱桃花下玉亭亭，随步觉春生。”樱桃树下，亭亭玉立，花映人面，人衬花树，一位青春花季的美女已经活脱脱地展现在读者眼前；轻举微步，人动影移，春风春韵也似乎随之而生，把该女与春色融合得十分和谐。

“处处绮罗丛里，偏他特地分明”接“随步”而及“绮罗”群。“处处”谓佳丽之多，“偏他”谓卓秀其中。烘云托月，形质俱美的特点和词人独钟的情感也便显得特地分明。

“韶华似水，棠梨叶吐，杨柳新成”三句，从三个侧面延写其“特地分明”：一是妙龄年华，如水般地清澈；二是像棠梨吐秀，娇嫩而柔美；三是如杨柳抽芽，神采清新。博喻手法，各尽其妙。

“不是低鬟一笑，十分只是无情”写尽了少女的文静、娇柔和秀夺群姝之后，尾处突然看到该少女的一笑，而且此笑是“低鬟”之笑，从而由外及内，将其娇盈盈的一面表现出来。再回味“低鬟”而笑的“原因”，是因为她一直被一双痴目盯着，从亭亭而立跟到随步绮罗，从外在之佳探其内质之美，把总以为矜持、文静的女子给看笑了，这一笑含着对关注她的人的情意，使此人感动，惊喜，从而达到其全面刻画人物的主旨。

这首词为了刻画一位少女之美，先是将其置于樱桃花畔，再进入群姝丛中，而后用棠、柳作喻，颦笑煞尾，步步深细地作了揭示。特别是“不是低鬟一笑”便以为其“十分无情”之句，把该少女矜持而娇柔的情态刻画得传神至极，收到了新奇隽美的艺术效应。

朝中措

瑞云[①]浮动酒波红，一醉卷愁空。昨日海棠窠[②]下，今朝芍药香中。

蜂迎蝶送，珠围翠绕[③]，尽谢春风。管甚碧油堂印[④]，且教临老花丛。

【注释】

①“瑞云”:祥云。②“窠”:通“棵”。③“珠围翠绕”:形容女子服饰华丽,此处喻花叶繁茂。④“碧油堂印”:形容高贵荣耀。碧油:碧油幢,青绿色的油布帷幕。《南齐书·舆服志》“辇车”注:“二宫御车,皆绿油幢,绛系络,御所乘双栋;其公主则碧油幢云。”堂印:宰相所用之官印。

【赏析】

“瑞云浮动酒波红,一醉卷愁空。”首二句写醉饮:五彩瑞云映入酒杯,使本来的琼酒泛出红色,以云写酒已见奇处;酒杯晃动,酒波漾动,瑞云遂成手中浮云,以动写醉更为奇肆。“一醉”二字周实前句后,更引出词眼“卷愁空”。“卷”字既谓酒之酣,又隐愁之多。词人晚岁之愁,有故国事,有存史事,亦有兴复中原文化事,然而这个“卷”字将之一扫而去,是以,下文便不再言愁,留与读者去领悟,去捕捉。

“昨日海棠窠下,今朝芍药香中”二句转写赏花。“昨日”“今朝”联缀,将醉酒转为醉花,以忘情于花丛隐隐将销愁之意裹入其中。

“蜂迎蝶送,珠围翠绕,尽谢春风”三句,接赏花而写诸物之殷勤:“蜂迎蝶送”应“海棠窠下”和“芍药香中”,言其好客之意;“珠围翠绕”换转角度,谓百花迎迓而显盛情。“尽谢春风”发于词人肺腑,感谢春之多情。如上三句写万物为他销愁,极尽灵妙之趣。

“管甚碧油堂印,且教临老花丛。”结尾处似以旷达的胸怀排去诸多烦事,专享花前之乐,遥应“卷愁空”而潇洒度晚景。“碧油印堂”说的是官家皇家之事,词人真能将之排去不顾吗?且看他《与枢判白兄书》中所说:“惟有实录一件,只消亲去顺天府一遭,破三数月功,披节每朝终始及大政事、大善恶,系废兴存亡者为一书,大安及正大事则略补之。此书成,虽溘死道边无恨矣。”“管甚”“且教”道的只是暂且,一颗生死以为国的磊落情怀却在暂且之后振荡不绝。

这首《朝中措》欲写其愁,却通篇运用乐事、乐景冲淡之。然而,掩蔽之余,却又在“卷愁空”中故意让其微露线头。到结句的“且教”二字中再将断线暗接起来,从而收到隐而不显、藏而又露的表达效果,令人深细地揣摩过后方知奥妙。

鹧鸪天 木犀[1]

桂子[2]纷翻浥露黄[3]，桂花高韵静生芳[4]。蔷薇水润[5]宫衣[6]软，婆律膏[7]清月殿[8]凉。 云岫句[9]，海仙方[10]，情缘心事[11]两难忘。衰莲[12]枉误秋风客[13]，可是[14]无尘袖里香[15]。

【注释】

①"木犀"：植物名，桂树的一种。叶长椭圆形，对生，秋末自叶腋丛生小花，有黄白等色。合瓣花冠，四裂，香气甚烈。《木草纲目》亦作"木樨"。②"桂子"：即桂花。柳永词"三秋桂子，十里荷花"即是。这里为和下句错开，用桂子。③"浥露黄"：被露水湿润了的金黄色的小花。④"高韵静生芳"：桂花的品格纯净高雅。高韵：高雅的韵致。⑤"蔷薇水润"：蔷薇花可制香水，其香浓烈。此处喻指桂花之香飘荡悠远。⑥"宫衣"：宫中女子的衣服。⑦"婆律膏"：香名，龙脑香树所出。唐段成式《酉阳杂俎》卷一七载：龙脑香树有肥有瘦，瘦者出龙脑香，肥者出婆律膏香。此处喻桂花之香。⑧"月殿"：月宫。⑨"云岫句"：陶渊明《归去来兮辞》："云无心以出岫。"⑩"海仙方"：海上仙方。秦皇、汉武都曾遣人赴东海觅不死仙药。⑪"情缘心事"：不忘尘世与向往归隐的两种心怀。⑫"衰莲"：李时珍《本草纲目》载：木兰，又称木莲，其香如兰，其花如莲，皮似桂而香，与木桂实为一物。据此，衰莲即衰桂。⑬"秋风客"：指汉武帝，其《秋风辞》有"秋风起兮白云飞，草木黄落兮雁南归"。李贺《金铜仙人辞汉歌》："茂陵刘郎秋风客，夜闻马嘶晓无迹。"⑭"可是"：却是。⑮"无尘袖里香"：喻离尘归隐与留恋衣染之桂香。

【赏析】

"桂子纷翻浥露黄，桂花高韵静生芳。"这首词是赞美桂花的，启笔便直奔主题，言其花簇纷繁，露润金黄及纯净高雅的品格，外在美到内质雅合写，给人以冠绝群芳的第一印象。

"蔷薇水润宫衣软，婆律膏清月殿凉。"此二句又以蔷薇、婆律膏喻其香远，宫衣喻其质柔，"月殿寒"则以夸张的手法言其开在月光清凉的时节。此处作喻，本体与喻体无论花簇、花形、郁香都极为相似，桂花八月绽放，以之映衬秋月清凉，又是十分得体。

上阕从多角度、多方位赞美桂花之后，下阕转写词人的独钟之情。

“云岫句，海仙方，情缘心事两难忘。”“云岫句”喻的是桂树漫山遍野，花开望不到尽头。”“海仙方”说的是秦始皇、汉武帝都想东海找仙药，以求长生不老，喻的是词人深隐山林。“两难忘”则将喻意归拢一处，说自己极想归隐而去，却又迷恋于此处的桂香不忍离开，“两难”相逆，把爱桂花、恋郁香的情感体现得十分形象。

“衰莲枉误秋风客，可是无尘袖里香”接前述而继续延伸：“无尘”喻远离尘世纷扰，“袖里香”言深恋桂香而脚难离，两情相冲间，怪怨衰莲即桂花误却了词人自己这位秋风客意欲归隐，从而将桂花之诱人写到了极致。

这首词从形、色、香、质、品多方位地描绘了桂花之美，又用典句、融典事渲染了词人的恋香心事。个中也不乏词人将自己的志趣寓之于木犀的情操。

鹧鸪天

少日骊驹①白玉珂②，灵砂犀角费频磨③。西城④灯火长安梦，满意⑤春风似两坡。　流素月⑥，澹秋河⑦，百年狂兴一声歌。醉归扶路⑧人应笑，头上花枝奈老何。

【注释】

①“骊驹”：纯黑色的马。②“白玉珂”：马络头上贝制的装饰物。③“灵砂”句：宋黄庭坚《再和元礼春怀十首》之五：“抹裙彩凤盘宫锦，插鬓真珠络贝多。酒恶花愁梦多魇，灵砂犀角费频魔。”④“西城”：指长安之西城。⑤“满意”：快意。⑥“素月”：月亮。⑦“秋河”：秋夜的银河。⑧“扶路”：沿路。

【赏析】

“少日骊驹白玉珂，灵砂犀角费频磨。”起篇即回顾青年时期长安应试的状况。其年，词人由春到秋在长安待了半年之久。“骊驹白玉珂”马骏饰美，“灵砂犀角”意气风发,把一个踌躇满志的状态刻画得十分灵动。

“西城灯火长安梦,满意春风似两坡。”“两坡”指的是长安具有盛名的皇子坡和长乐坡,一因秦始皇长子扶苏的读书处而名,一为隋文帝将“浐坂”改名而来(详见《沙溪沙》[芳草垂杨长乐坡]),“两坡”比喻其时“春风”般的心态,甚觉飞扬。“西城灯火”亦是以美景烘衬悦情,然而缀以“长安梦”,则谓该次应试失败,不过那次落榜并未影响词人的追梦心境,毕竟其时还是“少日”时。

“流素月,澹秋河,百年狂兴一声歌”。下阕接长安应试而写之后的时光。明月日日流转,银河年旋一周,“素”与“秋”清穆,“流”与“澹”清雅,把时光流转表现得甚是雅致。“百年”句遥接“少日骊驹”而纵览一生的建树:“狂兴”言自信,言傲世,豪怀澹澹;“一声歌”言成就,畅心胸,情致欣悦。二句把上阕的“满意春风”续写得逸气横溢,荡人心魄。

“醉归扶路人应笑,头上花枝奈老何。”词篇由“满意春风”写到满意秋河,因对自己一生的成就甚为欣慰,遂狂饮豪醉,脚步浮虚地沿路而归,甚至还得意地折支花来插在头上。“人应笑”,花奈何,把词人的颠狂之态描绘得活灵活现,更由外象而折映心情,于自谑之趣中振荡了主题。

词人一生的成就不仅多,而且样样高、精,而这些成就始于不折不挠的应试,于是上阕着笔于长安秋试,下阕凝聚于终生的建树,“一声歌”行句洒脱,凝炼,生趣悠长,概括力极强,自足感亦十足。全篇语言流美而耐人咀吟。

鹧鸪天

长恨箫声[①]隔粉墙[②],争教移住五云乡[③]。一溪春水关何事,流出桃花赚阮郎[④]。　风搅梦,月侵床,情缘消得海生桑[⑤]。鸳鸯不锁黄金殿[⑥],雌蝶雄蜂枉断肠。

【注释】

①“箫声”:用萧史、弄玉吹箫的故事。详见《浪淘沙》[云外凤凰箫]“云外”句注。②“粉墙”:白墙。③“五云乡”:仙居之地。详见《蝶恋花》[最是一年秋好处]“五云”注。④“流出”句:用刘晨、阮肇天台山桃溪遇仙的故事。详见《蝶恋花》[春到桃源人不到]“白发”句注。⑤“海生桑”:喻世事变化之大。晋葛洪《神仙传·王远》:“麻姑自说云:‘接侍以来,已见东海三为桑田。向到蓬莱,水又浅于往者,会时略半也,岂将复还为陵陆乎?”⑥“鸳鸯”句:用“相思树”典。详见《摸鱼儿》[问莲根]“相思树”注。

【赏析】

“长恨箫声隔粉墙,争教移住五云乡。”这是一首追求爱情自由、抨击对自由追求设障种种之作,故而,首句描写一位女子幽优的箫声传出墙外,墙外的男子却只能聆其声而难得见面。句中的“粉墙”便象征了无情的社会阻力和理念障碍,因之,“长恨”二字也便显足了冲击之力。“争教移住五云乡”写的是由粉墙内移居神仙居处,道的是冲破束缚,寻求自由天地的理想,“争教”二字谓希望切切,更显得阻力巨大,希望渺茫。

“一溪春水关何事,流出桃花赚阮郎。”阮肇与刘晨入天台山时,见桃树下不远处的小溪流出一只杯子,遂持杯循往,遇二仙女,成就了一段人仙结合的佳话。词人移来此段故事,将仙杯以喻箫声,谓其“赚”得痴郎心却难得见其面,更将那道“粉墙”恨得切齿。

“风搅梦,月侵床,情缘消得海生桑。”在上阕的铺陈之后,下阕转写粉墙内外的相思。“风搅梦,月侵床”以外物之扰,写夜夜失眠,主客体易位,于无端的撒气中生动地表现出人物的心境。“海生桑”三字将相思之绵长、煎熬之苦痛刻画得揪人肺腑。

“鸳鸯不锁黄金殿,雌蝶雄蜂枉断肠。”尾二句借用韩凭夫妇爱情悲剧之典,生发出词人的议论,即呼吁陈腐的理念该废除了,不要再去束缚、扼杀人性之爱,否则又会使多少儿女“枉断肠”。

词人为了批判腐朽的封建礼教,虚构了一个被“粉墙”阻绝的爱情故事,可以说,这种“拆墙”之举,在那个历史时期是多么的难能可贵。

鹧鸪天　效朱希真体[①]

十步宫香[②]出绣帘，恼人帘底月纤纤。五花骄马[③]垂杨渡，辜负仙郎侧帽檐。　秋澹澹[④]，酒厌厌[⑤]，新诗和恨入香奁[⑥]。相思恰似鸳鸯锦[⑦]，一夜新凉一夜添。

【注释】

①“朱希真体”：朱希真，宋建康朱将仕女，小字秋娘。年十六，适同邑商人徐必用，徐颇解文义。因久客不归，希真作《闺怨》词，抒发内心的哀怨，有名于时，时人相效，形成一种新体，称“希真体”。②“十步宫香”：指瑞龙脑香。唐玄宗赐杨贵妃十枚，香气彻十余步。详见《朝中措》[御香新拆紫囊封]“御香”注。③“五花骄马”：毛色斑驳之马，又称“五花骢”。李白《将进酒》有“五花马，千金裘，呼儿将出换美酒”句。④“澹澹”：广漠的样子。⑤“厌厌”：精神不振的样子。⑥“香奁”：盛放香粉、镜子等类的匣子。此处代指女子居室。⑦“鸳鸯锦”：绣有鸳鸯的锦被。

【赏析】

“十步宫香出绣帘，恼人帘底月纤纤。”首句言宫香荡荡，绣帘垂挂，未见帘中人，已知绝色美。然而“绣帘”二字又暗蕴了这位女子深锁帘内，孤身寂寞的状况。次句将孤寂之状挑明了：屋外皎洁的月光无心去赏，它却又故意撩人似地从帘下穿入一道细细的光来。“恼人”二字谓女子嗔怪迁怨，又因寂寞无物，只有这丝投光可作陪伴，从而将其彻夜难眠的景况揭示得十分形象，细腻。

“五花骄马垂杨渡，辜负仙郎侧帽檐。”此二句由女子心中的恼乱写其郎辞家时的情状：“五花骄马”写的是乘骑矫健，言的是乘郎风度翩翩。“仙郎侧帽”既写了男子频频回首，又含了妻子脉脉的目光，其目光中，“仙郎”便是天下最美的人。由“辜负”二字还可看出另外一层含义：丈夫离家后，妻子天天望着归来，乘五花骄马的人过去一个又一个，都是别家的丈夫，这个“垂杨渡”辜负了一天又一天，直把伊人盼得颜憔悴。一语双关，情与怨自得。

“秋澹澹，酒厌厌，新诗和恨入香奁。”下阕由垂杨渡回转室中：秋气深，天旷远，不见仙郎；拈酒杯，神恹恹，恼怨绵绵。“新诗”照应又一秋，“和恨”掘深“酒厌厌”，把思郎、怨郎的气氛充彻满室，令人叹惋不止。

“相思恰似鸳鸯锦，一夜新凉一夜添。”尾处将思郎盼郎之情附着于新婚燕尔时的鸳鸯被上，秋夜一天凉似一天，衾被也随之加厚，愁怨也一天天积深。而鸳与鸯却天各一方，孤寂绵绵不绝。“恰似”二字令人牵肠挂肚，“新凉”二字又让希冀日空，遥接启篇之“恼人”而延宕不止。

词的主旋律是孤室女子的思郎之情，通篇言情本来不易，词人却借助了般般外物外象，将内心深处之情通过层层揭示，步步深化，将之刻画得十分形象，收到了撼人心灵、引人共鸣的艺术效果。

鹧鸪天

只近浮名不近情，且看不饮更何成。三杯渐觉纷华①远，一斗都浇魂磊②平。　醒复醉，醉还醒，灵均③憔悴可怜生④。离骚读杀浑无味，好个诗家阮步兵⑤。

【注释】

①“纷华”：繁华富丽或荣耀。②“魂磊”：比喻胸中郁结不平。③“灵均”：屈原，字灵均。《离骚》：“名余曰正则兮，字余曰灵均。”④“可怜生”：使人怜悯。生：作词尾，无实义。⑤“阮步兵”：《晋书·阮籍传》：“籍闻步兵厨营人善酿，有贮酒三百斛，乃求为步兵校尉。遗落世事，虽去佐职，恒游府内，朝宴必与焉。”

【赏析】

“只近浮名不近情，且看不饮更何成。”词人一向轻名淡利，并有“四海虚名值几钱”等名言传世。而此处却说“只近浮名不近情”。其实,此句是沿李白之意而来的。李白在《将进酒》中云:“古来圣贤皆寂寞,惟有饮者留其名。”情者,情理。如按情理,饮酒就不为世人所赞成。所以要说不近情。而浮名,就是饮者留其名的名,如果不近“浮名纷华”,也不饮酒,人之一生“更何成”?还有什么意义?词的次句便为之作了明明白白的诠释,并为全篇打开了饮酒乐的大门。

“三杯渐觉纷华远,一斗都浇磈磊平。”此二句接“不近情”而演绎:三杯下肚,“纷华”渐远,一斗饮来,磈磊尽平。“纷华”句是为别人说的,“磈磊”句则是对自己而言的。词人一生的磈磊甚多,有人生之坎坷不顺意,更有故国之难了情,“都浇”二字申展了饮酒之趣,隐去了胸中的纠结。

“醒复醉,醉还醒,灵均憔悴可怜生。”下阕承接“浇磈磊”而引出屈原之例。屈原在《渔父》中说:“举世皆浊我独清,众人皆醉我独醒,是以见放。”词人此处则谓其未得酒中三昧,即饮而不深,浇磈磊而还存,是为“可怜生”。

“离骚读杀浑无味,好个诗家阮步兵。”尾二句由屈原而引出词人极为赞赏的另一位饮客阮籍。竹林七贤中的阮籍,胸涵博学,尤好老庄,且嗜酒成性。他因不满司马氏而借沉醉而远祸,行客路而痛哭,并留下了令人痛绝的《咏怀》八十二首。此处将二人作比,谓屈原执着有余而辞味清淡,阮籍寄慨深厚而激人愤怀。评前者为“读杀浑无味”,语出大胆而泼辣,谓后者用“好个诗家”全力而赞,语势铿锵而劲切。

词的主题是论饮酒,上阕着笔于词人自己之饮,下阕着重于诗家比照。究其实,词人并非真的要褒贬哪家,而是在新朝的环境中,偏借阮籍以浇自己的磈磊而已。全篇语言幽趣,泼辣,节奏明快,和谐,读来甚觉淋漓酣畅。

鹧鸪天

玉立芙蓉[①]镜里看,铅红[②]无地著边鸾[③]。半衾幽梦[④]香初散,满纸春心墨未干。　深院落,曲栏干,旧欢新恨纻衣[⑤]宽。几时忘得分携处,黄叶疏云渭水寒。

【注释】

①“玉立芙蓉”:喻姿容秀美的女子。②“铅红”:妇女化妆用的铅粉和胭脂。此处代指美女。③“边鸾”:唐代京兆人,官右卫长史。工画,用笔轻利,设色鲜明。所画花鸟及折枝草木、蜂蝶雀蝉,能得动植物之意,俱称精妙。④“幽梦”:深沉的梦。⑤“纻衣”:苎麻布制成的衣服。

【赏析】

“玉立芙蓉镜里看,铅红无地著边鸾。”首句以镜像描写女子身姿亭亭,面容娇美,极称该女的姿容,“镜里看”三字妙在女子惜其容颜而思郎,更在于转为他人之目,以利于次句从旁观之人着笔。次句因声律和韵律之故而将词序颠倒,意为即使有边鸾那样的丹青妙笔也难以描绘出她的美来。启篇二句一绘外像、一写内质,使这位绝佳之人活脱脱地展现在人们面前。

“半衾幽梦香初散,满纸春心墨未干。”接下来二句写此女思郎的状况:“半衾”谓孤,是幽梦的原因,亦言其梦常惊。“梦香初散”,更难入眠,遂提笔写“春心”,“满纸”二字将思郎盼郎的情语形容得深切幽婉,入骨见髓。“墨未干”即墨难干,淋的是墨,和的是泪,情书寄出一封又一封,“半衾”之寂续了一夜又一夜,真把痴女思郎描绘得细腻而深透,传感不绝。

“深院落,曲栏干,旧欢新恨纻衣宽。”写罢夜萦,再写日牵:深深的院落,孤孤的曲栏,孑然的女子凭栏独望。寥寥六个字写尽了孤怀,虽未睹人,满纸都已是该女徘徊的影子。“旧欢新恨”言情言怨,愈是旧欢愉,新怨便愈深,直使得形销颜瘦,衣袖渐宽。外物相衬、衣衫侧映,把女子思郎的心境刻画得深细入微。

“几时忘得分携处,黄叶疏云渭水寒。”尾二句写女子与情郎分别的地方:“几时忘得”即谓永远难忘,投目四周,枯叶萧萧,孤云飘荡,河水冰冷,一片肃杀的景况。环境也即心境,把女子的心绪烘托得无比凄凉。

词的上阕写女子对情郎的魂牵梦萦,下阕由室内转出室外,从园中寻到分携之处。句句借物言意,层层均成画面,把一位痴情女子的心境刻画得异常形象,深沉,凄切。

鹧鸪天

百啭娇莺出画笼，一双胡蝶殢[①]芳丛。葱茏花透纤纤月，黯澹[②]香摇细细风。　情不尽，梦还空，欢缘心事泪痕中。长安西望肠堪断，雾阁云窗[③]又几重。

【注释】

①“殢”：滞留。②“黯澹”：亦作“暗淡”。不鲜明。③“雾阁云窗”：云雾笼罩的楼阁，形容其高。

【赏析】

“百啭娇莺出画笼，一双胡蝶殢芳丛。”首句描绘自然界的莺蝶。出，出自。“画笼”中的娇莺鸣声宛啭，蝴蝶因成双成对而留连花丛，为楼中女子孤寂无聊、空守断肠暗设了反衬之笔。

“葱茏花透纤纤月，黯澹香摇细细风。”写罢日间写夜间：花、月、香、风众象虽然不错，但是夜景之下花影已是朦胧，细风之中香摇暗淡，“纤纤”“细细”，流出的是淡淡的伤怀。

上阕写罢环境，下阕转写心事。

“情不尽，梦还空，欢缘心事泪痕中。”此三句回顾与郎之“欢缘”：“情不尽”言旧时，“梦还空”写分离，“泪痕”则是带着苦涩回忆欢情，缠绵悱恻，爱恨交织。

“长安西望肠堪断，雾阁云窗又几重。”结尾点出了郎的去处和分别的原因。一般说，“长安”泛指京城，不一定是实指，此番离别多半是因赴京求取功名。至于缘何久无音信，则有多种状况，只是苦了“肠断”之人日日“西望”、夜夜“黯淡”。“雾阁云窗”明写阁高，实寓希冀渺茫，“又几重”更谓盼归日积，忧绪日深，将幽怨表现得如缕不绝。

词的上阕写莺写蝶，写花写月，看似缤纷，实则反衬着楼中女子除此而外，别无所观，以纷繁写孤独，别具一格。下阕以“空”言情，以“泪”忆欢，以“雾云”迷望眼，把思妇的真情、幽怨刻画得细腻，忧伤，感人甚深。

鹧鸪天

澹澹青灯细细香，四更人语在幽窗。西风数点迎秋雨，六尺芙蓉[①]满意[②]凉。　秦树远，楚天长，绿娇红小[③]负年芳。鸳鸯莫道无离恨，锁向金笼恰是双。

【注释】

①“六尺芙蓉”：指画有荷花的屏风。②“满意凉”：满是凉意。③“绿娇红小”：娇柔的叶和纤小的花，喻青春女子。

【赏析】

“澹澹青灯细细香，四更人语在幽窗。”在静静的灯光下，微微的炉香中，一位少妇孤零零地呆坐着，邻窗中却传来阵阵情话笑语，直至四更了依然在打俏。启篇二句用比衬的手法，烘托出孤寂女子独守空房的烦躁、苦恼和夜夜失眠的状况。

“西风数点迎秋雨，六尺芙蓉满意凉。”一写室外天籁：西风吹来稀稀拉拉报秋的雨点，细微的声响变化便入耳可知，反衬着室中人的呆坐无聊；青灯映照下的荷花屏风，亦是静静地立着，只伴着侵入的秋风，满是凉意。此二句写室外室内尽秋冷，折映的是女主人满腹的凄凉。

下阕接秋凉而写少妇的心事。

“秦树远，楚天长，绿娇红小负年芳”是少妇心事之第一层：丈夫去的地方比秦中之树也远，比楚地之天还长，孤守空房的人儿，盼郎难归，犹如娇嫩的花叶无人欣赏，寂寂地度着时光。此二句将夫妇天各一方的无奈诉说得凄惋无比，也以此为铺设，引出下一层的抒发。

“鸳鸯莫道无离恨，锁向金笼恰是双。”世人常以鸳鸯喻不离不分的人间伴侣，李商隐的《鸳鸯》诗却说："雌去雄飞万里天，云罗满眼泪潸然。不须长结风波愿，锁向金笼始两全。"李诗之句写的是死别，是无可奈何的事。此中少妇道的却是生离，嗔怪丈夫远去秦地楚天，生生地分离鸳鸯。积嗔之后，愤慨地说"锁向金笼恰是双"，希望把激荡的爱情浓缩到小小的"金笼"之内，又把悲情发散到无边的世界，嗔怪到整个社会层面，从而生发出撼动人心的力量。

词的上阕以邻窗比衬孤室、秋冷渲染心凄，下阕再言夫之远别，妻守空房，层层铺垫之后推出锁向金笼恰是双的中心语，把爱情无价的主题烘托得峻拔有力，撼人心扉。

鹧鸪天

著意[①]寻春苦[②]未迟，无情风雨妒芳期。青楼[③]天远无书到，绣被寒多只梦知。　云澹泞[④]，月低迷[⑤]，洛阳山色见愁眉。何时重解香罗带[⑥]，细看春风玉一围[⑦]。

【注释】

①"著意"：亦作"着意"。用心。②"苦"：苦于。③"青楼"：显贵之家豪华精致的楼阁。④"澹泞"：水或云色澄深的样子。⑤"低迷"：昏沉或模糊的样子。⑥"香罗带"：指绫罗织成的女子的衣带。⑦"玉一围"：美女纤细的腰。

【赏析】

"著意寻春苦未迟，无情风雨妒芳期。"起首二句互为因果，谓人欲赏春，春却没有因人意诚诚而迟留，被妒春的风雨卷去了。潜意却是岁月催人，青春难留，无边的怅与恨，尽含于"苦"恨之中，由此起兴，引出一位怨妇来。

"青楼天远无书到，绣被寒多只梦知。""青楼天远"言丈夫远在繁华之地，或为身居官职，"无书到"将夫之薄情而恋贵之怨含蕴于中。"绣被寒多"谓孤寂之妇衾独枕寡，情凄心苦，“只梦知”则谓梦寐思夫而怨夫寡义。多情之妇盼夫不归，甚至连半纸书信也未寄回，寻春之苦、孤衾之寒令人凄惋不止。

“云澹泞，月低迷，洛阳山色见愁眉”三句，承寒梦而写入目之环境：看云时云深云暗，望月时月昏月淡，就连起伏如黛眉的洛阳之山也满是愁意。此三句写怨妇眼中的物事，无一不在为她伤情。幽怨发散，郁结难解。

“何时重解香罗带，细看春风玉一围。”结尾二句照应启篇之“寻春”，重拾远夫归来的希望，为其“重解罗带”而细看瘦损的玉腰，把一番思夫恋郎的情愫流露得深切而又强烈。然而，“何时”二字又将这殷切的期待推得远远的，让夫“细看”的心愿也便渺渺茫茫。

词人最善于刻画人物的心理。这首以“苦”为情感线索，外借风雨青楼、云山月色，内写寒衾冷被、罗带玉围；前谓“寻春”不得，后写盼归无期，把思妇纷至沓来的幽怀怨意表现得甚为凄切深透，令人叹惋不绝。

鹧鸪天

读李崖州①诗，有感“何处新生黄雀儿②，飞来直上最高枝。侧头撼脑南园里，将谓春光总属伊。”

姚宋③光明到此家④，争教老作贾长沙⑤。碧山也要⑥崖州住，百匝千遭⑦绕郡衙。　南苑⑧月，曲江⑨花，青云轩盖⑩满京华。新生黄雀⑪君休笑，占了春光却被他。

【注释】

①“李崖州”：唐代李德裕，字文饶，赵郡人，拜监察御史。穆宗即位，任翰林学士，迁中书舍人。因其父宰相李吉甫与牛僧孺、李宗闵交相结怨，他成为牛李党争的主要成员。他历仕宪、穆、敬、文、武宗诸朝，或入朝主事，或贬谪外地。宣宗朝贬潮州司马，再贬崖州司户，病卒于崖州任所。②“黄雀儿”：鸣禽类，形略小，雄之头顶及腰部黄褐色，喉部黑色；雌之头顶褐色，喉部灰色。鸣声可爱，可为笼饲。③

“姚宋”：姚崇与宋璟，唐玄宗开元间，二人相继为相，“开元之治”多靠此二人。④“此家”：指李崖州。⑤“贾长沙”：汉之贾谊。洛阳人，文帝诏为博士，后迁太中大夫。为大臣所忌，出为长沙王太傅。⑥“要”：邀请。⑦“百匝千遭”：李德裕《登崖州城作》：“独上高楼望帝京，鸟飞犹是半年程。青山似欲留人住，百匝千遭绕郡城。”匝：周，环绕一圈儿。⑧“南苑”：御苑名，唐曲池坊南的南宫。⑨“曲江”：即曲江池，在今西安市东南。唐开元中疏凿为游览胜地。⑩“青云轩盖”：高官显爵及其所乘之高敞的车子。⑪“新生黄雀”：喻得势的新贵。

【赏析】

“姚宋光明到此家，争教老作贾长沙。”入笔二句即对李德裕作出称道和同情。姚崇和宋璟为政极有才能，辅佐唐玄宗成就了唐代中兴。李德裕亦曾为相，主政六年期间主张削弱藩镇势力，并曾讨平擅自袭位的泽潞节度使刘稹，在平抑藩镇割据方面起了一定的作用。汉代的贾谊爱国忧时，多次上书建议治国大纲，得到汉文帝的赞许。后因周勃、灌婴等权臣的忌才、中伤陷害，被贬为长沙王太傅。这又与李德裕建议削藩、抑制牛僧孺等人而被构陷、贬为崖州司户相似。为此，首句以姚、宋主政之成就类比李德裕的功业，言其也应该“光明”到底的，次句则以贾谊遭贬类比他的不幸。“争教”二字反诘有力，满是同情与激愤。

“碧山也要崖州住，百匝千遭绕郡衙。”崖州，故址在广东琼山（今海南三亚）。此二句化用李德裕“青山似欲留人住，百匝千遭绕郡城”句，言崖州百姓对他的感戴，侧映其无论官居何职、地在何处，均会造福社稷、惠及民生的品德。巧化诗句，巧借地貌，赋琼山以情感，把诸意融合得水乳不分

“南苑月，曲江花，青云轩盖满京华。”李德裕虽被贬到天涯海角，然而他时刻念及国运，遥望京师而遗憾“鸟飞犹是半年程”，又痛恨那些有如黄雀儿饶舌进谤言的谗臣“直上最高枝”，在无尽的遗恨中逝于崖州。词人便在下阕中，把那班人的情况分层逐次地告诉他：这些人赏南苑之月，曲江之花，日日轩盖，得意得紧。应照了李诗中“侧头撼脑”之贬斥。

“新生黄雀君休笑，占了春光却被他。”尾二句是代言的第二层，谓牛僧孺等靠谤言陷害良臣的“黄雀”小儿，不要以为京华“春光总属伊”，终有一天会被他人唾骂死的。此二句既照应了李诗的尾句，又以己之愤抨击了牛党，告慰了李崖州，于鲜明的旗

帜中收结了全篇。

对晚唐中长达二三十年的牛李朋党公案，词人无疑是褒贬分明的，因为李德裕不但是裴度看得起的栋梁之才，而且任西川节度使时政绩卓著，为宰相期间北破回鹘而安定边陲，决策制胜而平定叛镇，使得朝政大为清明。而李宗闵却是走宦官门路当上宰相，拉帮结派援引牛僧孺为同党。宣宗当朝时，李德裕被贬而牛党得势，然而牛党也将唐王朝带入死胡同。为此，词人以李崖州之诗起兴，于上阕中借姚崇、宋璟和贾谊之例，称赞了他的为政业绩，揭示了所受的不公之贬谪。下阕中逐次演绎并申展了李的诗句，表达出由衷的仰敬之情，完成了读诗有感的题旨。

虞美人

秘书监观美人图，戏书所见。苏小[①]髻后插金凤钗，凤衔萱草一枝。

桐阴别院[②]宜清昼，入座春山秀。美人图子阿谁留？都是宣和[③]名笔内家[④]收。　莺莺燕燕[⑤]分飞后，粉淡梨花[⑥]瘦。只除苏小不风流，倒插一枝萱草[⑦]凤钗[⑧]头。

【注释】

①“苏小”：苏小小，南齐时钱塘名妓，才空士类，容华绝世。《乐府诗集·杂歌谣辞》有《苏小小歌》。白居易诗有“杭州苏小小，人道最夭斜”“若解多情寻小小，绿杨深处是苏家”句。陶宗仪《南村辍耕录》卷十七：“苏小小见诸古今吟咏者多矣，而世又图写以玩之，一何动人也如此哉！”今西湖有苏小小墓。②“桐阴别院”：梧桐树荫浓密的旁院。别院：正宅之外的宅第。③“宣和”：宋徽宗的年号。④“内家”：皇宫。⑤“莺莺燕燕”：喻众多的妓女。⑥“梨花”：喻容颜。⑦“萱草”：百合科，多年生草本，茎梢开数花，红黄色。有“忘忧”“宜男”等异名，俗传佩戴可忘忧。⑧“凤钗”：古代妇女的头饰，其形如凤，故称。

【赏析】

“桐阴别院宜清昼，入座春山秀。”首二句展现画面的背景：第一句是近景：桐荫密密，别院幽幽，晴光映照，色彩比衬甚为分明。次句是远景：春山新绿，背景清秀，入目和润。主景次景、远山近态搭配得甚为和谐。

“美人图子阿谁留？都是宣和名笔内家收。”三四句着笔苏小小这位主体人物。“图子”即图中美女，未言其容，只从“阿谁留”的惊叹中，已知人物画得美极，同时以问句形式郑重地交待出此画的出处：“宣和名笔”言古物、言名手，已见不凡，“内家收”更突显出收藏者非同一般，两意写来，表达出非此二者相辅，不能表现出苏小小貌美绝世的潜意来。

“莺莺燕燕分飞后，粉淡梨花瘦。”“分飞”，此处特指的是妓女们离院。因为年芳问题，妓女们总是要离院而去的，当初莺莺燕燕之美，均会因岁增人老而容颜衰退。此二句言的是一般规律，反衬的是后面要写的特殊之例。

“只除苏小不风流，倒插一枝萱草凤钗头。”在众女容退人忧之后，用“只除”二字点出苏小小来，她不但风流未减，反而风韵“倒插”，容颜越来越美。头上的凤钗犹如忘忧草一般，让她永无色衰之忧。结句之妙，妙在极赞苏小小的同时，不知不觉地回到这幅画图上来：看这张画上的美人，七百多年过去了，她不是依然美艳如初吗？收结之妙，真堪竖指。

词的上阕用画图之美、作画人和收藏者的特殊性，映衬了《苏小小图》的非凡价值，暗寓了苏小小的名气。下阕用“莺莺燕燕分飞后”的“粉淡梨花瘦”之忧，反衬了苏小小“倒插一枝萱草”之无忧，于极力称道其人之外，又暗应了题旨，手法之巧，令人叫绝。

虞美人

樱桃①元②是仙郎种，次第芳菲动。开残山杏没都红，一树梨花如雪月明中。　三生[3]蝶化南华梦[4]，只有情缘重。曲阑幽径小帘栊[5]，好共扫眉才子[6]管春风。

【注释】

①“樱桃”：植物名，春夏间开花，花白色略红晕，果实近球形，红色。②“元”：本来。③“三生”：佛家语，指人有前生、今生和来生。④“蝶化南华梦”：《庄子·齐物论》：“昔者庄周梦为胡蝶，栩栩然胡蝶也，自喻适志与，不知周也。俄而觉，则蘧蘧然周也。不知周之梦为胡蝶与，胡蝶之梦为周与？周与胡蝶，则必有分矣。此之谓物化。”南华：《旧唐书·玄宗纪下》：“（天宝元年二月）庄子号为南华真人，文子号为通玄真人，列子号为冲虚真人，庚桑子号为洞虚真人。其四子所著书为真经。”《南华真经》即指《庄子》。⑤“帘栊”：窗户。栊：窗棂。⑥“扫眉才子”：扫眉指女子画眉。唐代薛涛为长安女子，字洪度。她随父流落蜀中，遂入乐籍，为乐妓，善写诗。韦皋镇守蜀州时，曾召令她侍酒赋诗，称为女校书。后称有文才的女子为“扫眉才子”。

【赏析】

“樱桃元是仙郎种，次第芳菲动。”这首词赞的是樱桃，寄寓的是愿与心慕之人终成眷属。故而首句即将樱桃与仙郎紧紧地勾挂起来，隐伏寓意，增强神韵。“元是”二字说得斩钉截铁，确信无疑。次句谓樱桃孕蕾时，他树随之而渐次芳菲，甚有引领群芳而动的神致，显现其“仙郎种”的特殊意义。

“开残山杏都没红，一树梨花如雪月明中。”此二句接“次第”而写芳菲：山杏花开残了，樱桃花还没红，梨花如雪，花月相映一片洁白时，樱桃才把自己的微红展露出来，白雪衬红，却使芳菲更有“仙郎”之韵。

“三生蝶化南华梦，只有情缘重。”下阕转写闺中女子。“三生蝶化”句借用庄周梦蝶典，谓其前生时即是樱桃，仙郎即是情郎。今世间，樱桃则是情郎。“只有情缘重”言二人因为“情缘重”，今世又似在相逢。

“曲阑幽径小帘栊，好共扫眉才子管春风。”此二句将樱桃与女子合写：“曲阑幽径”写园美境幽，“小帘栊”写室雅帘遮，“管春风”为楼中“扫眉才子”邀仙郎，共“管春风”而莫让青春空度。言辞隐晦中，既体现了女子诉情含蓄的一面，又显着泼辣大胆，欲自主和享受人生的一面。

这首词写的是一位女子对心中之郎的爱恋。上阕将之喻为领占春色的樱桃，下阕写欲与之“共管春风”的理想。绘景明艳，写境幽悠，言情借典，把一位矜持却又大胆追求爱情的女子形象塑造得十分细腻，感人。

小重山

醉尽春风意未阑①，缠头双凤锦②，觅端端③。多情蝴蝶送归鞍，扬州梦④，芍药荐金盘。　罗幌⑤酒醒寒，灯前朱麝⑥浅，翠螺⑦残。一春心事纻衣⑧宽。青鸾客⑨，楼外日三竿。

【注释】

①“阑”：残尽。②“缠头”句：古代歌舞者表演完，客以罗锦为赠，称之为“锦缠头”。③“觅端端”：用“善和坊”典。唐范摅《云溪友议》卷五：“崔涯者，吴楚之狂生也，与张祜齐名。每题一诗于娼肆，无不诵之于衢路……祜、涯久在维扬，天下宴清，篇词纵逸，贵达钦惮，呼吸风生，颇畅此时之意也。赠端端诗曰：‘觅得黄骝鞁绣鞍，善和坊里取端端。扬州近日浑相诧，一朵能行白牡丹。”端端：李姓，时为名妓。④“扬州梦”：唐杜牧《遣怀诗》：“落魄江湖载酒行，楚腰纤细掌中轻。十年一觉扬州梦，赢得青楼薄幸名。”后多以之喻快乐时光的回忆。⑤“罗幌”：丝罗床帐。⑥“朱麝”：麝香之类的香料。⑦“翠螺”：女子环形的发髻。⑧“纻衣”：苎麻布制成的衣服。⑨“青鸾客”：乘青鸾的仙人。青鸾，传说中的神鸟，赤色多者为凤，青色多者为鸾。

【赏析】

“醉尽春风意未阑，缠头双凤锦，觅端端。”这首词是演绎杜牧《遣怀诗》的，杜牧随牛僧孺出镇扬州，尝出入倡楼。后分任到洛阳，常怀扬州之旧，如梦之繁华，故作《遣怀诗》。启篇二句即是写他在扬州时“醉尽春风”，常常以锦赠歌舞之女的事。“觅端端”是以“善和坊”之典喻杜牧在扬州之交心的人，以此为话题引出下文的铺叙。

“多情蝴蝶送归鞍，扬州梦，芍药荐金盘。”“蝴蝶”喻的是扬州之“端端”，“送归鞍”指该女送杜牧往洛阳。“多情”二字写分别时的缠绵难舍，“扬州梦”言杜牧人在洛阳而心系扬州。“芍药”指洛阳牡丹，“金盘”以金盘荐牡丹，表极为珍重。应瑞瑞为“能行白牡丹”。

上阕着笔于杜牧，演绎的是《遣怀诗》的前三句。下阕着笔于留在扬州之“楚腰纤细掌中轻”的“端端”：

“罗幌酒醒寒，灯前朱麝浅，翠螺残”三句，描写扬州“端端”日思梦萦的状况：日醺酒，夜醒寒，懒燃香麝，不作梳妆。三句三画面，把扬州女子的思情刻画得惟妙惟肖。

“一春心事纻衣宽，青鸾客，楼外日三竿。”扬州女因一腔心事系杜郎，直消得身瘦觉衣宽，而洛阳的“青鸾客”却“楼外日三竿”了还高卧不起。两相差比，道尽了该女深深的嗔怨，也便把杜诗“赢得青楼薄幸名”演绎出来。

从杜诗看，他对扬州女惦念在胸，且时有自谴；从扬州女看，对杜郎更是一往情深。词人于中稍作演绎，便把一桩韵事绘写得有血有肉，有声有色，甚是动人。

定风波

何处如今更有诗，争教风鬓①见横枝。诗到梅边谁最似，除是，玉颜②寂寞酒清③时。　为向云间公子④道，闻早，安排欢赏惜幽姿⑤。十日留花花未遇，容我，醉围红袖⑥写乌丝⑦。

【注释】

①“风鬓”：飘散的鬓发。②“玉颜”：美女的容颜。③“酒清”：酒醒。④“云间公子”：喻雪。⑤“幽姿”：梅花的高雅之态。⑥“红袖”：美女。⑦“乌丝”：用“乌丝栏”典。详见《临江仙》[紫玉霜华相照映]“乌丝”注。

【赏析】

“何处如今更有诗，争教风鬓见横枝。”这是一首写赏梅未见的词。启篇二句倒装，谓词人不顾风寒而寻梅时，却只见横枝，不见梅花，发出何处更有诗的感叹。“争教”二字以无梅之叹反衬爱梅之深,达意最为深致。

“诗到梅边谁最似,除是,玉颜寂寞酒清时。”此三句接首句之“何处”,用类比的手法,以“玉颜”因寂寞独饮而醉醒后更觉孤独的心境,喻词人寻梅未得的惆怅,申发了舍此梅处更无诗的遗憾。“除是”二字联前引后,过接甚为自然,得体。

下阕转写盼梅之情。

“为向云间公子道,闻早,安排欢赏惜幽姿。”词人赏梅未见后,突然意识到是自己来早了,于是企求“云间公子”早降玉雪,安排我欢赏雪梅。言其早则是盼之急,盼雪来又巧寓了梅雪精神和爱梅之由,拟人之笔顿使词境活跳起来。

“十日留花花未遇,容我,醉围红袖写乌丝。”这几句写词人企求“云间公子”后,日日留在梅枝旁,天天盼着赏幽姿,然而,雪依然未下,梅依然未绽,于是再借“乌丝栏”上写真情之典,把一份盼梅、守梅,极度爱梅的主题抒发得淋漓尽致。缺憾之美,远意不尽。

这首词暗用一条寻梅之早的线索,运用心理的直写、生动的比喻、拟人和典故,把绕梅待开的心境写得细腻,动人,满是美感。

采桑子

儿家门户重重掩,郎住墙东。枉破春工①,万紫千红一夜风。

伯劳分背西飞燕②,何日相逢?纵得相逢,海阔天高处处同。

【注释】

①“春工”:营造春景者。②“伯劳”句:用“劳燕分飞”典。《乐府诗集》卷六十八《东飞伯劳歌》:“东飞伯劳西飞燕,黄姑织女时相见。”伯劳:鸟名,据说此鸟性喜独栖。此二句描写自然界的分合离聚现象。后以“劳燕分飞”比喻亲人或朋友的别离。

【赏析】

“儿家门户重重掩，郎住墙东。”这首词写的是一位青春女子追求爱情的心语。起笔二句倒装，谓情郎之居处只隔一墙，然而“门户重重掩”又言其咫尺千里，难得相会。此个“重重掩”即是封建礼教的障碍。此为诉说爱情追求难得遂愿的第一层。

“枉破春工，万紫千红一夜风。”此二句又是一个倒装，本来春芳荣发，红紫纷繁，却被一夜无情之风吹残，枉费了春工的一番辛苦。此处借景言意，为青年男女之爱不能遂愿作出第二层铺设。

“伯劳分背西飞燕，何日相逢？”既言“伯劳分背”，必有儿女相逢而倾诉之情。然而，相爱之情却被“一夜风”吹得劳燕分飞，再被掩于重户。“何日相逢”四字，言青年男女的幽怨，含不甘被封禁的奋争，结构上起到了自然接转的作用。

“纵得相逢，海阔天高处处同”。尾二句中，抗争之势骤然升起，谓一旦冲破重门得相逢，便随郎而展翅于高天阔海，处处相伴相依。结处之志与“伯劳分背”形成大逆转，把冲破重重障碍，追求爱情自由的主旨体现得十分劲切。

词的上阕设置出一堵墙壁，将相爱的青年男女阻隔开来。下阕逆用劳燕分飞之典，将誓愿寄托于比翼双飞的“海阔天高”处，把作者鼓励世人冲破封建牢笼，追求爱情自由的主题表达得十分明朗。

惜奴娇

画扇高秋，恨尘暗秦王女①。渺东城、春烟绿树。燕子来时应解说，征鞍处。记取，未忘得、兰膏②香聚。　枕上新声，断肠是江南句③。更行云无心也住④。未了情缘，算惟有、相将⑤去。□去，枉轻负、梨花暮雨⑥。

【注释】

①“画扇”二句：西汉时的班婕妤甚为汉成帝所宠，后被赵飞燕姐妹所忌，自请到长信宫伺奉太后

而避祸。班婕妤是著名的才女，到长信宫后作过几首咏扇诗。其一云："纨扇如圆月，出自机中素。画作秦王女，乘鸾向烟雾。采色世所重，虽新不代故。窃愁凉风至，吹我玉阶树。君子恩未毕，零落在中路。"又有《怨歌行》："新裂齐纨素，皎洁如霜雪。裁成合欢扇，团圆似明月。出入君怀袖，动摇微风发。常恐秋节至，凉飙夺炎热。弃捐箧笥中，恩情中道绝。"后以秋扇喻女子失宠。②"兰膏"：古时用泽兰炼成的油脂，用来燃灯，有香气。又泛指有香气的油脂。③"断肠"句：伊世珍《瑯嬛记》卷中引《采兰杂志》："昔有妇人思所欢不见，辄涕泣，恒洒泪于北墙之下。后洒处生草，其花甚媚，色如妇面，其叶正绿反红，秋开，名曰断肠花，又名八月春，即今秋海棠也。"唐韦庄《古别离》："晴烟漠漠柳毵毵，不那离情酒半酣。更把玉鞭云外指，断肠春色在江南。"④"更行云"句：反用陶渊明《归去来兮辞》"云无心以出岫，鸟倦飞而知还"。⑤"相将"：相共，相随。⑥"梨花暮雨"：白居易《长恨歌》："玉容寂寞泪阑干，梨花一枝春带雨。"原为形容杨贵妃泣下如雨的姿容，后用以形容女子伤悲的娇态。

【赏析】

"画扇高秋，恨尘暗秦王女。渺东城、春烟绿树。"首二句借班婕妤之秋扇诗，嗔怪夫君离她而远去。"渺东城"句写怨妇日伫东城遥盼，入目的只是春烟漫漫，绿树遮目，把盼而不归时的茫然心绪托意于物，形象可感。

"燕子来时应解说，征鞍处。"此二句为思妇的自宽自解，希望归燕为她带来好消息，告诉她的丈夫鞍马何处。从而将盼郎之情又掘深一层。

"记取，未忘得、兰膏相聚。"此二句为托付燕子转告之语，让他时刻记得，家中有妻，时刻未忘昔日"兰膏相聚"之情，也在谓丈夫莫要忘记与妻子欢聚。

上阕由恨而望，由望而"悦"，再由悦而嘱，把思妇爱郎、盼郎的心境刻画得形象而深透。

"枕上新声，断肠是江南句。更行云无心也住"三句出得凄声切切：前二句写孤枕上，思妇所写的尽是断肠诗句。"更行云"句则反用陶潜之句：陶的意思是昨日之仕犹无心出岫之云，今日之隐似倦飞知还的鸟。思妇之言则是其夫有如行云，无心留在家中，隐而未说的是他未有倦鸟知还的心思，从而把思妇的心中之怨全数倾倒出来。

"未了情缘，算惟有、相将去。"意思是思妇的笃情难禁，既然丈夫不归来，燕子已经告诉我"征鞍"之处，惟有出去找他、伴他这一途了。此二句由盼归翻转为千里寻夫，词境上出现了大转折，人物性格的塑造上体现出大完美。

“□去，枉轻负、梨花暮雨。”“□去”虽脱去首字，但知为意决。莫要让丈夫随便辜负我满脸的梨花雨。梨花暮雨，即娇妻的一片痴情。以此虚笔作结，构成了夫妻终于“团圆”的结局。

这是一首写怨妇的词。启篇的“秋扇”典便已隐含了弃妇之意，也即其夫久而不归的原因。古往的怨妇诗，多写孤寂柔弱女子的幽怨而未有结局，而此篇则塑造了一位忠贞爱情而性格刚毅的形象，丈夫不归，便往寻之，不使丈夫被柔化决不罢休。尾处的情节虽为虚构，却打开了怨妇诗之新的境界。

江城子　赋牡丹

姚家池馆魏家邻①，上番春②，姓名新。倾国倾城③，为雨复为云④。水北水南⑤无别物，金屑粉⑥，麝香尘⑦。　折枝图⑧上看精神，见来频，画来真。办作⑨黄徐⑩、无负百年身。也待不来⑪花下醉，嫌笑杀，洛阳人。

【注释】

①“姚家”句：姚家、魏家指牡丹名种魏紫姚黄。欧阳修《洛阳牡丹·花释名》：“姚黄者，千叶黄花，出于民姚氏家。此花之出，于今未十年。姚氏居白司马坡，其地属河阳，然花不传河阳传洛阳……魏家花者，千叶肉红花，出于魏相仁溥家。始樵者于寿安山中见之，斫以卖魏氏。”“钱思公尝曰：‘人谓牡丹花王，今姚黄真可为王，而魏花乃后也。’”“池馆”：“池苑馆舍”的省称。②“上番春”：上年春。③“倾国倾域”：《汉书·李夫人传》：“孝武李夫人，本以倡（乐人）进。初，夫人兄延年性知音，善歌舞，武帝爱之。每为新声变曲，闻者莫不感动。延年侍上起舞，歌曰：‘北方有佳人，绝世而独立，一顾倾人城，再顾倾人国。宁不知倾城与倾国，佳人难再得。’上叹息曰：‘善！世岂有此人乎？’平阳主（平阳公主，武帝之姊）因言延年有女弟（妹妹），上乃召见之，实妙丽善舞，由是得幸。”④“为雨”句：形容观看人之多。⑤“水北水南”：指洛水南北。⑥“金屑粉”：喻牡丹黄色的花粉。⑦“麝香尘”：喻牡丹香气散发。⑧“折枝图”：指牡丹画。折枝：花卉的画法之一。画花不画全枝，只画其枝折下的部分，故名。⑨“办作”：胜任，做成。⑩“黄徐”：黄筌与徐熙。黄筌：五代后蜀画家，擅画花鸟。画花明丽工致，勾勒精细，几乎不见笔

迹。徐熙:五代南唐画家,擅汀花水鸟,虫鱼蔬果,与黄筌并称“黄徐”。⑪“也待不来”:如果此时不来。

【赏析】

“姚家池馆魏家邻,上番春,姓名新。”上阕赞美洛阳牡丹中的极品魏紫姚黄。启篇三句为第一层,谓其自从移植洛阳后,立即名响远近,占尽春色,自然地突显出花魁的地位。

“倾国倾城,为雨复为云。”“倾国倾城”言其花艳绝世,更在渲染倾城而睹观、倾国而争赴的态势。“为雨”句则巧借巫山云雨之典而易其义,喻魏紫姚黄以其魅力吸引天下人的手段,施动转换,活跳新颖。这一层从观者如云的角度写之。

“水北水南无别物,金屑粉,麝香尘”为第三层。“无别物”不是别无他物,而是因为金屑粉诱人、麝香尘弥荡而使他物黯然无色。这一层又用反衬的手法推助了花魁的形象。

下阕又换转了刻画的层面,分作两个层次描写。

“折枝图上看精神,见来频,画来真。办作黄徐、无负百年身。”前三句用取景框的手法,截取出特写画面,谓之越看越精神。“办作”句缘截图而想到若有黄徐的画技将之描绘下来,方不负花冠百年之誉。这一层以图绘的方式极赞了花魁的神韵,完成了由形到香,由香到神的刻画。

“也待不来花下醉,嫌笑杀,洛阳人。”这一层是从洛阳人自豪的心理角度写的。白居易《二月五日花下作》句有“只有且来花下醉,从人笑道老颠狂。”此处则翻转过来,谓人们此际不来赏花陶醉,会被洛阳人笑杀的。“笑杀”二字,把牡丹之美渲染到了顶点,把表述角度转换得极为新颖,使语言达到了十分生趣的情境。

这首词多角度、分层面、逐次递升地描写了洛阳花魁魏紫姚黄的绝伦之美,语言活跳,节奏明快,读来甚觉美感洋溢。

江城子　仿花间体咏海棠[1]

蜀禽啼血[2]染冰蕤[3]，趁花期，占芳菲。翠袖盈盈[4]，凝笑弄晴晖[5]。比尽世间谁得似？飞燕瘦[6]，玉环肥。　一番风雨未应稀，怨春迟，怕春归。恨不高张、红锦百重围[7]。多载酒来连夜看，嫌[8]化作，彩云飞。

【注释】

①“花间体”：即“花间派”体。后蜀赵崇祚编有《花间集》，收录韦庄等晚唐、五代十八人的词作五百首，共十卷。这个词派的风格是香软丽密，语言浓艳。“海棠”：花名。②“蜀禽啼血”：蜀禽指杜鹃，亦名子规，传说为望帝的精灵所化，啼鸣至血出。此处喻海棠鲜红如血。遗山先生《俳体雪香亭杂咏》有“啼尽杜鹃枝上血，海棠明日更应红”句。③“冰蕤”：下垂如花的冰凌。此处喻海棠花之润洁。④“翠袖盈盈”：喻海棠绿叶之美。⑤“凝笑”句：喻海棠有如美女在丽日下弄身姿。⑥“飞燕瘦”二句：用“燕瘦环肥”典。汉成帝皇后赵飞燕身姿纤美，能作掌上舞；唐玄宗的宠妃杨玉环身姿丰艳。⑦“红锦百重围”：唐崔元徽曾作护花幡，于苑东立之。是夜暴风拔木而繁花无恙。后人护花则围以红锦。杨万里诗云：“一巷海棠千架锦，两堤杨柳万窝丝。”⑧“嫌”：担心，恐怕。

【赏析】

“蜀禽啼血染冰蕤，趁花期，占芳菲。”首句描写海棠之花：洁冰红染，白里透红，晶润莹亮，色与质尽得。二三句谓花开缤纷，香气飘溢，独占了春光。比喻十分形象。

“翠袖盈盈，凝笑弄晴晖。”丽日映照，微风轻拂，翠叶婀娜，花冠悠悠，如美人在弄优姿而露笑颜。拟人笔法更赋以十分的灵秀。

“比尽世间谁得似？飞燕瘦，玉环肥。”既然以美人作喻了，那就比一比：用赵飞燕来比，有点瘦，杨玉环来比，太过肥腴。挑遍美女，真还没个比得上的，从而把海棠之美推到了极致。

“一番风雨未应稀，怨春迟，怕春归。”此三句写词人赏花时的心理：一谓春日之际，风雨必多，二谓海棠咋得迟迟才开？三谓春日切莫被风吹去，一“怨”一“怕”，把爱花、惜花的情感表露得十分深细。

“恨不高张、红锦百重围”句接“风雨未应稀”而转谓护花，“高张红锦百重围”把护花的心理拟写到了极致，而“恨不”二字却又谓此举难施，以怅惘作反笔，更渲染了护花之急切，爱花之情切。

“多载酒来连夜看，嫌化作，彩云飞。”明知“红锦百重围”之措施不现实，而“一番风雨”恐稠至，词人便急而求次，载酒花下，边饮边赏，直到乱红飞。“彩云飞”三字出得妙极，把即使是片片落花也写得美如彩云飘荡，珍爱之情抒发得妙造无比，汉家词语一到先生笔下，便能产生出神奇的效果。

词的上阕着力描写海棠之美，下阕凝笔于词人的心境刻画，把爱花、惜花、护花的情感铺叙得十分细腻，精微，美感无穷。

江城子　赋芍药扬州红[①]

司花[②]著意压春魁[③]，绿云堆，拥香来。冉冉红鸾[④]，十步一徘徊。花到扬州佳丽种[⑤]，金作屋[⑥]，玉为阶[⑦]。　门前腰鼓揭春雷[⑧]。倚妆台，尽人催。莺语丁宁[⑨]，空绕百千回。不道[⑩]惜花人欲去，看直待、几时开？

【注释】

①“芍药”：植物名，多年生草本，初夏开花，与牡丹花相似。“扬州红”：芍药的一种。②“司花”：司花之神。③“春魁”：花之魁。④“红鸾”：传说中凤凰类的鸟。此处喻芍药。⑤“佳丽种”：即佳人。苏轼《成伯席上赠所出妓川人杨姐》诗：“须信杨家佳丽种，洛川自有浴妃池。”此处以美女喻芍药。⑥“金作屋”：用“金屋藏娇”典。班固《汉武故事》：“（胶东王）数岁，长公主嫖抱置膝上，问曰：“儿欲得妇不？”胶东王曰：‘欲得妇。”长公主指左右长御百余人，皆云不用。末指其女问曰：‘阿娇好不？”于是乃笑对曰：‘好！若得阿娇作妇，当作金屋贮之也。”此处喻为惜花护花，贮以室内。⑦“玉为阶”：《西京杂记》卷一：“赵飞燕女弟，居朝阳殿。中庭丹朱，而殿上丹漆，砌皆铜沓，黄金涂，白玉阶，壁带往往为黄金釭，含蓝田璧，明珠翠羽饰之。”⑧“腰鼓揭春雷”：古人的一种习俗。南朝梁宗懔《荆楚岁时记》：“十二月八日为腊日，谚云：‘腊鼓鸣，春草生。’村人并击细腰鼓，戴胡头，及作金刚力士以逐疫。”⑨“丁宁”：亦作“叮

咛”,一再嘱咐。⑩“不道”:不知,不觉得。

【赏析】

“司花著意压春魁,绿云堆,拥香来。”“绿云堆,拥香来”谓扬州红开放时枝叶茂盛,香气荡荡,有独占春色之神韵。然而司花之神却“著意压春魁”,不欲让它早早地开放。花期之迟嗔于司花之“压”,意曲语妙,并为后文伏笔。

“冉冉红鸾,十步一徘徊”。冉冉,即慢步。此二句写词人欲赏花魁而慢步细观,十步一返。“红鸾”以仙鸟作喻,“十步”寓花丛范围,“徘徊”状赏花之切,言简意浓,耐于寻味。

“花到扬州佳丽种,金作屋,玉为阶。”十步一徘徊,待花花不开后,突然意识到“司花著意压春魁”的深意,即此花是扬州移来的佳丽,花神把她置于“昭阳殿”中“金屋藏娇”了,怎能让其过早地经风栉雨?照应伏笔,想象高奇。

“门前腰鼓揭春雷,倚妆台,尽人催。莺语丁宁,空绕百千回。”下阕由词人盼花而转他人催花:“金屋”门前腰鼓山响如雷,然而尽管鼓催急急,花魁仍旧靠妆台;树间的黄莺呼唤了多少次,绕飞了百千回,她依旧千呼万唤不出来。这几句迂回运笔,以满世界的喜爱言其开迟,烘托其美。

“不道惜花人欲去,看直待、几时开?”尾二句描写了惜花人待开不开后十分懊丧之情态,于时对芍药说,你究竟什么时候才能开?待惜花人离去时你再开,岂不是失时了?以逆向之语作结,把主题渲染得更为细腻,也使结法显得十分新奇。

这首《江城子》欲写扬州红之绝美,却未见花之开放,只从盼花人的众多、急切以及始终未睹一颜而惆怅不已的侧面烘托,使主体显得更为神奇,也给人以更为广阔的审美空间。间接之笔,妙境无垠。

江城子

行云冉冉度关山。别时难,见时难。怅望南风①,早晚送云还。心事情缘千万劫[2],无计解、玉连环[3]。　　夕阳人影小楼闲。曲阑干,晚风寒。料得而今,前后望归鞍。寂寞梨花枝上雨,人不见,与谁弹[4]?

【注释】

①“南风”:即和风。《诗经·邶风·凯风》:“凯风自南,吹彼棘心。”②“千万劫”:千万次毁灭。劫:梵语“劫波”的省略,意为极长的一个时期,世界俱毁,然后重新开始。③“无计解”二句:《战国策·齐第六》:“秦始皇尝使使者遗君王后玉连环,曰:‘齐多知,而解此环不?’君王后以示群臣,群臣不知解。君王后引椎椎破之,谢秦使曰:‘谨以解矣。’”④“弹”:弹泪,挥泪。杨万里《罗溪望夫岭》诗:“岂有心情管风雨,向人弹泪绕天流。”

【赏析】

“行云冉冉度关山。别时难,见时难。”这是一首思妇盼郎归之作。词之入笔便用“行云”比喻夫婿远旅他乡,萍踪无定,望空思念之情状跃然纸上。“别时难,见时难”谓与夫君别时难舍难分,缠绵之极,再盼其归,更难遂愿。两“难”叠出,纠结一处,将其伤情绘写得深婉入微。

“怅望南风,早晚送云还。”意接“行云”,巴望夫君别再南浮北漂,径自还归家来。此二句“怅”字领起,把屡盼屡失望后,巴望和风送郎回的心境描绘得十分细腻。

“心事情缘千万劫,无计解、玉连环。”望来望去君未归,盼妇的煎熬之心日盛一日,心事情事,天天破灭。词人将此样心境用如遭“千万劫”形容之后,又揳入玉连环难解之典,形象地刻画了思妇的焦灼心情。

上阕侧重于借象借典,以虚烘实,下阕则转用实笔:

“夕阳人影小楼闲。曲阑干,晚风寒。”“楼闲”则是人空,人在哪里呢?“曲栏干,晚风寒”作了交待,原来,盼妇一直在楼外倚栏守望,由“夕阳”斜影,守到“晚风”又寒。一个“寒”字不仅描写了寒风中独立之状,更道出其心又“寒”的一天。

“料得而今,前后望归鞍”二句是词人的猜想,“料得”谓十分肯定,“前后”猜想其前瞻后望,徘徊不止的状态。盼夫之切,尽于“望”中而得。

“寂寞梨花枝上雨,人不见,与谁弹?”结尾三句中,先巧融白居易《长恨歌》中“玉容寂寞泪阑干,梨花一枝春带雨”之典语,形象地描绘了思妇盼归不得而泪洗玉容的状态，接着又宕出一句"人不见，为谁弹"来，像是思妇自怨自语，又像是词人在劝慰，从而把词意延宕到一个新奇的境界，引起读者强烈的共鸣。

自古以来，写女子望归的作品不少，而这一首词读来，无论是借象言情，还是融典用事，都能有一种新奇而语妙的感受，让人咀味不尽。

江城子　绣香奁①曲

吐尖绒缕②湿胭脂③。淡红滋④，艳金丝。画出春风、人面小桃枝⑤。看做香奁元未尽⑥，挥一首⑦，断肠诗。　仙家说有瑞云枝。瑞云枝⑧，似琼儿⑨。向道⑩相思，无路莫相思。枉绣合欢花样子，何日是，合欢时？

【注释】

①"绣香奁"：古代女子的梳妆镜匣称奁，为其绣花鸟等图案作外套，称绣香奁。②"吐尖绒缕"：绣花针线往复穿绣时，针出露犹吐尖。绒缕：指绣线。③"胭脂"：化妆用的颜料。④"淡红滋"：淡红，指绣线中浅淡之色。滋，润泽的样子。⑤"画出"句：指奁套上绣出的桃花枝。此处用崔护"去年今日此门中，人面桃花相映红"之意。⑥"元未尽"：仍未表达出原意。⑦"挥一首"：再绣一首。⑧"瑞云枝"：仙草。⑨"琼儿"：传说中的仙树。⑩"向道"：一向说。

【赏析】

"吐尖绒缕湿胭脂。淡红滋，艳金丝。"这是一首闺怨词，"吐尖绒缕"描写绣奁套时的穿针走线，明写作绣，暗寓女红之巧。"胭脂"二字以妆红代貌美，而"湿"字添入了泪痕，暗伏了主题。"淡红滋，艳金丝"谓其绣图时配线之精巧，色彩之调和，用情之专注。

"画出春风、人面小桃枝。"此句点出所绣的图案内容，个中化用了崔护诗意，反转了相思主体，把闺中女子的思郎之情绣了进去。

"看做香奁元未尽，挥一首，断肠诗。"香奁套绣成了，女子端详着那枝桃花，似乎还没有把思郎的心意绣深绣透，于是更想在上面绣上一首思郎不见郎回转的诗。此诗一添，词意上更为深透，画面上更合章法，又从侧面表现出此位女子深湛的文学底蕴和绘画才华。

“仙家说有瑞云枝。瑞云枝，似琼儿。”下阕转由女子直接诉说心事。这三句为其所诉的第一层，意为人们都说神仙处有仙草，但是那种仙草如同玉树一般，只能天堂有，人间哪能见得到？从而把盼情郎的美好心愿诉得渺渺茫茫，凄凄切切。

“向道相思，无路莫相思。”此为诉情的第二层，意为：人们一向说人世有相思这种东西，但没有相思的对象和条件，还是不要相思的好。我何尝不是这样子的？这一层用人之所道，言己之感受，侧出正收，又变化了语式。

“枉绣合欢花样子，何日是，合欢时？”第三层把相思的主题点了出来。“枉绣”二字回题并照应首句，言自己寄情绒绣，白熬了一番心思。“花样子”三字更妙，谓其把思郎盼郎之情绣入衾套上，只能是个样子来看看，情郎依然是渺渺茫茫，徒增香泪而已。从而暗应了“湿胭脂”之伏笔。“何日是，合欢时”将绣衾与思梦、“桃枝”与现实合在一起，使盼郎之情荡得甚为遥远。

词的上阕写思妇绣桃花并题诗以寄深情，下阕则谓思郎之情犹如仙草之不可得，又如“花样子”而徒然，把一番春闺之怨描写得深透而感人。

清平乐　杏花

香团[①]娇小，拍拍[②]知多少？一树铅华[③]春事了，消甚[④]珠围翠绕[⑤]。　生红[⑥]闹簇枯枝，只愁吹破胭脂[⑦]。说与东风知道，杏花不看开时。

【注释】

①“香团”：指杏蕾。②“拍拍”：满满的。王锳《诗词曲语辞例释》“拍”条：“拍，满、满溢、充斥，不是通常的拍击义……又可重叠而成‘拍拍’，更有强调意味而含义不变……范成大《玉楼春》词：‘云横水绕芳尘陌，一万重花春拍拍。’”③“铅华”：古代女子搽脸的粉。此处喻盛开的杏花。④“消甚”：何需。消：需要。⑤“珠围翠绕”：形容女子穿金戴玉的华丽服饰。⑥“生红”：新开之杏花。⑦“胭脂”：化妆用

的红色颜料。此处喻红色的花瓣。

【赏析】

“香团娇小，拍拍知多少？”首句描写杏蕾：言香、言苞、言美、言形，四字四涵，十分凝炼地描绘了杏蕾的特点，并将深深的爱杏之情注入其中。次句写杏蕾之密，之多：满枝满树的杏蕾相依相挤，团团拥拥不知其数，“知多少”的反问句中既总写了稠稠密密的状态，更欣喜其满含朝气、蓬勃待放的样子，词人绕树而喜，情不自禁的神态跃然眼前。

“一树铅华春事了，消甚珠围翠绕。”此二句意为待到花开满树的时候，花事也便是尾声，人们珠围翠绕般地观赏已经晚了许多。此处以常人观花之失时，反衬了真正领略杏花之美的内涵，把词人爱杏情结写到了骨子里。

“生红闹簇枯枝，只愁吹破胭脂。”下阕抒写词人酷爱杏蕾之情。一冬的寒枝，而今红蕾满枝，闹闹攘攘，可爱极了，然而它们又如可爱的宝宝，经不得丁点风吹，愁的是怕吹破红红嫩嫩的皮肤。个中盈盈的眼神、柔柔的爱抚、深深的担忧，又从心理的角度把珍爱之情掘深一层。

“说与东风知道，杏花不看开时。”尾二句接“愁吹破”而急急告与东风，要它共同珍爱杏花。由己之爱而求其庇护，侧出之笔奇境顿生。同时，结句特别点出赏杏在于未开时，企求东风别将杏蕾给吹绽了，其独特的情感和深邃的审美观，照应了上阕诸意，使杏花完美地印在人们心中。

遗山先生平生最爱杏花，并留下数十首咏杏花的佳作，这些作品均都笔触细腻，优美。篇幅虽多却手法各异，绝不雷同。这首《清平乐》便是另辟一径之例。

清平乐

离肠宛转①，瘦觉妆痕浅。飞去飞来双语燕，消息知郎近远。

楼前小雨珊珊②，海棠帘幕轻寒。杜宇③一声春去，树头无数青山。

【注释】

①“宛转”：心事翩翻。②“珊珊”：形容衣裾玉佩的声音。此处形容雨声轻而细。③“杜宇”：杜鹃，俗称布谷鸟。

【赏析】

这是一首爱情词，表达的是闺中女子思郎的主题。

“离肠宛转，瘦觉妆痕浅。”首句直奔主题，言思郎女子离情萦怀，绵绵不绝。次句言貌，“瘦”字谓容颜日瘦，“浅”字谓懒得梳妆。二句言因言果，内外互映，把一个“离肠”表现得神形兼得，深婉入微。

“飞去飞来双语燕，消息知郎近远。”“飞去飞来”从燕子的秋去春回无数，以谓郎去时年之久。“双语燕”既有羡其情语呢喃、双宿双飞之意，又含双燕年年告诉她关于郎君的信息。“知郎近远”即双语燕传告消息后的复杂心情：“近”者，年年有平安信息，似与双语燕一样离得很近；“远”者，年年只见燕归不见郎，把离肠“宛转”得更为形象而深致。

“楼前小雨珊珊，海棠帘幕轻寒”二句，明写外景，实寓内心：小雨淅淅沥沥，如语如诉，思郎缠缠绵绵，柔情不断；海棠寄寓着爱情，担心着微寒侵扰。春花寄寓着青春，担心着孤寂中空耗年华。景语亦为情语，表现出思妇甜涩并呈的心境。

“杜宇一声春去，树头无数青山。”自从望帝魂化杜宇后，杜宇之声、望帝啼鹃就成了怀乡、思归等的专属题材。此处的“杜宇一声春去”，有惆怅的心声，有蹉跎的哀怨。随着“去”字，将目光投向远方，然而群林遮挡了视线，梢头能望的是阻隔千重的青山，郎归之路显得渺渺茫茫。结尾二句，言动言声，把心念、愁怨发散得越来越远；言静言物，把郎影挡得重重叠叠，越来越模糊，从而将一位痴思女子的情愫烘托得甚为盈满。

这首词在短短的篇幅中，运用了直接描写、托物言意、环境渲染等多种手段，把一位思郎女子刻画得有血有肉。特别是词篇中融入珍惜生命、留恋青春的意念更增强了作品的艺术感染力。

清平乐

香凝娇聚[①],玉立临春树。细看司花[②]留意处,都在轻匀浅注[③]。

相逢南陌东城,有情只似无情。说与新来憔悴[④],莺儿不解丁宁[⑤]。

【注释】

①“娇聚”:花蕾攒集。②“司花”:司花之神。③“轻匀浅注”:形容花色淡雅。④“憔悴”:困顿忧愁的人,此处为词人自指。⑤“丁宁”:即叮咛,嘱咐的意思。

【赏析】

“香凝娇聚,玉立临春树。”首二句总写了杏树临春之际花蕾攒聚,待绽而未绽,香气也凝聚不散的状态。节令、树株、花蕾、花香,共同渲染了杏之初荣时的特点。

“细看司花留意处,都在轻匀浅注”二句特写待开未开的杏蕾,言司花之神正在为她们点染色彩。“留意”二字谓司花之着意、用心,亦在写词人细心观赏。拟人拟状共融,手法细巧流美。

“相逢南陌东城,有情只似无情。”下阕写词人急切盼望观赏杏花的心情。“相逢”句言词人城南之野寻芳,杏花却含苞不放,怀着怅怅的心情再到城东时,此处的杏枝也是一个样子。于是说:自己徒为多情,而杏花却是不解,兀自深含苞中不欲露容。以有情而嗔怪无情,把词人酷爱杏花之情反衬得十分深致。

“说与新来憔悴,莺儿不解丁宁。”结尾二句出得很新奇,即托意他人转告词人:黄莺儿只顾着自鸣自娱,不懂得代你作叮咛催促杏花早早开放。不言自己心切,反怪莺儿不够回事,曲笔烘主,大是婉妙。“憔悴”二字也甚可玩味:一是词人真瘦,文友们戏称为“癯元”;二是以“憔悴”言期盼不得而消得清瘦了,把个急不可耐的心境刻画得奇趣津津。

词人甚爱杏花,写过许多杏花诗,这些诗角度多变,手法各异,特别耐人领味。这首《清平乐》又于“异”中增入一异，体现出词人营造诗境的非凡手段。

浪淘沙

春瘦[①]怯春衣，春思低迷[②]。雨声偏与睡相宜。懊恼离愁寻殢[③]酒，已被愁知。　烟树望中低，水绕山围。丁宁[④]双燕语心期[⑤]。昨夜狂风花在否？明日郎归。

【注释】

①“春瘦”：因思春而使身形削瘦。②“低迷”：昏昏沉沉的样子。③“殢”：纠缠。④“丁宁”：叮咛。张籍《卧疾》诗：“见我形憔悴，劝药语丁宁。”⑤“心期”：犹心意，心愿。

【赏析】

“春瘦怯春衣，春思低迷”。这是一首思郎词。首二句倒装，写一女子因思郎而多日情绪低沉，因情思而身形渐瘦，甚至春衣也显出肥大而不敢试穿。内心刻画，外物反衬，相得益彰。

“雨声偏与睡相宜”写思妇因想郎而夜不能寐，不言情搅，反嗔雨声，曲尽其妙。

“懊恼离愁寻殢酒，已被愁知”二句，接雨声搅难眠而写借酒消愁。消愁之际，顺笔把离愁之因带了出来。唐代诗人王昌龄的《闺怨》诗云：“闺中少妇不知愁，春日凝装上翠楼。忽见陌头杨柳色，悔教夫婿觅封侯。”而本词中少妇却先知愁。所“懊恼”之由没有说，但是放教夫婿远别之憾却是一样的，此种懊恼也就成了她自己的“愁知”，于是愁也就没法消除了。

“烟树望中低，水绕山围。丁宁双燕语心期。”写罢夜不能寐，再写白日相盼。望低处，烟岚弥树遮挡着视线；望远处，山围水绕，不见归人；楼阁上，双燕叽叽，似告归期，尽管靠不住，但给了少妇希望与寄托。

“昨夜狂风花在否？明日郎归。”尾二句接归期，忽而忆起昨晚风狂雨急，不知把芳花吹落了没？明日郎君归来不会扫兴吧！跳跃思维体现着思妇的心绪烦乱，疑问句与悬定句并用，在担心郎君归来后，让狼籍的花圃搅了心兴，从而把一心牵挂郎君的心事刻画得甚为逼真。

词的上阕侧重于女子之思，着意在盼归无期。下阕侧重于望，着意在郎归，而“明日郎归”实则是在自我安慰，以之将盼郎的心事掘写得更为深笃。

浪淘沙

金翠画屏山，万髻千鬟。桃园楼阁五云[1]间。恨煞芙蓉城下客[2]，不借青鸾[3]。　风雨杏花残，芳意都阑[4]。一灯孤影小窗闲。绣被薰来香欲尽，只是春寒。

【注释】

①“五云”：五色祥云。②“芙蓉城下客”：苏轼《芙蓉城·序》：“世传王迥子高，与仙人周瑶英游芙蓉城。元丰元年三月，余始识子高，问之信然。”③“青鸾”：传说中凤凰一类的鸟，赤色多者为凤，青色多者为鸾。神话传说中，鸾为仙人乘骑。④“阑”：残尽。

【赏析】

“金翠画屏山，万髻千鬟。桃园楼阁五云间。”启篇着点于闺室中的屏风画：“金翠”言着彩的主色调，“屏山”谓画屏的内容。“万髻千鬟”形容连绵起伏的山峦，用女子的发髻喻之，亦寓山形之美，画技精湛。“楼阁”是画面中的主景，“桃园”喻其境幽，“五云间”极显其高巍，同时亦赋以居楼主人非凡的才情。

“恨煞芙蓉城下客，不借青鸾。”此处，用了王子高遇仙的故事，也即是此楼女子以周瑶英自喻，盼望与心中的情人相会。然而“恨煞”二字却嗔怪王子高不借给青鸾，从而无法去仙境，使其怅恨不止。

“风雨杏花残，芳意都阑”二句，转写楼前花木：几番风雨，杏花被吹谢，群花亦残尽。睹物伤怀，景与情俱成黯淡。

“一灯孤影小窗闲。绣被薰来香欲尽，只是春寒。”写过楼外转室中，一灯，孤影，窗无情语；衾冷，香散，独眠，整个儿室中呆板，寂寥，寒冷。“只是”二字把除此无它的凄清、孤苦揭示得分外深微。同时，由“寒”字煞尾，将全篇的情感降到了最令人嘘叹的境界。

词以美景入笔，暗寓了楼中女子对美好生活的向往。然而，这个美景只是一套屏风画而已，在此基础上更佐以一个是真还幻的故事，与此女子追求爱情而不得时的凄冷、空虚的心境形成巨大的反差，于强烈的对比中完成了主题，撼动了人心。

浪淘沙

芳树翠烟①重，残角疏钟②。落花飞絮一帘风。可惜河阳桃李③月，弹指④春空。　翡翠合欢笼⑤，相望西东。锁窗⑥幽梦几回同？料得朱门歌舞罢，满袖啼红⑦。

【注释】

①“翠烟”：浓浓的烟霭。②“疏钟”：稀疏的钟声。③“河阳桃李”：桃李花盛开之时。白居易《白氏六帖》卷二十一：“潘岳为河阳令，树桃李花，人号曰‘河阳一县花’。”河阳：故城在今河南孟州市西。④“弹指”：比喻时间短暂。⑤“翡翠”句：唐元稹《会真诗》之句。⑥“锁窗”：雕镂着连环图案的窗子。⑦“啼红”：用薛灵芸之“红泪”典，出自王嘉的《拾遗记》。详见《满江红》[一枕余酲]“红犹湿”注。

【赏析】

根据词意，知词中所写的女子是被迫与情郎离别的。

“芳树翠烟重，残角疏钟。落花飞絮一帘风。”翠树繁花，烟霭重重，城之一隅，间或地传来几声古寺的钟声。阵阵风儿带着落花和柳絮掀动着门帘。启篇三句，有近物有远景，有花絮有钟声，看似春景不错，但是芳树被烟雾迷蒙，钟声来自残角，轻风却裹着落红乱絮，给所有的物事蒙上了一种不谐的意韵，暗蕴了深深的哀怨。

“可惜河阳桃李月，弹指春空。”“桃李月”言的是芳菲之春日，寓的是青春年华，与“可惜”和“弹指春空”组合一起，便有了无边的怅恨，从而把词意引向正题。

“翡翠合欢笼，相望西东。”“翡翠”句源自唐代元稹《会真诗》之“鸳鸯交颈舞，翡翠合欢笼。”其诗叙述的是张生与莺莺的恋爱故事，该二句描写了莺莺与张生同枕共眠之事。此处拈将过来，便成了词中女子对她与情郎之欢乐时光的回忆。然而，如此美好的情缘却“弹指春空”，而今只能“相望西东”，各自伤怀。

“锁窗幽梦几回同”说的是女子常在梦中与郎相会，然而又在问郎是否也作着同样的梦。这一句不仅在写女子对郎的笃爱，而且接过“相望西东”句，起到了自然转折的效果。

“料得朱门歌舞罢，满袖啼红。”尾二句转于情郎，他在遥远的东西之隔处，想象着所爱的女子在达官贵人家里，带着沥血之泪而被迫歌舞着。

词以迷景残春启笔，到“满袖啼红”收结，揭示了一对被捧打鸳鸯而“相望西东”的悲剧。生生分离的原因没有明说，但是“朱门歌舞罢，满袖啼红”却给读者留出丰富的联想空间，收到了笔意遥深的艺术效果和主题价值。

太常引

寄酒泉帅张奥子明。子明鄠阳关去酒泉百里而远，故云[①]

田园松菊自由身，鞍马老红尘。鹅鸭恼比邻。算未羡、凌烟写真[②]。

花时风雨，长年哀乐，白发为谁新？休唱渭城春[③]，怕忆著、西州故人[④]。

【注释】

①“酒泉”：地名，故址在今酒泉市东北。“张奥”：字子明，任酒泉帅，驻鄠阳关。余不详。②“凌烟写真”：即凌烟阁中挂功臣画像。③“渭城春”：用王维《送元二使安西》“渭城朝雨浥轻尘，客舍青青柳色新。劝君更进一杯酒，西出阳关无故人”诗意。④“西州故人”：指张奥。

【赏析】

“田园松菊自由身,鞍马老红尘。鹅鸭恼比邻。”陶渊明在《归去来兮辞》中有“三径就荒,松菊犹存”句,此处移来,说张帅子明本该在田园中跟我一道伴松赏菊,求个恬趣,谁知年迈老岁了还要跨鞍马,走红尘。再隔久了,乡邻的鹅鸭也会把你当作生人,呱呱叫警。“松菊”之亲近,“鹅鸭”之认生,把“老红尘”三字渲染得形象而生趣,也把亲密无间的友情体现得十分自如。

“算未羡、凌烟写真。”功臣阁上留真容是作人臣的极高荣誉,也是拼却一生的追求,此处冠以“算未羡”三字,却给老友能返田园留出许多弯圜的余地,一番逆笔,把期待之情表达得真挚而趣味。

“花时风雨,长年哀乐,白发为谁新”三句言老友的宦途,亦在表达自己之情:该惜花时却要经风历雨,该享乐时却长年处于忧畏之中,挣得白发屡生,为得甚来?平平的语句,表达得却是深深的肺腑,极能动人心扉。

“休唱渭城春,怕忆著、西州故人。”尾处结得真妙,渭城诗本是千古送别之名篇,此处却说人们别唱了,我最怕勾起思念故友的情怀。一顿翻折,把友情之深挚、盼友之归来表达得异常形象,生趣。

这首寄友之作言情言意,平白如话却感人至深,“松菊”“鹅鸭”“凌烟”三处虽然借典,却了无痕迹。而结尾二句化典故意露痕,而且要露一齐露:季节相合,军旅事相含,寄言与送别相合,“西州”与“西出阳关”更相合,精微用事,奇境顿生,不得不令人拍案叫绝。

水龙吟　陈希夷睡歌,有契予心,因衍之①

百年同是行人,醉乡独有归休地。此心安处,良辰美景,般般称遂。力士铛头,舒州杓②畔,不妨游戏③。算为狂为隐,非狂非隐,人谁解、先生意。

莫笑糊涂老眼,几回看、红轮西坠。一杯到手,人间万事,俱然少味。范蠡张良[4],尽他惊怪,陈抟贪睡。且陶陶兀兀[5],今朝醉了,更明朝醉。

【注释】

①"陈希夷":陈抟,字图南,自号扶摇子,赐号"白云先生""希夷先生",道教思想家。《宋史·隐逸上·陈抟传》:"陈抟字图南,亳州真源人……读经史百家之言,一见成诵,悉无遗忘,颇以诗名。后唐长兴中,举进士不第,遂不求禄仕,以山水为乐。自言尝遇孙君仿、皮处士。二人者,高尚之人也,语抟曰:'武当山九室岩可以隐居。'抟往栖焉。因服气辟谷历二十余年,但日饮酒数杯。移居华山云台观,又止少华石室,每寝处,多百余日不起……上(宋太宗)益重之,下诏赐号希夷先生。""睡歌":宋祝穆《古今事文类聚后集·肖貌部·古诗》:"周世宗召入禁中,扃户试之,月余始开,抟熟寐如故。尝对《御歌》云:'臣爱睡,臣爱睡,不卧毡,不盖被,片石枕头,蓑衣铺地,震雷掣电鬼神惊,臣当其时正鼾睡。闲思张良,闷想范蠡,说甚孟德,休言刘备。这三四君子只是争闲气,争如臣向青山顶头、白云堆里,展开眉头,解放肚皮,且一觉睡,管甚玉兔东生,红轮西坠。'""衍":通"演",本义为水广布或长流,引申为展延。②"力士铛、舒州杓":两种酒器名。"力士铛"是唐豫章产的力士瓷温酒器,"舒州杓"是舒州(今安徽潜山县一带)产的一种酒勺,极有名。李白《襄阳歌》有"舒州杓,力士铛,李白与尔同死生"句。③"游戏":"游戏人间"的省称,即玩世不恭,以人生为游戏的一种处世态度。也指仙道在人间游历。游戏:佛教谓自在无碍。④"范蠡张良":范蠡:春秋时助越王勾践复国的大夫。功成后,知勾践能同患难,不能共享安乐,去越入齐,改名为鸱夷子皮。张良:辅佐刘邦兴汉灭楚的谋士,功封为留侯。后辞官,同赤松子游。⑤"陶陶兀兀":亦作"陶兀"。《晋书·刘伶传》:"伶虽陶兀昏放,而机应不差。"陶陶:和乐的样子。兀兀:昏沉的样子。

【赏析】

"百年同是行人,醉乡独有归休地。"题注中言词人与陈抟有契心,便在首句中即言百年之间,我和陈希夷都是"行人",此"行人"即是游戏世间之人。次句则谓相同之处:彼以睡乡为归休之处,我以醉乡为归休之地。黄庭坚说"陶陶兀兀,酒乡路远归不得"(《醉落魄》),谬也,他岂知吾醉乡之妙乎!起篇二句便涵蕴了二人共同之狂态。

"此心安处,良辰美景,般般称遂。"此三句衍醉乡之乐:只要进入醉乡,天天都觉是良辰美景,事事都觉得称心遂意,个中三昧,非寻常之人能领味到的。

"力士铛头,舒州杓畔,不妨游戏"三句,又拉来一位狂饮大醉的李白,借酒仙之句,抒发出词人游戏世间的豪态,将睡歌又衍进一层。

“算为狂为隐，非狂非隐，人谁解、先生意。”这几句揭示出陈抟嗜睡的真谛：其行看似为狂为隐，实亦非狂非隐，只是看透世间，游戏于中而已。“人谁解”，反意则是只有我才能解得先生行似玩世不恭，实则自在无碍的心界。

下阕接“先生意”而写自家心。

“莫笑糊涂老眼，几回看、红轮西坠。”几回红轮，说的是词人在时光的流转中，看遍了人间世事，历尽了沧桑巨变，遭逢了辛酸苦辣。“糊涂老眼”则是说自己不管世事如何纷繁，总是以醉眼观之，人笑我糊涂面世，却不知我像希夷沉睡一样，心里明白得紧。

“一杯到手，人间万事，俱然少味。范蠡张良，尽他惊怪，陈抟贪睡。”此数句言醉乡与睡乡的妙味之处：即万事不及一杯酒，我谓范蠡张良徒生心计，陈抟谓他们只争闲气。他二人根本不解人生三昧，算了，尽管让他们惊诧陈抟去吧。语意中，谓词人与陈抟同归，而范张浅薄，不晓陈抟，也即不解词人自己了。此间的正入与反出，均在衍着“有契予心”的题旨。

“且陶陶兀兀，今朝醉了，更明朝醉。”尾处的两醉联袂，把词人宽怀面世、任情放纵的豪情衍到了极致，也使与陈希夷“同是百年人”的主旨阐发到高峰。

词以陈希夷睡歌为契点，抒写了词人醉眼看世界的深刻主题。行文中或明或暗都有陈抟的影子，又或暗或明都在写词人自己，从而把睡与醉的契心演绎得妙味天成。

木兰花慢　送取新归隐山阳，兼简玉川同社[1]

澮西园暮景，对别酒，惜临分。爱襆被中台[2]，挂冠神武[3]，谁得如君？纷纷道途鞍马，甚当时、王粲[4]也从军。处处惊乌夜月，年年落雁横汾[5]。　菟裘[6]老计在耕耘，风□出尘氛[7]。记沁北丹东[8]，松枯石润[9]，菊秀兰薰。林泉竟输先手，漫回头、惭愧玉山云。寄谢鸡豚社客[10]，草堂未要移文[11]。

【注释】

①“取新”：其人不详。根据“襆被中台”，知其曾在尚书省任职。“山阳”：金代属河东南路怀州，兴定四年以修武县重泉村为山阳县治所，隶辉州，在今河南省焦作市东。“玉川同社”：指济源的文友们。玉川：河南济源一井名，一名玉泉。②“襆被中台”：襆被，用袱子包扎衣被，意为整理行装。襆：包袱。中台：尚书省。“襆被中台”用魏舒典。《晋书·魏舒传》：“入为尚书郎。时欲沙汰郎官，非其才者罢之。舒曰：‘吾即其人也。’襆被而出。同僚素无清论者咸有愧色。谈者称之。”③“挂冠神武”：指辞官，典出陶弘景挂服神武门。详见《清平乐》[村墟潇洒]“神武”句注。④“王粲”：字仲宣，山阳高平人，东汉末建安七子之一。因天下大乱，投荆州刘表，十五年未被重用。后归曹操，赐爵关内侯，官至侍中。建安二十二年从军征吴，次年途中病卒。⑤“横汾”：汾河之畔。⑥“菟裘”：古邑名，春秋时鲁地，在今山东泰安东南楼德镇。《左传·隐公十一年》：“使营菟裘，吾将老焉。”后称士大夫告老退隐的处所为“菟裘”。⑦“尘氛”：尘俗之气。⑧“沁北、丹东”：山阳在沁水北，丹河东。⑨“松枯石涧”：山中的幽栖之地。唐吕岩《山隐》：“松枯石老水萦回，个里难教俗客来。抬眼试看山外景，纷纷风急障黄埃。”⑩“鸡豚社客”：此处指词人在济源一带相交的众多文友，也包括这位始隐山阳的取新。⑪“移文”：用“北山移文”典。南朝齐孔稚珪的《北山移文》中，叙初与周颙隐于钟山。后周颙应诏任海盐县令，期满进京，欲过此山。孔稚珪写了《北山移文》，假山神之口，讽刺周颙违背偕隐之约：若再到此山，定会鹤怨、猿惊，南岳献嘲，北垄腾笑，请回俗士驾。

【赏析】

“澮西园暮景，对别酒，惜临分。”启笔直扣“送”字，言地点，言时间，言饯酒，并以“惜”情展开下文。

“爱襆被中台，挂冠神武，谁得如君？”常人隐居易，高官隐居难，这也正是词人最激赏之处。“爱”即赞赏，赞魏舒居中台而捐弃，赏弘景挂冠之果决，谓此举之难能可贵，为抒写下文作了坚实的铺垫。

“纷纷道途鞍马，甚当时、王粲也从军”二句，举出世人趋官若鹜的例子，“纷纷”言其多，“鞍马”道其身累、心累而不觉；“甚当时”特推出典型的一例：即使是极负文名的王粲，也因追官而困于荆州作登楼赋，又于作《从军行》后死于征吴路途。典例与普例互证，反衬着中台挂冠之可钦可佩。

“处处惊乌夜月，年年落雁横汾”二句，又举出两例来，一是曹操的“月明星稀，乌鹊南飞”，一是词人自己的《雁丘词》。此二处只借典而出旁义：“惊乌夜月”喻官场之险，“落雁横汾”喻遭逢暗算。“处处”“年年”极言险象险事之多且广，令人防不胜防，从而反证了取新去官的明智之举。

“菟裘老计在耕耘，风□出尘氛。”下阕设想中台归隐后之种种。先谓退归后的情趣在于自己营造，要义在于超脱。“出尘氛”三字言要意精，点透了隐人之三昧。

“记沁北丹东，松枯石润，菊秀兰薰。”此三句述脱尘之趣：占古松之一丘，赏山泉之灵秀，得菊气之清华，沐兰花之香熏。欲解“耕耘”，只举记忆中的实例，描绘出一幅隐趣图，还避开了生硬的说道之嫌。语曲意深，妙味天成。

“林泉竞输先手，漫回头、惭愧玉山云。”“玉山”即济源之王屋山，唐代的诗人卢仝是济源人，并自号“玉川子”，因以言之。词人携家归乡时，曾在济源、山阳留住半年之久，留下了许多诗篇，其中的《游天坛杂诗十三首》之末首言道：“拟著茅斋北斗平，残年细读洗心经。诗成应被卢仝笑，曾见青山养伯龄？”此处以欲隐此境却未成之意，谓林泉之志输与取新，让其捷足先登了，因而徒自回首往事，愧对“玉山云”。以愧言慕，照应了“爱襆被中台”。同时由“玉山云”而领向“玉川同社”诸人。

“寄谢鸡豚社客，草堂未要移文。”尾二句应题，假取新之便，致玉川乡社诸友，巧用“北山移交”之典，申不弃王屋山隐居之志。反用其典，微妙转接，更把对济源、怀州、修武、山阳一带的所有文友的深厚之情环揖一圈儿，使词篇充满了浓浓的乡社鸡豚之情。

词篇围绕送友归山阳和兼致当地众多文友的两条线索组材，言惜别，赞隐居，道归隐之佳处，忆自己的乡社之情，把诸多的意象组合得妙造自然，读来如饮醇酒，回味不尽。

点绛唇　宜男[1]

绿澹香浓，旧曾百子池[2]边种。碧筵孤耸，惊堕钗头凤[3]。
檀粉[4]轻拈，苦怕蜂腰[5]重。天花供，一枝谁送？寂寞南华梦[6]。

【注释】

①“宜男”:“宜男草”,即萱草。相传妊娠妇佩之,必生男。详见《朝中措》[骊珠光彩照燕南]“宜男”注。②“百子池”:古代宫中的池名。《三辅黄图·池沼》:“七月七日,(高祖)临百子池,作于阗乐。”宋吴开《优古堂诗话·万年枝》:“晏元献(晏殊)诗:‘万年枝上凝烟动,百子池边瑞日长。’”③“钗头凤”:古代妇女的首饰,由两股合成。形有凤凰者名钗头凤。④“檀粉”:浅红色的香粉。⑤“蜂腰”:蜂腰中细。此处比喻宜男花之细梗。⑥“南华梦”:用庄周梦蝶典。详见《虞美人》[樱桃元是仙郎种]“蝶化南华梦”注。

【赏析】

“绿澹香浓,旧曾百子池边种。”首句即描绘宜男:绿叶静静,香气浓浓,未言花状,亦知其花甚美。次句则因其有佩戴生男之说,便将之与百子池联写一起,暗蕴了词中女子欲生男孩的愿望。

“碧筵孤耸,惊堕钗头凤”二句,谓孤耸独钟的宜男草陡入女子眼中时,惊喜到掉落头钗的地步。以外象表现心境,甚为神致。

“檀粉轻拈,苦怕蜂腰重”描写女子轻轻摘花欲戴时,小心翼翼生怕将花梗弄折的心态,那种期盼得子之情呼之欲出。

“天花供,一枝谁送?寂寞南华梦。”尾处突然来了个大折笔:有如天花的宜男草摘到了,但是真真实实的孩儿从哪儿来呢?行文至此,使人想起唐代于鹄《题美人》“胸前空带宜男草,嫁得萧郎爱远游”的诗句来,此女的丈夫远在他方,佩枝宜男又有何用?“一枝谁送”四字犹如天外来笔,使词境出现了大起大跌之势,此势一跌,该女子的“寂寞南华梦”之凄情便自然而出:悠悠然,梦中之宜男草已化作可爱的宝宝,喜不自胜;凄凄然,梦醒来,孤衾冷被,丈夫遥遥未归,宝宝从何而来?忧绪绵绵,不绝如缕。

词人写过多首闺怨词,表现手法各不相同,这一首便是另一蹊径,特别是意外结尾法的运用,辟出了难得的审美境界。

南柯子

粉澹梨花瘦，香寒桂叶颦[1]。画帘双燕旧家春，曾是玉箫声里断肠人[2]。　澹澹催诗雨，迟迟入梦云。武陵流水隔红尘[3]，只怕翠鸾消息[4]未全真。

【注释】

①“颦”：皱眉。②“曾是”句：用“玉箫韦皋”典，详见《满江红》[枕上吴山]“玉箫”注。③“武陵”句：用刘晨、阮肇天台山桃溪仙遇之典。详见《蝶恋花》[春到桃源人不到]“白发”句注。④“翠鸾消息”：用“青鸟使”典。翠鸾即青鸾，青鸟，是神鸟，能传递信息。班固《汉武故事》：“七月七日，上（武帝）于承华殿斋。日正中，忽见有青鸟从西来，集殿前。上问东方朔，朔对曰：‘西王母暮必降尊像，上宜洒扫以待之。’有顷，王母至，乘紫车，玉女夹驭，载七胜，青气如云，有二青鸟如鸾，夹侍王母旁。”

【赏析】

“粉澹梨花瘦，香寒桂叶颦。”“粉澹”谓懒化妆，“梨花瘦”喻人憔悴，“香寒”言情绪低落，“桂叶颦”状眉头紧锁。寥寥八个字，把一位思夫女子刻画得形神兼俱。

“画帘双燕旧家春，曾是玉箫声里断肠人。”隔着画帘的屋外，双燕亲昵，爱声叽叽，勾起了思妇也曾与丈夫卿卿我我、蜜意无边的回忆。此况闪过后，一腔离伤又袭心头，谓自己有如玉箫之思郎，不禁情绪哀惋，肝肠寸断。

“澹澹催诗雨，迟迟入梦云”二句，语接断肠情思，谓窗外丝丝雨声扰人，不由地浅吟愁诗，满脑的愁云萦绕，使人难以入眠。环境与心境交错用笔，把思妇的幽伤烘托得深细入微。

“武陵流水隔红尘，只怕翠鸾消息未全真”二句刻画思妇纷沓的心思：我想借天台山桃溪之水传出情意，但是该溪流与红尘远隔，使不上的；想得到青鸟使送来的丈夫之音信，又恐怕只是安慰人的假消息。结尾二句用的都是仙家与凡人交往的故事，本身就是虚无的,此处借来表达盼夫归来,也就具有着渺渺茫茫的意象,从而把思妇的幽怨延宕得更深,更远。用典之考究,令人叹服。

这首词通篇都用了托意于物、借典言情的手法,因此在尺幅之中融含了极为丰富的内容,使思妇的形、神、意诸般表现得形象,逼真,极有立体之感。

望江南[1]

如雪貌,绰约[2]最堪夸。疑是八仙乘皎月,羽衣[3]摇曳上云车[4]。来会此仙家。

【注释】

①“望江南”:即《忆江南》。唐温庭筠词有“梳洗罢,独倚望江楼”句,遂名。全篇二十七字,三平韵。②“绰约”:形容女子柔美的样子。③“羽衣”:用鸟羽制成的衣服,取其神仙飞行之意。后因称道士的衣服为羽衣。④“云车”:传说中神仙乘的车。唐王翰《古娥眉怨》诗:“王母嫣然感君意,云车羽旆欲相迎。”

【赏析】

“如雪貌,绰约最堪夸。”“如雪貌”形容词中女子素洁的容貌,“绰约”谓其姿态柔美。首二句给人以美女亭亭玉立,亦人亦仙,似有静候的样子。

“疑是八仙乘皎月,羽衣摇曳上云车。”此二句突然荡开,言就像八仙身着羽衣,长袖飘飘地上了云车。此处一是实写皎月,更使这位月下女子显得内外通灵,神韵非凡;二是用虚笔遥想八仙之飘飘而来,补实了此女子静候时的心境特征。

“来会此仙家”一句,将虚笔转“实”,交待出主角,即是来幽会女子的郎君,在他眼中,女子“亦人亦仙”的感觉佐实为“真仙”,使此女的形神更为升华。

这首《望江南》运用直接描写和侧笔幻写相结合的方法,把一位月下待人的女子描绘得圣洁而通灵。神秘的侧写,使词中的主人公充满了神奇的色彩而让人遐想不绝。

玉楼春

秋灯连夜寒生晕[①],书砚朝来龙尾[②]润。胧胧窗影暗移时,槭槭[③]檐声还一阵。　黄花白酒登高近,意外阴晴谁处问。青山只管恋行云,忙杀晚风吹不尽。

【注释】

①“晕”:此处指油灯的晕圈儿。②“龙尾”:龙尾砚,龙尾石制成,是歙砚的上品。产于江西婺源的龙尾山。③“槭槭”:象声词,指自然界的风声、鸟语等。

【赏析】

“秋灯连夜寒生晕,书砚朝来龙尾润。”“秋灯连夜”言季节,言时间,言灯光,未言灯下人,已知其彻夜未眠。“寒生晕”谓夜凉,谓灯晕,知灯下人彻夜劳作而目疲,“寒”字又为全篇伏下了基调。次句交待了凌晨时砚台湿润,补出彻夜之劳是在伏案写作,然而写的是诗,是文?还是其它?此处未作交待,留待下文中捕捉信息。

“胧胧窗影暗移时,槭槭檐声还一阵。”“胧胧”句言窗影由黑暗而转朦胧,知时间于不知不觉间已到黎明,“槭槭”句谓檐间鸟儿骚动,将时间又推移了一阵。此二句捕捉窗影变化、鸟声始动,把黎明时的物态变化写得非常细腻而美感洋溢。

下阕由檐声接转而写日间之事。

“黄花白酒登高近,意外阴晴谁处问。”前句写其近处登高,饮酒赏菊。“黄花白酒”色彩明丽,依然显着景处美好。“意外阴晴谁处问”句却情境大转,谓往年登高天朗气清,今日赏菊却阴云未开。“意外”言始料不及,“谁处问”言天理不公,由此而自然地让人明白了所写之人即是词人自己,也窥测到他的心境。同时回过头来看,词人不佳的心绪在“秋灯寒生晕”时已经生了出来,亦可推知他彻夜不眠中所写的东西当与故国之事有关，“谁处问”的愤懑之情也便揭晓开来。

“青山只管恋行云，忙杀晚风吹不尽。”尾二句看似写景，实为书愤：我将“阴晴”巨变之事问青山，青山却不理世间情而“只管恋行云”，从而把词人心中的阴云由清晨笼罩到晚，尽管晚风吹来，却是依然吹之不去。借形象的物事表达抽象的心事，一语胜千言。

故国之事一直是留在词人心中的阴影，他的晚岁也一直在为金史而奔劳，词中所托的种种物事无不与之有关。以此为关枢而溯词意，一切便可了然。

玉楼春

流光不受长绳系①，乐事且须论早计。丹成鸡犬亦登仙②，运去英雄空掩涕。　花迎酒笑宁③无意，酒藉花香尤有味。由来夷跖④不多争⑤，唤向花间同一醉。

【注释】

①“流光”句：晋傅玄《九曲歌》：“岁暮景迈群光绝，安得长绳系白日。”意为一年将终，时光已逝，如何能用长绳系住太阳，使韶光永留。后以“长绳系日”谓留住时光。②“丹成”句：《神仙传》卷四载：汉代淮南王刘安修炼成仙。临升天时，遗留的丹被鸡犬吃了，而后鸡犬也升天得以长生。③“宁”：岂，难道。④“夷跖”：泛指大善大恶的两种人。夷：伯夷，商末人。《孟子·万章下》载：“伯夷目不视恶色，耳不听恶声；非其君不事，非其民不使。治则进，乱则退；横政之所出，横民之所止，不忍居也（不居暴政之国，暴民之地）。”跖：盗跖，名跖，“盗”作贬称，春秋时人。《庄子·盗跖》：“盗跖从卒九千人，横行天下，侵暴诸侯。”⑤“不多争”：差不多。

【赏析】

“流光不受长绳系，乐事且须论早计。”首句借傅玄的典语，叹时光之易逝。按照常规的思维而论，接下来应该从把握有限的时光，体现人生价值方面生发，然而，次问却说要早作安排，及时行乐，此种意念与真实的词人格格不入，给人留出了莫明之疑念。

“丹成鸡犬亦登仙，运去英雄空掩涕”二句，用“一人得道，鸡犬升天”之典，反衬英雄因时乖势逆而空自伤悲，于愤世疾时中，使前面的疑念略见端睨。

“花迎酒笑宁无意，酒藉花香尤有味”二句为戏谑之语，将及时行乐之意演绎得更为有味。个中之乐有词人的本真，更有调侃，并以此为过渡而引入结句。

“由来夷跖不多争，唤向花间同一醉”二句，把前面的诸般意绪归拢一起，说世上的正与邪、善与恶等等，本来就没有什么区别，如果真有天理的话，哪会出现柔弱者遭侵、英雄者流泪的事？我现在就约伯夷和盗跖同来花下，共谋一醉，把世界搅个清浊不分！正意反说，于调侃中体现出词人辛辣而犀利的嘲讽和愤世疾邪的情感。

这首词欲浇胸中块垒，却从逆向着笔，初时讽意尚隐，随后越来越显，到尾声时谑意愈强，讽意也便愈深。这种手法引人以深刻的思考，给人以新奇的感受。行文中语言通俗流畅，节律明快晓畅，读来甚感音乐之美。

玉楼春

人间鬓发随秋换，天上月明秋又半。月边仍有女乘鸾[①]，万古与谁期汗漫[②]。　天翁苦被闲人管[③]，月好却嫌秋夜短。如何能得夜年长，月也长如今夜满。

【注释】

①“乘鸾”：南朝萧统《文选》卷三一《班婕妤·咏扇》：“纨扇如圆月，出自机中素。画作秦王女，乘鸾向烟雾。”鸾为传说中的神鸟，有关的吟咏也多。王安石《题画扇》：“玉斧修成宝月团，月边仍有女乘鸾。青冥风露非人世，鬓乱钗斜特地寒。”②“汗漫”：遥远无边。③“天翁”句：天翁即天公。《书·皋陶谟》：“无旷庶官，天工人其代之。”谓天的职司由人代替执行。又，《晋书·天文下》载：晋康帝建元二年，

太岁星犯天官，占者说，当主关、梁生变。可是过了一段时间，江东平安无事，北方的石虎关也无恙。

【赏析】

“人间鬓发随秋换，天上月明秋又半。”这首《玉楼春》作于中秋月圆之夜，词人感中秋月圆之后，秋将过半，岁将入寒，遂生发出人也将随之而又添白发的感慨。人们常谓岁末年华逝，此处却说“鬓发随秋换”，落笔即给人以新奇的感受。

“月边仍有女乘鸾，万古与谁期汗漫”二句，接“月明”而带出乘鸾升仙的故事。人们一旦乘鸾飞升，便意味着和宇宙同寿了，因而词人便用浪漫的想象说：我看到月边有位乘鸾女，正期待着与哪位飞仙一道而万古“汗漫”。这位所期之人虽然未言为何人，却也知道必定是词人自己。

“天翁苦被闲人管，月好却嫌秋夜短。”上阕的“期汗漫”中，本已把万古长寿寄予了月边的乘鸾女，此处却又举出另外两件事来，一是天公定了的事，还要被闲人们去提意见，圆月虽好，可是秋夜也太短了，因为过了今夜，就得转向残缺。于是转向下两句。

“如何能得夜年长，月也长如今夜满。”月圆之夜多么美好，怎么才能让它似年之长，圆月也永远如今夜一样呢？这正是词人的愿望，也是其无奈之处。浪漫的联想，把词人慨叹时光的无情流逝表露得十分形象，新颖。

中秋圆月是历代雅士吟咏的重要内容，慨叹时光流逝也是文人墨客笔下常见的题材。写得多了，便很难跳出俗窠。这首《玉楼春》却独辟蹊径，以偏锋取胜，又处处辅以奇妙的联想，把一个千古题材开发得十分生趣，不能不令人拍案。

玉楼春

惜花长被花枝恼，一夜落红纷不扫。绿云为幄[①]绣为裀[②]，不惜春衫还藉草。　尊前莫恨春归早，来岁花开应更好。丁宁[③]双燕促春还，向道惜花人未老。

【注释】

①“幄”:帐幕。②“裀”:通“茵”,褥垫。③“丁宁”:反复嘱咐。

【赏析】

“惜花长被花枝恼,一夜落红纷不扫。”首二句写因为爱花、惜花,落英满地了却还不忍扫去,此种情意竟遭到了花枝的忌妒。历来赏花、惜花,多从花之主体着笔,往往忽略了“枝”,即使写到枝了,也还是在意于枝上之花。这首《玉楼春》却专从枝处着笔,以其嗔恼和忌妒,反衬出惜花之情,侧笔正收,语曲意新。

“绿云为幄绣为裀,不惜春衫还藉草。”此句写“枝”忌妒时的行为:一是枝条上长出帷帐似的绿叶来,还让裀褥掩去了原来的落红。这个“春衫”是枝条自备的,但是裀褥它却没有,于是不惜求乞而借草为之。如上两句把枝之妒意伸展得活灵活现。

下阕转写赏花人的心境。

“尊前莫恨春归早,来岁花开应更好。”爱花人备酒赏花时,花却早已一夜落红而没得赏到,于是自宽自慰道:别发恨了,明年的花开得会更多,更好,更美。这话是安慰自己的,个中隐趣让人玩味不尽。

“丁宁双燕促春还,向道惜花人未老。”尾二句出得更巧,托双燕为使者,转告春神莫忘归来,再告诉她,惜花人还没老,还在枝旁等候着。托意于物与拟人的运用,把个热爱春芳的情感写得深透无比。

这首《玉楼春》言花不见花,专从无花之枝着墨,运用拟人手法而别开思路,把惜花之情写得形象细腻,十分传神。

玉楼春

楚娘[1]最瘦腰围小[2],会看[3]新声歌水调[4]。已看天上驻行云,更向花间留晚照。　倾城[5]不博嫣然[6]笑,剩破千金犹恨少。少年恰是惜春时,第一莫教容易[7]了。

【注释】

①“楚娘”:唐代名妓楚儿,因其字润娘,故称楚娘、楚润。唐郑合《及第后宿平康里》:“春来无处不闲行,楚润相看别有情。好是五更残酒醒,时时闻唤状头声。”后因以借指名妓。②“腰围小”:用“楚腰”典。春秋时,楚灵王喜欢细腰身,于是都城中的美女便用饿饭的办法使腰减瘦。后以“楚腰”形容美女婀娜的腰肢。③“会看”:当看。④“歌水调”:即《水调歌》。相传隋炀帝开汴河时制《水调歌》。唐人演为大曲,分散序、中序、入破三部分。后之《水调歌头》为中序的第一章。⑤“倾城”:形容女子绝代美貌。详见《江城子》[姚家池馆魏家邻]“倾国倾城”注。⑥“嫣然”:娇美的样子。⑦“容易”:轻易,草草地。

【赏析】

“楚娘最瘦腰围小,会看新声歌水调。”词中描绘的是一位既颜貌美,又歌喉极佳的歌女,首二句便借楚润喻其貌美,用“楚腰”典言其纤细婀娜,再移《水调歌》来谓其歌喉清妙。三句三典集于一人,使其形象活脱脱地现于纸上。

“已看天上驻行云,更向花间留晚照。”此二句谓天上飘来的云彩见了她便凝驻不动,夕阳见到她也留滞空中,不愿下山。宋祁《玉楼春》:“为君持酒劝斜阳,且向花间留晚照。”虚笔侧写,把此女表现得更为妙绝。

“倾城不博嫣然笑,剩破千金犹恨少。”“倾城”句言此女的倾城之美不必靠嫣然一笑,用的是周幽王褒姒之典。“剩破”句谓城中男子抛出千金以赠,还后悔不多。“倾城”与“犹恨”、主笔与衬笔并举,把歌舞时狂热的场面展现得活灵活现。

“少年恰是惜春时,第一莫教容易了。”结尾二句词意大转,词中的主体也易位:

"少年",年轻人。这里指的是歌舞现场一掷千金的少年郎。作者告诉他们要珍惜青春,莫要计较赠彩的多少而让年华轻易逝去。有此二句,词境便顿出。

这首词通过直接描写、间接烘托和典故运用,逐次由"楚娘"之美推到男儿争破千金的场面。然而结句一出,方知前面的诸多笔墨只是铺垫而已,但是反过来看,惟其扎扎实实的铺垫之力,方能出得点睛之要义。再玩味结尾:此二句只将词人的深意似隐非隐地含蕴其中,使之与前面浏亮的描写浑然而为一体,让人非细品难得其旨。如若将之说得太明太显,便会有生转硬接的感觉而有煞风景了。

鹧鸪天

饮量平常发兴偏①,留连光景惜欢缘。悲歌慷慨人争和,醉墨淋漓自笑颠。　麟阁画②,祖生鞭③,拍浮④多负酒家钱。老来事事消磨尽,只有尊前似少年。

【注释】

①"发兴偏":偏偏常发酒兴。②"麟阁画":麟阁画像。汉宣帝时,曾在麒麟阁内绘功臣图像,以旌其功。③"祖生鞭":《晋书·刘琨传》载:"(琨)与范阳祖逖为友。闻祖逖被用,与亲故书:'吾枕戈待旦,志枭逆虏,常恐祖生先吾执鞭。'"鞭:策马之鞭。④"拍浮":浮游。《世说新语·任诞》:"毕茂世云:'一手持蟹螯,一手持酒杯,拍浮酒池中,便足一生。'"后用为欢饮之典。

【赏析】

根据"老来事事消磨尽"句,知这首《鹧鸪天》为词人晚年之作。

"饮量平常发兴偏,留连光景惜欢缘。"首句言词人酒量平常,却偏偏有酒兴,从矛盾中设出疑端。次句交待原因,即因为留连时光,更珍惜与友欢聚的机会。而此句中,又将"欢缘"留作存疑,以待下文揭示。

"悲歌慷慨人争和,醉墨淋漓自笑颠"二句揭示了"惜欢缘"的原因,即朋友们经常争着唱和自己的慷慨歌谣，自己也为所作的淋漓尽致之诗文感到十分自信。而"慷慨"之歌所指为何又存留下来，有待下阕揭示。

"麟阁画，祖生鞭，拍浮多负酒家钱"的前二句交代了"悲歌慷慨"的具体所指：一是青年时期怀抱凌云志，为国建功业；二是中年时期欲效祖逖收复旧山河。回应上阕之后，又突然生出沉醉酒家负债多的话题，抛出了新的包袱。

"老来事事消磨尽，只有尊前似少年。""老来"句谓自己的一生：凌云之志没实现，麒麟阁上未留名；复国之愿更缥缈，空羡祖逖策马鞭。"事事消磨"、件件无成，只有"拍浮"于酒池之中这一件事了。"尊前似少年"一句把包袱完全抖开，发出了一生宏愿未竟的长叹，揭示出全篇的主旨，也道出了"饮量平常"却"发兴偏"的全部内涵。而"只有尊前似少年"之句，于借酒发兴、聊追少年梦中，含尽了壮志未酬的无奈，更含蕴了无力以效故国的悲慨。平平的七个字，发散出强劲的冲击力，感染着千古的诗坛。

酒，一向是遗山先生诗词创作的导具。这首词中，从始至终贯穿着一个"酒"字，把一生积极用世、力图作为，却为残酷的社会现实所逆的复杂感情尽纳于中，产生出令人震撼的感染力。

词中用语慷慨清雄，所抒出的情感却是十分的深沉，于欢缘中含尽苦涩，于壮怀中落尽遗憾，从而把构成词人一生所憾的因素似隐却显地全数涵盖于内，充分地体现于超凡的笔力之间。

点绛唇

连夜春寒，夜来好梦孤衾暖。寺楼钟断，却恨更筹[①]短。

一点闲情，苦被离愁管。西城晚，雁飞天远，草色归心满。

【注释】

①"更筹"：古代夜间计时报更的竹签。

【赏析】

“连夜春寒，夜来好梦孤衾暖。”历来写孤衾独枕，特别是寒夜时，总以寂、冷道之，此处却说是“孤衾暖”，究其因是“好梦”所致，这个好梦必定是梦中与家人团聚了。反转过来看，夜梦团圆，更显出离家日久，思归情切。入笔即给人的奇妙的感受。

“寺楼钟断，却恨更筹短”又是两个妙句：寺庙晨钟是截断好梦的原因，“更筹短”句：如果筹长就可以晚一点敲钟，自己能多睡一会儿享受佳梦，“断”与“短”语意双关，“恨”字将恋家之情反衬得满满当当。两句中无一闲字，各尽其妙。

“一点闲情，苦被离愁管”更是两个内涵极深的句子。先看“一点闲情”：词人的晚岁，大多时间是在外地奔波，大者在为促动文治、复兴文化、兴办庙学、修纂金史，小者在为人撰写书序、拟写碑铭，还有自己编著的付梓之事等等，实无“闲情”，有的是大爱。再看“离愁”，词人非常热爱家乡，热爱家人，而长年在外，离愁二字便显得十强烈。本篇着笔点在于思归，其比重却在另一头，“一点闲情”看似轻描淡写，但从“苦被离愁管”的矛盾心理中，仍见着另一头大于一切。词人言事言情，总是这么精妙。

“西城晚，雁飞天远，草色归心满。”最后三句转入写景，天晚、雁远之象以景寓情；不言草色枯，反谓见草色而“归心满”，语出新颖，别致。入目的物事俱着归意，把词人的“离愁”反衬得十分含蓄却又尽得其致。

这首《点绛唇》语似澹澹，却婉而有致，处处生奇。炼词谋篇的功夫独到其家，让人愈品而余韵愈浓。

点绛唇

红袖凭阑①，画图曾见崔徽②半。吹箫谁伴③，白地④肝肠断。

未了尘缘，可道欢缘短。云山乱，武陵溪岸⑤，几误莺声唤。

【注释】

①“凭阑”：同“凭栏”，凭依栏杆。②“崔徽”：唐元稹《崔徽歌·序》：“崔徽，河中府娼也。裴敬中以兴元幕使蒲州，与徽相从累月。敬中便还，崔以不得从为恨，因而成疾。有丘夏善写人形，徽托写真寄敬中曰：‘崔徽一旦不及画中人，且为郎死。’发狂卒。”元稹诗云：“崔徽本不是娼家，教歌按舞娼家长。使君知有不自由，坐在头时立在掌。有客有客名丘夏，善写仪容得恣把。为徽持此谢敬中，以死报郎为□□。”③“吹箫”句：用“玉箫姻缘”典。详见《满江红》[枕上吴山]“玉箫”句注。④“白地”：平白无故。⑤“武陵溪岸”：陶渊明的《桃花源记》所构想的乐土。《唐诗纪事》卷三十八载白居易《与薛涛》诗：“蛾眉山势接云霓，欲逐刘郎此路迷。若似剡中容易到，春风犹隔武陵溪。”

【赏析】

丘夏所画之像，后人称为“崔徽画”或“崔徽面”，这首《点绛唇》就是依据该画而作的。

“红袖凭栏，画图曾见崔徽半。”启篇着笔于“崔徽画”，“曾见”言词人目睹过该画，“凭阑”与“崔徽半”言画面为崔徽侧面凭栏。至于容颜如何之美人所共知，无须费墨，此处只抓取了遥望远方的神态，揭示其痴盼于裴敬中的心境。

“吹箫谁伴，白地肝肠断。”“吹箫”句用了“玉箫姻缘”之典。该故事中的玉箫因钟情韦皋，望而不归，遂绝食而死。崔徽亦是痴情于裴敬中而颠狂死去，借典言意，省却了许多笔墨。“白地肝肠断”是词人痛切的心语，于称道崔徽对爱情忠贞的同时，亦无情地贬斥了致成悲剧的负心男裴敬中。“白地”二字痛在词人心里，亦让世人感慨不已。

下阕由崔徽悲剧转及其社会意义。

“未了尘缘，可道欢缘短”言尘世之人割不断情缘二字，欢缘长者尚嫌其短，何况短乎？崔徽因与裴男相从数月，种下了人生之悲；裴也因短暂之遇，留下了千古的谴声。“可道”二字由近及广，由微及著，渐将主旨揭示开来。

“云山乱，武陵溪岸，几误莺声唤。”武陵源虽是美好的生活境界，然而刘子骥也好，太守遣人也好，都找寻未果，作者以此来喻崔徽之姻缘没有结果。“云山乱”三字喻迷离。“莺声唤”喻对美好爱情的追求,“几误”即多次之误却,把男女情爱中不公平的社会现象揭示出来。语似哀惋,笔锋却十分犀利。两崔相比,更显出用典之妙。

词人一向憎恨情爱领域中不平等的社会现象,并有过多篇诗词之作予以揭示。这一篇更以“云山乱”的愤慨呼出自己心底的声音,并以此而晓示世人,具有着极为强烈的社会意义。

点绛唇

把酒留春,醉扶红袖①花前倒。落花风扫,红雨②深芳草。

又恨春迟,又恨春归早。花应笑,惜春人老,枉被春风恼。

【注释】

①“红袖”:美女。此处喻花丛。②“红雨”:比喻落花。

【赏析】

“把酒留春,醉扶红袖花前倒。”这首《点绛唇》表达的主题是珍惜春天,留住岁月。“把酒”二字将“留春”的意念形象化,“醉扶”与“花前倒”更把此情予以细化,使珍爱春天之情表露得十分深湛。

“落花风扫,红雨深芳草”二句,先谓春风无情,再谓落花深掩芳草丛中。“落花”与“红雨”满是怅憾,“扫”与“深”再添无情,将惜情转为惆怅,渐向其“恨”过渡。

“又恨春迟,又恨春归早”是惜春之人最朴素、最真切的心语。两“恨”连袂,“迟”与“早”又似意逆而实同归,将极平常之语化成了极深透的情结,同时,由此而将惜花之意象深化到年华流逝的隐意。

“花应笑,惜春人老,枉被春风恼。”“年年岁岁花相似,岁岁年年人不同”(刘希夷《代悲白头翁》),此处以拟人手法,谓春芳不懂诗家意和春风更浅知之象,把词人老岁将至而使命尚多的紧迫之感揭示得十分形象。“恨”字本是词人意,此处却翻作春风“恼”,施动者转换,使词境大奇。

这首《点绛唇》表达的是词人任重道远而鬓华屡增的纠结之情,故而借春花春风之象言岁月催人之急。词人的“留”与“恨”同风物的“笑”与“恼”构成一组矛盾体,于相反相成的意象和生趣的语言中传达出十分严肃的主题,甚耐寻味。

朝中措

香轻红浅露梅腮,江上早春来。玉佩声朝丹阙①,霓旌②影下瑶阶③。

朱门向晓,三千珠履④,十二金钗⑤。碧海金鸾来报,蟠桃一夜花开⑥。

【注释】

①“丹阙”:赤色的宫门,代指宫廷。②“霓旌”:古代皇帝出行时仪仗的一种。《汉书·司马相如传上》:“拖霓旌,靡云旗。”颜师古注引张揖曰:“析羽毛,染以五采,缀以缕为旌,有似霓虹之气也。”③“瑶阶”:玉阶。④“珠履”:缀有珍珠的鞋子。亦指豪门食客。《史记·春申君列传》:“春申君客三千余人,其上客皆蹑珠履。”⑤“十二金钗”:南朝梁武帝《河中之水歌》:“头上金钗十二行,足下丝履五文章。”“金钗十二行”本为形容美女头上装饰之繁,后以之比喻美女众多。⑥“碧海”二句:金鸾,亦为“青鸾”,传说中能传递信息的使者。蟠桃,仙桃。《太平御览》卷九六七《汉旧仪山海经》称:东海之中度索山,山上有大桃树,屈蟠三千里。

【赏析】

这是一首早春词,处处以早春之象展示出春天的气息。

“香轻红浅露梅腮,江上早春来。”唐王适《江上梅》云:“忽见寒梅树,花开汉水滨。不知春色早,疑是弄珠人。”王诗之笔在于白描,立意于观梅。词人此处则用的是浓彩渲染和拟人手法让“梅腮”报春。同时以此领起,将春天的气息逐次排来。

“玉佩声朝丹阙,霓旌影下瑶阶。”写江梅之繁盛,谓其如同玉佩声中朝丹阙,又如巡视之“霓旌”仪仗浩浩荡荡走下玉阶。此二句“声”与“影”配搭,上与下意接,甚有韵味。

“朱门向晓,三千珠履,十二金钗。”梅花气势浩荡,如同朱门之清早,门客众多,金钗映照,别是一番华丽情境。

“碧海金鸾来报,蟠桃一夜花开。”尾句写恰似金鸾信使之报:东海蟠桃花一夜齐开。于遥相呼应间,使全篇更显得神采。

这首《朝中措》词精句丽,色彩缤纷,使词境显得十分灵妙。

朝中措

帘旌①烘日绣波翻,霜晓试轻寒。高宴黄堂②初启,云外列仙③班。　昼明丽锦,香浮宝鸭④,身在蓬山⑤。三见扬尘沧海,春风一笑人间⑥。

【注释】

①“帘旌”:帘端所缀之布,亦泛指帘幕。②“黄堂”:古时太守衙中的正堂,后亦称太守为黄堂。③“列仙”:众仙。④“宝鸭”:一种鸭形香炉。⑤“蓬山”:传说中海上三仙山之一的蓬莱。⑥“三见”句:用“沧海桑田”典,晋葛洪《神仙传·王远》载:麻姑与王远饮于蔡经家,自说她“接侍以来,已见东海三为桑田”。又说今蓬莱海水下降,“岂将复为陵乎?”王远叹曰:“圣人皆言海中将复扬尘也。”后以“沧海桑田”“海中扬尘”比喻世事变迁巨大或形容年代久远。南朝陈徐陵《天台山馆徐则法师碑》:“夫海水扬尘几千年而可见,天衣拂石几万岁而应平。”

【赏析】

这是一首叹世事沧桑而庸臣误国之作。

“帘旌烘日绣波翻,霜晓试轻寒。”首句谓晨日映照在帘幕上,风拂帘影摇曳如波,意在“烘”而暖意生。次句说晨霜未退,意在轻而冷意生。

“高宴黄堂初启，云外列仙班”二句，着笔于黄堂宴会。“高宴”谓规模之大，酒肴之盛，“列仙”谓宾客之多，身份之高贵。

“昼明丽锦，香浮宝鸭，身在蓬山。”这三句描绘“高宴”的盛况：“烘日”高射而光照宴席，锦幛华丽而极尽豪华，宝鸭炉中熏烟袅袅，弥荡不绝，直把宾客熏得真如神仙之在蓬莱仙岛，飘飘然忘乎所以。此处未写杯盏淋漓，却已知传盘走肴之景状。

“三见扬尘沧海，春风一笑人间。”词到尾处，喧喧的黄堂高宴戛然而止，时间跳荡到“扬尘”之后的眼前：大地已经陆沉，“仙班”今在何处？大好的故国已被黄堂浮香给熏没了，当下只余“春风一笑人间”。此笑是词人之苦笑，是金廷之傻笑，更是历史之嘲笑。这首词通过黄堂高宴，抒发世事变迁之感，描绘隽美而讽意十足，形象地表露出词人痛切的情怀。

千秋岁

玳筵①晨启，家庆堪图绘。新杨弄暖帘栊②邃。捧觞罗袖窄③，叠板歌喉脆。香云④里，轻裘⑤小帽仙翁喜。　簪玉宾亲至，舞彩儿孙戏。开口笑，扶头⑥醉。□□金穴⑦富，岂在貂蝉⑧贵。只恁地⑨，团栾⑩共乐千秋岁。

【注释】

①“玳筵”：坐具都饰以玳瑁的筵席，专用于盛宴。玳：玳瑁，海中动物，形似鱼，甲壳光滑，有褐色和淡黄色相间的花纹。其甲壳可作装饰品，亦可入药。②“栊”：窗户。③“罗袖窄”：女子衣袖轻细。④“香云”：女子的鬓发。⑤“轻裘”：轻暖的皮毛衣服。⑥“扶头”：形容酒醉昏沉之态。⑦“金穴”：比喻富贵极盛的人家。《后汉书·郭皇后纪》：“郭后弟况迁大鸿胪（接待宾客的高级官吏），帝（光武）数幸其第，会公卿诸侯亲家饮宴，赏赐金钱缣帛，丰盛莫比。京师号况家为“金穴”。⑧“貂蝉”：汉代侍从官员帽上的装饰物。后用为达官贵人的代称。⑨“恁地”：如此，这样。⑩“团栾”：团圆，团聚。

【赏析】

这是一首祝寿之作。

“玳筵晨启，家庆堪图绘。”启篇言寿筵启动的时间之早、规模之隆重及举办之地点。未至盛况，已从“堪图绘”中知其场面之彩烈。

“新杨弄暖帘栊邃。捧觞罗袖窄，叠板歌喉脆。香云里，轻裘小帽仙翁喜。”这儿句缘“图绘”而写寿诞之序曲：在帘栊重重、杨柳新绿的环境下，捧壶送酒的婢女玲珑轻盈，击节放喉的乐女歌声清脆。拜寿环节未至，已从众香之中推出喜不自胜的寿星来，亦使寿诞出现第一个灵动的画面。

下阕转写拜寿的场面。

“簪玉宾亲至，舞彩儿孙戏。开口笑，扶头醉。”此四句描绘了两个画面。一个是宾亲男女，或戴簪，或佩玉，纷纷上前祝贺，儿女孙甥或次第行礼，或彩衣嬉戏；另一个是寿筵之中畅叙欢饮、轮番敬酒，把个仙翁乐得笑口不迭，杯来尽饮而直至酩酊。这两个场景有详有略，”把“堪图绘”申展得活灵活现。

“□□金穴富，岂在貂蝉贵。只恁地，团栾共乐千秋岁。”这四句是寿翁的心语，也是词人的敬辞，意思是不贪大富，不爱大贵，只这样家人团圆、长寿百岁就不枉人生一世了！结语既申主题，又巧妙用题，皆大欢喜。

这首词以时间顺序组材，以“图绘”为纲分写了三个画面，层层铺陈后自然引出人生之锦言，既合寿庆，又作劝世，可谓一举多得。

瑞鹤仙

薰风[①]弦上奏，正蛙鸣池沼，莺吟槐柳。龙涎喷金兽[②]，□一番疏雨、梅黄时候[③]。神仙旧友，爱五亭[④]、山明水秀。向□时庆旦，高明富贵，殆[⑤]由天授。　知否。风流儒雅，利达[⑥]丛中，似公稀有。芝兰挺秀[⑦]，看早晚，定成就。况雪儿[⑧]佳丽，歌清舞妙，管取天长地久。愿年年预借菖蒲[⑨]，劝君寿酒。

【注释】

①“薰风”：即“熏风”。东南风，和风。②“龙涎喷金兽”：香满门庭。龙涎：香名。金兽：又名“金铺”，金属制的门环底座，为虎形。唐高祖李渊的祖父名李虎，被北周封为“八柱国”之一，逝后被追封为“唐公”。唐人为避其讳，称虎为兽，“金铺”便为“金兽”。③“疏雨、梅黄”：指梅雨季节的一场小雨。每年四五月间为梅子黄落时期，江、湘、浙一带进入雨季，谓之“梅雨”。④“五亭”：白居易《白苹洲五亭记》：“湖州城东南二百步，抵雪溪，溪连汀洲……开成三年，弘能杨君为刺史，乃疏四渠，濬二池，树三园，构五亭。”五亭为白苹亭、集芳亭、山光亭、朝霞亭、碧波亭。⑤“殆”：必，一定。⑥“利达”：显赫闻达。⑦“芝兰挺秀”：以贤德而异秀出众。芝兰：香草，常喻贤德之人。⑧“雪儿”：宋孙光宪《北梦琐言》：“雪儿者，李密之爱姬，能歌舞。密每见宾僚文章有奇丽入意者，即付雪儿叶音律以歌之。”后泛指家伎的乐曲。⑨“菖蒲”：唐姚思廉《梁书·皇后传·太祖张皇后》：“初，后尝于室内，忽见庭前昌蒲生花，光彩照灼，非世中所有。后惊视，谓侍者曰：‘汝见不？’对曰：‘不见。’后曰：‘尝闻见者当富贵。’因遽取吞之。是月产高祖。”高祖即梁武帝萧衍。昌蒲花即菖蒲草之花，生于水边。因相传能见其花者必定富贵，后亦喻富贵的人。

【赏析】

“薰风弦上奏，正蛙鸣池沼，莺吟槐柳。”启篇绘景：和风拂草木，声如琴弦之柔；池沼水碧天光，蛙声于内；槐柳葱葱，莺声悦耳。三句三物事，勾勒出主人公府第周围的一派怡人环境。

“龙涎喷金兽，□一番疏雨、梅黄时候。”这两句落笔于府第，然而只描绘了一下光亮的大门，更准确点说是只写了门上的虎头门环座，仅从“龙涎”二字便见府第豪雄。写府宅时则宕开一笔，谓一番黄梅疏雨的涤洗，使此宅显现着清新的气息，也便自然地烘衬了主人清逸超群的气质，同时也暗点出寿诞的节令。

“神仙旧友，爱五亭、山明水秀”二句，又从其交游的角度来写：“神仙”二字形其旧友，实则是侧笔映衬，“爱五亭”、爱山水为重笔揭示。变化语势，双向刻画，又借典故之力，把主人公往来无俗客、平生好山水的一面表现得十分凝炼而形象。

“向□时庆旦，高明富贵，殆由天授。”作为上阕之尾，用“庆旦”点出祝寿之主题，并谓其高超明达的修养和富贵显赫的声名来自上天之眷顾，以之作过渡而引入下阕的祝语。

“知否。风流儒雅，利达丛中，似公稀有。芝兰挺秀，看早晚，定成就。”“知否”二字领起五句二层，先赞其才华气格、声名闻达，再谓其德贤广种，福缘不断，上应“殆由天授”，下谓积健积福，四面集合又因果相因相成，言者由心而闻者欣怡。

“况雪儿佳丽，歌清舞妙，管取天长地久。”“况”字接“知否”而转引家事：家伎清丽，善歌善舞，有此仙家暖老之方，管教寿翁心怀更畅，与天同寿。此处又从怡心愉情可益寿延年的角度言之，前辅后出，将慰心之语说得实实在在。

“愿年年预借菖蒲，劝君寿酒。”葛蒲为难得一见之花，见者必富贵长寿，故而词人特向仙家年年预借而赠，以虚言实，把祝愿富贵延年之情表达得十分形象，深切。

词的上阕从自然环境、季节特点、交谊范围等方面共同烘托出寿翁的清逸形象，多用侧映之笔。下阕谓其文雅贤德、家下融和，是为直接描写。扎实的铺陈之后，词人的祝语也就自然流出。全篇借象达意，笔法灵动，把抽象的祝寿词写得十分形象，裕如。

千秋岁

双纹彩袖，乍舞霓裳①后。□□香雾暖琼甃②。绿鬟蝉影③动，小摺湘裙皱。歌声断，彤云④尽日□晴昼。　冰丝轻雪藕，细酌鹅儿酒⑤。任醉拥，佳人手。彩衣⑥行乐事，莫惜杯如斗。千万寿，愿如明月天边久。

【注释】

①“霓裳”：指“霓裳羽衣曲”。详见《八声甘州》[玉京岩]“霓裳”注。②“甃”：饰。③“绿鬟蝉影”：女子的美发。绿鬟：浓黑的环形发髻。蝉：“蝉鬟”的省称，古代妇女的一种发式，望之缥缈如蝉翼，故称。

④“彤云”：红云，彩云。⑤“鹅儿酒”：指颜色如小鹅之黄的酒。⑥“彩衣”：用“老莱娱亲”典。《艺文类聚》卷二十引《列女传》：“老莱子孝养二亲，行年七十，婴儿自娱，著五色彩衣。尝取浆上堂，跌仆，因卧地为小儿啼，或弄乌鸟于亲侧。”

【赏析】

“双纹彩袖，乍舞霓裳后。□□香雾暖琼甃。”这是一首贺寿之作。“双纹彩袖”写女子彩袖飘飘而舞，未言其貌，已知颜美而身姿婀娜。“霓裳”之舞，曲高而舞难，又显着舞技之高绝，再冠以“乍舞”，足见轻易不舞此曲，暗寓了寿翁高贵的身份。“香雾暖”，即香气成雾，笼罩着玉堂，一片暖融融的气氛。夸张手法烘托了寿宴的喜庆。

“绿鬟蝉影动，小摺湘裙皱。歌声断，彤云尽日□晴昼。”此四句谓霓裳歌舞刚罢，小丫环湘裙飘飘、钗鬟颤动地又殷勤于宴席前，直有彩云映晴日般的美妙。未写寿星，却让人意会到他必是意畅心暖，吟吟笑颜难收之态。

“冰丝轻雪藕，细酌鹅儿酒。任醉拥，佳人手”四句着笔于寿翁：女子莲藕般的柔臂在轻而洁的丝袖掩露下，将鹅黄色的美酒斟与寿翁。寿翁当此纤腕之斟，岂能不醉。

“彩衣行乐事，莫惜杯如斗。千万寿，愿如明月天边久。”尾四句是词人之语，“彩衣”二字既谓儿孙绕膝之怡，又言美女捧寿之乐。“杯如斗”劝寿星在此氛围中，当来个小盏换大杯，尽享宾主之大乐。“愿如明月天边久”是祝愿寿与天齐之语，又照应“彤云尽日”，谓寿宴由日间直到月升，巧妙地折映了欢宴场面持久而热烈的状况。

词的上阕着墨于欢歌乐舞的场面，为侧笔烘托。下阕着重写寿宴场面，呈众星捧月之势。尾句以“天边久”回应“千秋岁”，将词境宕远，收到意蕴绵延不绝的效果。

瑞鹤仙

薰风[①]□院宇，蔼[②]清香凝户，晓凉如雨。开帘望莲渚[③]，拥轻红嫩绿，三千宫女。□商泛羽[④]，命双成[⑤]、婵娟妙舞。记当时，初下瑶池阆苑[⑥]，翠軿[⑦]来处。　几许玉簪珠履[⑧]，玳筵绮席[⑨]，寿觞初举。从容笑语。吹箫伴[⑩]，骖鸾女[⑪]。算灵椿[⑫]难老，蟠桃[⑬]频见，两□蓬瀛[⑭]便住。看家庭叶叶金貂[⑮]，凤池[⑯]稳步。

【注释】

①“薰风”：即熏风，指和风。②“蔼”：通“霭”，云气。③“莲渚”：莲荷池畔。④“□商泛羽”：按曲演奏。商、羽：古代五音“宫、商、角、徵、羽”中之二，此处泛指乐曲。⑤“双成”：仙女，神话传说中西王母的侍女董双成。详见《水龙吟》[旧家八月池台]“飞琼”注。⑥“瑶池阆苑”：均为传说中的神仙居所。瑶池：西王母居处。阆苑：阆风之苑。⑦“翠軿”：古代贵族妇人乘坐的翠帷车。⑧“玉簪珠履”：头上的玉质首饰和缀有珍珠的鞋子。此处代指衣着鲜丽的男男女女。⑨“玳筵绮席”：档次很高的宴席。玳筵：坐具都饰以玳瑁的筵席。⑩“吹箫伴”：用“萧史弄玉”典，详见《浪淘沙》[云外凤凰箫]“云外”句注。⑪“骖鸾女”：指“吹箫伴”中的弄玉，她与其夫萧史乘凤凰飞升成仙。⑫“灵椿”：《庄子·逍遥游》：“上古有大椿者，以八千岁为春，八千岁为秋。”后以“椿”称父。⑬“蟠桃”：仙桃，相传三千年一熟。详见《浣溪沙》[琼压为浆玉作卮]“碧桃仙酎”注。⑭“蓬瀛”：海上三神山之蓬莱和瀛洲。⑮“叶叶金貂”：世世代代高官显宦。叶叶：世世代代。金貂：插戴的貂尾。汉时皇帝近臣侍中和中常侍的冠饰。⑯“凤池”：凤凰池，皇帝禁苑中的池沼，是中书省所在地。后泛指中央机要的显官。

【赏析】

“薰风□院宇，蔼清香凝户，晓凉如雨。”这是一首祝寿词。启篇先描绘府第：和风吹拂，院宇重重，气清香凝，夏晓爽凉，一派宜人怡心的居所环境。

“开帘望莲渚，拥轻红嫩绿，三千宫女。”这三句写府外环境：门外荷塘碧水盈盈，莲花盛开，有如粉面绿妆的三千宫女齐来贺寿一般。拟人状物，更添一番和乐的气象。

“□商泛羽，命双成、婵娟妙舞。记当时，初下瑶池阆苑，翠軿来处。”此数句写庆寿的清歌曼舞，“商羽”谓乐曲之高雅，“双成”喻婵娟之舞妙。“记当时”将喻借的人物夯实，把寿祝场景幻得真如瑶池阆苑一般。

下阕写寿宴的场面。

“几许玉簪珠履，玳筵绮席，寿觞初举。”“玉簪珠履”描写祝寿的男男女女，以服饰见身份，个个气宇特殊，“玳筵绮席”渲染了宴席之高格，形象而纷华。寥寥数字，以简出繁地描绘了“寿觞初举”时的景状。只拣“初举”，未言其后，读者只从联想便可自得。

“从容笑语。吹箫伴，骖鸾女。算灵椿难老，蟠桃频见，两口蓬瀛便住。”在众星捧月之中，满面春风的寿翁出现了：“吹箫伴”以箫史喻寿翁，“骖鸾女”以弄玉喻其妻。“灵椿”“蟠桃”两典连至而祝其永寿，“蓬瀛”仙境喻其怡乐无边。五句四典，将寿翁赞得仙家相似。

“看家庭叶叶金貂，凤池稳步。”结句点明了寿翁的身份地位：“金貂”“凤池”，代代高官相继，在捧寿之辞中又延宕出新意，使寿翁之怀怡畅不绝。

这首祝寿词除清新怡人的环境入笔，代代珥貂的传承作结外，中间的大部分叙写都注入了仙家之韵，而在层层的铺写中却又觉得实实在在，使虚实之笔融合得自然得体，颇合捧寿之作的要义。

朝中措

金风①飘拂莹蝉光②。依约桂华香。紫府云軿游冶③，朱门锦绣高张。

笙歌丛里，霞杯潋滟④，玉树芬芳。共祝寿龄何似，□□松柏□长。

【注释】

①“金风”：指秋风。古代以阴阳五行解释季节演变，秋属金，故称。②“蝉光”：即“蟾光”，指月光。③“紫府”句：意为驾着车马在仙府游览。紫府：犹仙府。軿：古时四面有衣蔽的车子。游冶：闲逛游玩。④“霞杯潋滟”：详见《虞美人》[一杯薄酒休辞醉]“流霞”注。霞杯：盛满仙酒之杯。潋滟：水满的样子。

【赏析】

“金风飘拂莹蝉光。依约桂华香。”这是一首贺寿之作。首句中的“金风”“蝉光”谓寿诞日为八月中旬，借象鲜丽而巧妙，满满的贺意寄寓其中。次句中的“桂花香”本为八月必生的物事，此处却谓其依约而至，大有年年专来贺寿之情，寻常的事物，到了词人笔下便生出神奇的效果。

“紫府云軿游冶，朱门锦绣高张”二句倒装，描绘了门庭中寿幛高搭，彩锦琳琅，人在其中有如仙府骋意畅游一般。二句一直描，一侧映，十分灵动。

下阕着笔于寿筵。

“笙歌丛里，霞杯潋滟，玉树芬芳。”歌乐曼妙，酒杯淋浪，贺客缤纷，美女传盘。三句三角度，共成一幅热闹非凡的祝寿图。

“共祝寿龄何似，□□松柏□长。”尾二句以设问语气落笔于寿翁，谓众人同一愿，共祝寿翁与南山松柏同长。寿语作结，水到渠成。

词的上阕言寿日词精句丽，绘布饰比喻合体，下阕写寿筵场景频转，谓寿翁压轴出现，使全篇显得布置得体而层次井然。

卜算子

寿酒不论杯，乐奏呈歌舞。先□中元七日[①]生，风露凉如许。

好待月蝉娟[②]，好与姮娥[③]语。分付[④]诸郎桂一枝[⑤]，更觅月中兔[⑥]。

【注释】

①“中元七日”：虽不知所缺为何字，但观“待月蝉娟”语，其生日极易是差七日即是中元。中元：农历七月十五称“中元节”。②“蝉娟”：同“婵娟”，美好的样子。③“姮娥”：即“嫦娥”，传说中月中的女神。④“分付”：同“吩咐”，反复地叮嘱。⑤“桂一枝”：“桂林一枝”的省称。《晋书·郤诜传》：“累迁雍州刺史，武帝于东堂会送，问诜曰：‘卿自以为何如？’诜对曰：‘臣举贤良对策，为天下第一，犹桂林之一枝，昆山之片玉。’”“桂林一枝、昆山片玉”原为郤诜自谦之词，后用以比喻出类拔萃的人。⑥“月中兔”：即传说中月中的玉兔。亦用为月的代称。

【赏析】

“寿酒不论杯，乐奏呈歌舞。”这是一首贺寿之作，首二句描绘了音乐歌舞相伴之下，贺客席上杯落盏起，不让饮停的热闹场面，以宾喧主，先声夺人。

“先□中元七日生，风露凉如许。”三四句点出寿星的诞辰、气候的凉爽宜人。从结构上看，此二句又为下阕作了巧妙的铺设和过渡。

“好待月蝉娟，好与姮娥语。”七日后就是圆月了，因而词人对寿翁说，过了寿诞，就待月圆良夜，届时，再向嫦娥说与心中最美的愿望。所语为何，留待下文。

“分付诸郎桂一枝，更觅月中兔。”尾二句即是说与嫦娥的话：要她准备好，我那些出类拔萃的孩儿们要去月中清凉之地，更加完美他们的修养。如此之愿，把贺寿的主题又加深一层。尾处的借象也很有深意：“桂林一枝” 之典巧与月中桂树双关，“月中兔”的白洁又巧寓对诸郎品节养成的厚望。双关之笔亦使词境增添了许多靓彩。

词的上阕中，寿翁之“中元七日生”与“风露凉如许”二句看似寻常的述句，其实是下阕月中觅兔和广寒宫清凉的预伏之笔。“好待”与“好与”二句又与之紧密相承，形成极为流畅而生趣的过接效果，使词作产生出十分流美的艺术效果。

点绛唇

玉宇沈沈[①]，绿窗珠户还相□。碧池回绕，全似蓬莱岛。　今夕笙歌，两两云鬟小。炉烟袅，寿觞倾倒，长愿朱颜[②]好。

【注释】

①“玉宇沈沈”：庭院深邃。玉宇：本指传说中神仙的住所，此处喻华丽的宅院。沈沈（tán tán）：深邃的样子。②“朱颜”：红润美好的容颜。

【赏析】

“玉宇沈沈，绿窗珠户还相□。”首二句写寿翁府第的总貌：庭院深深，精美的珠帘与彩绘的屋窗相衬相映，显示着一派富贵的气派。

“碧池回绕，全似蓬莱岛。”三四句写庭院中的池沼：假山嶙峋，碧水回环，鱼游水中，水映蓝天，真有一番蓬莱仙境的韵味。而此个“蓬莱”亦映衬了寿翁如仙的生活境界。

写罢府第环境，再写寿筵：

“今夕笙歌，两两云鬟小。”此二句写寿筵的歌乐：笙乐伴奏歌声，歌喉曼妙；头上的两鬟髻娇小颤动，已知歌女容貌至美。笙歌渲染，烘托着寿星的心境。

“炉烟袅，寿觞倾倒，长愿朱颜好。”结尾处的三句落笔于寿筵的主体部分：在袅袅而升的炉香中，宾客杯饮壶倾，欢宴不绝，由衷的“长愿朱颜好”之祝福，尽蕴于美酒淋浪之中。

这首《点绛唇》虽然没有直接描写寿翁的词句，但是沉雄的府第、雅致的环境，以及寿筵的场面等等，都在烘托着寿翁的精神风貌，亦能体会到词人真诚的祝愿之情。

金菊对芙蓉

银烛摇红，兽烟喷翠，正小春[①]时候，爱日[②]和融。玉天当日生英杰，天付与、道骨仙风。文章冠世，词倾峡水[③]，笔扫秋虹。更有福寿无穷。　　喜克家[④]有子，孙又英雄[⑤]。算人间何物，可以形容。除非后夜团圆月[⑥]，年年共、皎洁相同。捧卮[⑦]□寿，殷勤[⑧]□□，满泛金钟。

【注释】

①“小春”：指农历十月。南宋陈元靓《岁时广记》卷三十七引《初学记》：“冬月之阳，万物归之。以

其温暖如春,故谓之小春,亦云小阳春。"②"爱日":温暖的阳光。③"峡水":长江三峡之水。④"克家":《易·蒙》:"子克家。"原谓能担当家事,后亦称能继承祖先家业的子弟为"克家子"。⑤"英雄":此处指杰出的人物。⑥"团圆月":即"团圆节",夏历之八月十五。⑦"卮":古代的一种盛酒器。⑧"殷勤":恳切深厚的情意。

【赏析】

"银烛摇红,兽烟喷翠,正小春时候,爱日和融。"歌舞场景热烈,兽形香炉烟袅袅,阳春十月佳季,暖日融和而相照。启篇四句多角度地渲染出一派辉煌而和乐的景象,为寿翁出现铺设出鲜丽的背景。

"玉天当日生英杰,天付与、道骨仙风。"在和乐的气氛中寿翁亮相,先谓诞辰,与"小春"相应,托出吉时诞吉人的天意。"天付与"领起对其天赋和才华的赞美:

"文章冠世,词倾峡水,笔扫秋虹。更有福寿无穷。"撰文文句华采,填词词情喷泄,书法大气磅礴。三句三层面,使一位才华横溢、艺术造诣深湛的天纵之才活脱脱地展现在眼前。这首词是为祝寿而作的,三句后又以一个"更有"强调其鸿福高寿也是天付与的,使主题显得绳紧而不散。

写罢寿翁后转写其家庭。

"喜克家有子,孙又英雄。算人间何物,可以形容。"前二句言子言孙,相继英杰,赋以撞破烟楼之势。后二句谓即使穷遍世间之佳物也难以形之二三,从而将抽象到难以言喻之事表述得异常形象,得体。

"除非后夜团圆月,年年共、皎月相同"。以女儿中秋才小离而谓寻常必团圆之例,谓儿女之孝,反倒正出,语言新奇,效果便奇。

"捧卮□寿,殷勤□□,满泛金钟。"结尾三句写词人的祝贺,"满泛"二字把"殷勤"外化得十分形象,也使寿筵的气氛显得怡荡不绝。

词人写过多首祝寿之作,他的这些贺作篇篇独异。这首中,寿诞之日本已进入寒季,词人却从小春找到突破口,又延伸了"团圆月"之义,使人读来甚觉新奇。

玉楼春

风穿绣幕红波皱，月照宝帘花影透。酒凝嫩脸醉红桃，喜入蛾眉舒翠柳。　琼英檀晕[①]花裁就，烟喷兽炉[②]香满袖。金枝元是玉皇孙[③]，遐算愿同王母寿。

【注释】

①“琼英檀晕”：形容秀美的面容。琼英：似玉的美石。此处喻白皙的面容。檀晕：画家设色有檀晕法，以浅赭调合，常用以描衬仕女眉旁的晕色。此处喻化妆之色与白皙的面庞十分调谐。②“兽炉”：兽形的香炉。③“玉皇孙”：即“天孙”，星官名，指织女星。织女为民间神话中巧于织造的仙女，是玉帝之孙。

【赏析】

“风穿绣幕红波皱，月照宝帘花影透。”风入绣床，帷帐轻晃有如逐流之红浪；月光照帘，帘上花卉或留映或透光铺洒室中。首二句以华采的笔调描绘了寿妇的居室。未见其人，已知该女容美韵雅。

“酒凝嫩脸醉红桃，喜入蛾眉舒翠柳。”三四句写寿妇的容颜：面色粉嫩有如醉后之红桃，眉色添喜恰似翠柳舒枝。脸润眉舒，心中之喜泛上容颜，将寿庆时的喜悦心情刻画得形神兼致。

“琼英檀晕花裁就，烟喷兽炉香满袖。”下阕写女寿星移步寿堂后的情状：“花裁就”喻其容颜之美和妆饰之谐，展现出雍容文雅的气质，“香满袖”以人之沾香侧映了寿筵的雅韵，特显出女寿场面的端庄氛围。

“金枝元是玉皇孙，遐算愿同王母寿。”尾二句是词人的祝语，谓之为玉皇孙，将其容颜气质渲染到了极致。而后祝寿语中，把“玉皇孙”与西王母自然巧接起来。“遐算”

二字用平平常常的语气，注入了极为高古的内涵，真有化腐朽为神奇的美感。

这首词是为女士祝寿的，为此，无论环境渲染，还是人物描绘，均于艳丽中显着端庄，重彩中蕴着清雅，与祝男寿有着迥然不同的感受。

满庭芳

十里轻阴①，一川新绿，不应春事来迟。试探消息②，犹未减罗衣。谁信闺房秀色，倚风试、桃李先枝。呈纤巧③，吹香滴粉，漫放④镜奁⑤移。　芳时。常在眼，歌清舞软，烟缕霏霏。向金徽促柱⑥，玉局弹棋⑦。尽待功成九转⑧，蓬莱⑨近、未肯升栖⑩。还应是，梁鸿举案⑪，同作百年期⑫。

【注释】

①“轻阴”：稀疏的树荫。②“消息”：事物的消长、荣枯、生灭等。③“纤巧”：精细巧妙。④“漫放”：随意间的某种行为动作。⑤“镜奁”：盛放梳妆用具的匣子。⑥“金徽促柱”：急促的琴声。金徽：南朝梁元帝《秋夜》诗：“金徽调玉轸，兹夕抚离鸿。”原指金饰的琴徽，后借指琴。促柱：急弦。⑦“玉局弹棋”：李商隐《无题》诗有句云：“莫近弹棋局，中心最不平。”弹棋：古弈棋的一种。《后汉书·梁统传附梁冀》：“能挽满，弹棋。”引注《艺经》：“弹棋，两人对局，白黑棋各六枚……其巅局以石为之。”《梦溪笔谈》卷十八：“其局方二尺，中心高如覆盂，其巅为小壶，四角微隆起。”⑧“功成九转”：道家修仙炼丹，丹以九转为贵。九转，指丹经过反复多次的烧炼，次数越多，金丹的效能越高。“功成九转”指丹炼到高效能阶段。晋葛洪《抱朴子·金丹》：“其一转至九转，迟速各有。”又，“一转之丹，服之三年得仙……九转之丹，服之三日得仙。”⑨“蓬莱”：海上三神山之蓬莱。⑩“升栖”：升仙而居。⑪“梁鸿举案”：《后汉书·梁鸿传》载：东汉隐士梁鸿，字伯鸾，其妻孟光，字耀德。夫妻隐居于霸陵山中，以耕织为生。后“至吴，依大家皋伯通，居庑下，为人赁舂。每归，妻为具食，不敢于鸿前仰视，举案齐眉”。后以“举案齐眉”为夫妻相敬如宾之典。案：有脚的托盘。⑫“百年期”：《礼记·曲礼上》：“百年曰期。”陈澔集说：“人寿以百年为期，故曰期。”后以谓夫妇百年之好。

【赏析】

“十里轻阴，一川新绿，不应春事来迟。”这是一首思妇词，首二句写思妇遥望夫归，然而，视野中只有空荡荡的长路和旷远的原野。“十里轻阴”不是树少，而是绿稀，与“一川新绿”反义相成，构成一派早春的现象。接下来不说春意已临人间，却谓“不应来迟”。原来，思妇是触景生叹，叹心中的春事迟迟未归，并以此为主线引出下文的铺写。

“试探消息，犹未减罗衣。”三四句谓初春来临，寒渐退而暖渐升，而思妇在回暖之际却“未减罗衣”，由表象而深及内心的寒凉。刻画心理，反义相成而深细入微。

“谁信闺房秀色，倚风试、桃李先枝。呈纤巧，吹香滴粉，漫放镜奁移。”前二句写思妇的心事：人人都说闺房秀色暖于春，这话谁能信得？我眼中依然是室外桃李先，屋中依旧寒。“呈纤巧”三句写“倚风试”时，春风吹得桃李欲放，枝头纤巧生，而及到思妇时，却是吹得香去，吹得粉落，欲再施香搽粉，却又将镜奁推开：丈夫不在，为谁饰容？“漫放”与“移”把妇人的幽怨表现得细腻至极。

“芳时。常在眼，歌清舞软，烟缕霏霏。”“芳时”二字接“漫放镜奁”而回忆昔时：郎君常在眼，唱歌时歌清情暖，欲舞时身柔舞馨，那种甜蜜直如春烟袅袅，雨丝霏霏，与春共柔。

“向金徽促柱，玉局弹棋。”此二句回归现实，用“金徽促柱”之急促节奏折映内心的激烈翻腾，用“玉局”之中凸倾泻心中的不平之气。二典相辅，把寂寞闺中的思妇之怨表现得形神尽妙。

“尽待功成九转，蓬莱近、未肯升栖。”心情澎湃激烈之余又归平缓。此处巧用丹炼九转之典，即使有九转之仙丹可成仙，而且身近蓬莱，也决然不肯前去。既表坚定的心志，也将思妇忠贞的爱情刻画到了极致。

“还应是，梁鸿举案，同作百年期。”尾处把如麻的心绪归拢回来，用孟光举案敬夫之例申发思妇的贞志，并欲与梁孟“同作百年期”。此语一出，不仅使词境骤升，而且为思妇疏出一道希望，以期圆满心愿。

这首词是以心理描写为主表现主题的，翻折虽多却层清缕晰，出入分明；词炼句精，细腻而深切地赞美了思妇的忠贞品质。下阕中更以密集的典故，简洁却又深厚地丰富了作品的内涵。长篇大幅之作却不乏精炼浓缩的效果。

满江红

腊后春前，高楼外、梅飘香馥。正□□，云軿[①]初下，瑶池西曲。罗幕笙歌围粉黛[②]，阶前青紫团兰玉[③]。更如宾、相待衮衣[④]新，尊浮醁[⑤]。　柔懿范[⑥]，康宁福。荣耀事，都齐足。向宝薰烟里，寿祺[⑦]同祝。□雪仙姿元不老，丹台[⑧]已注长生箓[⑨]。问从今、欢宴几何年，蟠桃熟。

【注释】

①“軿”：古代贵族妇女乘坐的有帷幕的车。②“粉黛”：妇女搽脸的白粉和画眉的黛墨，常借指美女。③“兰玉”：“芝兰玉树”的略语，是旧时对别人子弟的美称。《世说新语·言语》：“谢太傅（谢安）问诸子侄：‘子弟亦何预人事，而正欲使其佳？’诸人莫有言者。车骑（谢玄）答曰：‘譬如芝兰玉树，欲使其生于阶庭耳。’”④“衮衣”：古代帝王及上公的礼服。⑤“醁”：美酒，特指醽醁酒，产于湘州临水县。⑥“懿范”：美善的典范。⑦“寿祺”：“寿考维祺”的简写，长寿吉祥。语出《诗经·大雅·行苇》：“寿考维祺，以介景福。”⑧“丹台”：道教指神仙的居处。《艺文类聚》卷七八引《真人周君传》：“子名在丹台玉室之中，何忧不仙？”⑨“长生箓”：使人长生的秘籍。箓：道教的秘密文书。

【赏析】

“腊后春前，高楼外、梅飘香馥。正□□，云軿初下，瑶池西曲。”这是一首为贵妇人祝寿之作。“腊后春前”谓寿辰时间，“高楼”显宅第雄宏，“梅飘香馥”作环境烘托并引仙家亦来贺寿。“西曲”指西王母所在瑶池的西曲。全句谓其云軿飘飘、仙乐袅袅地下界相祝。“初下”二字为破天荒第一次，显足了女寿星的高贵身份。

“罗幕笙歌围粉黛，阶前青紫团兰玉。”“围粉黛”谓女儿、家眷环围，“阶前青紫”谓儿郎们个个着青袍紫服之官衣参拜，“围”与“团”在渲染祝寿之热烈氛围中，更彰显了人丁兴旺、官爵甚高的气韵。

“更如宾、相待衮衣新，尊浮醁。”此二句落笔于压轴人物，即相敬如宾的夫君，他也身着新晋升的公卿之服、捧着满满的寿酒为之祝贺。

“柔懿范，康宁福。荣耀事，都齐足。向宝薰烟里，寿祺同祝。”此六句是词人的贺语：谓全家康宁、荣耀齐足均源于寿星的懿德楷范。言之凝炼而由衷，向宝炉香萦氛围中的寿星之祝语也便顺势而出，毫无阻滞。

“□雪仙姿元不老，丹台已注长生箓。问从今、欢宴几何年，蟠桃熟。”此四句即“寿祺同祝”之语：一谓其冰姿康健，二谓其长生永寿，三谓自己将年年来赴蟠桃寿宴。问句作结，将三千年一度的蟠桃宴延伸为难以计数，既照应了启篇中的王母祝寿，又将寿宴延宕不息。虚笔言诚意，把主题表现得流溢而婉妙。

词的上阕写祝寿场面，重在渲染其一家高贵；下阕言祝寿心语，重在颂扬寿星的懿德垂范之功。铺写中又融入仙幻之笔，于虚实相辅之中，把寿宴状写得喜气浓浓，远意不尽。

点绛唇

帘卷荷香，绮罗人在薰风①里。谢庭家世②，来作闺门瑞。

象服鱼轩③，占尽人间贵。应难比，蟠桃花底，一醉三千岁。

【注释】

①“薰风”：即“熏风”，指和风。②“谢庭家世”：用“芝兰玉树”典。详见《满江红》[腊后春前]“兰玉”注。③“象服鱼轩”：形容华贵的妇人生活。象服：古代王后及诸侯夫人穿的一种礼服，上面镶有珠宝，绘有多种图形。《诗经·鄘风·君子偕老》：“象服是宜。”鱼轩：古时贵族妇女所乘的车，用鱼皮为饰。

【赏析】

“帘卷荷香，绮罗人在薰风里。”这首《点绛唇》是为一位贵妇人作的贺寿词。启篇二句中，薰风吹帘暖，荷香送罗绮，把寿诞的时令、寿星的欣悦烘托得情韵兼胜。

“谢庭家世，来作闺门瑞。”东晋时的谢安，不仅是身系国家安危的重臣，而且子侄辈亦是个个翘楚，故有“芝兰玉树”之誉。此处用之作喻，一赞寿星的门第之隆，二谓其子弟非凡，为寿诞之喜作出极为厚实的铺垫。

“象服鱼轩，占尽人间贵。”言罢“闺门瑞”，再赞人生贵。此处只选取了衣着和车饰两样物事，便知其占尽了人间之荣华富贵，提炼精绝而惜墨如金。

“应难比，蟠桃花底，一醉三千岁。”结尾三句点出贺寿的主题。玉母的蟠桃三千年一熟，东海度索山的蟠桃树屈蟠三千里（见《朝中措》[香轻红浅露梅腮]注⑥）。此处将二者攒合一处，谓其家族之盛，祝其寿龄无疆。二者齐具，真堪是人之“应难比”了。

这首词的尺幅虽短，但是上阕写环境、道家世要言不繁而铺垫扎实，下阕言富贵、出贺语虚实相辅又惜墨如金，从而在极短的篇幅内融含了丰富的内涵，极显了词人炼词炼句和经营篇章的深湛功夫。

感皇恩

浓露湛①秋容，凉生□晓。斗帐葱葱②瑞烟袅。佩霞符梦，初诞灵妃③娟妙④。冰姿和玉骨、天然好。　菊韵莲敷⑤，翠眉年少。消得相如共偕老⑥。深斟寿酒，惟愿早封新号⑦。更期先插上、宜男草⑧。

【注释】

①“湛”：浓重的样子。②“斗帐葱葱”：帷帐气象旺盛的样子。斗帐：小帐子，因其形如覆斗，故称。③“灵妃”：即“宓妃”，洛神。《文选·郭璞〈游仙诗〉》：“灵妃顾我笑，粲然启玉齿。”李善注：“灵妃，宓妃也。”《文选》卷十九曹植《洛神赋·并序》：“古人有言，斯水之神名曰宓妃，感宋玉对楚王说神女之事，遂作斯赋……其形也，翩若惊鸿，婉若游龙……迫而察之，灼若芙蓉出渌波。秾纤得中，修短合度。肩若削成，腰如束素。延颈秀项，皓质呈露。芳泽无加，铅华弗御。”④“娟妙”：姿态美好的样子。⑤“菊韵莲敷”：形容人具有菊之气度和莲之清韵。⑥“消得”句：像卓文君和司马相如那样享受白头偕老的人生。消得：消受。此句中偏用的是卓文君不嫌司马相如家徒四壁而相敬如宾之事。⑦“封新号”：受

到新的荣誉称号。⑧“宜男草”：即萱草，相传妊娠之妇佩之必生男孩。详见《朝中措》[骊珠光彩照燕南]“宜南”注。

【赏析】

“浓露湛秋容，凉生□晓。斗帐葱葱瑞烟袅。”这是为一位新婚女子所作的词。季节为秋，时间设在清晓。秋露浓重，晓更凉生，床帐小却满是旺盛的瑞气，又含蕴了两口子和谐美满的生活，使小日子充满了朝气。逆意相成，为主题伏了一笔。

“佩霞符梦，初诞灵妃娟妙。冰姿和玉骨、天然好。”接着的三句谓此女之灵异：初生之时便天佩以霞彩，母圆其夙梦，生得女儿冰姿玉骨，长成后又出落得天然之美。以灵妃喻其姿容，给人留出无限之美的联想空间，还省却了许多笔墨。

“菊韵莲敷，翠眉年少。”此二句缘上阕之“天然好”，谓其年在妙龄，气如莲菊，由外在美到内蕴美，完成了对该女子的全面刻画。

“消得相如共偕老。深斟寿酒，惟愿早封新号。”行笔至此，始出现其夫婿，而且用了司马相如之喻，此郎经纶满腹，必成大器。“消得”二字不仅使上下句意勾挂紧密，更在赞誉此女慧眼识人。“深斟寿酒，惟愿早封新号”是词人的祝语。史上夫妇相谐的典例很多，最为称道的是卓文君事夫的“鹔鹴裘贯酒”和孟光的“举案齐眉”。词人此处于祝他们白头到老的同时，更希望早“封新号”，以为世人之范。语出平白，意涵却甚为深邃。

“更期先插上、宜男草。”插“宜男草”即谓早生贵子，这句的“更”字与前面的“惟愿”呼应，又推出事关子嗣的大事。“封新号”是一生的积誉，生男育女继宗嗣却是不可缓的大事，故以“更期”言之。诙谐之语道郑重之事，使全篇收结得甚为巧妙。

这首《感皇恩》所褒扬的是一对情感笃深的青年夫妇，故而写环境美，言情深，举典例，励新风更立有高标。从而把一个寻常的事例赋予了十分深广的社会意义，甚可启迪同侪，教化后人。

念奴娇

金神按节[1],先下弦[2]、一夕分明秋色。银汉光浮天绀滑[3],星彩遥瞻南极[4]。阿母[5]分桃,桂娥馈药[6],称庆于今夕。解颜[7]微笑,卷帘初识姑射[8]。

倏倏[9]沆瀣[10]横空,待高承仙掌[11],□精调液[12]。金鼎丸丹光十丈,一咽龟龄千亿[13]。绿发堂中,彩衣庭下,瑞绕仙□宅。机云欢舞,雅歌声动瑶席。

【注释】

①“按节”:止鞭,使马徐行或停留。②“下弦”:下弦月。③“绀滑”:天色青蓝,云行不滞。④“南极”:星名。古称老人星为南极。《史记·天官书》:“狼比地(近处),有大星曰南极老人。”⑤“阿母”:指西王母。⑥“桂娥馈药”:嫦娥馈赠长生药。晋傅咸《拟天问》:“月中何有?玉兔捣药。”⑦“解颜”:使人欢笑。⑧“姑射”:《庄子·逍遥游》:“藐姑射之山,有神人居焉,肌肤若冰雪,绰约若处子;不食五谷,吸风饮露;乘云气,御飞龙,而游乎四海之外。”后以“姑射”喻神仙或美女。姑射(yè)山,在今山西临汾西。⑨“倏倏”:错杂的样子。柳宗元《谪龙说》:“及朝,进取杯水饮之,嘘成云气,五色倏倏。”⑩“沆瀣”:夜间的水气或露水。⑪“仙掌”:指金铜仙人的承露盘。汉武帝在长安建章宫前造神明台,上铸铜仙人托盘承露。⑫“精、液”:精华。⑬“龟龄千亿”:长寿无疆。龟龄:古人相传龟寿有千百之数。千亿:极言其多。

【赏析】

“金神按节,先下弦、一夕分明秋色。”这是一首为女士祝寿之作,寿诞日是秋天下弦月的时节,故启端即谓金月之神依时而先下弦月而至。“一夕分明秋色”把诞辰、秋韵融合一体,道得十分精妙。

“银汉光浮天绀滑,星彩遥瞻南极。”欲赞寿星高龄,则以南极老人星作喻;欲谓老人星之异彩,先以银河蓝天作辅,设景光彩浩阔,寓象遥远而高瞻,把对寿星之贺意表达得甚是有致。

“阿母分桃,桂娥馈药,称庆于今夕。”此三句以浪漫之笔,谓王母赠长寿蟠桃,嫦娥送不老仙药,“分”与“馈”深含着仙家藏时珍重而赠时慷慨,喻其对今夕“称庆”之看重。虚笔烘托,增添了浓重的色彩。

“解颜微笑,卷帘初识姑射”二句以逢寿筵才有幸识面,巧妙地补出貌美之笔,揭示了王母与嫦娥何以慷慨赠赐的原因。藏神于虚处,落之于实处,正是灵妙之笔。

“脩脩沆瀣横空,待高承仙掌,□精调液。”汉武帝之所以要在建章宫前树起二十丈高、大七围的铜柱,上塑仙人舒掌捧铜盘以承甘露,是欲接甘露和玉屑而饮,以求成仙。此处便谓八月清露正当时,何况又赶上五色水气横空而聚,正是承露和玉而聚精调液的最佳时机,从而将佳秋、佳人和佳机组合得甚为融洽,亦将寿祝表达得含蓄而神致。

“金鼎丸丹光十丈,一咽龟龄千亿”将如上长寿仙方述说得更为具体:服金鼎炉九炼之仙丹,一次服食就能让寿龄达到千亿年。数量词连用,极尽了夸张效应。

“绿发堂中,彩衣庭下,瑞绕仙□宅。机云欢舞,雅歌声动瑶席。”如上数句由虚笔转回寿堂的实写:“绿发”谓年轻人满堂,“彩衣”写婢女穿梭,一派仙家府第的样子;云衫翩舞,歌声摇荡,筵席场面有如瑶池之蟠桃宴一般。多层面的渲染,把寿筵描绘得情韵翩然,喜气横溢。

这首贺寿词抓住秋夜的特点,从仙家灵韵切入,将南极星、西王母、月中嫦娥都动请出来,把仙丹灵药、承露玉盘也借将过来,使这位“姑射”般的寿星沾满仙气,谓其为“龟龄千亿”的夸张之说也便显得自然而得体。

柳梢青

玉嫩红娇。□花如月,斜袅金翘[①]。楚女腰肢[②],小乔[③]风韵,难比妖娆。　　当年约住蓝桥[④]。便回首仙凡路遥。一曲清歌,千钟美酒,同庆生朝[⑤]。

【注释】

①“金翘”:女子的头饰。②“楚女腰肢”:春秋时,楚灵王喜欢细腰身,于是都城中许多美女便用饿饭的办法,使腰减瘦。后以“楚腰”形容美女纤细婀娜的腰肢。③“小乔”:三国时吴之周瑜的夫人。详见《南歌子》[人日过三日]“周郎”句注。④“蓝桥”:用裴航与云英蓝桥姻缘典。详见《鹧鸪天》[著意朝云复暮云]“玄霜玉杵”注。⑤“生朝”:生日。详见《南歌子》[人日过三日]“生朝”注。

【赏析】

“玉嫩红娇,□花如月,斜袅金翘。”这首《柳梢青》是为一位年轻女子所作的庆诞词。“玉嫩红娇”言其面色白中泛红,肌肤细腻柔嫩,容颜娇美秀雅。“斜袅金翘”绘其头饰,金钗银钿,斜插正缀,晃颤袅袅,一幅似花如月的美人图活脱脱地展现在眼前。

“楚女腰肢,小乔风韵,难比妖娆。”此三句言身姿纤柔,气韵娴雅,以楚女之细腰、周瑜之小乔作比,更显出绝色于世。

上阕中运用了细腻的描绘、形象的比喻和名娇的比衬,把这位女子刻画得惟妙惟肖。

“当年约住蓝桥,便回首仙凡路遥。”蓝桥故事中,记载了裴航得到樊夫人“一饮琼浆百感生,玄霜捣尽见云英。蓝桥便是神仙窟,何必崎岖上玉清”之赠诗。后来果在蓝桥得见云英,经过觅玉杵、捣玄霜的考验后终成眷属,双双飞仙。此女与其郎君亦当有过一段感人的爱情经历,因而便以“蓝桥”之典作喻。“仙凡路遥”是对他们由凡转仙的祝福,个中的含蕴甚耐寻味。

“一曲清歌,千钟美酒,同庆生朝。”尾处三句由仙幻之喻转入生日宴的描写。“一曲清歌”双关其爱情故事和宴席中的歌乐,“千钟美酒”谓众宾亦是词人的“同庆”,虽是寻常贺语,但是结合前文所述,便觉蕴意无穷,耐人体味。

词的上阕以凝炼而精湛的笔触,描绘了女子的容颜身姿,其中已将云英的影子寄寓在内。下阕将“蓝桥”故事揭示出来,成为这首词的轴心所在,词人赋词以贺的要义也便十分明白。

点绛唇

寄新轩张圣予[①]。张有博山[②],名晴云岛。洞天瑶草,渠乐府中也。

琴语泠泠[③],一尊曾醉晴云岛。为谁倾倒,得似新轩好。 天上诗仙,苦被闲情恼。丁宁[④]道:洞天瑶草,莫放春光老。

【注释】

①“新轩张圣予”:张德谦,字圣予,亦作圣与、胜予、圣俞,号新轩。东平人,原籍大兴,三世辽宰相家。少日滑稽玩世,不得志,补中台掾。以文章名海内,工乐府。有“新轩斋”筑于东平。②“博山”:博山炉,香炉名。炉作山形,下面有盘贮汤,以象海之四环。是以张德谦名为晴云岛。③“泠泠”:形容声音清越。④“丁宁”:反复嘱咐。

【赏析】

“琴语泠泠,一尊曾醉晴云岛。”张圣予对博山炉情有独钟,曾为其醉酒,新轩的泠泠琴声中亦含着心语。以其人之句,触其人心灵,领起下文。

“为谁倾倒,得似新轩好”二句,先发问,后比较。“为谁”,即为博山炉,由于有此炉,才使得新轩斋提高了价值,故言得似“新轩好”,以物事衬情感,收到了烘宾托主的艺术效果。

“天上诗仙,苦被闲情恼。”“天上诗仙”喻张圣予,“闲情”非闲情逸致,而是旁杂的情扰,此处指其常为不得志而苦恼,故而说他本是天人一个,却有闲事之苦。此处言闲情之不值,在为排解作出过渡。

“丁宁道:洞天瑶草,莫放春光老。”尾处是词人的排解之语,借其人的“洞天瑶草”句,谓其人应抛却名枷利锁,安享诗情逸趣,莫让大好的时光搅于困扰之中。反复之“丁宁”,语重而心长。

这首《点绛唇》以张圣予的名句，赞称其曾经醉心于诗文，并取得非凡的成就。再以其句而排其忧，收到了借其水而浚其河的指津效果。构思甚是精巧。

点绛唇　赋济源成受之莲花白[1]

云锦[2]撑舟，宝华倾倒川妃供。露凉香重，春入浮蛆[3]瓮。

楚客[4]秋怀，尽耐琼杯送。纤纤牵，醉魂飞动，满意凌波梦[5]。

【注释】

①“济源”：今河南省济源市。“成受之”：其人不详。“莲花白”：酒名。②“云锦”：一种传统工艺美术的丝织品。锦纹瑰丽，犹如云彩，故名。③“浮蛆”：亦称“浮蚁”，浮于酒面上的泡沫。张衡《南都赋》：“醪敷径寸，浮蚁若萍。”刘良注：“酒膏径寸，布于酒上，亦有浮蚁如水萍也。”④“楚客”：泛指客居他乡的人。⑤“凌波梦”：用唐玄宗梦中遇龙女事。

【赏析】

“云锦撑舟，宝华倾倒川妃供。”云锦般的湖面，撑着竹篙荡舟。我们所饮的莲花白酒，是川妃水神所提供。启篇二句由“莲花白”而生发奇妙的联想，惬意尽收。而此般令人欣怡的湖面，莫不就是“莲花白”之酒缸？以湖景而喻美酒，奇妙无比。

“露凉香重，春入浮蛆瓮”二句，言环境，言季节，言酒香，揭示出前面所言的湖景即此浮蛆景。“春”即美酒的别称，再付以“入”字，便注入了词人浓浓的情感，自然地向品酒过渡。

“楚客秋怀，尽耐琼杯送。”“楚客”言羁旅，“秋怀”谓寂寥，而“尽耐琼杯送”则惊喜而至，暗引陶渊明九月九日无酒，于东篱摘菊时，忽有白衣人王弘送酒而至的典故，使成受之送“莲花白”之事产生出许多意趣，让人领味不尽。

“纤纤牵，醉魂飞动，满意凌波梦。”结尾三句写品酒之乐，纤意牵牵，酒意飞动，细品长饮,直饮得如同唐玄宗梦中遇仙一般,惬怀极了。宋《乐史·杨太真外传》载:“玄宗在东都,梦一女,容貌艳异,梳交心髻,大袖宽衣,拜于床前。上问:‘汝何人?’曰:‘妾是陛下凌波池中龙女,卫宫护驾,妾实有功。今陛下洞晓钧天之音,乞赐一曲以光族类。’上于梦中为鼓胡琴,拾新旧之曲声,为《凌波曲》,龙女再拜而去。及觉,尽记之。会禁乐,自御琵琶,习而翻之。与文武臣僚,于凌波宫临池奏新曲,池中波涛涌起,复有神女出池心,乃所梦女也。上大悦,语于宰相,因于池上置庙,每岁命祀之。”词之尾处用此典,将饮莲花白后的妙味写得神韵满满。

“莲花白”之美,是一个难以用语言形容的抽象物事,词人便用莲湖泛舟、宝花倾倒为外象,白衣送酒之典为切入点,凌波之梦的传奇喻饮后,把成受之的莲花白酒赞得奇美而形象,妙意无穷。

浣溪沙

醉里萧森①蝶翅轻,步檐②依树候明星。四山风露觉秋生。

树外莹光时隐见,草根虫语各清泠③。嫩凉衾枕为谁清?

【注释】

①“萧森”:错落耸立的样子。②“步檐”:屋外之长廊。杜甫《夜》诗:“步檐依杖看牛斗。”③“清泠”:形容声音清越。

【赏析】

“醉里萧森蝶翅轻,步檐依树候明星。”这首词写的是秋夜醉归:醉眼朦胧,一切仿佛高下参差;脚步浮虚,行来恰似蝶翅翩翩;行过几步,又依靠着长廊边的树而立,等候着启明星东升。

“四山风露觉秋生。”依木而立久了,才觉出夜露侵衣,四山凉风,秋意泠泠。“觉”

字从感觉写来,合夜幕,合醉态,合季节特点,炼字精纯。

上阕写词人醉归时,依木滞留以候明星,巧蕴着人在客旅中,为下阕伏了一笔。

“树外莹光时隐见,草根虫语各清泠”二句出得很美:依树而视,月光映照下的水流或莹或暗;入耳之音,全是群虫和鸣,悦耳动听。水光明灭是夜间视物所仅见,草间虫语只能用听觉形容,而野外的幽优环境又为结句预作反衬。

“嫩凉衾枕为谁清?”依木待明星时,夜露越来越重,激得醉意渐醒。回到旅舍,衾冷枕凉,孤独之情顿生。“为谁清”三字,谓孤旅之寂寞好像是老天专门为他安排的。反诘之语,甚有妙味。“嫩”字形容初秋之凉,“清”字形容衾枕之冷,更为别致。

词人的晚年多在行旅中度过,这也是他穷力追求既定之目标与深爱家庭温馨的纠结之处。为此,选择了孤旅时的夜寂清冷,辅之以醉步秋露、光影虫语等烘衬,把主题表现得十分巧妙。个中折映出的遗山精神,着实令人崇仰不已。

附:散曲部分

仙吕·后庭花破子

玉树[1]后庭[2]前,瑶华[3]妆镜边。去年花不老,今年月又圆。莫教偏[4],和花和月,大家长少年。

【注释】

①"玉树":槐树的别名。《三辅黄图·汉宫》:"甘泉谷北岸有槐树,今谓玉树。"另说为珍宝制成的树。②"后庭":后宫或后堂。此处指家眷所居的地方。陈后主《玉树后庭花》:"玉树流光照后庭。"③"瑶华":洁白如玉的花。此处指妆镜边框上雕镶的花卉图案。④"偏":指月缺花残。

【赏析】

"玉树后庭前,瑶华妆镜边。"这首散曲小令是写珍惜人生的,故而落笔即描绘生活环境之优越。人们常说"前槐后榆"好宅相,首句便沿此说,谓庭前有"槐",怀德而福广,虽然省去了"后榆",却也将家境余裕、后运宏达之意蕴于其中了。言罢宅舍写室中,室中之物很多,这里只选取了华贵的妆镜一物,便知其生活丰裕,家庭和乐。首二句物象典型,内外相辅,不曾翻箱倒箧,含蕴已极为丰满。

"去年花不老,今年月又圆"二句用层递的手法,借典型的物事,喻人丁、喻家境、喻所有的景况都年年向好。语气连贯而流畅,充满音乐之感,言出平平淡淡,却发散着极为畅悦的感觉和鼓荡的力量，并由此作过渡，转向主旨。

“莫教偏，和花和月，大家长少年。”尾三句语接前面的铺设，将花与月的寓意集合一处，自然地推出了“大家长少年”，即常怀美好的心态享受人生的主题。“莫教偏”三字，说的是别让花残月缺，道的却是莫要偏离人生和乐的宗旨而去争名夺利、伤和斗气。此三句反出正收，语言平顺，气象祥和，把极为深刻的人生哲理讲得顺耳悦听，曲味浓浓，又耐人深思。

回过头来看，“玉树后庭前，瑶华妆镜边”的优裕境况不是人人能够拥有的，但是，人们只要“莫教偏”，只要长怀“和花和月”的心态而“长少年”，“玉树瑶华”的光景是会实现的。再往深里说，只要心态如花如月，“玉树瑶华”本来已经伴在身边了，何必去追求表象的繁华呢？遗山先生总是能用平白晓畅的语言表达深邃的思想内涵，让人读来领味不尽。

仙吕·后庭花破子

夜夜璧月①圆，朝朝琼树新。贵人三阁②上，罗衣拂绣茵。后庭人③，和花和月，共分今夜春。

【注释】

①“璧月”：皎洁如玉的圆月。②“三阁”：《乐府诗集·序》：《南史》曰：“陈后主至德二年，于光昭殿前起临春、结绮、望仙三阁，服玩瑰丽，近古未有。后主自居临春阁，张贵妃居结绮阁，龚、孔二贵嫔居望仙阁，并复道交相往来。”③“后庭人”：指作者一家人。

【赏析】

这首散曲小令写的是诗人自家的生活状况。

“夜夜璧月圆，朝朝琼树新。”启篇二句用互文手法写诗人青年时期的美满生活。

“璧月圆”喻家人团聚而生活清逸,“琼树新”喻天天有乐事而心境恬适。比喻形象,语言清丽,对仗工匀。

“贵人三阁上,罗衣拂绣茵”化用典故,用夸张的手法描绘自己与妻子的惬意生活。“贵人”句喻居舍舒适,言心泰意足,心之怡处自神仙。“罗衣”句言妻子品貌之佳,举止之雅。“三阁”跟皇家作比,“绣茵”将茵毯映人,把不是皇帝,胜似皇宫的悠悠心境烘托到了极致。

“后庭人,和花和月,共分今夜春。”尾三句在写诗人自己愿和全家人一起共享春光的同时,照应了开头,揭示出主旨。

这首《后庭花破子》与前一首一样,当作于诗人青年时期。其时,他新婚不久,长女出生,忻州未遭兵祸,同时又在备考求进之际,人生正处在旺盛阶段,因而作品中处处流露着时光美好、家庭温馨和惜时上进的情趣,这些都能从明快的语言、饱满的情怀中体味得到。

中吕·喜春来　春宴四首

其　一

春盘宜剪三生菜①,春燕斜簪七宝钗②。春风春酝透人怀。春宴排,齐唱喜春来。

【注释】

①“春盘”句:古代民俗中,立春日时要用蔬菜、水果、饼饵等装盘,以作庆贺之物或馈送亲友。剪:整饰。②“春燕”句:指妇女们头上斜插着钗饰。春燕:“春燕”样的钗头。七宝:用多种宝物装饰的器物,常以之为名,如“七宝床”“七宝砚”等。

【赏析】

这组散曲当作于诗人任内乡县令之时。第一首描绘的是乡村春日庆宴时的盛况。

“春盘宜剪三生菜，春燕斜簪七宝钗。”迎春宴上可写可赞的物事很多，这里只选取了两个最为典型的画面：一是家家把自个儿精心装好的春盘展示出来，形成五彩纷呈、争奇斗艳的场面。二是特写托盘呈展的人，她们均是经过细细的梳妆后亮装于春宴之中，描绘妆饰更在于折映其内心的喜悦。二句物与人互映，静与动相形，极为精炼地描绘了开宴前的热闹场面。

“春风春酝透人怀。春宴排，齐唱喜春来。”这三句写春宴的场面，也是抓了两个典型画面，即是由“春宴排”为场面的轴心，前写春风中飘荡酒香，未写举杯碰盏，已知开怀畅饮、美酒淋漓的状况。“春酝”谓自家所酿，浮瓮才开。“透人怀”由豪饮而穿写人们的心境，煞是精彩。再写宴会欢歌：《喜春来》是谱着宫曲而歌的，人们在欢饮乐极之际，情不自禁地击节而歌，发散心声。“齐唱”二字言一呼而百应的场面，言共欢之情，由外象而深掘着欢欣的心扉，把百姓安居乐业、丰衣足食的主题表现得十分形象而华采。

金之末期，虽称为国，实则只有以河南为主体的一隅之地，国本全靠这局地的赋税支撑，赋重税杂的状况也便不言而喻，由此也便引发了人口流亡、土地荒弃的现象。遗山先生到任内乡令后，立即施行惠政，并深入乡间劝农耕桑，“劳抚流亡，边境宁谧”“善政尤著，吏民怀之”（《河南通志》《内乡通考》），使内乡独成乐土。曲中写的是百姓迎春的欢欣场面，折映的更是内乡百姓的感戴和遗山先生与民同乐的畅悦心情。

这首小令紧扣“喜春来”三字，抓取了春盘、春燕、春风、春酝、春宴、春歌等极具季节特色的物事，句句不离“春”字，句句满含喜气，把自然节令与社会环境、民风民俗与诗人激情交融一起，描绘出一派祥和的风貌，也充分表露出诗人对内乡的一片特殊情感。

其　二

梅残玉靥[①]香犹在,柳破金梢眼未开[②]。东风和气[③]满楼台。桃杏折[④],宜唱喜春来。

【注释】

①"玉靥":如玉的美好容貌。靥:女子脸颊的酒窝。②"眼未开":指尚未绽开的柳芽。③"和气":阳和之气。④"折":绽开,裂开。

【赏析】

"梅残玉靥香犹在,柳破金梢眼未开。"这一首是写春宴周边之景的:洁而美的梅花虽然开过,枝头的余香犹存;柳树的枝条虽已泛出淡黄,柳芽依然包得很紧,没有绽破的意思。二句于收而不收、放而未放的描绘中,凸显出早春之意。"玉靥""金梢"赋色鲜艳,"香犹在""眼未开"描绘细腻,从而把诗人极为丰富的情感揉入其中,产生出极强的张力。

"春风和气满楼台。桃杏折,宜唱喜春来。"人在楼台,柔风送香,阳气催柳,已觉春天的气息,桃苞杏蕾又渐渐绽开,更将春意延深延浓。"满"字源于感觉,"折"字缘于视觉,在热爱春天、喜迎春天的情感洋溢之际,"宜唱喜春来"的心语便自然而出,既使曲意骤升,又巧妙回题,收到首尾圆合之效。

第二首从人们不经意的物象、气象方面着笔,用独具的审美观和奇崛的语言特色,把早春景象描绘得神致俱佳,表达出炽烈的热爱春天之情。

其　三

梅擎残雪芳心奈[1]，柳倚东风望眼开。温柔樽俎[2]小楼台。红袖[3]绕，低唱喜春来。

【注释】

①“奈”：同“耐”。②“樽俎”：同“尊俎”，古代盛酒和盛肉的器皿。常用为宴席的代称。③“红袖”：指宴席中歌唱的女子。

【赏析】

“梅擎残雪芳心奈，柳倚东风望眼开。”启篇遥应上篇的起句，但是换转了角度。写梅树时从“残雪”着眼，“擎”字见骨，“奈”字见神，把傲雪寒梅正迎春描绘得姿韵并佳。写柳时，不言风摇枝条动，而谓倚风抬望眼，把万物盼春归表现得十分灵趣。言梅时用“芳心”，言柳时用“望眼”，拟人之句，内外相映，真成笔底生花了。

“温柔樽俎小楼台。红袖绕，低唱喜春来”三句，把视线拉回到春宴上来：宴席上人人喜气，唱台上温意盈溢，歌女袖舞足旋而歌喉婉转动人。静者温情满满，动者舞美声甜，把个喜春来的气氛描绘得活灵活现。

第三首以梅柳之姿烘衬春宴场面，用樽俎歌舞凸显百姓的欣乐之情，处处充溢着美感效果。

其　四

携将玉友[1]寻花寨[2]，看褪梅妆等杏腮[3]。休随刘阮到天台[4]。仙洞窄，且唱喜春来。

【注释】

①“玉友”：仙人。杨炯《盂兰盆赋》：“少君王子，掣曳曳兮若来；玉友瑶姬，翩跹跹兮必至。”此处指志同道合的朋友。遗山先生任内乡县令时，杜仁杰、张仲经、麻革、高信卿、康仲宁、刘光甫等名士文友纷纷携家内乡，就遗山而居，结伴山水，纵情诗酒，甚是惬怀。②“花寨”：花草优美的地方。③“杏腮”：笑绽的杏花。④“刘阮天台”：南朝刘义庆《幽明录》载：汉明帝永平五年，剡县刘晨、阮肇共入天台山，迷不得返，饥乏殆死。忽见一桃树，各食数桃，饥止体充。见一流溪从山腹出，又见一杯随流而出，知必有人。循至大溪，见溪边有二女子，姿质绝妙。二女见刘、阮，直呼其姓，如似有旧，乃相见欣喜。因邀还家，食以胡麻饭等，结为夫妇。其地草木气候常如春天。半年后，刘、阮辞归还乡，无人相识，子孙已历七世。复返天台寻访，旧踪渺然。

【赏析】

第四首写的是春宴之后友人相携而游赏的情景。

“携将玉友寻花寨，看褪梅妆等杏腮。”首二句写友人步出楼台而寻花赏景，虽然也是接着前面的春信而写，但是将时间段放开了：由梅残犹香到“看褪梅妆”，再到等待杏花笑腮绽开。寻、看、等连缀，把爱春、迎春的心情刻画得十分细腻。

“休随刘阮到天台。仙洞窄，且唱喜春来。”汉时的刘晨、阮肇于天台山食仙桃、遇桃溪而结以仙缘，是一个人仙恋的美丽故事，而作者此处用“休随”作了全盘否定，原因是什么呢？作者说该处“仙洞窄”，只是三五人的私乐之地，岂能与内乡万民同乐的“花寨”同日而语？一句“且唱喜春来”把热爱内乡之春、热爱内乡百姓的情怀全数蕴含其中，释放出来，既为本篇的收结，又是组曲后的放怀，从而把“喜”字抒写到了难以复加的境地。同时，以“玉友”游花寨比刘阮游天台，高雅情趣又超之多多。

这四首同头小令，以“春宴”为中心，以“喜”为内涵，把百姓之乐和诗人之乐揉合到了密不可分的境界，充分体现出遗山先生治理内乡而卓见成就后的欣悦之情。“升平责望富民侯”（《诉衷情》[升平责望富民侯]）是先生初到内乡时的肺腑之语和铿锵誓言，而今已经看到春风和气满内乡了，他岂能不欣然自慰而命笔呢？

双调·骤雨打新荷

绿叶阴浓，遍池塘水阁，偏趁凉多。海榴[①]初绽，妖艳喷香罗。老燕携雏弄语，有高柳鸣蝉相和。骤雨过，珍珠乱糁[②]，打遍新荷。

人生有几，念良辰美景，一梦初过。穷通[③]前定，何用苦张罗[④]？命友[⑤]邀宾玩赏，对芳樽浅酌低歌。且酩酊，任他两轮日月，来往如梭。

【注释】

①“海榴”：海石榴，即“石榴”，此处喻莲之苞蕾。②“糁”：散落，散开。③“穷通”：穷困与显达。④“张罗”：筹划，料理。⑤“命友”：访友。

【赏析】

这首散曲小令由始调和幺篇两部分组成，体制在曲和词之间，只见于遗山先生，是元初颇负盛名且影响久远的作品。

始调部分写盛夏之荷。

“绿叶阴浓，遍池塘水阁，偏趁凉多。”绿树参差，树阴浓浓，虽是盛夏，身临池塘水阁之中，犹觉一片清凉。入笔写环境，道地点，言感觉，营造出一派优美的游赏之处，并触景生情，引起诗人无限的感慨。

“海榴初绽，妖艳喷香罗”二句着墨于曲之主体：荷苞有如海石榴般尖端初绽，尽管还是初绽之苞蕾，其艳其香已经飘散荷塘。点题处写的是新荷，喻的是诗人自己。

“老燕携雏弄语，有高柳鸣蝉相和。”此二句再转塘边环境的描写，但是由静态的绿阴水阁，转向动态的鸟语蝉鸣：老燕呢喃，小燕叽叽，蝉声不绝，犹似悦耳的协奏之音，更辅以高处翠柳，塘中荷香，真成一幅动与静、声与色极为谐趣的盛夏图。此处又将诗人的一段惬怀经历隐寓其中。

“骤雨过,珍珠乱糁,打遍新荷”三句突然把悠悦的环境打破:“骤雨”谓突变骤至,“乱糁”写狂肆无情,“打遍”言新荷遭逢之惨。此处破题,把始调中的寓意全数掀揭开来。

遗山先生二十七岁时避兵而携家南渡,因其才华横溢,一入河南,便有许多名士文人相聚身旁,同时还受到高层官员赵秉文等的青睐。三十八岁任内乡令时,竟有杜仁杰等许多文士移家到内乡,傍遗山而居。他们相游唱和,和乐至极。遗山先生还为张仲经之女楚楚、刘光甫之子咬驴写诗赋词而赞。“海榴初绽……携雏弄语……鸣蝉相和”等等,含寓的就是这段极为开心的时光。然而,他四十二岁内迁京官的第二年,便遭国破丧乱,随之被押管山东,刚刚辉煌的人生一下子掉入冰窟,“骤雨过”三句所喻的就是这段人生的惨变。

山东羁管六年后,遗山先生携家归乡。幺篇抒发的便是其时的人生感慨:

“人生有几,念良辰美景,一梦初过。”遗山先生是素怀施展才华、报国为民之大志的人,然而,正当他如日中天之际却遭逢丧乱,使“良辰美景”一朝化为黄粱之梦。“人生有几”就是他痛恨侵略、人生延误的愤激之言。语接“乱糁”,痛惜“新荷”,过接甚是自然。

“穷通前定,何用苦张罗?”在前文的痛切回顾之后,此处又作自宽自慰,言人生之命早有定数,何必去怨天尤人?苦涩的退让之笔,更将其个人的命运纳入历史的变动,境界顿然放大,使作品具有了强烈的社会意义。

“命友邀宾玩赏,对芳樽浅酌低歌。”大命运在天,小命运在己 ,大事不能“张罗”了,便来张罗自己的事:访友邀伴,历遍山川;借酒浇愤,赋诗而歌。“低歌”之谓 ,背景在新朝,歌声含低泣,其内涵却满是张力,从而把自己赋诗为文、为故国修史的心志暗蕴其中。

“且酩酊,任他两轮日月,来往如梭”三句出得很妙:从字面看,语接“浅酌”而酩酊大醉,管什么时光流逝,以此而照应“人生有几”,延伸了“何用苦张罗”之意。从“两轮日月”处细思,便知巧含了故国和蒙元两个政权之更替。由此再回味“酩酊”二字,更知诗人坚守遗臣之志而不事新朝的醉翁之意了。

这首散曲的词采极具特色：始调中选取的物事："绿叶浓阴""海榴初绽" 色彩鲜明；"池塘水阁"和"高柳"形象优美；"携雏弄语""鸣蝉相和"声响悦耳；"喷香"二字又言香言动。如上所有的物象都寓含着故国和诗人的影子，故而词语清新而艳丽，情感亲切而炽烈。幺篇中则言"梦"言"穷通"，物事灰暗；"苦张罗"和"浅酌低歌"，俱是无奈和忧伤；即使是"命友邀宾玩赏"，也是欲以冲淡伤怀之举。上下两层情感殊悬，又呈先铺垫后抒情的结构关系，从而为"新荷"赋予了特有的历史意义而影响久远。

附 录

一、元好问诗词系年简编

1190 年

庚戌，金章宗明昌元年

1 岁。秋，生于忻州秀容（今山西省忻州市忻府区）韩岩村。

1191 年

辛亥，金章宗明昌二年

2 岁。始生七月，过继与叔父元格（《陵川县志》为“元泰”）为子。

1192 年

壬子，金章宗明昌三年

3 岁。

1193 年

癸丑，金章宗明昌四年

4 岁。始读书，从嗣母张氏学诵诗。

1194 年

甲寅，金章宗明昌五年

5 岁。随嗣父元格在掖县（今山东莱州市）任所。曾过济南。

1195 年

乙卯，金章宗明昌六年

6 岁。

1196 年

丙辰，金章宗承安元年

7 岁。入小学，能作诗，太原王汤臣称为神童。

1197 年

丁巳，金章宗承安二年

8 岁。学作诗。

1198 年

戊午，金章宗承安三年

9 岁。

1199 年

己未，金章宗承安四年

10 岁。

1200 年

庚申，金章宗承安五年

11 岁。从元格官任到冀州（今河北衡水市冀州区）。学士路铎赏其俊爽，教其为文。

1201 年

辛酉,金章宗泰和元年

12 岁。从元格调官到中都(今北京市)。

1202 年

壬戌,金章宗泰和二年

13 岁。

1203 年

癸亥,金章宗泰和三年

14 岁。元格官陵川(今山西省晋城市陵川县)令。从陵川郝天挺学。

1204 年

甲子,金章宗泰和四年

15 岁。在陵川,学时文。

1205 年

乙丑,金章宗泰和五年

16 岁。在陵川,曾赴试并州(今太原市)。

诗:《西溪二仙庙留题》。

词:《摸鱼儿》[恨人间、情是何物]。

1206 年

丙寅,金章宗泰和六年

17 岁。在陵川随郝天挺学。

1207 年

丁卯，金章宗泰和七年

18 岁。曾归秀容娶妻张氏。父元格教以民政。

1208 年

戊辰，金章宗泰和八年

19 岁。陵川学业成，随父至陇城（今甘肃秦安县）。曾在长安（今西安市）留半年，应秋试。

诗：《初发潞州》《结杨柳怨》《长安少年行》。

词：《蝶恋花》[一片飞花春意减]、《点绛唇》[醉里春归]、《浣溪沙》[芳草垂杨长乐坡]。

1209 年

己巳，金卫绍王大安元年

20 岁。正月赴燕都省试，游代州。长女真生。

1210 年

庚午，金卫绍王大安二年

21 岁。父元格卒于陇城，扶柩归葬秀容。

1211 年

辛未，金卫绍王大安三年

22 岁。居秀容家中。

1212 年

壬申，金卫绍王崇庆元年

23 岁。住太原，结夏课。

词:《西江月》[物外神仙风骨]。

1213 年

癸酉,卫绍王至宁元年,金宣宗贞祐元年

24 岁。

1214 年

甲戌,金宣宗贞祐二年

25 岁。蒙古军入晋陷忻,屠城,其兄元好古罹难。同年,金迁都汴京(今河南开封市),史称“贞祐南渡”。

诗:《避兵阳曲北山之羊谷题石龛》《阳兴砦》。

1215 年

乙亥,金宣宗贞祐三年

26 岁。春,在汴京。

诗:《梁园五首》。

1216 年

丙子,金宣宗贞祐四年

27 岁。春,避兵。夏,举家南渡,寓居福昌三乡(今河南省宜阳县三乡)。

诗:《石岭关书所见》《过晋阳故城书事》《虞坂行》《八月并州雁》《女几山避兵送李长源归关中》等。

词:《水龙吟》[汉家金粟堆空]、《水调歌头》[黄河九天上]、《阮郎归》[帝城西下望西山]等。

1217 年

丁丑,金宣宗贞祐五年,兴定元年

28 岁,在三乡。往汴京谒礼部尚书赵秉文。秋试不中。

诗:《箕山》《元鲁县琴台》《秋日载酒光武庙》《胜概》《三乡杂诗三首》《论诗三十首》等。

词:《定风波》[离合悲欢酒一壶]、《点绛唇》[玉叶璁珑]、《朝中措》[连延村落并阳崖]。

1218年

戊寅,金宣宗兴定二年

29岁。从三乡移居登封(亦称嵩山)。

诗:《寄英禅师,师时住龙门宝应寺》《示崔雷诗社诸人》《玉溪》《和德新丈》等。

词:《江月晃重山》[塞上秋风鼓角]、《水调歌头》[空蒙玉华晓]、《临江仙》[自笑此身无定在]、《浣溪沙》[借守陪京尺五天]、《浣溪沙》[琼压为浆玉作卮]。

1219年

己卯,金宣宗兴定三年

30岁。在登封。三女阿秀生。

诗:《薛明府去思口号七首》《怀益之兄》等。

词:《南歌子》[人日过三日]。

1220年

庚辰,金宣宗兴定四年

31岁。居登封,与雷渊、李献能等游。

诗:《同希颜钦叔玉华谷分韵得军华二首》《会善寺》《同希颜钦叔玉华谷还会善寺即事二首》《西园》《赠答刘御史云卿四首》《寄赵宜之》等。

词:《水调歌头》[山家酿初熟]、《水调歌头》[云山有宫阙]、《浣溪沙》[为爱刘翁驻玉华]、《满江红》[元鼎诗仙]等。

1221年

辛巳,金宣宗兴定五年

32 岁。登进士第，宰相师仲安诬赵秉文、杨云翼、李献能等为“元氏党人”，不就选。

诗:《探花词五首》《家山归梦图》《感事》《万化如大路》《赠答杨焕然》《闻希颜得英府记室》等。

词:《鹧鸪天》[总道狙公不易量]、《太常引》[五云楼观日华东]等。

1222 年

壬午，金宣宗元光元年

33 岁。与李钦叔等游孟津。

诗:《寄溪南诗老辛愿敬之》《怀叔能》《北邙》等。

词:《临江仙》[今古北邙山下路]、《点绛唇》[对酒当歌]、《鹧鸪天》[总道忘忧有杜康]、《浣溪沙》[一夜春寒满下厅]、《临江仙》[试上古城城上望]、《临江仙》[自笑此身无定在]、《感皇恩》[金粉拂霓裳]、《木兰花慢》[流年春梦过]等。

1223 年

癸未，金宣宗元光二年

34 岁。春，在嵩山，与冯璧、雷渊游龙母潭、会善寺、缑山。至郾城。夏秋，在叶县。

诗:《缑山置酒》《赠汴禅师》《楚汉战处》《鸿沟同钦叔饮》《麦叹》《滍亭》《滍亭同麻知己赋》《滍水》《叶县雨中》《昆阳二首》等。

词:《水调歌头[石坛洗秋露]、《临江仙》[世故迫人无好况]、《满江红》[画戟清香]等。

1224 年春

甲申，金哀宗正大元年

35 岁。春，在孟州、嵩山。五月，应宏词科试，复归嵩山。旋召入国史院为编修。

诗:《孟州夹滩饮承之御史家同钦叔作》《寄希颜二首》《燕府白兔》《从希颜觅笃耨香》《芳华怨》《帝城二首》《梦归》等。

词:《石州慢》[击筑行歌]、《水调歌头》[长安夏秋雨]、《鹧鸪天》[著意朝云复暮云]、《水龙吟》[素丸何处飞来]、《蝶恋花》[牢落羁怀愁有信]、《水调歌头》[形神自相语]等。

1225 年

乙酉,金哀宗正大二年

36 岁。春,在国史院。夏,奉命赴郑州见贾益谦,访前朝事。告归嵩山。

诗:《京都元夕》《郑州上致政贾左丞相公》《将上书莘国幕府,感怀呈贾明府》《仆射陂醉归即事》《出京》《乙酉六月十一日雨》《饮酒五首》《后饮酒五首》。

词:《太常引》[官街杨柳絮飞忙]、《鹧鸪天》[临锦堂前春水波]、《西江月》[悬玉微风度曲]、《虞美人》[花心苦被春摇荡]、《鹧鸪天》[煮酒青梅入座新]、《浪淘沙》[杨柳日三眠]、《鹧鸪天》[楼上歌呼倒接䍠]、《浣溪沙》[万顷风烟入酒壶]、《诉衷情》[万人如海一身藏]、《鹧鸪天》[抛却浮名恰到闲]。

1226 年

丙戌,金哀宗正大三年

37 岁。夏,在方城(今河南方城县)完颜斜烈幕府。秋,从商帅完颜斜烈到南阳,后返方城。秋末,返嵩山。

诗:《方城道中怀山中幽居》《方城八景》《中秋雨夕》《丹霞下院同仲泽、鼎玉赋》《十日登丰山》《丰山怀古》《留别仲泽》《即事》《除夜》等。

词:《满江红》[汉水方城]、《三奠子》[上高城置酒]、《浣溪沙》[百折清泉绕舍鸣]、《念奴娇》[严陵台畔]、《贺新郎》[赴节金钗促]、《桃源忆故人》[楚云不似阳台旧]、《喜迁莺》[云雷天造]、《水龙吟》[少年射虎名豪]、《一落索》[人见何郎新来瘦]等。

1227 年

丁亥,金哀宗正大四年

38 岁。春,在嵩山。夏,赴任内乡县令,移家内乡。张仲经、杜仲梁、麻信之、高信卿、康仲宁、刘光甫等携家内乡,就遗山而居。

诗:《示怀祖》《出山》《内乡县斋书事》《宿菊潭》《半山亭招仲梁饮》《刘邓州家聚鸭

图》《刘光甫内乡新居》《去岁君远游,送仲梁出山》《自菊潭丹水还寄嵩前故人》等。

词:《诉衷情》[升平责望富民侯]、《水调歌头》[相思一尊酒]、《满江红》[江上洼尊]、《满江红》[老树荒台]、《临江仙》[昨日半山亭下醉]等。

1228 年

戊子,金哀宗正大五年

39 岁。在内乡。十月,母张氏卒而丁内艰,出居县东南之白鹿原。

诗:《戊子正月晦日内乡西城游眺》《春日半山亭游眺》《张主簿草堂赋大雨》《观淅江涨》《马邓驿中遇大雨》《鹳雀崖北龙潭》《内相杨文献公哀挽三章,效白少傅体》《长寿新居三首》等。

词:《江城子》[春风花柳日相催]、《浣溪沙》[画出清明二月天]、《江城子》[杏花开过雪成团]、《江城子》[纤条袅袅雪葱茏]、《行香子》[漫漫晴波]、《鹧鸪天》[身外虚名一羽轻]、《声声慢》[林间鸡犬]、《浣溪沙》[一片青天举棹过]。

1229 年

己丑,金哀宗正大六年

40 岁。丁内艰,居白鹿原。任镇平令。

诗:《长寿山居元夕》《阿千始生》《示侄孙伯安》《夜雪》《此日不足惜》《从邓州相公觅酒,时在镇平》《镇平书事》《镇平县斋感怀》《自镇平暂往秋林道中寄家》《范宽秦川图》等。

词:《水调歌头》[苍烟百年木]、《蝶恋花》[负郭桑麻秋课重]、《蝶恋花》[春到桃源人不到]、《清平乐》[村墟潇洒]、《婆罗门引》[商於六里]、《清平乐》[春风倾倒]、《朝中措》[添丁名字入新收]、《沁园春》[腐朽神奇]等。

1230 年

庚寅,金哀宗正大七年

41 岁。春在镇平,罢镇平归秋林别业。应移剌瑗之辟至邓州幕府。秋,辞邓州幕府归内乡。

诗:《被檄夜赴邓州幕府》《邓州相公命赋喜雨》《邓州城楼》《新野先主庙》《自邓州幕府暂归秋林》《晓发石门渡湍水道中》《月观追和邓州相公席上韵》《谢邓州帅免从事之辟》等。

词:《沁园春》[再见新正]、《清平乐》[垂杨小渡]、《清平乐》[兰膏香聚]、《朝中措》[夹衣晨起怯新霜]、《定风波》[白水青田万顷秋]。

1231 年

辛卯,金哀宗正大八年

42 岁。四月,任南阳令。妻张氏卒于南阳。秋,诏为尚书都省掾,移家于京城。

诗:《岐阳三首》《宛丘叹》《京居辛卯八月六日作》《希颜挽诗五首》《过希颜故居四首》。

词:《念奴娇》[云间太华]、《满江红》[枕上吴山]、《满江红》[一枕余醒]、《三奠子》[怅韶华流转]、《洞仙歌》[青钱白璧]、《眼儿媚》[阿仪丑笔学雷家]等。

1232 年

壬辰,金哀宗正大九年,开兴 、天兴元年

43 岁。在汴京。三月,蒙古军攻汴十六昼夜,不易取,蒙古许和,汴京解严。七月,飞虎卒杀蒙古使者唐庆等三十余人于馆,和议绝。十月,围城中粮绝,人相食。十二月,哀宗出奔,名曰“东狩”,史称“壬辰之变”。

诗:《双峰竞秀图为参政杨侍郎赋》《杂著九首》《雨后丹凤门登眺》《怀秋林别业》《浩然师出围城,赋鹤诗为送》《围城病中文举相过》《读靖康佥言》《眼中》《壬辰十二月车驾东狩后即事五首》等。

词:《踏莎行》[微步生尘]、《玉漏迟》[浙江归路杳]、《浣溪沙》[日射云间五色芝]、《思仙会》[人无百年人]、《满庭芳》[绛阙凌风]。

1233 年

癸巳,金哀宗天兴二年

44 岁。正月,金哀宗北渡黄河,连败,走归德(今河南省商丘)。汴京西面元帅崔立兵变,杀二留守,自为太师,至青城降蒙古速不台。四月,崔立以太后、皇后、梁王、荆王及诸妃嫔、宗室男女五百余人至青城。速不台杀梁、荆二王及族属,遣送后妃等于和林。四月二十九日,遗山先生及金之故官被押羁青城,五月三日,自青城北渡黄河,往山东聊城。史称“癸巳之变”。六月,金哀宗自归德迁蔡州,金亡在即。

诗:《李仲华湍流高树图二首》《俳体雪香亭杂咏十五首》《杂著四首》《癸巳四月二十九日出京》《癸巳五月三日北渡三首》《续小娘歌十首》《淮右》《南冠行》《不寐》《四哀诗》《十二月六日二首》《癸巳除夜》等。

词:《八声甘州》[玉京岩]、《江城子》[河堤烟树渺云沙]、《玉楼春》[惊沙猎猎风成阵]、《鹧鸪天》[复幕重帘十二楼]、《鹧鸪天》[颜色如花画不成]《鹧鸪天》[一日春光一日深]、《乌衣怨》[香冷云兜]、《南乡子》[少日负虚名]等。

1234 年

甲午,金哀宗天兴三年,蒙古太宗六年

45 岁。羁管聊城,居至觉寺。秋,得东平万户严实的礼遇与庇护。

是年正月,哀宗传位于东面元帅完颜承麟(为末帝)。蔡州破,哀宗自缢,承麟被乱军所杀,自是金亡。六月,崔立被李伯渊刺杀。

诗:《聊城寒食》《徐威卿相过,留二十许日,将往高唐,同李辅之赠别二首》《喜李彦深过聊城》《即事》《幽兰》《秋夜》《看山》《秋夕》等。

词:《点绛唇》[宿酒厌厌]、《临江仙》[世事悠悠天不管]、《江城子》[醉来长袖舞鸡鸣]、《水龙吟》[旧家八月池台]、《鹧鸪天》[绿袖垂肩士女图]等。

1235 年

乙未,蒙古太宗七年

46 岁。春居聊城,后移居冠氏。七月,应李辅之之邀游济南。

诗:《乙未正月九日立春》《冠氏赵庄赋杏花四首》《自赵庄归冠氏二首》《纪子正杏园燕集》《济南杂诗十首》《华不注山》《历下亭怀古分韵得南字》《舜泉效远祖道州府君体》《绣江泛舟有怀李郭二公》《泛舟大明湖》《学东坡移居八首》《望王李归程》等。

词:《浣溪沙》[郑重聊城送客行]、《鹊桥仙》[槐根梦觉]、《南柯子》[画扇香微远]、

《鹧鸪天》[瘦绿愁红倚暮烟]、《木兰花慢》[屼华峰孤秀]、《太常引》[渚莲寂寞倚秋烟]、《点绛唇》[梦里梁园]。

1236年

丙申，蒙古太宗八年

47岁。居冠氏。三月，随赵天锡往泰安会行台严实，并游长清、泰山等地。是年，在冠氏所建的新宅发生火灾。

诗:《龙泉寺四首》《游泰山》《登珂山三首》《又解嘲二首》《戏题新居二十韵》《九月初霖雨中感寒痹作》。

词:《清平乐》[江山残照]、《临江仙》[昨日故人留我醉]。

1237年

丁酉，蒙古太宗九年

48岁。春在冠氏，四月在东平。秋，首次归乡，准备全家归里事宜。韩岩村"先人之敝庐，可怜焦土(《外家别业上梁文》，下同)"，遂于系舟山北麓的玉泉山"占松声之一丘"，营建了外家别业(今之元家山村)。十二月，还冠氏。

诗:《北归经朝歌感寓三首》《卫州感事二首》《望苏门》《过浊鹿城与赵尚宾谈山阳旧事》《望嵩少》《怀州子城望少室》《野谷道中怀昭禅师》《天井关》《羊肠坂》《高平道中望陵川二首》《太原》《十二月十六日还冠氏，十八日雪》等。

词:《太常引》[衣冠人物渺翩翩]、《浣溪沙》[绿绮红埃试拂弦]、《木兰花慢》[对西山摇落]、《南乡子》[衰思怯登楼]、《感皇恩》[梦寐见并州]、《人月圆》[玄都观里桃千树]。

1238年

戊戌，蒙古太宗十年

49岁。春在冠氏，后至东平。八月初二别冠氏诸人，携家踏上返乡之途。同月入济源寓舍。

诗:《云峡》《别李周卿三首》《留别仲泽》《出东平》《酬韩德华送归之作》《别冠氏诸

人》《雨夜》《再到新卫》《入济源寓舍》《戊戌十月山阳雨夜二首》《萧仲植长史斋》等。

词:《临江仙》[连日湖亭风色好]、《江城子》[江山诗笔仲宣楼]、《定风波》[白发相看老弟兄]、《临江仙》[荷叶荷花何处好]、《清平乐》[丹书碧字]。

1239 年

己亥,蒙古太宗十一年

50 岁。春,在济源。夏,由济源启程返乡。

诗:《己亥元日》《游天坛杂诗十三首》《发济源》《送母受益自潞府归嵩山》《答潞人李唐佐赠诗》《铜鞮次村道中》《榆社硖口村早发》《杂诗六首道中作》《初挈家还读书山杂诗四首》《读书山雪中》《己亥十一月十三日雪晴,夜半读书山东龛看月》等。

词:《清平乐》[小桥流水]、《水龙吟》[接云千丈层崖]、《鹧鸪天》[华表归来老令威]、《鹧鸪天》[拍塞车箱满载书]、《促拍丑奴儿》[无物慰蹉跎]。

1240 年

庚子,蒙古太宗十二年

51 岁。春,在乡,曾往定襄(今山西定襄县)。是年四月,东平万户严实卒,子忠济袭继,请往东平为撰神道碑,遂于十月行往,自此开启了晚年奔波之程。

诗:《杏花二首》《东山四首》《同周帅梦卿、崔振之游七岩》《赋瓶中杂花七首》《追赋定襄周帅梦卿家秋日牡丹》《九日读书山用陶诗"露凄喧风息,气清天旷明"为韵赋十首》《十月二十日雪》《十月二十日雪中过石岭关》。

词:《鹧鸪天》[白白红红小树花]、《点绛唇》[玉蕊轻明]、《木兰花慢》[赋招魂九辩]、《鹧鹄天》[偃蹇苍山卧北冈]、《浣溪沙》[墙外桑麻风露深]、《朝中措》[芳苞初破紫霞杯]、《鹧鸪天》[短发如霜久已拚]。

1241 年

辛丑,蒙古太宗十三年

52 岁。春,在东平。返忻时经相州。归乡后,往代州、应州、浑源。

诗:《官园探梅同康显之赋》《别康显之》《答公茂》《游黄华山》《代州门外南楼二

首》《南楼月夕望凤山，有怀武炼师》《发南楼度雁门关二首》《过应州》《应州宝宫寺大殿》《金凤井》《三岗四镇》《浑源望湖川见百叶杏花二首》《归潜堂》《雁门道中书所见》。

词:《太常引》[东园歌管日相娱]、《清平乐》[琼枝瑶草]、《南乡子》[促坐烛花红]、《浣溪沙》[湖上春风散客愁]、《点绛唇》[生死论交]、《念奴娇》[小山招饮]。

1242 年

壬寅,蒙古乃马真后元年

53 岁。在乡。

诗:《晨起》《都运李丈哀挽》《感兴》《跋紫微刘尊师所画山水横批四首》。

词:《好事近》[梦里十年心]。

1243 年

癸卯,蒙古乃马真后二年

54 岁。春,在乡。秋,应耶律楚材之请,往燕京为其父兄撰碑文。

诗:《癸卯岁杏花》《病中》《癸卯望宿中霍道院》《过雁门关》《游龙山》《李峪园亭看雨》《玉泉二首》《过翠屏口》《赠玉峰魏丈邦彦》《宏州赠曹丈子玉》《怀安道中寄怀曹征君子玉》《右丞文献公著色鹿图》《跋文献公张果老图》《东丹骑射》《赋南中杨生玉泉墨》《即事呈邦彦》《赠答赵仁甫》《感事》《别纬文兄》《出都二首》《周才卿拙庵》《为程孙仲卿作》等。

词:《水龙吟》[两年金凤城边]、《朝中措》[卢沟河上度旃车]、《浪淘沙》[何处挽春还]、《南乡子》[楼观郁嵯峨]、《鹧鸪天》[八月卢沟风路清]、《朝中措》[惊弦裂石笔生华]、《鹧鸪天》[宿酒消来睡思清]。

1244 年

甲辰,蒙古乃马真后三年

55 岁。春,由赵州返乡。五月,游崞(崞县,今山西原平市)、代(今山西代县)。秋,至燕京。又经邢台、洛阳往内乡,营张太夫人迁葬事。

诗:《宿张靖田家》《甲辰三月旦日以后杂诗三首》《天涯山》《前高山杂诗七首》《甲

辰夏五月积雨十日不止，遣闷二首》《岳祠斋宫夜宿》《过寂通庵别陈丈》《甲辰秋留别丹阳》《下黄榆岭》《洛阳》《吴子贤橒庵二首》《赠修瑞卿、张去华、韩君杰三人六首》《过三乡望女几村，追怀溪南诗老辛敬之二首》《旧国》等。

词：《浣溪沙》[敧枕寒鸦处处新]、《朝中措》[时情天意任论量]、《定风波》[小□香来醉梦中]。

1245 年

乙巳，蒙古乃马真后四年

56 岁。春，在内乡，至汴京，又经嵩山、洛阳，四月扶殡回忻。九月，往东平，十一月至。冬。到曲阜瞻孔庙。

诗：《赠张主簿伟》《为邓人作诗》《赠答要襄叔二首》《同漕司诸人赋红梨花二首》《寄杨弟正卿》《清明日改葬阿辛》《过皋州寄聂侯》《曲阜纪行十首》《感事》。

词：《木兰花慢》[拥都门冠盖]、《浪淘沙》[云外凤凰箫]、《谒金门》[罗衾薄]、《临江仙》[醉眼纷纷桃李过]、《南乡子》[风雨送春忙]、《朝中措》[秋鸿社燕偶相逢]、《南乡子》[烟草入西州]、《点绛唇》[水北寻梅]、《临江仙》[紫玉霜华相照映]、《满江红》[问柳寻花]、《婆罗门引》[峄山霁雪]。

1246 年

丙午，蒙古定宗元年

57 岁。春，在东平。三月，在家乡。

诗：《燕子图三诗》《圣皋危楼》《乔千户挽诗》《丙午九日咏菊二首》《哭曹征君子玉二首》《追怀曹征君》。

词：《阮郎归》[漫郎活计拙于鸠]、《阮郎归》[峥嵘秋气动千崖]、《玉楼春》[秋风茅屋浮云巘]。

1247 年

丁未，蒙古定宗二年

58 岁。春，在乡。三月，在繁峙(今山西繁峙县)游三泉。五月，至镇州(今河北正定)张德辉处。秋,到相州(今河南安阳),至山阳。

诗:《酬中条李隐君邦彦》《送邦彦北行》《丁未寒食归自三泉》《春日抒怀呈刘济川》《耀卿西山归隐三首》《出镇州》《善应寺五首》《黄华峪十绝句》《宝岩纪行》《銑谷圣灯》《涌金亭示同游诸君》《啸台感遇》《九月晦》等。

词:《满江红》[桃李漫山]、《临江仙》[一段江山英秀气]、《浣溪沙》[秋气尖寒酒易消]、《鹧鸪天》[沙岸萦回入草泥]。

1248 年

戊申,蒙古定宗三年

59 岁。春至秋,在南宫长女真家。九月初,离南宫返乡。

诗:《示程孙四首》《别董德卿》《寄程孙铁安》。

词:《南柯子》[阀阅真王后]。

1249 年

己酉,蒙古海迷失后元年

60 岁。春,在乡。夏四月往真定。九月至燕都。十一月,经保州(今河北保定市)归乡。

诗:《己酉四月十七日度石岭》《种松》《寿张复从道》《送王彦华》《李进之迂轩二首》《自题中州集后五首》《寄英上人》《寄答仰山谦长老》《赠答郝经伯常》等。

词:《烛影摇红》[红叶翻阶]、《定风波》[五色莲盆玉雪肌]、《清平乐》[娇莺娅姹]、《清平乐》[悲欢聚散]、《江城子》[来鸿去燕十年间]。

1250 年

庚戌,蒙古海迷失后二年

61 岁。正月,在真定。二月返乡。四月在真定。七月,过顺天。

诗:《二月十五日鹤》《常山侄生四十月能搦管作字,笔意开廓,有成人之量。喜为赋诗,使洛诵之》《玉峰魏丈哀挽》《赠王仙翁道成》。

词:《古乌夜啼》[花中闲远风流]。

1251 年

辛亥,蒙古海迷失后三年,宪宗元年

62 岁。春,在乡。五月,在太原。九月,在真定。冬,在顺天。

诗:《辛亥寒食》《寄答商孟卿》《赤壁图》《辛亥九月末见菊》《常仲明教授挽辞》《与同年敬鼎臣宿顺天天宁僧舍》。

词:《乌衣怨》[绣佛长斋]。

1252 年

壬子,蒙古宪宗二年

63 岁。春,在乡。夏,与张德辉北上桓州(今内蒙古正蓝旗西北),觐见忽必烈于潜邸,请其为儒教大宗师,悦受后,又请免除儒户兵赋,获准。七月,在真定。十月,游承天镇悬泉。同月,至东平。

诗:《壬子寒食》《寒食》《祁阳刘器之为余写真, 赋二十韵答之》《自题写真二首》《壬子月夕》《九日登平定涌云楼故基,楼即闲闲公所建》《平定鹊山神应王庙》《游承天镇悬泉》《贾漕东城中隐堂》《赠萧汉杰》《贺中庸老再被恩纶》等。

词:《临江仙》[壮岁论交今晚岁]。

1253 年

癸丑,蒙古宪宗三年

64 岁。春,在东平。三月,离东平至临漳。五月,在燕都。十月,回乡。冬,应行台之召至东平。

诗:《送崔梦臣北上》《贺威卿徐弟得雄》《付阿耽诵》《赠别孙德谦》《题张彦宝陵川西溪图》《刘时举节制云南》等。

词:《朝中措》[充闾佳庆上春头]、《江城子》[梅梅柳柳闹新晴]、《木兰花慢》[拥岩岩双阙]、《木兰花慢》[渺漳流东下]、《浣溪沙》[锦带吴钩万里行]、《摸鱼儿》[问楼桑]、《木兰花慢》[要新声陶写]。

1254年

甲寅，蒙古宪宗四年

65岁。正月，从东平返乡。六月，至五台山。

诗：《甲寅正月二十三日故关道中三首》《台山杂咏十六首》《赠答普安师》《超禅师晦寂庵》《题苏氏宝章》《鹿泉新居二十韵》《甲寅九日同临漳提领王明之、鹿泉令张奉先、贾千户令春、李进之、冀衡甫游龙泉寺，僧颢求诗二首》《十日作》《甲寅十二月四日出镇阳寄宰鲁伯》。

词：《品令》[幽斋向晓]、《婆罗门引》[素蟾散彩]。

1255年

乙卯，蒙古宪宗五年

66岁。二月二十一日从汴梁归。夏，在真定。八月，从真定至东平。十一月，离东平往真定。

诗：《出都》《乙卯二月二十一日归自汴梁，二十五日夜久旱而雨，偶记内乡一诗，追录于此，今三十年矣》《乙卯端四日感怀》《陀罗峰二首》《约严侯泛舟》《乙卯十一月往镇州》。

词：《虞美人》[一杯薄酒休辞醉]、《念奴娇》[一年好处]、《蝶恋花》[最是一年秋好处]。

1256年

丙辰，蒙古宪宗六年

67岁。在鹿泉。

诗：《丙辰九月二十六日携家游龙泉寺》。

1257年

丁巳，蒙古宪宗七年

68岁。春，在真定。五月，在东平。九月四日，卒于获鹿寓舍。归葬忻州。

诗：《张村杏花》《病中感寓赠徐威卿兼曹益甫、高圣举》。

二、《元好问词赏析》篇目音序索引

N

P

三、参考书目

《中州集》 金·元好问著(2014年,华东师范大学出版社)

《归潜志》 金·刘祁著(2012年,上海古籍出版社)

《金史纪事本末》 清·李有棠著(2011年,辽海出版社)

《元好问全集》 姚奠中主编(2004年,山西古籍出版社)

《元好问传》 郝树侯、杨国勇著(1990年,山西人民出版社)

《元好问年谱新编》 狄宝心著(2000年,中国文联出版社)

《元好问词注析》 姚奠中、李正民主编(2001年,山西古籍出版社)

《遗山乐府校注》 赵永源校注(2006年,凤凰出版社)

《元好问集》 李正民等解评(2008年,三晋出版社)

《元遗山研究》 赵兴勤著(2011年,文津出版社)

《元好问文编年校注》 狄宝心校注(2012年,中华书局)

《元遗山论》 降大任著(2017年,三晋出版社)

《全元词》 杨镰主编(2019年,中华书局)

《元好问传论》 胡传志著(2021年,中华书局)

后 记

《元好问诗注析》于2020年8月由三晋出版社出版后，我便于次年开始，着力研究编写《元好问词赏析》。元好问的词“清雄顿挫，闲婉浏亮，体制最备。又能用俗为雅，变故作新，得前辈不传之妙，东坡、稼轩而下不论也”(元徐世隆《遗山先生文集序》)。换言之，元好问的词作代表了金元乃至后世的最高成就，而元氏本人也对他的作品颇有自信。他在《遗山自题乐府引》中曾十分幽默地说：“岁甲午，予所录《遗山新乐府》成，客有谓予者云：‘子故言宋人诗大概不及唐，而乐府歌词过之，此论殊然。乐府以来，东坡为第一，以后便到辛稼轩，此论亦然。东坡、稼轩即不论，且问遗山得意时，自视秦、晁、贺、晏诸人为何如?’予大笑，拊客背云：‘那知许事，且噉蛤蜊。’客亦笑而去。”赏学先生之乐府词后，诚知所言尚谦而愈读愈觉其耸峭。

历经两年之力，元词赏析终于脱稿。然而，搁笔之余，一种唐突圣贤、妄加穿凿的惶恐挥之不去，而且愈来愈盛，遂将这种感觉敬诉于诸位专家与同仁，以恕不自量力之举。《赏析》中也必有许多舛错和缺失之处，诚望诸君不吝斧正。

在编写《元好问诗注析》及本书的过程中，遗山先生后人元永吉为我提供了许多关于元家山及元氏传衍的宝贵资料。“中国元好问研究会”原会长狄宝心先生与我有乡人之谊，于百忙之中，对我的编写作了反复的提点指导，并提供他自己的研究成果，同时还为本书作了近万言之序，真可谓倾心竭力，令我深铭难忘。山西大学文学院牛贵琥教授于百忙之中审订全书，多有指正。值此出版之际，特以片纸寸席，向如上诸君谨表倾腹之敬谢。

王兴治

图书在版编目（CIP）数据

元好问词赏析 / 王兴治赏析. -- 太原 : 三晋出版社，2023.11

ISBN 978-7-5457-2740-1

Ⅰ. ①元… Ⅱ. ①王… Ⅲ. ①词（文学）—诗歌欣赏—中国—金代 Ⅳ. ① I207.23

中国国家版本馆CIP数据核字（2023）第208568号

元好问词赏析

赏　　析：王兴治
审　　订：牛贵琥
责任编辑：落馥香
责任印制：李佳音

出 版 者：山西出版传媒集团・三晋出版社
地　　址：太原市建设南路21号
电　　话：0351-4956036（总编室）
　　　　　0351-4922203（印制部）
网　　址：http://www.sjcbs.cn

经 销 者：新华书店
承 印 者：山西基因包装印刷科技股份有限公司

开　　本：720mm × 1020mm　1/16
印　　张：36.25
字　　数：500千字
版　　次：2023年11月　第1版
印　　次：2024年1月　第1次印刷
书　　号：ISBN 978-7-5457-2740-1
定　　价：148.00 元

如有印装质量问题，请与本社发行部联系　电话：0351-4922268